GOLDMANN

D1719792

Autor

Der Name A. J. Quinnell ist das Pseudonym eines weltbekannten amerikanischen Autors, das nicht gelüftet werden darf.

Die in diesem Band enthaltenen Romane sind außerdem in Einzelausgaben als Goldmann-Taschenbücher lieferbar:

Der falsche Mahdi. Roman (8445)
Operation Cobra. Roman (8829)

Außerdem liegen von A. J. Quinnell als Goldmann-Taschenbücher vor:

Blutzoll. Roman (8577)
Der Treffer. Roman (8616)
Der Söldner. Roman (8500)
Im Namen des Vaters. Roman (8988)
Spur des Söldners. Roman (42051)
Operation Cobra. Roman (8829)
Der falsche Mahdi. Roman (8445)

A.J. QUINNELL

Der falsche Mahdi
Operation Cobra

Zwei Romane
in einem Band

GOLDMANN VERLAG

Umwelthinweis:
Alle bedruckten Materialien dieses Taschenbuches
sind chlorfrei und umweltschonend.
Das Papier enthält Recycling-Anteile.

Der Goldmann Verlag
ist ein Unternehmen der Verlagsgruppe Bertelsmann

Der falsche Mahdi
© der Originalausgabe 1981 by Sandal A.G.
© der deutschsprachigen Ausgabe 1986
by Wilhelm Goldmann Verlag, München

Operation Cobra
© der Originalausgabe 1986 by Sandal A.G.
© der deutschsprachigen Ausgabe 1987
by Wilhelm Goldmann Verlag, München
Umschlaggestaltung: Design Team München
Umschlagfoto: Design Team München
Druck: Elsnerdruck, Berlin
Verlagsnummer: 11644
UK · Herstellung: sc
Made in Germany
ISBN 3-442-11644-9

1 3 5 7 9 10 8 6 4 2

DER
FALSCHE MAHDI

Aus dem Amerikanischen übertragen von Götz Pommer

Titel der Originalausgabe: The Mahdi
Originalverlag: Macmillan, London

Islamischer Überlieferung zufolge soll Mohammed prophezeit haben, daß einer seiner Nachkommen, der Imam Allahs, die Welt mit Gerechtigkeit erfüllen und den Namen *al-Mahdi* tragen wird

Für alle Bekenner des Islams

Auf daß die Schlichtheit und Totalität ihres Glaubens
sie nicht blind mache gegen Gefahren

Diese Begebenheiten mögen wenig zu schaffen haben
mit der Geschichte, wo man für gewöhnlich liest,
daß der und der König den und den Feldherrn
in den und den Krieg geschickt hat,
daß sie an dem und dem Tag Krieg begonnen
oder Frieden geschlossen haben
und daß dieser jenen besiegt hat oder jener diesen
und dann seiner Wege gegangen ist.
Doch ich halte fest,
was aufgezeichnet zu werden verdient.

BAYHAQI TARIK
(6. Jahrhundert)

Erstes Buch

1

Es war eine Wallfahrt. Eine Reise, die ein tiefes Bedürfnis stillen sollte.

Er bog von der Landstraße Kuala Lumpur–Penang auf einen unbefestigten Weg ab und rollte mitten in den Dschungel hinein. »Sie müssen zum Klang River«, hatte ihm sein Gewährsmann gesagt. »Dort biegen Sie links ab. Sie sehen es dann nach einer Weile ganz von selbst.« Er fand, daß er eine Nachricht hätte schicken sollen – überbracht vielleicht von einem Schnelläufer mit Botenstab und Lendentuch. Aber sein Gewährsmann hatte nur gelächelt und den Kopf geschüttelt. »Er wird wissen, daß Sie kommen. Packen Sie einen Smoking ein. Er wirft sich zum Abendessen immer in Schale.«

Im matten, tanzenden Licht der Autoscheinwerfer schien der Weg, der sich zwischen hohen, abweisenden Bäumen dahinwand, schmaler und schmaler zu werden. Gelegentlich huschte ein kleines Tier über die Fahrbahn, und den Mann hinterm Lenkrad überfielen leise Zweifel. War er richtig abgebogen? Und was hatte er hier im malaiischen Dschungel überhaupt zu suchen? Eigentlich hätte er am Nachmittag nach Tokio fliegen, eine Nacht ausschlafen und sich dann auf den Weg nach Washington machen sollen – heim zu Julia.

Doch es war, als bewege er sich im Kraftfeld eines Magneten. Alles zog ihn zu ihm hin, zum Altmeister seines Berufes. Er mußte ihn kennenlernen, er mußte ihm seine Aufwartung machen. Trotzdem nahmen seine Zweifel zu. Bis er plötzlich um eine Kurve bog und im Scheinwerferlicht zwei weiße dorische Säulen sah, dazwischen ein großes, schwarzes Tor aus Schmiedeeisen. Er bremste, hielt an. Doch, er hätte eine Nachricht schicken sollen. Das Tor war zu. Er blieb einen Moment im Wagen sitzen und überlegte. Was tun? Er wollte gerade aussteigen und sich umschauen, da ging das Tor langsam nach innen auf. Und jetzt sah er den kleinen Malaien im Sarong, der es öffnete. Er fuhr durchs Tor. Der Malaie verbeugte sich und winkte ihn weiter.

Nun nahm der Dschungel etwas Parkähnliches an. Die Bäume und Büsche standen weniger dicht, weniger wirr. Aus dem unbefestigten Weg wurde eine asphaltierte Straße, die in weitem Bogen auf den Fluß zuführte. Und dann bremste der Mann hinter dem Steuer wieder, denn vor ihm tauchte das Gebäude auf. Kein Haus, keine Villa und kein Palast, sondern eine seltsame Mischung aus alledem. Flutlicht fiel auf weitere dorische Säulen, meißelte sie scharf und plastisch heraus, mit tiefen Schatten. Das Gebäude stand direkt am Ufer eines breiten, träge dahinströmenden Flusses. Ein weißer Fremdkörper im Dschungel, aber von einer merkwürdigen, hochmütigen Eleganz. Nun regte sich Neugier in dem Mann hinterm Lenkrad, und er steuerte die Auffahrt entlang und hielt vor der Marmortreppe, die zu einer Tür aus schwerem Teakholz führte. Die Tür ging auf, als er aus dem Wagen stieg. Ein zweiter Malaie im Sarong erschien. Er ließ sich keine Überraschung anmerken, als er die Treppe herunterkam – er lächelte nur freundlich.

»Mein Name ist Hawke, Morton Hawke. Ich hätte mich vielleicht anmelden sollen.«

Der Malaie verbeugte sich und fragte: »Haben Sie Gepäck, *Tuan*?«

Hawke nickte, murmelte, daß er nicht stören wolle, aber der Malaie ging an ihm vorbei, holte seinen Koffer aus dem Wagen und stieg dann wieder die Treppe hinauf. Er lächelte immer noch. Hawke zuckte die Achseln und folgte ihm.

Später stand er unter der altmodischen Dusche. Heißes Wasser wusch ihm den Staub der Reise vom Leib, und er versuchte, in die Realität zurückzufinden. Der Malaie hatte ihn in ein großes Gästezimmer im ersten Stock geführt – alles da, sogar eine Bar und ein Kübel, randvoll mit Eis. Während Hawke sich im Zimmer umsah und den Ausblick auf den Fluß im Mondschein bewunderte, legte der Malaie den Koffer auf das Himmelbett, goß drei Fingerbreit Canadian Club in ein hohes Glas und tat zwei Eiswürfel und einen Schuß Soda dazu. Er gab es dem verblüfften Amerikaner und sagte: »Abendessen um neun auf der vorderen Terrasse, *Tuan*. Ich packe jetzt Ihre Sachen aus und bügle Ihren Smoking. In einer halben Stunde bin ich wieder da.« Hawke trank bedächtig sein Glas aus, duschte dann und fragte sich, woher der »Doyen« das wußte: Nicht nur, daß er kam, sondern auch, was er trank.

»Wissen ist Macht.« Pritchard tupfte sich die Lippen mit einer schneeweißen Serviette ab und blickte seinen Gast wohlwollend über den Tisch hinweg an. »Ich schätze die Macht sehr, mein lieber Hawke – und Sie auch, sonst hätten Sie einen anderen Beruf.« Hawke kaute den letzten Bissen Hühnerfleisch und nickte zustimmend. Er hatte wenig gesagt beim Essen. Zum einen, weil er hungrig war und es köstlich schmeckte, zum anderen, weil er sich gern damit abfand, daß Pritchard die Hauptrolle spielte. Dem alten Herrn hatte es offenbar Spaß gemacht, sich mit einer Mischung aus Ironie und Zynismus in Erinnerungen zu ergehen.

Die beiden Männer saßen allein auf der großen Terrasse. Sie boten ein elegantes und kontrastreiches Bild. Das Schwarz ihrer Smokings stand in lebhaftem Gegensatz zum Weiß des Tischtuchs aus irischem Linnen und dem milchigen Glanz des Mondlichts, das sich in Kristallgläsern brach. Pritchard war hoch an Jahren, silbergrau das kurze Haar, sein Gesicht gebräunt und verrunzelt von der Sonne und vom Alter. Er hatte tiefliegende, schwarze Augen und fast weiße, buschige Brauen. Doch das auffälligste an seinem Gesicht war die Nase – groß und gebogen, was ihm etwas Vogelartiges verlieh. Er hatte einen langen, dünnen Hals, der aus einem altmodischen Eckenkragen ragte. Der Smoking mit den breiten Revers saß schlotternd an dem gebeugten und kantigen Körper. Hawke fand, daß er einem Geier glich. Einem Geier, der wählerisch geworden ist, was seine Beute betrifft. Es war seltsam, daß Hawke ihn so sah, denn auch er hatte etwas Vogelartiges. Er erinnerte freilich mehr an einen Raubvogel, an einen Habicht vielleicht. Er war ein Mann in mittlerem Alter, zupackend, aggressiv. Mit seiner Energie und seinem Auftreten setzte er sich verachtungsvoll über das Schwinden der Jahre hinweg. Seine Gesichtszüge waren scharf geschnitten, sein Blick durchdringend, seine Augen schmal. Das pechschwarze Haar war extrem kurz geschnitten. Er hatte eine kräftige, sehnige Statur, lange Arme und lange Finger. Nun legte er die Gabel aus der Hand. Aus dem Schatten tauchte ein Dienstbote auf und räumte die Teller ab. Schweigen senkte sich über die Terrasse, ein merkwürdiges Schweigen. Im Hintergrund die Geräusche der Tropennacht: das Zirpen der Grillen, die Rufe der Nachtvögel und dazwischen plötzlich der aufgeregte Schrei eines Dschungeltiers, der einem Artgenossen galt. Pritchard machte eine lässige Handbewegung, und ein Mädchen näherte sich. Sie schob einen kleinen Teewagen. Hawke hielt den Atem an, als er sie sah. Sie war kaum größer als einen Meter fünfzig und trug nur einen leichten Sarong, der in der Taille geknotet war. Sie hatte dunkle Haut, die im matten Licht wie Kupfer glänzte, und kleine, hohe, vollkommen geformte Brüste. Doch was Hawke erstarren ließ, war ihr Gesicht. Ein Gesicht, das sich ihm tief einprägte, das in den folgenden Monaten immer wieder vor seinem inneren Auge auftauchte. Ein sehr junges Gesicht, schön in den Proportionen, nichts Eckiges, nur sanft geschwungene Linien, ineinander übergehend, miteinander verschmelzend. Mandelaugen, schräggestellt, aber groß. Augen mit einem Anflug von Humor. Und ein voller Mund mit sinnlichen Lippen. Ihr blauschwarzes Haar fiel glatt und lang bis zu den Hüften.

»Mögen Sie einen Cognac – und eine Zigarre?« fragte Pritchard.

Hawke konnte sich nur mit Mühe wieder auf den alten Herrn konzentrieren. Er nickte. Das Mädchen riß ein Streichholz an und hielt es an den Docht eines Öllämpchens. Dann nahm sie drei große Cognacschwenker vom Teewagen und wärmte sie über der Flamme. Ihre Bewegungen waren fließend und anmutig. Sie streckte die Hand nach einer Flasche aus – ohne Etikett, aber sehr alt – und goß bernsteinfarbenen Cognac in die drei Gläser. Zwei stellte sie vor die Männer hin. Das dritte blieb auf dem Teewagen. Hawke ließ das Mädchen nicht aus den Augen. Sie klappte ein Kästchen aus Mahagoni auf, entnahm ihm eine lange Carlos y Carlos-Zigarre, hob sie auf die Höhe ihres Ohrs empor und rollte sie zwischen den Handflächen. Dann kappte sie das eine Ende mit einem kleinen, silbernen Zigarrenabschneider, hielt die Havanna über die Flamme, drehte sie gleichmäßig mit ihren schlanken Fingern, wärmte sie an. Hawke blickte zu ihr auf, sah ihr ins Gesicht, merkte, daß sie ihn beobachtete, einen schelmisch-koketten Ausdruck in den Mandelaugen, und plötzlich wirkten ihre Verrichtungen, ihre Finger, die langsam die Zigarre drehten, atemberaubend erotisch. Er rühmte sich, in keiner Lage die Kontrolle über seine Reaktionen zu verlieren, doch in diesem Moment konnte er nur noch starren wie ein dummer kleiner Junge. Sie senkte den Kopf, schloß die Lippen behutsam um das eine Ende der Zigarre und hielt das andere in die Flamme. Der Duft der Havanna stieg auf. Das Haar fiel dem Mädchen über die Schultern, rahmte ihr Gesicht ein, und Hawke holte tief Luft. Er zitterte fast. Schließlich griff das Mädchen nach dem dritten Glas, tauchte die Zigarre in den Cognac, lächelte zum ersten Mal und reichte sie dem Amerikaner. Er war wie gelähmt. Er wollte die Hand heben, doch sie gehorchte seinem Willen nicht. Das Mädchen lächelte wieder, führte die Zigarre an Hawkes Lippen, steckte sie ihm in den Mund und strich sacht mit ihren Fingern über seine Wange. Ihr Wohlgeruch war stärker als das würzige Aroma des Rauches.

»Sie lieben die Musik, nicht wahr?«

Wie von fern drangen die Worte an Hawkes Ohr. Dann hatte er sich gefangen und richtete seine Aufmerksamkeit erneut auf Pritchard. Der alte Herr beobachtete ihn. Er war offenkundig amüsiert.

Das Mädchen wärmte nun eine zweite Zigarre an, und Hawke

versuchte, sie aus seinen Augen und aus seinen Gedanken zu verbannen.

»Ja – äh, ich liebe... ich liebe die Musik.«

Pritchard lächelte. »Soviel ich weiß, ist Beethoven der Komponist, den Sie am meisten mögen.«

Pritchard machte wieder eine lässige Handbewegung, und wenige Augenblicke später gerieten Hawkes Sinne erneut in Aufruhr. Vom anderen Ufer des breiten, dunklen Flusses tönten die ersten Takte von Beethovens Fünfter. Der Klang war ehrfurchtgebietend in seiner Sattheit und Fülle. Die Insekten, Vögel und Säugetiere des Dschungels verstummten mit einem Schlag.

Hawke schüttelte ungläubig den Kopf und sah Pritchard fragend an. Der alte Herr ließ sich von dem Mädchen seine Zigarre geben und wies mit ausladender Gebärde auf den Fluß.

»Da drüben im Dschungel stehen acht Lautsprecher. Je hundert Ampere – eine Sonderanfertigung von Lansing.«

Er lächelte. »Nach Tisch habe ich gern ein bißchen Unterhaltung.«

Die Musik half. Nach zwanzig Minuten hatte Hawke sich wieder in der Gewalt. Obwohl das Mädchen nun neben Pritchard saß, den Arm um ihn gelegt und den Kopf an seiner Schulter, konnte Hawke sie mit einem gewissen Gleichmut betrachten. Er kam zu dem Schluß, daß sie ein Mischling war, halb Malaiin und halb Chinesin, vielleicht sechzehn oder siebzehn Jahre alt – die Erfahrung hatte ihn allerdings gelehrt, wie schwierig es war, das Alter von Asiatinnen richtig zu schätzen. Selbst wenn sie aufstand, um ihm Cognac nachzuschenken, bewahrte er seine Fassung, lauschte der Musik mit halbgeschlossenen Augen und nickte nur dankend. Er ärgerte sich ein wenig über sich selbst, denn er hatte Pritchard nichts weiter zeigen wollen als ein Pokergesicht.

Pritchard. Er rief in Hawke widersprüchliche Gefühle wach. Der Amerikaner war ein moderner, hochqualifizierter Geheimdienstexperte. Er hätte den alten Herrn lediglich als etwas Pittoreskes, hoffnungslos Anachronistisches betrachten sollen. Ein antikes, verstaubtes Stück, das man mit ebenso verstaubter Andacht bewunderte. Aber trotz seiner Jahre und seiner pseudokolonialen Umgebung hatte Pritchard eine seltsame Unmittelbarkeit.

Um mit den Füßen wieder auf den Boden zu kommen, hielt sich Hawke seine eigene Position vor Augen. Er war Operationsleiter beim CIA und damit der ranghöchste aktive Spion der freien Welt. Diesen Gipfel hatte er nach dreißig Jahren erreicht – dank harter Arbeit und einer angeborenen Gabe, alles heil zu überstehen, seien es geheime Aktionen in fremden Ländern, seien es Machtkämpfe innerhalb der »Firma«. Und er hatte es geschafft, ohne ein Kriecher und Speichellecker zu werden. Er hatte sich seine geistige Unabhängigkeit bewahrt, einen gewissen Nonkonformismus, und galt ein wenig als Einzelgänger.

Dies Außenseiterische an ihm hatte ihn dazu bewogen, Pritchard aufzusuchen. Es war der krönende Abschluß einer sehr zufriedenstellenden Reise. In Washington waren die Konservativen wieder erstarkt, und das bedeutete, daß man endlich dem CIA die Pistole von der Brust nahm. Die Firma brauchte kein Paria-Dasein mehr zu führen. Der Kongreß und das Weiße Haus hatten plötzlich wieder klargesehen. Man kann einen Waldbrand nicht mit einem Fingerhut voll lauwarmem Wasser löschen. Ausschüsse, die wie die Schießhunde aufgepaßt hatten, wurden aufgelöst, restriktive Bestimmungen des Kongresses aufgehoben, zusätzliche finanzielle Mittel bewilligt. Der Direktor des CIA wurde wieder von der Washingtoner Gesellschaft eingeladen – zumindest von den Gastgeberinnen, die politisches Gespür besaßen.

Für Hawke hatte all das eine Phase intensiver Tätigkeit bedeutet. Während der Direktor auf Partys ging, reiste Hawke nach Asien und besuchte jede Außenstelle des CIA: um den schlafenden Riesen wieder zu wecken; um Projekte anzukurbeln, die lange Zeit in der Schublade gelegen hatten; um müde und enttäuschte Agenten zu motivieren; um abzuschätzen, was von der gegnerischen Seite zu erwarten war.

Malaysia war die letzte Station seiner Reise, und beim Abendessen vor zwei Tagen im Merlin-Hotel hatte sein Gewährsmann

– natürlich einer von der Firma – von Pritchard gesprochen und sich erkundigt, ob Hawke ihn persönlich kenne.

Das war nicht der Fall. Aber Hawke wußte eine Menge über ihn – wie alle höheren Geheimdienstleute der Großmächte. Pritchard war eine lebende Legende. Faszinierender noch: ein Rätsel.

Er war Engländer oder galt als einer und war zum ersten Mal in den dreißiger Jahren im Nahen Osten aufgetaucht. Damals arbeitete er für irgendeine nicht weiter bezeichnete Abteilung des britischen Kriegsministeriums. Die europäischen Mächte spielten ihr Schach um den Einfluß im Nahen Osten, und Pritchard erschien auf und verschwand wieder von der Szene. Er war immer da, wenn eine wichtige Figur gezogen oder geschlagen wurde. Und immer weg beim Schachmatt.

Bei Ausbruch des Krieges war er spurlos verschwunden. Es ging das Gerücht, daß er bei den maßgeblichen britischen Stellen in Kairo in Ungnade gefallen sei, weil er die Todsünde auf sich geladen habe, eine Araberin zu heiraten und einen Sohn mit ihr zu zeugen. So etwas tat man einfach nicht. Man durfte den Kolonialvölkern zwar freundschaftlich begegnen, aber so freundschaftlich nicht. Pritchard fiel also in Ungnade und wurde nicht mehr gesehen – weder in Shepheard's Hotel noch im British Club. Doch 1944 lag der türkischen Regierung eines Tages eine Liste aller deutschen Agenten im Lande vor. Das Ausmaß der Unterwanderung war einer der Faktoren, die dazu beitrugen, daß sich diese unschlüssige Administration nicht mit den Achsenmächten verbündete. Pritchard, so munkelte man, war nicht untätig gewesen. Nach dem Krieg bewegte er sich weiter in östlicher Richtung, und damals begann das Rätselraten um ihn. Als der berühmte britische Geheimdienst eine Talfahrt ohnegleichen anzutreten drohte, geriet Pritchard immer mehr in Verdacht. Anscheinend hatte er in Oxford das falsche College besucht und die falschen Lehrer gehabt. Außerdem hatte er ein paar zweifelhafte Freunde, die links von der Mitte standen. Wenn er auch nur die leisesten homosexuellen Neigungen oder vielleicht ein größeres Maß an Intelligenz gezeigt hätte, wäre er vom in Panik geratenen MI6 stillschweigend fallengelassen worden. Statt dessen wurde er nach Saigon geschickt und begann prompt, nebenher für die Franzosen zu arbeiten. Hawke erinnerte sich an einen Ausspruch in einem Dossier, den Pritchard damals angeblich getan hatte: *Schließlich sind die Franzosen keine Russen, und das Pfund ist auch nicht mehr das, was es einmal war.*

Anschließend ging er nach Niederländisch-Ostindien und blieb dort, bis die Aufständischen den Krieg gewannen und Indonesien gegründet wurde. Man glaubte, daß die Niederländer ebenso auf seine Dienste zurückgriffen wie die Briten, aber diese Vermutung wurde durch zwei Umstände widerlegt. Zum einen siegten die Aufständischen; zum andern schenkte ihm Sukarno, der Präsident des neuen Staates, eine kleine, aber einträgliche Gummiplantage auf Sumatra.

Und die Briten ließen ihn immer noch nicht fallen. Wahrscheinlich wußte er etwas, das kein anderer wußte.

Danach kam er viel herum. Eine Weile war er in Japan, dann auf den Philippinen, dann ein paar Jahre auf Taiwan. Und stets, so hieß es zumindest, im Auftrag von MI6. Kein Mensch wußte, was aus seiner arabischen Frau und aus seinem Sohn geworden war. Er führte jedenfalls das Leben eines anspruchsvollen Junggesellen.

Während seines Aufenthaltes auf Taiwan kam dem CIA zum ersten Mal der dunkle Verdacht, daß er vielleicht auch für das KGB arbeitete. Der russische Geheimdienst war dort sehr aktiv und versuchte – freilich vergebens –, Rotchina in Schwierigkeiten zu bringen. Hawke hatte mehrere Berichte gelesen, in denen angedeutet wurde, daß Pritchard Kontakt zu KGB-Agenten habe, die dem CIA namentlich bekannt seien. Und die Firma übte daraufhin erheblichen Druck auf MI6 aus. Zunächst waren die Briten nicht einmal bereit, über die Sache zu reden. Doch dann wurde der Druck auf höchster Ebene verstärkt, und sie gaben nach. Ein maßgeblicher MI6-Bürokrat trat mit einem großen Aktenkoffer voll Dossiers in Langley ein. Hawke war einer von den drei CIA-Leuten, die Einsicht in diese Unterlagen nehmen durften. Der Engländer im Nadelstreifenanzug saß derweil da und beobachtete sie wie ein Kaufhausdetektiv in der Schmuckabteilung ein verdächtiges Subjekt.

Die Dossiers handelten von Berichten, die Pritchard im Lauf der Jahre eingereicht hatte. Es überstieg beinah die Vorstellungskraft. Pritchard hatte nicht nur als Doppelagent für die Franzosen, Niederländer, Japaner, Russen und etliche andere gearbeitet, sondern auch als Tripelagent für verschiedene Geheimdienste, die Gegenspieler dieser Länder waren. Ein Beweis für Pritchards letztliche Loyalität den Briten gegenüber ging aus diesen Dossiers nicht hervor.

Hawke hatte zwei Fragen gestellt: Warum wurde das von den Briten geduldet? Und wie kam es, daß Pritchard noch lebte? Der Engländer hatte mit nonchalantem Schulterzucken erwidert, jeder Bericht, der von Pritchard eingegangen sei, habe sich als zutreffend und brauchbar erwiesen; und was sein langes Leben angehe – nun, wahrscheinlich habe es sich mit den Berichten, die er den anderen Geheimdiensten zugeleitet habe, nicht anders verhalten.

Kurz, Pritchard war eine besondere Rarität: ein Meisterspion, der auf internationaler Ebene wirkte und durch sein Wissen geschützt wurde, paradoxerweise auch dadurch, daß unklar war, mit welcher Seite er es hielt.

Hawke hatte zu seiner eigenen Verblüffung dem Direktor des CIA empfohlen, Pritchard nicht in seinen Aktivitäten zu beschneiden. Die Firma wäre vielmehr gut beraten, wenn auch sie sich seiner Mitarbeit versicherte. Der Direktor war Hawkes Empfehlung gefolgt, und im Lauf der Jahre hatten viele maßgebliche CIA-Leute eine echte Zuneigung zu Pritchard entwickelt – und eine tiefe Bewunderung für seine stets aufschlußreichen Informationen. Doch Hawke hatte ihn nie kennengelernt, denn er war kurz darauf zum Abteilungsleiter für Südamerika befördert worden und hatte sechs Jahre mit dem Versuch verbracht, unpopuläre Diktatoren an der Macht zu halten. Als er, zum Operationsleiter ernannt, nach Washington zurückkehrte, hatte sich Pritchard bereits in den Dschungel von Malaysia zurückgezogen, Doyen seines Fachs und ein schwerreicher alter Mann.

Der letzte Satz der Symphonie begann, und Hawke dachte an Washington und an den Bericht, den er seinem Chef vorlegen würde: Die Reise habe gezeigt, daß eine Steigerung der Effektivität des CIA in Südostasien ohne weiteres möglich sei. Es müßten nur zwei Außenstellenleiter von ihrem Posten abberufen werden, und für diese beiden schwebten ihm schon gute Ersatzmänner vor. Er rechne damit, daß sich binnen eines Jahres aktive Zellen in Vietnam, Laos und Kambodscha herauskristallisieren würden – zumindest ansatzweise. Rundum erfreuliche Aussichten also. Und als nächstes würde er sich auf den Nahen Osten konzentrieren. Diese unruhige Region verschlang einen großen Teil des Etats der Firma. Doch was bei all dem Aufwand herauskam, war nicht nur bescheiden, sondern ausgesprochen enttäuschend.

Hawke sann auf Abhilfe, bis die Symphonie mit majestätischen Akkorden ausklang. Stille im Dschungel, doch dann setzten wieder die Geräusche der Tropennacht ein.

»Vielen Dank«, sagte Hawke. »Es war ein sehr angenehmer und interessanter Abend.«

Pritchard neigte den Kopf. »Nichts zu danken. Es war mir ein Vergnügen. Ein alter Mann im Ruhestand freut sich immer über Gesellschaft. Nehmen Sie auch einen Schlummertrunk?«

Ohne Hawkes Antwort abzuwarten, gab er dem Mädchen einen leichten Klaps. Sie stand auf und schenkte Cognac nach. Pritchard sagte etwas auf malaiisch zu ihr. Sie lächelte, nahm den dritten Schwenker vom Teewagen, setzte sich wieder zu ihm, trank mit kleinen Schlucken und betrachtete Hawke gleichmütig über den Rand des Glases hinweg.

»Wie war Ihre Reise?«

Der Amerikaner mußte sich erneut zwingen, seine Aufmerksamkeit auf Pritchard zu lenken.

»Nicht schlecht. Wir haben da einiges nachzuholen. Sie verstehen schon.«

Pritchard nickte. »Natürlich. Aber nun wird sich das Blatt sehr rasch zu Ihren Gunsten wenden.« Er kniff die Augen zusammen, dachte nach. »Dürfte nicht allzu schwierig sein. Braden werden Sie freilich aus Djakarta abberufen müssen.« Er lächelte. »Und Raborn trinkt zuviel. Also wird er ebenfalls gehen müssen. Jammerschade. War mal ein guter Mann.«

Hawke erwiderte das Lächeln nicht. Er empfand diese korrekte Beurteilung der Lage wie einen kleinen Nadelstich und fragte: »Wie lang leben Sie jetzt schon im Ruhestand?«

Pritchard zuckte die Schultern. »Fünf Jahre. Aber man hält sich auf dem laufenden. Hin und wieder kommen hier Leute vorbei, die einen alten Kauz besichtigen wollen, Leute wie Sie.«

Hawkes Verärgerung schwand dahin. »Eine internationale Gesellschaft, ja?«

Der alte Herr lächelte wieder.

»Das kann man wohl sagen. Vorige Woche war Koslow zum Abendessen da. Hat mir viel Freude gemacht. Übrigens, falls Sie ihn einmal zu Gast haben sollten – er schwärmt für Chopin.«

Nun mußte Hawke lächeln. Uri Koslow war vom KGB, Operationsleiter für Südostasien.

»Sie halten sich also auch im Ruhestand alle Optionen offen?«

Pritchards Miene wurde ernst. Nur in seinen Augen schien es schelmisch zu glitzern.

»Mr. Hawke, ich will Ihnen ein Geheimnis verraten. Sie können doch schweigen, nicht wahr?« Ja, es glitzerte wirklich schelmisch in diesen dunklen Augen. »Gut«, fuhr Pritchard fort. »Ich habe nie richtig für die Russen gearbeitet. Man könnte sagen, daß ich ihnen ab und zu einen kleinen Dienst erwies – aber das ist so ähnlich, als ob man einen Anwalt hätte, den man nicht beschäftigt.«

»Die Russen haben Sie nie eingesetzt?«

Pritchard schüttelte den Kopf. »Nein. Vielleicht wußten sie schon alles, was ich ihnen sagen konnte.«

Nun beschloß Hawke, seinerseits einen kleinen Nadelstich anzubringen.

»Aber ein Spion tritt doch nie wirklich in den Ruhestand.«

Der alte Herr quittierte den Nadelstich mit einem Lächeln.

»Koslow ist nur des Essens wegen gekommen – und wegen Chopin natürlich auch. Wahrscheinlich hat er von meiner Anlage gehört.«

Während Hawke diesen Brocken verdaute, zog Pritchard das Mädchen auf seinen Schoß. Geistesabwesend streichelte er ihre linke Brust. Dann sah er den Blick des Amerikaners und sagte verschämt: »Solche Liebkosungen sind in meinem Alter leider das einzige, was einem bleibt. Und wie sieht es im Nahen Osten aus?«

Der abrupte Themawechsel verwirrte Hawke erneut. Wenn er sich später an diesen Abend erinnerte, fiel ihm auf, daß der »Doyen« ihn immer wieder aus der Fassung gebracht hatte. Er fragte sich einen Moment lang, ob der alte Herr Gedanken lesen könne.

»Was soll das heißen?«

»Nun, nachdem Sie Ihre Inspektionsreise hier beendet haben, wird Sie doch sicher der Nahe Osten beschäftigen.«

Hawke nickte. »Er beschäftigt alle. Diese Region hat in Washington für mehr schlaflose Nächte gesorgt als sämtliche Callgirls der Stadt.«

Pritchard zog in gespieltem Erstaunen eine Augenbraue hoch und bemerkte: »Nach dem, was ich von Washington weiß, ist das eine echte Leistung. Was gedenken Sie also zu tun?« Er lächelte freundlich. »Ich meine, im Hinblick auf den Nahen Osten.«

Hawke erhob sich, ging zum Rand der Terrasse und blickte auf den Fluß. Er hatte seinen Platz verlassen, teils, um die Augen von diesem grellen Kontrast abzuwenden – Pritchards knochige Greisenfinger und die Brust des jungen Mädchens –, teils, um sich zu sammeln. Es war möglich, daß dieser Besuch ein unbewußtes Motiv hatte. Das Bedürfnis, Pritchard ein paar Bälle zuzuspielen und zu sehen, wie er, der Erfahrene, darauf reagierte. Hawke wußte, daß er in den kommenden Monaten den größten Teil seiner Zeit mit einem verzweifelten Versuch verbringen würde. Dem Versuch, die Position seines Landes im Nahen Osten zu festigen. Und das war fast aussichtslos nach Jahren des Mißmanagements, der ungeschickten Politik, der mangelnden Willenskraft. Er ging wieder zum Tisch zurück.

»Wir werden unsere Aktivitäten im Nahen Osten steigern.«

Pritchard nahm die Hand von der Brust des Mädchens und machte eine wegwerfende Gebärde.

»Das heißt, Sie werden statt der zweitausend Agenten, die dort herumrennen und nichts erreichen, vier- bis fünftausend Agenten einsetzen, die auch nichts erreichen.«

Ein weiterer Nadelstich. Hawke spürte ihn deutlich.

»Damit wäre unsere Präsenz im Vergleich mit den Russen immer noch gering.«

»Gewiß«, bestätigte Pritchard. »Aber die Russen haben dort in letzter Zeit Erfolg gehabt – zumindest, was ihre wichtigste Strategie angeht. Und das ist die Destabilisierung.«

Dieser Nadelstich drang noch tiefer ins Fleisch. Hawkes Stimme nahm etwas Defensives an.

»Sie hatten ja auch ziemlich freies Feld. Uns waren vier Jahre lang die Hände gebunden. Aber damit ist es jetzt vorbei. Das KGB und die anderen Geheimdienste werden bald merken, daß die Firma wieder mitmischt.«

Pritchard lächelte zynisch.

»Das freut uns alle von Herzen, mein lieber Junge, aber ich wiederhole: Es empfiehlt sich zwar, Dampf hinter die Sache zu machen, nur genügt das leider nicht.«

»Natürlich nicht. Und Sie haben zweifellos eine ganz einfache Lösung für das derzeit größte Problem, das uns alle betrifft?«

»Ich kann Ihnen nur einen Vorschlag bieten.« Pritchard deutete auf den leeren Sessel am Tisch. »Wollen Sie nicht Platz nehmen und ihn sich anhören?« Er lächelte charmant. »Es wäre ein Jammer, wenn Sie nur wegen des Essens und Beethovens Fünfter gekommen wären.«

Hawke zögerte einen Moment. Dann setzte er sich. Das Mädchen erhob sich von Pritchards Schoß, schenkte Cognac nach, nahm wieder Platz und musterte Hawke mit unergründlichem Blick.

»Religion.«

Hawke war erneut verwirrt, mußte erneut seine Gedanken ordnen.

»Was soll das heißen?«

Pritchard beugte sich vor und sagte ernst: »Die Religion, Mr. Hawke, ist die einfachste Lösung Ihres fundamentalen Problems.«

»Sie meinen, wir sollen alle darum beten, daß sich dieses Problem in Wohlgefallen auflöst?«

Zum ersten Mal trat ein leicht gereizter Ausdruck in Pritchards Gesicht.

»Sie sind ein intelligenter Mann, Hawke, das weiß ich. Es ist mir auch bekannt, daß Ihre verehrten Kollegen und die neue Regierung großen Respekt vor Ihnen haben. Sie haben mich nach einem Vorschlag gefragt, und den sollen Sie haben. Also seien Sie so freundlich, und hören Sie mir bitte ernsthaft zu. Ich bin zwar alt, aber nicht senil.«

Hawke war beschämt. Er sagte nichts, nickte nur, akzeptierte den Tadel.

»Die Religion ist die Lösung«, fuhr Pritchard fort. »Genauer gesagt, der Islam in all seinen Formen und Spielarten.« Er hatte die Augen halb geschlossen, er konzentrierte sich. Seine Stimme war leiser geworden, und Hawke beugte sich vor, damit er seine Worte verstehen konnte.

»Die meisten selbsternannten Experten glauben, daß die Spaltungen im islamischen Lager den Großmächten nützen, weil sie Uneinigkeit zwischen den islamischen Staaten zur Folge haben. Und die ›Experten‹ meinen, das sei eine gute Sache. Sie verweisen auf den Krieg zwischen Iran und Irak, auf die Spannungen zwischen Ägypten und Libyen, Jordanien und Syrien und so weiter.«

Pritchard schüttelte den Kopf. »Aber diese Leute irren sich. Sie haben nicht begriffen, daß der Islam etwas anderes ist als die anderen Weltreligionen. Er ist nicht mit dem Christentum, dem Judentum oder dem Buddhismus zu vergleichen, denn er unterscheidet sich von ihnen in einem fundamentalen Punkt: Er fordert von seinen Bekennern absoluten Gehorsam. Gehorsam nicht nur im Hinblick auf die Lehre, sondern auch im Hinblick auf die Bestimmungen, die jede Tages- und Nachtstunde der Gläubigen regeln. Der Islam ist eine aggressive, junge, expansive und expandierende Religion. Auch dadurch hebt er sich von den anderen Weltreligionen ab. Das Wort *Islam* bedeutet *Hingabe*.«

Hawke mußte Pritchard unterbrechen. »Das ist mir alles völlig klar. Ich kann mir nichts Bedrohlicheres vorstellen als einen geeinten Islam. Seine Macht wäre unermeßlich.«

Pritchard hob die Hand.

»Lassen Sie mich fortfahren. Gewiß, seine Macht wäre unermeßlich. Aber sie könnte kontrolliert werden.«

»Von wem?« fragte Hawke ungläubig.

»Von uns – vom Westen. Nein, lächeln Sie nicht. Sie haben sich nach einer einfachen Lösung erkundigt, und ich biete sie Ihnen.«

Hawke bemühte sich, ernst zu bleiben, und fragte: »Das heißt, zuerst einen wir den Islam? Was übrigens wesentlich schwieriger sein dürfte als die Überwindung der Kluft zwischen Katholiken und Protestanten. Und dann übernehmen wir die Kontrolle?«

»Genau.«

»Und wie?«

»Durch Unterwanderung.«

Hawkes Stimme nahm einen sarkastischen Ton an.

»Also. Wir einen den Islam, übernehmen die Kontrolle durch Unterwanderung und beherrschen auf diese Weise die etwa sechshundert Millionen Moslems.« Hawke wurde ungehalten. Der alte Herr war wohl doch senil. »Das ist eine glänzende Idee, Mr. Pritchard, und eine einfache Lösung ist es sicher auch. Bleibt nur die Frage: Wie machen wir das?«

Pritchard stellte sich taub gegen Hawkes Sarkasmus. Er trank einen Schluck Cognac und sagte: »Durch ein Wunder.«

Hawke lachte schallend.

»Durch ein Wunder? Ja, das wäre auch nötig.«

Wieder hob Pritchard die Hand, und der Amerikaner hörte auf zu lachen.

»Wollen Sie mir vielleicht erzählen, daß ein Land, das Atomwaffen entwickelt und die erste bemannte Mondlandung geschafft hat, nicht auch in der Lage wäre, ein erstklassiges, hundertprozentiges Wunder zu bewirken?«

Hawke versuchte, keine Miene zu verziehen.

»Sagen wir, wir wären in der Lage dazu – aber was soll das Ganze?«

Pritchard lehnte sich zurück, streichelte wieder die Brust des Mädchens und sagte: »Dieses Wunder wäre die Bestätigung dafür, daß der wahre Mahdi gekommen ist.« Er blickte Hawke in die Augen. »Und ich werde Ihnen erzählen, was es mit dem Mahdi auf sich hat.«

2

Hawke duschte noch einmal. Er brauchte das aus mehreren Gründen. Erstens war die Nacht drückend heiß und schwül, zweitens hatte er zuviel getrunken – vor allem aber herrschte in seinem Hirn ein heilloses Durcheinander. Er drehte den Kaltwasserhahn auf und hielt den Kopf direkt unter den Strahl. Das half ein wenig. Dann stieg er aus der Dusche, schlang ein Badehandtuch um sich, ging ins Zimmer, schenkte sich ein Glas Eiswasser ein, trat ans Fenster und blickte auf den dunklen Fluß hinaus.

Stunden waren vergangen, seit Pritchard das Thema Religion ins Gespräch gebracht hatte. Stunden, in denen Hawke wenig gesagt, nur ab und zu Fragen gestellt hatte. Doch das Wissen des alten Herrn, seine kühne Phantasie hatten ihn immer mehr fasziniert und erstaunt.

Pritchard hatte alles genau durchdacht. Es wäre, wie er etwas selbstgefällig ausführte, der Coup der Coups. Dem konnte Hawke nur zustimmen.

»Wäre so, als würde der Papst für den CIA arbeiten«, bemerkte er.

»Besser noch«, berichtigte Pritchard. »Der Mahdi würde eine Macht ausüben, die praktisch absolut ist. Jedes islamische Staatsoberhaupt müßte sich ihm beugen, sonst würde es vom Volkszorn hinweggefegt.«

Dann erläuterte Pritchard den mystischen Hintergrund des

Glaubens an den Mahdi, erklärte, weshalb die Muslime auf das Kommen eines neuen Propheten warten und darum beten. Seit Mohammeds Tod hatte es Dutzende von Malen falschen Alarm gegeben.

Die Briten hatten auf dem Höhepunkt ihrer imperialistischen Phase zwei »Mahdis« bekämpft und getötet. Vor kurzem hatte die saudiarabische Herrscherfamilie einen jungen Eiferer und den größten Teil seiner Anhänger hinrichten lassen, weil er zu glauben gewagt hatte, daß er der neue Gesandte Allahs sei.

Hawkes Interesse wuchs. Er bemerkte, daß Ajatollah Khomeini von vielen für den Mahdi gehalten werde. Worauf Pritchard lächelnd nickte und einen anderen Ajatollah zitierte, der gesagt hatte, ja, der Mahdi werde eines Tages kommen – aber gewiß nicht mit einem Jumbo-Jet der Air France.

Dann umriß Pritchard die gegenwärtige Verfassung des Islams. Er hob noch einmal die jugendliche Vitalität dieser Weltreligion hervor. Vor fünfzig Jahren habe es erst vier islamische Staaten gegeben. Heute seien es fast vierzig. Gegen Ende des Jahrhunderts werde Schwarzafrika mindestens zur Hälfte mohammedanisch sein. Um dieselbe Zeit würden sich in den südlichen und östlichen Teilen der UdSSR über sechzig Millionen Menschen zur Lehre des Propheten bekennen. Nicht einmal der Kommunismus könne das Wachstum des Islams bremsen oder etwas daran ändern, daß die islamischen Staaten einen Großteil der wichtigsten Rohstoffe kontrollierten – vor allem Erdöl. Sie verfügten über achtzig Prozent der Ölreserven des Planeten.

Pritchard betonte, die Gefahr für den Westen liege im derzeitigen Zustand des Islams. »Schlimmer als ein Elefant im Porzellanladen«, sagte er. Ein großes, kräftiges, ungebärdiges Kind, das ständig außer Rand und Band gerate. Mit dem langersehnten Kommen des Mahdi werde sich all das ändern. Er werde Ordnung aus dem Chaos schaffen. Pritchard fuhr lächelnd fort: »Er könnte sogar zu dem Schluß gelangen, daß der gegenwärtige Ölpreis Wucher ist, und der Koran ist sehr hart gegen Wucherer und Profitmacher. Sie können es in der Neunten Sure nachlesen: *An jenem Tage des Gerichtes sollen diese Schätze am Feuer der*

Hölle glühend gemacht und ihre Stirnen, Seiten und Rücken damit gebrandmarkt werden. ›Seht, das ist es, was ihr für euere Seelen angesammelt habt. Kostet nun das, was ihr aufgespeichert habt.‹ Sehr passend, finden Sie nicht? Und vielleicht wird Dschehennams Feuer mit arabischem Rohöl glühend gemacht.«

Hawke lauschte dem alten Herrn nun wie gebannt. Er neigte zwar nicht zu Hochflügen der Phantasie, aber seine Arbeit hatte ihn gelehrt, daß kaum etwas unmöglich war, wenn es darum ging, Menschen hinters Licht zu führen. Doch dann drängte sich die praktische Seite seines Wesens in den Vordergrund.

»Aber wie machen wir das im einzelnen?« wollte er wissen. Gut, ein ›Wunder‹ lasse sich wohl arrangieren, und vielleicht könne man damit den neuen Mahdi tatsächlich in den Sattel heben. Doch wie solle man ihn finden? Anhand welcher Kriterien ihn auswählen? Wie ihn aufbauen? Und vor allem, wie ihn im Griff behalten? Ob sich Pritchard das auch überlegt habe?

Pritchard war um Antworten nicht verlegen. Er hatte alles bedacht. Von der Ausstreuung früher Gerüchte in der islamischen Welt bis zur Auswahl des Kandidaten. Kriterien: seine Vorgeschichte und seine Wirkung auf die Menschen. Das Hauptproblem, so führte er aus, sei die vollständige Kontrolle über den Mahdi, wenn er allgemein anerkannt werde. Hawke habe das bereits angedeutet, und da müßten er und seine Leute sich eben etwas einfallen lassen. Der CIA sei doch gewiß in der Lage, einen geeigneten Mann zu finden und selbst in den heikelsten Situationen im Griff zu behalten. Oder etwa nicht?

Dann schilderte er die Möglichkeiten, die gegeben seien, wenn der Mahdi sich durchgesetzt habe. Man werde allmählich Einfluß auf die Politik sämtlicher islamischer Staaten nehmen können. Es sei nicht einmal ausgeschlossen, dem Westen mißliebige Regierungen zu stürzen. Der islamische Fundamentalismus erstarke überall. Selbst totalitäre Regime wie die in Syrien, Libyen und Saudiarabien kämpften verzweifelt gegen religiöse Extremisten wie die Moslembruderschaft, deren einziges Ziel es sei, in sämtlichen Lebensbereichen zum strengen islamischen Gesetz zurückzukehren. Der Iran sei das erste und wichtigste Beispiel gewesen. Doch selbst der Iran, erklärte Pritchard, werde sich fügen müssen, wenn der vom Westen gesteuerte Mahdi seine Position gefestigt habe. Hawke hörte in atemlosem Schweigen zu. Nur einmal machten sich die langen Jahre seiner Berufspraxis bemerkbar: Pritchard sah, wie er nervös nach dem Mädchen schielte, das stumm und müde auf dem Schoß des Engländers saß. Der alte Herr hatte Hawke mit einem Lächeln beruhigt. Er könne unbesorgt sein. Das Mädchen spreche nur Malaiisch. Außerdem sei sie keine Mohammedanerin. »Sie ist Jungfrau«, hatte Pritchard schmunzelnd erklärt. »Das hat auch eine gewisse Mystik und ist fast eine eigene Religion.«

Hawke trank sein Eiswasser und ließ seine Gedanken schweifen, Möglichkeiten erwägen, mit Möglichkeiten spielen. Pritchard hatte die Operation in großen Zügen dargelegt. Hawke konnte sich vorstellen, wie er hier in seinem Domizil am Fluß Nacht für Nacht gesessen und sein Komplott geschmiedet, seine listige Attacke gegen die lebendigste und aggressivste Weltreligion bis ins letzte durchgeplant hatte. Man mußte die Schwächen des Islams nutzen, seine Achillesferse finden und dort mit der modernen Technik ansetzen. Pritchard hatte erklärt, daß der Islam eine Religion sei, die innovatives Denken nicht fördere – und damit auch nicht die Naturwissenschaften. Er stehe in seiner Entwicklung etwa da, wo die spanische Inquisition einmal gestanden habe. Die Fundamentalisten schrecke jede Abweichung von der Norm. Und so blicke der Islam um der theologischen Reinheit willen nach innen und nach rückwärts und scheue vor Neuerungen zurück.

Dieser Aspekt bildete – im Verein mit der Inbrunst des Islams und dem Glauben an das Kommen eines neuen Propheten, des Mahdi – den Kern von Pritchards Strategie.

Hawke sah natürlich die Gefahren.

»Und wenn der Plan auffliegt?« fragte er. Die Reaktionen im Nahen Osten würden verheerend sein. Alle islamischen Staaten würden den Ölhahn zudrehen. Pritchard lächelte, wiegte den Kopf, betrachtete prüfend seinen Gast. Dann fragte er, was das erste sei, das ein Agent lerne. Während Hawke zwanzig Jahre zurückdachte, an die Zeit seiner Ausbildung, gab Pritchard ungeduldig selbst die Antwort.

»Nimm bei deinen Aktionen immer einen anderen Geheimdienst als Speerspitze. Wenn etwas schiefgeht, schiebst du ihm die Schuld in die Schuhe und verdrückst dich.«

Hawke nickte zustimmend und erkundigte sich, wer in diesem Fall die Speerspitze bilden solle. Pritchards Lächeln wurde sardonisch. »Da kommen nur zwei Kandidaten in Frage«, sagte er. »Die Israelis oder die Briten.«

Er erörterte, was für die einen und was für die anderen sprach, und plädierte schließlich für die Briten. Er begründete, warum er den Briten den Vorzug gab. Mossad, der israelische Geheimdienst, sei zu schlau, um sich einfach benutzen zu lassen. Wenn die Operation glücke, müsse man damit rechnen, daß er sich nicht an die Vereinbarungen halten und alles Erreichte für sich beanspruchen werde. Die Briten dagegen seien eine ideale Speerspitze. Sie glaubten über Arabien besonders gut Bescheid zu wissen. Sie machten sich romantische Illusionen über ihre Rolle in der Geschichte des Nahen Ostens. Sie könnten endlos von Sir Richard Francis Burton und von Lawrence of Arabia reden – und täten dies auch. Es sei kurios, so bemerkte Pritchard, daß ein Land mit derart feuchtem und trübem Klima einen solchen Hang zu den Wüsten Arabiens habe. Falls die Sache aufflöge, könnten die islamischen Staaten wenig gegen die Briten unternehmen. Die hätten schließlich ihr Nordseeöl, das noch mindestens zwanzig Jahre reiche. Außerdem behielten die Amerikaner hier wirklich die Fäden in der Hand.

Hawke erhob Einwände. Wie die meisten amerikanischen Geheimdienstler mißtraute er seinen britischen Kollegen. Gewiß, sie hätten während des Krieges und kurz nach dem Krieg schöne Erfolge gehabt, doch nun befänden sie sich in einer traurigen Verfassung. So viele »Maulwürfe« in ihren Reihen! Eine wahre Plage, schlimmer als im Schloßpark von Windsor. Und dann zählte er sie auf: »Philby, Burgess, Maclean, Vassall, Blunt – und nur Gott und das KGB wissen, wie viele es noch sind, die bislang nicht enttarnt werden konnten.«

Pritchard widersprach. Er glaube, daß besonders MI6, die Auslandsabteilung des britischen Geheimdienstes, inzwischen relativ sauber sei, einen Selbstreinigungsprozeß vollzogen habe in den siebziger Jahren und darauf brenne, sich wieder einen würdigen Platz unter den Geheimdiensten der freien Welt zu verschaffen. Wie? Durch einen spektakulären Coup natürlich. Auch sei die Position von MI6 in jüngster Zeit durch die entschlossene Politik der britischen Premierministerin gestärkt worden. Pritchard behauptete, die Eiserne Lady habe genügend Mumm, sich hinter jeden Plan zu stellen, der zu Britanniens Sicherheit beitrage, egal, wie riskant dieser Plan sei.

Hawke fand das nicht sehr überzeugend. Aber das Ganze war ohnehin nur graue Theorie. So einfallsreich dieser Plan auch sein mochte – seinem Chef würde er ihn nicht schmackhaft machen können. Vom Präsidenten ganz zu schweigen.

Hawke fragte sich auch, wie es mit Pritchards Loyalität stand. Er ließ im Geist alles Revue passieren, was er von dem Mann wußte, und kam zu dem Schluß, daß Pritchard wohl nur sich selbst treu war. Und seinem Beruf. Allein die Tatsache, daß er sich im Ruhestand völlig abgesondert und seine eigene kleine Welt aufgebaut hatte, in der er der Mittelpunkt war, zeigte deutlich, daß Pritchard keinen Wert auf Verbindungen zu seiner Vergangenheit legte. Welche Gefühle er auch in seinem Leben gehegt haben mochte, sie hatten sich nun zu Zynismus und introvertiertem Intellektualismus verhärtet.

Pritchard trank seinen Cognac und schwieg. Hawke hing Gedanken und Phantasien nach. Er stellte sich vor, wie er mit dem Direktor der Firma über den Plan sprach. Parierte im Kopf die Einwände, die zu erwarten waren. Dachte an die möglichen Auswirkungen auf seine Karriere. An Erfolg. Und an Schiffbruch. Pritchard brach sein Schweigen nicht. Er blickte auf den Fluß hinaus und streichelte geistesabwesend das schläfrige Mädchen.

Schließliche kehrte Hawke wieder in die Wirklichkeit zurück. Er rückte seinen Sessel, stand auf und bedankte sich bei seinem Gastgeber für den denkwürdigen Abend. Pritchard schwieg immer noch, nickte nur. Hawke wünschte ihm eine gute Nacht und ging auf die vergitterte Tür zu. Er war schon im Schatten, da blieb er stehen, weil er die Stimme des alten Herrn gehört hatte. »Wenn Sie sich an meinen Vorschlag halten wollen«, sagte er, »es gibt einen Mann bei MI6, der es machen könnte.«

Hawke löste sich aus dem Schatten, trat wieder ins Licht. Es war eine bezeichnende Bewegung. Wie ein unbewußter Wunsch nach Klarheit.

»Gemmel«, fuhr Pritchard fort. »Peter Gemmel. Er ist stellvertretender Operationsleiter von MI6 – ein Arabist. Kennen Sie ihn?«

Hawke schüttelte den Kopf.

»Macht nichts«, sagte Pritchard. »Er gehört zur neuen Generation, zu der Generation, die nichts für die Pannen des britischen Geheimdienstes kann.« Der alte Herr lächelte still. »Er hat weder in Oxford noch in Cambridge studiert, aber er ist gescheit und er ist zäh – er würde Ihnen wahrscheinlich gefallen.«

»Und sein Vater?« fragte Hawke. »War sein Vater auch Arabist?«

Pritchard lachte. Es klang dünn und schrill, aber anerkennend. Sein Gast hatte Schlagfertigkeit und Witz gezeigt. Das Mädchen schlug die Augen auf und kicherte. Sie hatte nichts begriffen, aber sie wollte Pritchard gefällig sein.

Das Gelächter des alten Herrn verstummte. Er schüttelte langsam den Kopf. »Auch Sie, Mr. Hawke, würden die Sünden eines Sohnes ja wohl nicht seinem Vater zur Last legen.« Er schmunzelte. »Aber wenn es Sie beruhigt – Gemmels Vater war Bergmann, soviel ich weiß. Wie gesagt, er gehört zur neuen Generation.«

Hawke hatte genickt, sich umgedreht und war durch die vergitterte Tür gegangen.

Und nun leerte er sein Glas, goß sich Wasser nach, tat ein paar Eiswürfel dazu und war doch ein wenig stolz auf sich. Seine Frage nach Gemmels Vater hatte Pritchard gezeigt, daß er kein Ignorant war – weder im Hinblick auf die arabische Welt noch im Hinblick auf den britischen Geheimdienst. Der alte Herr hatte Philby erwähnt, Kim Philby, den vielleicht folgenschwersten Verräter in der Geschichte des britischen Geheimdienstes. Ein Maulwurf des KGB, der das Nachkriegssystem von MI6 praktisch gesprengt hatte. Und Philbys Vater, St. John Philby, war ein berühmter Wissenschaftler gewesen, eine Kapazität auf dem Gebiet der arabischen und islamischen Kultur. Aber Pritchard hatte natürlich recht: Man kann einem Vater nicht die Sünden seines Sohnes zur Last legen.

Hawke drehte sich um. Er hatte etwas gehört. Die Tür ging langsam auf. Da stand das Mädchen im trüben Licht. Sie trat ein paar Schritte vor, und Hawke sah, daß sie ein kleines silbernes Tablett trug. Ein zusammengerolltes weißes Handtuch lag darauf. Hawke blieb stehen, rührte sich nicht, als sie das Tablett auf dem Tisch absetzte, das Tuch schüttelte und ihm dann damit behutsam über das Gesicht wischte. Das Tuch war feucht und eiskalt, und sie drückte es ihm kurz auf die müden Augen, fuhr ihm damit in die Ohren und rieb ihm dann noch die nackte Brust ab. Schließlich ließ sie es, freundlich lächelnd, auf das Tablett fallen und ging zum Bett. Sie schlug die gestärkten Laken zurück und löste ihren Sarong. Er flatterte zu ihren Füßen nieder. Sie war eine goldene, reglose Fata Morgana, und Hawke verlor sich wieder im Reich der Phantasie. Er stellte sein Glas ab und näherte sich ihr.

Monate später erinnerte er sich, daß der alte Herr ihn belogen hatte: Sie war keine Jungfrau.

3

Julia Hawke war eine sprunghafte, leicht überspannte und launische Frau, dazu ein Ausbund an Energie, was das Zusammenleben mit ihr nicht einfach machte. Doch man mußte ihr zugute halten, daß sie ihre Fehler kannte. Sie war zwar nicht imstande, sie einfach abzustellen, aber sie bemühte sich sehr, sie auszugleichen. Im Augenblick ging sie in dem eleganten Wohnzimmer des eleganten Hauses in einem Vorort von Washington hin und her und schaute immer wieder auf ihre Armbanduhr. Sie hatte bereits beim Flughafen angerufen und erfahren, daß die Maschine ihres Mannes vor einer halben Stunde gelandet war. Inzwischen hatte er sicher alle Formalitäten hinter sich gebracht. Ein Dienstwagen würde ihn abholen, und er mußte jeden Moment hier eintreffen. Sie brachte ihn nie zum Flughafen und holte ihn nie von dort ab, weil sie bei solchen Gelegenheiten immer rührselig wurde und schon früh gemerkt hatte, daß ihm das peinlich war. Er war nämlich scheu und zurückhaltend im emotionalen Bereich und mochte Gefühlsausbrüche selbst in Gegenwart von guten Freunden nicht.

Julia wartete mit zunehmender Nervosität, denn sie wußte, daß sich Morton in dem Moment, in dem er das Haus betrat, furchtbar erbosen würde. Das Problem war uralt. Es ging auf ihren Vater zurück, einen schwerreichen Vermögensberater in Houston/Texas. Sie war ein Einzelkind, und ihr Vater hatte sie abgöttisch geliebt und ihr keinen Wunsch abschlagen können. Infolgedessen hatte sie das College als sehr verwöhnte junge Dame bezogen. Sie war blond, hochgewachsen, schön und lebhaft, und Morton Hawke, damals Politologiestudent im dritten Studienjahr, hatte ihr acht Monate zugesetzt, bis sie seinen Heiratsantrag schließlich annahm. Es wurde eine gute Ehe. Nach zwei Jahren schenkte sie ihm einen Sohn, ein Jahr darauf einen weiteren, und die beiden hatten sich zu intelligenten und ansehnlichen jungen Männern entwickelt.

Einen Haken hatte die Ehe allerding, und das war Julias Vater, der den Sinn dieser Verbindung nicht darin sah, einen Schwiegersohn zu bekommen, sondern seine Tochter zu behalten, wenn auch mit Anhang. Morton Hawke stammte aus bescheidenen Verhältnissen. Sein Großvater war Metallarbeiter in Detroit gewesen, sein Vater war in dieselbe Fabrik gegangen und hatte es zum Aufseher am Fließband gebracht. Es war immer genügend Geld dagewesen, nur zum Sparen hatte es nicht gereicht, und so hatte sich Morton schon in jungen Jahren an Genügsamkeit gewöhnt. Er war mit einem Sportstipendium aufs College gegangen, doch nach einem Jahr hatte er die geistigen Dinge interessanter gefunden und sich fast ausschließlich auf das Studium der Politologie konzentriert. Bis er Julia begegnete. Er war ein Mann mit strengen und ziemlich starren Grundsätzen, und nachdem Julia seinen Heiratsantrag angenommen hatte, erklärte er ihr, daß er sie nach der Eheschließung allein ernähren werde. Sie würden ihr Leben danach einrichten müssen. Über beide Ohren verliebt und völlig ahnungslos, was Geldknappheit betraf, hatte Julia begeistert zugestimmt. Ihr Vater nicht. Er mochte Morton Hawke von Herzen und war sehr für diese Verbindung, obwohl sein Schwiegersohn einen nicht gerade ausgezeichneten Hintergrund hatte.

Der Ärger begann mit seinem Hochzeitsgeschenk, einem kleinen, aber vollständig eingerichteten Haus in einem der besseren Vororte von Houston. Als Julia ihrem Morton aufgeregt von diesem Präsent berichtete, knirschte er bloß mit den Zähnen und schritt zu einer stürmischen Auseinandersetzung mit seinem Schwiegervater. Der alte, dickköpfige Texaner gab schließlich nach – er dachte, das werde sich alles schon irgendwie zurechtlaufen –, und Julia zog mit ihrem Morton in eine kleine Wohnung im dritten Stock eines Mietshauses ohne Fahrstuhl in einem der weniger feinen Viertel von Houston. Morton strich und tapezierte alles selbst. Auch die winzige Küche war Eigenbau. Er arbeitete gern mit den Händen, fand es entspannend, Wände zu weißeln, zu tischlern und das greifbare Ergebnis seiner Bemühungen zu sehen. Und Julia gefiel die Wohnung sehr. Sie brachte sich das Kochen bei, lernte, die vorsintflutliche Waschmaschine zu bedienen und Mortons Hemden zu bügeln. Die Enge der Räumlichkeiten ging ihr manchmal auf die Nerven, ebenso die Nachbarn, aber sie liebte Morton, und er liebte sie, die Ehe hatte noch den Reiz des Neuen, und das richtete sie immer wieder auf. Julias Optimismus sagte ihr überdies, daß Morton in einem Jahr seinen Abschluß machen und einen gutbezahlten Job bekommen würde. Und dann konnte sie wieder so leben, wie sie es von Kindesbeinen an gewohnt war. Sie glaubte auch, Mortons Grundsätze würden im Lauf der Zeit etwas aufweichen. Also bestand letzten Endes Aussicht darauf, daß er eine gewisse Subventionierung von seiten ihres Vaters zulassen würde.

Doch ihr Vater hatte keine Geduld. Drei Monate später kam Morton eines Abends nach Hause und fand mehrere Nachbarskinder vor, die einen brandneuen, hellgrünen MG-Sportwagen anstaunten – ein Geschenk von Julias Vater für sein Töchterchen. Es hatte Tränen gegeben, als Morton das Auto zurückgehen ließ, aber er war unerbittlich und blieb es auch in den folgenden Jahren. Der CIA hatte ihn sich direkt vom College geholt. Nur war ein Praktikant bei der Firma leider kein Großverdiener, und während der nächsten sechs Jahre – das junge Paar wechselte mehrmals den Wohnort und zog seine Kinder auf – mußten sie ähnlich bescheiden leben wie zuvor. Julias Vater ließ nicht locker. Er wollte die Lage verändern und wunderte sich nicht wenig, als Morton einen hochdotierten Posten in *seiner* Firma ablehnte. (Obwohl es ihm ein gewisses Renommee in seinem exklusiven Club verschaffte, daß er einen Schwiegersohn hatte, der Spion war.) Dieses Problem hörte nicht auf zu bestehen; auch dann nicht, als Morton auf der Karriereleiter emporzuklettern begann und sein Einkommen dementsprechend wuchs. Für Julias Vater würde sein Gehalt – und mochte er selbst zum Direktor des CIA aufsteigen – nie hoch genug sein, jedenfalls nicht hoch genug für die hübschen Sachen, die seinem Töchterchen zustanden. Julias Mutter dagegen konnte Morton verstehen. Sie billigte seine Einstellung und tat ihr Bestes, um ihren aufgebrachten Mann zu beruhigen, wenn auch teure Geschenke für die Enkel zurückgewiesen wurden. »Maximal fünfzig Dollar«, das hatte sich Morton ausbedungen, und Julias Vater hatte darauf in erstaunter Entrüstung erwidert: »Für das Geld kannst du ja nicht mal in 'nem texanischen Kaff ordentlich ausgehen.«

Dieser Grundsatz war und blieb eine von den zwei Wolken am ansonsten blauen Himmel von Julias Eheleben, und sie wurde erst etwas kleiner, als Morton in die Spitzenpositionen der Firma aufrückte und seiner Frau teure Kleider kaufen konnte – manchmal auch Schmuck. Die andere Wolke war sein Do-it-yourself-Fimmel. Was im Haus zu machen war, machte er am liebsten allein. Er renovierte es auch auf eigene Faust im Abstand von ein bis zwei Jahren. Das Problem war, daß er dafür nur den Optimismus des begeisterten Heimwerkers mitbrachte. Und das hatte zwar bei ihrer ersten kleinen Wohnung vollauf gereicht, aber es genügte nicht für ein repräsentatives Haus in Washington. Julias Freundinnen belustigte das sehr. Sie schlugen vor, daß Morton die Spionage aufgeben und Innenarchitekt werden sollte. Julia hatte sich schließlich aufgelehnt. Als Morton auf seine lange Inspektionsreise nach Südostasien ging, nahm sie sich einen der besten Innenarchitekten von Washington und ließ das Haus vom Dachboden bis zum Keller umgestalten. Andere Vorhänge, andere Teppiche, andere Leuchter im Wohnzimmer. Neue Kacheln im Bad, eine neue Küche. Als das Werk halb getan war, überfielen sie inmitten des Chaos schwere Bedenken, besonders als sich der Kostenvoranschlag des Innenarchitekten als gut gemeint, aber schlecht geschätzt erwies. Ihr ältester Sohn, vom College auf Besuch zu Hause, war über die Schwelle getreten, hatte den Kopf geschüttelt und gesagt: »Mom, wenn der alte Herr das sieht, geht er hoch wie ein Zündhütchen.« Er sagte es lächelnd, aber Julia wußte, daß es so sein würde, zumal bei Vorlage der Rechnung. Außerdem hatte ihr Morton mit strahlendem Blick erklärt, nach seiner Rückkehr werde er als erstes das Haus renovieren.

Julia hörte, wie draußen auf dem Kiesweg ein Auto vorfuhr. Sie ging bang zur Haustür und öffnete. Der CIA-Chauffeur riß gerade den hinteren Wagenschlag auf. Morton stieg aus, seine Aktenköfferchen in der Hand. Er winkte Julia lächelnd zu, sprach ein paar Worte mit dem Fahrer, lief dann die Treppe hinauf, umarmte seine Frau und küßte sie. Engumschlungen traten sie ins Haus.

»Wie war die Reise, Liebling?«

»Schön. Aber ich bin froh, daß ich wieder da bin.«

»Bist du müde?«

Er zog sie an sich. »Ja, sehr. Aber wahrscheinlich werde ich nicht schlafen können – die Zeitverschiebung, du weißt schon.« Er zwinkerte ihr zu. »Es sei denn, du machst mich noch müder.«

Sie waren durch die Diele ins Wohnzimmer gegangen. Die

neuen Leuchter brannten.

»Ich mache dir einen Drink, Liebling«, sagte Julia rasch. Sie trat an die Bar und goß ihm ein Glas ein. Das Übliche: Canadian Club mit einem Schuß Soda. Er war ihr gefolgt. Sie gab ihm den Drink, und er nahm einen tiefen Schluck.

»Na, was hast du so gemacht?« fragte er. »Viel zu tun gehabt?«

»Äh – ja, dies und das.« Sie begriff es nicht. Er war über den neuen hochflorigen Teppich gegangen, an den neuen mit Samt bezogenen Sesseln vorbei, und nun stand er vor seiner Bar, die sie neu hatte furnieren lassen, und obwohl er ein guter Beobachter war, hatte er anscheinend nichts gemerkt. Doch dann sah er immerhin den besorgten und verwirrten Gesichtsausdruck seiner Frau.

»Ist was? Alles okay mit den Jungs?«

»Ja«, antwortete Julia. »Du mußt wirklich sehr müde sein, Morton. Fällt dir denn gar nichts auf?«

Er betrachtete sie, und sie sagte mit wachsender Ungeduld: »Das Zimmer. Schau dir mal das Zimmer an.«

Seine Augen schweiften langsam in die Runde. Dann nahm er wieder einen tiefen Schluck von seinem Drink und nickte stumm.

»Ich dachte mir, du kämst vielleicht nicht dazu«, erklärte Julia hastig. »Schließlich hast du gesagt, du müßtest bald weiter in den Nahen Osten.« Sie beobachtete ihn beunruhigt. Und dann, als sie sah, daß er zu schmunzeln begann, lachte sie erleichtert auf.

»Es stört dich also nicht?« fragte sie. »Es stört dich wirklich nicht?«

»Es stört mich ganz gewaltig«, sagte er und schüttelte verwundert den Kopf. »Aber ich kann ja nichts mehr daran ändern.« Dann kam ihm ein Gedanke. »Wieviel hat das gekostet?«

Sie nahm sein Glas und schenkte ihm noch einmal drei Fingerbreit Canadian Club ein.

»Wieviel?«

Sie reichte ihm das Glas, diesmal ohne den Schuß Soda.

»Tja – also, es war eine komplette Renovierung, im ersten Stock auch, die Badezimmer inklusive und die Küche...«

»Wieviel?«

»Dreiundzwanzigtausend«, sagte sie mit ruhiger Stimme.

Er holte tief Luft, doch bevor er zu Wort kam, öffnete sich die Tür, und seine beiden Söhne traten ein und begrüßten ihn vorsichtig, aber herzlich und wollten alles von seiner Reise wissen – zumindest das, worüber er reden durfte.

Später, nach dem Abendessen, das Julia liebevoll in der neuen Küche zubereitet hatte, ging das Paar nach oben ins Schlafzimmer, und bevor er sich weiter über die Renovierung auslassen konnte, half sie ihm aus seinen Kleidern und zog ihn aufs Bett. Und in der folgenden Stunde sorgte sie dafür, daß er mit anderen Dingen beschäftigt war.

Das hätte es allerdings nicht gebraucht. Denn Morton Hawke war, schon seit er Malaysia verlassen hatte, mit anderen Dingen beschäftigt, und zwar total. Seine Bemühungen, die Erinnerungen an den Abend mit Pritchard aus seinem Gedächtnis zu verbannen, hatten nichts genützt. Auf dem langen Flug von Tokio nach Washington hatte er zwei Filme gesehen und sich dazwischen angeregt mit seinem Platznachbarn unterhalten, einem Admiral a. D. mit sehr entschiedenen Vorstellungen von der Landesverteidigung – sie stimmten fast nahtlos mit Mortons eigenen überein. Doch alle paar Minuten waren Bilder vor ihm aufgestiegen: das Haus im Dschungel, der breite, dunkle Fluß und der zynische alte Herr mit den schlohweißen Haaren und der lebhaften Phantasie. Pritchards Plan war ihm ständig durch den Kopf gegangen. Mehrere Male hatte er ihn als völlig lächerlich verworfen, aber dann hatte er wieder an die unglaublichen Möglichkeiten gedacht, die dieser Plan eröffnete, und ihn genial gefunden. Stolz, die Sehnsucht nach Genugtuung, der Wunsch, einen noch nie dagewesenen Geheimdienst-Coup zu landen – das waren nach Hawkes Meinung die Motive des alten Herrn. Und er begann allmählich, diese Motive zu den seinen zu machen. Doch die Vorstellung, seinem pragmatischen Chef einen solchen Plan auch nur vorzutragen, war nicht sehr ermutigend.

Hawke mußte dem Direktor am folgenden Nachmittag Bericht erstatten. Geschrieben hatte er ihn bereits. Seine Sekretärin mußte ihn nur noch abtippen. Hawke beschloß, sich selbst ein paar Tage Bedenkzeit zu gönnen. Danach würde er sich endgültig entscheiden.

Er dachte an das mandeläugige Mädchen und hatte Schuldgefühle. Er war kein Schürzenjäger, aber ein sehr viriler Mann, und weibliche Schönheit erregte ihn schnell. Doch im Grunde seines Herzens war er treu. Und darum hatte er nun Schuldgefühle – mit ein Grund dafür, daß seine Reaktion auf die Renovierung des Hauses so maßvoll ausgefallen war. Er liebte seine Frau, obwohl sie ihn oft ärgerte, und seine wenigen Seitensprünge hatten ihm immer mehr zu schaffen gemacht, als eigentlich nötig war. Und so lag er hellwach da trotz Julias Liebesdiensten, hellwach und beunruhigt.

Sie hatte sich an ihn geschmiegt, den Kopf an seiner Schulter, die Beine angezogen, und war zufrieden und verwirrt in einem. Es hatte sie natürlich erleichtert, daß er nicht gleich explodiert war wegen der Renovierung, aber sie spürte jetzt, daß er mit seinen Gedanken woanders war, und machte sich ihrerseits Gedanken darüber. Beim Essen hatte er nicht viel von der Reise erzählt, nur gesagt, sie sei insgesamt ein Erfolg gewesen. Dann hatte er ihr Grüße von Leuten ausgerichtet, die sie kannte. Sie kam zu dem Schluß, daß ihn irgend etwas belastete. Sie überlegte sich flüchtig, ob eine andere Frau dahintersteckte. Doch das war es wohl nicht. Nach zweiundzwanzig Ehejahren kannte sie ihren Mann. Sie akzeptierte einen gelegentlichen Fremdgang, solange sie nicht brutal damit konfrontiert wurde. Und das war ausgeschlossen, dafür war Morton zu reserviert, hatte er zu strenge Grundsätze. Also zog sie in diesem Fall die heitere Gelassenheit des Nichtwissens vor. Trotzdem – irgend etwas belastete ihn. Vielleicht würde er später mit ihr darüber reden. Entspannt schlief Julia ein.

Als sie wach wurde, war es drei Uhr morgens. Die Nachttischlampe brannte. Morton saß auf der Bettkante und hatte seiner Frau den Rücken zugedreht. Auf dem Nachttisch standen zwei Telefone, ein normales und ein Diensttelefon, das ihn direkt mit dem CIA verband. Und in diesen Apparat sprach er gerade. Julia hörte zu, wie er Weisungen gab: Wenn der Direktor am Morgen ins Büro komme, solle man ihm ausrichten, daß Morton Hawke ihn unter vier Augen sprechen wolle. Es sei dringend. Der Direktor möge bitte alle anderen Vormittagstermine absagen. Außerdem solle ihm das Dossier über James Vernon Pritchard auf den Schreibtisch gelegt werden. Morton hängte ein und schwang sich wieder ins Bett.

»Hast du nicht geschlafen?« fragte Julia.

»Nein. Ich bin hellwach. Ich funktioniere noch nicht nach Washingtoner Ortszeit – bin ihr immer noch dreizehn Stunden voraus.«

»Soll ich dir was holen? Einen Drink oder eine Schlaftablette?«

Er schüttelte energisch den Kopf. »Nein, Julia. Morgen muß ich sehr, sehr klar denken können.«

»Probleme?«

Er lächelte mühsam. »Nein. Sagen wir, ich habe etwas in Gang gebracht und hoffe, daß es läuft.«

Rätselsprüche dieser Art hatte Julia schon oft gehört in ihrer Ehe, also schüttelte sie nur ihr Kissen zurecht und schlief weiter.

Der Direktor lauschte vierzig Minuten, ohne die Miene zu verziehen und ohne zu unterbrechen. Als der Monolog zu Ende war, schlug er das Dossier auf, das vor ihm lag, studierte es zwanzig Minuten lang, immer noch stumm, hob dann die Augen und sagte zu Morton Hawke: »Ich bin seit einem halben Jahr Direktor des CIA. In dieser Zeit ist mir einiges an wilden und unausgegorenen Plänen zu Ohren gekommen, aber der hier schlägt alles. Ehrlich gesagt, Mort, wenn ihn mir jemand anderer vorgetragen hätte, hätte ich gelacht oder den Mann zum Psychiater geschickt.«

Hawke war gereizt. Nicht weil der Direktor behauptet hatte, der Plan sei unausgegoren, auch nicht, weil er vom Psychiater gesprochen hatte, sondern weil er, Hawke, dem Direktor einmal gesagt hatte, er hasse es, mit »Mort« angeredet zu werden. Der Direktor hatte es entweder vergessen, oder er nutzte seine Position, um ihm zu demonstrieren, daß er jeden so anredete, wie es ihm paßte. Hawkes aufsässige Ader machte sich bemerkbar.

»Tja, Dan«, sagte er, »ich bin sicher, Sie haben in diesem halben Jahr gemerkt, daß die Leitung eines Geheimdienstes ein bißchen was anderes ist als die Leitung einer Bank.«

Daniel Brand war Generaldirektor einer der größten Banken des Landes gewesen und hatte den neuen Präsidenten seit vielen Jahren unterstützt. Seine Belohnung dafür war der begehrte Posten des Chefs des CIA. Er blickte seinen Untergebenen ein paar Sekunden lang an. Dann lächelte er.

»Das erste, was ich hier gelernt habe, Mort, war, daß Sie ein übler Spitzbube sind.« Sein Lächeln wurde breiter. »Deswegen mag ich Sie wohl, und deswegen habe ich mir auch diesen hirnrissigen Plan angehört.«

»Er ist nicht hirnrissig, Dan. Am Anfang habe ich genauso reagiert wie Sie, aber in den letzten drei Tagen habe ich gründlich darüber nachgedacht.«

»Und Sie wollen mir jetzt sagen – leicht pikiert natürlich –, dank Ihrer zwanzigjährigen Berufserfahrung wüßten Sie, daß er durchführbar ist?«

»Ich bin mir nicht hundertprozentig sicher«, erwiderte Hawke. »Dafür ist es noch zu früh. Aber einen Versuch ist das Ganze bestimmt wert.«

Brand schaute auf das Dossier und klopfte mit dem Finger leicht dagegen.

»Hier drin steht alles, was man über den Mann wissen muß«, sagte er. »Ein sogenannter Meisterspion. Sitzt mitten im Dschungel, von Dienstboten und kolossalen Lautsprechern umgeben, trinkt wahrscheinlich zuviel Gin und hat infolgedessen Halluzinationen. Aber nachdem Sie schon mal bei mir sind und nachdem es Ihnen offenbar ernst ist, gehe ich davon aus, daß Sie das anders sehen. Oder sind Sie einfach nur sentimental, weil es sich um den Altmeister der Branche handelt?«

»Nein, ich bin nicht sentimental. Und Pritchard hat keine Halluzinationen. Er trinkt übrigens auch keinen Gin, sondern Scotch.«

»Und wie sieht es mit seiner Loyalität aus? Was hat er für ein Motiv?«

Hawke zuckte die Achseln. »Das sind zwei schwierige Fragen. Sie haben mich sehr beschäftigt in letzter Zeit. Ich glaube, er ist nur sich selbst treu. Seine Lebensarbeit scheint das recht deutlich zu zeigen. Und sein Motiv? Stolz vielleicht. Er hat sich da immerhin etwas Erstaunliches einfallen lassen. Und er ist die Art Mensch, die ihre Ideen gern verwirklicht sieht.«

Brand blickte seinen Untergebenen skeptisch an. »Die Krönung seiner Karriere oder irgendwas in der Richtung, ja?«

»Genau. Offen gesagt, Dan – anhand dieses Dossiers können Sie sich kein Bild von dem Mann machen. Sie müssen ihn persönlich kennen, Sie müssen mit ihm reden. Er sieht die Dinge anders als wir. Wie ein Wissenschaftler, ein Mathematiker vielleicht, der Freude an komplizierten Formeln hat.«

»Akzeptiert«, sagte Brand. »Und glauben Sie mir – ich habe nichts gegen abstrakte Überlegungen oder Gedankenspiele im geheimdienstlichen Bereich. Die Frage ist bloß: Wenn er nur sich selbst treu ist, warum überläßt er diese Idee dann uns? Warum nicht den Briten oder den Russen? Sie haben erwähnt, daß Uri Koslow ihn vor kurzem besucht hat.«

»Ja«, bestätigte Hawke. »Und ich habe ihn genau dasselbe gefragt. Seine Antwort war, daß die Russen pfuschen würden. Daß sie meistens zu plump vorgingen. Außerdem würde das Ereignis wohl in Saudiarabien stattfinden, und da hätten wir sehr viel bessere Verbindungen als die Russen. Die Briten wiederum hätten nicht das nötige Geld.«

»Aber er hat gemeint, daß wir sie als Speerspitze benutzen sollen und als Sündenböcke, falls etwas schiefgeht. Für einen Engländer ist das doch ein recht merkwürdiger Vorschlag.«

Hawke schüttelte den Kopf. »Überhaupt nicht. Wie gesagt – er ist nur sich selbst treu. Wenn es ihm gepaßt hat, hat er für die Briten gearbeitet. Wenn es ihm nicht gepaßt hat, hat er für andere Geheimdienste gearbeitet. Und seine Idee mit den Briten als Speerspitze ist gut und vernünftig. Angenommen, man würde *uns* auf frischer Tat ertappen – das hätte doch entsetzliche Folgen.«

»Glauben Sie, daß die Briten da mitspielen? Und wenn ja –

wäre das nicht zu unsicher? Gibt es bei denen nicht zuviel Maulwürfe?«

Hawke spürte, daß sich der Direktor für die Idee zu erwärmen begann. Immerhin prüfte er die Aspekte. Hawkes Stimme nahm (was selten war) einen enthusiastischen Ton an. »Ja, ich glaube, daß die Briten mitspielen würden. Momentan machen sie eine Politik, gegen die nichts einzuwenden ist. Und was die gegenwärtige Verfassung von MI6 angeht, können wir recht zuversichtlich sein. Die Leute haben in den letzten zehn Jahren ein regelrechtes Großreinemachen in den eigenen Reihen veranstaltet. Die sowjetische Unterwanderung war am größten bei MI5, bei der Spionageabwehr, und die hätte nichts mit der Sache zu tun. Pritchard hat von einem gewissen Gemmel gesprochen. Er ist stellvertretender Operationsleiter bei MI6. Ich habe mir heute morgen das Dossier über ihn geben lassen. Scheint ein guter Mann zu sein. Außerdem ist er Arabist und einer von der neuen Generation.«

Der Direktor stand plötzlich auf und begann in dem geräumigen Büro hin und her zu gehen.

»Wägen wir mal Risiko und Resultat gegeneinander ab. Wenn das Risiko auf ein Minimum reduziert werden kann, weil die Briten notfalls den Kopf hinhalten, wären die Vorteile einfach unglaublich. Haben Sie den letzten Energiebericht gelesen, den wir dem Präsidenten vorgelegt haben? Die Saudis sind strikt dagegen, daß wir Öl horten. Unsere Energieprogramme – Kohleumwandlung und Ölschieferabbau – sind schon fast gefährlich optimistisch. Die Araber haben uns beim Wickel, und das wird in nächster Zeit nicht besser, sondern schlimmer. Sie wollen nicht, daß wir Stützpunkte am Persischen Golf haben. Die nackte Wahrheit ist also die: Wenn in Saudiarabien irgend etwas schiefgeht und der Ölhahn zugedreht wird, haben wir hier eine Wirtschaftskrise, gegen die die Depression in den dreißiger Jahren die reinste Hochkonjunktur war.« Er blieb stehen und drehte sich um, blickte Hawke an. »So hirnrissig diese Idee auch aussieht, sie bietet uns eine Chance. Wenn sie sich verwirklichen läßt, haben wir das Sagen am Golf.«

Hawke schwieg. Er wußte jetzt, daß sein Chef bereit war, zumindest den Ansatz eines Versuchs zu wagen.

Brand setzte sich wieder in Bewegung. »Die Frage ist nur, wie wir das dem Präsidenten verkaufen und uns am Kongreß vorbeilavieren.« Es war nun, als spräche Brand zu sich selbst. »Erst muß ich Cline auf unsere Seite ziehen. Vermutlich könnte ich den Präsidenten auch überzeugen, aber auf Cline hört er genauso wie auf mich, vielleicht sogar noch mehr, und wenn Cline dagegen ist, wird er es ihm ausreden.«

Brand sprach von Gary Cline, dem Sicherheitsberater des Präsidenten, einem Mann, der für seinen Zynismus, seinen Scharfsinn und seine Kaltblütigkeit bekannt war. Und dann redete Brand vom Kongreß.

»Es ist so gut wie sicher, daß die Ausschüsse, die für uns zuständig sind, die Sache offiziell nie absegnen. Das müßte man hintenrum machen – am besten über Sam Doole. Hat sich zwar alles ein bißchen gelockert in letzter Zeit, aber in seinem Ausschuß sitzen immer noch ein paar Leute, die Zeter und Mordio schreien würden, wenn sie wüßten, daß der CIA eine Weltreligion unterwandern will.«

An diesem Punkt meldete sich Hawke zu Wort. »Zumindest hätten wir die moralische Mehrheit auf unserer Seite.«

Brand grinste. »Da können Sie Gift drauf nehmen. Die würde wohl auch mitziehen, wenn wir Wasserstoffbomben auf sämtliche islamische Staaten der Erde schmeißen würden, aber wir müssen uns trotzdem in erster Linie über den Kongreß Gedanken machen. Und vor allem über Cline.«

»Wollen Sie einen schriftlichen Bericht von mir?« fragte Hawke.

»Nein, bloß nicht«, erwiderte Brand und schüttelte heftig den Kopf. »Nichts Schriftliches, nicht eine Zeile. Wir gehen das alles sehr vorsichtig und sehr langsam an, und wenn wir grünes Licht bekommen, fliegen Sie nach London und reden mit den Leuten von MI6. Und ansonsten erfährt keine Menschenseele etwas von dieser Idee.« Er blickte auf seine Uhr. »Ich mache gleich einen Termin mit Cline aus. Mal schauen, wie er reagiert. Und danach wissen wir, wie weit wir gehen können.«

Hawke erhob sich und ging zur Tür. Als er an der Schwelle war, fragte er: »Und was ist mit meiner Nahostreise? Ich sollte in vierzehn Tagen aufbrechen.«

Brand stand vor seinem Schreibtisch und wippte nervös hin und her. »Morgen um diese Zeit weiß ich, was Cline dazu meint. Dann sehen wir weiter.«

Hawke wandte sich zum Gehen, aber Brand fügte noch etwas hinzu. »Es war ein glänzender Einfall, und ich bin froh, daß Sie mir die Sache sofort zur Kenntnis gebracht haben, Morton. Sehr gut.«

Hawke lächelte, als er über den Korridor zu seinem Büro ging.

4

Der Wind kam von Norden, fegte über die Hänge der Pyrenäen, frischte auf, bestrich die Küste und wehte aufs Mittelmeer hinaus. Als er Mallorca erreichte, hatte er 50 Knoten Geschwindigkeit, und das machte Xavier Sansó nicht eben glücklich.

Er saß in der vollen Bar des Club de Mar in Palma, trank Weinbrand – Soberano – und ließ den Blick über den kümmerlichen Rest seiner Crew schweifen.

Xavier hatte mehrere Leidenschaften: sein Geschäft, das ein kleines Imperium war, seine Frau und seine Kinder, seinen wohlsortierten Weinkeller und seine diversen Freundinnen. Vor allem aber liebte er Segelregatten.

Draußen, an einem der Liegeplätze des Clubs, zerrte seine Yacht, die *Sira IV*, ungeduldig an ihren Leinen. Sie war sein ganzer Stolz, fünfzehn Meter lang, geballte Geschwindigkeit, unter seinen kritischen Augen in Barcelona gebaut. Wettsegeln ist ein Sport für Fanatiker, für reiche Fanatiker, und Xavier gewann über die Maßen gern. Morgen war der Start zum Pepe-Tomas-Cup, einer Regatta, die in Palma begann und endete und um die Inseln Tagomago und Cabrera herum führte. Normalerweise hätte Xavier nichts gegen einen böigen Wind gehabt, denn die

Sira IV war eine der größten und stabilsten Yachten bei diesem Wettbewerb, aber Xavier hatte Probleme mit der Crew. Er machte Regatten am liebsten mit zwölf Leuten. Mindestens sechs davon sollten große und starke junge Männer sein, die nicht viel im Kopf zu haben brauchten, aber unter allen Umständen Leinen festhalten und Segel setzen konnten. Er selbst verwendete darauf nicht allzuviel Energie, denn er wog an die zweieinhalb Zentner und war, wie er zu sagen pflegte, »Kapitän und Ballast zugleich«.

Doch er hatte, wie gesagt, Probleme mit der Crew. Zwei seiner großen und starken jungen Männer waren ausgefallen – sie waren miteinander in Streit geraten und hatten sich so übel zugerichtet, daß sie ein paar Tage an Land verbringen mußten, ob sie wollten oder nicht. Ein anderer war zu der Regatta ausgekniffen, ohne seiner im achten Monat schwangeren Frau Bescheid zu sagen, und die hatte vor einer Stunde die Bar betreten und ihn nach Hause gezerrt.

Also war Xavier auf neun Mann angewiesen – oder vielmehr auf acht Mann und ein Mädchen. Ein hübsches Mädchen mit traurigen Augen, das gut an den Winden war. Xavier hatte gern mindestens ein Mädchen in seiner Crew, jemanden, den man anschauen konnte, wenn absolute Flaute herrschte; aber wenn er sie jetzt anschaute, kam ihm sein Problem noch schlimmer vor. Er brauchte starke Männer, sonst hatte er nicht die leiseste Chance, die wichtigste Regatta der Saison zu gewinnen.

Mürrisch blickte er sich in der vollen Bar um. Es ging hoch her, doch man sah leider bloß Männer, die schon zu anderen Crews gehörten, oder Suffköpfe, die eine Klampe nicht von einer Toppnant unterscheiden konnten. Xavier kam zu dem Schluß, daß er wirklich keine Chance hatte; es sei denn, der Wind flaute am Morgen auf Windstärke 1 oder 2 ab. Er seufzte und winkte dem Kellner: noch einen Soberano. Ein Kater würde ihm zwar nicht weiterhelfen, aber viel schaden konnte er auch nicht.

Der Kellner hatte ihm gerade das Glas hingestellt, als Xavier sah, wie der Fremde aus dem Restaurant in die Bar trat. Er trug einen eleganten dunkelblauen Anzug und bahnte sich locker seinen Weg durch die Menge, steuerte auf Xaviers Tisch zu.

»Señor Sansó?«

Xavier nickte.

»Ich habe mit dem Kellner im Restaurant gesprochen. Er hat mir gesagt, Sie hätten Probleme mit Ihrer Crew.«

Die Stimme war sehr ruhig. Etwas knapp, mit englischem Akzent, aber selbst bei dem Lärm hier konnte man jedes Wort deutlich verstehen. Xavier nickte wieder, und der Engländer sagte: »Ich bin hier auf Urlaub und langweile mich ein bißchen.« Pause. »Wenn Sie noch einen Mann für Ihre Crew brauchen...«

Xavier schob den massigen Körper vor. Der Rest seiner Crew sah interessiert zu. Das Mädchen mit den traurigen Augen trank einen Schluck Wein und blickte den Fremden prüfend an.

»Das ist keine Kaffeefahrt auf einem Vergnügungsdampfer«, sagte Xavier barsch, »sondern eine Regatta, die ich gewinnen will, und laut Wetterbericht müssen wir mit Windstärke fünf bis sechs rechnen.«

Der Fremde zuckte wortlos die Achseln.

»Haben Sie Erfahrung?« fragte Xavier.

»Nicht besonders viel«, antwortete der Engländer. »Ich habe zweimal die Sidney-Hobart-Regatta gemacht, einmal das South China Sea Race und noch ein paar Regatten da und dort.«

Die prüfenden Blicke der acht Männer und des Mädchens mit den traurigen Augen schienen den Fremden nicht zu stören. Er stand lässig da und schaute Xavier an.

»Wie alt sind Sie?« raunzte ein junger, muskelbepackter Mann, der neben dem Mädchen saß.

»Vierundvierzig.«

»Scheiße!« Der junge Mann rollte die Augen und wandte sich Xavier zu. »Wir brauchen Leute, die Tag und Nacht auf den Beinen sind und auch noch Kraft haben, wenn sie klatschnaß und müde werden – *das* brauchen wir, und keine Passagiere.«

»Jaime!« mahnte das Mädchen, aber Jaime ignorierte sie und betonte noch einmal: »Wir brauchen Leute, die Kraft haben.«

Xavier wollte etwas sagen, aber dann blickte er zu dem stehenden Mann auf und verstummte. Der Fremde musterte Jaime. Ein seltsamer Blick. Weder drohend noch wütend, noch gekränkt.

Ein leidenschaftsloser Blick mit einem Hauch von Verachtung.

»Und Sie meinen, daß Sie mehr Kraft haben als ich?« Die Stimme klang sehr kühl, sehr gelassen und sehr klar.

Jaime lehnte sich zurück und betrachtete prüfend den Fremden. Er sah einen Mann, der einen Meter achtzig groß war, nicht besonders kräftig gebaut, eher schlank. Dunkles, kurzes Haar. Ein sonnengebräuntes, wie aus Stein gemeißeltes Gesicht. Schmale graue Augen. Ein gerader Mund und ein energisches Kinn.

Jaimes Blick wanderte nun zu den Händen des Fremden, die locker herabhingen, und er lächelte, denn die Hände waren schmal, mit langen Fingern und säuberlich geschnittenen Nägeln.

»Ja, das meine ich«, sagte Jaime dreist.

»Dann beweisen Sie's.«

Jaime setzte sich gerade, denn nun hatte die kühle Stimme einen drohenden Beiklang. Er schaute Xavier an. Der zuckte bloß die Achseln, aber seinem Gesichtsausdruck nach zu schließen, begann ihm die Sache Spaß zu machen.

Jaime grinste, deutete auf den Tisch und stützte seinen rechten Ellenbogen darauf.

»Wie wär's mit Armdrücken?« fragte er. Er blickte auf seinen kräftigen Unterarm, auf seine prankenartige Hand mit den dikken Fingern, und sein Grinsen wurde breiter.

Der Mann von der Crew, der Jaime gegenüber saß, stand auf und bot dem Fremden mit spöttischer Höflichkeit seinen Platz an. Ein Raunen lief durch die Bar, und viele der Anwesenden traten näher, um zuzuschauen. Der Fremde setzte sich und stützte ebenfalls den rechten Ellenbogen auf den Tisch. Die beiden Hände legten sich aneinander, Finger bewegten sich kurz, tasteten nach der besten Position.

»In Ordnung«, sagte Jaime, immer noch grinsend. Dann preßte er die Lippen aufeinander und begann zu drücken. Der Gesichtsausdruck des Fremden blieb unverändert. Nur seine Augen wurden schmaler. Er blickte Jaime starr an.

Eine volle Minute geschah überhaupt nichts.

Die beiden Hände und Arme verharrten in Reglosigkeit. Dann schwollen langsam die Adern an Jaimes Hals. Er verstärkte den Druck. Doch es rührte sich nichts.

»Sind Sie soweit?«

Die Stimme des Fremden klang ruhig, verriet keine Anspannung, und Jaime hob das Gesicht und blickte verwirrt in die grauen Augen. Xavier lachte schallend. Nun schlossen sich die schlanken Finger fester um die dicken Finger, und Jaime verzog vor Schmerz das Gesicht. Seine Hand zitterte. Dann ein hörbares Knirschen, ein scharfes Knacken, und Jaimes Hand knallte auf den Tisch. Xavier warf den Kopf zurück. Er brüllte vor Lachen. Dann senkte sich Schweigen über die Bar, und das Mädchen mit den traurigen Augen lächelte.

Jaime zog seine rechte Hand zurück. Die Finger waren verkrümmt, wie abgestorben. Er berührte sie mit der Linken, zuckte zusammen und wandte sich Xavier zu.

»Sie werden ihn brauchen«, sagte er zähneknirschend. »Ich glaube, der *Coño* hat mir die Hand gebrochen.«

Xavier lachte wieder schallend. »Wie heißen Sie?« fragte er den Fremden.

»Gemmel«, lautete die Antwort. »Peter Gemmel.«

Am frühen Morgen erreichte die *Sira IV* die Nordspitze von Cabrera. Im Osten ging rot die Sonne auf. Und von dort wehte auch der abflauende Wind.

»Spinnaker«, knurrte Xavier hinter dem Ruderrad, und die Crew, in Ölzeug eingepackt, tastete nach Halt und schleppte sich erschöpft über die nassen Planken. Es war eine furchtbare Nacht gewesen. Zehn Stunden lang Windstärke 7, nachdem sie Tomago umfahren hatten; eine Nacht, die viel zu kalt für die Jahreszeit war, und ein unberechenbarer, wilder Seegang. Während der Hundewache war noch einer von Xaviers starken jungen Männern ausgefallen – war auf dem sich hebenden und senkenden Deck ausgerutscht und hatte sich an einer Stütze den Arm gebrochen. Xavier hatte keine Sekunde ans Aufgeben gedacht. Das Mädchen mit den traurigen Augen hatte den Verletzten nach unten geführt, seinen Arm provisorisch geschient und ihm in eine leeseitige Koje geholfen.

»Die Wetterseite«, brummte Xavier. »Ist das eine verdammte Regatta – aber wenn er sich schon nicht auf den Beinen halten kann, nützt uns vielleicht sein Körpergewicht was.«

Und so lag der junge Mann stöhnend in seiner Koje, als die Yacht stampfend und schlingernd nach Norden steuerte und bei Tagesanbruch Kurs auf Palma nahm. Der Rest der Crew war inzwischen tropfnaß und unterkühlt, lebende Leichen, und Xavier trieb sie immer wieder zur Arbeit an, ließ Segel setzen, prüfte den Wind. In den vergangenen zwei Stunden war er abgeflaut, und Xavier wollte das Letzte aus seinem Boot herausholen, also brauchte er jetzt den Spinnaker.

Doch Xavier wußte nicht nur den Wind gut einzuschätzen. Er kannte auch die Menschen und ihre Grenzen, und als er beobachtete, wie sich die Crew mit dem Spinnaker quälte, war ihm klar, daß mehr nicht drin war, und er betete zu Gott, daß der Wind nicht nachließ, sondern sie in die Palma-Bucht trieb, dem Ziel entgegen.

Nur der Engländer hatte noch Kraftreserven, und die Crew hörte nun auf ihn und befolgte schweigend seine Anweisungen.

Der Spinnaker stieg zum Masttopp empor, das Mädchen kniete an der Winde, drehte und drehte, und die Stange schwang aus. Knatternd blähte sich das bunte Segel. Die *Sira IV* steuerte heimwärts.

Das Mädchen war mit dem großen Segel beschäftigt. Nur Xavier und Gemmel beobachteten sie. Der Rest der Crew saß zusammengesackt da, die Köpfe zwischen den Knien. Xavier streckte die breite Hand aus, legte sie Gemmel auf die Schulter, drückte kurz zu – eine Dankesgeste, die er anderen Menschen nur selten erwies. Das Mädchen blickte auf und sah Gemmel zum ersten Mal lächeln. Es veränderte seine Augen und seinen Mund total. Das Schiff lag jetzt ruhig im Wasser. Sie liefen vor dem Wind. Das Schlingern hatte aufgehört. Das Stöhnen von unten war verstummt. Xavier drehte sich um, blickte nach achtern. Nur die Insel. Kein einziges Segel in Sicht. Xavier lächelte das

Mädchen an und sagte: »Wenn ich diese Regatta gewinne, besaufe ich mich eine Woche lang!«

Das Mädchen erwiderte sein Lächeln: »Und – ist das vielleicht was Neues?«

Gemmel blickte auf, als er ihre Stimme hörte. Ihr Akzent war ihm schon zuvor aufgefallen.

»Sind Sie Niederländerin?« fragte er.

Sie nickte und sagte: »Xavier hatte recht. Das war keine Kaffeefahrt auf einem Vergnügungsdampfer. Warum machen wir so was?«

Xavier gab ihr die Antwort.

»Das ist so ähnlich wie mit dem Mann, der immer nur Schuhe trägt, die ihm zwei Nummern zu klein sind.« Er sah Gemmels fragenden Blick und fuhr fort: »Seine einzige Freude im Leben ist die, daß er am Abend die Schuhe ausziehen kann.«

Gemmel erkundigte sich lächelnd: »Haben Sie keine anderen Freuden im Leben?«

Xavier lachte schallend. »O doch, mein Freund, eine ganze Menge.« Er legte die Hand auf seinen dicken Bauch. »Gutes Essen, erlesene Weine und rassige Frauen. Und ich bin hier der Kapitän, ich muß keine Schuhe tragen, die zwei Nummern zu klein sind.«

Das Mädchen schaute Gemmel an. »Und Sie? Haben Sie andere Freuden im Leben?«

»Ein paar, ja.«

»Was machen Sie in England? Arbeiten Sie da?«

Gemmel nickte. »Ich forsche für eine ziemlich langweilige Dienststelle der Regierung.«

»Und deshalb segeln Sie gern?« fragte das Mädchen. »Als Ausgleich gegen die Langeweile?«

»Vermutlich.« Gemmels Antwort fiel knapp aus, fast barsch, als wollte er weitere Fragen unterbinden. Aber das Mädchen war neugierig.

»Und sonst machen Sie nichts? Nur arbeiten und segeln? Haben Sie ein eigenes Boot?«

Gemmel schüttelte den Kopf. »Nein. Und ich segle nicht oft.

Das Wetter bei uns lädt den meisten Teil des Jahres nicht gerade dazu ein.« Er zögerte. Dann sagte er: »Ich mag Ballett. Ist eine Art Hobby von mir.«

Xavier blickte ihn verdutzt an. »Was? Sie tanzen Ballett? *Sie?*« Gemmel schüttelte lächelnd den Kopf.

»Nein. Ich schaue nur zu. Ich finde es entspannend und anregend zugleich.«

Das Mädchen war wieder an der Winde zu Gange, damit der Spinnaker nicht flappte, doch nun drehte sie sich um und fragte: »Haben Sie schon mal ein spanisches Ballett gesehen?«

Gemmel schüttelte den Kopf und sagte: »Aber ich werde bald eins sehen. Ich habe gehört, daß Antoni und seine Truppe ab Mittwoch im Auditorium gastieren. Ich werde mir eine Karte besorgen.« Pause. »Gehen Sie auch hin?«

Das Mädchen schüttelte den Kopf. »Ich hatte es eigentlich nicht vor.« Sie schwieg einen Moment. »Aber ich würde gern hingehen.«

Gemmel schaute Xavier an. Der warf einen Blick auf seine Uhr, drehte sich um und spähte wieder nach achtern.

»Wenn die *Todahesa* nicht in den nächsten zwei Minuten um die Nordspitze von Cabrera herumkommt, haben wir trotz unserer Handikaps gewonnen.« Er grinste Gemmel an. »Ich besaufe mich also eine Woche lang, und Sie führen das Mädchen ins Ballett aus. Mann, ich spendiere Ihnen sogar die Karten.«

Der Steward des Club de Mar beobachtete, wie die *Sira IV* anlegte, und verfolgte mit, wie man dem verletzten Mann von Bord half – in den Krankenwagen, der per Funk gerufen worden war. Er bemerkte die Müdigkeit der kleinen Crew, als sie das Deck klarmachte. Weit draußen auf dem Meer konnte er den Spinnaker der *Todahesa* erkennen. Er nahm das Telegramm zur Hand und sagte zum Barmann: »Holen Sie noch eine Kiste Soberano aus dem Keller. In etwa zehn Minuten wird Xavier Sansó in Weinbrand schwimmen wollen.«

Dann ging er zur Pier. Die Crew kam gerade von Bord und warf ihre Sachen achtlos auf den Beton. Er fragte, wer Señor

Gemmel sei, und gab ihm das Telegramm.

»Das ist gestern abend in Ihrem Hotel eingetroffen. Heute morgen haben sie es uns rübergeschickt.«

Gemmel riß den Umschlag auf und las das Telegramm. Das Mädchen sah ihm schweigend zu. Er blickte auf und fragte den Steward: »Wann fliegt die nächste Maschine nach London?«

»Um Viertel vor zwei, Señor.«

Gemmel wandte sich dem Mädchen zu. »Tut mir leid«, sagte er. »Die muß ich nehmen.«

Das Mädchen verzog den Mund.

»Ärger?« fragte sie.

Gemmel schüttelte den Kopf. »Nein. Bloß mein Chef. Ich werde gebraucht in London. Es ist dringend.«

Das Mädchen nickte langsam. »Sie müssen weiterforschen, ja?«

»So ähnlich«, antwortete Gemmel ruhig.

Er verabschiedete sich von der Crew und von Xavier.

»Wenn Sie wieder mit uns segeln wollen – jederzeit«, sagte Xavier. »Jederzeit!« Er klopfte Gemmel auf die Schulter und steuerte in Richtung Bar.

Der Steward rief ein Taxi, und Gemmel stieg ein. Das Mädchen mit den traurigen Augen schaute ihm nach.

Es war ein diskretes Mittagessen in einem von Washingtons diskretesten Restaurants, einem der wenigen Restaurants auf Erden, die regelmäßig von Experten auf Abhörgeräte untersucht wurden.

Der Oberkellner brüstete sich damit, daß die Küchenschaben hier einen strengeren Sicherheitstest zu bestehen hätten als die Flöhe in den Teppichen des Weißen Hauses. Die drei Männer saßen an einem Ecktisch – in einiger Distanz zu den anderen Gästen. Sie sahen sehr nüchtern aus mit ihren Anzügen und Krawatten, aber sie tranken große, eisgekühlte Martinis.

»Es ist natürlich inoffiziell«, sagte einer von ihnen.

»Das versteht sich von selbst«, bestätigte der Mann, der ihm gegenüber saß.

Der dritte nahm einen Schluck von seinem Drink und nickte zustimmend.

»Ich meine, wir wollen hier nur die Dinge ein bißchen abklären«, fuhr der erste Mann fort. Er war Anfang Sechzig, sprach deutlich, fast geziert, und tupfte sich nach jedem Schluck den Mund mit seiner Serviette ab.

»Na, dann klären Sie mal«, sagte der Mann, der ihm gegenüber saß. Er war etwa so alt wie der erste, sah aber völlig anders aus: wohlgenährt, blühend, rotgesichtig. Und er schwitzte ein wenig in dem überhitzten Raum. Er wischte sich das Gesicht mit einem dunkelblauen Taschentuch und nahm einen tiefen Schluck von seinem Martini.

Der dritte Mann war jünger. Seine Glatze mit Haarkranz ließ an einen Mönch denken. Flinke, kluge Augen spähten unter blassen Brauen hervor. Er bewegte unablässig die Hände, spielte mit dem Besteck, das vor ihm lag, rollte eine Zigarette zwischen den Fingern, wischte Asche von seiner Weste. Er redete gern und viel, und so war es immer eine Art Kompliment, wenn er zuhörte. Im Augenblick hörte er zu.

»Es ist inoffiziell, das betone ich nochmals.«

»Lieber Gott, Dan«, sagte der Mann mit dem roten Gesicht, »wenn es offiziell wäre, wären Sie im Kongreß, oder ich wäre draußen in Langley. Sie wollen was durch die Hintertür machen, und deshalb lassen Sie ein gutes Essen springen. Aber bitte, fahren Sie fort – ich habe eine Schwäche für gutes Essen.«

Der etwas gezierte Mann sagte lächelnd: »Sam, die Zeiten haben sich geändert. Mein Vorgänger hätte Ihnen nicht mal über die Straße zuwinken können, ohne daß ein Unterausschuß sofort öffentliche Hearings gefordert hätte – mit Presse, Fernsehen und allem Drum und Dran.«

Der Mann mit dem roten Gesicht lachte.

»Sie sind kein Politiker«, sagte er. »Motivation – darum geht es, das müssen Sie kapieren. Einer der Hauptakteure der Französischen Revolution hat einmal gesagt: ›Ich muß herausfinden, wohin meine Leute gehen, damit ich sie führen kann.‹ Nun, und was den Senat der Vereinigten Staaten betrifft, so haben wir uns diese Lehre schon vor einiger Zeit zu Herzen genommen. Das Volk hat gewählt. Es hat die netten Jungs rausgeworfen und die bösen reingeholt.« Er grinste. »Der Wähler will, daß wir fies sind, also werden wir's auch sein. Und nun lassen Sie uns Ihre Dinge abklären.«

Auf der anderen Seite des Restaurants saßen zwei ältere Damen. Sehr zufriedene ältere Damen. Sie gehörten zum Rand der besseren Washingtoner Gesellschaft und aßen oft in diesem Restaurant – stets in der Hoffnung, jemanden zu sehen, der bei der Regierung einen dicken Stein im Brett hatte, damit sie sich später bei einer ihrer Partys mit prominenten Namen großtun konnten. Ihre Ausdauer wurde heute reich belohnt, denn bei den drei Männern handelte es sich um Daniel Brand, Sam Doole und Gary Cline, will heißen, um den Direktor der Central Intelligence Agency, den Vorsitzenden des Senatsunterausschusses für Geheimdienstangelegenheiten und den Sicherheitsberater des Präsidenten. Die beiden Damen glühten vor Freude.

»Es wird Ihnen nicht gefallen«, sagte der Direktor.

»Lassen Sie's auf einen Versuch ankommen«, entgegnete der Senator.

»Wir wollen völlig freie Hand.«

»Da müssen Sie mich erst mal überzeugen.«

Der Direktor zuckte die Achseln, blickte Cline an, suchte Unterstützung. Und bekam sie.

»Mich hat er überzeugt«, sagte Cline zu dem Senator. Seine Stimme nahm einen fast ehrerbietigen Ton an. »Und ich habe den Präsidenten überzeugt. Ich habe ihm klargemacht, daß der Direktor nicht nur freie Hand haben sollte, sondern daß es auch klug wäre, wenn er, der Präsident, nicht in allen Einzelheiten informiert ist.«

Der Senator blickte den Sicherheitsberater verwundert an.

»Doch, so war es«, fuhr Cline fort. »Und der Präsident hat gesagt: ›Ich will nicht noch mal so einen verdammten Zwischenfall wie seinerzeit mit der U2.‹ Ich habe ihn darauf hingewiesen, was das einzig wirklich Peinliche für Eisenhower war: Er mußte zugeben, daß er genau Bescheid wußte. Das hat dem Präsidenten gefallen. Er ist sehr dafür, Verantwortung zu delegieren.«

Der Senator war sichtlich beeindruckt.

»Tja«, sagte er, »aber wenn Sie wollen, daß mein Ausschuß Ihnen vom Hals bleibt, werden Sie mich umfassend informieren müssen.«

Brand und Cline tauschten einen wissenden Blick. Es würde einfach sein. Solange Doole das Machtgefühl genießen konnte, Insider-Kenntnisse zu haben, würde er seinen Ausschuß in Unwissenheit lassen.

»Also, folgendes...«, begann Brand, und die drei Männer steckten die Köpfe zusammen.

Die beiden Damen waren bei der dritten Tasse Kaffee. Sie würden sich nicht vom Fleck rühren, bevor die Gesellschaft drüben am Tisch in der Ecke auseinanderging. Es war offenkundig, daß hier ein wichtiges Gespräch stattfand. Jedesmal, wenn sich ein Kellner dem Tisch näherte, verstummten die drei Männer – eine ungeduldige Pause, bis er wieder verschwunden war. Der Direktor redete am meisten. Er sprach leise und monoton. Nur einmal konnten die Damen ein Wort verstehen. Und das war, als sich der Senator zurücklehnte und etwas sagte, das wie »Scheiße!« klang. Aber sie hatten sich da wohl verhört.

Schließlich endete das Essen, und die drei Männer strebten dem Ausgang entgegen, vom servilen Oberkellner begleitet. Als sie am Tisch der Damen vorbeikamen, lächelten die Damen eifrig und legten die Köpfe schief. Nur Sam Doole zeigte sich mit dem Gespür des Politikers erkenntlich: Er nickte ihnen höflich zu und rundete auf diese Weise ein Mittagessen ab, das für die Damen nichts zu wünschen übrigließ.

Dann standen die drei Männer draußen unter der gestreiften Markise und beobachteten, wie drei schwarze Limousinen an den Bordstein heranfuhren.

»Glauben Sie, daß die Engländer mitspielen?« fragte Doole.

Der Direktor lächelte. »Da wir die Kosten tragen, stehen die Chancen nicht schlecht – und ich glaube, die Idee wird ihnen gefallen. Perryman hat mir einmal gesagt, Hirntätigkeit sei ihnen lieber als die Art *Action* mit Mord und Totschlag, die wir kultivieren würden. Ich glaube, das war als Beleidigung gemeint.«

»Wer ist Perryman?«

Der Direktor lächelte wieder. »Der Chef von MI6. Die Briten halten so was gern geheim. Aber wie dem auch sei – wir werden es bald wissen. Hawke fliegt heute abend nach London und redet mit ihm.«

Nun standen drei uniformierte Chauffeure vor den Limousinen und hielten die hintere Tür auf. Doole ging auf seinen Wagen zu. Cline sagte etwas, und er blieb stehen.

»Sie sind jetzt einer von vieren, Senator.«

»Von welchen vieren?«

»Die vollständig in die Operation eingeweiht sind. Es sind nämlich nur vier: wir drei und Hawke.«

Doole war geschmeichelt. Er nickte gewichtig und sagte zu Brand: »Keine Sorge, Dan. Ich verrate schon nichts. Vielen Dank für das Essen. Und Sie halten mich auf dem laufenden, ja?«

Brand nickte. Doole stieg in seine Limousine. Brand und Cline sahen zu, wie er abfuhr.

»Haben Sie Vorsichtsmaßnahmen getroffen?« erkundigte sich Cline.

»Natürlich«, antwortete Brand. »Wir haben alle Telefone verwanzt, die er benutzen könnte: bei ihm zu Hause, in seinem Büro, in der Wohnung seiner Freundin, in dem Edelpuff, den er am Freitagabend besucht, und in den drei Bars, in denen er Stammgast ist.«

Cline meinte lächelnd: »Es muß verdammt angenehm sein, endlich freie Hand zu haben.«

»Allerdings«, erwiderte Brand. »Allerdings!«

Cline ging zu seinem Wagen und sagte über die Schulter hinweg: »Geben Sie mir Bescheid, wenn Hawke zurück ist. Der Präsident wird wissen wollen, ob wir auf unsere Verbündeten zählen können.«

Er stieg in die Limousine, und bevor der Chauffeur die Tür schloß, fügte er hinzu: »Und mehr will er nicht wissen, bis alles gelaufen ist.«

5

Eine Gruppe von kleinen Jungen spielte unter dem halbfertigen Dach einer Tankstelle, die ein Stück außerhalb von Medina lag. Sie hetzten sich durch die Fenster- und Türöffnungen des Rohbaus. In einer Stunde würden die Arbeiter kommen und sie verjagen, aber jetzt war es noch früh am Morgen, und überall auf der Welt spielen Kinder gern auf Bauplätzen. Diese hier spielten Fangen. Der Jüngste von ihnen hieß Bahira, was »Mönch« bedeutet, doch seine Lebendigkeit und seine spitzbübische Art straften den Namen Lügen. Er war acht Jahre alt und durfte seit kurzem mit seinen älteren Brüdern und ihren Freunden draußen spielen. Er hatte sich hinter einem Stapel Betonklötzen versteckt und die Ohren gespitzt, denn sein ältester Bruder war mit Fangen dran, und er wollte nicht von einem seiner Brüder gekriegt werden – das kam ihm irgendwie nicht richtig vor. Während er lauschte, blickte er auf die ungepflasterte Straße in Richtung Stadt und auf die Bäume und Sträucher, die dieser Oase ein wenig Farbe verliehen. Hinter ihm führte die Straße mitten in die Wüste hinein. Und nun wurde seine Aufmerksamkeit durch einen Mann gefesselt, der stadtauswärts ging. Er hatte einen merkwürdigen Gang, langsam, aber zielbewußt, als sei er im Begriff, zu einem weiten Marsch aufzubrechen. Bahira konnte sich nicht vorstellen, wohin der Mann wollte. Die Straße führte nach Mekka. Bis dort waren es mehr als dreihundert Kilometer, und der Junge wußte, daß dazwischen nichts als Wüste lag. Die Gestalt kam näher, und Bahiras Aufmerksamkeit nahm zu. Er sah einen Mann, etwa vierzig Jahre alt und mittelgroß, der einen Burnus und Ledersandalen trug. Über der Schulter hatte er einen Riemen, an dem ein Wasserschlauch aus Ziegenleder hing. Er war kräftig gebaut und von heller Gesichtsfarbe, hatte große, schwarze Augen, eine Hakennase und einen breiten Mund mit vollen Lippen. Er strahlte Freiheit und Unabhängigkeit aus. Das und sein ruhiger, schwerfälliger Gang fesselten Bahiras Aufmerksamkeit nun ganz und gar. Doch sein Bruder riß ihn aus der Versunkenheit. Er war gegen ein loses Stück Beton auf dem Stapel gestoßen, das mit lautem Poltern auf den Boden rollte. Bahira sauste schreiend los und blickte sich im Laufen um. Sein Bruder war ihm dicht auf den Fersen, kam immer näher... Und dann trat Bahira auf einen Stein. Sein Fuß knickte um, und er verlor das Gleichgewicht und stürzte mitten auf der Straße mit einem Wehlaut vor dem Mann nieder.

Erst kamen ihm die Tränen, denn er hatte sich den Knöchel verstaucht und das Knie aufgeschürft. Seine Brüder und die anderen Jungen scharten sich um ihn. Der Mann ging in die Hocke, faßte ihn unter die Schultern, zog ihn hoch, bis er saß, und beruhigte ihn mit tiefer, beruhigender Stimme. Das war ein Trost, der sofort wirkte, und Bahira weinte nicht mehr, als der Mann behutsam seinen Knöchel abtastete.

»Du wirst noch lernen«, sagte der Mann, »daß das Schaf, das sich umwendet, um hinter sich zu blicken, im Bauch des Wüstenhundes endet.« Er lächelte den Jungen an. »Oder sich den Knöchel verstaucht und ein paar Tage nicht laufen kann.«

Die anderen Jungen traten näher, als der Mann seinen Wasserschlauch von der Schulter nahm, den Stöpsel herauszog und das kühle Naß über die Wunde an Bahiras Knie goß.

»Deine Mutter muß das noch richtig saubermachen. Wie heißt du, und wo wohnst du?«

Der älteste Bruder antwortete an seiner Stelle: »Das ist mein Bruder Bahira, und wir wohnen da drüben.« Er deutete auf ein bescheidenes Haus am Stadtrand.

Der Mann steckte den Stöpsel in die Flasche, hob den Jungen auf und trug ihn nach Hause. Die anderen folgten ihm.

»Er heißt Abu Qadir«, sagte Bahiras Vater auf die Frage seines Sohnes. Sie beobachteten, wie der Mann seinen Fußmarsch fortsetzte. Der Knöchel des Jungen war bandagiert, die Wunde gereinigt, und der Mann hatte seinen Wasserschlauch aus dem Brunnen nachgefüllt und sich von Bahira verabschiedet.

»Wohin gehen Sie?« hatte Bahira gefragt. Der Mann hatte lächelnd erwidert: »Ich gehe in die Stille. Ich will die Stille hören und mich sehen.« Und damit machte er sich wieder auf den Weg.

»Wohin geht er?« wollte Bahira jetzt von seinem Vater wissen.

»Zur Höhle von El Hafa.«

»Ist die weit weg?«

»Zwei Tagesmärsche.«

Der Junge blickte der kleiner werdenden Gestalt nach und sagte: »Aber er hat nichts zu essen dabei.«

»Nein«, antwortete sein Vater. »Und er wird dort drei oder vier Tage bleiben und dann zurückgehen.«

»Ohne Essen?«

»Ohne Essen. Er hat nur Wasser dabei.«

»Warum?«

Bahiras Vater seufzte. »Weil er es so will.« Es konnte schon schwierig sein, die Fragen eines Achtjährigen zu beantworten, zumal wenn es um so einen Mann ging, denn Abu Qadir war auf seine Art ein Mystiker und ein Mysterium. Die meisten kannten ihn hier in Medina – oder hatten zumindest von ihm gehört – und behandelten ihn mit freundlicher Nachsicht. Es hieß, er sei in Medina geboren und stamme aus guter, haschemitischer Familie. Sein Vater sei Kaufmann gewesen – nichts Großes, aber immerhin mehr als ein Krämer. Abu Qadir war noch ein kleiner Junge, da zog er mit seiner Familie nach Riad um, dann nach Kairo und anschließend an noch ein paar weitere Orte. Vor acht Jahren war er nach Medina zurückgekehrt und hatte gesagt, seine Eltern und sein Bruder seien bei einem Erdbeben in Algerien umgekommen. Seine einzige Verwandte in Medina war eine alte, kranke Tante. Sie konnte sich kaum an den Jungen erinnern, der vor so vielen Jahren die Stadt verlassen hatte. Sie wohnte in einem kleinen, baufälligen Haus und lebte von Zuwendungen der Moschee. Abu Qadir zog zu ihr, reparierte das Haus und versorgte sie, bis sie fünf Jahre später starb. Er war ein wortkarger Mann, und wenn er sprach, dann meistens in Anlehnung an den Koran, denn er war fromm. Manche glaubten, er sei ziemlich dumm und rede nur so, weil er zwar den Koran nachplappern könne wie ein Papagei, aber sonst nichts wisse. Doch wer das sagte, den schalt der Imam und wies darauf hin, daß den Koran zu kennen bedeute, Gnade vor Allah zu finden, und daß den Lehren des Korans zu folgen eine Garantie sei, dereinst ins Paradies zu kommen.

Abu Qadir schien völlig bedürfnislos zu sein. Hin und wieder arbeitete er – entweder als Schafhirte oder als Zimmermann. Besitz war ihm gleichgültig, und die Familien in Medina, die große Herden hatten oder einen Mann brauchten, der geschickt mit den Händen war, vertrauten ihm. Also arbeitete er, wann er wollte, und hatte viel freie Zeit. Er verbrachte sie in der Höhle von El Hafa oder in der Moschee. Oft ging er zu Mohammeds Grab. Nicht um zu beten, sondern um in stiller Betrachtung dazusitzen. Die Wärter, die diese heilige Stätte bewachten, kannten ihn gut. Sie mußten ihn nie daran hindern – wie so viele andere –, zu nahe heranzugehen. Die meisten meinten freilich, er sei ein schlichter, einfältiger Mann. Doch er wurde geduldet.

Eine Woche später wartete Bahira gegen Abend an der Straße und blickte in die Richtung, aus der Abu Qadir kam. Derselbe mühsame, aber zielstrebige Gang. Als Abu Qadir bei ihm war, sah der Junge, daß sein Gesicht vor Erschöpfung grau war und der Wasserschlauch schlaff und leer. Bahira sprang auf und lief zu ihm. Abu Qadir schaute auf den Fuß des Jungen.

»Ist mit deinem Knöchel alles wieder gut?« fragte er.

»Ja«, sagte Bahira. »Wie war's in der Höhle?«

»Wie immer«, erwiderte der Mann. »Wie immer.«

In London war es sonnig, aber kalt. Hawke und Gemmel trugen Mäntel auf ihrem Spaziergang durch den Hyde Park. Sie kamen zur Serpentine und beobachteten, wie die Leute in Hemdsärmeln übers Wasser ruderten und so taten, als sei Sommer.

»Es ist schon merkwürdig«, sagte Hawke.

»Was ist merkwürdig?«

»Wie ihr Briten arbeitet.«

Es klang nicht unhöflich, sondern nur ein wenig verwundert.

»Inwiefern?«

Hawke lächelte, um dem, was kam, die Spitze zu nehmen.

»Na ja… es ist ein bißchen dilettantisch.«

Gemmel lächelte ebenfalls und ging weiter. Hawke eilte ihm nach.

»Fassen Sie das bitte nicht falsch auf.«

»Nein, nein«, sagte Gemmel. »Wahrscheinlich macht es wirklich einen dilettantischen Eindruck – aber Sie haben doch sicher schon mal mit uns zusammengearbeitet?«

Hawke schüttelte den Kopf. »Nie direkt. Und nie auf so hoher Ebene.«

Sie kamen zu einer Bank mit Blick über den See. Gemmel machte eine einladende Handbewegung, und sie nahmen Platz. Nach kurzem Schweigen sagte er: »Ich wiederum habe noch nie mit dem CIA zusammengearbeitet, also verraten Sie mir bitte, in welcher Hinsicht wir uns voneinander unterscheiden.«

»Wir gehen anders an die Dinge heran. Angenommen, unsere Rollen wären vertauscht und Sie kämen nach Washington – mit einem ähnlichen Vorschlag wie ich.«

Hawke sah Gemmel an, und der forderte ihn mit einem Nikken auf fortzufahren.

»Erst würden wir eine Aktionsgruppe bilden. Sie hätte die Aufgabe, den Plan in allen Einzelheiten zu prüfen. Dieser Aktionsgruppe würden Experten angehören, die ein breites Spektrum von Inputs und multilateralen Feedbacks bieten.«

Gemmel begann zu grinsen, und Hawke hob die Hand.

»Okay, vergessen Sie den Jargon, aber mein Chef bekäme jedenfalls mehrere Arbeitspapiere mit fundierten Stellungnahmen, anhand deren er seine Entscheidung treffen könnte.«

»Und das Resultat?« fragte Gemmel.

»Das Resultat wäre«, sagte Hawke mit Nachdruck, »daß er eine mehr als fünfzigprozentige Chance hätte, die richtige Entscheidung zu treffen.«

Gemmel nickte. »Da bin ich ganz Ihrer Meinung.«

»Ja?«

»Ja.«

Hawke war sichtlich verwirrt.

»Halten Sie mich jetzt für illoyal?« fragte Gemmel. Doch bevor der Amerikaner etwas darauf erwidern konnte, sagte er: »Warten Sie noch mit Ihrer Antwort. Erzählen Sie mir erst, wie wir auf Ihren Vorschlag reagiert haben.«

Hawke breitete die Arme aus und lachte. »Perryman war sehr höflich. Er hat mir ein Glas von seinem besten Sherry angeboten und mir geduldig zugehört. Dann hat er mich zu sich nach Hause eingeladen – zum Essen.«

»Sie Ärmster. Was gab es denn? Linsensuppe?«

»Genau.«

Gemmel klopfte Hawke auf die Schulter. »Nehmen Sie's leicht. Er serviert allen Amerikanern Linsensuppe. Er war mal bei einem Essen dabei, das Präsident Johnson zu Ehren in der Downing Street veranstaltet wurde. Unter anderem gab es auch Linsensuppe, und Johnson war begeistert. Seitdem glaubt Perryman, daß alle Amerikaner Linsensuppe mögen. Erzählen Sie bitte weiter.«

Hawke lachte wieder. »Verstehen Sie mich nicht falsch. Sonst war es ein sehr netter Abend.«

»Aber?« fragte Gemmel.

»Aber damit hatte es sich. Er hat den ganzen Abend lang kein Wort über die Operation verloren.«

»Das wäre auch ungehörig gewesen«, bemerkte Gemmel. »Ein Gentleman differenziert da sehr genau. Dienst ist Dienst, und Schnaps ist Schnaps. Beziehungsweise Linsensuppe.«

»Okay«, sagte Hawke. »Aber ich brauche irgendeine Reaktion. Ich muß ja schließlich meinem Chef Bericht erstatten. Als Perryman mich zur Tür brachte, sagte er, Sie würden sich noch ein bißchen mit mir unterhalten und er würde über die Sache nachdenken.«

»Aha«, sagte Gemmel. »Und das ist dilettantisch?«

»Wir machen's halt anders.«

Gemmel stand abrupt auf. »Wollen wir weitergehen?« fragte er. Hawke zuckte die Achseln, erhob sich ebenfalls, und sie setzten sich wieder in Bewegung.

»Wie lange würde es dauern«, erkundigte sich Gemmel, »bis Ihr Chef all die Inputs, multilateralen Feedbacks und Positionspapiere bekommt?«

»Eine Woche. Maximal zehn Tage.«

»Na schön«, sagte Gemmel. »Dann will ich mal aus der Schule

plaudern, damit Sie beruhigt sind. Ihre erste Zusammenkunft mit Perryman hat am Mittwoch um fünfzehn Uhr stattgefunden. Um siebzehn Uhr begann eine Besprechung, an der sechs Leute teilgenommen haben. Ich, ein Experte aus dem Außenministerium, ein Repräsentant der Premierministerin, ein Professor von der School of Oriental and African Studies in London, unser stellvertretender Operationsleiter Nahost.« Er blieb stehen, lächelte entwaffnend. »Und unser CIA-Experte.«

Hawke war sprachlos. Gemmel faßte ihn beim Arm und ging weiter.

»Diese Besprechung«, fuhr er fort, »hat bis dreiundzwanzig Uhr gedauert. Dann wurde eine telefonische Empfehlung an Perryman durchgegeben – wohl kurz nachdem Sie sein Haus verlassen hatten. Am nächsten Tag um acht fand eine weitere Besprechung statt. Diesmal führte Perryman den Vorsitz. Ich kann und darf Ihnen nicht sagen, wer daran teilgenommen hat. Um elf Uhr hat sich Perryman dann in der Downing Street eingefunden und der Premierministerin seine Empfehlung vorgetragen. Soviel ich weiß, waren der Außenminister und der Energieminister auch da. Ich kann Ihnen weder sagen, wie die Empfehlung gelautet hat, noch wie sich die Premierministerin entschieden hat. Ich kann Ihnen aber sagen, daß ich hier bin, damit Sie einen Eindruck von dem Mann gewinnen, mit dem Sie zusammenarbeiten werden, falls es zu einer Kooperation zwischen uns kommt.«

Hawke blieb stehen. »Das war mir nicht klar«, sagte er entschuldigend. »Ich meine – es war nichts davon zu merken.«

»Tja, unsere Arbeitsmethoden sind eben wirklich verschieden«, erwiderte Gemmel, blickte auf seine Uhr und schlug ein flottes Tempo an. Der Amerikaner folgte ihm.

»Ich soll mit Ihnen um sechzehn Uhr in Petworth House sein«, erklärte Gemmel. »Sie werden dort mit Perryman zusammentreffen und die Entscheidung mitgeteilt bekommen.« Er lächelte. »Genau neunundvierzig Stunden, nachdem Sie Ihren Vorschlag vorgetragen haben.« Seine Stimme wurde etwas härter. »Ist das dilettantisch, Mr. Hawke?«

Hawke blieb erneut stehen, und der Engländer, der schon ein

paar Schritte weiter war, drehte sich um.

»Okay«, sagte Hawke. »Ich nehme alles zurück. Aber warum haben Sie das alles so lässig gehandhabt? Warum haben Sie mich nicht darüber informiert, daß dann und dann eine Besprechung stattfindet und daß ich dann und dann Bescheid kriege?«

»Das ist ganz einfach«, antwortete Gemmel. »Sie begegnen uns mit Mißtrauen – vielleicht aus gutem Grund. Wir hatten ja mal Probleme. Aber das gehört der Vergangenheit an, glauben Sie mir. Trotzdem schaut Ihr Laden etwas hochnäsig auf uns herunter. Perryman konnte erst reagieren, nachdem Ihr Vorschlag auf Herz und Nieren geprüft war und die Premierministerin ihren Segen dazu gegeben hatte. Anders ging es nicht. Zumal wir den Kopf hinhalten müssen, wenn was schiefläuft.«

Hawke nickte verständnisvoll. »Das klingt alles sehr gut«, sagte er. »Und ich glaube, wenn wir grünes Licht bekommen, würde ich gern mit Ihnen zusammenarbeiten.«

Gemmel lächelte. »Gut. Solange Sie mich nicht Pete nennen. Nicht einmal meine schlimmsten Feinde sagen das zu mir.«

»Was ist so übel an Pete?« fragte Hawke, während sie weitergingen.

»Der Zusammenhang mit einem altberühmten pornographischen Gedicht, das angeblich von Rupert Brooke stammt. Es handelt von zwei Männern, die über den Rio Grande gehen, um sich mit einer legendären Dame namens Eskimo Nell zu treffen.«

»Und?« fragte Hawke.

»Das Gedicht hat zweiundvierzig Strophen, und die beiden Helden werden immer ›Dick mit dem mächtigen Schweif‹ und ›Pete mit der Knarre in der Pranke‹ genannt.«

»Und?«

»Ich wäre lieber Dick.«

Hawke warf den Kopf zurück und lachte schallend. »Okay, Peter. Und Sie nennen mich nie Mort. Dann kommen wir sicher gut miteinander aus.«

Gary Cline erhielt den Anruf, als er gerade auf dem Tennisplatz des Weißen Hauses gegen den Pressesprecher des Präsidenten spielte – es war einer von den vergeblichen Versuchen, seine aufgeweichte Leibesmitte zu straffen. Mit verhaltenem Keuchen lauschte er dem Direktor des CIA.

»Wunderbar«, sagte er, als der Geheimchef ausgeredet hatte. »Ich werde es gleich dem Präsidenten mitteilen. Was für ein allgemeines Bild hat Hawke denn gewonnen?«

»Er war sehr beeindruckt«, antwortete der Direktor. »Er hat mir gesagt, daß sie schnelle Entscheidungen treffen können und daß sie Humor haben.«

»Den werden sie auch brauchen, wenn was schiefgeht«, bemerkte Cline und legte auf.

Perryman und Gemmel speisten in einem diskreten Londoner Club. Perryman war Anfang Sechzig und trug den traditionellen Nadelstreifenanzug der höheren Ränge des Staatsdiensts. Sie saßen an einem Ecktisch und redeten über Belanglosigkeiten, bis der Kaffee serviert wurde.

Dann begann Perryman: »Ich muß sagen, daß Hawke sehr kooperativ war.«

»Tatsächlich?« erwiderte Gemmel höflich.

»Ja. Und er hat sich sehr positiv über Sie geäußert. Daß Sie die Art Mann wären, die sein eigener Laden brauchen könnte und so weiter.« Perryman lächelte verschmitzt. »Ich nehme an, das war als Kompliment gemeint.«

Gemmel sagte ernst: »Man darf Hawke nicht unterschätzen. Er hat einen guten Ruf, er hat jede Menge Erfahrung – und er ist zäh.«

»Da gebe ich Ihnen völlig recht.«

Perryman winkte dem Kellner und bestellte zwei Cognac.

»Jedenfalls«, sagte er, »werden die Amerikaner das Ganze finanzieren, und wir können – unabhängig davon, was bei alledem herauskommt – soviel Geld aus dem Budget abzweigen, daß es uns für zehn Jahre reicht.«

»Aber sie sind nicht dumm«, sagte Gemmel. »Beileibe nicht.«

»Stimmt«, antwortete Perryman. »Trotzdem – sie sind sehr großzügig mit ihrem Geld.«

Die beiden Männer verstummten, als der Kellner den Cognac brachte. Dann fragte Gemmel: »Und das ist alles? Das ist unser einziges Ziel?«

»Keineswegs.« Perryman trank genießerisch einen Schluck Cognac und fuhr fort: »Sie werden ein gutes Team brauchen. Wen wollen Sie haben?«

Gemmel überlegte eine Weile. Dann sagte er: »Als Assistenten hätte ich gern Alan Boyd. Er ist praktisch und geschickt und spricht perfekt Arabisch.«

Perryman wölbte eine Augenbraue empor. »Das war's schon?«

Gemmel zuckte die Achseln. »Natürlich brauche ich auch noch das übliche Hilfspersonal und erstklassige Kommunikationsmöglichkeiten, und vielleicht muß ich mich hin und wieder an den einen oder anderen Experten wenden. Aber die Leute brauchen nicht mehr als das Nötigste zu wissen. Boyd muß allerdings vollständig informiert sein.«

»Wie Sie wollen«, sagte Perryman. »Sie haben freie Hand. Übrigens, ich möchte gern, daß Sie sich mit jemandem aus dem Verteidigungsministerium unterhalten. Der Mann heißt Clements. Eric Clements.«

»Und?«

»Clements ist Experte für moderne Waffentechnik. Vor allem für Lenkwaffensysteme.«

»Und?«

Perryman machte eine ausladende Bewegung mit dem Cognacschwenker.

»Wenn die Amerikaner ein spektakuläres Wunder inszenieren müssen, könnten Sie sie eventuell dazu bewegen, daß sie ein paar von ihren neueren Sachen einsetzen.«

»Und?«

»Jetzt tun Sie nicht so begriffsstutzig, Peter, das paßt nicht zu Ihnen. Dabei könnten wir vielleicht einige interessante Dinge erfahren. Reden Sie also mit Clements – möglicherweise hat er ein paar gute Einfälle.«

»In Ordnung«, sagte Gemmel. »Aber ich will nicht, daß mir

jemand aus dem Verteidigungsministerium dazwischenfunkt. Ich werde übrigens auch Cheetham brauchen.«

Perrymans Gesicht wurde ernst. »Meinen Sie, daß das nötig ist?«

»Ja, das meine ich. Eine solche Operation ist nun mal kein Honiglecken.«

Perryman seufzte. »Na schön. Er steht Ihnen also zur Verfügung.«

Ein kurzes Schweigen trat ein. Dann sagte Perryman: »Ich möchte, daß Sie Beecher dazunehmen.« Er hob die Hand, um Gemmels Protest abzuwehren. »Natürlich nur an untergeordneter Stelle und ohne Detailkenntnisse.«

Gemmel lehnte sich zurück und dachte nach.

»Gerade jetzt wollen Sie ihn einsetzen?«

»Ja. Diese Operation ist perfekt dafür geeignet.«

Dann wechselte Perryman abrupt das Thema. »Wie war Ihr Urlaub?«

»Anstrengend. Kalt und naß war's auch.«

Perryman beugte sich lächelnd vor. »Dann habe ich ja recht daran getan, Sie vor der Zeit nach Hause zu rufen.«

Als der Portier ihnen in die Mäntel half, bemerkte Perryman, Hawke habe sich überschwenglich über die Tüchtigkeit von MI6 ausgelassen.

»Ich habe ihm mitgeteilt, Sie hätten eine Aktionsgruppe gebildet«, sagte Gemmel.

»Was ist denn das?«

»Ein Expertengremium, das Ihnen Inputs und Feedbacks bietet und Ihnen auf diese Weise dazu verhilft, der Premierministerin eine ausgewogene Empfehlung zu geben.«

Perryman lächelte und nahm vom Portier seinen säuberlich zusammengerollten Regenschirm entgegen.

»Wenn die Dame«, sagte er, »auch nur die leiseste Ahnung hätte, was sich hier anbahnt, würde sie meine Gedärme zu Strumpfhaltern verarbeiten lassen.«

Gemmel erwiderte grinsend: »Sir, als Chef von MI6 sollte man

Sie doch in dieses kleine Geheimnis eingeweiht haben.«

Perryman hob fragend die Augenbrauen, und Gemmel fügte hinzu: »Die Dame trägt seit sieben Jahren Strumpfhosen.«

Die beiden Männer traten in den Regen hinaus.

»Okay, und jetzt wird's ernst.«

Die zwei Kollegen, die vor dem Schreibtisch saßen, hörten auf zu schwatzen und blickten Hawke respektvoll an.

Vor einer Viertelstunde waren sie detailliert über die Operation unterrichtet worden, die jetzt den Decknamen »Mirage« trug. Zunächst waren sie verblüfft gewesen. Dann hatten sie sich amüsiert – sie waren beide nicht fromm. Hawke hatte es vermieden, für dieses Projekt Mitarbeiter mit religiösen Bindungen zu wählen. Er hatte sie eine Weile reden lassen, sie dabei beobachtet und sich ein erstes Urteil über ihre Reaktion gebildet.

Links von ihm saß Leo Falk. Er gehörte zur Abteilung für strategische Forschung. Sein Spezialgebiet war der Nahe Osten. Er hatte an der Cornell University seinen Doktor in Arabistik gemacht.

Falk war Anfang Sechzig, hatte kurzgeschnittenes, blondes Haar, ein rosiges Gesicht und klare, blaue Augen. Er trug eine randlose Brille. Und er war der einzige von den dreien, der – noch aus der Zeit des Zweiten Weltkriegs – Erfahrungen mit dem alten OSS, dem Office of Strategic Studies, hatte. Falk war bei den jüngeren und etwas despektierlichen Agenten als »Der Mantel« bekannt, Hawke als »Der Degen«.

Rechts von Hawke saß Silas Meade, sein persönlicher Assistent, mit seinen fünfunddreißig Jahren der Benjamin der Gruppe. Er hatte ein rundes, Beflissenheit ausstrahlendes Gesicht und glatte, schwarze Haare. Und er rauchte Kette.

»Ja, jetzt wird's ernst«, sagte Hawke. »Ich möchte, daß Sie Ihren Arbeitsplatz räumen und alles Ihren Stellvertretern übergeben.«

»Mein Stellvertreter ist krank«, entgegnete Falk.

Hawke runzelte die Stirn. »Lieber Gott, Leo, dann suchen Sie sich jemand anderen. Sie sind jedenfalls beide ab Donnerstag acht

Uhr nur noch mit Operation Mirage beschäftigt. Das ist eine Weisung des Chefs.«

Falk beugte sich vor und sagte: »Ich bin ein bißchen verwirrt, Morton. Sicher, es handelt sich um eine große Operation, um eine der wichtigsten – nein, die wichtigste – in der Geschichte des CIA. Aber wenn die Briten sie praktisch durchführen, warum müssen dann zwei der ranghöchsten Leute hier für dieses Projekt in die Pflicht genommen werden – und das vielleicht monatelang?«

Hawke nahm einen Bleistift vom Tisch und drehte ihn zwischen den Fingern. Er blickte die beiden Männer an. Dann sagte er ruhig, aber mit Nachdruck: »Weil ich nicht will, daß die Briten Pfusch machen. Dafür ist die Sache zu wichtig. Ich werde sie in jeder Phase überwachen, bei jedem Schritt. Wir zahlen und stellen die nötige Technik zur Verfügung, und diese Operation geht mir nicht daneben.«

»Sonst sind Sie dran«, bemerkte Falk grinsend.

Hawke grinste ebenfalls, aber reichlich unfroh.

»Sonst sind wir alle dran, Leo. Wenn das schiefläuft, können wir uns begraben lassen.«

»Übrigens«, sagte Falk, »ich kenne Gemmel.«

»Tatsächlich?«

»Ja. Ein guter Mann. Gehörte zu der Verbindungsgruppe von der NATO, die beim Abkommen von Camp David in beratender Funktion mitgewirkt hat. Die meisten von dem Haufen waren verdammt unergiebig, aber von Gemmel kamen ein paar vernünftige Inputs.« Falk lächelte. »Er hat vorausgesagt, daß die Israelis in dem Moment, in dem das Abkommen unterzeichnet ist, anfangen würden, Siedlungen auf der West Bank zu bauen, und das mit einem Tempo, als wollten sie die sechs Tage übertreffen, in denen Gott die Welt geschaffen hat. Und er hat vorausgesagt, daß sie am siebten Tag keineswegs ruhen würden.«

Hawke nickte. »Mir hat er auch gefallen. Er ist anders als die schlaffen Säcke, die man sonst bei MI6 findet. Hat angedeutet, daß sie ihre Effizienz steigern, moderne Methoden und Systeme einführen wollen – das war auch schon lange fällig.« Er zog seinen Stuhl näher an den Tisch heran. »Und jetzt hören Sie mir zu. Uns bleibt wenig Zeit, und wir haben eine Menge zu tun.«

In der nächsten Stunde gab er den beiden Männern weitere Informationen. Meade machte sich Notizen. Hawke sagte, daß sie in zehn Tagen mit dem britischen Team zusammenkommen würden. Treffpunkt: Lissabon. Man fand es nicht ratsam, daß sich die Briten in Amerika aufhielten oder die Amerikaner in Britannien. In diesen zehn Tagen würden die Teams Vorschläge zur Durchführung der Operation erarbeiten. Zunächst ging es um den Mann, der als Mahdi aufgebaut werden sollte. Wie ihn finden? Und vor allem, wie ihn kontrollieren? Das war das Hauptproblem. Dann das »Wunder«. Was für eine Art Wunder? Wie konnte es inszeniert werden? Wo und wann sollte es sich ereignen? Wie konnte es die größtmögliche Wirkung hervorrufen?

Außerdem mußten Überlegungen über die Kommandozentrale des Teams angestellt werden. Irgendwo im Nahen Osten, das war klar. Schließlich handelte Hawke Verfahrensfragen und Kommunikationsprobleme ab. Das Team würde von nun an vom Rest des CIA isoliert sein. Absolute Geheimhaltung war erforderlich. Wenn die Hilfe von Experten benötigt wurde – und damit war zu rechnen –, mußten Kontakte dieser Art so erfolgen, daß niemand Einblick in die großen Zusammenhänge bekam und nichts ausplaudern konnte.

Hawke verstand etwas von seinem Metier, und während Meade den Kopf über sein Notizbuch beugte, hörte Falk aufmerksam zu. Schließlich lehnte sich Hawke zurück und sagte: »Hat jemand Fragen?«

Falk meldete sich zu Wort.

»Die Kontrolle«, sagte er nachdenklich. »Die Kontrolle über diesen Mann. Wir schaffen ja praktisch einen Gott auf Erden. Und wenn er als Mahdi anerkannt ist – wie kontrollieren wir ihn dann? Wie behalten wir die Zügel in der Hand?«

»Das ist der Haken bei der Sache«, stimmte Hawke zu. »Wir müssen eine Methode finden, die einfach und narrensicher ist. Und vor allem müssen *wir* die Kontrolle ausüben und nicht die Briten.«

»Zehn Tage sind eine kurze Zeit«, sagte Falk. »Jedenfalls um eine solche Nuß zu knacken.«

»Aber das fällt in Ihren Zuständigkeitsbereich«, erwiderte Hawke. »Sie gehören diesem Team an, weil Sie genau diese Nuß knacken sollen. Die Briten haben da nämlich sicher andere Vorstellungen als wir.« Er wandte sich Meade zu. »Was meinen Sie, Silas?«

»Ich mache mir gerade Gedanken über das Wunder«, antwortete Meade. »Es muß was gottverdammt Aufsehenerregendes sein – und wir müssen einen Haufen Menschen damit erreichen.« Er schüttelte den Kopf. »Was sollen wir den Leuten denn bieten?«

Falk gluckste. »Keine Bange, Silas. Wenn dieses Land in der Lage ist, einen ehemaligen Filmschauspieler zum Präsidenten zu wählen, können wir mit absoluter Sicherheit ein weiteres Wunder zustande bringen.«

Meade schraubte die Kappe auf seinen Füller und murmelte: »Amen.«

Im Londoner Coliseum tanzte das Royal Ballet vor ausverkauftem Haus. Auf dem Programm stand *Giselle*. Das Publikum war hingerissen. Hingerissen mit Ausnahme von Peter Gemmel, der in der zehnten Reihe Parkett saß. Trotz der gefälligen Musik, der Anmut und technischen Brillanz der Tänzerinnen und Tänzer war er mit seinen Gedanken woanders.

»Zehn Tage«, dachte er. »Und wir müssen gut vorbereitet sein.«

Am Nachmittag hatte er Alan Boyd informiert. Und nun rekapitulierte er das Gespräch. Wie Hawke hatte er sich vergewissert, daß seine Mitarbeiter keine religiösen Bindungen hatten. Boyd war Atheist. Er hatte ihm erst ungläubig zugehört, dann erheitert. Die Idee schien so absurd, daß er sie einfach nicht ernst nehmen konnte. Zunächst jedenfalls nicht. Aber Boyd verstand etwas vom Islam, und seine Erheiterung legte sich, als ihm die Möglichkeiten aufgingen, die dieses Projekt eröffnete.

»Mann«, sagte er ehrfürchtig. »Das wäre ein Supercoup.«

Er richtete den Blick sofort auf die praktischen Aspekte, führte aus, wie zynisch es von den Amerikanern sei, MI6 als Speerspitze zu benutzen. Sie würden kaum ein Risiko tragen, aber in den Genuß aller Vorteile kommen.

»Und im Zweifelsfall wären wir die Sündenböcke«, sagte er. »Die Gelackmeierten.«

Gemmel schüttelte den Kopf und erwiderte: »Nicht unbedingt. Wir können uns ein paar Hintertüren offenhalten und recht gut bei der Sache wegkommen. Auf einigen Gebieten können wir sogar profitieren.«

Wie Hawke legte er in großen Zügen dar, auf welche Weise sie vorgehen würden. Auch er betonte, daß die entscheidenden Faktoren die Kontrolle über den Mahdi und die absolute Glaubwürdigkeit des »Wunders« seien. Bei dem Treffen in Lissabon würden beide Seiten ihre Vorschläge vortragen und sich dann auf die endgültige Planung einigen.

»Auf das Spielsystem«, bemerkte Boyd.

Gemmel blickte ihn verständnislos an.

»So nennen sie das – ›Spielsystem‹ –, kommt aus dem amerikanischen Football. Sie planen jeden Spielzug. Ähnlich wie beim Schach.«

»In Ordnung, dann lassen Sie uns am Ball bleiben«, hatte Gemmel erwidert. »Ich habe mich bemüht, Hawke davon zu überzeugen, daß MI6 ein wahrer Bienenstock der Aktivität und Effizienz ist, also sollten wir in zehn Tagen ein gutes ›Spielsystem‹ haben.«

Der erste Akt näherte sich dem Höhepunkt. Das ganze Ensemble war auf der Bühne, und Giselle tanzte ihr schönes, melancholisches Solo. Doch Gemmel konnte sich immer noch nicht auf die Vorstellung konzentrieren. Statt dessen dachte er über Boyd nach, mit dem er in den nächsten Monaten eng zusammenarbeiten würde. Gemmel hatte einen unmittelbaren Zugang zu ihm, denn Boyd kam, wie er selbst, aus bescheidenen Verhältnissen. Er war Anfang Vierzig, ein großer, kräftiger Mann, der in Manchester eine höhere Schule und dann die Universität besucht hatte. Doch er war nicht nur Stubengelehrter, sondern auch ein guter Sportler und hatte Cricket und Rugby für die Universität gespielt. Er hatte Humor und eine Schwäche für Ale vom Faß. Hinter seinem ungeschlachten Äußeren verbarg sich ein scharfer Verstand, auch wußte Gemmel seine praktische Art sehr zu schätzen. Seinen letzten wichtigen Auftrag hatte Boyd am Persischen Golf gehabt, in Oman. Er hatte dort eine maßgebliche Rolle beim Sieg über die vom Südjemen unterstützten Rebellen gespielt. Gemmel hatte ihn als Assistenten gewählt, weil er wußte, daß Alan Boyd, so phantastisch das Projekt auch anmuten mochte, mit beiden Beinen fest auf dem Boden bleiben würde.

Als nach dem ersten Akt der Vorhang fiel, kehrte Gemmel in die Wirklichkeit zurück. Es ärgerte ihn ein bißchen, daß er nicht viel Freude an der Vorstellung gehabt hatte. Auf dem Weg zur Bar beschloß er, nicht mehr an das Projekt zu denken und sich zu entspannen.

Er wurde auch sofort abgelenkt, denn er geriet in eine Diskussion von mehreren Leuten, die alle Mitglieder des »Londoner Ballettkreises« waren. Gemmel gehörte dem Vorstand dieser Gruppe von Ballettomanen an. Sie verwendeten einen erheblichen Teil ihrer Freizeit und ihrer Energie darauf, das Ballett in Britannien zu fördern.

Bei der Diskussion ging es hauptsächlich um die verheerenden Zustände hinter der Bühne des Coliseum. Die Garderoben für die Stars waren kaum größer als Wandschränke, und die weniger prominenten Tänzer mußten sich mit Räumlichkeiten begnügen, die man nicht einmal Häftlingen in einem Hochsicherheitstrakt zugemutet hätte. Der »Londoner Ballettkreis« hatte Spenden zu sammeln begonnen, damit diese Zustände behoben werden konnten. Aber nun waren einige Vorstandsmitglieder dafür, mit dem Großteil des Geldes eine Südamerikatournee des Royal Ballet zu subventionieren. Gemmel wurde von Sir Patrick Fane, dem Vorstandsvorsitzenden, mit Beschlag belegt. Fane hatte schon auf ihn gewartet. Nun drückte er Gemmel ein Glas Whisky Soda in die Hand und zog ihn beiseite.

»Peter, alter Junge«, sagte er ernst, »feuchten Sie sich die Kehle an, und hören Sie mir zu.«

Gemmel trank seinen Whisky Soda und lauschte. Fane bat ihn um seine Stimme bei der nächsten Vorstandssitzung. Er dachte, daß Fane wohl mehr Spaß an den Vorstandssitzungen hatte als am Ballett selbst – er war die Art Mensch. Doch er hatte immerhin Wichtiges vorzubringen.

In ein paar Monaten würde das Maly-Ballett aus Leningrad im Coliseum gastieren. Gegeben werden sollte *La Bayadere* – mit einer Truppe von mehr als fünfzig Tänzern. Wie, um Himmels willen, konnte man diesen Künstlern die Schweineköben hinter der Bühne zumuten?

Gemmel nickte zustimmend. Ja, wie konnte man? Er sagte nicht, obwohl er es gern getan hätte, daß russische Balletttänzer an gewisse Härten gewöhnt waren – und wenn sie sich über diese Härten beklagten, waren sie bald keine Balletttänzer mehr.

Die Klingel zum zweiten Akt rettete ihn. Er wandte sich zum Gehen und versprach, das Problem in seinem Herzen zu bewegen.

»Aber«, sagte er zu Fane und stellte sein leeres Glas auf die Bartheke, »ich trinke normalerweise Wodka Tonic.«

Sir Patrick blickte ihm nach und war felsenfest davon überzeugt, daß er sich gerade eine Stimme verscherzt hatte.

6

Hadschi Mastan hätte überall auf der Welt Gebrauchtwagen verkaufen können. Nicht, daß er wie ein Gebrauchtwagenhändler aussah. Eher glich er einem freundlichen Huftier – einer zufriedenen, braunäugigen Kuh. Er hatte ein feistes, lustiges Gesicht und einen rundlichen Körper. Nur wenn man diese braunen Augen genau betrachtete, sah man, daß der Mann intelligent und geistig beweglich war. Er gestikulierte viel mit den Armen und den wurstfingrigen Händen und verstand sich darauf, immer seinen Willen durchzusetzen.

Hadschi Mastan verkaufte keine Gebrauchtwagen, sondern runderneuerte Autoreifen in Dschidda, der Stadt am Roten Meer. Da die gewaltigen Einkünfte, die Saudiarabien mit seinem Öl erzielte, gewissermaßen der Treibstoff des Fortschritts waren, wurde Fortschritt mit dem Statussymbol Auto gleichgesetzt – mit großen, teuren Luxuswagen. Eine ganze Industrie wuchs um dieses neue Transportmittel empor. Es hieß, Hadschi Mastans Vater und Vorväter hätten mit Kamelen gehandelt, aber niemand wußte es sicher, denn Hadschi stammte aus dem Irak und war vor fünfzehn Jahren nach Dschidda gekommen. Zuvor hatte er die Pilgerfahrt nach Mekka gemacht und den Namen Hadschi angenommen – »einer, der die Pilgerfahrt vollführt hat«. Es hieß auch, seine Familie habe Schwierigkeiten mit dem Baath-Regime im Irak gehabt und sich in verschiedene Länder des Nahen Ostens abgesetzt. Hadschis Vater war ein kluger Mann und schickte jeden seiner vier Söhne an einen anderen Ort und gab jedem soviel Kapital mit, daß er ein bescheidenes Geschäft gründen konnte. Einer von ihnen, so hatte sich der Vater gedacht, würde vielleicht Erfolg haben und den Rest der Familie und künftige Generationen erhalten können.

Hadschi hatte in Dschidda bald sein Auskommen gefunden. Er investierte sein Kapital in die Ausrüstung für die Runderneuerung von Reifen, kaufte eine Werkstatt und ein Haus im Stadtteil Al Kandarah, stellte zwei Arbeiter an und schickte sie nach Kairo in die Lehre. Sein Bruder, der nach Ägypten gegangen war und sein Geld in ein Restaurant gesteckt hatte, paßte auf die beiden auf und sorgte dafür, daß sie nicht auf der faulen Haut lagen und schließlich nach Dschidda zurückkehrten. Diese zwei Männer verrichteten die Arbeit, Hadschi kümmerte sich um die geschäftlichen Dinge, und die kleine Firma nahm einen bescheidenen Aufschwung. Am Anfang war es schwierig gewesen, denn die meisten Saudis dachten nicht daran, wenn sie einen Wagen kauften, daß die Reifen eines Tages abgefahren sein würden, und wenn die Reifen abgefahren waren, kauften sie einfach neue oder gleich einen anderen Wagen. Doch aus den neuen Autos wurden unweigerlich alte Autos, und so entwickelte sich ein Gebrauchtwagenmarkt, dessen Zielgruppe die weniger vermögenden Bevölkerungsschichten waren. Diese Zielgruppe entdeckte bald, daß Reifen auf den Wüstenpisten rasch verschlissen und daß neue viel Geld kosteten. Also gedieh Hadschis Geschäft mit der Zeit, und schließlich blühte es förmlich, denn er konnte einen Kontrakt aushandeln, dem zufolge er die Reifen sämtlicher Fahrzeuge eines Teils der Amraco Oil Company runderneuern sollte, jener riesigen saudiarabisch-amerikanischen Firma, die das Öl des Wüstenkönigreichs fördert.

Und das bedeutete Expansion. Es wurden weitere Maschinen angeschafft und weitere Arbeiter angestellt.

Hadschi Mastan galt als sehr frommer Mann, und er pries Allah für seine Gnade und bemerkte seinen Freunden gegenüber stets demütig, seine eigene Geschäftstüchtigkeit habe wenig mit seinem Erfolg zu tun, denn liege nicht alles in Allahs Hand?

Das beeindruckte seine Freunde tief, wußten sie doch schon seit langem, wie getreulich Hadschi die fünf Grundpflichten des Islams erfüllte: Er glaubte, daß es keinen Gott außer Allah gebe und daß Mohammed sein Gesandter sei; er betete fünfmal am Tag voll Eifer und Inbrunst; er zahlte den Sakat, die Almosensteuer, zwanzig Prozent seines Einkommens, und oft auch mehr; er fastete im Monat Ramadan, und da er gern aß, war es ein echtes Opfer für ihn, sich von Sonnenaufgang bis Sonnenuntergang aller Nahrung zu enthalten; und schließlich hatte er die Hadsch gemacht, die Pilgerfahrt nach Mekka. Er machte sie jedes Jahr, was freilich keine große Last war, denn Mekka lag nur fünfzig Kilometer östlich von Dschidda, und Hadschi konnte ganz gemütlich in seinem Mercedes mit Klimaanlage dorthin fahren.

Hadschi Mastan war also ein Musterbild des erfolgreichen arabischen Geschäftsmanns, der es schaffte, den Kommerz mit den Geboten des Korans zu vereinen. Er führte mit seiner Frau und mit seinen zwei Töchtern ein bescheidenes, aber behagliches Leben und erwartete sich eine ruhige Zukunft.

Hawke war ziemlich verwirrt und im nachhinein etwas verärgert. Okay, Pritchard hatte ihm eine geniale Idee geliefert, und

Hawke hatte sie seinem Chef schmackhaft gemacht, sein Chef hatte sie dem Sicherheitsberater schmackhaft gemacht, und der hatte sie dem Präsidenten schmackhaft gemacht. Aber Pritchard hatte einen wesentlichen Punkt fast außer acht gelassen. Wie kontrollierte man den Mahdi? Pritchard hatte sich nur unverbindlich geäußert. »Da gibt es sicher Mittel und Wege«, hatte er leichthin gesagt. »Kontrollieren kann man jemanden immer auf die eine oder andere Weise.«

Und Hawke hatte weise genickt – es klang so ungeheuer einleuchtend. Doch nun, nach zehn Tagen angestrengten Nachdenkens, hatte keiner von seinem Team und keiner der Experten, die sie befragt hatten, mit einem narrensicheren Plan aufwarten können.

Hawke ging nervös hin und her in seiner Suite im Ritz in Lissabon. Er war in einer peinlichen Lage – und das machte ihn wütend. In zehn Minuten mußte er sich mit seinem Team zu einem Treffen mit den Briten einfinden, und er hatte immer noch keine brauchbare Lösung. Die Briten würden darauf bestenfalls mit höflicher Verachtung reagieren.

Falk saß in einem Lehnstuhl und beobachtete Hawke. Meade saß auf dem Sofa, einen Aktenstapel neben sich, sein Notizbuch auf den Knien, eine Zigarette in der linken Hand und einen Bleistift in der rechten.

»Sie haben ein halbes Dutzend Möglichkeiten«, sagte Falk fast vorwurfsvoll.

»Möglichkeiten!« Hawke drehte sich wütend um und funkelte ihn an. »Ich habe ein halbes Dutzend idiotischer Ideen – von der Zusammenarbeit mit arbeitslosen Schauspielern bis zur Bestechung eines Imam.« Er mache eine wegwerfende Handbewegung. »Ich habe von bewußtseinsverändernden Drogen gehört, von Patriotismus, Gewalt und Erpressung. Begreift denn niemand, daß wir hier einen Propheten aufbauen wollen? Einen Mann, der in das Leben von sechshundert Millionen Menschen hineinwirkt? Wenn er sich durchgesetzt hat, wenn er allgemein anerkannt ist – was hindert ihn daran, uns einfach den Vogel zu zeigen? Drogen und Erpressung, darauf sollen wir uns verlassen, ja? Wie erpreßt man einen Propheten? Können Sie mir das vielleicht sagen?«

Falk beugte sich vor und erwiderte: »Morton, glauben Sie mir – Gewalt, Bestechung, Nötigung, Zwang, was Sie wollen... das ist der einzige Weg. Ich habe an die tausend Agenten geführt, ich weiß es.«

Hawke blieb stehen und schoß ihm einen zornigen Blick zu.

»Haben Sie auch mal einen Propheten geführt, Leo? Wie? Sagen Sie's mir. Haben Sie je versucht, Gottes Gesandten zu kontrollieren?«

Falk zuckte die Achseln. »Er ist auch nur ein Mensch, Morton. Wir setzen ihn zum Mahdi ein, und was die Gläubigen denken, ist egal – er ist auch nur ein Mensch.«

Hawke seufzte, aber Falk redete weiter.

»Gewalt, Zwang, Nötigung – das ist der einzige Weg.« Er blickte Meade an, wartete auf Bestätigung, doch Meade zuckte lediglich die Achseln und sagte: »Ich glaube, wir sollten etwas subtiler vorgehen.«

»Völlig richtig«, bestätigte Hawke, »aber bis jetzt haben wir noch nichts besonders Subtiles gefunden.«

»Zehn Tage sind eine kurze Zeit«, sagte Falk abwehrend. »Vielleicht haben die Briten ein paar gute Ideen. Wie wollen Sie's anfangen, Morton?«

»Auf jeden Fall vorsichtig. Ich werde die Briten erst Vorschläge machen lassen, und wenn ihnen auch nichts Tolles eingefallen ist, kann ich herablassend großzügig sein.« Er schaute auf seine Uhr.

»Gehen wir.«

Falk stand auf und sagte: »Zumindest haben wir ein breites Spektrum von Ideen für das Wunder.«

»Gewiß«, knurrte Hawke sarkastisch. »Von der Teilung der Wogen des Roten Meeres bis zum rosa Heiligenschein für Jassir Arafat. Gehen wir.«

Das Ritz in Lissabon ist eines der wirklich großen Häuser der Welt, und sein kleiner Konferenzsaal spiegelte den Geschmack und die Behaglichkeit einer weniger hektischen Zeit wider. Ein langer, polierter Tisch nahm die Mitte des Raumes ein. Dazu gehörte eine Garnitur von Louis-Quatorze-Stühlen. Gobelins mit Jagdszenen schmückten die Wände. Ein hochfloriger Teppich dämpfte jeden Schritt. In einer Ecke des Raumes war eine kleine Bar aufgebaut worden, an der Gemmel und Boyd standen. Sie erzählten Witze und genehmigten sich einen Drink. Zwei Männer gingen im Konferenzsaal umher. Sie trugen Geräte, die teils klickten, teils summten. Die Tür öffnete sich, und Hawke trat ein, gefolgt von Falk und Meade. Die zwei Engländer an der Bar drehten sich um. Es herrschte Schweigen. Erwartungsvolles Schweigen.

Gemmel und Hawke blickten die beiden Männer mit den Geräten an.

»Alles klar, Sir«, sagte der eine zu Gemmel.

»Alles okay, Morton«, sagte der andere zu Hawke.

Wieder Schweigen, und dann ging Hawke lächelnd auf Gemmel zu und streckte ihm die Hand entgegen.

»Schön, Sie zu sehen, Peter«, sagte er.

Man stellte sich einander vor. Hände wurden geschüttelt. Eiswürfel klirrten in Gläsern.

Gemmel lächelte Falk an und sagte: »Nett, Sie mal wieder zu treffen. Ich freue mich, daß Sie mit von der Partie sind.«

»Gleichfalls«, antwortete Falk. Und zu Boyd, der sich erkundigte, was er trinken wollte, sagte er: »Whisky Soda, bitte.«

Gemmel reichte Hawke ein Glas Canadian Club mit zwei Eiswürfeln und einem Schuß Soda. Die anderen bedienten sich selbst an der Bar.

Schließlich wandte sich Hawke den beiden Männern zu, die an der Tür standen. »Danke. Ich glaube, wir können jetzt anfangen. Und Sie passen draußen auf, ja?« Die beiden nickten und verließen den Raum; die anderen fünf gingen auf den Tisch zu.

Es ist seltsam, wie sich Menschen einem Konferenztisch nähern. Erst sehen sie sich nach Namensschildern um, und wenn sie keine finden, betrachten sie einander mit zögerndem Lächeln, denn die Sitzordnung an einem Konferenztisch kann wichtiger sein als die bei einem Bankett im Weißen Haus oder im Buckingham-Palast. Dieses prestigeträchtigen Aspekts wegen sind mehr Friedenskonferenzen geplatzt oder verschoben worden als aus jedem anderen Grund. Hawke ging das Problem diplomatisch und doch entschlossen an.

»Peter«, sagte er, »Alan und Sie könnten sich auf diese Seite setzen. Leo und ich nehmen hier Platz. Und Silas –«, er klopfte Meade auf die Schulter, »– Silas kann am Ende der Tafel sitzen und sich alle Notizen machen, die er für nötig hält.« Er zwinkerte Gemmel zu. »Und er kann außerdem dafür sorgen, daß wir nicht verdursten.«

Die fünf Männer nahmen Platz. Alle Augen richteten sich auf Hawke.

Hawke räusperte sich, beugte sich vor und sagte: »Um kurz zu rekapitulieren, meine Herren: Ziel dieses Treffens ist es, einen Plan zur Schaffung eines neuen islamischen Propheten, des Mahdi, auszuarbeiten. Weitere Punkte auf unserer Tagesordnung sind die Methoden des Einsatzes dieses Propheten – will heißen, das ›Wunder‹ – sowie die Kontrolle über ihn und damit über die gesamte islamische Bewegung.«

Hawke ließ den Blick in die Runde schweifen. Die anderen Männer nickten ernst.

»Und schließlich«, fuhr er fort, »wollen wir uns – vorbehaltlich der Zustimmung übergeordneter Stellen – auf die Ziele dieser Geheimdienstoperation einigen, der wir den Decknamen ›Mirage‹ gegeben haben.« Hawke richtete den Blick nun auf Gemmel. »Peter«, fuhr er fort, »ich möchte Ihnen zunächst sagen, wie sehr es mich und meine Kollegen freut« – er deutete auf Meade und Falk – »daß Sie die Operation von Grund aus leiten.«

Meade und Falk murmelten Zustimmung, und Hawke sprach weiter. »Sie sollen wissen, daß wir nicht die Absicht haben, in das laufende Geschehen einzugreifen. Natürlich müssen wir, da der CIA das Projekt mitträgt und finanziert, das Recht zur uneingeschränkten Beobachtung der Vorgänge haben.«

Gemmel neigte verständnisvoll den Kopf. Die anderen nickten.

»Gut«, sagte Hawke. »Nach reiflicher Überlegung wissen wir

natürlich alle, daß die entscheidenden Elemente des Ganzen Auswahl und Kontrolle des Mahdi sind.«

Er lächelte Gemmel an, warf Meade und Falk einen flüchtigen Blick zu, beugte sich vor und sagte: »Peter, wir haben selbstverständlich ein paar brauchbare Vorschläge. Aber da Sie sozusagen in vorderster Linie kämpfen werden, lassen Sie uns zunächst mal Ihre hören, ja?«

Gemmel nickte bedächtig. »Danke, Morton«, sagte er. »Wir haben, glaube ich, einen Plan entwickelt, der einfach und effektiv ist.« Er schwieg eine Weile und blickte die drei Amerikaner an.

»Es gibt nur ein kleines Problem dabei«, fuhr er fort. »Ich fürchte, die Geschichte wird ziemlich teuer. Und wir werden nicht nur ein Wunder brauchen, sondern zwei.«

Der Oberkellner des Restaurants im Ritz mochte die Amerikaner. Nicht daß sie alle viel Trinkgeld zahlten – einige taten es, andere nicht. Aber sie beschwerten sich nie. Dazu gab es auch kaum Anlaß in einem der besten europäischen Restaurants. Trotzdem beschwerten sich manche Leute, besonders die Franzosen und die Italiener. Die Amerikaner dagegen, zu diesem Schluß gelangte er, mußten in ihrer Heimat derart den guten Service entbehren, daß sie in stumme Ehrfurcht verfielen, wenn sie den Service erleben durften, den er hier bot. Er glaubte also, die Amerikaner zu kennen, aber die drei am Ecktisch gaben ihm Rätsel auf. Der Portier hatte ihn für einen gewissen Mr. Beckett reservieren lassen. Zehn Minuten bevor die Herren eintrafen, war ein diskret, ja heimlichtuerisch wirkender Mann erschienen, hatte gefragt, wo Mr. Becketts Tisch sei, und den Tisch einige Male umrundet. Er hatte einen großen Aktenkoffer in der Hand, aus dem ein Kabel zu einem Hörknopf im Ohr führte. Dann war er mit einem freundlichen Nicken in Richtung des Oberkellners verschwunden. Als Mr. Beckett mit seinen Gästen eintraf, fühlte sich der Oberkellner verpflichtet, von dem Vorfall zu berichten. Doch der Amerikaner lächelte nur und drückte ihm eine Banknote in die Hand. Der Oberkellner zuckte die Achseln. Nach zwanzig Jahren in diesem Beruf wunderte ihn gar nichts mehr.

»Das kostet uns eine Stange Geld«, sagte Falk, der geräuchertes Forellenfilet aß.

»Aber es ist phantastisch«, entgegnete Meade. »Einfach phantastisch!«

Sie betrachteten Hawke. Er war tief in Gedanken. Seine Salatplatte hatte er noch nicht angerührt. Nun blickte er unvermittelt zu seinen Kollegen auf.

»Alles hängt vom ›Jünger‹ des Mahdi ab«, sagte er. »Dieser Jünger muß unser Mann sein.« Er klopfte auf den Tisch, um seine Worte zu betonen. »Jawohl, unser Mann, und zwar hundertprozentig.«

Falk nickte eifrig. »Als Gemmel den Plan entwickelt hat«, sagte er, »und auf das Thema ›Jünger‹ zu sprechen kam, war es, als würde eine Glocke läuten – eine große, laute Glocke.«

»Sind Sie absolut sicher, was diesen Mann angeht?« fragte Hawke scharf. »Haben Sie keine Zweifel?«

Falk schüttelte fast ungehalten den Kopf. »Nein, Morton, überhaupt keine. Der Mann ist perfekt. Wir haben ihn vor vielen Jahren eingeschleust, wir haben ihn gehegt und gepflegt wie ein zartes Pflänzchen. Er ist wirklich perfekt, glauben Sie mir. Genau der richtige Mann für diesen Job. Aber wie gesagt, das kostet uns eine Stange Geld.«

Hawke nickte. »Über zweihundert Millionen, nehme ich an. Das entspricht ungefähr den Ausgaben für den Ölbedarf, der alle fünfundvierzig Minuten in den Vereinigten Staaten anfällt, Leo. Es ist zumindest einen Versuch wert.« Er schüttelte staunend den Kopf. »Die Jungs haben uns eine Bombenidee geliefert, das muß ihnen der Neid lassen.«

Stille. Die drei Männer dachten an die Besprechung zurück.

Gemmels Feststellung, daß zwei Wunder nötig seien, hatte tiefes Schweigen hervorgerufen. Hawke brach es schließlich. »Brauchen wir jetzt gleich zwei Propheten?« fragte er.

Gemmel schüttelte lächelnd den Kopf und erklärte, die einzige Möglichkeit, den Mahdi zu kontrollieren, bestehe darin, ihn glauben zu machen, daß er tatsächlich der Gesandte Gottes sei, und ihn gleichzeitig davon zu überzeugen – oder vielmehr, ihm die Weisung zu geben –, daß er sich an eine bestimmte Person wenden müsse, die sein Vertrauter und Ratgeber sein solle. Eine solche Person könne man im Griff haben, sagte Gemmel. Er legte eine kleine Pause ein und wartete auf Reaktionen. Als keine kamen, erklärte er, das erste Wunder werde privat und persönlich sein, nur für den künftigen Mahdi bestimmt. Am besten eine Erscheinung, und zwar die des Erzengels Gabriel. Das sei auch Mohammed widerfahren. Gemmel hatte sich bei Experten erkundigt, ob eine Erscheinung dieser Art machbar sei, und die Zusicherung erhalten, das lasse sich ohne weiteres arrangieren, sogar in Technicolor – vorausgesetzt, die finanziellen Mittel seien unbegrenzt. Das zweite Wunder, das den Mahdi vor der ganzen islamischen Welt glaubwürdig machen sollte, würde allerdings spektakulärer ausfallen müssen.

Wieder legte Gemmel eine Pause ein. Diesmal meldete sich Falk zu Wort.

»Der ›Jünger‹ wäre natürlich informiert und würde schon auf den Mahdi warten?«

»Klar«, antwortete Gemmel. »Und er wäre unser Mann.«

Falk schürzte nachdenklich die Lippen. Dann deutete er mit einer Handbewegung an, Gemmel solle fortfahren. Gemmel sprach weiter. Aber zunächst entschuldigte er sich bei Falk dafür, daß das, was er zu sagen habe, für einen promovierten Arabisten wie ihn natürlich nichts Neues sei. Trotzdem seien diese Informationen nötig, damit die anderen seinen Vorschlag in allen Punkten verstünden. Falk neigte gnädig den Kopf, und Gemmel begann mit seinen Ausführungen.

Er gab der Runde einen kurzen Abriß der Geschichte des Islams von Mohammed bis zur Gegenwart. Er erklärte die Spaltungen, die diese Weltreligion seit dem Tod des vierten Kalifen heimgesucht hatten. Er sprach von der erstaunlichen Ausbreitung des Islams – in den frühen Jahrhunderten durch die Eroberung von anderen Ländern, in weniger lange zurückliegenden Zeiten durch Missionare.

Eins verbinde jedoch, so legte er dar, alle Glaubensrichtungen des Islams: Mekka und seine Große Moschee seien und blieben gewissermaßen Brennpunkt dieser Weltreligion, und jeder Muslim – sei er Sunnit, Schiit, Sufi oder Ismailide – habe die Pflicht, mindestens einmal im Leben die Hadsch zu machen, die Wallfahrt nach Mekka. Und so kämen Jahr für Jahr mehr als zwei Millionen Muslime aus über siebzig Ländern der Erde nach Mekka und vollführten dort die inbrünstigsten religiösen Riten, die die Menschheit kenne.

»Das Wunder muß sich also während der fünf Tage der Hadsch ereignen«, sagte Gemmel. »Alle Pilger müssen es sehen – und sie werden dann in der ganzen Welt die Kunde vom Mahdi verbreiten.«

Wieder legte er eine Pause ein, und wieder herrschte Schweigen, ein langes Schweigen. Die fünf Männer am Tisch hingen ihren Gedanken nach, ließen ihre Phantasie spielen.

Schließlich brach Hawke den Bann.

»Und das Wunder selbst?« fragt er. »Haben Sie da schon eine Idee?«

»Ja«, antwortete Gemmel. »Aber vielleicht wollen Sie erst Ihre Ideen vortragen?«

Hawke schüttelte den Kopf. »Nein, nein, reden Sie nur weiter, Peter. Bis jetzt war das alles sehr interessant.«

Nun kam Gemmel zu den näheren Einzelheiten. Er bat die anderen, sich die Szene vorzustellen. Am Nachmittag des vorletzten Tages der Hadsch zieht die Menge aus Mekka hinaus, ins Mina-Tal. Von Mittag bis kurz vor Sonnenuntergang verharren die Pilger vor dem Berg Arafat, beten, lesen den Koran, lauschen Predigten. Einige bringen Opfer dar: Lämmer und Ziegen, manchmal auch Kamele. Gemmels Stimme war unwillkürlich leiser geworden, und die anderen beugten sich vor, damit ihnen kein Wort entginge. Und nun, fuhr der Engländer fort, werde ihr Mann, umgeben von seinen Anhängern und vorangekündigt durch Gerüchte, in die Mitte des Tales treten, ins Zentrum der Menge, und ein totes Lamm auf den Boden legen. Seine Leute würden einen großen Kreis um das Tier bilden, und der Mahdi werde Allah mit lauter Stimme bitten, sein Opfer in Gnaden anzunehmen.

Gemmels Stimme wurde noch leiser. Er sprach jetzt fast ehrfürchtig. Die anderen beugten sich noch weiter vor. Gespannte Erwartung malte sich in ihren Gesichtern.

»Dann«, sagte Gemmel, »dann kommt aus dem klaren, blauen wolkenlosen Himmel ein grüner Lichtstrahl, den die zwei Millionen Pilger deutlich sehen – man sieht ihn bis nach Dschidda. Der Strahl trifft das Lamm, und das Lamm löst sich in Rauch auf.«

Er lehnte sich zurück und sagte zu seinen faszinierten Zuhörern: »Und damit ist der Mahdi proklamiert.«

Falk war der erste, der seine Fassung wiederfand.

»Ein Laser!« rief er grinsend. »Abgefeuert von einem Flugzeug in großer Höhe.«

»Nein, von einem Satelliten«, hatte Gemmel geantwortet. »Aus dem Weltraum.«

Hawke stocherte zerstreut in seinem Salat herum.

»Glauben Sie, daß das Wunder machbar ist?« fragte er Meade.

»Welches?«

»Das große, das mit dem Laser.«

Meade zuckte die Achseln. »Ich verstehe nicht viel von Lasertechnologie. Aber Gemmel war doch recht zuversichtlich, und ich nehme an, daß er sich bei Fachleuten erkundigt hat.«

Falk wischte sich den Mund mit seiner Serviette und sagte: »Ich erinnere mich an einen Bericht aus der Forschungsabteilung des Verteidigungsministeriums. Sie haben in letzter Zeit gewaltige Fortschritte gemacht. Bereits im Jahre dreiundsiebzig hat die Air Force eine ferngesteuerte Rakete mit einer Laserkanone abgeschossen. Army und Navy hatten ähnliche Erfolge.«

»Stimmt«, warf Meade ein. »Ich habe diesen Bericht auch gelesen. Der Verfasser war Richard Airey. Neunzehnhundertachtundsiebzig hat die Navy eine TOW-Rakete vom Himmel geholt – das ist eine Panzerabwehrwaffe. Hat nur fünfundzwanzig Zentimeter Durchmesser und fliegt mit über tausendfünfhundert Kilometern in der Stunde.«

Hawke legte seine Gabel aus der Hand. »Es scheint also machbar zu sein«, sagte er. »Aber es ist gottverdammt aufwendig, und die ganze Technik in den Weltraum zu kriegen, ist auch ein ziemlich happiges Problem.«

»Space Shuttle«, sagte Falk, »das ist die Lösung. Wir müssen die Raumfähre benutzen. Der NASA und dem Pentagon wird das allerdings gar nicht passen. Sie haben dieses Programm bereits auf Jahre festgeschrieben.«

Hawke lächelte grimmig. »Dann werden wir eben den nötigen Druck machen. Silas, kümmern Sie sich bitte darum. Vielleicht müssen Sie sich hinter Gary Cline klemmen, damit der ein paar Leuten auf die Zehen tritt. Wenn wir wieder in Washington sind, möchte ich jedenfalls binnen vierundzwanzig Stunden den führenden Laserexperten des Verteidigungsministeriums in meinem Büro sehen – er soll seine Trickkiste mitbringen und alle Lösungen, die wir brauchen.«

Meade nickte und schrieb in sein Notizbuch. Hawke wandte sich Falk zu. »Und Sie, Leo, aktivieren unseren Maulwurf in Dschidda. Er soll die Sache allmählich in Gang bringen. Wenn der Mahdi aus der Wüste kommt, muß er schon eine Gefolgschaft haben. Aber zunächst unterstellen Sie unseren Mann nominell den Briten. Setzen Sie sich mit Boyd in Verbindung. Er wird ihn führen – oder es zumindest glauben –, und ich will, daß wir ihn absolut im Griff behalten.«

Falk grinste. »Keine Sorge, Morton. Den Jünger können wir ohne weiteres kontrollieren – und er ist so sauber wie ein frisch gebadetes Baby.«

»Gut.« Hawke schob seinen Teller weg. »Und von dem Mann kommt mir kein Ton.« Sein Blick wanderte zu Meades gebeugtem Kopf. Meade hatte etwas geäußert.

»Was haben Sie gesagt, Silas?«

Meade schaute auf und antwortete: »Amen, Morton. Amen habe ich gesagt.«

Gemmel und Boyd unterhielten sich in Gemmels Zimmer. Boyd hatte in einem Sessel Platz genommen. Gemmel saß auf dem Bett.

»Ist doch recht gut gelaufen«, meinte Boyd.

Gemmel lächelte zustimmend.

»Die Idee mit der Kontrolle durch den Jünger hat ihnen sehr gefallen, aber das liegt daran, daß sie in Saudiarabien einen Mann für diese Rolle haben. Der ist vor fünfzehn Jahren eingeschleust worden und wartet seitdem mucksmäuschenstill im Hintergrund.«

»Schlau, schlau«, bemerkte Boyd. »Ich hätte nicht gedacht, daß die Amerikaner so was machen – ich meine, daß sie auf so lange Zeit planen.«

Gemmel grinste seinen Assistenten an und sagte: »Ich auch nicht. Unsere Freunde sind im allgemeinen mehr für schnelle Ergebnisse.«

»Also übernehmen wir jetzt den Mann.«

Gemmel nickte.

»Ja, für den Fall, daß er auffliegt. Aber das ist rein äußerlich. Hawke wird wie ein Luchs auf ihn aufpassen. Und wenn die Operation glückt, werden wir plötzlich feststellen müssen, daß der Jünger entschieden antibritische Tendenzen hat.« Gemmel zuckte die Achseln und warf einen Blick auf seine Uhr. »In zehn Minuten«, fuhr er fort, »habe ich mit Hawke ein abschließendes Gespräch in seiner Suite.« Er stand auf und fragte: »Wo ist Beecher?«

»In der Bar, soviel ich weiß.«

Gemmel zuckte zusammen. »Gehen Sie bitte runter, Alan, und sorgen Sie dafür, daß er einigermaßen nüchtern bleibt.«

»Mein Zimmer würde hier dreimal reinpassen«, sagte Gemmel, als er sich in der Lounge der Suite umsah.

Hawke stand an der Bar und schenkte Drinks ein. Er grinste. »Ich werde mit Perryman reden«, sagte er, gab Gemmel sein Glas und setzte sich in einen Lehnstuhl. »Werde ihm vorschlagen, daß er Ihre Spesen erhöhen soll.«

Gemmel schüttelte lächelnd den Kopf. »Perryman bekäme einen Herzanfall bei dem bloßen Gedanken, daß ich für meine Unterkunft hundert Pfund pro Nacht bezahle.«

Die beiden Männer blickten sich einen Moment schweigend über den Teetisch hinweg an.

»Ich will ganz ehrlich sein«, sagte Hawke unvermittelt. Gemmel zog fragend die Augenbrauen hoch.

»Vor den anderen würde ich's nicht zugeben«, fuhr Hawke fort, »aber die Wahrheit ist die, Peter, daß wir keine besonders guten Einfälle hatten, was die Kontrolle des Mahdi und das Wunder betrifft. Wenn Ihre Seite sich nicht was hätte einfallen lassen, wäre das Projekt jetzt praktisch auf Eis gelegt.«

Gemmel war beeindruckt von Hawkes Offenheit. Doch er konnte nicht der Versuchung widerstehen, eine kleine sarkastische Bemerkung anzubringen.

»Sie meinen, Ihre Aktionsgruppe hat Sie hängenlassen?«

Hawke grinste schief.

»Könnte man sagen. Ich bin froh, daß Sie mit Ihrer mehr Glück hatten.«

Gemmel schüttelte den Kopf.

»Um der Wahrheit die Ehre zu geben, Morton – beide Ideen stammen von Perryman. Auch wenn man ihm das vielleicht nicht anmerkt – er ist ein gewiefter alter Knabe.«

»Sieht ganz so aus«, entgegnete Hawke. »Ich will Ihnen was sagen: Ich bin jetzt sehr viel zuversichtlicher als vor zwölf Stunden. Vielleicht können wir dieses verrückte Ding tatsächlich drehen.« Er holte tief Luft und fragte: »Wollen wir uns jetzt mit den Details beschäftigen?«

Und nun erörterten sie die nächsten Schritte. Sie kamen überein, daß sie in einer Woche erneut zusammentreffen würden. Diesmal in Paris, damit sie nicht zu oft am selben Ort gesehen wurden. Hawke wäre Brüssel oder Bonn lieber gewesen. Er mochte Paris nicht, aber Gemmel bestand seltsamerweise darauf. In der Zwischenzeit würde Hawke klären, ob es möglich war, das Wunder mit Hilfe eines Lasers aus dem Weltraum zu inszenieren. Und wenn sich das machen ließ, würde er feststellen, ob der Laser in sieben Monaten zur Verfügung stehen konnte, denn in sieben Monaten fand die nächste Hadsch statt. Wenn es nicht ging, würden sie ein weiteres Jahr warten müssen.

Gleichzeitig würde Gemmel die Suche nach dem Kandidaten aufnehmen. Erforderlich war ein Araber mit untadeligem Hintergrund, denn er sollte ja für alle Glaubensrichtungen des Islams akzeptabel sein. Das erste Wunder, das »Berufungserlebnis«, mußte sich drei Monate vor der Hadsch ereignen, damit der Kandidat genügend Zeit hatte, Anhänger um sich zu scharen. Vor dem großen Wunder würde er sich natürlich nicht als Mahdi bezeichnen, denn sonst würde ihn der König von Saudiarabien wahrscheinlich enthaupten lassen wie andere »Mahdis« vor ihm.

Gemmel und Hawke verabredeten außerdem, daß MI6 in der ganzen islamischen Welt eine Kampagne von Falschinformationen durchführen würde. Gerüchte vom Kommen des Mahdi sollten in Umlauf gebracht werden; Gerüchte, die sich steigerten, bis sie durch das Wunder im Mina-Tal bestätigt wurden. Zuletzt beschlossen die beiden Männer, daß die Teams ihr Hauptquartier in der jordanischen Hauptstadt Amman einrichten würden, wenn sich die Operation ihrem Höhepunkt näherte.

Sie waren fast fertig, da klopfte jemand leise an die Tür. Gemmel und Hawke blickten sich an. Hawke zuckte die Schultern, stand auf, ging zur Tür und öffnete sie. Ein kleiner, älterer Mann stand vor ihm. Er hatte einen Briefumschlag in der Hand.

»Ich habe gehört, daß Mr. Gemmel hier ist.«

»Ach, Beecher!« rief Gemmel. »Kommen Sie rein.«

Hawke trat beiseite, und Beecher ging ins Zimmer und gab Gemmel das Kuvert.

»Das ist soeben aus London eingetroffen, Sir«, sagte er. »Ich weiß nicht, ob es dringend ist. Mr. Boyd hat mir gesagt, daß Sie hier sind.«

»In Ordnung, Beecher. Vielen Dank«, sagte Gemmel. »Haben Sie nachgeprüft, ob der Flug nach Kairo für mich gebucht worden ist?«

»Ja, Sir. Die Maschine startet um zehn. Ich habe für acht Uhr dreißig einen Wagen bestellt.«

Gemmel hatte den Umschlag geöffnet und las den kurzen Brief, der darin lag. Er blickte auf und sagte: »Gut, Beecher. Ich bedanke mich.«

Beecher drehte sich um, nickte Hawke zu und ging aus dem Zimmer.

»Wer war das?« fragte Hawke, als er wieder Platz nahm.

»Beecher.«

»Gehört der zu Ihrem Team?«

Gemmel schüttelte den Kopf. »Nein. Er ist nur so eine Art Botenjunge. Er weiß nichts Wesentliches von der Operation.«

Hawke schien ein Stein vom Herzen zu fallen.

»Ich hoffe, es ärgert Sie nicht, daß ich Sie das frage«, sagte er, »aber ist er eine Schnapsdrossel?«

»Wie?«

»Ich meine, säuft er zuviel? Er hatte eine solche Whiskyfahne, daß es mich fast umgehauen hat.«

Gemmel lächelte. »Ja, ich nehme an, daß er zuviel säuft. Den größten Teil seiner Zeit verbringt er jedenfalls in der Bar. Ich habe, offen gestanden, noch nie mit ihm zusammengearbeitet, und wenn ich wieder in London bin, werde ich ihn in eine andere Abteilung abschieben. Er hat nur noch ein paar Jahre bis zur Pensionierung. Und Perryman ist ziemlich weichherzig in solchen Fällen – er haßt es, Leute zu feuern.«

»Kann ich verstehen«, sagte Hawke. »Aber ein Säufer in unserer Branche – das kann verdammt gefährlich werden. Ich mußte vor ein paar Wochen selbst einen feuern. War mal ein guter Mann. Mir hat das auch weh getan.«

Gemmel nickte verständnisvoll und legte das Kuvert auf den Tisch.

»War's wichtig?« fragte Hawke.

Gemmel lächelte. »Ja, sehr. Das Béjart-Ballett tritt nächste Woche in Paris auf. Dieser Brief ist von meiner Sekretärin. Sie schreibt mir, daß sie es geschafft hat, eine Karte für mich zu kriegen.«

»Spitzbube«, sagte Hawke. Aber er lächelte.

7

Das Abendgebet war zu Ende. Die Gläubigen erhoben sich und rollten ihre Gebetsteppiche zusammen. Einige blieben noch, um zu plaudern. Die anderen gingen nach Hause oder tranken Kaffee an einem der Stände in den Straßen um die Moschee.

Der Imam sprach zunächst mit ein paar Leuten, die kleine Probleme hatten, und ging dann zu Hadschi Mastan hinüber, der im Schatten der hohen Mauer saß. Vor dem Gebet hatte Hadschi gesagt, er wolle mit dem Imam reden, er brauche Rat. Der Imam hörte das gern, denn Hadschi Mastan war ein wichtiger Mann und ein Wohltäter der Moschee, und daß er den Imam um Rat fragte, war eine Art Kompliment.

Der Imam nahm Platz, und die beiden Männer sprachen eine Weile über weltliche Angelegenheiten. Dann verfielen sie in Schweigen. Der Imam wartete geduldig, aber voll Neugier, sah er doch, daß Hadschi tief in Gedanken war. Sein sonst so lustiges Gesicht war ernst, und er zupfte nervös an den Ärmeln seines Gewandes. Schließlich sagte er: »Ich habe Träume.«

Der Imam war überrascht. Er hatte eher etwas erwartet, das praktischer Natur war. Die religiöse Unterweisung von Hadschis Töchtern oder ein Geschäftsproblem. Er wußte, daß Hadschi vor kurzem von einer Reise nach Kairo zurückgekehrt war.

»Träume?« fragte der Imam verwundert.

»Ja, Träume. Und immer ähnlicher Art.«

»Was für Träume?«

Hadschi holte Atem. »Träume von einem Mann«, sagte er. »Von einem Mann, der in der Wüste wandelt – von einem heiligen Mann.«

»Kennst du ihn?«

Hadschi schüttelte den Kopf. »Nein. Aber ich sehe ihn deutlich vor mir. Und es ist immer derselbe Mann.«

Der Imam versuchte, seine Gedanken zu ordnen und Worte zu finden, die das Gespräch auf eine praktische Ebene heben konnten.

»Woher weißt du, daß er heilig ist?«

»Ich weiß es eben.«

»Beschreibe ihn mir.«

Hadschi saß lange schweigend und unschlüssig da. Dann blickte er dem Imam in die Augen und sagte: »Beschreibe mir Mohammed.«

Der Imam wich zurück, als hätte ihn jemand geohrfeigt.

»Den Propheten?«

Hadschi nickte stumm.

»Den Propheten?« wiederholte der Imam. »Du siehst den Propheten in deinen Träumen?«

»Ich sehe einen Mann«, sagte Hadschi. »Einen Menschen. Wirst du ihn mir beschreiben?«

Der Imam tat einen tiefen Atemzug. »Du bist ein gebildeter Mann, Hadschi Mastan. Du weißt, wie er aussah.«

»Beschreibe mir den Gesandten Gottes.«

Jeden anderen hätte der Imam fortgeschickt, aber Hadschi Mastan konnte man nicht einfach fortschicken.

»Er war von kräftigem Wuchs«, begann der Imam. »Er hatte eine gebogene Nase und große, schwarze Augen. Sein Mund war voll, und wenn er lachte – was selten geschah, obwohl er oft lächelte –, sah man das Innere seines Mundes ganz. Die Farbe seiner Haut war hell. Wenn er sich umwandte, so tat er's mit dem ganzen Körper.« Der Imam hielt inne und sagte: »Aber das weißt du doch alles.«

»Ja«, seufzte Hadschi.

»Und in deinen Träumen siehst du einen solchen Mann. Aber das kann nicht sein. Du kannst nicht wissen, wie sein Gesicht aussieht; *niemand* weiß das.«

Hadschi schüttelte den Kopf. »Ich weiß nur, wie das Gesicht des Mannes aussieht, den ich in meinen Träumen sehe. Und nun, nach so vielen Nächten, in denen ich von ihm geträumt habe, kenne ich ihn gut.«

»Und was tut er?«

»Er wandelt in der Wüste.«

»Und wohin wandelt er?«

Hadschi antwortete lange nicht. Er saß so still da, als sei er ein

Fels. Sein Gesicht war unbewegt und ausdruckslos.

»Wohin wandelt er?« wiederholte der Imam.

»Hierher – zu mir.«

Der Imam lehnte sich zurück und umfaßte seine Knie. Es fiel ihm schwer, die nächste Frage zu stellen, aber schließlich stellte er sie doch: »Und was ist, wenn er kommt, der Mann aus deinen Träumen?«

Wieder Schweigen. Und als Hadschi dann sprach, war seine Stimme so leise, daß der Imam ihn kaum verstand.

»Wenn er kommt, wird er mich rufen. Und ich werde ihm folgen.«

Der Imam erhob die Stimme. Sie klang jetzt scharf.

»Hadschi Mastan! Auf Grund von Träumen beschließt du so viel? Auf Grund von Träumen stellst du dir schon etwas vor, das in der Zukunft liegt? Bist du von Sinnen? Sehnst du dich vielleicht derart nach irgendwelchen Dingen, daß dein Verstand dich im Stich läßt?«

»Seit einem halben Jahr«, sagte Hadschi, »seit einem halben Jahr habe ich diese Träume.«

Der Imam zuckte die Achseln. Das Gespräch bereitete ihm Unbehagen.

»Und welchen Rat willst du von mir?«

»Soll ich davon sprechen?« fragte Hadschi. »Zu meiner Familie, zu meinen Freunden?«

Der Imam schüttelte heftig den Kopf.

»Nein«, sagte er. »Nein! Du weißt sehr gut, wohin solche Reden führen können. Also schweig!«

Hadschi gab keine Antwort, und der Imam fuhr fort, auf ihn einzureden.

»Träume sind Schäume«, sagte er. »Du bist ein wichtiger und geachteter Mann. Wenn du von solchen Dingen sprichst, werden die Leute über dich lachen, sie werden sagen, daß Hadschi Mastan den Verstand verloren hat.«

»Lachst du über mich?«

»Nein.«

Hadschi stand auf und zog sein Gewand fest um sich.

»Dann werde ich mich an deinen Rat halten«, sagte er und blickte zum Imam nieder. »Ich werde nicht davon sprechen.« Er drehte sich um und ging aus der Moschee.

Und Hadschi hielt sich an den Rat des Imam. Er sprach nicht davon. Doch er kannte den Imam gut und wußte, daß er ein schwatzhafter alter Mann war.

Und der Imam sprach davon, und während er sprach, schmückte er die Träume aus und übersteigerte sie. Er redete in der Moschee und im Basar und in den Kaffeehäusern. Und niemand lachte, denn Hadschi Mastan war ein wichtiger und geachteter Mann.

Um 20 Uhr betrat Gemmel die Suite im Hotel George V in Paris. Um 21 Uhr 30 war Morton Hawke in heller Wut. Seine Wut drang über den Atlantik, erreichte erst den Direktor des CIA, dann den Sicherheitsberater des Präsidenten und schließlich den Verteidigungsminister.

Begonnen hatte das Treffen durchaus angenehm. Aus ihrer Begrüßung ging hervor, daß Gemmel und Hawke sich aufrichtig freuten, einander wiederzusehen. Hawke hatte Leo Falk und Sila Meade dabei – und noch einen vierten Mann. Er war Anfang Vierzig und hatte die gelassene Distanz von jemandem, der sich seines Wissens und seiner Erfahrung sicher ist. Hawke stellte ihn vor.

»Peter, das ist Elliot Wisner, Chef der Abteilung für Angewandte Energie des Verteidigungsministeriums.«

Gemmel schüttelte dem Mann die Hand, ließ sich von Meade einen Drink geben, und die fünf nahmen an einem runden Tisch Platz.

»Wie war Ihre Reise?« fragte Hawke.

»Nicht übel«, antwortete Gemmel. »Man könnte sagen, daß der Stein jetzt ins Rollen gekommen ist.«

»Sehr schön«, entgegnete Hawke. »Aber, offen gestanden, Peter – wir haben Probleme.«

Gemmel nahm einen Schluck von seinem Drink und schwieg.

»Die Sache ist die«, fuhr Hawke fort. »Als Sie uns Ihren Vorschlag für das ›große Wunder‹ unterbreitet haben, sind wir davon ausgegangen, daß Sie die technische Seite vollständig abgeklärt hätten.«

»Hatte ich auch.« Gemmels Stimme war ruhig, fast ausdruckslos.

»Scheint aber nicht so.«

Wieder gab Gemmel keine Antwort. Hawke betrachtete ihn einen Moment lang mit kritischem Blick. Eine gewisse Spannung herrschte jetzt im Raum. Hawke beugte sich vor.

»Elliot«, sagte er mit einer ausladenden Handbewegung, »Elliot ist unser führender Experte auf dem Gebiet der Lasertechnologie. Er war an allen Entwicklungsschritten des Regierungsprogramms zum Einsatz von Laserstrahlen beteiligt.«

Hawke lehnte sich zurück und sagte mit einer Spur von Herablassung: »Können wir also davon ausgehen, daß Elliot einer der führenden Laser-Experten der Welt ist?«

»Ja, das können wir«, erwiderte Gemmel.

Nun beugte sich Wisner vor.

»Danke«, sagte er mit hoher, näselnder Stimme. »Mr. Gemmel, Morton hat mich gebeten, ihn auf dieser Reise zu begleiten, damit Sie aus erster Hand erfahren, warum das ›Wunder‹, das Sie vorgeschlagen haben, physikalisch nicht machbar ist.« Er holte zu einer pompösen Geste aus. »Ich darf jedoch zunächst einmal sagen, wie sehr ich die Phantasie, die Vorstellungsgabe bewundere, die Ihrem Vorschlag zugrunde lag.« Er schwieg kurz, aber Gemmel reagierte in keiner Weise.

»Was wissen Sie von Lasern?« erkundigte sich Wisner.

»Ich wußte das, was ein Laie eben weiß«, antwortete Gemmel, »aber ich habe mir natürlich die Mühe gemacht, mich über einige Einzelheiten genauer zu informieren.«

Wisner lächelte. »Sie werden mir sicher recht geben, wenn ich sage, daß Halbwissen sehr gefährlich sein kann.«

Gemmel seufzte hörbar.

»Warum verraten Sie mir nicht, Mr. Wisner, aus welchem Grund das, was wir vorgeschlagen haben, physikalisch nicht machbar ist?«

Wisner war verwirrt. Er blickte Hawke an. Der nickte ihm aufmunternd zu.

»Dann fangen wir mal ganz von vorne an«, sagte Wisner.

In der nächsten Viertelstunde gab er einen kurzen Abriß der Entwicklung der Lasertechnologie. Er formulierte einfach, schilderte zunächst den Laser als Gerät, das einen Lichtstrahl von einer bestimmten Farbe projiziert. Auch eine Farbe vom äußersten Ende des Spektrums, die für das menschliche Auge nicht sichtbar ist. Er erklärte, daß ein Laser Metall zum Verdampfen bringen kann, weil es möglich ist, ihn auf einen winzigen Punkt zu bündeln. Wisner hielt inne, damit Gemmel etwas sagen konnte, aber der schwieg, und Wisner fuhr mit seinem Vortrag fort. Natürlich bewege sich der Laser mit Lichtgeschwindigkeit durch den Raum: rund 300000 km pro Sekunde. Er brauche also für einen Kilometer etwa drei Hunderttausendstelsekunden. In dieser Zeit habe ein Flugzeug, das mit doppelter Schallgeschwindigkeit fliege, kaum mehr als drei Millimeter zurückgelegt.

Wisner war ein Mann, der in Zahlenangaben schwelgte, und sie gingen ihm flott von der Zunge. Dann sprach er von der Entwicklung des Lasers. Wie Einstein die induzierte Emission fast fünfzig Jahre vor dem Bau des ersten Prototyps vorausgesagt habe. Wie sich in den 60er Jahren die Entwicklung stürmisch beschleunigt habe. Und heute seien die Vereinigten Staaten soweit, daß sie über Gaslaser von ungeheurer Stärke verfügten.

Er blickte Hawke flüchtig an und sagte: »Ich glaube, ich plaudere keine Geheimnisse aus, wenn ich hier anmerke, daß wir bereits einen Fünf-Megawatt-Laser haben.«

»Nur zu, Elliot«, entgegnete Hawke gereizt. »Reden Sie weiter. Wenn Sie Geheimnisse ausplaudern, pfeife ich Sie schon zurück.«

Wisner lächelte und richtete die Augen wieder auf Gemmel, der die ganze Zeit aufmerksam, aber unbewegt zugehört hatte.

»Was Sie vorschlagen«, fuhr er fort, »ist im Prinzip durchaus machbar. Natürlich können wir einen Laser in den Weltraum befördern. Es ist ja kein Geheimnis, daß wir und die Russen an satellitengestützten Systemen arbeiten, die sowohl andere Satelliten zerstören können als auch Interkontinentalraketen, wenn sie auf dem Zielflug die Erdatmosphäre verlassen.«

»Das war mir bekannt«, sagte Gemmel.

Wisner sprach gelassen weiter. »Aber diese Systeme funktionieren nur im Weltraum. In der Erdatmosphäre können sie nicht funktionieren. Und wissen Sie auch, warum?«

»Ich bin sicher, daß Sie es mir sagen werden.«

Wisner überhörte Gemmels Sarkasmus. Die Sache begann ihm jetzt Spaß zu machen.

»Ich will es Ihnen im Zusammenhang mit Ihrem Plan erklären«, sagte er. »Wir stationieren einen hochenergetischen CO_2-Laser im Weltraum. Schwierig, aber möglich, wenn wir die Raumfähre benutzen. Der Laser würde übrigens um die zwanzig Tonnen wiegen. Zu einer bestimmten Zeit würde der Laser einen grünen Strahl auf einen bestimmten Punkt der Erdoberfläche richten.« Er lächelte Gemmel an. »Grün wohl deshalb, weil das die Farbe des Islams ist, ja?«

Gemmel nickte, und Wisner wandte sich Hawke zu.

»Interessanterweise«, sagte er, »ist – oder wäre – Grün die zweckmäßigste Farbe. Sie wird am wenigsten von der Erdatmosphäre absorbiert. Wir verwenden sie bei der Nachrichtenübermittlung von Satelliten zur Bodenkontrolle. Auch bei der Nachrichtenübermittlung von Satelliten zu U-Booten, weil grünes Licht mit der größen Leichtigkeit durch Wasser dringt.«

»Okay«, brummte Hawke. »Aber nun lassen Sie uns zum springenden Punkt kommen.«

Wisner wandte sich wieder Gemmel zu.

»Der springende Punkt ist der, Mr. Gemmel: Sie wollen, daß dieser grüne Laserstrahl ein kleines Objekt trifft. Und ich muß Ihnen sagen, das ist unmöglich, wenn der Strahl aus dem Weltraum abgefeuert wird.«

»Warum?«

»Wegen des Divergenzproblems, der Ablenkung und Streuung des Lichts. Sie werden sich vielleicht noch an Ihre Schulzeit erinnern, Mr. Gemmel. Und da lernt man im Physikunterricht, daß Licht, wenn es sich durch Stoffe von verschiedener Dichte bewegt, ›abgelenkt‹ oder gebrochen wird.«

Gemmel beugte sich vor und blickte Wisner durchdringend an. »Ich erinnere mich sehr genau an meine Schulzeit«, sagte er. »Ich weiß aber auch, daß moderne Steuerungssysteme die Brechung ausgleichen können.«

»Stimmt«, sagte Wisner. »Nur können sie nicht metereologische und Umwelteinflüsse ausgleichen – Wolken zum Beispiel und Luftverschmutzung –, und das führt dazu, daß der Laser abgelenkt wird und streut. So hatte etwa bei der ersten Messung der genauen Entfernung von der Erde zum Mond mit Hilfe eines Lasers der Strahl, als er die Mondoberfläche erreichte, einen Radius von mehr als drei Kilometern. Was daran lag, daß er die Erdatmosphäre durchdringen mußte.« Er machte eine effektvolle Pause. »Deshalb, Mr. Gemmel, gilt folgendes: Wenn wir im Weltraum einen auf die Erde gerichteten Laserstrahl abfeuern, wird er auf der Erdoberfläche bis zu vierhundert Metern streuen – und das ist zuviel für Ihre Zwecke, würde ich meinen.«

Wisner lehnte sich mit einer gewissen Selbstzufriedenheit zurück. Schweigen. Hawke sah Gemmel an, zuckte die Achseln und breitete resigniert die Arme aus. Doch der Engländer betrachtete Wisner mit starrem Blick.

»Ich nehme an«, sagte er, »daß man den Laser aus diesem Grund als Waffe, die im Weltraum zum Einsatz kommt und Ziele auf der Erde erreichen soll, für ungeeignet hält.«

»Genau«, antwortete Wisner. »Es ist natürlich ein wunderbarer Traum. Wenn es kein Divergenzproblem gäbe, könnten wir Laser im Weltraum stationieren, die imstande wären, jedes erdenkliche Objekt vom Flugzeugträger bis zum Panzer zu zerstören. So aber sind wir auf die kurzen Entfernungen innerhalb der Erdatmosphäre beschränkt. Im Weltraum dagegen ist alles möglich.«

Gemmel schürzte die Lippen und überlegte. Die anderen warteten auf seine Reaktion.

»Sie sehen also keine Möglichkeit?« fragte er schließlich.

Wisner schüttelte den Kopf.

»Nein, leider nicht. Es sei denn, wir starten einen Laser mit einem Flugzeug, das sehr hoch fliegt. Bis zu siebzehntausend Metern wäre die Divergenz gering, zumal bei wolkenlosem Himmel und der klaren Luft einer Wüstenregion.« Nun hörte er sich plötzlich optimistisch an. »Vielleicht könnte man es so einrichten, daß sich das Flugzeug in dem Moment, in dem es den Laserstrahl abfeuert, zwischen der Sonne und den Beobachtern befindet – auf diese Weise wäre es unsichtbar.«

Gemmel und Hawke schüttelten den Kopf.

»Radar«, sagte Hawke. »Entweder saudiarabisches oder russisches. Sie würden das Flugzeug mit Sicherheit auf den Radarschirm kriegen.«

Wieder Schweigen. Und dann erkundigte sich Gemmel bei Wisner: »Das Divergenzproblem läßt sich also nicht lösen?«

Wisner lächelte herablassend.

»Mr. Gemmel, gegen die Naturgesetze sind wir machtlos.« Er zog die Schultern hoch. »Das müssen auch Geheimdienstagenten akzeptieren.«

»War eine gute Idee, Peter«, sagte Leo Falk freundlich, »aber ich fürchte, wir müssen uns das alles noch mal durch den Kopf gehen lassen.«

Gemmel schien Falks Worte kaum wahrzunehmen, so tief war er in Gedanken. Schließlich blickte er unvermittelt auf und sagte: »Morton, ich muß mit Ihnen reden – und zwar unter vier Augen.«

»Unter vier Augen?«

»Ja.«

Die Atmosphäre war auf einmal wie elektrisch geladen – teils von Spannung, teils von Betretenheit. Hawke warf Falk einen flüchtigen Blick zu und zuckte die Schultern.

»Okay, Peter. Gehen wir nach nebenan.«

Die anderen beobachteten mit leisem Groll, wie Gemmel und Hawke im Schlafzimmer verschwanden. Die Tür schloß sich hinter ihnen. Wisner stand auf und schenkte sich einen Drink ein.

»Das mag wohl niemand, wenn eine gute Idee abgeschmettert wird«, bemerkte er.

Hawke saß auf dem Bett. Gemmel stand mit dem Rücken zur Tür.

»Ich dachte, dieses Projekt hätte absolute Priorität«, sagte er.

»Hat es auch.«

»Ach, das ist doch Quatsch!«

Hawke holte tief Luft, beherrschte sich.

»Nehmen Sie's locker, Peter«, sagte er. »Ich wußte, Sie würden enttäuscht sein. Deswegen habe ich Wisner mitgebracht – damit Sie es aus berufenem Mund hören.«

»Aus berufenem Mund! So ein Scheiß!«

Hawke schüttelte den Kopf, als wollte er Klarheit in seine Gedanken bringen. Dann explodierte er.

»Verdammt noch mal! Was soll das heißen?«

Gemmel sah ihn kühl an.

»Daß Sie lügen oder daß er lügt oder daß Sie beide lügen.«

»Inwiefern?«

Gemmel antwortete nicht gleich. Er blickte Hawke unverwandt an, prüfend, mit schmalen Augen. Dann sagte er: »Wenn Operation Mirage absolute Priorität hat, können Sie sich doch wohl über jede Institution der Regierung hinwegsetzen, oder?«

»Allerdings«, antwortete Hawke.

Wieder Schweigen. Gemmel suchte nach Worten.

»Darf ich fragen, wie weit Ihre Befugnisse reichen?«

»Die sind praktisch unbegrenzt.«

Gemmel lächelte grimmig. »Dann hat man Sie an der Nase herumgeführt.«

»Wie meinen Sie das?« fragte Hawke böse.

Gemmel trat ans Fenster, schaute hinaus.

»Wisner hat vom Divergenzproblem gesprochen«, sagte er über seine Schulter hinweg. »Schön und gut, nur verhält es sich so, daß die Lasertechnologie-Abteilung Ihres Verteidigungsministeriums dieses Problem vor zwei Jahren gelöst hat. Damals wurde in Nevada ein Test durchgeführt. Er zeigte, daß die Divergenz bis auf einen Koeffizienten von nullkommanullnulldrei Prozent kontrolliert werden kann.« Gemmel drehte sich um und blickte Hawke an. »Das heißt, daß ein Laserstrahl, der von einem

Satelliten im Weltraum abgefeuert wird, auf der Erdoberfläche nicht einmal fünf Meter streut – ideale Bedingungen für unser Vorhaben.«

Hawke war buchstäblich der Unterkiefer heruntergefallen.

»Und ganz nebenbei«, fuhr Gemmel fort, »geleitet hat diesen Test kein anderer als Elliot Wisner.«

Hawke setzte sich gerade. »Woher wissen Sie das, Mensch?« fragte er mit gepreßter Stimme.

Gemmel grinste. »Ich habe Ihnen, glaube ich, im Hyde Park gesagt, daß Ihr Laden uns mit einer gewissen Geringschätzung betrachtet. Aber manchmal schaffen wir es eben doch, recht nützliche Informationen zu sammeln. Wie ihr das gemacht habt, wissen wir nicht. Es läuft den Naturgesetzen zuwider, da hat Wisner keineswegs gelogen, und das Problem existiert ganz gewiß nach wie vor, nur kann man es inzwischen in den Griff kriegen. Wisner weiß das. Und ich bin bereit, Ihnen abzukaufen, daß Sie es nicht wissen.«

Hawkes Mund wurde schmal. »Ich weiß es nicht nur nicht, ich glaube es auch nicht.« Er stand auf. »Unser Projekt hat absolute Priorität, das habe ich Ihnen gesagt. Meinen Sie wirklich, daß Wisner mit mir über den großen Teich jettet, um in meiner Gegenwart einen Haufen Mist zu erzählen?«

Gemmel streute Salz in die Wunde. »Sieht so aus«, sagte er, »als gäbe es Geheimnisse, in die Sie und Ihr Chef nicht eingeweiht sind.«

Hawke ging unverzüglich darauf ein.

»Ich bin mit einem Sicherheitsbescheid der höchsten Stufe im Verteidigungsministerium aufgekreuzt«, knurrte er. »Vielleicht verstehen Sie nicht ganz, was das bedeutet.«

Gemmel zuckte bloß die Achseln.

»Okay, Sie Klugscheißer«, sagte Hawke, »das kriegen wir bald raus. Sie bleiben hier und leisten Falk und Wisner Gesellschaft, und ich fahre zur Botschaft. Ich werde verdammt schnell wissen, was ich wissen will. Und dann unterhalten wir uns noch einmal über die Naturgesetze.«

Er stürmte in die Lounge. Die drei Männer blickten verdutzt

in sein zornrotes Gesicht.

»Sie kommen mit!« Er deutete auf Meade. »Leo, Sie bleiben hier mit Wisner und Gemmel. Ich bin gleich wieder da.«

In Wirklichkeit dauerte es fast eine Dreiviertelstunde. Für die drei Männer, die in der Suite warteten, war das eine lange Zeit. Gemmel hatte offenbar nicht die Absicht, erklärende Worte zu sprechen, und so unterhielten sie sich darüber, wie dreckig Paris sei und wie teuer. Gemmel war völlig entspannt, Falk platzte fast vor Neugier, und Wisner machte einen etwas nervösen Eindruck. Zwischendurch verstummten die Männer immer wieder, und das Schweigen war peinlich lange geworden, als die Tür aufging und Hawke eintrat. Er hatte sich zwar unter Kontrolle, aber man sah, daß es in ihm brodelte. In der linken Hand hielt er ein dünnes Blatt Papier.

Er deutete mit dem rechten Zeigefinger auf Wisner und sagte ruhig: »Meade wartet unten in einem Wagen der Botschaft auf Sie. Er wird Sie zum Flughafen bringen, damit Sie die letzte Maschine nach Washington noch erreichen. Morgen früh um neun melden Sie sich im Pentagon, und zwar im Sekretariat der Oberbefehlshaber von Army, Navy und Air Force.«

Er hielt Wisner das Blatt Papier hin. Wisner nahm es entgegen, las es und nickte.

»Sie wissen ja, wie es ist, Morton«, sagte er.

»Klar weiß ich das, Elliot«, erwiderte Hawke barsch. »Und ich will Ihnen auch sagen, wie es ist. Sie werden binnen fünf Monaten einen Laser konstruieren und den Bau dieses Lasers überwachen. Und wenn er nicht rechtzeitig, einwandfrei funktionierend und mit rotem Geschenkband verschnürt im Kennedy Space Center eintrifft, mache ich Hackfleisch aus Ihnen, Elliot.«

Wisner ging. Hawke goß sich vier Fingerbreit Canadian Club und einen Fingernagelbreit Soda ein, beruhigte sich allmählich, informierte Falk und versuchte, Gemmel zu erklären, was es mit der Rivalität zwischen den einzelnen Ministerien und Geheimdiensten auf sich hatte.

»Dieses Scheißpentagon«, sagte er. »Als sie gehört haben, daß der CIA ein bißchen was von ihrer kostbaren Space-Shuttle-Zeit abzwacken will, sind sie total durchgedreht. Heiliger Gott, man könnte meinen, wir wären das KGB.«

Er kippte seinen Drink, schenkte sich noch einen ein, warf plötzlich den Kopf zurück und lachte schallend. »Cline hat den derzeitigen Chef der Oberbefehlshaber von einer Fresserei weggeholt«, sagte er. »Ich hoffe, der alte Knabe hat prompt Verdauungsstörungen gekriegt.«

Er kam an den Tisch zurück, setzte sich und sagte zu Gemmel: »Die Botschaft hat ein phantastisches Nachrichtensystem. Der zuständige Mann hat es mir erklärt, als ich auf Antwort aus Washington gewartet habe. Wissen Sie, wie man heute die supergeheimen Sachen übermittelt?«

Gemmel schüttelte den Kopf. Hawke grinste.

»Mit Laserstrahlen – von Satellit zu Satellit.«

Um die Zeit, zu der Elliot Wisner vom Charles-de-Gaulle-Airport abflog, ging Brian Beecher das Victoria Embankment in London entlang. Er blieb oft stehen und blickte auf die Themse hinaus, die schwarz war bis auf die Lichter des Schiffsverkehrs. Er trug einen dunklen Mantel, der ihm ein Stück zu groß war, und er wirkte klein, einsam und verloren. Gegenüber von den Grünanlagen des Temple blieb er wieder stehen. Ein Schlepper auf Talfahrt zog drei Lastkähne. Sie waren schwerbeladen und lagen tief im Wasser. Undeutlich konnte er ihre Silhouette im Licht erkennen, das von den Gebäuden am anderen Themseufer zurückgestrahlt wurde. Hinter ihm brauste der Verkehr; auf der einen Fahrspur in Richtung City, auf der andern in Richtung Parlament. Doch es waren nur wenig Fußgänger unterwegs. Beecher stand still und sah sich nicht um. Links von ihm war eine Mauernische mit einem großen Abfallkorb. Nach einer Viertelstunde hörte er die Hupe eines vorbeifahrenden Autos. Es hupte einmal, zweimal, und dann wieder einmal, zweimal. Beecher langte in seine Manteltasche, zog einen kleinen braunen Umschlag heraus, steckte ihn hinter den Abfallkorb und lief weiter.

Eine Stunde später kam ein anderer Fußgänger das Victoria

Embankment entlang. Auch er trug einen dunklen Mantel, aber er war groß, und obwohl er allein war, wirkte er nicht einsam und verloren. Er blieb jedoch oft stehen, um auf die Themse hinauszublicken. Und schließlich machte auch er vor dem Abfallkorb in der Mauernische halt. Nach einer Viertelstunde fuhr das Auto von vorhin an ihm vorbei und gab dasselbe Hupsignal. Alles klar. Der Mann griff hinter den Abfallkorb, nahm den Umschlag an sich und ging weiter.

Zweites Buch

8

In der Nacht hatte es stark geschneit. Ein gewaltiger Schneepflug räumte die breite Straße, häufelte den Schneematsch zu parallelen Reihen am Rande des Bürgersteigs. Moskau hat keine Probleme mit dem Autoverkehr. Wer einen Wagen besitzt, muß verhältnismäßig wichtig sein. Somit befindet sich die Gesellschaftsschicht, der schneebedeckte Straßen lästig fallen könnten, in einer Machtposition. Und darum hat Moskau einen der besten Schneeräumdienste der Welt.

Wassilij Gordik schaute aus seinem Bürofenster im achten Stock, beobachtete, wie der Schneepflug um die Ecke bog. Dann drehte er sich um und blickte in den Raum.

»Worum handelt es sich also?« fragte er mit tiefem Baß.

Die sechs Männer und die eine Frau, die am Konferenztisch saßen, betrachteten ihn respektvoll und schweigend.

Das Büro war sehr groß und recht hübsch eingerichtet. Ein Konferenztisch in der Mitte des Raumes, ein lederbezogener Schreibtisch – Gordiks Arbeitsplatz. In einer Ecke eine Sitzgruppe mit bequemen Armsesseln und einem Teetisch. In einer anderen eine gut bestückte Bar mit vier Barhockern. Die Möbel waren alle klobig und pseudo-antik, aber sie wirkten solide und gemütlich. Das einzig Unharmonische in diesem Raum war der riesige Bildschirm, der die halbe Wand gegenüber von Gordiks Schreibtisch einnahm.

»Worum handelt es sich also?« wiederholte Gordik auf dem Rückweg zum Konferenztisch.

Die sechs Männer blickten ziemlich betreten drein. Die Frau nicht. Offenbar wurde von ihr keine Antwort auf diese Frage erwartet. Sie war Anfang Dreißig, hatte ein kantiges, aber attraktives Gesicht und schwarzes, kurzgeschnittenes Haar. Sie trug einen hellbeigen Tweedrock und ein hellblaues Kaschmir-Twinset, dazu eine einreihige Perlenkette.

Gordik nahm seinen Platz am Ende des Tisches ein und seufzte.

»An diesem Tisch sitzen die angeblich klügsten Köpfe der Forschungs- und Analyseabteilung des KGB. Sie haben sich nun zwei Tage lang eingehend mit den Informationen beschäftigt, Genossen, und trotzdem sehen Sie so aus wie bestellt und nicht abgeholt.«

Die Männer auf beiden Seiten des Tisches betrachteten Gordik ernst. Die Frau hatte ein kleines Computerterminal vor sich und schaute auf die Tasten nieder.

»Larissa«, sagte Gordik, »vielleicht haben Sie die Lösung?«

Er ließ den Blick über die sechs Männer schweifen, und sein Ton wurde sarkastisch. »Schließlich sind Sie kein Experte, also ist Ihr Kopf vielleicht nicht mit so viel hoher Gelehrsamkeit vollgestopft, daß es Ihnen die Sprache verschlägt.«

Die Frau lächelte, was ihren harten Gesichtszügen eine unerwartete Weichheit verlieh.

»Eins ist klar«, sagte sie. »Es handelt sich um eine größere Operation.«

»Gut, gut!« rief Gordik. »Nehmen wir das als Ausgangspunkt.« Er wandte sich dem Mann zu, der rechts von ihm saß. »Lew, ich will mich auf der Stufenleiter der Geistigkeit langsam nach oben bewegen. Sie sind mein Assistent und damit gewiß weniger klug als die anderen Herrschaften, die sich heute in diesem Büro versammelt haben. Möchten Sie Larissas Äußerung vielleicht noch etwas hinzufügen?«

Lew Tudin lächelte. Er war seit fünf Jahren Gordiks Assistent und kannte die ironische Art seines Chefs. Er wußte auch, daß die anderen am Tisch nie freiwillig ihre Meinung zum besten geben würden. So war es nun mal in einer verknöcherten Bürokratie: Riskiere nichts, es sei denn, dir bleibt nichts anderes übrig, und riskiere schon gar nichts, wenn Wassilij Gordik bei einer Besprechung den Vorsitz führt.

»Es handelt sich um eine größere Operation im Nahen Osten«, sagte Tudin.

Gordik seufzte. »Glänzend! Doch, doch, ich meine es ernst, Lew – lassen Sie sich nur nicht entmutigen.« Seine Stimme wurde plötzlich schroff. »Und jetzt hören Sie mir mal alle gut zu. Nach achtundvierzig Stunden habe ich es geschafft, Ihnen die Meinung zu entlocken, daß es sich um eine größere Operation im Nahen Osten handelt. Nur wußte ich das bereits vor siebenundvierzig Stunden und neunundfünfzig Minuten.«

Er zog seinen Stuhl näher an den Tisch heran.

»Lassen Sie mich also rekapitulieren«, fuhr er fort. »Und danach werden Sie wenigstens eine Kostprobe von der Tätigkeit Ihrer kleinen grauen Zellen geben, ja?« Er legte die Finger aneinander und blickte zu der Frau. »Larissa«, sagte er, »führen Sie uns noch mal die Namen vor.«

Die Frau drückte ein paar Tasten. Die Männer wandten sich um und schauten auf den riesigen Bildschirm an der Wand. Zwei Spalten mit Namen erschienen darauf: links Morton Hawke, Leo Falk und Silas Meade; rechts Peter Gemmel und Alan Boyd.

»Imposant, imposant«, bemerkte Gordik. »Man könnte sogar sagen, die Geheimdienstelite des Westens. Was verrät uns nun diese Namensliste? Erstens, daß es sich um eine größere Operation handelt. Wichtig genug, daß Falk von der Leitung einer der bedeutendsten Abteilungen des CIA entbunden worden ist, Gemmel, das brauche ich Ihnen wohl nicht zu sagen, ist stellvertretender Operationsleiter bei MI6. Übrigens sind Gemmel und Falk Arabisten.«

Gordik griff in seine Brusttasche, zog eine kurze, dicke Zigarre heraus, nahm einen kleinen, silbernen Zigarrenabschneider aus der Uhrentasche und kappte das Ende der Zigarre. Tudin gab ihm Feuer. Gordik sog zufrieden den Rauch ein.

»Am fünfzehnten April«, fuhr er fort, »trifft sich die ganze Bagage im Ritz in Lissabon. Anschließend fliegt Gemmel vier Tage nach Kairo. Drei Tage später trifft er in Paris mit Hawke, Falk und Meade zusammen. Es war noch ein Amerikaner dabei, aber wir wissen bislang nicht, wer das ist. Das Treffen fand im George V statt.« Gordik lächelte süffisant. »Zumindest haben sie im Hinblick auf Hotels einen erlesenen Geschmack. Und inzwischen ist Boyd von der Szene verschwunden.«

Er wandte sich dem Mann zu, der links von ihm saß, einem eifrigen Wissenschaftlertyp mit Brille. »Wie deuten Sie das, Malin?«

Malin raschelte mit Papieren, die vor ihm auf dem Tisch lagen, rückte seine Brille zurecht und sprach mit hoher, nervöser Stimme.

»Erstens schließe ich Israel aus. Die Amerikaner würden dann nicht mit den Briten zusammenarbeiten. Außerdem sind sie davon überzeugt, daß das Abkommen zwischen Israel und Ägypten die einzige Lösung ist.« Er ließ den Blick über die Runde schweifen, suchte Bestätigung, fand keine und fuhr fort: »Ich sehe drei Möglichkeiten. Erstens die Destabilisierung Syriens, zweitens einen Vergeltungsschlag gegen den Iran, drittens einen Angriff auf die PLO.«

Er lehnte sich zurück, holte ein weißes Taschentuch aus dem Jackett, nahm seine Brille ab und putzte mit großer Hingabe die Gläser.

»Nicht gerade brillant«, sagte Gordik. »Aber auch nicht völlig dämlich. Nachdem wir also angefangen haben, lassen Sie uns weitermachen.«

Und nun bat Gordik die anderen fünf Experten um ihre Meinung. Sie äußerten sich alle ähnlich verschwommen. Schweigen senkte sich über den Konferenztisch, und Gordik rauchte gedankenverloren. Schließlich wagte es Malin, sich noch einmal zu Wort zu melden.

»Wir haben nur sehr wenig Informationen, Genosse Gordik«, sagte er, als wolle er sich entschuldigen. »Kann unser Informant nicht noch genauere Auskünfte nachreichen?«

Gordik schüttelte den Kopf. »Unser Informant ist in eine andere Abteilung versetzt worden. Wir können von Glück sagen, daß er wenigstens kurz mit dieser Operation zu tun hatte.«

»Ist er versetzt worden, weil er unter Verdacht steht?« erkundigte sich Malin.

Gordik schnaubte verächtlich. »Das möchte ich bezweifeln. Er ist versetzt worden, weil er seit langem ein Liebesverhältnis mit einer bestimmten Scotchmarke hat.«

Malin erkühnte sich zu fragen: »Wir müssen unsere Informationen also von Alkoholikern beziehen?«

Gordik betrachtete ihn lange – wie ein Tiger seine Beute. Malin zog den Kopf ein.

»Die Zeiten haben sich geändert«, sagte Gordik schließlich mit einem tiefen Seufzer. »Früher konnten wir in Petworth House anläuten und uns danach erkundigen, was der britische Premierminister zu Mittag ißt. Heute haben sie so ziemlich alle Maulwürfe ausgehoben. Unser kleiner Suffkopf ist der letzte einer langen, glanzvollen Reihe.« Er lächelte grimmig. »Aber vielleicht hat er uns hier mit einer Art angebläutem Schwanengesang erfreut.« Gordik stand auf. »Das war's, Genossen. Denken Sie bitte trotzdem weiter nach – oder versuchen Sie es zumindest –, und wenn Ihnen etwas einfällt, dann geben Sie mir unbedingt Bescheid.«

Er ging zur Bar, und während die fünf Männer ihre Unterlagen zusammenpackten und im Gänsemarsch das Büro verließen, goß er Chivas Regal in drei Gläser. Die Tür schloß sich. Tudin und Larissa kamen an die Bar und nahmen ihre Drinks entgegen.

»Weitergeholfen haben sie uns nicht gerade«, sagte Tudin.

»Das liegt am System«, erwiderte Gordik und verzog das Gesicht. »Wenn ein Abteilungsleiter einen unfähigen Mann loswerden will, schiebt er ihn grundsätzlich in die Abteilung für Forschung und Analyse ab. Ich habe eigentlich auch nichts erwartet – bin nur so vorgegangen, wie es üblich ist.« Er trank sein Glas aus. Larissa schenkte ihm nach. Sie arbeitete seit drei Jahren für Gordik. Zuvor war sie Programmiererin im Rechenzentrum des KGB gewesen. Sie hatte ein Programm entwickeln sollen, das die Kollationierung sämtlicher finanzieller Transaktionen innerhalb des Geheimdiensts ermöglichte. Damals war Gordik soeben aus dem Ausland heimgekehrt, um das KGB neu zu organisieren. Er arbeitete hart, war zäh und einfallsreich. Zwei Jahre lang hatte er mit eisernem Besen gekehrt und sich viele Feinde gemacht. Doch er hatte die Mitglieder des Politbüros beeindruckt, die für den sowjetischen Geheimdienst zuständig waren, und sich in aller Stille eine solide Machtbasis geschaffen. Als Belohnung für seine Plackerei erhielt er den begehrten Posten des Leiters für Auslandsoperationen. Sein einziger Kummer war, daß er im Hinblick auf die Abteilung für Forschung und Analyse nichts hatte ausrichten können.

Kurz nachdem sie ihr Programm entwickelt hatte, wurde Larissa in Gordiks Büro gerufen. Er beglückwünschte sie zu ihrer Arbeit. Dann fragte er sie mehr als eine Stunde über ihren Werdegang und ihre Erfahrungen aus. Eine Woche später wurde sie in seine Abteilung versetzt – als Gordiks persönliche Assistentin.

Sie hatte ungefähr sechs Monate gebraucht, um sich in ihn zu verlieben. Man konnte nicht behaupten, daß er besonders dazu reizte. Er war zugeknöpft, behielt seine Gefühle für sich und ließ nichts über sein Privatleben nach außen dringen. Nach dieser ersten Begegnung riskierte Larissa ihren Sicherheitsbescheid und ihre Position, indem sie heimlich ein Computerprofil von ihm erstellte. Sie erfuhr, daß er vor neunundvierzig Jahren in Riga geboren worden war. Seine Eltern waren beide in der Revolution aktiv gewesen; sein Vater hatte im Landwirtschaftsministerium Karriere gemacht. Gordik hatte eine hervorragende Ausbildung genossen. Im Gegensatz zu vielen hohen KGB-Leuten hatte er nicht die Armee als Sprungbrett benutzt, sondern war direkt von der Universität gekommen, wo er Psychologie studiert hatte. Nach der geheimdienstlichen Ausbildung verbrachte er sieben Jahre als Verwaltungsbeamter in der Zentrale. Dann wechselte er zu den Untergrundoperationen über und erhielt einen Außenposten in Mexiko. Er erlebte einen kometenhaften Aufstieg, arbeitete in vielen Teilen der Welt, brachte es zum Operationsleiter Nahost und zum Operationsleiter Südostasien, bevor er nach Moskau zurückgerufen wurde, um frischen Wind in die Zentrale zu bringen.

Larissa wußte, daß er verheiratet war und zwei Söhne hatte. Der eine studierte, der andere diente bei der Armee. Seine Frau hatte die letzten fünf Jahre größtenteils in Gordiks Datscha am Schwarzen Meer verbracht. Er sprach selten von ihr.

Larissa betrachtete ihn, wie er auf einem Barhocker saß, seinen Scotch trank und nachdachte, unzugänglich für Tudin und unzugänglich für sie. Er war kräftig gebaut, aber nicht übergewichtig, obwohl es auf den ersten Blick so aussah, denn er hatte sehr breite Schultern und einen massigen Oberkörper und war über einen Meter achtzig groß. Sein hoher Wuchs und seine Stärke wurden ein wenig dadurch kaschiert, daß er immer elegante italienische Anzüge trug. Er hatte ein breites Gesicht mit vollem Mund, energischem Kinn und weit auseinanderstehenden, klugen Augen. Sein Haar war dunkelbraun und für einen russischen Beamten ungewöhnlich lang. Seit sie ein Paar waren, schnitt Larissa es alle zwei bis drei Wochen. Sie hatte ein natürliches Geschick dafür, und es war ein Ritual geworden, das stets im Bett endete. Trotz seiner Größe war Gordik ein zärtlicher und rücksichtsvoller Liebhaber. Er hatte für Larissa eine kleine, aber gemütliche Wohnung in der Nähe des Büros besorgt und ihr immer Geschenke von seinen Auslandsreisen mitgebracht. Erst eine kleine Stereoanlage und einen halben Koffer voll Kassetten – teils klassische Musik, an der sein Herz hing, teils Modern Jazz, der ihr lieber war. Es folgten ein Farbfernseher und ein Videogerät mit einer reichen Auswahl an Filmen. Sie tauschten sie mit Freunden aus, die ebenfalls in den Westen reisten. Und dann schenkte Gordik ihr Kleider und Schmuck, denn er war im Grunde seines Herzens ein großzügiger Mann. Am Abend kochte Larissa – immer einfache, aber phantasievolle Gerichte –, und danach hörten sie Musik, mal Klassik, mal Modern Jazz. Fernseher und Videogerät standen im Schlafzimmer, und der Tag klang damit aus, daß sie im Bett lagen und sich einen Film anschauten oder sich liebten – oder beides.

Larissa teilte ihr Leben geschickt zwischen Büro und Zuhause auf. Einerseits perfekte Sekretärin und respektvolle Assistentin, andererseits Gefährtin und Vertraute. Gordik hatte ihr noch nie gesagt, daß er sie liebte, aber sie wußte, daß er es tat. Sie wußte auch, daß sie zu seinem Wohlbefinden beitrug, und das stimmte sie zufrieden. Obwohl Gordik und Larissa sich der Form halber am Arbeitsplatz siezten, war es in der Abteilung bekannt, daß sie eine Beziehung hatten. Gordik machte auch kein Hehl daraus. Verlogene Heimlichtuerei widerte ihn an. Seine hohe Position ließ so etwas auch überflüssig erscheinen. Doch nur Lew Tudin konnte die Tiefe des Gefühls zwischen den beiden ermessen, denn wenn die drei allein waren, gestattete sich Gordik eine gewisse Ungezwungenheit und Vertraulichkeit. Tudin war fast eine jüngere Ausgabe von Gordik. Auch er war ein hochgewachsener, intelligenter Mann, der direkt von der Universität zum KGB gegangen war. Doch er hatte nicht Gordiks Kraft, und obwohl er einen scharfen Verstand besaß, war er körperlich ein wenig unbeholfen. Gordik und Larissa zogen ihn deswegen manchmal auf. Er nahm es mit Humor.

»Ich bin Schachspieler, kein Leichtathlet«, sagte er immer.

Er spielte sehr gut Schach, und die Tatsache, daß Gordik zu den wenigen Menschen gehörte, die er nicht ohne weiteres schlagen konnte, vertiefte den Respekt, den er vor seinem Chef hatte.

Nun blickte er auf und sah, daß Gordiks Augen auf ihm ruhten.

»Ich bin nicht bereit, bloß Däumchen zu drehen«, sagte Gordik mit Nachdruck. »Ich werde nicht einfach zuschauen und abwarten, ob etwas passiert.«

»Sie wollen eine Operation starten?« fragte Tudin.

Gordik lächelte traurig. »Ja. Das Problem ist nur: was für eine Operation? Und gegen wen?«

»Der Informant kann uns keine weiteren Informationen liefern?« erkundigte sich Larissa.

Gordik schüttelte den Kopf, stand auf, begann hin und her zu gehen.

»Nein. Er ist zum Chef der Abteilung für Pensionsfragen und Wohlfahrtsangelegenheiten ernannt worden. Wir kennen jeden Pensionär von MI6 und sind nicht unbedingt an der Wohlfahrt dieser Leute interessiert.«

Er blieb stehen und blickte seine Assistentin und seinen Assistenten an.

»Es ist schon merkwürdig«, sagte er. »Die Briten müssen gewußt haben, daß er säuft. Trotzdem haben sie ihn an eine Sache von diesem Kaliber rangelassen, wenn auch nur kurz und nur am Rande.«

»War vielleicht ein Bürokratenschnitzer«, sagte Tudin. »Das soll des öfteren vorkommen. Auch bei uns.«

Gordik lachte. »Stimmt. Aber sie haben es offenbar schnell gemerkt – oder die Amerikaner haben ihnen auf die Sprünge geholfen.« Er setzte sich wieder in Bewegung. »Jedenfalls sollte man das im Gedächtnis behalten. Im Augenblick geht es allerdings nur darum, was rauszukriegen. Ich werde nicht untätig bleiben, nehmen wir's uns also noch mal vor.«

In der nächsten halben Stunde spielten sie alle Möglichkeiten durch. Larissa ging gelegentlich zum Computerterminal und brachte Informationen auf den Bildschirm. Langsam wurden sie sich einig. Die Amerikaner starteten und kontrollierten eine Operation, die gegen ein Land oder mehrere Länder des Nahen Ostens gerichtet war und vielleicht auch die russische Position in diesen Ländern untergraben sollte. Der Umstand, daß sie die Briten als Speerspitze benutzten, war der Schlüssel zum Problem. Eigentlich arbeiteten sie aus einer Reihe von Gründen nicht gern mit den Briten zusammen. Daß sie es doch taten, konnte nur eins bedeuten: Sie befürchteten, in einer kompromittierenden Situation ertappt zu werden. Die Briten dagegen waren an so etwas gewöhnt. In logischer Folge eliminierten Gordik, Larissa und Tudin ein Land nach dem andern, bis nur noch fünf Möglichkeiten blieben. Libyen und Syrien wegen des russischen Einflusses in diesen Ländern, der Libanon und die PLO wegen ihrer Bedeutung für eine dauerhafte Friedensregelung im Nahen Osten, außerdem Saudiarabien. Vielleicht glaubten die Amerikaner, daß die dortige Herrscherfamilie die Zügel nicht mehr lange in der Hand behalten würde. Und vielleicht hatte der CIA beschlossen, einer Revolution zuvorzukommen und sicherzustellen, daß sie jede Bewegung, die eine demokratischere Regierung anstrebte, überwachen oder gar steuern konnte.

»Wir dürfen ja wohl davon ausgehen«, sagte Tudin, »daß sie aus dem Sturz des Schahs und der Zeit danach einiges gelernt haben.«

»Damit wäre auch die Mitwirkung der Briten erklärt«, fügte Larissa hinzu. »Wenn die Operation auffliegt, nehmen sie die Schuld auf sich – und dank ihrem Öl haben sie weniger zu verlieren.«

Gordik goß sich noch einen Schluck Scotch ein und begann wieder hin und her zu gehen, das Glas in der Hand.

»Der Meinung bin ich auch«, sagte er. »Es ist einleuchtend und logisch. Eine solche Operation würde auch erklären, warum Leute von solchem Format daran beteiligt sind. Es ist auf jeden Fall klar, daß der CIA jetzt, wo er wieder mehr Spielraum hat, seine Aktivitäten im Nahen Osten verstärken wird. Die werden nicht rumsitzen und über Menschenrechte faseln und gelassen zusehen, wie ihr Einfluß in dieser Region immer mehr abnimmt. Also – wir haben mehrere Möglichkeiten herausgeschält. Jetzt müssen wir nur noch beschließen, wie wir reagieren wollen.«

In der nächsten Stunde trugen sie Einfälle vor, erörterten sie, verwarfen sie wieder. Die Scotchflasche wurde zusehends leerer. Gordik und Tudin konnten beide ungeheure Mengen trinken, und man merkte es ihnen nicht an. Gordik behauptete, seine Phantasie werde dadurch beflügelt. Tudin behauptete gar nichts; er mochte ganz einfach Scotch – besonders Chivas Regal.

Gordik war von Natur aus angriffslustig. Er würde seine westlichen Kollegen observieren lassen und alle KGB-Stellen im Nahen Osten, in den Vereinigten Staaten und in Großbritannien in Alarmbereitschaft versetzen. Aber damit gab er sich noch nicht zufrieden. Er würde zum Angriff übergehen, mehr in Erfahrung bringen. Und langsam verlagerte sich das Gespräch auf Mittel zu diesem Zweck und vor allem auf eine geeignete Zielperson.

Wieder ließ Larissa die Namen über den Bildschirm flimmern, und über jeden Mann wurde diskutiert, jeder wurde analysiert. Alles, was von seiner Biographie bekannt war, erschien ebenfalls auf dem Bildschirm.

Schließlich sagte Gordik: »Wir müssen uns an einen von den Briten halten. Ich sehe keine Möglichkeit, an die Amerikaner ranzukommen. Ganz abgesehen von allem anderen – beim CIA ist man viel mehr auf Sicherheit bedacht als bei MI6 – trotz der Ereignisse in letzter Zeit.«

»Boyd?« fragte Tudin.

Gordik schüttelte lächelnd den Kopf. »Nein, Lew. Wir nehmen uns den Mann an der Spitze vor. Gemmel.«

Larissa und Tudin waren überrascht. Sie wußten, daß Gordik Respekt vor dem Engländer hatte, ihn sogar bewunderte.

»Ja, ja«, sagte Gordik. »Er ist zäh und alles andere als emotional. Ein echter Profi. Er hat einen ausgezeichneten Ruf und wirkt auf den ersten Blick völlig unangreifbar.« Gordik schwieg einen Moment. »Aber Sie sind beide keine Psychologen, und obwohl Sie einiges von seiner Biographie und von seinem Lebensstil wissen, ziehen Sie daraus leider keine Schlüsse auf sein Wesen.« Er gab Larissa einen Wink. »Schauen wir uns den Mann noch einmal an.«

Larissa bediente die Tastatur, und dann blickten sie alle auf den Bildschirm. Erst kamen Fotos, einige klar, andere unscharf. Dann ein paar Meter Film. Der Streifen zeigte, wie Gemmel ein Gebäude verließ, über die Straße ging und in ein Auto stieg. Es war ein Schwarzweißfilm, offenbar aus einem Versteck gedreht und von miserabler Qualität. Larissa fand den Mann trotzdem anziehend und beeindruckend. Sein flotter Gang und sein athletischer Körperbau fielen ihr auf. Dann kam ein Foto von einer lächelnden jungen Frau mit der Bildunterschrift *Judith Gemmel. Eheschließung mit Peter Gemmel am 14. August 1968. Gestorben 1971 mit Kind (Sohn) bei einer Frühgeburt.*

Es folgte der Lebenslauf von Gemmel. Sein Geburtsdatum. Angaben über seine Eltern. Dann Schule und Universität, seine sportlichen und akademischen Leistungen. Seine Sprachkenntnisse: Arabisch, Parsi, Französisch, Spanisch und Russisch fließend; Grundkenntnisse in sechs weiteren Sprachen.

Dann das Datum seines Eintritts in den britischen Geheimdienst, die Art und Weise seiner Anwerbung, die Stationen seiner Karriere bei MI6. Die Auskünfte flossen spärlicher, als verschiedene kodierte Zusätze, die auf Quellen verwiesen, vom Bildschirm verschwanden. Es war kein Zufall, daß dies in Zeiten fiel, zu denen die KGB-Maulwürfe in den Reihen des britischen Geheimdienstes nach und nach enttarnt wurden.

Dann wartete der Computer mit Informationen über Gemmels Privatleben auf. Seine Hobbys, seine Interessen, Namen von Freundinnen – alles kurze Affären. Schließlich der Befund der Abteilung für Forschung und Analyse, der voll und ganz mit Gordiks Meinung übereinstimmte.

Dann kam nichts mehr, und Gordik sagte: »Sehr eindrucksvoll, aber nun wollen wir mal nach Schwachstellen suchen.«

Er zählte an den Fingern der linken Hand ab, was er vorzubringen hatte. »Erstens: Gemmel ist ein zäher, fleißiger, kühler Profi. Zweitens: Seit dem Tod seiner Frau hat er ein ruhiges, völlig zurückgezogenes Leben geführt. Er hat sehr, sehr wenig gute Freunde. Drittens: Er hat nur zwei Hobbys: Segeln und Ballett. Seltsame Hobbys übrigens. Das eine sehr aktiv, das andere sehr passiv. Man könnte sagen, das Ballett ist noch seltsamer als das Segeln, wäre da nicht die schlichte Tatsache, daß Gemmel – Peter George Gemmel –«, hier lächelte Gordik, »im Grunde seines Herzens und hinter seiner harten Schale ein Romantiker ist.«

Tudin und Larissa blickten einander an. Dann brach Tudin in schallendes Gelächter aus. Gordik reagierte nicht darauf. Er beobachtete Larissa. Sie schwieg eine ganze Weile. Als Tudins Gelächter verstummte, nickte sie langsam.

»Na bitte, Lew«, sagte Gordik triumphierend. »Die Analyse eines Psychologen, bestätigt durch weibliche Intuition.«

»Sie glauben das auch, Larissa?« fragte Tudin verwundert.

»Ja«, antwortete Larissa. »Segeln ist ein romantischer Sport, und das Ballett ist die romantischste von allen Kunstformen.«

Sie lächelte Gordik an. »Aber das ist nicht der Grund dafür, daß ich Ihnen recht gebe.«

»Nein?«

»Nein. Es ist wirklich in erster Linie Intuition. Ich sehe es an seinem Gesicht, an der Art, wie er sich bewegt.«

Tudin lächelte. »Finden Sie ihn attraktiv?«

»Ja, sehr. Und glauben Sie mir, viele Frauen – die meisten Frauen – würden ihn attraktiv finden.«

»Gut!« sagte Gordik vergnügt.

Tudin schüttelte den Kopf. Nicht ablehnend, sondern eher verwirrt.

»Eine Liebesfalle?« fragte er den lächelnden Gordik. »Sie wollen den stellvertretenden Operationsleiter von MI6 in eine Liebesfalle tappen lassen?«

»Ja«, antwortete Gordik. »Aber in eine sehr spezielle. Eine, die selbst einen Bären dazu brächte, ohne Atempause über den Ural zu klettern.«

»Deswegen hat er nicht wieder geheiratet«, sagte Larissa versonnen. »Deswegen hat er keiner zweiten Frau Raum in seinem Leben gegeben. Weil er ein Romantiker ist. Weil er immer noch seine tote Frau liebt.«

»Da mögen Sie recht haben, Larissa«, erwiderte Gordik. »Aber von Neunzehnhunderteinundsiebzig bis heute – das ist eine zu lange Trauerzeit. Was meinen Sie, Lew?«

»Eine viel zu lange Trauerzeit«, bestätigte Tudin ernst.

9

Die Menge strömte aus der Pariser Oper und schwemmte Gemmel und Hawke auf den Bürgersteig. Sie warteten, bis die Straße frei war, und gingen dann auf die andere Seite. Gemmel nahm Hawke beim Arm und führte ihn zu einem kleinen Bistro. Sie traten ein, zogen ihre Mäntel aus, hängten sie an Haken in der Nähe der Tür, suchten sich einen Ecktisch und bestellten Kaffee und Cognac.

»Es hat mir gut gefallen«, sagte Hawke. »Ehrlich.«

»Sie waren furchtbar zappelig.«

»Das bin ich immer.«

Der Kellner brachte, was sie bestellt hatten, und Gemmel

kippte seinen Cognac in den Kaffee.

»Ich will ganz aufrichtig sein«, sagte Hawke. »Wenn es mir nicht gefallen hätte, wäre ich sofort aufgestanden und in den Crazy Horse Saloon gegangen oder sonst wohin, das können Sie mir glauben.«

Gemmel betrachtete den Amerikaner prüfend. Dann lächelte er.

»Ich glaube es Ihnen, Morton. Sie brauchen es mir nicht so ausdrücklich zu beteuern.«

Hawke lächelte ebenfalls und entspannte sich zusehends.

»Okay, aber ich möchte nun mal, daß Sie mir wirklich glauben.«

»Ich glaube Ihnen wirklich. Haben Sie sich gewundert?«

Hawke dachte einen Moment über die Frage nach. Dann nickte er.

»Ja. Ich meine, die ersten fünfzehn Minuten habe ich mir überlegt, was ich hier eigentlich soll. Und dann – dann hat es mich irgendwie fasziniert.«

»Gut.« Gemmel war offenbar zufrieden. »Ich hätte Sie gern behutsamer mit dem Ballett bekannt gemacht. Irgendwas Klassisches vielleicht für den Anfang. Aber das Béjart-Ballett ist einfach aufregend anders, und ich wollte nicht, daß Sie sich langweilen.«

Hawke nahm einen Schluck von seinem Cognac und kippte ihn dann wie Gemmel in den Kaffee.

»Ich glaube, ich verstehe Sie jetzt ein bißchen besser.«

»Tatsächlich?«

»Ja. In den beiden letzten Stunden waren Sie völlig entspannt. So habe ich Sie noch nie erlebt.«

Hawke gratulierte sich insgeheim selbst. Er hatte Falk in die Vereinigten Staaten zurückgeschickt, damit er Wisner im Auge behielt, und war noch ein paar Tage in Paris geblieben, um Gemmel besser kennenzulernen.

»Ich gehe mit Ihnen ins Ballett«, hatte er gesagt, und Gemmel hatte gelacht.

»Falls Sie noch eine Karte kriegen, was unwahrscheinlich ist. –

Sie würden es bestimmt entsetzlich finden.«

Aber Hawke hatte den Botschafter angerufen, und der hatte seine Beziehungen spielen lassen und in letzter Minute die beste Loge im Opernhaus ergattert, und Hawke hatte der Ballettabend wirklich Spaß gemacht – es verblüffte ihn selbst.

»Ich habe heute von der Botschaft aus mit Falk telefoniert«, sagte er.

»Und wie läuft's?« fragte Gemmel.

»Ich muß Wisner ehrlich loben. Sowie ihm von oben Bescheid gestoßen worden ist, hat er sich voll in die Arbeit gestürzt. Falk sagt, er faßt das als persönliche Herausforderung auf. Sein Team ist bereits komplett. Sie haben sich gestern nach Kalifornien zurückgezogen. Ein Betrieb der Luftwaffe – Air Force Plant Number 42 in Palmdale – wird den Laser bauen. Sieht so aus, als gäbe es keine großen Schwierigkeiten bei der Konstruktion. Aber wie man das Ziel ansteuert – das ist das Problem. Und nicht einfach zu lösen.«

»Klar«, sagte Gemmel. »Schließlich muß der Laser ein kleines Lamm aus verdammt großer Entfernung treffen.«

»Oh, das ist machbar. Wissen Sie ja selbst. Wir müssen nur die genaue Lage des Ziels kennen. Oder das Ziel müßte mit einer Vorrichtung versehen sein, die den Laser auf sich lenkt. Was heißen würde, daß wir ein größeres Lamm brauchen, als Sie vielleicht meinen.«

Gemmel lächelte. »Der Größe eines Lamms sind Grenzen gesetzt, Morton. Sonst ist es ein Schaf. Lassen Sie mich eine Weile überlegen.«

Gemmel lehnte sich zurück und dachte an die Ereignisse, die sich bei der Hadsch im Mina-Tal abspielen würden. Er stellte sich die ungeheure Menschenmenge vor. Möglicherweise mehr als zweieinhalb Millionen.

Hawke sah sich inzwischen in dem gedrängt vollen Raum um. Er machte sich keine Sorgen wegen der Sicherheit – Abhörgeräte und dergleichen. Das Bistro war zufällig und spontan ausgewählt worden. Er sah zwei seiner Leute von der CIA-Stelle in Paris. Der eine saß in einer Ecke und las Zeitung. Der andere hatte es sich in der Nähe der Tür bequem gemacht und bemühte sich sehr, die hübsche Brünette am Nachbartisch nicht ununterbrochen anzugaffen.

»Das geht nicht«, sagte Gemmel, und Hawke wandte seine Aufmerksamkeit wieder dem Engländer zu.

»Ich meine, der Zielpunkt kann nicht im voraus genau festgelegt werden. In diesem Tal werden sich Millionen von Menschen drängen. Wir könnten nur ein Areal bestimmen, das ungefähr einen Morgen groß wäre.«

»Das genügt nicht für unsere Zwecke«, sagte Hawke. »Wir brauchen also eine Zielvorrichtung, und Wisner schlägt vor, daß wir in diesem Fall einen Zerstörungsmechanismus einbauen, der das Lamm – oder das Schaf – in Flammen aufgehen läßt. Das würde die Konstruktion des Lasers einfacher machen. Er bräuchte dann keine so hohe Energie zu entwickeln, daß das Tier praktisch pulverisiert wird.«

»Wie groß wäre das alles? Ich meine, die Zielvorrichtung und der Zerstörungsmechanismus?«

»Das werden wir in acht bis zehn Tagen wissen. Wir haben also noch eine Menge Zeit. Wisner nimmt an, daß das Ganze nicht größer wird als eine Zigarrenkiste. Einfach unglaublich, was die Chip-Technologie leistet.«

»Dann ist es kein Problem. Wir müssen nur für ein etwas groß geratenes Lamm sorgen.«

Hawke warf einen Blick auf seine Uhr. »Ich schaue nachher bei der Botschaft vorbei und rufe Falk an. In Kalifornien ist es jetzt Nachmittag. Und wie sieht's bei Ihnen aus?«

Gemmel informierte den Amerikaner über die Suche nach Mahdi-Kandidaten. Als Termin für die endgültige Entscheidung hätten sie sich Ende Juni gesetzt und als Termin für das erste, das »persönliche« Wunder Ende Juli. Damit blieben ihnen drei Monate Zeit, eine Gefolgschaft um den Mahdi zu scharen.

Inzwischen leiteten Agenten bereits die Falschmeldungskampagne ein. Gemmel erklärte, demnächst würden die ersten Gerüchte vom Kommen des Mahdi in Umlauf gesetzt. Und zwar in der gesamten islamischen Welt – von Indonesien im Osten bis

Marokko im Westen, vor allem aber im großen Halbmond des Nahen und Mittleren Ostens. Die Zeit sei günstig. Der Islam schreibe das 14. Jahrhundert, und in den islamischen Überlieferungen und der islamischen Mystik sei von vielen Vorzeichen für das Kommen des neuen Propheten die Rede, der die Religion reinigen und die Spaltungen überwinden werde.

Dann bestellten Gemmel und Hawke noch einmal Kaffee und Cognac und sprachen über den CIA-Maulwurf in Dschidda, der vor kurzem Boyd unterstellt worden war.

»Es ist gutgegangen«, sagte Hawke. »Wie Sie wissen, hat er den Stein bereits ins Rollen gebracht.«

»Ja«, antwortete Gemmel. »Boyd findet den Mann perfekt.«

Schließlich startete Gemmel seinen Versuchsballon, und Hawke lächelte, denn er hatte schon eine Weile darauf gewartet.

»Ich habe mir gedacht«, sagte Gemmel beiläufig, »daß es eine gute Idee wäre, wenn wir einen Verbindungsmann bei Ihnen hätten.«

»Sie meinen, in Kalifornien?« fragte Hawke ebenso beiläufig. »Bei der Entwicklung des Lasers?«

»Genau. Wenn das Ereignis näher rückt, brauchen wir schnelle Informationen.«

Hawke grinste. »Das können Sie vergessen, Peter. Sie haben rausgekriegt, daß wir das Divergenzproblem gelöst haben. Okay. Aber mehr kriegen Sie nicht raus. *Wie* wir das gemacht haben, bleibt unser Geheimnis.«

»Ach, nun stellen Sie sich nicht so an, Morton!«

Hawke grinste nach wie vor. »Falk hat mir heute noch was anderes gesagt. Wisner baut auch in die Lasersatelliten einen Zerstörungsmechanismus ein. Ein paar Sekunden nachdem der grüne Strahl das Lamm getroffen hat, gibt es eine Explosion im Weltraum, und all die kleinen Stücke werden eine ewige Reise durch den Kosmos antreten – das ist ein Befehl des Obersten Kommandierenden der Chefs aller Waffengattungen.«

»Verständlich.«

»Allerdings. Sie kümmern sich also um Ihre Angelegenheiten, Peter, und wir kümmern uns um unsere. Wie sieht es mit dem nächsten Treffen aus?«

Sie kamen zu dem Schluß, daß Madrid ein geeigneter Ort für diese Zusammenkunft wäre, und einigten sich auf einen Termin in sechs Wochen. Operation Mirage würde dann schon auf Touren gekommen sein.

»Ich darf davon ausgehen, daß es in Madrid ein gutes Ballett gibt?« fragte Hawke schmunzelnd.

»Ja«, lachte Gemmel. »Und ich habe es leider nicht gesehen, als ich letztes Mal in Spanien war.«

Eine Gruppe von Schulmädchen in weiß-blauen Uniformen stand still und ehrfürchtig an der Tür zu dem riesigen Raum. Etwa dreißig Tänzerinnen erledigten hier ihr Übungspensum, aber die Mädchen beobachteten nur eine von ihnen, eine junge Frau, die allein an der Stange arbeitete. Sie trug schwarze Wollstrümpfe und ein schwarzes Trikot, das einen lebhaften Gegensatz zu der weißen Haut ihrer Schultern und Arme bildete. Sie hatte ein kleines, spitz zulaufendes Gesicht, das aber so perfekt in den Proportionen war, daß es nur schmal wirkte. Ihr dunkles Haar hatte sie zum Pferdeschwanz gebunden. Er wippte anmutig, während sie Arabesken übte.

Die Mädchen waren auf einem Ausflug der Staatlichen Ballettschule Leningrad, und jedes von ihnen sehnte sich danach, eines Tages Primaballerina zu werden. Verständlich also, daß sie die anderen Tänzerinnen kaum beachteten und nur Augen für die junge Frau in Schwarz hatten, denn das war Maja Kaschwa, die Primaballerina des Leningrader Maly-Balletts, mit ihren vierundzwanzig Jahren einer der jüngsten Ballettstars der Sowjetunion. Ein Lehrer hatte den Mädchen gesagt, wenn Maja Kaschwa fertig sei, könnten sie sie kennenlernen und vielleicht sogar mit ihr reden, und die Mädchen freuten sich schon darauf.

Aber sie wurden bitter enttäuscht, denn wenige Minuten später trat der Ballettmeister in den Raum, ging zu der jungen Frau und richtete das Wort an sie.

»Maja, der Direktor möchte Sie in seinem Büro sprechen.«

Die Primaballerina war überrascht.

»Jetzt? Wo ich üben muß? Warum denn das?«

»Ich habe keine Ahnung. Es scheint dringend zu sein.«

Etwas gereizt ging Maja zu einem Stuhl, zog einen schwarzen Pullover von der Lehne und streifte ihn über, während sie mit angeborener Grazie durch den Raum schritt. Die Schulmädchen traten beiseite, und als Maja an ihnen vorbeikam, verlor sich ihr gereizter Ausdruck. Sie lächelte, und ein Dutzend junger Herzen schmolz dahin.

Der Direktor blickte in das bange Gesicht ihm gegenüber.

»Glauben Sie mir, Maja, ich weiß es selbst nicht. Das Kulturministerium hat vor einer halben Stunde angerufen. Eine Maschine ist von Moskau nach Leningrad unterwegs, um Sie abzuholen. Eine Sondermaschine. Sie sollen in zwei Stunden am Flughafen sein.«

»Aber warum?«

Der Direktor seufzte. »Ich weiß es wirklich nicht. Wenn ich es wüßte, würde ich's Ihnen sagen. Es ist mir lediglich mitgeteilt worden, daß Sie ungefähr eine Woche in Moskau bleiben sollen – Sie werden also mindestens drei Vorstellungen versäumen.«

»Und die Tournee?« fragte Maja verzweifelt.

Der Direktor lächelte. »Da können Sie völlig beruhigt sein. Ich habe mich danach erkundigt, und die Leute haben mir gesagt, daß Sie auf jeden Fall an der Tournee teilnehmen werden.«

Das schöne Gesicht hellte sich ein wenig auf.

»Na, na«, sagte der Direktor. »Wird schon nicht so schlimm werden. Vielleicht werden Sie für Propagandazwecke oder irgend etwas in dieser Richtung gebraucht – vielleicht sollen Fotos von Ihnen gemacht werden.«

»Aber das hätten sie Ihnen doch gesagt!«

Der Direktor nickte nachdenklich. »Ja, das hätten sie wohl. Aber man weiß nie. Offenbar will jemand sehr Wichtiges Sie sprechen. Man schickt nicht grundlos Sondermaschinen von Moskau nach Leningrad.«

Es begann in der indonesischen Stadt Makassar auf Celebes. Binnen einer Woche war es nach Java und in die Hauptstadt Djakarta gedrungen.

»Der Auserwählte kommt. Er kommt zur Zeit der Hadsch.«

Solche Gerüchte sind nicht ungewöhnlich. Weder für den Islam noch für andere Religionen, die sich darauf gründen, daß das Wort Gottes von Menschen vermittelt wird. Viele nahmen zunächst keine Notiz davon, aber wenn jemand von Insel zu Insel gereist wäre, hätte er bald festgestellt, daß das Gerücht von Sumatra und Borneo bis Bali wiederholt wurde – und immer auf die gleiche Weise. »Der Auserwählte kommt bei der Hadsch.« In Indonesien leben über hundert Millionen Mohammedaner, und das Gerücht breitete sich rasch aus.

In Pakistan kam es aus dem Pandschab. Nach einer Woche hatte es die Küste des Indischen Ozeans erreicht.

In Afghanistan rief es Besorgnis bei der sowjetischen Besatzungsmacht hervor. Bei der allwöchentlichen Lagebesprechung brachte ein politischer Berater das Thema zur Sprache. Er tat es zögernd, denn sein Publikum bestand aus Militärs, die den Umgang mit Fakten gewohnt waren und nicht den mit Gerüchten. Doch der General, der die sowjetischen Truppen befehligte, ging nicht geringschätzig darüber hinweg.

»Das fehlt uns gerade noch!« sagte er und zuckte zusammen. »Die Rebellen glauben ohnehin, daß sie einen heiligen Krieg führen, einen Dschihad. Ein ›Prophet‹, der ihnen sagt, daß sie noch mehr kämpfen sollen – das ist gerade noch, was wir brauchen.«

Die Militärs in der Türkei waren ähnlich beunruhigt. Die Türkei war der erste islamische Staat gewesen, der – unter Atatürk – auf den Koran als Regierungsinstrument verzichtet hatte. Und die Druckwellen, die aus dem Iran kamen, erschütterten bereits die Fundamente der weltlichen Struktur. Es erging die Weisung, alle Gerüchte dieser Art seien unverzüglich zu unterbinden. Die Militärs bedachten nicht, daß solche Weisungen nur eine gegenteilige Wirkung haben können.

Der Iran war der fruchtbarste Nährboden für die Gerüchte. Die meisten Gläubigen dort sind Schiiten, und einer der Grundpfeiler dieser islamischen Glaubensrichtung ist die Überzeugung, daß der zwölfte Imam, ein Nachkomme des ermordeten vierten Kalifen, eines Tages als Retter des Islams wiederkehren wird.

Im Nahen Osten setzten die Gerüchte fast gleichzeitig ein, ebenso südlich der Sahara und bei den fanatischen islamischen Sekten in Nordnigeria.

»Bei der Hadsch.« Das wurde eine Parole, ein Schlachtruf fast. Viele Gläubige – und etliche Neugierige, die zuvor nur mit dem Gedanken gespielt hatten – waren jetzt fest entschlossen, die Pilgerfahrt nach Mekka zu machen.

Besonders besorgt war man im Königreich Saudiarabien und in Syrien. Die saudiarabische Herrscherfamilie betrachtete sich als Hüterin der heiligen Stätten in Mekka und Medina und war vor einiger Zeit in peinliche Bedrängnis geraten, als eine Gruppe von Fundamentalisten unter der Führung eines selbsternannten Mahdi die Große Moschee in Mekka besetzt und mehrere Tage gehalten hatte, bis sie schließlich nach schweren Verlusten gefangengenommen werden konnte. Man mußte damit rechnen, daß die Eiferer im 14. Jahrhundert des Islams ihre Aktivitäten verstärken würden. Die Palastgarde und die Religionspolizei waren bereits in Alarmbereitschaft versetzt und auf das Auftreten weiterer Fanatiker vorbereitet.

In Syrien stand die Regierung vor dem Problem der *Ikhwan*, der Moslembruderschaft, eines Geheimbundes, der nicht nur fundamentalistisch ausgerichtet war, sondern zu dessen Zielen auch der Sturz der Regierung gehörte. Die Bruderschaft hatte Soldaten und Polizisten, Regierungsbeamte und russische Berater ermordet. Man durfte gar nicht daran denken, daß ihre religiöse Glut durch das Kommen eines neuen Propheten noch geschürt wurde.

Wenn die islamischen Staaten bessere Kontakte zueinander unterhalten hätten, wäre vielleicht bald zutage gekommen, daß das gleichzeitige Einsetzen der Gerüchte kein Zufall war. So aber führten es die meisten Beobachter auf den Beginn des 14. Jahrhunderts mohammedanischer Zeitrechnung zurück.

Gordik war sprachlos. Nach fünfundzwanzig Jahren beim KGB hatte er nicht geglaubt, daß ihn irgend etwas noch wirklich überraschen könnte. Doch er war nicht nur überrascht, sondern völlig verdattert.

Er stand in seinem Büro und blickte auf Maja Kaschwa nieder, die auf der Kante eines Sessels saß und ihn mit großen, dunklen, angstvollen Augen betrachtete.

Larissa und Lew Tudin saßen ihr gegenüber am Konferenztisch. Sie waren ebenso verblüfft wie ihr Chef.

Gordik warf beide Arme empor und rief: »Ich kann's nicht glauben!«

»Es ist aber wahr«, sagte Maja leise.

»Sie sind wirklich noch Jungfrau?« fragte Gordik, und Maja nickte und schlug die Augen nieder, als schäme sie sich.

»Ich kann's nicht glauben!« wiederholte Gordik und schaute Tudin an. Tudin lachte.

Und nun begann Maja zu weinen. Larissa ging zu ihr, um sie zu trösten. Sie funkelte Gordik an.

»Natürlich ist es wahr.«

»Vierundzwanzig und noch Jungfrau?«

»Ja, warum nicht?«

Gordik schaute wieder Tudin an. Tudin breitete resigniert die Arme aus.

»Das ist mir eine schöne ›Schwalbe‹«, sagte er, stand auf, trat an die Bar, zog die Augenbrauen hoch und blickte Gordik an.

»Na, nun machen Sie schon«, blaffte Gordik. »Und schenken Sie mir auch einen ein – doppelstöckig mindestens.«

Gordik saß in der Klemme. Dabei hatte das Gespräch so gut angefangen. Er war voll Zuversicht gewesen, als die junge Ballerina in sein Büro geführt wurde. Ihre Schönheit, ihre Anmut, ihre Verletzlichkeit hatten einen tiefen Eindruck auf ihn gemacht. Es war ihm unvorstellbar, daß ein normaler Mann einer solchen Frau die kalte Schulter zeigen konnte, zumal wenn sie ihn um Schutz und Trost bat.

Gordik hatte Maja freundlich erklärt, was von ihr erwartet wurde. Sie protestierte, und er brachte den nötigen Druck ins

Spiel. Erinnerte sie daran, daß ihr Vater ein hoher KGB-Offizier gewesen war, daß sich ihr auf Grund seiner Position so manche Tür geöffnet hatte: erst die Zulassung zur besten staatlichen Ballettschule der Sowjetunion; dann hatte sie das Maly-Ballett im ungewöhnlich frühen Alter von sechzehn Jahren aufgenommen.

Und nun hatte Gordik gemerkt, wieviel Leidenschaft in ihr war. Sie brauste auf, verteidigte ihr Talent und ihre harte Arbeit. Sie wies kühl darauf hin, Tausende, ja Zehntausende Töchter von hohen Beamten und Funktionären hätten den Ehrgeiz gehabt, es beim Ballett zu etwas zu bringen.

»Aber höchstens zwölf«, sagte sie verächtlich, »hatten soviel Talent und Willenskraft, daß sie es geschafft haben, nach oben zu kommen.«

Gordik hatte ihr recht gegeben. Trotzdem sei ihr die Position ihres Vaters eine große Hilfe gewesen. Sie habe ihrem Vater und ihrem Vaterland gegenüber eine Dankesschuld abzutragen.

Worauf Maja fast ausfällig wurde. Ihr Vater hätte so etwas niemals gebilligt. Er wäre entsetzt gewesen. Gordik gab ihr wieder recht. Nur sei ihr Vater leider tot, und nun hätten andere Menschen die Aufgabe, die Sicherheit des Staates – die Sicherheit von Mütterchen Rußland – zu gewährleisten. Er bedaure das alles von Herzen, aber es sei notwendig und unumgänglich. Und ob es denn wirklich eine so unzumutbare Härte sei? Man wolle von ihr, daß sie sich auf der Tournee in den Westen absetze, und zwar in London. So etwas sei bei russischen Ballettänzern und -tänzerinnen bekanntlich schon vorgekommen. Sie solle sich auf Gnade und Ungnade einem Mann ergeben, einem britischen Beamten. Es sei wahrscheinlich, daß er ihr mit großem Mitgefühl begegnen werde. Sie solle sein Vertrauen und seine Zuneigung gewinnen und sich dann gewisse Informationen verschaffen. Wenn sie diese Aufgabe erledigt habe, könne sie sich überlegen, ob sie im Westen bleiben und dort Karriere machen oder ob sie in die Sowjetunion zurückkehren wolle. In der Heimat seien ihr eine glanzvolle berufliche Zukunft und der ewige Dank der Regierung gewiß.

Gordik hatte zwei Stunden gebraucht, um ihren Widerstand

zu brechen, indem er ihr abwechselnd drohte und gut zuredete.

Am Ende schien sie sich zu fügen. Sie fragte zaghaft: »Ich muß also mit diesem Mann – ins Bett gehen? Mit ihm schlafen?«

Gordik nickte. »Das wird sich wohl nicht vermeiden lassen.«

»Und wenn er mich nicht mag?« fragte Maja unschuldig.

Gordik betrachtete sie lange. Dann sah er Tudin an.

»Was meinen Sie, Lew? Ist das wahrscheinlich?«

»Ja«, antwortete Tudin. »Etwa so wahrscheinlich wie die Wiedergeburt Stalins als Lieblingshund der britischen Königin.«

Gordik betrachtete die junge Frau von neuem und sagte dann voll Genugtuung: »Noch unwahrscheinlicher, würde ich sagen.«

Maja blickte Larissa hilfesuchend an, aber Larissas Miene war ausdruckslos. Schließlich fragte sie Gordik: »Ich muß diesen Mann also verführen?«

»Natürlich.«

»Wie eine gewöhnliche Prostituierte?«

Und nun schaltete sich Larissa ein. »Das können Sie sehen, wie Sie wollen, Genossin Kaschwa. Aber es ist keine Schande, wenn Sie sich für Ihr Vaterland prostituieren. Für ein Land, das Ihnen soviel gegeben hat.«

Schweigen. Dann sagte Maja ruhig, fast wie im Selbstgespräch: »Aber eine Prostituierte hat Erfahrung und versteht etwas von ihrem Fach – muß etwas von ihrem Fach verstehen. Ich habe keine Ahnung. Ich wüßte nicht einmal, wie ich's anfangen soll.«

Gordik hatte das Gefühl, daß sie Fortschritte machten.

»Liebe Genossin Kaschwa. Das wird sich nicht zum Problem auswachsen, glauben Sie mir. Er ist kein unattraktiver Mann.« Er warf Larissa einen ironischen Seitenblick zu. »Man hat mir das glaubwürdig versichert. Sie müssen ihn bloß so behandeln, wie Sie gewiß auch schon andere Männer behandelt haben, andere Liebhaber.«

Mit verlegenem Trotz hatte die Ballerina gesagt: »Aber ich – ich hatte doch keine Liebhaber, Genosse Gordik.«

»Wirklich nicht?«

Sie schüttelte den Kopf.

»Keine Liebhaber?« wiederholte Gordik. »Sie sind also tatsächlich noch Jungfrau?«

Maja hatte genickt und ängstlich zu ihm aufgeschaut.

Tudin kehrte von der Bar zurück und reichte Gordik ein Glas Scotch. Gordik nahm einen tiefen Schluck und seufzte.

Maja trocknete ihre Tränen mit Larissas Taschentuch.

»Larissa«, sagte Gordik, »gehen Sie mit ihr nach draußen und geben Sie ihr eine Tasse Tee oder so was.«

Larissa nahm die Primaballerina beim Arm und führte sie, die immer noch schluchzte, aus dem Büro. Als sich die Tür hinter den beiden Frauen geschlossen hatte, fragte Gordik: »Was meinen Sie, Lew?«

»Ich meine, daß wir sie auf die ›Schwalbenschule‹ schicken.«

Gordik verzog das Gesicht. »Wenn es nach mir gegangen wäre, hätten wir diese Lehranstalt schon vor Jahren dichtgemacht.«

Tudin holte die Flasche und schenkte seinem Chef etwas Scotch nach.

»Aber die ›Schwalbenschule‹ hat doch auch Erfolge aufzuweisen«, sagte er. »Und ich kann mir nicht vorstellen, daß man ein völlig unerfahrenes Mädchen auf eine solche Mission schickt. Sie muß wenigstens wissen, wie man einem Mann den Reißverschluß aufzieht.«

»Da mögen Sie recht haben«, erwiderte Gordik mürrisch. »Nur muß es ein Schnellkurs sein. In drei Wochen reist das Maly-Ballett in den Westen, und bis dahin sollte sie noch andere Künste beherrschen als die des Tanzes.«

»Wie behalten wir sie unter Kontrolle?« fragte Tudin. »Sie ist jung und beeindruckbar. Der Patriotismus allein wird nicht reichen.«

Gordik seufzte. »Ich weiß. Wir behalten sie indirekt unter Kontrolle – über ihre Mutter. Die beiden haben ein sehr inniges Verhältnis. Wir werden ihr knallhart sagen, was los ist. Wenn sie nicht spurt, ist Schluß mit diesem innigen Verhältnis.«

Tudin kannte seinen Chef. Er trank einen Schluck Scotch und blickte Gordik fragend an. Gordik sagte gereizt: »Schon gut, schon gut! Ich werde also bluffen. Sie wissen es, und Larissa wird es ahnen, aber unsere junge Ballerina nicht. Und dementsprechend wird sie sich verhalten.«

Er dachte einen Moment nach. Dann fuhr er fort: »Zuckerbrot und Peitsche, jawohl. So werde ich vorgehen. Wenn sie tut, was sie soll, und wenn sie Erfolg hat und beschließt, im Westen zu bleiben, sorge ich dafür, daß ihre Mutter ausreisen darf. Was halten Sie davon?«

Tudin lächelte, gab jedoch keine Antwort. Gordik schnaubte verärgert und sagte: »Ich weiß schon, was Sie denken. Sie fragen sich, wie es jemand, der so gutmütig ist, in unserer Branche so weit bringen konnte.«

Tudin grinste.

»Nein, das habe ich nicht gedacht«, sagte er. »Ich habe nur gehofft, daß Gemmel so gutmütig ist wie Sie.«

Gordik wollte gerade etwas darauf erwidern, als sich die Tür öffnete. Larissa führte die junge Ballerina herein. Sie war jetzt gefaßter, aber immer noch nervös.

»Ich glaube, es wäre gut«, sagte Larissa, »wenn Maja einen Eindruck von dem Mann bekäme.«

Sie ging zum Terminal, eine Augenbraue fragend emporgewölbt.

Gordik nickte. Tudin, Maja und er sahen zu, wie Larissa einen Moment überlegte und dann die Tasten drückte. Und nun blickten sie alle auf den riesigen Bildschirm. Larissa hatte das Foto mit weiblichem Gespür ausgewählt. Es zeigte Gemmels Kopf und Schultern in Nahaufnahme, ein wenig verschwommen durch die Vergrößerung. Das Gesicht lag zur Hälfte im Schatten. Die Augen waren schmal. Gemmel schaute vom Betrachter weg, nach links.

»Den kenne ich«, sagte Maja. Gordik, Tudin und Larissa hefteten die Augen auf sie, und obwohl das Büro mit dickem Teppichboden ausgelegt war, hätte man eine Stecknadel fallen hören können.

Gordik gewann als erster seine Fassung wieder.

»Was haben Sie gesagt?«

»Daß ich ihn kenne. Er heißt Gemmel – Peter Gemmel.«

»Woher kennen Sie ihn?«

Maja blickte Gordik ängstlich an, und er stellte die Frage noch einmal, allerdings weniger barsch.

»Woher kennen Sie ihn, Genossin Kaschwa?«

»Aus Brüssel«, antwortete sie zögernd. »Vor drei Jahren waren wir auf Tournee im Westen. Ich war damals noch keine Primaballerina, aber zweite Besetzung für Olga Lanow in *Paquita*. Sie wurde am letzten Abend krank, und ich bin für sie eingesprungen. Es... es war eine große Chance für mich, und ich habe gut getanzt. Nach der Vorstellung gab es einen Empfang. Er war auch da. Er wurde mir als jemand vorgestellt, der in Londoner Ballettkreisen eine wichtige Rolle spielt. Er sprach ausgezeichnet Russisch.«

»Worüber haben Sie geredet?« fragte Tudin.

»Oh, nur übers Ballett. Er verstand viel davon. Er sagte, es sei ein Jammer, daß wir nicht nach London kämen.«

»Mochten Sie ihn?« fragte Larissa.

Maja senkte die Augen. »Ja, er... er war mir sympathisch. Und er hat mir gesagt, wie gut ihm mein Auftritt gefallen hat und daß ich eines Tages eine große Tänzerin werden würde.«

»Was sonst noch?« fragte Gordik, der fast platzte vor Neugier.

»Nichts weiter.«

»Nichts weiter?«

»Nein. Dann kam Genosse Sawitsch und hat mich weggeführt.«

»Wer ist Sawitsch?«

Tudin schaltete sich ein. »Jarow Sawitsch. Kontrolloffizier für Tourneen beim Kulturministerium. Einer von uns.«

Gordik nickte langsam. »Aha.«

»Er hat mir gesagt, daß ich aufpassen soll«, fuhr Maja fort. »Gemmel sei ein kapitalistischer Spion. Ich habe es nicht geglaubt.«

»Das hat er wirklich gesagt?« fragte Gordik. Seine Stimme klang unheilverkündend.

»Ja. Ich nehme an, daß er eifersüchtig war. Er hat mich auf der ganzen Tournee belästigt...« Sie schaute Larissa an. »Verstehen Sie, was ich meine?«

Larissa nickte mitfühlend. Gordik warf Tudin einen scharfen Blick zu. Tudin zog einen Füller aus der Tasche und machte einen Vermerk.

»Hat Gemmel Sie gemocht?« fragte Gordik. »So was weiß eine Frau doch auf Anhieb.«

Maja antwortete nicht gleich. Schließlich sagte sie leise: »Ich glaube ja.«

»Sie glauben es bloß?«

Maja sah Gordik in die Augen. »Nein. Er *hat* mich gemocht.«

Gordik saß an der Bar und trank seinen vierten Scotch.

»Was für ein schöner Zufall«, sagte Tudin, der hinter der Bar stand.

»Ja«, bestätigte Gordik. »Und es war sicher ein Zufall. Gemmel kommt viel herum bei seiner Arbeit. Es ist ganz natürlich, daß er als Ballettomane die Vorstellung einer so berühmten Truppe besucht. Es ist auch natürlich, daß er als Vorstandsmitglied des ›Londoner Ballettkreises‹ zum Empfang für das Maly-Ballett eingeladen wird. Und es ist erst recht natürlich, daß jeder Mann, ob Spion oder nicht, versuchen würde, die bezaubernde Genossin Kaschwa ins Gespräch zu ziehen. Doch, es ist ein schöner Zufall.«

Die beiden Frauen waren vor zehn Minuten gegangen. Larissa sollte die Ballerina ins Hotel begleiten, wo eine Suite für sie reserviert war, über Nacht bei ihr bleiben und sie am Morgen zur ›Schwalbenschule‹ bringen. Auch dort sollte sie bei ihr bleiben.

»Vielleicht kannst du da noch was lernen, Larissa«, hatte Gordik ihr lächelnd zugeflüstert. Sie sollte regelmäßig über Majas Fortschritte Bericht erstatten.

Gordik hatte die junge Frau einem Wechselbad der Gefühle ausgesetzt, ihr erst die Vorteile und Belohnungen vor Augen geführt, die für patriotisches Verhalten winkten, ihr dann gesagt, daß ihre Mutter für die Dauer ihres Aufenthalts im Westen »Gast« in seiner Datscha bei Moskau sei, und ihr schließlich versprochen, daß sie bald wieder mit ihrer Mutter vereint sein werde, auch wenn sie im Westen bleibe. Maja hatte geweint und gefleht und sich am Ende gefügt. Ihr Vater war nicht umsonst hoher KGB-Offizier gewesen. Sie erfaßte die Realität durchaus.

»Glauben Sie, daß sie es durchsteht?« fragte Tudin.

»Wir sollten es zumindest auf einen Versuch ankommen lassen«, erwiderte Gordik. »Sie ist zäher, als sie aussieht. Ich verstehe nicht viel vom Ballett, aber ich weiß, daß man nicht mit vierundzwanzig Primaballerina wird, bloß weil man Talent und einen einflußreichen Vater hat. Man muß zäh, entschlossen und willensstark sein, wenn man das schaffen möchte.«

Tudin schenkte sich Scotch nach.

»Ich nehme an, daß Genosse Sawitsch das Maly-Ballett bei dieser Tournee in den Westen nicht begleiten wird?«

Gordik lächelte grimmig. »Dieser geile, indiskrete Idiot wird höchstens ein Marionettentheater bei seiner Tournee nach Sibirien begleiten.«

10

Perryman und Gemmel saßen auf einer Bank im Hyde Park, derselben Bank, auf der Gemmel vor mehreren Wochen mit Hawke gesessen hatte. Sie hatten im Hyde Park Hotel zu Mittag gespeist, aber Perryman hatte es wie immer abgelehnt, beim Essen über dienstliche Angelegenheiten zu sprechen.

»Nach dem Lunch machen wir einen kleinen Spaziergang«, hatte er gesagt und seinen nicht gerade flachen Bauch getätschelt. »Das ist gut für die Figur.«

Sie waren zum See gelaufen, hatten sich eine leere Bank gesucht, und Gemmel informierte nun seinen Vorgesetzten über den Stand von Operation Mirage. Er erklärte, daß die Amerikaner bei der Zusammenkunft in Madrid über die Fortschritte bei der Entwicklung des Lasersatelliten berichten würden. Die Briten wiederum würden von der Suche nach dem Mahdi-Kandidaten Mitteilung machen.

»Wieviel Vorschläge wollen Sie den Amerikanern unterbreiten?« fragte Perryman.

»Ein Dutzend ungefähr. Zwei bis drei Kandidaten werden ernsthaft in Frage kommen.«

»Und Sie sind zuversichtlich, was das Ergebnis anbetrifft?«

»Ziemlich«, antwortete Gemmel. »Zum Glück ist Falk genügend qualifiziert, um unsere Präferenzen zu begreifen. Er wird uns Rückendeckung geben.«

»Hoffen wir's«, sagte Perryman. »Ein Jammer, daß Hawke nicht auf die Sache mit dem Verbindungsmann eingegangen ist.«

Gemmel lächelte. »Damit haben wir doch gar nicht gerechnet. Es hätte mich, ehrlich gesagt, sehr gewundert, wenn er darauf eingegangen wäre. Aber immerhin hat es die Atmosphäre irgendwie gereinigt. Er hatte schon darauf gewartet.«

»Wie finden Sie ihn?«

Gemmel dachte nach. Dann sagte er: »Der Mann ist in Ordnung. Es ist mehr an ihm dran, als man auf den ersten Blick meint. Er gibt sich gern hart und tut außerdem recht kontaktfreudig, aber Sie können mir glauben, er ist clever – und er ist erfahren. Man kann auch gut mit ihm zusammenarbeiten.«

»Sie mögen ihn also?«

Gemmel zögerte keine Sekunde.

»Ja. Wir kommen bestens miteinander aus, und ich glaube, das liegt nicht nur daran, daß wir Respekt voreinander haben.«

Perryman wunderte sich ein wenig. In all den Jahren, die er Gemmel kannte, in denen er seinen Aufstieg beobachtet und gefördert hatte, hatte er es nie erlebt, daß Gemmel im Beruf oder im Privatleben echte Freundschaften schloß. Und seit dem Tod seiner Frau war er noch reservierter geworden. Seltsam, daß ausgerechnet dieser Amerikaner den Panzer ein bißchen aufgebrochen hatte.

»Und das Projekt selbst? Was für ein Gefühl haben Sie da inzwischen?«

Gemmel überlegte gründlich, bevor er antwortete.

»Am Anfang«, sagte er, »ist es mir wie ein reichlich wirrer Traum vorgekommen. Eine gute, ja phantastische Idee, aber leider ohne Substanz. Es war, als sei ich in Alices Wunderland geraten – eine bezaubernde Erfahrung ohne Bezug zur Realität.«

»Und jetzt?«

»Tja, nachdem Laserstrahlen und Satelliten und Raumfähren ins Spiel gekommen sind, nachdem wir unseren Mann aktiviert und Dossiers angelegt haben, hat das Ganze greifbare Formen angenommen.«

Perryman rümpfte die Nase. »Ich würde Laserstrahlen, Satelliten und so weiter nicht unbedingt als greifbar bezeichnen.«

»Nun, das sind sie ja auch schlechterdings nicht«, sagte Gemmel. »Aber im Ernst, irgendwie ist es eine andere Operation geworden. Ich durfte plötzlich kein Träumer mehr sein, ich mußte ein Macher werden. Und so neige ich jetzt dazu, eher an den Papierkram und an die Arbeit vor Ort zu denken als an die sozusagen esoterischen Aspekte der Geschichte.«

»Und die moralischen Probleme?«

»Die sind mir egal. Ich bin Geheimdienstagent. Über die moralischen Probleme mache ich mir schon lange keine Gedanken mehr.«

Perryman warf Gemmel einen Blick zu, der nicht frei von Skepsis war. Es folgte ein kurzes Schweigen. Dann fragte Gemmel: »Halten Sie Kontakt zu Pritchard?«

»Ja. Er möchte unbedingt auf dem laufenden bleiben.«

Gemmels Neugier war geweckt.

»Wie steht es mit seiner persönlichen Verbindung?« fragte er. »Und was ist mit der Kontrolle, wenn wir die Sache durchziehen können?«

Perryman zögerte einen Moment. Dann beschloß er, wenigstens ein bißchen mitteilsam zu sein.

»Was ihn motiviert, ist in erster Linie diese ›persönliche Verbindung‹, wie Sie es nennen. Er will einen letzten großen Geheimdienstcoup landen, und die Tatsache, daß das Instrument des Coups gewissermaßen sein eigenes Werk ist, wird ihn zutiefst befriedigen. Schließlich hat er diese Operation seit mehr als zwanzig Jahren geplant.«

Gemmel dachte darüber nach und kam zu dem Schluß, daß er

Pritchard nie verstehen würde. Wie konnte jemand um seines Berufs willen alle Familiengefühle hintanstellen? Er begriff es nicht. Er sah sich nicht so, obwohl er sich seit dem Tod seiner Frau mit ähnlichem Eifer der Arbeit gewidmet hatte. Wenn sie noch am Leben gewesen wäre, hätte er sie für wichtiger gehalten als alles andere.

Er wechselte das Thema.

»Haben Sie die Premierministerin informiert?«

»Ja«, antwortete Perryman. »Aber nur in großen Zügen. Ich habe betont, daß es gut wäre, wenn sie dem Beispiel des amerikanischen Präsidenten folgen und sich ein gewisses Maß an wohltuender und tugendhafter Unwissenheit bewahren würde.«

»Und wie hat sie darauf reagiert?«

Perryman genoß seine Antwort.

»Sie hat ihren Segen dazu gegeben, daß Dampf hinter die Suche nach neuen Ölfeldern in der Nordsee gemacht wird.«

Der Landrover war zur Tarnung in gesprenkeltem Gelbbraun gestrichen und parkte versteckt hinter einem flachen Sandhügel. Er hatte keine Nummernschilder, nur eine lange, dünne Antenne. Die beiden Männer lagen auf der Kuppe des Hügels, eine Wagenplane unter sich. Der eine spähte durch einen Feldstecher. Der andere hatte sich auf den Rücken gedreht und schirmte die Augen mit dem rechten Arm vor der Spätnachmittagssonne ab. Ein Stück Zeltleinwand war aufgespannt – nicht um die Männer zu schützen, sondern eine Reihe von teuren Kameras, Filtern und Objektiven. Die Männer schwitzten. Sie waren müde und verdreckt, denn sie hatten drei Tage lang an diesem einsamen Ort in der Wüste gewartet. Der Landrover hatte eine Klimaanlage, aber es war ihnen streng verboten, den Motor laufen zu lassen.

Der eine Mann setzte den Feldstecher ab und wischte sich die Stirn.

»Herrgott, ist das eine Scheißhitze«, sagte er erbost.

Der Mann, der auf dem Rücken lag, erwiderte ebenso erbost: »Wenn du das noch mal sagst, George, kriegst du 'n Tritt in die Eier.«

George knurrte etwas Undefinierbares und hob wieder den Feldstecher an die Augen. Dann erstarrte er.

»Er kommt, Terry. Er kommt!«

Terry drehte sich auf den Bauch und lugte über die Hügelkuppe. Dann streckte er die Hand aus, griff nach einem Teleobjektiv und schraubte es auf eine Nikon F3.

Durch den Sucher konnte er deutlich sehen, wie der Mann um den Fuß des Hügels gegenüber bog. Er trug den traditionellen Burnus und Ledersandalen und hatte einen Wasserschlauch aus Ziegenleder über der Schulter.

Terry blickte hinter sich, nach der sinkenden Sonne, nahm einen Filter und setzte ihn vor das Teleobjektiv. Dann surrte der Motor der Nikon, und jeder Schritt des Mannes wurde aufgenommen. Als er den Eingang zur Höhle erreicht hatte, war der erste Film zu Ende. Terry legte rasch einen neuen ein. Der Araber hockte inzwischen auf den Fersen und erfrischte sich aus dem Wasserschlauch. Wieder surrte und klickte die Kamera. Terry wollte mindestens sechs Filme vollhaben, bevor das Licht zu schwach wurde und der Mann in der Höhle verschwand. George und Terry kannten diese Höhle in- und auswendig, denn sie hatten einen ganzen Tag damit verbracht, sie bis in den letzten Winkel zu erforschen und auszumessen. Sie wußten auch, daß sie die Sonne noch zwei, drei Tage ertragen mußten, denn so lange pflegte Abu Qadir zu meditieren.

Am zweiten Abend wurde Terry plötzlich klar, was ihn befremdet hatte. Er hatte alle Fotos geknipst, die er brauchte, und saß kartenspielend mit seinem Partner im Landrover, als er zu George aufblickte und sagte: »Mit dem Knaben stimmt was nicht.«

»Logisch«, erwiderte George. »Der ist nicht ganz richtig im Kopf. Wer ohne was zu futtern hierherkommt und den lieben langen Tag auf dem Arsch sitzt, kann ja nur spinnen.«

Terry schüttelte den Kopf. »Nein, das meine ich nicht. Er ist angeblich unheimlich fromm. Kommt hierher, weil er meditieren und mit Allah kommunizieren will oder weiß der Geier was – aber der betet nie, George. Du hast sie doch gesehen, die Araber.

Die rollen fünfmal am Tag ihre Gebetsteppiche aus, drehen sich in Richtung Mekka und legen sich flach auf den Boden, aber der Knabe hier macht das nie. Und noch was. Ich habe das Gefühl, der weiß, daß wir hier sind.«

»Red doch keinen Quatsch.«

»Tu' ich auch nicht. Ich meine es ernst. Zum Beispiel schaut er nie hier rauf. Ich muß an die fünfhundert Fotos von ihm gemacht haben. Und ich wette mit dir, daß er auf keinem einzigen direkt in die Kamera schaut.«

George wandte die Augen von den Karten ab und richtete sie neugierig auf Terry. »Glaubst du wirklich?«

»Ja«, sagte Terry mit Nachdruck. »Sieh mal – das ist doch mein Job. Ich habe Hunderte von Leuten für die Firma fotografiert. Immer heimlich. Und ich sage dir, George, der Kerl weiß, daß er beobachtet wird.«

»Aber er kann uns nicht gesehen haben.«

Terry schüttelte den Kopf. »Nein, das nicht. Er weiß einfach, daß wir da sind. Oder er spürt es.«

»Meinetwegen«, sagte George. »Mir ist es egal. Wir haben unseren Job gemacht. Ich will jetzt nur noch weg von hier.« Er rümpfte die Nase. »Ich weiß nicht, wer von uns mehr stinkt, du oder ich. Ich will jetzt nur noch ein warmes Bad und ein kaltes Bier.«

In Dschidda beriet sich Hadschi Mastan wieder im Schatten der Mauer der Moschee mit dem Imam. Der Imam hörte ihm gespannt zu, denn in den letzten Wochen war ihm ein ständiges Donnergrollen von Gerüchten und Spekulationen zu Ohren gekommen. Ein weitaus lauteres Grollen, als es der Imam selbst hervorgerufen haben konnte. Die Reisenden, die aus dem Sudan und aus Ägypten und aus dem Landesinneren in Dschidda eintrafen, hatten ihm alle von demselben Gerücht erzählt.

»Der Auserwählte kommt zur Zeit der Hadsch.«

»Ich gebe mein Geschäft auf«, sagte Hadschi Mastan zum Imam.

»Einen so folgenschweren Schritt willst du tun?« fragte der

Imam atemlos. »Bist du dir so sicher?«

Hadschi blickte dem Imam tief in die Augen und sagte schlicht: »Er wird kommen und er wird mich rufen, und an diesem Tag sollen keine Bande mich fesseln. Nichts wird mich daran hindern, ihm zu folgen und zu tun, was er mir gebietet.«

»Willst du dein Geschäft verkaufen?«

Hadschi schüttelte den Kopf. »Mit Kaufen und Verkaufen habe ich nichts mehr zu schaffen. Ich schenke das Geschäft meinen Angestellten. Sie sollen die Früchte ihrer Arbeit genießen. Ich habe genügend für meine Familie und mich beiseite gelegt.«

Der Imam war sehr beeindruckt, denn man kannte Hadschi Mastan als einen Mann, der ein Auge auf den Gewinn hatte. Gewiß, er hatte nie dunklen Machenschaften gefrönt und nie die Sünde des Wuchers auf sich geladen, aber trotzdem – sein Geschäft zu verschenken, das zeugte von einem durchgreifenden Sinneswandel.

»Sagen dir deine Träume, wann der Auserwählte kommt?«

Hadschi schüttelte den Kopf. »Nein. Ich habe nur die innere Gewißheit, daß er bald kommt. Und ich werde bereit sein.«

Der Imam beugte sich vor und sagte leise: »Hör auf meinen Rat, Hadschi Mastan, und nimm dich in acht. Die Obrigkeit ist beunruhigt der Gerüchte wegen. Die Religionspolizei stellt Fragen. Auch nach dir und deinen Träumen.«

»Ich weiß«, erwiderte Hadschi würdevoll. »Die Religionspolizei hat meine Familie und mich bereits verhört. Aber sie kann mich nicht dafür bestrafen, daß ich Träume habe.«

»Das ist wahr«, sagte der Imam. »Nimm dich trotzdem in acht. Bitte.«

»Fürchte dich nicht«, antwortete Hadschi. »Wenn er kommt, wird er alle Fragen beantworten, die die Obrigkeit stellt.«

Die »Schwalbenschule« war in einer Villa in waldreicher, etwas hügeliger Gegend untergebracht und lag sechzig Kilometer nordöstlich von Moskau.

In den späten fünfziger Jahren war es dem KGB gelungen, den

französischen Botschafter in Moskau aufs Glatteis zu führen. Er war sehr empfänglich für weibliche Reize, und der russische Geheimdienst hatte eine schöne, junge Schauspielerin eingesetzt, um ihn in eine Reihe von kompromittierenden Situationen zu bringen. Es war eine mustergültige Operation gewesen. Viele andere waren ihr gefolgt. Aber dabei ging es meistens um die Verführung von Sekretärinnen in mittleren Jahren, die für westliche Regierungen arbeiteten.

Operationen dieser Art nannte man »Liebesfallen«. Die Verführerinnen oder Verführer bezeichnete man als »Schwalben«. Die Taktik war in den späten sechziger Jahren derart weit verbreitet, daß das KGB eine Schule zur Ausbildung von »Schwalben« in den psychologischen und technischen Raffinessen der Verführung eröffnet hatte. Der Lehrkörper bestand aus einem Direktor, einem Psychologen und vier Ausbildern – zwei Männern und zwei Frauen. Das Institut wurde nie von mehr als drei bis vier Schülern besucht, mithin das ideale Lehrer-Schüler-Verhältnis. All das erklärte Larissa der jungen Tänzerin, als sie in einer großen schwarzen Limousine durch bewaldetes Gelände fuhren. Eine Glasscheibe trennte sie vom Chauffeur. Maja hatte Angst, aber sie bombardierte Larissa mit Fragen. Wie lang würde sie in der Schule bleiben? Was genau würde sie tun müssen? Und mit wem? Dazu konnte Larissa ihr wenig sagen, doch es war dem Direktor telefonisch erläutert worden, wie es um Maja stand, und er würde ein umfassendes Programm vorbereitet haben. Larissa versuchte, die junge Tänzerin zu beruhigen. Sie solle sich keine Sorgen machen. Man habe viel Erfahrung an dieser Schule und werde gewiß alles mit Taktgefühl und Verständnis handhaben.

Es traf zu, daß man an dieser Schule viel Erfahrung hatte, doch als der Direktor von seinem Fenster im ersten Stock aus beobachtete, wie die Limousine vorfuhr, war ihm äußerst mulmig zumute.

»Eine Woche«, hatte ihm Gordik am Telefon gesagt, »und danach muß das Mädchen selbst einen Heiligen verrückt machen können.«

Das Problem war, daß es die Schule – Erfahrung hin, Erfahrung her – in all den Jahren nie mit einer Jungfrau zu tun gehabt hatte. Die meisten Zöglinge waren in Liebesdingen sehr bewandert, und die Zeit, die sie in diesem Institut verbrachten, diente sozusagen der Fortbildung. Der Direktor hatte eine Besprechung mit dem Psychologen und dem Oberausbilder, Georgij Bragin, anberaumt und die Auskünfte Gordiks über die völlige Unerfahrenheit und extreme Ängstlichkeit des Mädchens an sie weitergeleitet.

Der Psychologe erklärte, in einem solchen Fall sei es das Wichtigste, Verspannungen und Verkrampfungen abzubauen und der jungen Dame zu lockerer Unbefangenheit zu verhelfen. Der Direktor gab dem Psychologen zu bedenken, daß sie wenig Zeit hätten: Ihnen blieben bestenfalls sechs Tage oder, anders formuliert, fünf Nächte. Er wies außerdem darauf hin, daß Wassilij Gordik schon seit langem gegen die Schule sei. Ein Scheitern in diesem besonderen Fall könne für sie alle schwerwiegende Folgen haben. Worauf sich eine Auseinandersetzung zwischen Georgij Bragin und dem Psychologen entspann. Bragin war dafür, das Mädchen sofort anzulernen. Seiner Meinung nach brauchte jemand, der mit vierundzwanzig noch Jungfrau war, eine Art Schocktherapie. Danach hätte er, Bragin, vielleicht die Chance, das Mädchen in der kurzen Zeit, die noch blieb, einiges Brauchbare zu lehren. Der Psychologe erhob Einspruch. Dieses Vorgehen könne ein Trauma zur Folge haben und regressive Wirkungen zeitigen. Er wies darauf hin, daß die physischen Aspekte der Verführung beileibe nicht wichtiger seien als die psychischen. Es verhalte sich eher umgekehrt. Bragin und er funkelten sich an. Diese Auseinandersetzung hatten sie schon etliche Male geführt.

Das Problem des Direktors war damit natürlich nicht gelöst. Allerdings neigte er auf Grund der knappen Zeit dazu, Bragins Methode für die bessere zu halten. Während sich die beiden Männer stritten, betrachtete er seinen Oberausbilder. Bragin war Anfang Vierzig, schlank, dunkel, mittelgroß und hatte ein Gesicht mit Adlernase und tiefliegenden, durchdringenden Augen. Beim Sprechen gestikulierte er lebhaft. Er hatte lange, schmale

Hände – Pianistenhände.

Seine Karriere hatte mit der Verführung einer Verwaltungsassistentin im NATO-Hauptquartier in Brüssel begonnen. Er war damals siebenundzwanzig gewesen, sie sechsundvierzig und ledig. Fünf Jahre lang war sie Bragin hörig, bis sie schließlich bei dem Versuch erwischt wurde, im Büro des stellvertretenden Oberbefehlshabers geheime Dokumente zu fotografieren.

Der nächste Auftrag führte Bragin nach New York, zu den Vereinten Nationen. Hier verführte er insgesamt drei Sekretärinnen. Die wichtigste war die Chefsekretärin des Finanzchefs der UNO. In den folgenden zwei Jahren hatte das KGB – lange vor dem Generalsekretär der UNO – Einblick in sämtliche Budgets und Kostenvoranschläge. Die russische Delegation konnte Druck ausüben, der ihr finanziell zum Vorteil gereichte, ehe die anderen Mitgliedstaaten auch nur ahnten, was vor sich ging. Bragins Zeit in New York endete, als der Vertrag des Finanzchefs auslief. Er kehrte in die Niederlande zurück. Seine Chefsekretärin, die an ihrem Arbeitsplatz nicht besonders beliebt war, verlor ihren Posten und ihren Galan.

Bragin schritt zu weiteren, diesmal kleineren Erfolgen als Kulturattaché in verschiedenen Ländern der Dritten Welt fort. Meist nahm er Sekretärinnen an anderen Botschaften ins Visier, die sich grenzenlos langweilten, weil das gesellschaftliche Leben gleich Null war. Vor fünf Jahren war Bragin nach Moskau zurückbeordert und zum Ausbilder an der »Schwalbenschule« ernannt worden. Zwei Jahre darauf erfolgte die Beförderung zum Oberausbilder. Bragin hatte Spaß an seiner Arbeit und war der Meinung, daß die psychologischen Aspekte überbewertet wurden. »Unterhalb der Gürtellinie hört die Psychologie auf«, pflegte er zu sagen. Freud hätte ihn für einen Ignoranten gehalten.

Der Direktor machte dem Streit ein Ende, indem er verlautbaren ließ, daß er sich erst mit der neuen Schülerin unterhalten und dann einen Beschluß fassen werde. Personalprobleme gab es jedenfalls nicht. Im Moment besuchten nur zwei Zöglinge das Institut, beides Männer, und die waren in den Händen der Ausbilderinnen. Also würde der Oberausbilder der neuen Schülerin seine ungeteilte Aufmerksamkeit widmen können.

Und nun beobachtete der Direktor, wie sie aus dem Auto stieg und der anderen Frau zum Eingang folgte. Ihr geschmeidiger Gang fiel ihm auf, ebenso die nervöse Bangigkeit, mit der sie um sich blickte.

»Ich glaube, da liegen Sie falsch«, sagte Larissa zum Direktor. Er hatte keine zehn Minuten gebraucht, um sich für Bragins Methode zu entscheiden. Sein erster Eindruck von Maja, ihre Schönheit und ihre Persönlichkeit hatten ihn davon überzeugt, daß sie ohne weiteres »den Anschluß finden« würde – so nannte er das gern. Es konnte nur wenige heterosexuelle Männer geben, die in der Lage waren, ihr lange zu widerstehen. Blieb bloß noch das Problem – jedenfalls aus seiner etwas beschränkten Sicht –, ihre Kenntnisse auszubauen, sobald sie den »Anschluß« geschafft hatte.

Er hatte ein Dienstmädchen gerufen, das die Tänzerin auf ihr Zimmer bringen sollte, und Larissa seine Entscheidung mitgeteilt. Und Larissa hatte protestiert.

»Wir haben sehr wenig Zeit«, hielt der Direktor dagegen. »Normalerweise würde sie zwei bis drei Monate bei uns bleiben.«

»Was meinen Sie – warum ist das Mädchen so unerfahren?« fragte Larissa verächtlich.

Der Direktor seufzte. »Das kann ein Dutzend Gründe haben – von der Homosexualität bis zur Frigidität. Wenigstens werden wir binnen vierundzwanzig Stunden wissen, ob diese beiden Möglichkeiten in Frage kommen oder nicht.«

»Und wie wollen Sie das herausfinden? Indem Sie das Mädchen sofort mit einem Mann ins Bett stecken?«

Der Direktor wurde ärgerlich und sagte scharf: »Ein bißchen Intelligenz dürfen Sie uns ruhig zutrauen.«

»Hatten Sie hier schon andere wie sie, sexuell völlig unwissend und unerfahren?«

»Natürlich«, log der Direktor aalglatt. »Und glauben Sie mir: Unsere Ausbilder können etwas. Mit einem so wichtigen Fall wie diesem befaßt sich selbstverständlich Genosse Bragin, unser Oberausbilder. Er wird behutsam und gleichzeitig mitreißend sein.« Der Direktor lächelte schelmisch. »Das Mädchen wird gern an dieses Erlebnis zurückdenken. Ich möchte sogar behaupten, mit tiefer Dankbarkeit.«

Larissa war skeptisch, aber dann erinnerte sie sich an ihr erstes Mal mit einem ungeschickten Ingenieurstudenten. Es war peinlich gewesen. Und scheußlich weh getan hatte es außerdem. Larissa beschloß, keine Einwände mehr zu erheben.

Sie lernten sich beim Mittagessen kennen. Bragin saß allein an einem Tisch, der für drei gedeckt war. Die anderen Ausbilder und Schüler saßen am gegenüberliegenden Ende des Raumes. Sie blickten neugierig auf, als Larissa und Maja eintraten und zu Bragins Tisch gingen. Dann schauten sie alle Bragin an. Er leckte sich nicht gerade die Lippen, aber er erinnerte an einen Kater, der voll Erwartung ein Schälchen Sahne vor sich sieht. Er erhob sich von seinem Stuhl und streckte Maja die Hand entgegen.

»Bragin. Aber nennen Sie mich bitte Georgij. Und Sie sind natürlich die berühmte Maja Kaschwa. Es ist mir eine große Ehre.«

Maja gab Bragin die Hand. Er rückte einen Stuhl für sie zurecht und nickte Larissa zu. Sie waren einander bereits im Büro des Direktors vorgestellt worden.

Wenn sie später an dieses Essen zurückdachte, konnte Larissa kaum etwas an Bragins Vorgehen bemängeln. Auch nicht an seinen taktischen Finessen. Es war schon nach wenigen Minuten klar, daß Maja ihn so behandelte, wie sie jeden Fan behandelt hätte. Korrekt, aber reserviert. Bragin bedrängte sie nicht. Statt dessen wandte er seine Aufmerksamkeit Larissa zu und ließ ihr gegenüber seinen ganzen Charme spielen. Sie spürte die Stärke seiner Ausstrahlung und seiner Persönlichkeit. Er hatte etwas Animalisches, zu diesem Schluß kam sie. Hätte sie sein Dossier nicht gekannt, so wäre sie ihm mit Sympathie und Interesse begegnet. Ein guter Mann für eine kurze, heftige, leidenschaftliche Affäre – mehr allerdings nicht. Sie merkte natürlich, daß er sich ihr nur zuwandte, weil er in Maja weibliches Konkurrenzverhalten wecken wollte. Doch das gelang ihm nicht. Maja stocherte lustlos in ihrem Essen herum und lauschte ebenso lustlos dem Gespräch.

Bragin begriff schnell, woher der Wind wehte. Er gab diese Taktik auf und wählte eine andere. Wie wäre es, wenn Maja und er am Nachmittag einen Spaziergang im Gelände machten? Es sei ein so schöner Frühlingstag. Oder vielleicht wolle sie lieber Tennis spielen? Maja schüttelte den Kopf. Sie spiele nicht Tennis. Ob es dann etwas anderes sein dürfe? Man habe hier ein beheiztes Schwimmbad... oder Tischtennis vielleicht? Irgendeine Sportart werde sie doch mögen? fragte Bragin neckend.

»Ich tanze«, sagte Maja knapp, und Larissa mußte prusten vor Lachen.

Bragin blickte sie strafend an, aber er war keineswegs entmutigt. Maja Kaschwa mochte eine begabte und berühmte Primaballerina sein, doch bevor die Nacht um war, würde er, Georgij Bragin, sie in seinen Armen halten – willig und hingegeben.

Nach dem Essen brachen die beiden zu ihrem Spaziergang auf. Larissa schwamm eine Runde und ging anschließend auf ihr Zimmer. Sie rief Gordik an. Er fragte gespannt, ob es etwas Neues gebe. Dafür sei es noch zu früh, sagte Larissa, doch sie glaube, daß ihre »Schwalbe« nur mit Mühe fliegen werde. Morgen früh folge der nächste Lagebericht. Sie legte auf und kam zu dem Schluß, daß ihr eine reichlich langweilige Woche bevorstand. Von nun an, darauf hatte man sich geeinigt, sollte sie sich von Maja fernhalten. Der Direktor hatte erklärt, Larissas Gegenwart könne die Dinge nur komplizieren. Alles hänge jetzt von Bragin ab. Larissa mußte widerwillig zustimmen.

Man konnte Bragins Räumlichkeiten – es handelte sich um eine ganze Suite – nur als luxuriös bezeichnen. Ein großes Wohnzimmer mit hoher Decke, tiefen, samtbezogenen Sesseln und einer wohlsortierten Bar. Ein noch größeres Schlafzimmer mit einem riesigen Himmelbett und schweren Vorhängen.

Maja saß im Wohnzimmer auf der Kante ihres Sessels und nippte französischen Cognac aus einem überdimensionalen

Schwenker. Vor dem Abendessen hatte sie schon zwei Wodka getrunken und während des Abendessens eine halbe Flasche Burgunder. Sie hatte sich noch unter Kontrolle. Aber nur mit knapper Not.

Bragin saß ihr gegenüber, weit zurückgelehnt, und musterte sie mit einer Mischung aus Frustration und Verärgerung. Sie waren am Nachmittag zwei Stunden gelaufen – viel länger, als er vorgehabt hatte, und jetzt taten ihm die Beine ein bißchen weh. Er hatte Maja mehrmals zu überreden versucht, daß sie an Orten mit schöner Aussicht verweilen, sich setzen und miteinander reden oder einfach nur die Landschaft bewundern sollten, aber sie hatte immer nur den Kopf geschüttelt und war entschlossen weitergegangen mit langen, geschmeidigen Schritten, und er hatte seine Würde verloren, als er ihr, etwas kurzatmig vor Anstrengung, nachgeeilt war.

Beim Abendessen hatte sie kaum ein Wort gesagt. Sie wußte wenig von der Welt – oder schien wenig davon zu wissen –, und seine Anekdoten und kleinen Geschichten hatten keinen Eindruck auf sie gemacht. Ihr schönes Gesicht blieb teilnahmslos. Er wiederum verstand nichts vom Ballett, also konnte er so auch nicht an sie herankommen. Schließlich hatte er sich darauf verlegt, sie unter Alkohol zu setzen, was seine Eitelkeit ebenfalls verletzte. Er hatte es nie nötig gehabt, den Widerstand einer Frau auf diese Art aufzuweichen. Doch selbst das hatte nicht funktioniert, und als er sie nun ansah, wie sie so starr und steif dasaß, wurde ihm klar, daß er auf schiere Technik würde zurückgreifen müssen. Er wußte, geistig konnte er sie nicht erreichen. Aber er glaubte mit Sicherheit, daß es ihm, Georgij Bragin, gelingen würde, sie körperlich zu erregen.

Er beugte sich vor und sagte unvermittelt: »Genossin Kaschwa, hören Sie mir zu.«

Sie hob die Augen und betrachtete ihn leicht verwirrt.

»Sie sind sich wohl über die Situation im klaren. Ich bin hier Oberausbilder. Und Sie sind eine Schülerin. Vielleicht wollen Sie nicht hier sein. Ich bin mir sogar sicher, daß Sie es nicht wollen. Aber das hat nichts mit mir zu tun.« Seine Stimme wurde hart.

»Langsam ödet mich das alles ein bißchen an. Ich habe versucht, es Ihnen so angenehm wie möglich zu machen – aber ich muß meine Aufgabe erfüllen. Sie sind nicht besonders kooperativ, und wir haben wenig Zeit. Ich werde also nun mit der Ausbildung beginnen.«

Er schwieg, um zu sehen, wie sie reagierte, aber ihre Miene blieb unverändert. Er sagte kalt: »Gehen Sie ins Schlafzimmer, ziehen Sie sich aus – alles – und legen Sie sich ins Bett. Ich komme in zehn Minuten.«

Sie zögerte nicht. Sie stellte ihr Glas ab, stand auf, ohne Bragin anzublicken, verschwand im Schlafzimmer und machte die Tür hinter sich zu.

Bragin fluchte leise. Dann schlenderte er zur Bar und goß sich noch einen Drink ein. Allmählich bekam er sich wieder in die Gewalt, mußte sogar ein wenig über sich lachen. Nein, er würde nicht scheitern. Er leerte sein Glas und ging ins Schlafzimmer.

Sie hatte die Decke zurückgeschlagen und lag in der Mitte des Bettes wie eine Statue aus weißem Marmor. Er trat näher und betrachtete sie. Er betrachtete sie lang – sehr lang. Im Laufe seines Lebens hatte er oft mit unattraktiven Frauen den Geschlechtsakt vollziehen müssen. Einige waren sogar ausgesprochen häßlich gewesen. Aber er hatte auch mit vielen attraktiven Frauen geschlafen, und wenn er sich, im Bett mit der einen, eine andere hatte vorstellen müssen, konnte er auf eine wahre Schönheitengalerie zurückgreifen. Doch als er nun auf Maja Kaschwa niederblickte, wußte er, daß sein Hirn in Zukunft bloß sie beschwören würde. Dieser Körper hatte nicht nur Einzelschönheiten. Er war die Schönheit selbst. Bragin sah nicht vollkommen geformte Brüste oder eine schlanke Taille oder lange, wohlproportionierte Glieder oder zierliche Füße oder das kleine, zarte, leicht aufgewölbte Dreieck am Ende der Schenkel. Er sah nur *ein* Bild, als hätten seine Augen die Fähigkeit verloren, sich auf Einzelheiten zu konzentrieren.

Er holte tief Luft und sagte: »Schauen Sie mich an.«

Sie drehte den Kopf, beobachtete, wie er sich auszog. Er ließ seine Kleider Stück für Stück auf den Teppich fallen, wandte seine Augen nicht von ihren Augen ab, wollte sie mit der Kraft seines Willens zwingen zu reagieren. Sie sollte in ihm sehen, was er in ihr gesehen hatte. Er wußte, daß er einen schönen Körper hatte. Er kannte die Wirkung seines Körpers auf andere Frauen, aber bei dieser tappte er im dunkeln. Er sah, wie ihr Blick zu seiner Leibesmitte wanderte, zu seiner stärker werdenden Erektion. War da auch nur die Spur irgendeines Gefühls? Wenigstens ein Hauch von Neugier?

Er legte sich neben sie, streichelte sie. Seine Hände fühlten ihre Haut: glatt wie Seide, aber unter der Weichheit kleine Wellen von straffen Muskeln. Es erregte ihn, die Kraft in ihr zu spüren.

Er strich sacht über ihre Brustknospen, hauchte sie an und empfand einen wohligen Schauder, als sie sich aufrichteten und hart wurden. Er ließ seine Hand über ihren Bauch wandern, berührte sacht das schwarze Pelzchen zwischen ihren Schenkeln. Es überlief sie unwillkürlich, und er zog sich einen Moment zurück. Jetzt hatte er keine Zweifel mehr, jetzt glaubte er zu wissen, wie es ausgehen würde. Er hatte bereits die Möglichkeiten ausgeschieden, die dem Direktor Kopfzerbrechen machten. Sie war keine Lesbierin. Und wenn sie frigid war, war Venus auch frigid. Dann verbannte er den Direktor aus seinen Gedanken. Das hier war für ihn, für ihn allein. Zum Teufel mit den anderen. Zum Teufel mit allem. Viele Minuten liebkosten seine Hände und seine Lippen ihren Körper. Sein Instinkt sagte ihm, daß er Geduld haben mußte, unendliche Geduld. Er bekam zwei Signale, die einander widersprachen. Zum einen die leichten Bewegungen ihres Körpers. Das war ein Ja. Zum anderen eine gelegentliche Verkrampfung, ein Zurückzucken fast. Das war ein Nein.

Doch seine Geduld hatte Grenzen. Gesetzt wurden sie ihm durch seinen Körper und durch seine Phantasie. Sie war noch Jungfrau. Unschuldig, unberührt. Er würde der erste sein. Er legte die eine Hand um ihren Hinterkopf, zog sie an sich, fuhr mit seiner Zunge über ihre Lippen. Sie versuchte, sich von ihm zu lösen, aber er hielt sie fest. Ihre Lippen öffneten sich ein wenig, doch seine Zunge traf auf zusammengebissene Zähne. Seine andere Hand näherte sich ihren Schenkeln, drückte sie auseinander, und seine Finger schoben sich langsam dazwischen, in sie, und es verschlug ihm den Atem, denn sie war straff und eng, und er fühlte eine Spur von Feuchtigkeit. Und dann drehte sie sich mit einem Ruck weg, und er lag keuchend da. Seine Erektion war eine Qual.

Er dachte nicht nach. Jetzt war ihm alles egal. Er packte sie bei der Schulter, zerrte sie an sich, versuchte, ihr einen Kuß aufzuzwingen, aber sie wehrte sich, und wieder meldete sich sein Instinkt und sagte ihm, daß er dem Ziel nah sei, so nah – er müsse sich nur noch ein wenig gedulden.

Doch es kümmerte ihn nicht. Er würde der erste sein. Um jeden Preis. Er nahm den Kopf zurück, und sie blickten sich an. Er sah zusammengepreßte Lippen und Augen, die nein schrien. Sie sah nur Gier.

Also kämpften sie. Er war stark. Und sie war stark. Er wollte sein Knie zwischen ihre Schenkel stemmen. Sie entwand sich ihm, als er versuchte, ihre beiden Handgelenke mit einer Hand zu fassen. Es gelang ihm nicht. Eine Hand entglitt ihm, und sie zog ihm die Fingernägel durchs Gesicht, und er brüllte, als sie sich von ihm losriß.

Sie kam fast bis zur Tür. Doch er sprang mit einem gewaltigen Satz aus dem Bett und holte sie ein. Nun flackerte in seinen Augen nicht nur Gier, sondern auch Zorn. Er drängte sie in eine Ecke. Sie wollte ihm ausweichen, aber er packte sie beim Handgelenk, grätschte die Beine, riß sie herum, wollte sie Auge in Auge haben.

Sie drehte eine anmutige Pirouette auf dem Ballen des einen Fußes, und der andere hob sich mit ausgestreckten Zehen und mit der Kraft und der Schnelligkeit von zehntausend Übungsstunden und fuhr ihm wie ein Messer in die Hoden.

11

Kurz nach Mitternacht näherte sich Larissa ihrer Wohnungstür. Sie hörte die schwermütigen Klänge des zweiten Satzes von Beethovens fünftem Klavierkonzert. Das war ein schlechtes Zeichen. Gordik legte diese Platte immer auf, wenn er fürchterliche Laune hatte. Er hatte ihr einmal erklärt, Beethoven habe mit der Komposition dieses Konzerts während einer leidenschaftlichen Liebesaffäre begonnen. Der aufwühlende erste Satz drücke seine Freude über die Verbindung aus. Doch dann habe seine Geliebte ihn eines anderen Mannes wegen verlassen, und im zweiten Satz spiegle sich nur ergreifender Schmerz. Der dritte Satz mit seiner Entschlossenheit sei eine Art Ermunterung des Komponisten an sich selbst: Das Leben geht weiter – und zum Teufel mit den Frauen.

Larissa hielt den Schlüssel in der einen Hand und ihren Koffer in der anderen, aber sie spielte mit dem Gedanken, umzukehren und noch ein paarmal um den Block zu laufen, wenigstens bis zum Anfang des dritten Satzes. Doch dann steckte sie mit resigniertem Achselzucken den Schlüssel ins Schloß, schloß auf und trat in die Wohnung.

Gordik lag auf dem Sofa und hatte den Blick gegen die Zimmerdecke gerichtet. Er drehte den Kopf, betrachtete Larissa flüchtig und konzentrierte sich dann wieder auf die Musik und auf die Zimmerdecke. Larissa stellte den Koffer an der Tür ab, ging in die Küche und machte sich eine Tasse Kaffee. Sie ließ sich viel Zeit dabei. Als sie die Tasse füllte und zur Küchentür trug, klang der dritte Satz aus. Gordik dirigierte geistesabwesend mit einer Hand mit. Beim Schlußakkord ließ er das Kinn auf die Brust sinken und blickte Larissa mit schmalen Augen an.

»Stell dir das vor«, sagte er. »Stell dir das vor – einen Mann zu verlassen, der so was komponieren konnte.«

»Vielleicht hatte er Mundgeruch.«

Gordik setzte sich mit verächtlichem Schnauben auf. »Typisch Frau.«

Larissa schüttelte den Kopf. »›Typisch Frau‹ – das gibt es

nicht. Glaub mir, Wassilij. Dahinter bin ich heute abend gekommen.«

Er betrachtete sie genau und sah, wie erschöpft sie war. Sein Gesichtsausdruck wurde etwas weicher.

»Ach ja«, sagte er. »Ich habe mir schon überlegt, Dynamo Moskau unsere junge Ballerina anzubieten. Da kann sie nach Herzenslust treten. Zwar nur das Leder, aber vielleicht schießt sie ein paar Tore.«

Larissa lächelte nicht. Sie war verärgert. Es wurde Zeit für einige derbe Wahrheiten. Sie trat ans Fenster und blickte auf die schwach beleuchtete Straße hinaus. Über ihre Schulter hinweg sagte sie: »Du meinst, weil du mich verstehst, verstehst du alle Frauen. Da irrst du dich. Du verstehst mich nur, weil ich dich liebe. Und weil ich dich liebe, offenbare ich dir alles.«

Sie drehte sich um. Gordik hatte sie nicht aus den Augen gelassen.

»Du hast ein beneidenswertes Selbstbewußtsein«, fuhr sie fort. »Du hast studiert, du hast Erfahrung. Und darum meinst du auch, daß du die meisten Männer verstehst. Kann schon sein, aber du verstehst sie nicht alle.«

Gordik seufzte. »Mit anderen Worten, ich habe von beiden Geschlechtern keine Ahnung. Bitte, komm zur Sache.«

»Gleich. Aber erst erzählst du mir, wie du dich im Hinblick auf Maja entschieden hast.«

Gordik zuckte die Achseln. »Das hat sie selbst entschieden. Gemmel wird ihr kaum sein Herz ausschütten, wenn er ständig die Hand vors Gemächte halten muß.«

»Das wird er nicht müssen«, entgegnete Larissa verächtlich. »Hör mir zu. Erstens: Sie ist in Gemmel verliebt – zumindest bildet sie sich das ein.«

Gordik setzte sich gerade und wollte etwas sagen, aber Larissa hob die Hand.

»Moment! Hör mir zu! Sie ist ihm einmal begegnet. Das war vor drei Jahren und hat keine fünf Minuten gedauert. Aber als sie sein Foto gesehen hat – ein verschwommenes, verwackeltes Foto –, hat sie ihn erkannt und sich an ihn erinnert.«

»Sie hat halt ein gutes Gedächtnis.«

Larissa schüttelte den Kopf. »Nein, eben nicht. Ich habe in den beiden letzten Tagen viel mit ihr geredet. Sie kann sich kaum auf die Namen der Leute besinnen, mit denen sie bei dieser Tournee aufgetreten ist. Sie hat die Namen der meisten Menschen vergessen, denen sie im Westen begegnet ist. Aber an seinen Namen und sein Gesicht hat sie sich sofort erinnert.« Gordik versuchte wieder zu unterbrechen, und Larissa hob wieder die Hand. »Sie hat dir gesagt, daß er sie mochte. Sie hat es mit großem Nachdruck gesagt. Das war Wunschdenken. Wenn du dich mit Frauen auskennst, Wassilij, dann weißt du, sie können sich immer einbilden, daß ein Mann sie mag – vorausgesetzt, sie *wollen*, daß er sie mag.«

Gordik beobachtete seine Freundin gespannt. »Ja, und weiter?«

»Zweitens«, fuhr Larissa fort, »versuche dich in Gemmels Lage zu versetzen. Eine sowjetische Tänzerin flieht auf einer Tournee in den Westen. Nichts Ungewöhnliches. Aber diese – eine sehr schöne Tänzerin – klingelt an seiner Tür. Er ist ein bekannter Mann in Ballettkreisen, doch das spielt keine Rolle. Seine erste Reaktion wird die eines Geheimdienstagenten sein: Mißtrauen. Und sein erster Verdacht wird der sein, daß sie eine ›Schwalbe‹ ist und daß wir ihn in eine Liebesfalle locken wollen. Also überprüft er sie, findet nichts und fühlt sich vielleicht zu ihr hingezogen. Kann sogar sein, daß er sich ein bißchen in sie verliebt. Aber in seinem Hinterkopf wird ein gewisser Zweifel bleiben. Das ginge dir auch nicht anders, Wassilij.«

Gordik nickte langsam, und Larissa erhob aufgeregt die Stimme. »Aber dann schläft er mit ihr, und sie tritt ihn nicht zwischen die Beine. Nein, sie gibt sich ihm hin, und er entdeckt, daß sie noch Jungfrau ist. Was wird er denken? Sag mir, Wassilij, was wird er denken?«

Gordik lächelte Larissa an. »Er wird an unsere Tricks denken, über die er genau Bescheid weiß. An unsere Gründlichkeit, die ihm bekannt ist. An unsere ›Schwalbenschule‹, über die er natürlich auch informiert ist. Und er wird denken: ›Sie würden mich niemals mit einem völlig unerfahrenen Mädchen ködern – mit einer Jungfrau.‹«

»Genau«, sagte Larissa triumphierend. Doch als sie Gordiks grüblerischen Gesichtsausdruck sah, kamen ihr leise Zweifel.

»Es gibt nur zwei Probleme«, sagte er. »Erstens: Wenn du recht hast und sie wirklich in ihn verliebt ist – oder sich in ihn verliebt –, wird sie die Sache dann durchziehen? Ist es ein genügend starkes Druckmittel, daß wir ihre Mutter in der Hand haben?«

»Das ist ein Risiko«, gab Larissa zu. »Aber ich glaube, es wird funktionieren. Sie hat ein sehr inniges Verhältnis zu ihrer Mutter. Nach dem Tod ihres Vaters ist es noch inniger geworden. Und du wirst ja wohl Druck auf die Mutter ausüben und dafür sorgen, daß sie diesen Druck an ihre Tochter weitergibt.«

»Also gut«, sagte Gordik. »Es ist ein tragbares Risiko. Aber nun das zweite Problem. Kann Gemmel sicher sein, daß sie eine Jungfrau ist? Ich meine, eine richtige Jungfrau, eine Virgo intacta? Ich habe keine Ahnung, was so passiert im Körper einer Ballettänzerin, wenn sie die ganze Zeit rumspringt und Spagat macht und was weiß ich.«

Larissa lächelte. »Sie ist Primaballerina, keine Revuetänzerin. Und sie *ist* eine Virgo intacta. Sie hat es mir selbst gesagt, und wir können das ohne weiteres nachprüfen.«

Gordik stand auf und ging im Zimmer hin und her. Seine Gedanken eilten in die Zukunft voraus.

»In Ordnung. Wir versuchen es. Ihr habt drei Wochen Zeit, mit ihr zu arbeiten. Du und Lew. Laß alles andere sausen. Alles! Sie muß exzellent vorbereitet sein.« Er grinste Larissa an. »In jeder Hinsicht – mit Ausnahme des Physischen.«

Er wurde plötzlich ernst. Ihm war etwas eingefallen.

»Übrigens«, sagte er, »wir haben den vierten Amerikaner identifizieren können, der bei dem Treffen in Paris dabei war. Ein gewisser Elliot Wisner.«

»Und wer ist das?« fragte Larissa auf dem Weg zur Küche.

»Der bedeutendste amerikanische Experte für Lasertechnologie.«

Larissa blieb an der Küchentür stehen und drehte sich um.
»Lasertechnologie?«

»Ja. Genauer gesagt, für Laserwaffensysteme.«

»Was kann der bloß...«, begann Larissa.

»Richtig. Was kann der bloß mit einer Operation zu tun haben, die gegen den Nahen Osten gerichtet ist?« Gordik schüttelte den Kopf. »Ich weiß es nicht, aber wir werden es herausfinden. Wir *müssen* es herausfinden. Wir und der Westen arbeiten beide an der Entwicklung von Laserwaffensystemen. Und nach den neuesten Schätzungen hinken wir der Konkurrenz gewaltig hinterher.«

Ein nachdenkliches Schweigen trat ein. Dann sagte Gordik: »Wenn du Kaffee machst – ich trinke auch einen.«

Als Larissa an der Kaffeemaschine stand, drang Musik in die Küche. Das Oscar-Peterson-Trio. Larissa lächelte. Gordik war zufrieden mit ihr.

Wäre er dabei gewesen, so hätte Gordik der Ort des dritten Treffens gut gefallen. Es handelte sich um das Hotel Villa Magna in Madrid, das vielleicht nicht den Ruf und die Qualität des Ritz in Lissabon oder des George V in Paris hatte, aber doch außerordentlich komfortabel war.

Das Treffen fand im Konferenzsaal des Hotels statt. Getarnt war es als Verkaufsbesprechung eines großen britischen Konzerns. Das britische und das amerikanische Team hatten sich in voller Besetzung eingefunden. Auf amerikanischer Seite war noch zusätzlich ein Mann da: Elliot Wisner. Es herrschte eine kameradschaftliche und erwartungsvolle Atmosphäre, als die Teams ihre Plätze einnahmen. Die Briten hatten sechs braune Schnellhefter verteilt, und Wisner hatte eine Leinwand aufgehängt, die an Heimkino erinnerte. Er saß am einen Ende des Tisches, einen Diaprojektor vor sich. Meade saß am anderen Ende. Gemmel und Hawke hatten einander gegenüber Platz genommen, ihre Stellvertreter zur Seite.

»Morton, solche Treffen dürfen wir nicht mehr veranstalten«, sagte Gemmel feierlich.

»Da haben Sie verdammt recht«, grinste Hawke. »Meine Frau wird schon langsam mißtrauisch. Wie ist Ihre Suite?«

Gemmel neigte anerkennend den Kopf. »Prunkvoll ist gar kein Ausdruck. Sind Sie sicher, daß die Spesen nicht im Rechnungsbericht des Finanzministeriums Ihrer Majestät auftauchen werden?«

Falk schaltete sich ein. »Gewiß nicht. Wir haben das unter ›Zimmerservice‹ verbucht.«

»Zimmerservice?«

Falk lächelte. »Ja. Das ist unsere dezente Umschreibung für Kosten, die dabei anfallen, Vertreter mit uns befreundeter – und manchmal auch mit uns verfeindeter – Länder mit weiblicher Gesellschaft zu verwöhnen.«

»Ein stattlicher Posten im Etat des CIA«, warf Meade trocken ein.

Gemmel warf Boyd einen flüchtigen Blick zu. Boyd grinste. Dann lächelte Gemmel Hawke an und sagte: »Wir bedanken uns, Morton.«

Als sie am Morgen unter falschem Namen im Hotel abgestiegen waren, hatte ihnen der Geschäftsführer statt der Einzelzimmer, die sie hatten reservieren lassen, eine schöne Suite mit zwei Schlafzimmern zugewiesen. Gemmel wollte den Irrtum berichtigen, aber der Geschäftsführer teilte ihm mit, dies geschehe auf Anweisung von Señor Beckett, was Hawkes Deckname war. In der Suite befand sich eine gut bestückte Bar, und vor einer Flasche Chivas Regal lag ein Kärtchen mit der Aufschrift *Willkommen in der Neuen Welt.*

»Nichts zu danken«, sagte Hawke. »Ich habe das nur gemacht, um meine Schuldgefühle loszuwerden.« Er blickte in die Runde. Seine Stimme wurde kühl und sachlich.

»Meine Herren, wollen wir nun zum geschäftlichen Teil übergehen?«

Sie beschlossen, daß Wisner erst seinen kleinen Vortrag halten sollte, und während Meade sich zur Leinwand drehte, streckte Wisner mit dem Gehabe eines Zauberers, der gleich ein Karnickel aus seinem Zylinder zieht, die Hand nach dem Diaprojektor aus. Gemmel hatte trotzdem das Gefühl, daß sie etwas Eindrucksvolles erleben würden. Und er täuschte sich nicht. Wisner führte eine Reihe von Farbdias vor, die er ruhig und präzis erklärte und analysierte. Das erste zeigte eine unbewohnte Wüstenregion, aus der Luft aufgenommen.

»Das ist das Mina-Tal«, sagte Wisner. »Dieses Bild hat ein Aufklärungssatellit vor sieben Tagen gemacht.« Er nahm einen dünnen Stift zur Hand, richtete ihn auf die Leinwand und drückte einen Knopf. Ein kleiner, heller Lichtkreis erschien auf der Leinwand und wanderte hin und her, als Wisner den Berg Arafat und die anderen markanten Punkte im Gelände zeigte.

Auf dem nächsten Dia sah man dasselbe Tal, aber diesmal wimmelte es von Menschen.

»Das war voriges Jahr. Ende September, während der Hadsch. Das Areal mißt annähernd neun Quadratkilometer und kann zweikommadrei Millionen Pilger fassen – plusminus zwei Prozent.«

Der Projektor klickte wieder. Das nächste Dia zeigte in starker Verkürzung eine Gruppe von ungefähr zwanzig Menschen, die im Kreis um einen dunklen Haufen herumstanden. Einer beugte sich über den Haufen.

»Derselbe Tag. Nächster Umlauf. Das Areal auf dem Dia hat eine Fläche von hundertzwanzig Quadratmetern und wurde aus einem Winkel von zweiundachtzig Grad aufgenommen.«

Der Lichtkreis wanderte zu dem dunklen Haufen.

»Da ist eben ein Kamel geopfert worden.«

»Und das hat ein Satellit aufgenommen?« fragte Boyd ungläubig.

»Ja.«

Der Projektor klickte. Wieder das erste Dia, aber diesmal war fast genau in der Mitte eine kleine schwarze Scheibe ins Bild kopiert. Der Lichtkreis wanderte darauf zu.

»Diese Scheibe hat einen Durchmesser von hundertfünfzig Metern. Wir wissen, wie schwierig es ist, Menschenmassen zu steuern, aber aus technischen und topographischen Gründen wäre es uns am liebsten, wenn das Ziel in diesem Areal läge.«

Wieder ein Klicken. Und wieder ein Dia.

»Die Große Moschee in Mekka. Dieses schwarze Ding —«, der Lichtkreis wanderte erneut, »— ist die Kaaba, die einen Meteoriten in sich birgt, die heiligste Stätte des Islams. Mr. Gemmel, die Aufnahme hier und die nächsten sechs haben nichts mit meiner Arbeit an dem Projekt zu tun. Ich habe sie Ihretwegen ausgewählt. Ich habe davon auch Abzüge für Sie.«

Gemmel wandte sich Wisner zu und nickte dankend.

»Ungläubige sind in Mekka nicht zugelassen«, fuhr Wisner selbstgefällig fort, »aber ich nehme an, als diese Verfügung getroffen wurde, hat man nicht an Satelliten gedacht.«

»Wohl kaum«, bemerkte Falk sarkastisch. »Das war nämlich vor eintausenddreihundert Jahren.«

Worauf Wisner den Projektor wieder klicken ließ und eine Reihe Ansichten von Mekka und Umgebung zeigte. Dann war die Diavorführung zu Ende. Aber Wisner hatte noch einiges zu erklären.

Er richtete das Wort direkt an Gemmel und teilte ihm zunächst mit, daß Satellit und Laser zusammen genau 22000 Kilogramm wögen.

»Wunderbar«, sagte der Engländer.

»Gewiß, Mr. Gemmel. Aber warum?«

»Weil dann die Raumfähre, wenn der Start im Osten erfolgt — also nicht von Vandenburg, sondern von Kap Canaveral aus —, den Satelliten in eine geostationäre Umlaufbahn tragen kann.«

Wisner war offensichtlich enttäuscht. Der Engländer hatte ihm die Schau gestohlen. Er warf Gemmel einen Blick aus schmalen Augen zu und erklärte den anderen, bei einer geostationären Umlaufbahn entspreche die Geschwindigkeit des Satelliten exakt der der Drehung der Erde, er verbleibe also ständig über einem bestimmten Punkt der Erdoberfläche — in diesem Fall über dem Mina-Tal. Und damit werde es leichter sein, den Laserstrahl auf das Ziel zu richten und ins Ziel zu lenken.

Schließlich führte Wisner aus, daß Zielvorrichtung und Zerstörungsmechanismus, die in dem toten Lamm versteckt werden sollten, etwa 25 × 15 × 8 Zentimeter messen würden.

Wieder schaltete sich Boyd ein: »Mehr nicht?«

»Nein, Mr. Boyd. Das Ding wird raffiniert und einfach zugleich sein. Raffiniert, was die Verkleinerung aller Bauteile betrifft. Und einfach, was seine Funktion angeht. Es wird eine winzige, aber sehr leistungsstarke ›Zündung‹ enthalten – eine Fotozelle, die durch den Laserstrahl aktiviert wird. Und es wird ein Funksignal senden, das vom Steuerungssystem des Lasers angepeilt wird. Der Laserstrahl wird also praktisch auf dem Funkleitstrahl in Richtung Erde wandern und das Lamm verdampfen lassen.«

Wisner nahm zufrieden Platz.

Gemmel bedankte sich. Dann fragte er: »Läuft alles nach Plan?«

»Allerdings«, antwortete Wisner. »Wir wollen die Raumfähre mit dem Satelliten am 1. Oktober starten.«

»Keine Bange, Peter«, sagte Hawke. »Die Technik wird rechtzeitig bereitgestellt. Und wie sieht es bei Ihnen aus?«

»Das finden Sie alles in diesen Schnellheftern«, erwiderte Gemmel, und sechs Händepaare machten sich daran, die sechs braunen Deckel aufzuschlagen.

Sie enthielten elf Dossiers. Jedem war ein Foto beigeheftet.

»Das sind Informationen über elf Kandidaten, die für die Rolle des Mahdi in Frage kommen«, erklärte Gemmel. »Sie sind das Ergebnis einer intensiven Suche in der gesamten arabischen Welt. Die nichtarabischen islamischen Staaten haben wir nicht berücksichtigt, weil es unwahrscheinlich ist, daß die Araber einen Mahdi akzeptieren, der kein Araber ist. Die nichtarabischen Muslime dagegen werden kaum etwas gegen einen arabischen Mahdi haben.«

Hawke warf Falk einen flüchtigen Blick zu. Falk nickte zustimmend.

»Wir glauben, daß drei von den Kandidaten besonders geeignet sind«, fuhr Gemmel fort. »Ich werde nicht verraten, welche drei, bevor Sie die Unterlagen geprüft haben. Es würde uns interessieren, ob Sie zu denselben Schlüssen kommen wie wir.«

Hawke blätterte das Dossier durch. »Leo« – er deutete mit

dem Daumen auf Falk – »ist unser Islamexperte. Wir werden uns ganz nach ihm richten.«

Falk verschaffte sich ebenfalls einen ersten Überblick. »Das sind offenbar Kurzinformationen, Peter. Kann ich, falls nötig, Einsicht in das gesamte Datenmaterial nehmen?«

»Natürlich, Leo. Was wir haben, steht Ihnen voll und ganz zur Verfügung.« Gemmel schaute Hawke an und sagte: »Während Sie die Unterlagen studieren, Morton, holen wir für alle was zu trinken.«

Gemmel und Boyd gingen zur Bar, schenkten Drinks ein und stellten sie vor ihre Partner hin. Dann überließen sie die Amerikaner sich selbst und kehrten an die Bar zurück. Eine halbe Stunde lang herrschte Schweigen, unterbrochen nur durch das Rascheln von Papier, das Klingeln von Eiswürfeln gegen Glas und das gelegentliche Zischen des Soda-Siphons. Schließlich stapelte Hawke seine Dossiers säuberlich auf, blickte Falk und Meade an und nickte Gemmel zu, der mit Boyd an den Tisch zurückkam.

Falk hatte seine Dossiers ebenfalls aufgeschichtet – mit Ausnahme von dreien, die nebeneinanderlagen. Man sah die beigehefteten Fotos: Als Gemmel Platz nahm, warf er einen Blick darauf und lächelte.

»Na, habe ich ins Schwarze getroffen?« fragte Falk.

»Ja. Und wen von den dreien finden Sie am besten?«

Falk schürzte die Lippen und betrachtete die Fotos. Gemmel ließ ihn nicht aus den Augen.

»In meiner Sicht«, antwortete Falk, »ist es ein Kopf-an-Kopf-Rennen zwischen dem Schafhirten aus Medina und dem Beduinen aus Al Jizah.«

Gemmel lächelte erneut und sagte zu Hawke: »Es ist schön, wenn die eigene Prognose durch einen so bedeutenden Experten bestätigt wird.«

Hawke freute sich offensichtlich über dieses hohe Lob für einen Mann aus seinem Team. Er blickte Falk anerkennend an und sagte: »Jetzt weihen Sie uns mal in Ihre Gedankengänge ein, Leo, und verraten Sie uns außerdem, wo da die Parallele zu Peters

161

Überlegungen ist.«

Falk stützte die Ellenbogen auf den Tisch und legte die Fingerspitzen aneinander. Seine Stimme nahm einen dozierenden Ton an. »Der Mahdi muß für alle Glaubensrichtungen und für alle Nationalitäten des Islams akzeptabel sein. Darum müssen sein Glaube und seine Glaubenspraxis extrem ursprünglich und unverfälscht sein. Es darf daran nichts zu deuten geben. Nicht einmal unterschiedliche Interpretationen dürfen möglich sein. Zu den bedeutendsten Grundlagen des Islams gehört eine Sammlung der Aussprüche Mohammeds, der Hadith. Vieles davon ist reine Erfindung und auf die Bedürfnisse der einen oder anderen Glaubensrichtung zurechtgeschnitten. Trotzdem ist der Hadith eine wichtige Quelle. Dann gibt es noch die Scharia, das religiöse Gesetz, das sich aus dem Koran, dem Hadith und den Überlieferungen ableitet, die auf die nicht irregeleiteten Kalifen zurückgehen – das heißt, auf die ersten vier. Die Scharia kann von Sunniten und Schiiten und den verschiedenen islamischen Sekten unterschiedlich ausgelegt werden. Ein Mahdi, dessen Glaube teilweise auf dem Hadith oder der Scharia fußt, bekäme also Probleme auf Grund der diversen Interpretationsmöglichkeiten.«

Falk machte eine Handbewegung in Gemmels Richtung. »Darum hat Peter nur Kandidaten ausgewählt, die sich ausschließlich auf den Koran berufen. Und wie Sie wissen, halten alle Muslime den Koran für vollkommen und sakrosankt und gewiß nicht beliebig auslegbar, obwohl manche Suren einander widersprechen. Der Koran ist für den Islam weitaus wichtiger als die Bibel für das Christentum oder die Thora für den Judaismus.«

Er blickte auf die Fotos, die vor ihm lagen.

»Außerdem sind diese beiden Herren haschemitische Araber. Um den Mahdi für alle Muslime akzeptabel zu machen, hat sich Peter bei seiner Suche auf Männer konzentriert, die Mohammed möglichst ähnlich sind. Das gilt für ihre Erscheinung, ihre Herkunft und ihren Werdegang. Mohammed war ein Haschemit vom Stamme der Koreisch – wie diese beiden Kandidaten auch.

Er war mit sechs Jahren Vollwaise«, er deutete auf die Fotos, »diese beiden haben ebenfalls früh ihre Eltern verloren. Als Junge hat Mohammed die Schafe seines Onkels gehütet, was er im Erwachsenenalter für ein Zeichen göttlicher Gnade hielt. *Allah hat keinen Propheten gesandt, der nicht ein Hirte war*, sagte er zu seinen Anhängern.« Falk deutete auf das eine Foto. »Der Mann hier ist Schafhirte. In späteren Jahren war Mohammed Kaufmann und führte das Geschäft einer reichen Witwe namens Chadidscha, die er dann heiratete.« Falk deutete auf das andere Foto. »Der Beduine ist Kaufmann, wenn auch kein sehr erfolgreicher. Diese beiden Männer ähneln dem Propheten auch äußerlich. Sie sind mittelgroß und stämmig. Sie haben eine gebogene Nase, schwarze Augen, einen großen Mund und, zumindest für arabische Verhältnisse, helle Haut.«

Er lächelte Gemmel über den Tisch hinweg an. »Aber hier hören die Ähnlichkeiten auf, denn Mohammed konnte zwar nicht lesen und schreiben, aber er war hochintelligent, beredt und eine eindrucksvolle, starke Persönlichkeit. Diese beiden Männer dagegen sind offenbar recht schlichten Gemüts.«

Er wandte sich Hawke zu. »Das war's im wesentlichen. Sie kriegen von mir noch einen vollständigen Bericht, wenn mich Peter in das gesamte Datenmaterial hat Einsicht nehmen lassen.«

Hawke betrachtete die beiden Fotos. Dann fragte er Gemmel: »Welchen finden Sie besser?«

Gemmel zuckte die Achseln. »Ich finde sie beide fast gleich gut.« Er beugte sich vor und zeigte auf das eine Foto. »Der Mann hier hat allerdings noch den zusätzlichen Vorteil, daß er oft allein in die Wüste geht und dort meditiert. Was es uns wohl leichter machen würde, das persönliche und private ›Wunder‹ zu arrangieren, das ihn davon überzeugt, daß er der Mahdi ist.«

»Ein sehr wesentlicher Punkt«, sagte Falk. »Mohammed ist ja auch allein in die Wüste gegangen, um zu meditieren. Und dort ist ihm der Engel Gabriel erschienen.« Er blickte Gemmel fragend an. »Planen Sie etwas Ähnliches?«

Gemmel nickte. »Ja.«

»Übrigens, Peter«, sagte Hawke, »bei dem Wunder wäre ich

gern dabei.«

»Das ist verständlich«, erwiderte Gemmel. »Aber ist es auch klug? Ich dachte, Sie wollten im Hintergrund bleiben?«

Hawke grinste. »Vielleicht reise ich mit britischen Papieren. Außerdem habe ich noch nie ein Wunder gesehen.«

»Wie Sie wollen«, sagte Gemmel. »Wenn alles gutgeht, findet das Ereignis in drei bis vier Wochen statt.«

Hawke beugte sich zu Falk hinüber und nahm eins der Dossiers an sich. Er schaute das beigeheftete Foto lange an. Ein Gesicht in Großaufnahme. Die anderen beobachteten ihn. Es war, als versuche er zu ergründen, was im Kopf dieses Mannes vorging.

»Ein gutes Gesicht«, sagte er schließlich und blickte zu Gemmel auf. »Ein ehrliches Gesicht.«

Er blätterte die Seite um und las: *Abu Qadir, Schafhirte und Zimmermann.*

12

Wassilij Gordik und Maja Kaschwa gingen im Gorkij-Park spazieren. Der Himmel war klar, aber es war sehr kalt, und sie trugen beide dicke Pelzmäntel, Pelzstiefel und Pelzkappen. Links von ihnen glitten Schlittschuhläufer über eine Eisbahn.

Sie waren eine Stunde lang gelaufen. Majas kurze Ausbildungszeit war vorbei. In vier Tagen würde das Maly-Ballett zu seiner Tournee durch Westeuropa aufbrechen, in einem Monat würde es in London eintreffen und dort die letzten Vorstellungen geben. Gordik hatte in der vergangenen Stunde ruhig und zwanglos mit Maja gesprochen, Fragen gestellt und Fragen beantwortet. Er wollte wissen, in welcher Verfassung sie sich befand und ob sie für ihre Aufgabe gerüstet war. Und er konnte beruhigt sein, denn hinter ihrer Reserviertheit verbarg sich ein scharfer Verstand. Sie hatte ihre Sache gut gemacht, sie hatte ihre Ausbilder in helles Staunen versetzt.

»Was soll ich tun, wenn er nicht da ist?« fragte sie. »In London, meine ich.«

»Er ist bestimmt da«, erwiderte Gordik. »Er hat die Einladung zum Empfang im Hotel angenommen. Und wenn er aus irgendeinem Grund doch nicht in London sein sollte, weichen Sie, wie abgesprochen, auf die andere Strategie aus. Keine Sorge, Maja. Lew Tudin ist in der Nähe und wird Sie auf dem laufenden halten.«

Ein paar kleine Jungen rannten vorbei, und der jüngste rutschte auf einem vereisten Wegstück aus, fiel hin und begann zu weinen. Maja hob ihn auf, tröstete ihn und ließ ihn dann weiterlaufen. Sie stand da und beobachtete, wie er den anderen Jungen nachrannte. Dann wandte sie sich wieder Gordik zu.

»Es ist ein reines Glücksspiel«, sagte sie. »Viel Hoffnung haben Sie nicht. Sie lassen es einfach darauf ankommen, weil es sein könnte, daß ich vielleicht etwas erfahre. Stimmt das?«

Gordik zögerte keine Sekunde. »Ja. Um ganz ehrlich zu sein – ich gebe Ihnen eine bestenfalls zehnprozentige Chance, etwas herauszufinden, und eine nur fünfzigprozentige Chance, überhaupt an Gemmel heranzukommen. Unsere britischen Kollegen werden Ihnen das Leben eine Weile ziemlich sauer machen, Maja. Wenn Sie das durchstehen und wirklich zu Gemmel durchdringen, haben Sie schon eine ganze Menge erreicht.«

Maja wandte sich von Gordik ab und sah mit unbewegtem Gesicht den Schlittschuhläufern zu. Er spürte den Kampf, der in ihr tobte. Dann sprach sie, wandte aber nicht den Kopf, um ihn anzublicken.

»Genosse Gordik, mein Vater war Ihnen sehr ähnlich. Er hat sogar ein bißchen so ausgesehen wie Sie. Er war ein ehrlicher Mann, ehrlich gegen sich und ehrlich gegen seine Familie. Aber im Beruf mußte er – weil er ja beim Geheimdienst war – oft lügen, auch uns gegenüber. Ich wußte allerdings immer, wann er gelogen hat. Schon als Kind. Er konnte es nicht vor mir verbergen.« Maja holte tief Luft und sagte dann leise: »Sie haben mir versprochen, wenn ich mein Bestes tue – egal, ob ich Erfolg habe oder nicht –, werden Sie dafür sorgen, daß meine Mutter ausreisen kann. Ist das wahr?«

Sie drehte sich um, und ihr von schwarzem Pelz gerahmtes Gesicht war sehr blaß. Eindringlich betrachtete sie Gordik mit großen, dunklen Augen.

»Ja, es ist wahr, Maja. Ich habe nicht soviel Macht, daß ich Ihre Mutter beschützen kann, wenn Sie Ihre Aufgabe nicht erfüllen – das müssen Sie verstehen. Doch ich habe die Macht und die Mittel, sie Ihnen nachzuschicken, wenn Sie Erfolg haben. Und auch dann noch, wenn Sie sich bemühen, aber scheitern.«

Sie blickten einander schweigend an. Gordik wußte, daß alles von diesem Moment abhing. Maja trat plötzlich einen Schritt vor, hängte sich bei ihm ein, und sie gingen weiter.

»Sie sind wirklich wie mein Vater.«

Er nahm diese rätselhaften Worte in sich auf, doch bevor er sie ergründen konnte, fuhr Maja fort: »Was ist, wenn er sich in mich verliebt, aber mir nichts verrät?«

Gordik lächelte. »Liebe bedeutet Vertrauen, Maja. Natürlich wird er Sie nicht nach Petworth House führen und Ihnen all seine Unterlagen zeigen. Wir brauchen ja auch nur einen Hinweis, eine Richtungsbestimmung, damit wir uns auf das eine oder andere Gebiet konzentrieren können. Wir wissen, daß er ein sehr wichtiges Projekt leitet, das schwerwiegende Auswirkungen auf unser Land haben könnte. Aber ansonsten tappen wir im dunkeln, und jede weitere Information, sei sie auch noch so gering, könnte von entscheidender Bedeutung sein. Sie sind gründlich instruiert worden, Maja. Sie wissen, was Sie suchen, worauf Sie achten sollen.«

Gordik blieb stehen, blickte Maja an, schaute ihr ins Gesicht, bemühte sich, ihren Ausdruck zu deuten. Dann lächelte er wieder.

»Wir erwarten keine Wunder, Maja. Aber ich habe Vertrauen zu Ihnen. Morgen werden Sie mit Ihrer Mutter in meiner Datscha zu Abend essen. Sie hat auch Vertrauen zu Ihnen. Wir sind alle sicher, daß Sie Ihr Bestes tun werden.«

Sie gingen weiter den Weg entlang. Majas zierliche Gestalt wirkte winzig neben Gordik, der mit seinem Pelzmantel an einen riesenhaften, zottigen Bären erinnerte.

In der Stadthalle in Wien spielte die Blue Crystal Band ihre letzte Nummer, und das Publikum brüllte Beifall.

Am hinteren Ende der gewaltigen Halle, der Mitte zu, saß Mick Williams an seinem Mischpult. Er blickte nicht zur Bühne, nur auf die Kontrollampen und auf seine Finger, die die musikalischen Produkte von fünf Instrumentalisten aussteuerten und regulierten und durch gigantische Verstärkerbatterien jagten.

Mick Williams war schlank und kraushaarig, Anfang Dreißig und hundemüde. Dies war das letzte Konzert einer sechswöchigen Tournee, die die Gruppe in dreißig Städte geführt hatte. Mick hatte die ewig wechselnden Hotels und die ewig gleichen Straßen satt, über die sie mit zwei riesigen Lastwagen durch ganz Europa gerollt waren. Heute abend würde er zum letztenmal die Verladung der zwanzig Tonnen Ausrüstung überwachen – Beleuchtung, Lautsprecher und so weiter –, und am Morgen würden sie nach London aufbrechen, nach Hause, und sich eine lange Pause gönnen. Aber zuvor würde er sich besaufen. Richtig schön vollaufen lassen. Total. Er blickte zur Bühne, zum Mann mit der Baßgitarre, »Speedy« King. Sie nannten ihn aus reiner Ironie Speedy, weil er sich, wenn er nicht Musik machte oder einen kippte, so langsam bewegte wie ein Dinosaurier, der mit Beruhigungsmitteln vollgepumpt ist. Mick hatte eine besonders gute Beziehung zu Speedy – das galt für die Musik und fürs Saufen. Grinsend beugte er sich vor, schob einen der Aufblendregler nach oben, und der stampfende, vibrierende Rhythmus der Baßgitarre wurde noch intensiver. Mick blickte wieder zur Bühne und konnte trotz der Entfernung Speedys anerkennendes Grinsen sehen. Ja, heute abend würden sie ordentlich einen draufmachen.

Zwei Reihen hinter dem Mischpult, ein kleines Stück links davon, beobachtete Peter Gemmel lächelnd das Zusammenspiel zwischen dem Toningenieur und dem Mann an der Baßgitarre. Er trug einen schwarzen Rollkragenpullover, ein beiges Sportsakko und dazu passende Hosen, und er wirkte ein bißchen fehl am Platz inmitten des jungen, begeisterten Publikums. Doch das Konzert hatte ihm Spaß gemacht, was ihn selbst überraschte.

Seine Sekretärin hatte ungläubig den Kopf geschüttelt, als er ihr sagte, sie solle eine Karte für ihn vorbestellen. »Das ist aber ganz was anderes als der *Schwanensee*«, gab sie zu bedenken.

»Ich will meinen Horizont erweitern«, hatte er entgegnet. »Und buchen Sie für mich einen Flug erster Klasse. Wenn Perryman sich aufregt, sagen Sie ihm, Uncle Sam möchte, daß seine Handlanger mit allem Komfort reisen.«

Auf dem Flug nach Wien hatte er gut und üppig gegessen. Er war in einer Suite im Hotel Sacher abgestiegen, und das Konzert hatte ihm, wie gesagt, sogar Spaß gemacht. Er hatte die Erregung und Begeisterung des Publikums auf sich wirken lassen und mit geschultem Ohr die rhythmischen Feinheiten und harmonischen Raffinessen der Musik in sich aufgenommen. Der Genuß wurde noch dadurch gesteigert, daß er beobachtet hatte, wie Mick Williams gekonnt und lustvoll mit dem Ton jonglierte.

Die Nummer endete. Das Publikum brach in wilden Beifall aus, und Gemmel bahnte sich seinen Weg zum Ausgang.

Zwei Stunden später beobachtete Mick Williams, wie die Pakker die letzte Kiste in den Anhänger luden, die Stahltüren zumachten und die Vorhängeschlösser zuschnappen ließen. Er seufzte zufrieden und wollte sich eben seine Jacke holen, als ihn jemand ansprach.

»Mr. Williams, kann ich ein paar Worte mit Ihnen reden?«

Er drehte sich um. Es war der piekfein angezogene Typ, der hier schon seit einer halben Stunde rumschlich.

»Um was geht's?«

»Es dauert eine Weile, bis ich Ihnen das erklärt habe. Da drüben ist eine Bar. Gehen wir zusammen auf einen Drink, ja?«

Mick schüttelte den Kopf. Der Typ spekulierte wohl auf eine Einladung zur Abschlußparty, mit der das Ende der Tournee gefeiert wurde. Der will sich wahrscheinlich noch mal richtig jung fühlen, dachte Mick, als er die Kleidung und die Frisur des Mannes betrachtete. Denkt sicher, da gibt's 'n Haufen Groupies, jede Menge Schnaps und 'n schönes Näschen voll Koks.

»Das können Sie vergessen«, sagte er knapp. »Ich bin saumüde und ich hab' keine Zeit.«

»Es geht um einen Job, Mr. Williams.«

»Bei uns kriegen Sie keinen.« Mick wandte sich zum Gehen. Der Mann folgte ihm.

»Sie mißverstehen mich. Ich will keinen Job von Ihnen, ich biete Ihnen einen an. Sind nur zwei Wochen, und ich weiß, daß Sie jetzt mindestens einen Monat frei haben. Der Job ist sehr gut bezahlt.«

Mick wurde allmählich sauer. »Verpissen Sie sich, ja? Klar hab' ich 'n Monat frei, aber da will ich nichts tun.« Er setzte sich wieder in Bewegung.

»Sie kriegen fünfzehntausend Pfund für den Job.«

Mick blieb stehen und drehte sich langsam um.

»Soviel Kohle für zwei Wochen?«

Der Mann nickte.

»Wer sind Sie?« fragte Mick argwöhnisch. »Und was ist das für 'n Job? Ich bin bloß Toningenieur, Alter, sonst nichts.«

»Ich weiß«, sagte der Mann. »Aber Sie sind der beste Toningenieur von ganz Europa. Was den Job betrifft und die Frage, wer ich bin – das können wir bei einem Drink besprechen. In Ordnung?«

Er führte Mick, der nun nicht mehr protestierte, über die Straße und in die Bar.

Gordiks Datscha war geräumig und gemütlich – er war nicht umsonst ein hohes Mitglied der Nomenklatura. Sie lag abgeschieden in einer waldreichen Gegend. Maja war vor einer Stunde eingetroffen. Gordiks Chauffeur hatte sie hergefahren. Jetzt saß sie am Küchentisch und beobachtete, wie ihre Mutter kochte. Maja war völlig ausgepumpt, denn in den letzten Tagen war sie buchstäblich geschliffen worden: Sie hatte einen Agenten-Schnellkurs hinter sich gebracht. Sie war auf die Verhöre vorbereitet worden, die unvermeidlich waren, wenn sie sich in den Westen absetzte, und auf ihre Kontaktaufnahme zu Gemmel. Stundenlang hatten einander abwechselnde Teams sie mit sämtlichen Fragen bombardiert, die man ihr stellen konnte. Am Anfang hatte sie einen Fehler nach dem anderen gemacht, aber im Lauf der Tage wurden ihre Antworten immer besser. Und am Ende reagierte sie fast automatisch. Und immer richtig.

»Sie müssen perfekt sein«, hatte Gordik betont. »Wenn die Leute Sie bei irgendeinem Widerspruch ertappen, werden sie sich daran aufhängen und Ihnen zusetzen, bis Sie klein beigeben. Wahrscheinlich wird man Sie in Mendley verhören. Das ist ein Landhaus in Südengland. Die Leute werden Ihnen vielleicht freundlich und ganz gemütlich vorkommen, aber Sie müssen immer auf der Hut sein, Maja, denn diese Leute sind sehr, sehr schlau.«

Am Nachmittag hatte man Maja aus der Mangel gelassen, und sie war merkwürdig zufrieden über die Fortschritte, die sie gemacht hatte. Sie trank in Gordiks Büro ein Glas Schnaps mit ihm, Tudin und Larissa, und die drei gratulierten ihr herzlich.

»Sie haben ein angeborenes schauspielerisches Talent«, sagte Tudin. »Sie sind bestimmt eine gute Agentin. Ein Jammer, daß wir Sie nicht schon ein paar Jahre früher entdeckt haben.«

»Genau«, bestätigte Gordik und sagte dann im Scherz zu Tudin: »Und jetzt sehen wir uns nach anderen begabten jungen Damen vom Ballett um – man weiß ja nie, wann man sie brauchen kann.« Zu Maja sagte er: »Morgen vormittag fliegen Sie nach Leningrad zurück, aber heute abend fahren Sie erst einmal zu meiner Datscha. Ihre Mutter ist schon da und freut sich darauf, Sie zu sehen. Ich habe ihr alles erklärt.«

»*Alles?*« fragte Maja erstaunt.

»Ja«, antwortete Gordik. »Ich habe es mir sehr genau überlegt und dann beschlossen, ihr alles zu sagen. Sie ist schließlich die Witwe eines führenden Geheimdienstlers und versteht etwas von der Materie. Außerdem hat sie eine starke Persönlichkeit und ist eine gute Patriotin. Ich glaube, Sie werden sich davon überzeugen können, daß sie nicht mißbilligt, was Sie tun.«

Majas Mutter hatte ihre Tochter an der Tür der Datscha begrüßt, sie umarmt und umsorgt, aber die Tournee bis jetzt mit keinem Wort erwähnt. Maja sah zu, wie sie in dampfenden Töpfen rührte, und fragte sich, was ihr durch den Kopf gehen mochte. Sie waren immer sehr vertraut miteinander gewesen, noch mehr seit dem Tod ihres Vaters, und sie hatten immer offen miteinander reden können. Doch nun war es so, als verdecke ein Vorhang ihre Gefühle, als sei eine dritte Person im Raum, die das Gespräch blockierte.

Später, nach dem Essen, als sie beim Kaffee saßen, ging der Vorhang plötzlich auf. Sie hatten über belanglose Dinge geredet, und Maja spürte, wie sie zunehmend kühler wurde und sich in wachsendem Maße beklommen fühlte. Aber dann, als ihre Mutter in ihre leere Kaffeetasse starrte, waren ihr auf einmal Tränen in die Augen gestiegen und über ihre Wangen hinabgelaufen. Maja sprang auf, rannte um den Tisch herum, nahm ihre Mutter in die Arme. Mutter und Tochter hatten zehn Minuten lang miteinander geweint. Schließlich sagte Maja stockend: »Ich wollte, er hätte es dir nicht erzählt – ich meine, das, was ich tun muß.«

Ihre Mutter wischte sich die Tränen mit der Serviette ab und schüttelte energisch den Kopf.

»Nein, Maja. So ist es besser. Ich hätte ohnehin das Schlimmste vermutet.«

»Es ist scheußlich, Mama, aber mir bleibt keine andere Wahl. Ich muß versuchen, mein Bestes zu tun.«

Majas Mutter stand auf, holte die Kaffeekanne und schenkte die Tassen noch einmal voll. Jetzt hatte sie sich wieder in der Gewalt. Sie war eine hochgewachsene, stattliche Frau mit ergrauendem Haar und immer noch schönem Gesicht. Gordik hatte recht gehabt: In ihrem Ausdruck zeigte sich große Stärke, und in ihren Augen lag unerschütterliche Entschlossenheit. Sie deutete auf den Stuhl gegenüber von ihr, und Maja nahm gehorsam Platz und lauschte ihrer Mutter, ohne sie zu unterbrechen.

Sie sprach von Majas Leben und von ihrem Leben, von ihrer Stellung im System, von Majas Großeltern, die beide Aktivisten in der Revolution und überzeugte Marxisten gewesen waren. Sie sprach davon, wie Majas Vater gearbeitet und gekämpft hatte, um in der Hierarchie aufzusteigen, und was das für sie und ihre Tochter bedeutete. Man könne sagen, daß sie zur Elite gehörten, und davon hätten sie seit drei Generationen profitiert. Ihr Leben sei angenehmer als das der Massen. Sie hätten ihre Ferien immer in ihrer eigenen Datscha am Schwarzen Meer verbringen, Speisen und Getränke in besonderen Geschäften kaufen, sich jeden erdenklichen Luxus leisten können – und das in einem Land, in dem die Mehrheit über sehr wenig Luxus verfüge. Sie selbst sei im Alter von neunzehn Jahren in die Partei eingetreten, und sie habe Maja zwar nie gedrängt, es ihr gleichzutun, aber immer gehofft, daß sie eines Tages von allein auf die Idee kommen werde. Es sei eine Frage der Dankbarkeit, der Tilgung einer Dankesschuld. Genosse Gordik sei ihr gegenüber offen und ehrlich gewesen. Maja werde für eine wichtige Aufgabe gebraucht. Persönliche Erwägungen hätten dahinter zurückzustehen. Sie habe Gordik gesagt, daß ihre Familie ihre Pflicht tun werde – wie immer. Ihre Stimme zitterte, als sie ihrer Tochter sagte, was sie auch Gordik gesagt hatte: Es sei nicht nötig, über sie Druck auf Maja auszuüben. Sie verstehe die Gründe und akzeptiere sie. Was sie selbst betreffe, müsse ihre Tochter nur im Interesse der Partei und des Vaterlandes handeln. Sie liebe ihre Tochter und es schmerze sie, daß Maja ein solches Opfer bringen müsse. Doch dieser Schmerz sei nicht größer als ihre Loyalität gegen ein System, dem sie alles verdankten.

Maja hatte ihre Mutter noch nie so dramatisch reden hören. Dann wurde ihr klar, wie tief bewegt und tief traurig ihre Mutter war – daher die Dramatik. Sie hatte immer gewußt, daß ihre Mutter stark war, aber sie hätte sich nie träumen lassen, daß sie die Zuneigung zu ihrer Tochter mit einer Loyalität ersticken konnte, die ihr, Maja, unsinnig vorkam. Sie protestierte, sagte, sie sei dem System nichts schuldig, ihr Talent sei angeboren und habe nichts mit Politik und Patriotismus zu tun. Worauf ihre Mutter ungehalten wurde. Sie erzählte Maja, wie ihr Vater hinter den Kulissen alles in Bewegung gesetzt habe, um ihr die freie Entfaltung ihres Talents zu ermöglichen; wie er sogar heimlich Druck auf den Direktor des Maly-Balletts ausgeübt habe, damit sie nicht nur ins Ensemble aufgenommen, sondern auch nach Kräften in ihrer Karriere gefördert worden sei. Und dann trieb sie Maja zu Tränen und versetzte ihr einen Schock, der sie wie gelähmt zurückließ, indem sie ihr erzählte, bei Majas erster Tournee in den

Westen sei es so eingerichtet worden, daß Olga Lanow, für die sie im Notfall einspringen sollte, vor der letzten Vorstellung zum Schein erkrankt sei. Nur dadurch habe Maja die Gelegenheit gehabt, ein so glanzvolles Debüt als Primaballerina zu geben. Unter anderen Umständen, fuhr Majas Mutter fort, hätte sie ihr das nie gesagt, hätte sie das Geheimnis mit ins Grab genommen, aber jetzt, in diesem Moment, müsse Maja begreifen, worin die Dankesschuld bestehe und wer sie abzutragen habe.

Schließlich konnte Maja nicht mehr weinen. Nach der anstrengenden Zeit, die sie hinter sich hatte, war ihr alles zuviel. Sie erhob sich, ging auf ihr Zimmer, zog sich aus und lag stundenlang schlaflos. Wieder und wieder mußte sie an das denken, was ihre Mutter ihr gesagt hatte. Um vier Uhr morgens hörte sie im Zimmer nebenan Sprungfedern knarren. Sie stieg aus dem Bett, schlüpfte in einen Bademantel, ging ins Zimmer ihrer Mutter und machte Licht. Ihre Mutter lag mit offenen, rotgeweinten Augen in den Kissen. Sie blickten sich lange an. Dann löschte Maja das Licht, trat ans Bett und legte sich neben ihre Mutter. Sie barg den Kopf an ihrer Brust, nahm sie in die Arme und sagte ihr vor dem Einschlafen, sie werde alles tun, was nötig sei.

Die ganze Geschichte war Hawke ein bißchen zu hoch, aber er bemühte sich, ein möglichst intelligentes Gesicht aufzusetzen, und sah genau zu, wie Wisner die Bauteile des Modells erklärte. Er redete und redete, sprach von CO_2-Containern, Neonatomen, Kollimatoren, Elektroneninjektionen und so weiter und so fort. Das Modell hatte den Maßstab 1 : 20, und Hawke versuchte, sich den fertigen Laser vorzustellen. Er würde etwa so groß sein wie sein Schlafzimmer in Washington, und er staunte über den Fortschritt, der es möglich machte, einen Laser 36000 km in den Weltraum zu tragen und so genau in Position zu bringen und zielgerecht einzustellen, daß er ein Objekt auf der Erde innerhalb eines Kreises von fünf Metern Durchmesser treffen konnte. Er bemühte sich noch einmal, Wisners Vortrag zu folgen, aber Wisner redete jetzt über das elektromagnetische Spektrum, und Hawke gab es auf und schaute sich im Raum um.

Sie befanden sich im Sicherheitsbereich der US Air Force Plant Number 42 in Palmdale/Kalifornien. Hawke war auf einer Inspektionsreise, die der Überprüfung der Fortschritte beim Bau des Lasers diente, und hier, auf vertrautem Terrain, hatte Wisner seinen großen Tag. Außer Hawke, Wisner und Meade, der aus seiner Langeweile keinen Hehl machte, hielten sich noch zwei andere Männer im Raum auf. Beide hatten weiße Kittel an und trugen einen überheblichen Gesichtsausdruck zur Schau, denn sie waren Wissenschaftler und wußten, wovon Wisner sprach. Hawke hatte das Gefühl, daß er eine kluge Frage stellen mußte.

»Was ist mit dem System zur Divergenzkontrolle?« erkundigte er sich.

Wisner lächelte die beiden Männer im weißen Kittel an und tippte gegen ein faßförmiges Gebilde an der Laserkanone.

»Das ist hier drin. Offen gesagt, Morton – Sie haben meinen Ausführungen bisher vielleicht folgen können, aber dieses Bauteil und die Prinzipien, nach denen es arbeitet, sind weitaus komplizierter. Wenn Sie wollen, versuche ich natürlich gern, es Ihnen zu erklären.«

In Meades Gesicht malte sich Bestürzung. Hawke lächelte. »Danke, Elliot«, sagte er. »Vergessen Sie's. Es kommt nur darauf an, daß das Ding funktioniert.«

»Oh, es wird funktionieren, Morton, es wird funktionieren.«

Hawke blickte auf eindeutige Weise auf seine Uhr, und Wisner sagte: »Das war's. Und jetzt gehen wir zu den Leuten von der Telemetrie.«

Alle erhoben sich. Hawke schüttelte den beiden Wissenschaftlern im weißen Kittel die Hand und nuschelte etwas wie »Gut gemacht« und »Weiter so«, und dann ging er mit Meade und Wisner aus dem Raum.

Vor der Tür stand ein Tisch – Sicherheitskontrolle –, und ein uniformierter Sicherheitsbeamter überprüfte ihre roten Erkennungsmarken und machte sich eine Notiz auf seinem Klemmbrett. Sie stiegen in einen Aufzug, fuhren zwei Stockwerke tiefer, gingen einen anderen Flur entlang, einer weiteren Sicherheitskontrolle entgegen. Der Sicherheitsbeamte schaute auf sein

Klemmbrett und gab ihnen blaue Erkennungsmarken.

»Parzellierte Sicherheit«, sagte Wisner blasiert, als er sie durch eine Tür geleitete, und Hawke warf Meade einen Blick zu, der Bände sprach.

Sie traten in einen großen, weißen Raum. An der einen Wand waren Computer aufgereiht, an der anderen Zeichentische. Zwei Männer, ebenfalls in weißen Kitteln, aber mit blauen Erkennungsmarken, arbeiteten an den Tischen. Wisner stellte sie vor: Gordon Rance und Vic Raborn. Dann hielt er wieder einen kleinen Vortrag, diesmal über Telemetrie und die Nachrichtenübermittlung zwischen Lasersatellit und Bodenkontrolle – Computer, die per Funk miteinander »sprachen«. Er deutete auf Rance.

»Gordon«, sagte er, »ist einer der führenden Experten der NASA für Telemetrie. Er hat an der Entwicklung sämtlicher Systeme für das Apollo-Programm mitgewirkt. Mondlandung, Sie wissen schon. Haben Sie noch etwas zu ergänzen, Gordon?«

Rance schüttelte den Kopf. »Ich glaube nicht, Elliot. Sie haben alles sehr gut dargestellt.«

In Hawkes Kopf ging eine Alarmglocke los, aber er wußte nicht, warum, und Wisner redete weiter: Rance und Raborn konstruierten auch die Zielvorrichtung und den Zerstörungsmechanismus, und das sei für sie ein reines Kinderspiel, weil die Technik, die man dafür benötige, so außerordentlich einfach sei. In spätestens vierzehn Tagen seien sie mit der Arbeit fertig. Dann würden sie nach Houston zurückkehren.

Wieder schüttelte Hawke den Männern im weißen Kittel die Hand, sprach seine aufmunternden Worte und verließ mit Wisner und Meade den Raum.

Eine Stunde später aßen sie in der Kantine zu Mittag, und plötzlich wußte Hawke, warum in seinem Kopf eine Alarmglocke losgegangen war. Er legte die Gabel aus der Hand und fragte Wisner scharf: »Dieser Mann, dieser Telemetriker – wo ist der her?«

»Wen meinen Sie?«

»Rance.«

Wisner schaute verwirrt drein. »Rance? Das habe ich Ihnen

doch gesagt. Er ist von der NASA und arbeitet normalerweise in Houston, im Johnson Space Center.«

Hawke schüttelte den Kopf. »So habe ich's nicht gemeint. Ich wollte sagen, wo kommt er her, wo ist er geboren? Er hat irgendwie einen britischen Akzent.«

Wisner nickte. »Ja. Er war mal Brite. Er ist 1960 zur NASA gegangen, als die Briten ihr Blue-Streak-Programm aufgegeben haben – ein Raketenprojekt. Damals ist eine ganze Gruppe von britischen Wissenschaftlern und Ingenieuren zu uns gekommen, ein Dutzend etwa, vielleicht auch mehr.«

Hawke warf Meade einen vielsagenden Blick zu. Dann fragte er kühl: »Und den haben Sie bei diesem Projekt mit reingenommen?«

Wisner wurde ärgerlich.

»Hören Sie, Morton. Der Mann ist seit über fünfzehn Jahren amerikanischer Staatsbürger. Er ist hiergeblieben – wie etliche andere Briten aus dieser Gruppe – und hat unsere Staatsbürgerschaft angenommen. Und er ist von euch, vom CIA, für völlig unbedenklich erklärt worden. Prüfen Sie es nach.«

»Das werde ich tun. Verlassen Sie sich drauf.« Hawke blickte wieder Meade an. Meade holte sein Notizbuch aus der Tasche und machte einen Vermerk.

»Haben Sie noch mehr so Leute in Ihrem Team?« fragte Hawke.

»Nein«, antwortete Wisner. »Aber bei der NASA gibt es noch drei oder vier. Herrgott, Morton, nun bleiben Sie auf dem Teppich. Daß Armstrong als erster Mensch den Fuß auf den Mond gesetzt hat – dabei haben diese Leute eine maßgebliche Rolle gespielt. Sie haben uns geholfen. Sie sind sogar vom Präsidenten belobigt worden.«

Hawke beugte sich vor und sagte eindringlich: »Jetzt hören Sie mir mal gut zu, Elliot. Die Briten ziehen nicht zuletzt bei diesem Projekt mit, weil sie liebend gern spitzkriegen würden, wie Ihr Jungs von der Technik das Divergenzproblem gelöst habt. Haben Sie diese kleine Farce in Paris schon völlig vergessen?«

Wisner wollte etwas erwidern, aber Hawke hob abwehrend

die Hand.

»Und Gemmel wollte uns bereits einen Verbindungsmann aufschwätzen, der Ihnen über die Schulter sehen soll. Sie können Gift darauf nehmen, daß die Briten nicht so schnell aufgeben.« Nun wurde Wisners Stimme hart. Er war wütend. »Sie rennen hier offene Türen ein. Ich habe an diesem Durchbruch gearbeitet. Jahrelang. Glauben Sie, ich würde das leichtfertig aufs Spiel setzen?« Er wies mit ausladender Gebärde in die Kantine. »Sie haben unser Sicherheitssystem gesehen. Es ist parzelliert, wie gesagt. Rance hat nur Zugang zur blauen Zone. An den Laser selbst kommt er nicht heran, auch nicht in die Räume, in denen die Baupläne gezeichnet werden, nicht mal in die Toiletten, die die Sekretärinnen benutzen – also regen Sie sich ab, Morton.«

»Seine Arbeit bringt ihn mit niemandem in Kontakt?«

Wisner seufzte. »Ich habe es Ihnen doch gesagt. Er ist nur für die Telemetrie zuständig. Er konstruiert das Nachrichtenübermittlungssystem, mit dem der Satellit gesteuert wird, und damit basta.«

»Und die Zielvorrichtung?«

»Die auch, ja, aber die ist 36 000 km von diesem gottverdammten Satelliten entfernt.«

Nun seufzte Hawke. »Okay, Elliot. Und jetzt regen Sie sich ab. Sie sagen, daß die Leute in spätestens zwei Wochen mit der Arbeit fertig sind?«

»Ja. Und danach haben sie nichts mehr mit dem Projekt zu tun. Sie wissen nicht mal, wofür sie das Ganze konstruieren. Sie wissen nicht mal, daß zu der Geschichte ein Laser gehört. Ich habe es Ihnen doch schon ein paarmal gesagt: Unser Sicherheitssystem ist parzelliert.«

Hawke war beruhigt. Er äußerte das auch und bestellte Drinks. Doch als Meade und er aus dem Werktor fuhren, sagte er zu seinem Assistenten, er solle jedes Mitglied von Wisners Team noch einmal überprüfen.

Die Sprechanlage auf Gemmels Schreibtisch summte. Seine Sekretärin teilte ihm mit, daß Mr. Cheetham da sei. Er sagte, sie solle ihn hereinschicken. Und er bat um ein Kännchen Tee. Dann zog er eine Schublade auf und entnahm ihr zwei Schnellhefter.

Cheetham war klein, blond und von undefinierbarem Alter. Er hatte einen dünnen Schnurrbart und einen üppigen Backenbart, was ihm ein etwas komisches Aussehen verlieh.

Er saß Gemmel gegenüber, studierte die Unterlagen und betrachtete die Fotos. Ab und zu trank er einen Schluck Tee. Nach jedem Schluck wischte er sich automatisch den Mund mit einem weißen Taschentuch.

Als er die Schnellhefter zuklappte und aufblickte, erkundigte sich Gemmel: »Irgendwelche Fragen, Ray?«

Cheetham schüttelte den Kopf. »Nein. Ist alles vollständig, soweit ich das überblicken kann.«

»Es muß in beiden Fällen wie ein echter Unfall aussehen.«

»Keine Sorge. Das kriegen wir schon hin.« Cheetham stand auf und ging in Richtung Tür.

»Sind keine üblen Männer, Ray«, rief Gemmel ihm nach.

Cheetham drehte sich um. »Das macht die Sache nicht gerade leichter, Peter.«

Gemmel breitete die Arme aus. »Tut mir leid. Das war eine reichlich dämliche Bemerkung. Ich hasse diesen Job.«

Cheetham lächelte gequält. »Dafür kriegen wir wenigstens mal 'ne Pension.«

Er ging aus dem Büro und machte leise die Tür hinter sich zu.

Drittes Buch

13

Es war einer von den typischen Empfängen, wie sie für Balletttruppen auf Tournee gegeben werden. Die Gästeschar bestand aus einem harten Kern von begeisterten Liebhabern der Kunst des Tanzes – alte Bekannte, die sich lautstark begrüßten – und einer sehr viel größeren Randgruppe von Angebern und Kriechern, denen es mehr um ein bißchen sozialen Aufstieg und die kostenlosen Getränke ging.

Lew Tudin fand es trotzdem anregend und interessant. Es war seine erste Reise ins kapitalistische Ausland, und zwar als Tournee-Kontrolloffizier des Maly-Balletts. Gordik war der Meinung gewesen, daß Lew zur Stelle sein sollte, wenn die »Schwalbe« losflog.

Das Ballett war in Kopenhagen, Bonn, Brüssel und Paris aufgetreten, und Tudin hatte diese Zeit in vollen Zügen genossen. Die einzige leichte Trübung hatte es am Abend zuvor in Paris gegeben. Man hatte ihn mitten in der Nacht geweckt, um ihm mitzuteilen, daß ein junger Tänzer spurlos verschwunden sei; man fürchte, daß er sich in den Westen abgesetzt habe. Doch schließlich wurde der junge Mann in einer Schwulenbar in Montmartre gefunden und ins Hotel zurückgebracht. Der heutige Abend war der erste in London. Morgen würde das Ballett mit seinen Vorstellungen im Coliseum beginnen. Eine Woche lang würde es dort gastieren. Coliseum – ein merkwürdiger Name für ein Theater, dachte Tudin. Er mußte dabei an die alten Römer denken, die beobachteten, wie Christen von Löwen und Tigern in

Stücke gerissen wurden. Sein Blick schweifte über den großen Raum, wanderte von einem Mitglied des Ensembles zum anderen. Kein Löwe darunter, aber er sah eine junge Tänzerin, die sich vor ein paar Tagen in Brüssel als wahre Tigerin erwiesen hatte.

Er konnte Maja Kaschwa kaum erkennen, weil ihre zierliche Gestalt buchstäblich eingekreist war von Bewunderern. Wo immer das Maly-Ballett aufgetreten war, hatte sie Furore gemacht, denn es handelte sich um ihre erste Tournee als Primaballerina, und ihr Ruf war ihr vorausgeeilt. Bisher hatte sie nur hingerissene Rezensionen bekommen, und obwohl die Londoner Kritiker für ihre Strenge bekannt waren, glaubte Tudin, daß auch sie vor Majas Kunst dahinschmelzen würden.

In der Gruppe, die die junge Tänzerin umdrängte, sah er seine eigenen Leute. Drei insgesamt, zwei Männer und eine Frau. Sie waren – wie Maja selbst – gründlich auf die kommenden Ereignisse vorbereitet worden. Fehlte nur noch Gemmel. Tudin warf einen Blick auf seine Uhr. Er war besorgt. Die Londoner KGB-Abteilung hatte bestätigt, daß sich Gemmel in der Stadt aufhielt. Er hatte am Morgen sein Eigenheim verlassen und sich nach Petworth House begeben. Man hatte ihn dabei gesehen. Und der Empfang war nun seit fast einer Stunde im Gange. Die meisten Gäste hatten sich schon längst eingefunden.

Dann trat Gemmel endlich ein. Tudin stieß pfeifend Luft durch eine Lücke zwischen seinen Schneidezähnen aus. Das tat er immer, wenn er erleichtert war. Er beobachtete, wie Gemmel durch den Raum schritt und gelegentlich stehenblieb, um Bekannten guten Abend zu sagen. Tudin sah wieder nach der Gruppe um Maja, fing einen Blick von einem seiner Leute auf und nickte fast unmerklich in Gemmels Richtung, der jetzt die Bar erreicht hatte. Der Mann nickte zurück. Tudin lehnte sich gegen die Wand, nippte an seinem Drink und behielt die Szene im Auge.

Es dauerte fünfzehn Minuten, bis Maja und Gemmel in scheinbar zufälligen Kontakt miteinander gebracht waren. Erst dünnten Tudins Leute mit großem Geschick die Gruppe um

Maja aus. Der Direktor des Maly-Balletts nahm den Direktor des Coliseums freundschaftlich beim Arm und entführte ihn zu einer Unterhaltung über die Probe am nächsten Vormittag. Dann wurde die Frau, die für die *Dancing Times* und den *Guardian* schrieb, vom Londoner *Tass*-Korrespondenten in ein ernstes Gespräch verwickelt. Langsam, Mann für Mann und Frau für Frau, löste sich die Gruppe auf, bis nur noch Maja und zwei von Tudins Leuten übrig waren. Diese drei bewegten sich nun, miteinander redend, auf die Bar zu, an der Peter Gemmel stand. Er plauderte mit Sir Patrick Fane, hatte aber nur Augen für Maja.

Tudin konnte noch am anderen Ende des Raumes die hohe, nasale Stimme von Sir Patrick hören. Er machte die beiden miteinander bekannt.

»Peter, das ist Miß Kaschwa...«

Dann sagte Gemmel etwas, das Tudin nicht verstand. Er lächelte, streckte die Hand aus, und Maja schüttelte sie kühl. Ein paar Momente später wurde Sir Patrick anderweitig mit Beschlag belegt. Gemmel und Maja waren allein. Sie sprachen zehn Minuten miteinander, und in Tudins Augen wurde der kleine Teppich, auf dem sie standen, zum Schachbrett. Wenn ein anderer Gast dazutreten wollte, wurde er sofort von einem Russen abgefangen. Es war eine Art Ballett, und Tudin sah, daß Gemmel nichts davon merkte. Seine Aufmerksamkeit galt ausschließlich Maja. Tudin beobachtete sie fasziniert wie schon bei einem halben Dutzend ähnlicher Empfänge. Er begriff allmählich, warum sie bisher unberührt geblieben war. Sie verhielt sich Männern gegenüber reserviert, fast hochmütig, und ihr Gesicht zeigte – egal, was man ihr sagte – wenig Ausdruck. Tudin wußte, daß sie bei ihren Kolleginnen und Kollegen den Spitznamen »der Eisberg« trug. Das war nicht respektlos gemeint, denn auf der Bühne tanzte sie mit einer Innigkeit und Leidenschaft, die deutlich offenbarten, wie tief ihre Gefühle waren. Vielleicht, dachte Tudin, setzte nur die Musik diese Gefühle frei. Vielleicht floß alles, was Maja empfand, in ihren Auftritt. Vielleicht blieb darum kein Raum für persönliche Beziehungen. Im vergangenen Monat war Maja Dutzenden von attraktiven und sympathischen Männern begegnet, die sich verzweifelt bemüht hatten, ihre Zurückhaltung zu überwinden – doch gelungen war es keinem.

Tudin verfolgte also das Geschehen mit wachen Augen und kam zunächst zu dem Schluß, daß sie auch auf Gemmel wie üblich reagierte, aber dann erkannte er die kaum wahrnehmbaren Unterschiede, und sein Gespür sagte ihm, daß das kein Theater war.

Maja war ziemlich klein und stand, wenn sie mit Menschen redete, normalerweise in einiger Entfernung von ihnen. Es kam selten vor, daß sie einem Mann lange ins Gesicht sah. Meistens blickte sie beiseite.

Doch jetzt bemerkte Tudin, daß sie nahe bei Gemmel stand – ihre Schulter berührte fast seinen Arm – und zwar die gewohnte reservierte Miene aufgesetzt hatte, aber zu ihm aufschaute und kaum den Blick von ihm wandte. Jedem anderen Beobachter wäre das entgangen, Tudin dagegen spürte die Intimität dieses Moments. Dann sah er, wie Gemmel lächelte, in seine Brusttasche griff und Maja etwas gab. Sie betrachtete es, steckte es in ihre Handtasche. Dann reichten die beiden sich sehr förmlich die Hand. Maja drehte sich um, und Gemmel trat wieder an die Bar. Tudin löste sich von der Wand und ging aus dem Raum.

Zwanzig Minuten später kam Maja auf sein Zimmer, schloß die Tür und lehnte sich dagegen. Tudin saß auf dem Bett und blickte sie mit schmalen Augen an.

»Er reist heute nacht ab«, sagte sie leise und traurig.

»Wohin?«

Maja schüttelte den Kopf. »Das hat er mir nicht verraten. Er hat nur gesagt, daß es eine Dienstreise ist.«

»Scheiße!« fluchte Tudin. Doch dann schaute er Maja wieder ins Gesicht und sah, daß sie ihn schelmisch anlächelte.

»Aber er ist in vier bis fünf Tagen wieder da und will auf jeden Fall zur letzten Vorstellung kommen.«

»Sie kleine Hexe!«

Tudin stand auf, ging zur Frisierkommode und schenkte sich einen großen Scotch ein. Maja setzte sich auf den einzigen Stuhl im Raum.

»Möchten Sie etwas trinken?« fragte Tudin und deutete auf die Whiskyflasche.

»Ja. Aber keinen Scotch. Champagner.«

Tudin lächelte, ging zum Telefon und bestellte eine Flasche Moëtet Chandon aufs Zimmer. Dann nahm er wieder auf dem Bett Platz.

»Erzählen Sie, kleine Hexe. Erzählen Sie mir alles.«

Maja schlug die schlanken Beine übereinander. Sie schien Tudins Ungeduld zu genießen.

»Er will nach der letzten Vorstellung mit mir zum Essen gehen.«

»Und?«

»Ich habe ihm gesagt, da könnte es Schwierigkeiten geben. Ich hätte bereits eine Verabredung. Aber die ließe sich vielleicht abblasen – und ob ich ihn anrufen könnte.«

»Und?«

Maja lächelte zufrieden. »Er hat mir seine Visitenkarte gegeben – mit seiner Privatadresse und seiner privaten Telefonnummer.«

Sie machte ihre Handtasche auf, zog die Visitenkarte heraus und reichte sie Tudin.

Er las:

Peter Gemmel, Burley Mews 14, Chelsea SW3
Tel.: 3 52 99 11

Tudin stieß wieder Luft durch die Lücke zwischen seinen Schneidezähnen aus. Er blickte die Ballerina an und grinste.

»Perfekt. Einfach perfekt. Und worüber haben Sie sonst geredet?«

»Oh, nur übers Ballett. Er hat mich an unser Gespräch vor drei Jahren in Brüssel erinnert. Er hat mir gesagt, er habe meine Karriere verfolgt und sich sehr darüber gefreut, daß sich seine Vorhersage bestätigt hat.«

Tudin nickte voll Genugtuung. »Er scheint Sie also zu mögen. Wenn ein Mann in seiner Position Sie zum Essen einlädt, muß er Sie ja wohl mögen.«

»Ach, nun seien Sie doch nicht albern, Lew. Er ist Ballettomane. Solche Leute laden mich ständig zum Essen ein – und nicht nur dazu. Warum sollte er anders sein?«

»Er *ist* anders, Maja. Aber jetzt verraten Sie mir noch eins. Wie stehen Sie zu ihm?« Tudins Stimme nahm einen gespielt strengen Ton an. »Werden Sie sich bemüßigt fühlen, ihn in irgendwelche empfindlichen Körperteile zu treten?«

Maja schüttelte langsam den Kopf. »Nein, Lew. Peter Gemmel ist nicht die Art Mann, an die ich Tritte verteilen würde.«

Tudin wunderte sich. Nicht über das, was sie gesagt hatte, sondern über den Neid, den er empfand. Das hatte sich mit der Zeit entwickelt. Unerbittlich. Begonnen hatte es schon in dem Moment, in dem er Maja zum erstenmal gesehen hatte – in Gordiks Büro. Tudin war ein hochintelligenter, politisch engagierter Mann. Er hatte sich in seinem ganzen Leben nie richtig verliebt. Das lag auch an seiner Unsicherheit, denn er fand sich täppisch und unbeholfen. Und obwohl er ein Auge für weibliche Schönheit hatte, hielt er es für unmöglich, daß tiefe Gefühle, die er für eine attraktive Frau hegte, erwidert werden könnten. Im Laufe der Tournee hatte Maja ihn immer mehr angezogen, und jetzt, kurz vor Beginn ihrer Mission, sah er sich einem emotionalen Dilemma gegenüber. Einerseits fand er die Perspektiven aufregend, die diese Mission vielleicht eröffnen würde, andererseits schmerzte ihn der bloße Gedanke, daß sich Maja einem anderen Mann hingab – zumal nachdem er die beiden zusammen erlebt und die Zuneigung gespürt hatte, die Maja bereits für Gemmel empfand.

Seine Gefühle spiegelten sich offenbar in seinem Gesichtsausdruck, denn die junge Tänzerin fragte plötzlich: »Warum sind Sie so traurig, Lew?«

Er schüttelte den Kopf. »Ich bin nicht traurig, Maja. Ich habe nur nachgedacht.«

Ihr Lächeln war freundlich und verständnisvoll. »Das glaube ich Ihnen nicht ganz. Ich bin nicht blind. Ich habe Sie in den letzten vier Wochen genau beobachtet und weiß, wie Ihnen zumute ist.«

Er wollte etwas darauf erwidern, aber sie hob die Hand und

sagte: »Ein Dementi ist nicht nötig, Lew. Aber Sie sollen wissen, daß Ihre Gegenwart für mich alles leichter gemacht hat. Auf der ganzen Tournee. Und hier auch. Ich wollte, Sie könnten in London bleiben. Es würde mich sehr beruhigen, wenn ich wüßte, daß Sie in der Nähe sind.«

»Ich würde auch gern in London bleiben«, antwortete Tudin. »Aber das ist leider unmöglich. Wir müssen uns an das übliche Verfahren halten. Die Briten würden mißtrauisch, wenn ich hierbliebe.« Er quälte sich ein Lächeln ab. »Aber ich werde an Sie denken – wir werden alle an Sie denken –, und das nicht nur Ihrer Mission wegen.« Der Ton, der in seiner Stimme lag, war ihm peinlich. Er zwang sich, die Unterhaltung wieder in sachliche Bahnen zu lenken. »Sie haben die Codewörter und ihre Bedeutung nicht vergessen?«

Maja lächelte matt. »Nein, Lew. Ich habe sie alle im Kopf. Besonders die ›Pelzstiefel‹. Ich hoffe nur, daß es hier nicht zu warm wird, sonst hört sich das Gespräch einfach lächerlich an.«

»Sind Sie nervös?« fragte Tudin.

»Nein, nicht mehr. Ich habe mich verpflichtet, und ich mache es. Komme, was da mag.«

Schweigen. Es wurde dadurch gebrochen, daß jemand an die Tür klopfte. Lew stand auf und öffnete. Draußen stand der Zimmerkellner mit dem Champagner.

Morton Hawke war stolz auf seine guten Augen und fest entschlossen, das Camp zu entdecken. Er teilte im Geist das Tal und die Hügel in Planquadrate auf und suchte eins nach dem anderen ab. Drei große Wohnwagen und zwei Zelte, hatte ihm Gemmel gesagt. In Sichtweite, keine dreitausend Meter entfernt. Hawke war jetzt mit sämtlichen Planquadraten durch. Nichts.

»Na?« fragte Gemmel.

»Warten Sie.«

Hawke fing wieder mit dem ersten Planquadrat an. Die Augen taten ihm langsam weh vom konzentrierten Schauen und vom grellen Sonnenlicht, aber er war ein hartnäckiger Mann, und wenn es hier ein Camp mit einem Dutzend Leuten und einem

Haufen Geräten gab, würde er es, verdammt noch mal, auch finden.

Doch es vergingen weitere zehn Minuten, und er konnte nichts entdecken. Gemmel wurde allmählich ungeduldig.

»Also, was ist?«

Hawke drehte sich um und schüttelte den Kopf.

»Sind Sie sicher, daß die sich nicht irgendwo eingebuddelt haben?«

Gemmel grinste. Er stieg in den Landrover und nahm auf dem Fahrersitz Platz.

»Dann wollen wir mal.«

Sie holperten den sandigen Abhang hinunter, fuhren quer durchs Tal, und Hawke spähte angestrengt durch die Windschutzscheibe. Doch erst als sie fast bei den Hügeln auf der anderen Seite waren, sah er plötzlich das Camp vor sich. Drei große Wohnwagen, die ein Dreieck bildeten, und in der Mitte zwei Zelte. Alles in gesprenkeltem Braun gehalten. Das ganze Camp war locker mit Tarnnetzen abgedeckt.

»Hut ab vor dem Experten, der das gedeichselt hat«, sagte Hawke. »Das Camp ist bombensicher – außer es stolpert jemand aus Versehen da rein.«

Zwei Männer hoben die Tarnnetze etwas an, und der Landrover fuhr darunter. Gemmel deutete auf eine kleine Drehantenne, die langsam auf einem Wohnwagendach rotierte.

»Das ist ein Radargerät, das Personen erfaßt«, sagte er. »Vor dem Schirm sitzt Tag und Nacht jemand. Kann also nichts passieren.«

Hawke nickte anerkennend. »Das gefällt mir. Das gefällt mir alles sehr gut.«

Sie stiegen gerade aus dem Landrover, als Alan Boyd die Treppe eines Wohnwagens herunterkam. Er schüttelte Hawke die Hand. Dann wandte er sich Gemmel zu.

»Er hat Medina gestern morgen verlassen. Müßte also heute um sechzehn Uhr bei der Höhle eintreffen.« Boyd warf einen Blick auf seine Uhr. »Das wäre in drei Stunden.« Er drehte sich um. Gemmel und Hawke folgten ihm in den Wohnwagen, in dem es angenehm kühl war, weil er eine Klimaanlage hatte.

»Das ist unser Hauptquartier und unsere Nachrichtenzentrale«, erklärte Boyd, zu Hawke gewandt. Am einen Ende des Wohnwagens sah man eine Reihe von aufwendigen Funkgeräten und einen Radarschirm. Ein Mann saß davor und ließ ihn nicht aus den Augen.

In der Mitte des Wohnwagens standen ein Tisch und Stühle. In einer Ecke befand sich ein Wasserkühler. An der Wand hingen mehrere großmaßstäbliche Karten. Gemmel wollte etwas sagen, da hob Hawke die Hand und bat um Ruhe. Alle lauschten aufmerksam, aber das einzige Geräusch, was man hörte, war ein leises Summen.

»Der Mann, der die Schalldämpfung der Generatoren besorgt hat«, sagte Hawke, »hat einen Orden verdient.«

»Danke.« Gemmel wies durch ein kleines Fenster auf die beiden anderen Wohnwagen. »Im ersten sind die Schlaf- und Aufenthaltsräume, im zweiten ist die Tontechnik untergebracht.«

Er drehte sich um und ging zu den Karten an der Wand. Eine zeigte ein Gebiet südöstlich von Medina. Gemmel deutete auf einen blauen Nadelkopf. »Da ist die Höhle.« Er zog mit dem Zeigefinger eine Linie zu einem zweiten Nadelkopf. »Und hier sind wir. Einskommasieben Kilometer von der Höhle entfernt, hinter diesen Hügeln. Der Wagen mit der Tontechnik ist durch ein dickes Kabel mit der Höhle verbunden. Es ist oberflächlich mit Sand zugedeckt und führt von der hinteren Decke aus in die Höhle.« Er ging ein Stück weiter und zeigte auf einen Plan der Höhle. »Hier.«

»Und wo sind die Lautsprecher und alles?« fragte Hawke.

»Das wird Ihnen Williams erklären.«

»Williams?«

»Unser Tonexperte – ein Topmann, glauben Sie mir.« Gemmel wandte sich Boyd zu. »Wie hält er sich übrigens?«

Boyd grinste. »Der ist wie ein glücklicher kleiner Junge, den man im Spielzeugladen losgelassen hat.«

»Was macht er normalerweise?« erkundigte sich Hawke.

»Rockkonzerte«, antwortete Boyd.

»Rockkonzerte?«

»Ja. Als er die Höhle zum erstenmal gesehen hat, hat er gesagt: ›He, was könnte ich hier für 'ne Show abziehen.‹«

Hawke war beunruhigt. Er wandte sich Gemmel zu.

»Ist er sauber?«

»Keine Sorge«, erwiderte Gemmel. »Er hat sich schriftlich zur Verschwiegenheit verpflichtet, und wenn das hier vorbei ist, werden wir ihn genau im Auge behalten.«

»Aber ist er auch der richtige Mann für den Job?«

»Sagen Sie, Morton«, fragte Gemmel, »waren Sie bisher enttäuscht von dem, was Sie hier gesehen haben?«

»Nein«, antwortete Hawke.

»Na also. Und von Mick Williams und seiner Anlage werden Sie auch nicht enttäuscht sein.«

Abu Qadir schlief gut in dieser ersten Nacht, zumindest bis zur Stunde vor Morgengrauen. Er hatte Reisig gesammelt und gleich hinter dem Eingang zur Höhle ein Feuer gemacht, denn die Wüstennächte waren kalt. Die einzigen Geräusche waren die von gelegentlich fallenden Steinen gewesen, aber sie störten Abu Qadir nicht in seinem Schlaf, denn es waren die Geräusche der Wüste, und er war an sie gewöhnt. Eine Stunde vor Morgengrauen jedoch störte ihn etwas in seinem Schlaf. Er wachte auf, lag still und lauschte. Er hatte eine Stimme gehört. Oder geglaubt, eine Stimme zu hören. Eine ferne Stimme, die seinen Namen rief. Er spitzte eine Weile die Ohren, und da er nichts hörte, legte er noch etwas Reisig auf die Glut, denn es war jetzt bitterkalt. Dann hörte er sie wieder, die Stimme, aber nicht so, als käme sie von außen oder von fern. Es war, als käme sie aus seinem Kopf, als dränge sie von innen an sein Ohr; eine leise, aber klare Stimme, die zweimal in seinem Hirn widerhallte: »Abu Qadir. Abu Qadir.«

Er setzte sich langsam auf, zog die Knie an die Brust und schlang die Arme um sie. Die Sonne ging auf, und er hatte sich nicht gerührt und die Stimme nicht mehr gehört. So saß er noch lange nach Anbruch des Tages. Dann griff er nach seinem Wasserschlauch und trank einen Schluck. Später ging er in die Wüste hinaus und schritt viele Stunden vor der Höhle hin und her. Gelegentlich blieb er stehen, um sich aus dem Schlauch zu erfrischen. Einmal auch, um seine Notdurft zu verrichten. Eine Stunde vor Sonnenuntergang sammelte er wieder Reisig, schichtete es auf und zündete es an. Dann saß er am Feuer und rührte sich nicht. Die Augen hatte er auf den Eingang zur Höhle gerichtet, doch sie waren wie verglast, und er schien den Einbruch der Dunkelheit nicht zu bemerken. Er schlief nicht. Er war so reglos wie der Fels um ihn. Eine Stunde vor Morgengrauen kam die Stimme wieder, aber diesmal rief sie nicht nur seinen Namen.

Mick Williams saß auf seinem Drehstuhl mit Rollen. Er trug ausgewaschene, ausgefranste Jeans, ein altes T-Shirt und Cowboystiefel. Sein Blick wanderte ständig von dem kleinen roten Monitor oben an der Wand zu den Apparaten und Meßgeräten, die im Halbkreis um ihn aufgebaut waren. Gemmel, Boyd und Hawke standen hinter ihm. In allen vier Ecken des Wohnwagens waren Lautsprecher montiert. Hawke kannte inzwischen die ganze Technik, denn Williams hatte sie ihm am Nachmittag über zwei Stunden eingehend erklärt. Er hatte ihm das Tonbandgerät mit den zwölf Tonspuren gezeigt, alles Aufnahmen von einer Stimme; das Mischpult mit seinen zweiunddreißig Kanälen, zwölf für das Tonband und zwanzig für bestimmte Klangeffekte. Diese Effekte und die Technik, durch die sie hervorgebracht wurden, waren einfach verblüffend.

Williams hatte es Hawke und den anderen am Nachmittag demonstriert. Er hatte Hawkes Stimme auf Band aufgenommen und sie dann vom einen Ende des Klangspektrums zum anderen geschickt. Ihr Charakter änderte sich von Sekunde zu Sekunde; sie hatte plötzlich eine Art entkörperlichte Bewegung, und Hawke drehte und wendete sich, als sie durch den Wohnwagen wanderte. Erst schien sie aus weiter Ferne zu kommen, und im nächsten Moment hallte sie in seinem Kopf wider. Williams erklärte, daß es in der Höhle noch viel besser sei. Sie habe eine phantastische Akustik. Acht Studiolautsprecher seien an der kathedralenähnlichen Decke angebracht. Der Araber werde eine Stimme hören, die dem Wehen des Windes gleiche. Ein Flüstern in seinem Ohr, in seinem Kopf, das ihn begleite, wohin er auch gehe. Eine Stimme ohne Ursprung und ohne Richtung. Eine Stimme, die aus keiner menschlichen Kehle dringen könne. Ein Dutzend hochempfindlicher, über die ganze Höhle verteilter Mikrofone werde es Williams nicht nur möglich machen, den Araber zu hören und die entsprechenden Tonspuren zu wählen. Er könne auch jede verbale Reaktion über Synthesizer verfremden, zurückspielen und somit die Verwirrung des Arabers vermehren.

An der Decke der Höhle befanden sich auch zwei Fernsehkameras. Der Monitor zeigte die verschwommene Gestalt des sitzenden Mannes.

Und dann war da noch ein Hologrammprojektor, der mit Hilfe eines Lasers dreidimensionale Bilder in den Raum werfen konnte. In diesem Fall würde es eine undeutliche, geisterhafte Gestalt sein, die in der Mitte der dunklen Höhle schwebte.

Als der Vortrag geendet hatte, war Hawke optimistisch gewesen. Aber er hatte auch das Bedürfnis gehabt, eine Frage zu stellen.

»Und irgendwelche Nebengeräusche vom Band sind ausgeschlossen? Übersteuerung und so was auch?«

Williams warf ihm einen gequälten Blick zu, und Gemmel sagte lächelnd: »Morton, die Anlage ist etliche Male durchgetestet worden. Mick hat hier eins der raffiniertesten Tonsysteme konstruiert, die es zur Zeit gibt.«

Nun war Hawke überzeugt. Er gratulierte dem Toningenieur. Aber der zuckte nur die Achseln und meinte, mit 'm Haufen Kohle sei alles möglich.

»Wieviel hat es denn gekostet?« wollte Hawke wissen.

»Ungefähr eine Million Dollar, Transport und Team inklusive«, sagte Gemmel.

Hawke hatte genickt. Wunder waren nicht billig. Doch all das war Kleingeld verglichen mit dem, was in ein paar Monaten auf sie zukam.

Und nun blickte Hawke über Williams' Schulter hinweg auf den Monitor und die verschwommene sitzende Gestalt des Mannes, dem gleich eine Offenbarung zuteil werden sollte. Aus den Augenwinkeln sah er, wie Gemmel auf seine Armbanduhr schaute.

»Fangen wir an«, murmelte er, und Williams streckte die Hände aus und drückte mehrere Knöpfe. Eine der riesigen Tonbandspulen begann sich langsam zu drehen. Kontrollampen blinkten, und aus den Lautsprechern drang die Stimme:

»Abu Qadir! Abu Qadir!«

Vier Augenpaare beobachteten den Schirm und sahen, wie Abu Qadir sich aufsetzte und erstarrte. Die Stimme sprach weiter, und Gemmel flüsterte Hawke die Übersetzung des arabischen Textes ins Ohr.

Hawke war fasziniert. Er wandte den Blick nicht vom Schirm. Gemmels Stimme nahm einen rhythmisch-hypnotischen Klang an, als er die Verse des Korans rezitierte:

»Lies im Namen deines Herrn, der alles geschaffen hat
und der den Menschen aus geronnenem Blut erschuf.
Lies, bei deinem Herrn, dem glorreichsten,
der den Gebrauch der Feder lehrte
und den Menschen lehrt, was er nicht gewußt hat.«

Hawke hatte bereits eine Übersetzung der Tonbänder gesehen, die vor einer Woche an Falk geschickt worden war. Er wußte, daß die Eröffnungsworte dieselben waren, die der Engel Gabriel im Jahre 612 n. Chr. zu Mohammed gesprochen hatte. Die Worte, aus denen eine kraftvolle, lebendige Religion entstand, die sich über die ganze Welt ausbreitete.

Doch was Gemmel dem Amerikaner dann ins Ohr flüsterte, war zuvor noch nicht gesprochen worden. Diese Worte handelten von der traurigen Verfassung des Islams, von Korruption und Abirrung, von ketzerischem Denken und Tun, von der Verdrehung und vom Mißbrauch von Gottes Wort, das Allah seinem Propheten Mohammed offenbart hatte. Doch nun solle durch seinen Gesandten Abu Qadir das Wort erneut vernommen werden, vernommen von Gläubigen und Ungläubigen, bis alle bekehrt seien und Allah anbeteten im Lichte von Mohammeds Offenbarungen.

Abu Qadir stand auf und drehte sich langsam um. Man könnte seine Gesichtszüge auf dem Monitor nicht erkennen, aber plötzlich kam seine Stimme aus den Lautsprechern im Wohnwagen, eine zitternde, klagende Stimme.

Gemmel straffte sich. Er kannte die zwölf Möglichkeiten, die das Tonband bot, und traf seine Wahl, ohne zu zögern.

»Spur sieben«, sagte er.

Williams drückte Knöpfe, schaltete auf einen anderen Kanal. Gemmel übersetzte weiter. Seine Stimme schien Hawke angespannt zu klingen.

> »Hat er dich nicht als eine Waise gefunden und Sorge für
> dich getragen?
> Hat er dich nicht in Irrtum gefunden und Sorge für dich
> getragen?
> Nun wirst du das Wort hören,
> Denn du bist gesegnet und wirst das Wort verkünden auf
> Erden.
> So daß alle die Wahl haben und dereinst
> Die Gläubigen einziehen ins Paradies.
> Nun wirst du deine Seele öffnen und deine Ohren.«

Abu Qadir rührte sich nicht. Er hob nur ein wenig den Kopf. Gemmel rief eine andere Zahl, und Williams stellte eine neue Spur ein. Über seine Schulter hinweg fragte er lässig: »Hologramm?«

»Noch nicht«, sagte Gemmel. Er übersetzte wieder für Hawke. Abu Qadir bekam jetzt seine Anweisungen. Er sollte nach Dschidda gehen. Dort werde er »Gefährten« finden – *Ashāb* – und »Verbannte« – *Muhādschirūn* – und »Helfer« – *Ansār*. Vor allem aber werde er einem Mann begegnen, der ihm das sein werde, was Omar für Mohammed war. Dieser Mann werde ihn erkennen und ihm folgen und ihn in allen weltlichen Dingen beraten und unterstützen, wie Omar Mohammed beraten und unterstützt habe.

Zehn Minuten lang beobachteten die vier im Wohnwagen die starre Gestalt von Abu Qadir. Er stand reglos da und lauschte der Stimme. Williams hätte auch am Mischpult eines Rockkonzerts sitzen können. Er verstand kein Wort, und das war ihm offenbar egal, aber er spielte mit seinen Geräten, und aus dem Ton wurde etwas Lebendiges – er wechselte die Höhe und die Klangfarbe, wanderte flüsternd und wispernd durch die Lautsprecher, erfüllte den Wohnwagen und die Höhle. Und dann verstummte die Stimme, und Gemmels Übersetzung endete mit den Worten:

»Nun wirst du sehen, o Gesandter.«

Seine Stimme wurde härter: »Hologramm, Mick.«

Williams drückte einen Knopf, und sie blickten alle auf den Bildschirm.

»Sie werden es nicht sehen«, sagte Gemmel. »Das taucht nicht auf dem Monitor auf.«

»Was ist es denn?« fragte Hawke.

»Eine verschwommene Form, nichts weiter, aber in Abu Qadirs Augen wird sie die Gestalt des Engels Gabriel annehmen.«

»Und was wird er sonst noch sehen?«

»Was er sehen will. Jetzt! Schauen Sie!«

Abu Qadir bewegte sich. Er neigte den Kopf, hob langsam die Arme, Handflächen nach oben, Finger gestreckt. Und dann fiel er plötzlich auf die Knie und legte sich flach auf den Boden – die Position der absoluten Ergebung, des absoluten Gehorsams.

»Schluß!« sagte Gemmel barsch, und Williams wandte fast widerwillig den Blick vom Bildschirm, drückte wieder Knöpfe, und die vier im Wohnwagen atmeten alle tief aus. Hawke klopfte Gemmel auf die Schulter, dann dem grinsenden Mick Williams und dann Alan Boyd, der sich mit seiner großen Hand übers verschwitzte Gesicht fuhr.

»Den Monitor können Sie auch abstellen. Es ist alles gelaufen.«

Williams drückte einen weiteren Knopf. Das Bild verschwand.

Stille herrschte im Wohnwagen. Alle drehten sich um und blickten Gemmel an.

Er schlug die Augen nieder, holte tief Luft und sagte ruhig: »Ich weiß, ich weiß. Es handelt sich um eine Geheimdienstoperation, und sie ist gelungen. Aber das in der Höhle ist schließlich ein Mensch, nicht wahr. Ein einfacher, ungebildeter Mensch.« Er zuckte resigniert die Achseln. »Wir haben eine Million Dollar ausgegeben, um ihn glauben zu machen, daß er der Gesandte Gottes ist. Wir haben das für nötig gehalten. Na schön – aber wir sollten uns deswegen nicht einbilden, wir seien Helden.«

Betretenes Schweigen. Dann sagte Hawke ein wenig sarkastisch: »Ich dachte, Sie wären Atheist?«

Gemmel lächelte unfroh. »Bin ich auch. Sind wir alle. Sonst wären wir nicht hier.« Er sah Hawke starr an. »Das Gotteslästerliche an dem, was gerade passiert ist, läßt mich völlig kalt, Morton. Es geht nur darum, daß wir praktisch eine Art Gehirnwäsche mit jemandem veranstaltet haben. In ein paar Monaten wird er hingehen und vor zweieinhalb Millionen Menschen behaupten, er sei ein Prophet. Er wird es blindgläubig tun, weil ihm der Engel Gabriel gesagt hat, Gott habe verheißen, an diesem Tag in ihm zu sein.« Seine Stimme wurde härter, und er tippte Hawke mit dem Zeigefinger gegen die Brust. »Und wenn ihr nicht dafür sorgt, Freunde, daß Gott an diesem Tag sein Wort hält, werden einige von diesen zweieinhalb Millionen Menschen den armen Teufel in Stücke reißen.«

Hawke grinste. »Keine Sorge. Gottes Wege sind wunderbar. Und in letzter Zeit sogar technologisch. Er wird Wort halten – oder Elliot Wisner. Wie wäre es jetzt mit einem großen Scotch?«

Gemmel schüttelte den Kopf. »Das geht nicht, Morton. Wir sind hier in einem streng islamischen Staat. Der Koran verbietet den Alkohol.«

»Sie haben keinen mitgebracht?«

»Nein.« Gemmel deutete auf die Geräte. »Es wäre schon schlimm genug, wenn wir mit *den* Sachen erwischt würden, und dann auch noch eine Kiste Scotch – das wäre eine bodenlose Unverschämtheit.«

»Ach, zur Hölle!« fluchte Hawke, und Alan Boyd grinste ironisch.

»In der werden wir landen, wenn wir unrecht getan haben und es einen Gott gibt.«

14

Im Coliseum in London stimmte das Orchester die Ouvertüre zu *La Bayadère* an. Maja Kaschwa, für die Rolle der Lycra in einen Turban und eine Art Tunika gekleidet, spähte durch eine Lücke im Vorhang und beobachtete, wie Gemmel seinen Platz in der zehnten Reihe Parkett einnahm. Er sah müde und abgespannt aus. So hatte er auch nachmittags am Telefon geklungen. Tudin hatte Maja gesagt, man habe Gemmel nach Hause kommen sehen, und eine Stunde darauf hatte sie ihn angerufen. Er meldete sich verschlafen, doch als er ihre Stimme hörte, wurde er sofort hellwach. Sie fragte ihn, wie die Reise gewesen sei. Ganz nett, sagte er. Dann erklärte sie, daß sie nicht mit ihm zum Essen gehen könne. Sie habe versucht, es einzurichten, aber so etwas sei oft schwierig, zumal es sich um den letzten Abend des Balletts vor der Abreise nach Leningrad handle, und bei solchen Gelegenheiten würden gewisse Leute immer nervös. Man erwarte also, daß das Ensemble geschlossen zur Abschlußfeier erscheine. Sie hoffe, er habe Verständnis dafür. Gemmel hatte ihr versichert, daß er Verständnis habe und sich auf jeden Fall darauf freue, sie tanzen zu sehen.

Dann war eine lange Pause eingetreten, und er fragte: »Sind Sie noch dran, Maja?«

»Ja«, antwortete sie leise. »Und heute abend sind Sie mein Publikum, Peter. Sie allein. Ich werde nur für Sie tanzen.«

Und damit legte sie auf.

Im Laufe des Abends kam Gemmel dahin, es zu glauben. Er wußte, eine große Tänzerin kann so auftreten, daß jeder im Publikum meint, es sei für ihn... Doch das war etwas anderes. Maja

Kaschwa tanzte tatsächlich nur für ihn, und sie tanzte mit einer Mischung aus Perfektion und Leidenschaft. Die Trennungslinie zwischen schierer Technik und reinem Gefühl verschwamm, Majas Intensität übertrug sich auf den Rest des Ensembles und das ganze Publikum. Und der Mann, dem all das galt, saß in der zehnten Reihe Parkett, nahm ihre Leidenschaft in sich auf und wurde eins mit der Tänzerin, bewegte sich mit ihr, empfand mit ihr und war am Ende so erschöpft und ausgelaugt wie sie. Als das Publikum in tosenden Beifall ausbrach, stand Gemmel auf und verließ den Saal, ging durch das Foyer, auf die Straße, in die kalte, feuchte Nacht hinaus, lief die sechs Kilometer nach Hause zu Fuß, machte sich einen starken Kaffee, goß sich einen Cognac ein, sank in einen Lehnstuhl und versuchte, sich selbst zu finden.

Es war kaum Platz in der engen Garderobe für die Blumen und für die Bewunderer. Sie strömten durch den Flur, eine bunte, schwatzende Menge.

Maja war gelassen, aber müde. Sie saß mit dem Rücken zum Spiegel und nahm den Tumult fast nicht wahr. Sie durchlebte ihren Auftritt noch einmal, jede einzelne Bewegung. Was auch geschah, dies würde ihr immer ins Gedächtnis eingegraben bleiben und in ihrem Körper brennen. Es war eine Sternstunde gewesen, eine von jenen seltenen und kostbaren Gelegenheiten, da sich alle Ereignisse und günstigen Umstände vereinigen, um eine Künstlerseele bis zum äußersten zu fordern und Vollkommenheit zu erwirken. Maja Kaschwa wußte, daß sie vielleicht noch einmal so gut tanzen würde, aber nie besser, und sie wußte, daß sie diese Glanzleistung unter anderem dem Mann verdankte, den sie nun belügen und betrügen und vielleicht auch zugrunde richten mußte. Doch das zählte jetzt nicht. In den vergangenen beiden Stunden hatte sie ihm ein Geschenk gemacht, ein Geschenk, das nur sie ihm geben konnte.

Lew Tudin stand an der Tür und beobachtete sie. Widerstreitende Gefühle waren in ihm. Mit gespannter Erwartung blickte er dem entgegen, was kommen sollte, auch war er ergriffen von dem, was er auf der Bühne gesehen hatte – und er war traurig, weil er ahnte, was hinter diesem magischen Auftritt steckte.

Er merkte, wie sie die Augen hob, ihn anblickte und ihm zunickte, und er begann, die Verehrer aus der Garderobe hinauszukomplimentieren. Als er die Tür hinter dem letzten geschlossen hatte, drehte sich Maja zum Spiegel und fing an, sich abzuschminken. Lew blieb an der Tür stehen und betrachtete ihr Gesicht. Er merkte erneut, wie sie ihn anblickte – diesmal im Spiegel.

»Maja«, sagte er ruhig, »ich habe Sie im vergangenen Monat ein dutzendmal *auftreten* sehen. Aber heute haben Sie *getanzt*. Mir fehlen die Worte, um Ihnen zu sagen, wie schön das war. Ich werde es nie vergessen. Ich danke Ihnen.«

Sie lächelte ihn im Spiegel an – ein mattes Lächeln.

»Vielleicht war es das letztemal, Lew.«

Er schüttelte den Kopf. »Nein, das kann ich nicht glauben. Das will ich nicht glauben. Es wäre grundverkehrt.«

Maja drehte sich um und sah ihm in die Augen. Ihr Gesicht war weiß von Reinigungscreme.

»Das ist jetzt alles vorbei«, seufzte sie. »Bald bin ich nur noch eine Schwalbe, die ein Nest sucht.«

Tudin sagte, was ihm durch den Sinn ging. Es tat ihm fast körperlich weh. »Sie haben für *ihn* getanzt.«

»Ja, Lew. Ich habe für ihn getanzt. Vielleicht ist das alles, was ich für ihn tun kann. Vielleicht ist das alles, was er von mir will.«

Tudin holte tief Luft.

»Wir werden sehen. Es ist alles arrangiert. Sie werden die Party um Mitternacht verlassen und sich durch einen Hintereingang aus dem Hotel stehlen. Von dort kommen Sie auf den Strand. Da gibt es auch um diese Stunde jede Menge Taxis. Sie zeigen dem Fahrer einfach die Visitenkarte. Die Fahrt dauert nur zehn Minuten.«

»Nein«, murmelte Maja. »Sie dauert eine Ewigkeit.«

Gemmel saß in einem tiefen Ledersessel in seinem kleinen Wohnzimmer. Hohe Bücherregale nahmen zwei Wände des Raumes ein. Die Stereoanlage in der Ecke war abgestellt. In den anderen Gegenständen im Zimmer spiegelte sich ebenfalls das Wesen dieses Mannes wider. Auf einem kleinen Tisch standen Karaffen, Kristallgläser und Flaschen: Whisky, polnischer Wodka, Cognac und Sherry, alles erstklassige Marken.

An den freien Wänden hingen zwei Miró-Drucke, auf einem Beistelltisch stand eine kleine Kendo-Skulptur, die ein steilendes Pferd zeigte. Doch der Raum hatte auch etwas Lässiges, Bewohntes, Lebendiges. Die unzähligen Bücher waren nicht so in Reih und Glied gestellt, daß sie bloß dekorativ aussahen. Kissen lagen wahllos auf den Ledersesseln und auf dem Sofa. Ein paar waren auch über den Boden verstreut. In einem Zeitungsständer sah man etliche Nummern der *Yachting Monthly*, zu unordentlichen Stapeln gehäuft. Der Teppich war persischer Provenienz, ein recht schönes Stück, das aber in besseren Tagen nicht auf dem Boden gelegen, sondern an der Wand gehangen hätte.

Es war das Zimmer eines Mannes von Welt, eines Singles, der nicht gerade reich war, jedoch genügend Geld hatte, um gewissen Launen zu frönen und sich das Leben behaglich einzurichten.

Aber im Moment war Gemmel völlig durcheinander. Sein kurzer Nachmittagsschlaf war kein Ausgleich für den langen Flug von Amman nach London und für die Zeitverschiebung gewesen. Das und der starke Eindruck, den der Abend auf ihn gemacht hatte, kamen zusammen und verwirrten ihn. Er legte eine Schubert-Symphonie auf und schenkte sich noch einen Cognac ein. Doch er rührte das Glas nicht an, und nach fünf Minuten stellte er auch die Platte ab – er konnte sich nicht auf die Musik konzentrieren.

Über eine Stunde saß er so da, mal schläfrig, mal hellwach. Eindrücke stürmten auf ihn ein: Eine dunkle Höhle; grüne Lichter, die auf einem Mischpult blinkten; ein tanzendes Mädchen, klein und zierlich und geschmeidig; der Sand eines Wüstentals im Sonnenglast; ein tanzendes Mädchen; das undeutliche Bild eines Mannes, der flach auf dem Boden lag; ein tanzendes Mädchen... und die Türklingel.

Es goß wie aus Eimern, und obwohl sie schon unter dem Vordach stand, war ihr schwarzes Haar naß nach dem kurzen Spurt vom Taxi zum Haus. Gemmel beobachtete, wie der Wagen auf der schmalen Straße wendete und davonfuhr, dann blickte er wieder das Mädchen an – ihre Gestalt im Regenmantel, das nasse Haar, das bleiche Gesicht und die großen, furchtsamen Augen.

Ihre Lippen bewegten sich, als wollte sie etwas sagen, aber sie brachte keinen Ton heraus. Das Prasseln des Regens schien das Schweigen noch zu vertiefen, und dann schlug sie die Hände vors Gesicht und schluchzte, und Gemmel streckte die Hand aus und zog sie nach drinnen, schloß die Tür und sperrte die kalte, feuchte Nacht aus.

In Langley/Virginia war es fünf Stunden früher als in London. Daniel Brand las in seinem Büro die letzte Seite von Hawkes Bericht. Der Verfasser saß seinem Chef mit erwartungsvoller Miene gegenüber, ein Zigarillo in der Hand. Neben ihm Leo Falk, der den Bericht ebenfalls studiert hatte, aber schneller lesen konnte als der Direktor und bereits fertig war.

Brand beendete die Lektüre, klappte den Schnellhefter zu, legte ihn auf seinen Schreibtisch, lehnte sich zurück und betrachtete Hawke durch den Tabakqualm.

»Sie verblüffen mich, Morton.«

»Ach, wirklich?«

»Ja.« Brand deutete auf den Bericht. »Der ist richtig lyrisch. Hymnisch fast.«

»Lyrisch?«

»Ja. Erinnert irgendwie an *Tausendundeine Nacht.*«

Hawke beugte sich vor und sagte fast heftig: »So war es auch, Dan, glauben Sie mir. Sie hätten es sehen sollen!«

Brand rümpfte die Nase ein wenig, nahm den Bericht wieder zur Hand, schlug eine Seite auf und las: »*Die Operation wurde mit der äußersten Präzision geplant und durchgeführt. Kein Detail, und sei es auch noch so geringfügig, wurde übersehen, keine Eventualität unberücksichtigt gelassen. Das zufriedenstellende Ergebnis kam dank größtmöglicher Perfektion zustande.*« Er legte den Bericht auf den Schreibtisch zurück und blickte Falk an: »Morton dachte früher immer, die Engländer wären nichts weiter als alte Waschweiber.«

»Viele sind es auch heute noch«, erwiderte Hawke. »Aber dieses Team ist erstklassig, und Gemmel ist ein selten fähiger Mann. Wie gesagt – Sie hätten es sehen sollen.«

Falk tippte gegen den Schnellhefter, der auf seinen Knien lag. »Aber Sie haben gesagt, am Ende sei er ein bißchen komisch geworden.«

Hawke dachte einen Moment nach. Dann sagte er: »Gemmel hat die Sache geplant und organisiert, brillant organisiert. Er ist ein zäher Bursche, hochintelligent, und seine Leute haben den größten Respekt vor ihm, verehren ihn beinah...«

»Aber?«

Hawke breitete die Arme aus. »Ich weiß nicht genau. Am Ende war er irgendwie – irgendwie betroffen, emotional.«

Der Direktor deutete auf den Bericht. »Sie, scheint's, auch. Ich habe etliche von Ihren Berichten gelesen. Das ist der erste, in dem ich eine Spur von Emotion entdeckt habe.«

Hawkes Stimme nahm einen rechtfertigenden Ton an. »Sicher, das muß ich zugeben. Ich war bewegt, ja, ich kann's nicht ändern. Ich meine, wenn man beobachtet, wie jemand eine Vision hat und so weiter... Der springende Punkt ist der, daß ich es nicht rausgelassen habe. Gemmel schon.«

»Glauben Sie, er hat Zweifel?« fragte Brand.

»Nein, das glaube ich nicht. Er ist nur human, und das hat sich bei dieser Gelegenheit eben gezeigt.«

Brand dachte nach, schaukelte hin und her in seinem Sessel. Dann lächelte er. »Vielleicht läßt sich Gemmel mehr anmerken als Sie, Morton. Und vielleicht kann man deshalb beim Pokern ohne weiteres gegen ihn gewinnen.«

Hawke schüttelte den Kopf. »Das habe ich auch gemeint. Aber nach zwei Tagen in dieser verdammten Wüste war ich um achthundert Dollar ärmer.«

Brand lachte schallend, und Hawke fuhr grinsend fort: »Er ist alles andere als ein Dummkopf, Dan, und er erwartet, daß wir jetzt unseren Beitrag leisten. Wie kommt Wisner zurecht? Ist sein Team noch mal überprüft worden?«

»Wisner arbeitet genau nach Plan. Und sein Team ist Mann für Mann durchgecheckt worden. Alles okay.«

»Auch mit dem Engländer, mit Rance?«

Brands Miene wurde ernst. »Ja, mit dem auch. Aber das spielt jetzt keine Rolle mehr. Zwei Tage nach der Rückkehr nach Houston ist er mit seinem Kabinenkreuzer allein auf den Golf hinausgefahren. Wollte einen Tag angeln. Scheint so, daß in seiner Abwesenheit irgendwie Sprit in die Bilge gekommen ist. Muß einen Kurzen gegeben haben oder so was. Jedenfalls ist der Kreuzer fünf Meilen vor der Küste in die Luft gegangen. Und Rance auch.«

Ein langes Schweigen trat ein. Hawke blickte dem Direktor starr in die Augen. Brand schüttelte langsam den Kopf. »Nein, Morton, nein. Es *war* ein Unfall. Wir haben nichts damit zu tun. Das hätte ich nicht zugelassen. Der Mann ist überprüft worden, und es war, wie gesagt, alles okay mit ihm.«

»Dann tut es mir leid, daß ihm das passiert ist«, sagte Hawke. »Es tut mir auch leid, daß ich ihn verdächtigt habe. Nur – Gemmel beunruhigt mich irgendwie. Es ist so, als wäre diese Operation bloß ein Anhängsel von irgendwas anderem. Und ich komme nicht darauf, wovon. Ich mag den Mann. Er ist ein Profi, und ich habe Respekt vor ihm und komme gut mit ihm aus, aber ich habe immer das Gefühl, daß er mit irgendwas hinterm Berg hält.«

Brand beugte sich vor und stützte seine Ellenbogen auf den Schreibtisch. »Glauben Sie, daß die Briten Maleschen machen wollen?«

Falk schaltete sich ein. »Ich wüßte nicht, wie. Den Mahdi-Kandidaten haben wir gemeinsam ausgesucht, und zwar auf Zufallsbasis. Die Idee, ihn durch einen Jünger zu kontrollieren, war brillant, und sie kam von den Briten – aber wir kontrollieren den Jünger und damit auch den Mahdi.«

»Sieht alles hundertprozentig aus«, bestätigte Hawke. »Aber die Jungs können verdammt raffiniert sein.«

Der Direktor dachte einen Moment nach. Dann sagte er zu

Hawke: »Ich möchte diesen Gemmel kennenlernen. Können Sie ihn bitten, hier rüberzukommen?«

»Sicher«, antwortete Hawke etwas verwundert. »Aber wir haben doch beschlossen, daß wir uns nur auf neutralem Boden treffen wollen.«

»Ich habe im Augenblick leider so viel zu tun, daß ich nicht weg kann aus den Staaten«, sagte Brand. »Und außerdem ist es nichts Ungewöhnliches, daß ein hoher Geheimdienstbeamter aus einem der mit uns verbündeten Länder mal in Washington vorbeischaut.« Er trommelte mit den Fingern auf den Schnellhefter. »Ich möchte ihn unbedingt kennenlernen, Morton. Sehen Sie zu, daß Sie es einrichten können.«

Gemmel kam ins Wohnzimmer, einen Becher heißen Kaffee in der Hand. Er stellte ihn auf dem Tisch ab, vor Maja, und nahm ihr gegenüber Platz. Er hatte ihr ein Handtuch gegeben, das sie sich wie einen Turban um ihr nasses Haar gewickelt hatte, was Gemmel an ihren Auftritt erinnerte. Sie nahm den Becher in beide Hände, trank einen Schluck und betrachtete ängstlich den Mann auf der anderen Seite des Tisches.

»Sie sind einfach abgehauen?« fragte er.

Maja nickte. »Ich bin auf die Toilette gegangen. Dort hatte ich meinen Mantel versteckt, hinter einem Schrank. Zuvor habe ich mir den Weg zum Hinterausgang des Hotels eingeprägt. Es waren ziemlich viel Leute da, und ich habe mich unauffällig verdrückt.«

Gemmel stand auf, ging zum Tisch mit den Karaffen. Er schenkte zwei Gläser Cognac ein, stellte eines vor Maja hin und setzte sich wieder. Sie schüttete den Cognac in ihren Kaffee, blickte auf und sah den gequälten Ausdruck in seinem Gesicht. Dann lächelte er über sich selbst, trank einen Schluck Cognac und sagte: »Maja, es gibt zwei Dinge, die ich unbedingt wissen muß. Erstens, warum Sie geflohen sind, und zweitens, warum Sie zu mir gekommen sind.«

Die erste Frage beantwortete sie prompt. Es war derselbe Grund wie bei fast allen Künstlern, die sich aus dem Ostblock absetzten: künstlerische Freiheit. Sie sprach von den Beschränkungen, die einem die sowjetische Kultur auferlegte, von der erzwungenen Konformität des Ausdrucks. Sie liebe ihre Heimat, aber sie sei in erster Linie Künstlerin und sehne sich nach Freiräumen, nach Entwicklungs- und Entfaltungsmöglichkeiten. Sie nannte Nurejew und Baryschnikow als Beispiele: Ihr Talent sei im Westen aufgeblüht wie noch nie; Baryschnikow habe sogar am Broadway getanzt.

Gemmel konnte Maja gut verstehen. Im bemerkenswert frühen Alter von vierundzwanzig Jahren war sie in Rußland bereits an ihre kreativen Grenzen gestoßen. In Zukunft würde sie nur ein eingeschränktes Repertoire tanzen dürfen, Stücke, die vom System gebilligt wurden. Es wunderte ihn nicht, daß ein so glänzendes Talent mehr Spielraum haben wollte.

Gemmels zweite Frage beantwortete sie eher zögernd. Sie sei aus einer Reihe von Gründen zu ihm gekommen – einige rein praktischer Art, andere vielleicht nicht unmittelbar nachzuvollziehen. Sie spreche kein Englisch, und er beherrsche das Russische perfekt. Sie habe seine Adresse gekannt und gewußt, daß er allein lebe. Er interessiere sich für das Ballett und könne ihre Motive verstehen. Sie habe auch eine gewisse Sympathie empfunden, etwas Verbindendes. Sie habe gewußt, daß er allein sein werde, und sie brauche jemanden, der mit ihr rede und sie moralisch unterstütze.

»Gab es auch noch andere Gründe?« fragte Gemmel. Maja blickte in ihren halbleeren Becher Kaffee. Schweigen. Sie versuchte offenbar, sich zu einer Entscheidung durchzuringen. Schließlich holte sie tief Luft, hob den Kopf und sah Gemmel direkt in die Augen.

»Ja. Ich habe gewußt, daß Sie ein wichtiger Mann sind. Im Regierungsapparat hier.«

Er blickte sie starr an, und plötzlich hatte das Gespräch eine völlig andere Wendung genommen. Es glich jetzt einem Verhör, bei dem der Vernehmungsbeamte in der Hoffnung schweigt, daß sich daraus eine interessante Antwort ergeben könnte. Maja zuckte die Achseln und riskierte es: »Ich habe gewußt, daß Sie

Geheimdienstagent sind.« Nun schaute sie ihm herausfordernd ins Gesicht.

Gemmels nächste Frage bestand aus einem einzigen Wort.

»Woher?«

Sie erinnerte ihn an ihre erste Begegnung in Brüssel, vor drei Jahren, erzählte ihm, daß Sawitsch, der Kontrolloffizier, sie vor ihm gewarnt habe.

»Und diesmal?« erkundigte sich Gemmel. »Hat Sie diesmal auch jemand vor mir gewarnt?«

Sie schüttelte den Kopf. »Nein.«

Gemmel stand auf. »Maja, ich bleibe nicht lange fort.« Er deutete auf den Tisch mit den Karaffen. »Bitte bedienen Sie sich, wenn Sie noch etwas wollen.«

Er ging aus dem Zimmer, und einen Augenblick später hörte Maja, wie das Telefon abgehoben wurde. Nach zehn Minuten trat sie an den Tisch mit den Karaffen und goß sich noch einen Cognac ein. Diesmal trank sie ihn pur.

Es dauerte über eine halbe Stunde, bis Gemmel zurückkam. Maja beobachtete ihn bang, als er sich setzte.

Er sprach freundlich, aber sehr ernst. »Hören Sie, Maja. Wenn sich jemand aus dem Osten in den Westen absetzt, ist das Verfahren normalerweise ganz einfach. Er stellt beim Innenministerium einen Antrag auf vorläufiges Asyl. Das wird fast immer gewährt. Dann beantragt er eine permanente Aufenthaltsgenehmigung – entweder hier oder in einem Land seiner Wahl. In Ihrem Fall ist das alles etwas anders.«

»Warum?«

»Weil Sie zu mir gekommen sind.« Er lächelte flüchtig. »Liegt nicht daran, daß ich Geheimdienstagent bin. Liegt nur an den Umständen.«

Er leerte sein Glas, ging zum Tisch und schenkte sich nach. Über seine Schulter hinweg sagte er: »Maja, in ein paar Minuten kommen hier zwei Männer vorbei. Sie werden Sie in ein Haus auf dem Land bringen und Ihnen einige Tage lang Fragen stellen.«

Er drehte sich um und sah die Furcht in Majas Augen.

»Keine Sorge, es wird nicht schlimm. Sie müssen ihnen nur die Wahrheit sagen – die ganze Wahrheit.«

Majas Furcht nahm zu. Sie drehte ihr Glas zwischen den Fingern. Ihre Lippen begannen zu beben.

»Es wird wirklich nicht schlimm«, sagte Gemmel sanft. »Aber es ist leider unumgänglich. Sie brauchen sich keine Gedanken zu machen, Maja. Die tun Ihnen nichts. Und dieses Landhaus ist sehr gemütlich.«

Er beobachtete, wie sie sich wieder in die Gewalt bekam.

»Werden Sie auch da sein?«

»Nein, das geht nicht.«

»Muß ich da wirklich hin?«

Gemmel seufzte. »Ja, Maja. Selbst wenn Sie jetzt mein Haus verlassen und zur Polizei gehen und um politisches Asyl ersuchen würden, würden Sie letzten Endes in diesem Haus landen.«

»Weil ich zu Ihnen gekommen bin?«

Er nickte.

»Habe ich Ihnen viel Umstände gemacht?«

»Nein, überhaupt nicht. Ich verstehe, warum Sie zu mir gekommen sind. Aber ich muß mich leider absichern.«

»Die schicken mich doch nicht zurück?« Aus Majas Frage sprach die nackte Angst.

»Bestimmt nicht. Vorausgesetzt, Sie sagen ihnen die Wahrheit.«

Maja blickte Gemmel verwirrt an. »Aber was soll ich ihnen denn sagen? Was werden sie von mir wissen wollen?« Sie drehte den Kopf, als sie hörte, wie draußen ein Wagen vorfuhr und Türen zugeschlagen wurden.

Gemmel stand auf, ging zur Tür und sagte: »Sie werden alles wissen wollen.«

Auf den ersten Blick wirkten die beiden Männer bedrohlich, als sie im trüben Licht unter dem Vordach standen mit ihren dunklen Regenmänteln, doch als sie in das helle Zimmer traten und Gemmel freundlich begrüßten, entspannte sich Maja ein wenig. Der eine war Anfang Dreißig, hatte ein rundes, lustiges Gesicht und ein sympathisches Lächeln. Der andere war klein und schon ziemlich alt. Als er seinen Mantel auszog, sah Maja, daß er eine verschlissene Strickjacke trug, an der ein Knopf fehlte. Gemmel stellte die beiden vor. Der jüngere war Mr. Bennett, der ältere Mr. Grey. Gemmel goß ihnen einen Cognac ein, und sie plauderten mit Maja über das furchtbare Wetter. Sie sprachen beide fließend Russisch.

Als es sich alle bequem gemacht hatten, zog Mr. Bennett zwei Formulare aus seiner Jackentasche und reichte sie Maja. Er erklärte, das eine sei ein Antrag auf vorläufiges Asyl, das andere eine Erklärung des Inhalts, daß sie freiwillig mit in das Landhaus komme. Maja sah, daß die Formulare zweisprachig abgefaßt waren, und während sie den russischen Text las, sagte Mr. Grey auf englisch zu Gemmel: »Große Panik in der sowjetischen Botschaft, Sir. Ein ungeheures Durcheinander, Wagen kommen und fahren wieder weg – wir sind nicht die einzigen, die eine schlaflose Nacht haben.«

»Seien Sie nicht zu streng mit ihr«, sagte Gemmel. »Sie hat Angst, und sie ist sehr sensibel.«

»Ja, Sir. Ich nehme an, alle großen Künstler sind sehr sensibel.«

Gemmel lächelte. »Die einen mehr, die anderen weniger. Aber sie ist auch noch sehr jung.«

Maja hatte zu Ende gelesen, und Mr. Bennett gab ihr einen Füller. Sie schaute Gemmel an. Er nickte, und sie unterschrieb die Formulare.

Dann standen sie alle auf. Gemmel half Maja in ihren Mantel. Ihr fiel plötzlich etwas ein.

»Was ist mit Kleidern? Ich habe nichts zum Anziehen.«

»Nur ruhig Blut, Miß«, sagte Mr. Grey tröstend. »In Mendley haben wir alles, was Sie brauchen, und danach können Sie ganz gemütlich zum Einkaufen gehen.«

Maja blickte Gemmel bang an. Er nahm sie beim Arm und führte sie zur Tür.

»Es passiert Ihnen schon nichts, Maja, das verspreche ich Ihnen. Wir sehen uns in ein paar Tagen.«

Er stand in der Tür und beobachtete, wie der schwarze Wagen

davonfuhr. Kurz bevor er um die Ecke bog, sah er Majas blasses Gesicht. Sie spähte vom Fond aus nach ihm zurück.

15

»Zielstrebig wie eine Brieftaube.«

Perryman drehte sich vom Fenster weg. Draußen war es naß und grau. Gemmel breitete in dem Sessel vor dem großen Schreibtisch wortlos die Arme aus. Sie befanden sich in Perrymans Büro, und Perryman war etwas zynisch gestimmt. Er ging zu seinem Schreibtisch, nahm Platz und warf Gemmel einen fragenden Blick zu.

»Es ist zu plump«, sagte Gemmel. »Selbst für die Verhältnisse des KGB ist es zu plump.«

Perryman lehnte sich zurück, legte die Finger aneinander und blickte gegen die Decke.

»Vielleicht«, sagte er. »Hin und wieder können die Herren Kollegen allerdings auch sehr subtil sein. Aber warum kommt die junge Dame direkt zu Ihnen?«

Nun stand Gemmel auf und trat ans Fenster. Er fand die Aussicht genauso deprimierend wie sein Chef, und seine Stimme verdüsterte sich noch mehr.

»Was hat sich denn bis jetzt ergeben?« fragte er.

»Herzlich wenig«, antwortete Perryman. »Grey sagt, ihre Einstellung sei einwandfrei, aber ein paar Dinge ließen einen doch aufhorchen. Erstens war ihr Vater ein hohes Tier beim KGB. Zweitens war sie einen Monat vor der Tournee eine Weile nicht beim Ballett. Sie behauptet, sie hätte einen Bänderriß gehabt und sich bei ihrer Mutter auskuriert.«

»Das ist immerhin möglich«, warf Gemmel ein. »Als russische Primaballerina lebt man verdammt anstrengend.«

»Gewiß, es ist möglich«, gab Perryman zu. »Aber seit sie hier im Westen ist, hat man nichts über den Verbleib ihrer Mutter in Erfahrung bringen können. Unsere Leute in Moskau hatten kein Glück, und die junge Dame hat versucht, sie von Mendley aus

anzurufen, aber es sieht so aus, als sei der Anschluß stillgelegt
worden.«

»Das ist doch völlig normal.«

»Zugegeben. Aber es ist nicht völlig normal, daß russische Bal-
lettänzerinnen, die sich in den Westen absetzen, schnurstracks
auf den stellvertretenden Operationsleiter von MI6 zusteuern.«

Gemmel drehte sich um und seufzte. »Also ist sie automatisch
eine ›Schwalbe‹?«

Perryman öffnete einen Schnellhefter, der auf seinem Schreibtisch lag, und betrachtete das beigeheftete Foto. »Sie ist automatisch sehr verdächtig. Schließlich ist die junge Dame eine Schönheit.« Er warf Gemmel einen vielsagenden Blick zu.

»Die meisten Primaballerinen sind schön. Das gehört zu ihrem
Beruf.«

»Ja«, erwiderte Perryman rätselhaft. »Ich für mein Teil liebe
die Oper, und ich kann Ihnen versichern, daß die meisten Prima-
donnen körperlich wie charakterlich gleichermaßen unschön
sind.«

Gemmel seufzte erneut.

»Es könnte doch auch noch andere Gründe geben.«

»Dann verraten Sie mir bitte, welche.«

»Nun, sie kannte mich. Wir sind uns zweimal begegnet. Sie
spricht kein Englisch, und sie wußte, daß ich Russisch spreche,
und...« Er hielt inne. Perryman beugte sich vor und sah ihn eindringlich an.

»Und?«

»Wir – wir sind uns sympathisch.«

»Tatsächlich?«

»Ja.«

Perryman sagte, fast wie im Selbstgespräch: »Nach zwei Be-
gegnungen, die nicht länger als zehn Minuten gedauert haben
und drei Jahre auseinanderliegen, entdecken Sie plötzlich, daß
Sie sich sympathisch sind?«

Gemmel ging zu seinem Sessel zurück und sagte: »Das ›entdeckt‹ man nicht. Es ist einfach da. Oder auch nicht. In diesem
Fall ist es da. Und das wäre doch auch eine Erklärung.«

»Aber der Zeitpunkt, Peter, der Zeitpunkt. Es sind noch zwei Monate bis zum großen Ereignis, und der Zeitpunkt ist so verdammt logisch.«

»Die Tournee war seit anderthalb Jahren geplant.«

Das ließ Perryman gelten. »Richtig. Aber das KGB kann hin und wieder auch sehr flexibel sein. Mögen Sie einen Sherry?«

Gemmel nickte, und Perryman ging zu einem Tisch in der Ecke, auf dem mehrere Flaschen standen.

»Was machen wir also?« fragte Gemmel.

»Wir reagieren dementsprechend.« Perryman drehte sich um und trug die beiden Gläser zum Schreibtisch. »Etwas so Plumpes haben wir zwar nicht erwartet, aber wir haben unsere Herren Kollegen ja schon oft überschätzt.« Er lächelte wehmütig. »Was ihnen mit uns äußerst selten passiert.«

»Und was mache ich persönlich?« fragte Gemmel leise. Ein angespanntes Schweigen trat ein.

»Noch zwei Monate«, sagte Perryman schließlich. »In zwei Monaten steigt das große Ereignis – läuft eigentlich alles nach Plan?«

»Ja«, antwortete Gemmel. »Aber jetzt sind erst mal die Amerikaner dran. Ich muß morgen für zwei Tage nach Washington fliegen. Offiziell geht es um das gemeinsame Hauptquartier in Amman. Und inoffiziell sieht es so aus, als wollte mir der Direktor der CIA auf den Zahn fühlen. Boyd ist in Dschidda und behält den Jünger im Auge. Und ansonsten geht alles zügig voran. Die Gerüchte grassieren wie gewünscht, die Medien fangen an, sie aufzugreifen – mit ein bißchen Nachhilfe. Im Oktober wird eine sehr, sehr erwartungsvolle Atmosphäre herrschen.«

»Und die Amerikaner betragen sich ordentlich?«

»Ja. Mit einer kleinen Ausnahme. Sie passen wie die Schießhunde auf den Jünger auf. Er ist zwar angeblich Boyd unterstellt, aber sie haben ein ganzes Team in Dschidda sitzen. Und die Leute sind nicht bloß wegen des schönen Wetters da.«

»Und auch nicht wegen der geistigen Getränke und der tollen Unterhaltung«, ergänzte Perryman lächelnd. »Aber das war zu erwarten. Nun, der entscheidende Punkt ist, daß Sie die nächsten vier Wochen gewissermaßen Däumchen drehen werden.«

»Also?«

»Also lassen Sie uns herausfinden, ob Miss Kaschwa tatsächlich eine ›Schwalbe‹ ist – dieses Unternehmen wird ja wohl kaum allzu unerfreulich sein.«

»Und wenn sie keine ist?«

»Dann müssen wir uns anderswo umschauen, und es steht Ihnen frei zu prüfen, *wie* sympathisch Sie sich sind.«

Gemmel bedachte seinen Vorgesetzten mit einem strengen Blick. »Wann ist man in Mendley mit ihr durch?«

»In zwei bis drei Tagen – wenn Sie aus Washington zurückkommen. Übrigens, alle mögen die junge Dame.«

»Ja?«

»Ja. Grey berichtet, daß sie charmant, entwaffnend liebenswürdig und blitzgescheit sei. Daß sie sich beim Verhör ganz natürlich und direkt verhält.«

»Und?«

»Und somit halten alle die junge Dame für eine ›Schwalbe‹ – aber für eine sehr nette.«

Der Imam sah es mit eigenen Augen und redete später lang und breit darüber. Der Mann kam in die Moschee, als die Gläubigen beim Gebet waren. Der Imam sah ihn aus den Augenwinkeln und behauptete, er habe ihn gleich erkannt, habe auch erkannt, was in dem Mann stecke. Er rollte seinen Gebetsteppich aus, ging dann gemessen zu einem der Wasserhähne, die in die Wand der Moschee eingelassen waren, und wusch sich Hände und Füße. Hadschi Mastan hatte ihn zu dieser Zeit noch nicht gesehen, denn er lag flach auf dem Boden und betete. Der Imam beobachtete den Mann, als er zu seinem Gebetsteppich zurückging. Die Ähnlichkeit war verblüffend. Das konnte nur der Mann sein, von dem Hadschi Mastan geträumt hatte.

Die Vermutung des Imams wurde auf dramatische Weise bestätigt. Als das Gebet endete und die Gläubigen sich erhoben, rollte Hadschi Mastan seinen Teppich zusammen, wollte sich zum Gehen wenden und erstarrte zur Salzsäule. Ihre Blicke waren einander begegnet trotz der Menge dazwischen, und dann, so erzählte der Imam, habe sich eine seltsame Stimmung ausgebreitet und alle Gläubigen erfaßt. Erst schauten ein paar die beiden Männer an, dann immer mehr, und schließlich wurde die Menge still und rückte beiseite. Und dann schritt Hadschi Mastan sehr langsam durch diese Gasse zwischen Menschenleibern und blieb vor dem Mann stehen und sagte: »Im Namen Allahs, des Erbarmers, des Barmherzigen – du bist gekommen.«

Der Mann legte seine Hand auf Hadschi Mastans Schulter, sah ihm tief in die Augen und entgegnete: »Ich bin gekommen, um dich zu finden.«

Dann ließ er die Hand sinken, wandte sich um und ging aus der Moschee, und Hadschi Mastan folgte ihm nach.

Hawke hatte eine Schürze mit Riesenlatz um. Auf der Schürze war eine glückliche Kuh zu sehen, und wenn Hawke Hörner gehabt hätte, hätte er diesem zufriedenen Rind ein wenig geglichen. Er stand im Rauch hinter dem Grill, wendete Steaks mit einer Bratengabel und trank gelegentlich einen Schluck aus seinem Glas – Canadian Club natürlich. Seine Söhne flankierten ihn, ebenfalls mit Drinks in der Hand, und kritisierten scherzhaft jede Bewegung, die er machte. Gemmel saß mit Julia, der Freundin ihres ältesten Sohns und zwei weiteren Paaren an einem langen Tisch.

»Er grillt leidenschaftlich gern«, sagte Julia. »Das gehört zu den wenigen Dingen, bei denen er sich richtig entspannt.« Sie lächelte wehmütig. »Sonst gelingt ihm das nur noch, wenn er das Haus renoviert.«

Gemmel lachte. »Ja, er hat mir davon erzählt. Sie sollten ein kleines Gästehaus im Garten bauen lassen. Da kann er dann nach Herzenslust herumwerkeln.«

»Das ist eine glänzende Idee, Peter.«

»Oder er soll es selbst bauen«, warf die Frau ein, die rechts von Gemmel saß. »Damit wäre er wohl zwei Jahre lang beschäftigt.«

Die Dame war mit einem Zweisterne-General verheiratet, der im Pentagon arbeitete. Sie wohnten im Haus nebenan. Das andere Paar war jünger, beide Mitte Dreißig. Er war Partner in einer von Washingtons bedeutendsten Anwaltssozietäten und strebte offenbar eine politische Karriere an. Seine Frau war attraktiv, lebhaft und, wie Gemmel glaubte, äußerst ehrgeizig, aber er fand sie trotzdem sehr charmant. Außerdem war sie eine gute Gesprächspartnerin. Der General selbst paßte genau in das Bild, das sich Gemmel von einem hohen Offizier im Pentagon machte. Seine Sprache war mit »New-Speak« gewürzt – Produkt der Ehe zwischen Militär- und Computertechnologie.

Obwohl er von Fremden umgeben war, fühlte Gemmel sich wohl. Seine Begegnung mit dem Direktor der CIA am Nachmittag war ein voller Erfolg gewesen – zumindest hatte ihm Hawke das versichert.

»Sie wissen ja, wie es ist, Peter«, hatte er gesagt, als sie nach Washington zurückfuhren. »Jetzt wo die Operation auf Touren kommt, möchte der Chef auch mitgemischt haben. Er kämpft im Weißen Haus ständig gegen die anderen Berater des Präsidenten, und wenn die Sache klappt, ist Brand mit einem Schlag ganz oben – und der Kerl hat verdammt große Ambitionen.«

Gemmel war verblüfft gewesen über die Ungezwungenheit, mit der Hawke von seinem Vorgesetzten sprach, weil Hawke ein Mensch war, der das meiste für sich behielt, aber dann merkte er, welches Kompliment ihm da gemacht, welche Freundschaft ihm entgegengebracht wurde. Er wußte, daß er seit dem »Wunder« in der Wüste Hawkes vollen Respekt genoß. Dank diesem Respekt war ihre Freundschaft aufgeblüht. Und das hatte sich noch verstärkt, als Hawke den Vorschlag machte, Gemmel sollte zu ihm nach Hause zum Essen kommen und seine Familie und ein paar Freunde von ihm kennenlernen.

Gemmel hatte mit einigen unausgesprochenen Vorbehalten ja gesagt. Er war kein Meister des geselligen Geplauders und wußte auch nicht genau, wie er sich in eine typisch amerikanische Umgebung einfügen würde.

Seine Befürchtungen erwiesen sich als grundlos. Als sie ins Haus traten, wurde er von Julia und den beiden Söhnen herzlich begrüßt. Später, als Morton die Vorbereitungen fürs Barbecue traf und ehe die anderen Gäste kamen, fand sich Gemmel allein mit Julia in der Küche wieder, und sie sagte ihm mit der Offenheit, die für viele Amerikaner typisch ist, wie sehr es sie freue, daß Morton ihn mit nach Hause gebracht habe.

»Das ist so selten«, erklärte sie. »Er hält Arbeit und Privatleben fast immer streng getrennt.« Julia lächelte. »Ich nehme an, das ist in seiner Branche ganz natürlich. Um so mehr freut es mich, Sie hier zu sehen.«

Gemmel murmelte etwas Höfliches. Julia legte den Kopf schief und betrachtete ihren Gast einen Moment lang genau.

»Es ist auch selten«, fuhr sie fort, »daß er im Beruf mit jemandem Freundschaft schließt. Er hält sich meistens sehr zurück.«

»Nun, wir arbeiten eng zusammen«, erwiderte Gemmel ein wenig verlegen, »und so ist es recht hilfreich, daß wir gut miteinander auskommen.«

»Sie sind so reserviert«, sagte Julia lächelnd. »Wissen Sie, warum Morton Sie mag?«

Gemmel konnte nur die Achseln zucken.

»Sie haben einen ähnlichen Hintergrund wie er«, erklärte Julia. »Das hat er mir erzählt. Er hat mir erzählt, daß Sie aus einer ziemlich armen Familie kommen und es aus eigener Kraft geschafft haben – genau wie er.«

Gemmel lächelte. »Er hat wohl das Dossier über mich gelesen.«

»Und Sie sicher das über ihn. Haben Sie gewußt, daß ich aus einer sehr reichen Familie komme?«

Gemmel nickte.

»Und haben Sie gewußt, daß Morton nie einen Cent von meinem Vater genommen und es auch mir und den Kindern nicht erlaubt hat?«

»Das ist mir neu, Julia, aber es paßt zu dem, was ich von ihm weiß und weswegen ich ihn mag.«

Sie hörten Stimmen im Garten, und Julia führte Gemmel aus der Küche, um ihn mit den anderen Gästen bekannt zu machen.

Hawke brachte eine Riesenplatte voll Steaks an den Tisch. Das größte lud er Gemmel auf den Teller. Gemmel betrachtete das Steak und war baff.

»Soll ich das etwa essen? Das ist ja ein halbes Rind!«

»Kein Problem«, sagte Hawke grinsend. »Sie müssen es nur mit viel Flüssigkeit runterspülen.« Er gab einen Wink, und einer seiner Söhne beugte sich vor und schenkte Gemmel Wein nach.

»Bitte nicht soviel!« lachte Gemmel. »Ich muß morgen in aller Herrgottsfrühe fliegen.«

»Man kann nur fliegen, wenn man angesäuselt ist«, warf der General ein. »Wenn ich dienstlich unterwegs bin, gehe ich am liebsten hellblau an Bord und komme dunkelblau am Zielort an.« Er grinste breit. »Deshalb fliege ich auch möglichst nicht mit Militärmaschinen.«

Hawke setzte sich und klopfte dem General auf die Schulter. »Und deshalb wird es auch achtundvierzig Stunden dauern, bis wir den Kommandeur gefunden haben, wenn wir mal unsere Feuerwehr brauchen, die Rapid Deployment Force.«

Das Gespräch drehte sich nun um den Nahen und Mittleren Osten. Gemmel fiel auf, daß der CIA nie erwähnt wurde. Er hörte interessiert zu. Die drei Amerikaner hatten sehr ähnliche Ansichten, was die Außenpolitik anging. Ansichten, die man als neokonservativ bezeichnen konnte. Kurz gesagt: Es war an der Zeit, hart zu werden. Die Russen und alle anderen Kommunisten hatten nur Respekt vor einem Gegner, der nicht so schnell nachgab. Dann priesen sie die britische Premierministerin in den höchsten Tönen und sagten, sie sei der einzige Mann unter den europäischen Politikern. Hawke zog Gemmel mit ein paar geschickten Fragen ins Gespräch. Und während er redete und lauschte, verschwand unversehens das Steak von seinem Teller.

»Na bitte, so viel war es ja gar nicht«, sagte Julia. »Noch eins?«

Gemmel schüttelte den Kopf. »Das hält für eine Woche vor, Julia. Aber es war wirklich gut.« Und zu Hawke sagte er: »Sie haben verborgene Talente.«

Die beiden Söhne und die Freundin des ältesten standen auf und räumten den Tisch ab. Dann sagte die Frau des Anwalts zu

Gemmel: »Wenn ich das recht verstanden habe, sind Sie ein Ballett-Experte, nicht? Was ist mit dieser Tänzerin, die sich soeben in den Westen abgesetzt hat?«

Gemmel bemühte sich, keine Miene zu verziehen, aber Hawke bemerkte eine leichte Reaktion.

»Ist sie gut?« fragte er. »Haben Sie sie tanzen sehen, Peter?«

»Ja. Ich habe sie zweimal tanzen sehen. Sie gehört zu den sechs besten Primaballerinen der Welt.«

»Wird sie in Großbritannien bleiben?« erkundigte sich Julia.

»Keine Ahnung«, sagte Gemmel. »Ich weiß nur, daß sie sich noch nicht entschieden hat.«

Das Gespräch handelte nun von russischen Künstlern, die sich in den Westen absetzten.

»Das ist ein sicheres Zeichen dafür, daß ihr System nicht funktioniert«, meinte Julia. »Sie gehören zur Elite ihres Landes, es geht ihnen wesentlich besser als der Mehrheit, und trotzdem halten sie es nicht aus. Daß sich Künstler aus dem Westen in den Osten absetzen, kommt dagegen so gut wie nie vor.«

Gemmel sagte: »Wahrscheinlich kommen die russischen Künstler wegen der Steaks in den Westen.«

Alles lachte, und dann erschien die Freundin des ältesten Sohnes mit einem riesigen Apfelkuchen und einer Schüssel Schlagsahne, und Gemmel konnte zu seiner eigenen Überraschung noch ein großes Stück davon essen.

Später tranken sie Kaffee und Likör, und der älteste Sohn verkündete, er werde jetzt mit seiner Freundin in die Disco gehen, während sich der jüngere auf sein Zimmer zurückzog, um noch ein bißchen zu lernen. Nach einigen Minuten verabschiedeten sich auch die beiden Paare, und Julia ging in die Küche und ließ Hawke und Gemmel mit einer halben Flasche gutem Cognac im Garten allein. Sie tranken und redeten noch eine Stunde, hauptsächlich über Operation Mirage. Hawke ließ sich seine Aufregung nicht anmerken, aber Gemmel spürte sie trotzdem. Sie sprachen über das Hauptquartier in Amman und vor allem über das Nachrichtensystem, das es ihnen ermöglichen würde, während der Hadsch die Ereignisse lückenlos zu verfolgen.

Ihrer Freundschaft wegen war es eine Unterhaltung zwischen Gleichberechtigten, und Gemmel beschloß, das zu nutzen. Hawke hatte gerade noch zwei Cognac eingegossen, da sagte Gemmel: »Wir werden wohl in dem Moment, in dem die Operation ihren Höhepunkt erreicht, in den Hintergrund treten müssen – MI6, meine ich.«

Hawke trank einen Schluck Cognac und sah Gemmel in die Augen. »Richtig. Aber das haben Sie ja vermutlich schon gewußt. Ich kann Ihnen zweierlei sagen. Erstens: Wenn die Operation gelingt, wird der Sicherheitsrat des Präsidenten die Kontrolle übernehmen. Zweitens: Der Einfluß, den der Mahdi ausübt, soll in erster Linie gegen die Russen verwendet werden.«

»Wenn das zu auffällig gemacht wird, sehe ich erhebliche Gefahren«, bemerkte Gemmel. »Mit dem KGB ist nicht zu spaßen. Es wird nichts unversucht lassen, um das Blatt zu seinen Gunsten zu wenden.«

»Stimmt«, bestätigte Hawke. »Ich hoffe, daß wir es geschickt anfangen und nicht zu brutal oder zu schnell versuchen, Vorteile für uns herauszuschlagen.« Er zuckte resigniert die Achseln. »Aber das habe ich dann nicht mehr in der Hand. Ich kann Ihnen nur versprechen, daß ich alles in meiner Macht Stehende tun werde, damit die Leute nicht der Übermut packt. Und ich werde mich auch sehr bemühen, Sie und Ihre Firma immer auf dem laufenden zu halten.«

Hawke meinte es ehrlich, das wußte Gemmel. Er sah deutlich die Gefahr, daß die Amerikaner zu aggressiv wurden aufgrund des Vorteils, den der Mahdi ihnen gab. Er mußte wieder an Pritchard im malaiischen Dschungel denken – und er staunte erneut über das Genie und die Raffinesse dieses Mannes.

Ein paar Minuten später kam Julia in den Garten zurück. Gemmel schaute auf seine Uhr und erhob sich. »Sie haben mir nur noch sechs Stunden Zeit zum Schlafen gelassen«, sagte er.

Hawke stand auf, ging zum Telefon, wählte eine Nummer und sprach einige Worte. Dann sagte er zu Gemmel: »Sie werden in wenigen Minuten von einem Dienstwagen abgeholt. Dann sind Sie in einer Viertelstunde in Ihrem Hotel.«

Julia holte Gemmels Mantel. Er trank seinen Cognac aus, und sie gingen zur Haustür.

»Es hat mir großen Spaß gemacht, Julia«, sagte Gemmel. »Das Essen war vorzüglich. Halten Sie den Koch bei Laune – Sie können es sich nicht leisten, ihn zu verlieren.«

Julia lächelte und gab Gemmel einen Kuß auf die Wange. »Kommen Sie auf jeden Fall bei uns vorbei, wenn Sie wieder in Washington sind. Auch wenn Morton nicht da ist – Sie sind hier jederzeit willkommen, Peter.« Sie lächelte. »Vielleicht ist das Essen dann sogar noch besser.« Sie drehte sich um und verschwand im Haus. Eine große schwarze Limousine fuhr vor.

»Das nächstemal sehen wir uns also in Amman«, sagte Hawke. »Wann wollen Sie aus London abreisen?«

»In drei Wochen – frühestens«, antwortete Gemmel. »Ich habe beschlossen, vierzehn Tage Urlaub zu nehmen. Ich brauche ein bißchen Ruhe.«

Hawke blickte etwas verdutzt drein, und Gemmel fuhr fort: »Alles läuft nach Plan, Morton, und bis zur Hadsch gibt es wenig für mich zu tun. Boyd hat ein Auge auf Hadschi Mastan« – er grinste sarkastisch – »Ihre Leute helfen ihm dabei, und der Lasersatellit plus Start... das liegt alles bei Ihnen.«

»Okay«, sagte Hawke. »Erholen Sie sich gut. Wenn wir in Amman sind, haben wir jede Menge zu tun. Das ist sicher.«

Der CIA-Chauffeur hielt den Wagenschlag auf. Die beiden Männer schüttelten sich die Hand, und Hawke klopfte Gemmel auf die Schulter.

»Schön, daß Sie hier waren, Peter. Wir sehen uns in Amman. Bis bald.«

»Ja, bis bald«, wiederholte Gemmel lächelnd. Er stieg ein, und Hawke beobachtete, wie der Wagen davonfuhr. Seiner Meinung nach paßte es perfekt zu Gemmel, daß er zu einer solchen Zeit und trotz der zunehmenden Spannung und Aufregung die Nerven hatte, zwei Wochen Urlaub zu machen.

Es war der vierte Tag, und Maja Kaschwa hatte immer noch Angst. Aber nicht mehr soviel wie am ersten Abend. Als sie bei

Dunkelheit und Regen über Land gefahren waren, hatte sie sich immer wieder gesagt, eine große Ballettänzerin müsse auch eine große Schauspielerin sein. Sie dachte außerdem an Wassilij Gordiks Abschiedsworte:

»Dreierlei sollten Sie unbedingt im Gedächtnis behalten. Sie konnten in den letzten vier Wochen nicht in der Sowjetunion auftreten, weil Sie einen Bänderriß hatten. Sie haben sich der Kunst wegen in den Westen abgesetzt. Sie sind zu Gemmel gegangen, weil Sie sich ihm in Sympathie verbunden fühlten. Ansonsten können Sie den Leuten die reine Wahrheit sagen. Und haben Sie keine Angst davor, auch mal aus der Haut zu fahren.«

Maja stand am Fenster ihres Zimmers und blickte in den wunderschönen Garten hinaus. Die Sonne schien, was selten vorkam, und Blumen und Büsche blühten. Sie lächelte bei der Erinnerung an die Reaktion der Briten auf ihren Zorn. Außer einer gewissen Ungeduld hatte sie keinen Grund gehabt, denn die Leute waren alle freundlich zu ihr gewesen: Mr. Bennett und Mr. Grey, der Koch, die Haushälterin und sogar das Wachpersonal. Aber die Fragerei hatte sich endlos hingezogen, und Maja war müde geworden und hatte kleine Fehler gemacht, die vielleicht ganz natürlich waren. Am Samstag vor ihrem Abflug aus Rußland hatte ihre Mutter also Geflügel gekocht und kein Rindfleisch – na und? Und die Maschine von Leningrad nach Moskau war um 15 Uhr 20 gestartet und nicht um 14 Uhr 20 – na und?

Aber sie hatten nachgehakt und Fragen gestellt, die in keinem direkten Zusammenhang mit diesen kleinen Fehlern standen, und Maja war konfus geworden und hatte schließlich die Geduld verloren und die Männer angeschrien. Mr. Grey ließ sich dadurch nicht erschüttern, er lehnte sich nur zurück und hörte sich gleichmütig ihre Tirade an, aber Mr. Bennett betrachtete sie schockiert und noch schockierter, als sie einige Kraftausdrücke gebrauchte, die alles andere als stubenrein waren. Tja, dachte Maja, wenn du ein Kenner der russischen Sprache sein willst, mußt du auch wissen, wie man auf russisch schimpft.

Dann hatten die Männer sie auf ihr Zimmer geschickt, und die Haushälterin hatte ihr eine Kanne Tee gebracht und sie verschwörerisch angelächelt, und Maja kam zu dem Schluß, daß es eine gute Idee gewesen war, aus der Haut zu fahren.

Am Morgen darauf war jedenfalls alles leichter gegangen. Mr. Grey war mit ihr durch den Garten spaziert und hatte ihr erklärt, das Haus stamme aus der Regierungszeit von Königin Anna und sei der Landsitz einer Familie aus dem niederen Adel gewesen. Die Steuerlast habe sie schließlich genötigt, ihr Anwesen an die Regierung zu verkaufen.

»Wir richten unseren Adel nicht hin«, sagte er freundlich lächelnd. »Wir drücken ihm bloß mit Steuern die Luft ab.«

Maja fragte ihn, wie lange sie noch in Mendley bleiben müsse, und er antwortete, sie brauche sich keine Sorgen zu machen. Es werde bald vorbei sein. Dann erkundigte sie sich nach Gemmel – das tat sie ständig –, und Mr. Grey wiederholte seine Standardantwort: Man halte Kontakt zu ihm, könne ihn jedoch nicht involvieren.

Er fragte Maja, was sie tun wolle, wenn ihr endgültig Asyl gewährt worden sei. Sämtliche britischen Ensembles und etliche aus dem Ausland rissen sich jetzt schon um sie.

Maja hängte sich bei Mr. Grey ein. Sie gingen gerade an einem kleinen künstlichen See vorbei.

»Ich werde mindestens einen Monat gar nichts tun. Erst möchte ich mich hier ein bißchen umsehen. Land und Leute kennenlernen. Dann werde ich mich entscheiden.«

Mr. Grey fragte lächelnd: »Rosten Sie da nicht ein? Ich meine, wenn Sie nicht üben?«

Sie lachte, ließ seinen Arm los, tanzte in Pirouetten vor ihm her, und er blieb stehen und beobachtete sie ernst, und dann blieb sie stehen und sagte ebenso ernst: »Doch, Mr. Grey, ich werde einrosten und einen steifen Rücken kriegen und in allen Gelenken knacken und eine uralte Frau werden, wenn Sie mich noch lange hierbehalten.«

Worauf er wieder lächelte und ihr nacheilte. Sie hängte sich erneut bei ihm ein, und sie gingen weiter, und Maja wußte, daß er sie mochte.

Nun blickte sie in den Garten hinaus und beschloß, daß sie am späten Nachmittag noch einmal einen Spaziergang machen würde. Und wenn sie ihr morgen wieder mit Fragen zusetzten, würde sie sich wieder erbosen und so laut schreien, daß Wassilij Gordik es in Moskau hören konnte. Dann sah sie, wie ein Auto die Auffahrt entlangkam. Ein altes Auto mit viel Chrom und altmodischen Trittbrettern und großen Scheinwerfern. Es hielt vor der Haustür, und Peter Gemmel stieg aus, und Maja beugte sich aus dem Fenster und rief seinen Namen und winkte, und er blickte lächelnd zu ihr empor und winkte zurück.

»Ihnen ist also der Kragen geplatzt?«

»Ja. Das wäre Ihnen auch nicht anders gegangen.«

»War es denn so schlimm?«

Maja antwortete nicht gleich, weil sie darüber nachdenken mußte. Sie fuhren auf einer schmalen Landstraße in Richtung London. Ein paar Kilometer weiter war die Autobahn, auf der es wesentlich schneller gegangen wäre, aber Gemmel fand, daß Maja etwas von der Landschaft sehen sollte. Sie hatte sich sofort in seinen Wagen verliebt. Es war ein Lagonda, Baujahr 1930, und sie kam zu dem Schluß, daß er zu Gemmel paßte, und sagte ihm das auch.

»Sie meinen, er ist alt, aber recht gut erhalten?« fragte er lächelnd.

Maja schüttelte den Kopf. »Nein, er hat Stil, und er ist solid. Nicht so wie die modernen Autos – die sehen alle aus wie Plastikflaschen in Stromlinienform.«

Sie ließ sich in den Ledersitz sinken, beobachtete Gemmel aus den Augenwinkeln und achtete nicht auf die Landschaft.

»War es so schlimm?« wiederholte er.

»Nein, eigentlich nicht. Aber sie haben mir Tausende von Fragen gestellt. Sie haben geglaubt, ich bin eine Spionin, die Ihre Regierung unterminieren und aus allen gute Kommunisten machen will – zumindest aus Ihnen.«

Er lächelte. »Sind Sie eine gute Kommunistin?«

Maja verzog das Gesicht. »Ich bin Ballettänzerin, Peter. Bitte keine Fragen mehr.«

Sie fuhren ein paar Minuten schweigend dahin. Dann fragte Maja: »Und was jetzt?«

Gemmel warf einen Blick auf seine Uhr. »In einer Stunde sind wir in London. Bevor die Geschäfte zumachen. Sie können sich also Kleider kaufen und was Sie sonst noch brauchen.«

»Aber ich habe doch kein Geld!«

»Keine Sorge, Maja. Der ›Ballettkreis‹ hat beschlossen, Ihnen ein zinsloses Darlehen in Höhe von tausend Pfund zu gewähren.« Er wandte den Blick von der Straße ab, um Maja anzuschauen, und lächelte über ihr erstauntes Gesicht. »Für so was ist der ›Ballettkreis‹ ja da, und er ist sicher, daß er das Geld bald zurückbekommt, wenn Sie wieder anfangen zu tanzen.«

Sie brauchte eine Weile, um das in sich aufzunehmen. Dann fragte sie: »Und nach dem Einkaufen?«

»Nach dem Einkaufen haben Sie die Wahl zwischen zwei Möglichkeiten. Ich habe – freilich unverbindlich – ein Zimmer in einem Hotel für Sie reservieren lassen. Und wenn Sie nicht allein sein wollen, können Sie bei einer Bekannten von mir bleiben. Sie ist Tänzerin beim Royal Ballet, hat eine große Wohnung in Chelsea und würde Sie sehr gern bei sich aufnehmen.«

»Das ist Ihre Freundin, ja?« fragte Maja.

»Nein, wirklich nur eine Bekannte.«

»Gefällt mir beides nicht.«

»Warum nicht?«

»Weil ich lieber bei Ihnen bleiben würde. Geht das nicht? Wäre es Ihnen peinlich? Würde ich Ihnen zur Last fallen?«

Gemmel gab keine Antwort. Konzentrierte sich nur auf die Straße.

»Oder liegt es an Ihrem Beruf?« fragte Maja. »Nach alledem haben Sie wohl kein Vertrauen zu mir?«

Er schüttelte den Kopf. »Nein, Maja, daran liegt es nicht. Aber Sie kennen mich doch kaum. Sie sind noch sehr jung, und meine Bekannte ist in Ihrem Alter. Ich bin sicher, daß Sie sich bei ihr wohler fühlen als bei mir. Sie wird Sie mit Leuten bekannt machen, wird Ihnen bei der Entscheidung helfen, was Sie tun sollen.«

Er blickte sie wieder an, aber sie hatte ihr Gesicht von ihm abgewandt. Sie schaute durchs Fenster auf die vorbeiziehende Landschaft. Ein paar Kilometer fuhren sie wortlos dahin, und dann blickte Gemmel sie noch einmal an und hielt am Straßenrand. Er streckte beide Hände aus, drehte Majas Gesicht zu sich und sah, daß ihr Tränen über die Wangen liefen.

Während er die Schachteln auf dem Bett im Gästezimmer ablud, strich sie durch das Haus wie eine Katze, die ein neues Revier erkundet. Sie fuhr mit dem Finger über ein Regalbrett, um festzustellen, ob Staub darauf lag. Schaute sich die Küche an, machte Schränke auf und zu, inspizierte den Herd, warf einen flüchtigen Blick in Gemmels Schlafzimmer, bemerkte die lässige Unordnung, betrachtete voll Wohlgefallen das überraschend große Bad und ging dann wieder zu Gemmel ins Gästezimmer, der gerade Bettzeug aus dem Schrank holte.

»Dreimal pro Woche kommt eine Zugehfrau«, sagte er. »Aber Ihr Bett werden Sie schon selbst machen müssen.«

»Natürlich«, sagte sie munter. »Vergessen Sie nicht, daß ich aus einem sozialistischen Staat komme, der diese Art Ausbeutung verurteilt.«

Gemmel grinste. »Erzählen Sie mir keine Märchen. Als Staatskünstlerin sind Sie doch gehätschelt und verwöhnt worden von hinten bis vorn. Können Sie kochen?«

»Natürlich. Ich habe es von meiner Mutter gelernt. Sie hat darauf bestanden.«

Bei der Erwähnung ihrer Mutter sanken Majas Mundwinkel nach unten.

»Sie machen sich Sorgen um Ihre Mutter?« fragte Gemmel, und Maja nickte stumm.

»Das ist durchaus üblich«, sagte er freundlich. »Sie werden Ihre Mutter eine Weile nicht erreichen können. Das wird immer so gehandhabt. Aber wir werden versuchen herauszufinden, wo sie ist«, fügte er ermutigend hinzu, und Majas Gesicht hellte sich ein wenig auf.

»Wollen Sie, daß ich heute abend für Sie koche?«

Gemmel schüttelte den Kopf. »Nein. Heute abend gehen wir essen, und zwar in ein ruhiges Lokal, wo Sie niemand erkennt. Ihr Foto war in sämtlichen Zeitungen, und die Leute gieren alle nach Storys – möglichst persönlichen natürlich.«

»Ich verkleide mich«, sagte Maja fröhlich. »Ich werde eine blonde Perücke und eine dunkle Sonnenbrille tragen.«

»Lieber nicht!« lachte Gemmel. »Dann machen Sie die Leute erst recht auf sich aufmerksam. Außerdem wird es nicht nötig sein.«

Und es war auch nicht nötig. Sie gingen in ein kleines französisches Restaurant mit Kerzenbeleuchtung, das gleich um die Ecke lag. Gemmel war dort offenbar gut bekannt, und man führte die beiden zu einem separaten Tisch in einer Nische. Trotz der intimen Umgebung herrschte in der ersten halben Stunde eine recht gespannte Atmosphäre. Das war auch zu erwarten, denn wenn zwei Menschen, die sich nicht unsympathisch sind, zum erstenmal miteinander allein sind, versuchen sie natürlich, etwas über das Leben des anderen herauszufinden – Vorlieben und Abneigungen, Hoffnungen und Erwartungen. Aber Gemmel, der wußte, was Maja in den letzten drei Tagen durchgemacht hatte, hütete sich, in sie zu dringen, und sie war plötzlich schüchtern und nervös. Im Laufe des Essens und nach zwei Gläsern Wein wurde sie allerdings lockerer und begann, es zu genießen. Sie sprach von ihren Anfangsjahren beim Ballett, von der harten Ausbildung, vom ständigen Üben. Gemmel hörte fasziniert zu, wie sie von dem ausgeklügelten System der frühen Auswahl und des unaufhörlichen Siebens berichtete, das es dem Staat erlaubte, große Talente so bald wie möglich den besten Lehrern zuzuführen. Doch wenn eine Tänzerin diesen Weg eingeschlagen hatte, mußte sie alles andere der Kunst unterordnen. Es wunderte Gemmel ein wenig, daß Maja trotz ihrer eingeschränkten Existenz durchaus nicht weltfremd war und aufmerksam verfolgte, was um sie herum geschah. Sie wollte gern erfahren, wie man in England und überhaupt im Westen lebte. Gemmel sagte ihr, er müsse in nächster Zeit nicht ins Büro. Er werde sich zwei Wochen Urlaub nehmen und ihr alles Sehenswerte zeigen. In ein paar Tagen werde Maja eine Pressekonferenz über sich ergehen lassen müssen. Die Medien schrien nach Informationen und würden nicht eher Ruhe geben, als bis sie welche bekämen. Das werde auch dem Innenministerium das Leben erleichtern, denn die Russen ließen Protestnoten auf es niederrieseln wie Konfetti und machten dunkle Andeutungen des Inhalts, Maja sei unter Anwendung von Gewalt verschleppt worden. Ein Medienexperte aus dem Innenministerium werde ihr zur Seite stehen, sie auf alles vorbereiten und versuchen, die Pressekonferenz nicht zur Tortur ausarten zu lassen.

Beim Dessert begann Gemmel, ein wenig von sich zu erzählen. Von seiner Kindheit in einer Grubenstadt in Yorkshire. Von seinem Vater, der dreißig Jahre lang unter Tage gearbeitet hatte und dessen Ehrgeiz es gewesen war, daß sein Sohn auf die Universität gehen sollte und nie ein Bergwerk von innen zu sehen brauchte.

»Und?« fragte Maja. »Sind Sie auf die Uni gegangen?«

»Ja. Ein Jahr nach meinem Examen ist mein Vater mit fünfzehn anderen bei einem Grubenunglück ums Leben gekommen – ein Stollen stürzte ein. Und einen Monat darauf habe ich es eingerichtet, daß ich in eines der tiefsten Bergwerke von Yorkshire einfahren konnte – in Pontefract. Dort habe ich einen ganzen Tag verbracht, zweitausendachthundert Meter unter der Erde.« Er zuckte die Achseln. »Ich wollte wissen, wie es ist.«

Maja legte ihre Hand auf seine. »Wenigstens hat er seinen Ehrgeiz verwirklichen können, Peter«, sagte sie sanft. »Waren Sie schon mal verheiratet?«

Er berichtete ihr kurz von seiner Frau und von den Umständen ihres Todes und bemerkte dann lächelnd, die wichtigen Ereignisse in seinem Leben seien für eine unbeschwerte Unterhaltung nicht besonders geeignet. Aber Maja schüttelte mit Nachdruck den Kopf. Sie hatte die berühmte russische Seele, die sich nicht am Glück freuen kann, ohne es mit Tragik und Trauer in Zusammenschau zu bringen. Solche Ereignisse, meinte sie, gäben dem Charakter mehr Tiefe. Der Tod ihres Vaters habe die Liebe zu ihrer Mutter gesteigert, und irgendwie habe ihr dieser Verlust auch neue Dimensionen erschlossen, ihr bessere Einsicht in die emotionalen Aspekte ihrer Kunst gewährt.

Doch dann redeten sie von leichteren Dingen. Maja fragte, was er außer dem Ballett für Hobbys habe, und Gemmel sprach vom Segeln, schilderte das Gefühl, mit einer Yacht zu fahren, die sich nur nach den Launen des Winds bewegt, beschrieb das Geräusch einer hoch aufschäumenden Bugwelle und das Plätschern des Wassers am Schiffskörper in einer stillen Nacht, und Maja sah, wie er sich dabei entspannte.

»Können wir das mal machen?« erkundigte sie sich, und er sagte lächelnd: »Werden Sie auch nicht seekrank?«

»Keine Ahnung. Ich war noch nie auf See.«

»Nie?«

Sie schüttelte den Kopf. »Peter, ich hatte bislang zuviel zu tun in meinem Leben.«

»In Ordnung. Ein Freund von mir hat einen Drachen. Ich werde ihn mir für einen Tag ausleihen.«

»Können Drachen schwimmen?« fragte Maja schelmisch.

Gemmel lächelte. »Drachen sind eine Bootsklasse. Altmodisch zwar, aber gut genug für einen Tag auf dem Wasser.«

»Ich glaube, Sie mögen altmodische Dinge.«

Er dachte darüber nach. Dann sagte er: »Nicht durch die Bank. Aber wir sind so furchtbar auf den Fortschritt versessen, daß wir dazu neigen, einige von unseren guten Errungenschaften und Angewohnheiten sang- und klanglos zum alten Eisen zu werfen.«

Gemmel bat den Kellner um die Rechnung und fragte Maja: »Sind Sie müde?«

Sie nickte. »Heute ist eine Menge passiert, und ich habe in Mendley nicht besonders gut geschlafen.«

Sie gingen den kurzen Weg nach Hause, und als Gemmel die Tür aufsperrte, sagte Maja besorgt: »Peter, da steht ein Auto an der Ecke, mit zwei Männern drin.«

Er führte sie ins Haus und schloß die Tür.

»Denken Sie sich nichts dabei«, sagt er. »Die bleiben die ganze Nacht da, und die nächsten Nächte auch.«

»Sind das Ihre Leute?«

»Es sind auf jeden Fall Kollegen.«

Gemmel öffnete einen kleinen Kasten an der Wand, unmittelbar hinter der Tür, und zeigte Maja die Schalter.

»Das ist eine Alarmanlage. Wenn Sie am Morgen, bevor ich aufgestanden bin, spazierengehen wollen, stellen Sie sie bitte auf jeden Fall ab.«

»Ohne Sie gehe ich keinen Schritt aus dem Haus.«

Er lächelte. »Maja, es kann Ihnen nichts passieren. Etliche Leute haben ein Auge auf Sie.«

Sie gingen ins Wohnzimmer.

»Mögen Sie eine Tasse Kaffee?« fragte Gemmel.

Maja schüttelte den Kopf, und er spürte, daß sie irgendwie beklommen war.

»Maja, bevor ich zu Bett gehe, arbeite ich immer noch ein, zwei Stunden.«

»So spät?« fragte sie.

»Ja. Um Mitternacht kann ich mich besonders gut konzentrieren.«

Schweigen. Sie standen im Wohnzimmer und blickten sich an. Dann trat Maja einen Schritt näher und schaute zu ihm auf.

»Peter... vielen Dank für alles. Ich verspreche Ihnen, daß ich Ihnen nicht zur Last falle. Und in die Quere komme ich Ihnen auch nicht. Ich brauche nur ein bißchen Zeit, um mich einzuleben.«

Sie nahm sein Gesicht in beide Hände und küßte ihn flüchtig auf den Mund. Es war der Hauch einer Berührung, nicht mehr. Dann drehte sie sich um und ging aus dem Zimmer. Er stand reglos da, blickte ihr nach, und in seinem Gesicht malte sich Verwirrung. Schließlich schüttelte er den Kopf, trat an den Tisch mit den Drinks und schenkte sich ein Glas Cognac ein. Dann wählte er eine Platte aus, legte sie auf, drückte einen Knopf, und die melodischen Klänge von Griegs Peer-Gynt-Suite erfüllten den Raum. Er räumte Bücher aus einem der oberen Regalfächer. Dahinter wurde eine Stahlplatte sichtbar, etwa sechzig Zentimeter breit und dreißig Zentimeter hoch, mit drehbarem Griff. Neben der Stahlplatte befand sich ein schwarzes Viereck. Es war aus

Plastik und hatte zehn Quadratzentimeter Fläche. Darüber ein kleiner Schalter. Gemmel legte ihn um und hielt die rechte Hand gegen das schwarze Viereck. Es summte leise. Dann klickte es ein paarmal. Gemmel drehte den Griff, und die Platte öffnete sich. Ein tiefer Safe kam zum Vorschein. Gemmel nahm mehrere dicke Akten heraus und trug sie mitsamt seinem Glas Cognac zum Tisch.

Maja lag unterdessen oben im Bett. Sie konnte die Musik undeutlich hören. An der Wand hingen zwei Drucke, Landschaften von Turner. Die Vorhänge vor dem Fenster waren blau und hatten ein gelbes Muster. Das Zimmer war dunkelbraun tapeziert. Die Möbel waren alle antik. Das Bett hatte ein Fuß- und Kopfbrett aus Mahagoni. Der Nachttisch und die Kommode waren aus Rosenholz.

Maja mochte das Zimmer. Es war gemütlich. Trotzdem beschloß sie, daß sie hier nicht sehr lange schlafen würde. Und wenn sie umzog – ein paar Meter den Korridor hinunter –, würde sie das nicht in erster Linie für Wassilij Gordik tun. Und auch nicht für Mütterchen Rußland.

16

Die Pressekonferenz konnte als Erfolg gewertet werden. In den ersten Minuten war Maja sehr nervös – grelle Blitzlichter erhellten den Raum, und die Fotografen riefen immer wieder ihren Namen, um sie möglichst günstig ins Bild zu kriegen.

Doch als ihr die ersten Fragen gestellt wurden, legte sich ihre Nervosität. Die Dolmetscherin vom Innenministerium war eine kleine, humorvolle Frau, die Maja half, sich zu entspannen.

»Keine Sorge«, sagte sie zu ihr. »Ich übersetze nur die Fragen, die Sie beantworten wollen.«

Maja nannte mit geübter Sorgfalt die Gründe dafür, daß sie sich in den Westen abgesetzt hatte. Monierte, daß sie keinen Kontakt zu ihrer Mutter aufnehmen konnte. Erklärte, daß sie noch nicht genau wisse, wie es weitergehen sollte mit ihrer Karriere. Die ersten Fragen der Tageszeitungen galten persönlichen Dingen, und mit Hilfe der Dolmetscherin baute Maja auf das charmanteste eine dicke Nebelwand um sich auf. Sie wohne bei Freunden und brauche eine Weile, um sich in die neue Umgebung einzuleben. Sie lächelte bezaubernd und bat die Reporter, ihre Privatsphäre zu respektieren, denn dies sei eine sehr schwierige Zeit für sie. Ja, sie sei ebenfalls der Meinung, daß das Wetter ziemlich abscheulich sei, aber auch in Rußland könne es im Sommer oft recht kalt sein. Sie halte London für eine wunderbare Stadt, doch über seine Bewohner könne sie noch nichts sagen, denn bislang sei sie erst wenigen begegnet.

Schließlich begannen die Sonderkorrespondenten ihre Fragen zu stellen, Fachfragen zum Ballett, und die Reporter von der Boulevardpresse verdrückten sich. Nach einer weiteren halben Stunde beendete Maja die Pressekonferenz mit einer Danksagung an die britische Regierung und das britische Volk, die ihr Asyl gewährt hätten und ihr mit solcher Großzügigkeit begegnet seien. Dann führte der Beamte aus dem Innenministerium sie erleichtert aus dem Saal und ließ ihr eine Tasse Tee reichen.

Zwei Tage darauf klingelte bei Peter Gemmel das Telefon, als sie gerade beim Abendessen saßen. Gemmel nahm ab, und nach ein paar Worten rief er Maja und hielt ihr lächelnd den Hörer entgegen.

»Ihre Mutter ist wieder telefonisch zu erreichen. Unsere Leute sind endlich durchgekommen, und sie ist am Apparat. Bitte sagen Sie ihr nichts von mir und von Ihrem Aufenthalt in Mendley.«

Maja nahm freudestrahlend den Hörer entgegen, redete und redete und weinte auch ein bißchen, während der Auflauf, den sie gemacht hatte, kalt wurde.

Eine halbe Stunde, nachdem Maja aufgelegt hatte, lauschten Gordik, Tudin und Larissa einer Tonbandaufzeichnung des Gesprächs. Majas Mutter hatte unter anderem gefragt, ob sie genügend warme Kleider habe, und Maja hatte geantwortet, das sei der Fall, aber sie vermisse ihre Pelzstiefel. Gordik blickte Lew und Larissa triumphierend an. Dann gab er ein Zeichen, und Larissa spielte die Stelle noch einmal. Als das Tonband zu Ende war, goß Gordik drei große Whisky ein, und sie tranken auf das Wohl ihrer ›Schwalbe‹.

In Petworth House hörten fast zur selben Zeit Mr. Grey und Mr. Bennett einen Mitschnitt dieses Gesprächs ab, doch im Gegensatz zu Gordik maßen sie dem Umstand, daß Maja ihre Pelzstiefel vermißte, keine Bedeutung bei. Sie fanden die ganze Unterhaltung harmlos und uninformativ. Später, als Mr. Bennett Tee machte, rief Mr. Grey bei Mr. Perryman an und teilte ihm mit, daß das Gespräch völlig unbedeutend gewesen sei.

Perryman hatte gerade den Chef der Londoner Außenstelle der CIA und dessen Frau zu Gast, und während er telefonierte, kippte der Amerikaner den größten Teil der Linsensuppe in den Teller seiner Lebensgefährtin. Sie hatte einen weniger feinen Gaumen als er und war überdies eine äußerst loyale Gattin.

Als der Auflauf wieder aufgewärmt war, berichtete Maja Gemmel von dem Gespräch mit ihrer Mutter. Die Russen hatten sich vorhersagbar verhalten. Sie hatten Majas Mutter verhört, und das Verhör war sehr ungemütlich gewesen. Man hatte ihr vorgehalten, sie habe ihre Tochter zum Abfall vom Sozialismus aufgehetzt. Ihre Tochter sei erschreckend undankbar. Sie habe sich nicht erkenntlich gezeigt für all die Vergünstigungen, die ihr vom Staat und vom Sozialismus gewährt worden seien.

Maja lächelte Gemmel an und sagte, ihre Mutter sei zäh und habe gute Beziehungen. Also werde ihr niemand so ohne weiteres das Leben zur Hölle machen können. Irgendwann könne sie, Maja, ihre Mutter vielleicht sogar in den Westen holen. Und was Gemmel dazu meine? Er legte sich nicht fest. Man wisse nicht, wie sich das politische Klima in nächster Zeit entwickeln werde. Und davon hänge viel ab. Doch ihre Mutter sei auf jeden Fall relativ jung und außerdem gesund.

Für Maja war das Gespräch mit ihrer Mutter der fast vollkommene Abschluß eines vollkommenen Tages gewesen. Am Morgen hatte sie für Gemmel Frühstück gemacht – das tat sie jetzt immer. Er aß stets Eier mit Speck und dazu zwei Scheiben beinah angebrannten Toast. Nur die Zubereitungsart der Eier wechselte, wie er ihr erklärt hatte: mal verlorene Eier, mal Rühr- und mal Spiegeleier. Maja hatte verständnislos dreingeblickt, und Gemmel hatte ihr gezeigt, wie man es anfing, und lächelnd gesagt: »Wenn Sie einen Engländer bei Laune halten wollen, ist es unerläßlich, daß seine Frühstückseier richtig zubereitet sind.«

Also lernte Maja rasch, wie man verlorene Eier mit weichem Dotter und hartem Eiklar machte, Rühreier, die nicht zu trocken und nicht zu wäßrig waren, und Spiegeleier, bei denen – dank Braten in fast rauchheißem Fett – das Eiweiß fest und das Eigelb flüssig war.

»Ist das denn wirklich so wichtig?« hatte Maja an diesem Morgen gefragt, als sie Gemmel die richtig zubereiteten Eier servierte, und er erzählte ihr die Geschichte von den beiden Junggesellen, die sich sechs Monate lang eine Wohnung geteilt hatten.

Der eine war ein lässiger, fauler und unordentlicher Mann. Er aß nur Cornflakes zum Frühstück. Der andere war fleißig, penibel und wählerisch, und seine Frühstücksvorbereitungen waren ein Ritual. Er aß immer weiche Eier, und diese Eier kochte er exakt vier Minuten, keine Sekunde mehr und keine Sekunde weniger. Er besaß zwei Eieruhren für den Fall, daß eine davon bei der kritischen Operation nicht richtig funktionierte. Jeden Morgen, wenn er das erste Ei köpfte, blickte er triumphierend auf und sagte: »*So* sieht ein richtig gekochtes Ei aus.«

Nach ein paar Monaten ging das dem anderen derart auf die Nerven, daß er begann, Nacht für Nacht in die Küche zu schleichen. Dort nahm er die Eier aus dem Kühlschrank und kochte sie eine bis zehn Minuten vor.

Das Leben des Eieressers ging nun langsam in Scherben. Jeden Morgen verrichtete er sein gewohntes Ritual, und jeden Morgen fielen die Eier anders aus. Er ließ nichts unversucht, überprüfte seine Eieruhren, wechselte ständig die Geschäfte, in denen er Eier kaufte, fuhr schließlich aufs Land hinaus, um die Eier direkt vom Bauern zu erwerben. Der Mann, der mit ihm die Wohnung teilte, war ein kleiner Sadist. Hin und wieder ließ er die Eier so, wie sie waren, und der Eieresser hatte eine kurze, wenn auch verwirrte Atempause. Doch dann ging es wieder los: weiche Eier an einem Morgen, steinharte am nächsten. Der arme Eieresser zerbrach daran. Er konnte sich nicht mehr auf seine Arbeit konzentrieren, zerstritt sich heillos mit seiner Freundin und verfiel dem Alkohol. Schließlich litt er auch noch an Schlaflosigkeit, und damit nahm das Drama ein Ende.

»Wie?« fragte Maja gespannt.

Gemmel erklärte, der Eieresser habe eines Nachts ein Geräusch in der Küche gehört, sei dem nachgegangen und habe den anderen auf frischer Tat ertappt.

»Und was hat er gemacht?«

»Ihn mit der Bratpfanne erschlagen.«

»Nein!«

»Doch. Worauf ihm vor dem Old Bailey der Prozeß gemacht wurde.«

»Vor dem Old Bailey?«

»Ja. Das ist der oberste Strafgerichtshof Großbritanniens.«

Maja blickte ihn mit großen Augen an. Gemmel verzog keine Miene.

»Und was ist passiert?« fragte Maja atemlos.

»Er wurde freigesprochen.«

»Freigesprochen?«

»Ja. Der Richter hat die richtigen Prioritäten gesetzt. Er sagte, der Angeklagte habe in Notwehr gehandelt.«

Maja hatte Gemmel scharf gemustert, dann gesehen, daß seine Mundwinkel zuckten, und ein Brötchen nach ihm geworfen.

Nun aß sie den letzten Bissen von ihrem Auflauf und fragte mit gespieltem Ernst: »Was darf es morgen früh sein? Verlorene Eier, Spiegeleier oder Rühreier?«

Gemmel lächelte. »Spiegeleier, bitte. Und der Auflauf war köstlich.«

Maja neigte dankend den Kopf und begann, den Tisch abzuräumen. Gemmel beobachtete sie, jede Bewegung. Selbst bei einer so prosaischen Verrichtung hatte sie eine Anmut, die ihn bezauberte. In den letzten drei Tagen war er zu dem Schluß gekommen, daß sie die schönste Frau war, die er je gesehen hatte. Nicht nur augenfällig, atemberaubend schön, sondern schön mit einer ganz besonderen Note. Wie sie die Hand senkte oder das Kinn hob oder Platz nahm oder sich umdrehte oder sich streckte und gähnte, wenn sie müde war... Es war eine katzenhafte Schönheit, etwas Fließendes, ungetrübt durch eckige Bewegungen.

An diesem Morgen waren sie früh aufgestanden und zu einem Liegeplatz in der Nähe von Hamble gefahren. Es war einer von den seltenen vollkommenen englischen Sommertagen. Warm, aber nicht heiß, denn es wehte ein leichter Wind. Als Gemmel die Yacht startklar machte, sagte er, der Wind könnte ruhig etwas stärker sein, doch da es sich um Majas erste Seefahrt handle, gehe es wohl auch so.

Sie waren langsam die Themse hinuntergesegelt, ins offene Meer hinaus, und hatten sich bis auf die Badekleidung ausgezogen. Maja trug einen kleinen schwarzen Bikini, und Gemmel fand es schwierig, sich auf die Segel zu konzentrieren, als sie auf dem Boot herumging, alles inspizierte, Kommentare abgab und Fragen stellte. Einmal war ein großer Kabinenkreuzer an ihnen vorbeigekommen. Auf dem Vordeck lagen ein paar Mädchen ohne Oberteil. Gemmel lächelte über Majas Erstaunen und ihre leichte Betretenheit und erklärte, das sei heutzutage eher die Regel als die Ausnahme. Sie blickte auf ihre spärlich bedeckten Brüste nieder, schüttelte den Kopf und lächelte Gemmel schüchtern an.

»Ich bleibe altmodisch«, sagte sie, und er wußte nicht, ob er zufrieden oder ein bißchen enttäuscht war.

Einige Meilen vor der Küste hatte er die Segel gestrichen. Das Boot trieb dahin, Maja packte einen Picknickkorb aus, und Gemmel entkorkte eine Flasche Wein. Sie waren beide völlig entspannt und fanden es nicht nötig, das dann und wann eintretende Schweigen mit müßigen Worten zu überbrücken. Nach dem Essen sonnte sich Maja, während Gemmel angelte in der nicht allzu ernsthaften Hoffnung, ein paar Makrelen zu fangen.

Auf dem Rückweg übernahm Maja die Ruderpinne, und

Gemmel unterwies sie in den Grundzügen des Segelns. Sie hatte eine natürliche Begabung dafür und konnte schon nach wenigen Minuten den Wind richtig einschätzen. Außerdem hatte sie ein Gefühl für das Boot, und ihr glückliches Gesicht zeigte deutlich, wieviel Spaß ihr das alles machte.

Auf der Heimfahrt nach London kehrten sie in einem kleinen Dorfpub ein, und Gemmel ließ Maja vom englischen Bier kosten. Sie nahm einen vorsichtigen Schluck, zog eine Grimasse, und die Einheimischen am Tresen lachten. Dann erkannte sie jemand – er hatte ihr Foto in der Zeitung gesehen –, und sie mußte ihr Autogramm auf ein Dutzend Bierfilze schreiben. Der Wirt verschwand in einem Nebenraum und kehrte nach ein paar Sekunden mit einer Flasche eisgekühltem Wodka zurück. Maja brachte den Einheimischen einen russischen Trinkspruch bei und zeigte ihnen, wie man sein Wodkaglas auf einen Zug leert. Sie war scheu und freundlich zugleich, und als Gemmel ihre Worte für die anderen übersetzte, merkte er, daß sie die Ausstrahlung einer geborenen Persönlichkeit hatte. Als sie gingen, kamen alle mit nach draußen auf den Parkplatz, um Maja nachzuwinken und einen letzten Trinkspruch auf ihr Wohl auszubringen.

Maja kam aus der Küche, ein Tablett mit zwei Tassen und einer Kaffeekanne in der Hand. Gemmel stand vor der Stereoanlage und legte eine Platte auf. Maja blieb verdutzt stehen, als sie die ersten Töne hörte.

»Was ist denn das?«

Gemmel lächelte. »Ich habe mir gedacht, etwas Abwechslung täte uns gut. Das ist eine Rockband – Blue Crystal.«

Maja setzte das Tablett auf dem Tisch ab, holte den Cognac und zwei Gläser, legte den Kopf schief und lauschte.

»Das gefällt mir«, sagte sie. »Aber es ist eigentlich nicht die Art Musik, die Sie mögen.«

»Ich mag sie auch erst seit kurzem. Ich habe meinen Horizont erweitert.«

Maja goß Kaffee und Cognac ein, machte es sich in einem Sessel bequem und nahm eine Sammlung von englischen Redewendungen zur Hand. Gemmel schlug die Morgenzeitung auf, die er noch nicht hatte lesen können, weil sie so früh aufgebrochen waren.

Zehn Minuten vergingen in Schweigen, und dann ließ er plötzlich die Zeitung auf den Tisch fallen, stand auf und stellte die Musik ab.

Maja blickte neugierig auf. Sein Gesicht war ernst.

»Was ist, Peter?«

Er machte eine wegwerfende Handbewegung. »Nichts weiter. Ich gehe jetzt ein Stück spazieren. Habe ein bißchen Kopfschmerzen. Frische Luft hilft vielleicht dagegen.«

Maja sprang auf. »Soll ich mitkommen?«

»Nein. Bleiben Sie bitte hier. Ich bin nicht lange fort.«

Als er gegangen war, stand sie gekränkt und verwirrt vor der geschlossenen Tür. Dann schaute sie auf die Zeitung nieder und sah einen kurzen Artikel mit einem kleinen Foto. Wenn ihr Englisch besser gewesen wäre, hätte sie vom Unfalltod eines Toningenieurs namens Mick Williams lesen können. Er hatte sich kürzlich einen Porsche gekauft, mit dem er bei 180 km/h von der Straße abgekommen und gegen eine Mauer gefahren war.

Nach zwei Stunden hörte Maja, wie sich der Schlüssel im Schloß drehte. Gemmel steckte den Kopf ins Wohnzimmer und sah sie mit hochgezogenen Beinen in einem Sessel sitzen. Sie betrachtete ihn besorgt.

»Maja, Sie hätten ins Bett gehen sollen.«

»Habe ich Sie geärgert? Sie aufgeregt?«

»Nein, Maja, in keiner Weise. Glauben Sie mir. Ich wollte nur spazierengehen und ein wenig nachdenken.«

Sie erhob sich aus ihrem Sessel.

»Mögen Sie eine Tasse Kaffee?«

»Nein danke. Ich werde noch eine Weile arbeiten.«

Maja warf einen Blick auf ihre Uhr. Es war kurz vor Mitternacht. An den beiden letzten Abenden hatte sie gesehen, wie er den merkwürdigen Safe geöffnet hatte, indem er die Hand gegen die schwarze Platte drückte. Sie nahm an, daß das irgend etwas

Elektronisches war, darauf programmiert, nur auf Berührung durch eine bestimmte Person zu reagieren. Er hatte es immer ganz beiläufig getan und dann seine Akten zum Tisch getragen und gearbeitet, während sie las oder Musik hörte.

»Haben Sie immer noch Kopfschmerzen, Peter?«

»Nein, die sind weg.«

Maja ging zu ihm und legte ihre Hand auf seine Stirn.

»Fieber haben Sie jedenfalls nicht.«

Sie standen einen Moment schweigend da und sahen sich in die Augen. Dann nahm er ihre Hand von seiner Stirn. Ihre Finger verschlangen sich ineinander, und er küßte sie. Es war kein flüchtiger Gutenachtkuß wie bisher. Auch kein freundlich-geschwisterlicher Kuß. Dieser Kuß war aus drei Tagen gegenseitiger körperlicher und geistiger Anziehung geboren, und er dauerte lange, lange. Er legte den anderen Arm um sie und zog sie näher heran, und sie stellte sich auf die Zehenspitzen und umfaßte mit der einen Hand seinen Hinterkopf und schmiegte sich an ihn. Als sie sich voneinander lösten, blickte sie zu ihm auf. Dann lehnte sie ihren Kopf gegen seine Schulter.

Er flüsterte in ihr Haar: »Ich kann die Finger nicht von dir lassen, wenn du bleibst. Du mußt entweder gehen oder mit mir zusammensein – ganz.«

»Ich bleibe«, flüsterte sie zurück.

Er nahm sie bei der Hand, führte sie in sein Schlafzimmer und entkleidete sie langsam, fast ehrerbietig, und küßte sie wieder und tastete mit seinen Lippen über die Konturen ihres Gesichts und mit seinen Händen über ihren Körper.

Ihr Mund und ihre Haut schienen unter seiner Berührung zu beben, und als er die Hand tiefer bewegte, wölbte sie sich ihm entgegen.

Er löste sich von ihr, zog sein Hemd aus, sah sie an. Sie blickte ihm nicht lange in die Augen. Sie sah in sein Gesicht, wandte den Kopf ab, sah wieder in sein Gesicht... In ihrer Miene spiegelten sich Sehnsucht und Unschlüssigkeit, und er wußte, das war kein Spiel, das war nicht die geheuchelte Unschlüssigkeit einer koketten Frau.

Er legte sich neben sie und streichelte ihren Busen, küßte ihre Brustknospen und blickte ihr wieder ins Gesicht. Ihr Mund war leicht geöffnet, aber die Augen hatte sie geschlossen.

»Maja, sieh mich an.«

Sie schlug die Augen auf, und ihr Atem wehte ihm warm ins Gesicht.

»Du mußt dir sicher sein, Maja. Ich will nicht, daß du es bloß aus Dankbarkeit tust.«

Sie schüttelte den Kopf. Ihr langes schwarzes Haar machte ein zischelndes Geräusch auf dem weißen Kissen.

»Ich tu's nicht aus Dankbarkeit, Peter.«

Er küßte wieder ihre Brüste, und seine Hand wanderte tiefer, und sie wölbte sich ihm entgegen, und er spürte Wärme und Feuchtigkeit und ließ behutsam einen Finger in sie gleiten – dann hob er plötzlich den Kopf und starrte erstaunt ihre geschlossenen Lider an.

»Maja!«

Sie öffnete die Augen. Ihr Blick war bang.

Er stotterte fast. »Du... du hast nie...? Das ist das erste Mal?«

Sie nickte stumm, und er drehte sich auf den Rücken, lag reglos da und schaute gegen die Zimmerdecke.

Einige Minuten vergingen. Dann stützte sie sich auf den Ellenbogen, richtete sich auf und blickte ihm ins Gesicht.

»Wundert dich das so? Ist das schlimm?«

Er atmete tief aus.

»Nein, natürlich nicht. Aber... ja, es wundert mich.«

»Dann willst du mich nicht, nein?«

Er drehte langsam den Kopf, sah, daß ihr die Tränen kamen. Sie sah eine Mischung aus Verwirrung und Zärtlichkeit.

»Doch, ich will dich, Maja, aber...«

»Aber was?« fragte sie bitter. »Bin ich dir nicht erfahren genug? Hast du noch nie mit einer Jungfrau geschlafen?«

Er lächelte traurig.

»Doch, Maja. Aber das ist lange her. Sehr lang.«

»Du tust so, als wäre ich eine Art Monstrum. Nur weil ich mich nicht weggeworfen habe, weil ich meinen Stolz hatte. Mich aufgespart habe, bis ich einen Mann fand, den ich lieben kann.«

Er drehte sich wieder um, schaute sie an, merkte, wie so etwas wie Ärger in ihm hochstieg.

»Soll das heißen, daß du mich liebst?«

»Ich liebe dich schon seit drei Jahren.« Sie sagte es schlicht und mit solcher Überzeugung, daß er keinen Zweifel an ihren Worten hatte.

»Seit dieser ersten kurzen Begegnung?«

»Ja«, sagte sie, immer noch ein wenig verärgert. »Bist du so dumm oder so blind, daß du das nicht fühlst?«

»Hatte das etwas damit zu tun, daß du dich in den Westen abgesetzt hast?«

Nun wurde sie wirklich wütend. Sie setzte sich auf mit wirrem Haar und funkelnden Augen.

»Natürlich!«

»Und deine Kunst?«

»Die auch! Gibt es denn immer nur *einen* Grund? Können nicht zwei Gründe ineinandergreifen? Hast du mich nicht tanzen sehen? Hast du nicht gemerkt, daß ich nur für dich getanzt habe? Hast du das nicht gespürt?«

Er lächelte sie an. Und dann lachte er laut und streckte die Arme aus und zog sie an sich und küßte sie und sagte: »Doch, ich habe es gemerkt, meine kleine Primaballerina, und als ich aus dem Theater kam, bin ich zu Fuß nach Hause gegangen, und als ich hier war, habe ich gewußt, daß ich dich liebe. Ich konnte nicht arbeiten, mußte ständig an dich denken, mußte daran denken, daß du in ein paar Stunden ins Flugzeug steigst und abfliegst und daß ich dich vielleicht nie wiedersehe.«

Sie lächelte ihn an. Sie war erleichtert. Sie glaubte ihm.

»Du hättest dich doch nach Rußland absetzen können.«

Er lachte. »Stimmt. Aber da hätten sie mich auch erst mal weggeschickt – und nicht bloß drei Tage.« Seine Stimme wurde ernst. »Nun aber. Wollen wir die ganze Nacht reden, oder möchtest du aufhören, ein anthropologisches Kuriosum zu sein?«

Sie gab keine Antwort, legte sich nur zurück und zog ihn an sich, und er war behutsam, küßte ihre Lippen und ihr Gesicht, küßte ihre Brüste und ihren Bauch, streichelte ihre Flanken und ihre Schenkel. Sie war bereit, sie wartete auf ihn, aber sie fand es schwierig, die Jahre der Zurückhaltung einfach abzulegen. Sie zog ihre Knie an, und er versuchte es vorsichtig, doch sie war empfindlich, und jedesmal, wenn er tiefer gehen wollte, zuckte sie zurück. Sie sehnte sich nach ihm, aber sie fürchtete sich auch. Ein zögernder, eben flügge gewordener Vogel am Rand des Nestes, der mit seinen kleinen Flügeln flattert und Angst hat, sich ins Unbekannte fallenzulassen... Er zog sich zurück und blickte auf sie nieder, legte seine Hand auf ihre Wange und sagte: »Warte einen Moment.«

Er stieg aus dem Bett, ging nackt die Treppe hinunter, betrat das Wohnzimmer, suchte einen Stapel Platten durch, wählte eine aus und legte sie auf.

Als er wieder in der Tür zum Schlafzimmer erschien, hörte Maja die Klänge von Minkus' *Paquita*. Die Musik, zu der er sie zum erstenmal hatte tanzen sehen. Sie lächelte und streckte ihm die Arme entgegen, und er kam zu ihr, und ihre Unsicherheit war dahin. Er nahm ein Kissen, hob sie behutsam an und schob es unter sie. Diesmal zuckte sie nicht zurück. Sie bebte ihm entgegen, drückte sich gegen ihn und schrie und hielt die Augen offen, beobachtete sein Gesicht, klammerte sich an seinen Schultern fest, ihre Fingernägel gruben sich in sein Fleisch, und sie drückte sich wieder gegen ihn. Und dann war er tief in ihr, und sie weinte vor Erleichterung und Freude und küßte ihn.

Er versuchte, sich zurückzuhalten. Noch einen Moment, noch einen Moment... Aber er konnte es nicht und brauchte es nicht, denn in ihrem Gesicht spiegelte sich die Enthemmung ihres Körpers, die Ekstase, sie zitterte, sie stöhnte, und sie kamen gemeinsam zum Höhepunkt.

Die Platte war längst zu Ende, als sie sich voneinander lösten. Er blieb in ihr, hielt sie fest, flüsterte ihr Liebesworte zu und lauschte den ihren. Dann wurde er wieder erregt und spielte auf ihrem Körper wie auf einem Instrument, und es war, als tanze sie zu dieser Musik, und wieder kam sie zum Höhepunkt, diesmal nicht so jäh, aber intensiver und länger.

Schließlich zog er sich zurück und blickte auf sie nieder und sah das blutige Laken und küßte sie und sagte lächelnd: »Morgen kommt die Zugehfrau, und sie wird ihren Augen nicht trauen.« Und so standen sie auf und wuschen gemeinsam das Laken und die Decke darunter und hängten beides zum Trocknen über die Heizung. Danach saßen sie nackt in einem der großen Ledersessel, tranken Cognac und hörten noch einmal *Paquita*, und sie bewegte sich auf seinem Schoß, war zärtlich, und als die Morgensonne durchs Fenster drang, liebten sie sich wieder, und sie tuschelte ihm ins Ohr, daß sie die Absicht habe, viel nachzuholen.

Jeden Mittwochvormittag tagt der Sicherheitsrat des Königreichs Saudiarabien in der Hauptstadt Riad. Auf der Tagesordnung stehen gewöhnlich Probleme der Landesverteidigung und internationale Fragen. Dem Gremium gehören vier Prinzen der Herrscherfamilie und sechs Bürgerliche an, die man am treffendsten als Technokraten bezeichnen könnte. Ihre Aufgabe ist es, dem König und dem mächtigen Kronprinzen Bericht zu erstatten und sie zu beraten.

Einer dieser Bürgerlichen war Mirza Farruki, der Chef des saudiarabischen Geheimdiensts, und an jenem Mittwochvormittag hielt er einen Vortrag über die Folgen, die gewisse religiöse Spannungen im Königreich für die innere Sicherheit hatten.

Es gab schon seit langem Probleme im Osten des Landes, wo eine stattliche schiitische Minderheit lebte. Im Vorjahr war es zu Unruhen gekommen, die nur mit Gewalt hatten niedergeschlagen werden können. Man befürchtete weitere Tumulte kurz vor der Hadsch. Mirza Farruki machte sich deswegen keine allzu großen Sorgen, denn diese Konflikte waren räumlich begrenzt, und in ihnen spiegelten sich hauptsächlich die Spannungen wider, die überall im Nahen und Mittleren Osten zwischen Schiiten und Sunniten herrschten. Die Sicherheitskräfte in den betreffenden Gebieten waren verstärkt worden, und Mirza Farruki meinte beruhigend, im Zweifelsfall werde man die Lage rasch in den Griff kriegen.

Dann beschäftigte er sich mit den Gerüchten, die sich im ganzen Königreich und in sämtlichen islamischen Staaten ausgebreitet hatten, den Gerüchten vom Kommen des Mahdi.

Zunächst hatte Mirza Farruki diese Gerüchte auf die leichte Schulter genommen. Es war nichts Ungewöhnliches, daß man in den Basaren und Moscheen des Königreichs von einem neuen Mahdi raunte. Doch diesmal hielten sich die Gerüchte mit seltener Hartnäckigkeit, auch vermehrten und steigerten sie sich, und sie schienen außerdem, was wichtiger war, keinen gemeinsamen Ursprung zu haben. Seine Nachforschungen hatten ergeben, daß sie fast gleichzeitig eingesetzt hatten, und das in so weit voneinander entfernten Ländern wie Indonesien und Nigeria. Und überall lief dasselbe Gerücht um: Der Mahdi werde bei der Hadsch kommen.

Das allgemeine Interesse und die allgemeine Erwartung waren so groß, daß man in Mekka mit zwanzig Prozent mehr Pilgern rechnete.

Die Gerüchte hatten vor drei Monaten eingesetzt und waren anfangs nur von Mund zu Mund gegangen. Inzwischen waren jedoch zwei Ereignisse eingetreten, die ihnen nicht nur neue Nahrung gaben, sondern auch eine ernste Bedrohung darstellten.

Erstens hatten die Medien der gesamten islamischen Welt die Gerüchte aufgegriffen, publik gemacht und ihnen damit eine gewisse Glaubwürdigkeit verliehen.

Zweitens war ein Mann aufgetaucht, der – ohne daß er es selbst behauptete – von vielen für den Mahdi gehalten wurde.

An diesem Punkt unterbrach einer der Prinzen Mirza Farrukis Vortrag und fragte, ob man wisse, wer der Mann sei, und falls ja, warum man ihn dann nicht schon längst verhaftet habe.

Worauf Mirza Farruki erwiderte, die Identität des Mannes sei bekannt. Es handle sich um einen unbedeutenden, einfältigen Schafhirten aus Medina. Er sei nicht verhaftet worden, weil er keinerlei Gesetze übertreten habe. Das Problem sei folgendes: Er habe zwar rasch eine Anhängerschaft um sich geschart, aber weder er noch seine Anhänger sprächen vom Kommen des Mahdi. Auch ermutigten sie andere nicht, es zu tun. Der Mann ziehe lediglich von Dorf zu Dorf und von Stadt zu Stadt, bete in den Moscheen und halte Predigten, die allesamt nur aus Koran-Zitaten bestünden. Mirza Farruki führte aus, daß er niemanden verhaften könne, weil er aus dem Koran zitiere. Er könne den Mann auch nicht in seiner Freizügigkeit einschränken, denn er habe sich kein Verbrechen zuschulden kommen lassen, ja nicht einmal ein Vergehen. Ein beunruhigender Aspekt der Sache sei, daß dieser Mann, genannt Abu Qadir, von Sunniten und Schiiten gleichermaßen akzeptiert und begrüßt werde und daß sich seine Anhänger aus beiden Hauptrichtungen des Islams sowie aus mehreren Sekten rekrutierten.

Ein anderer Prinz wollte wissen, wie groß die Anhängerschaft Abu Qadirs sei. Mirza Farruki antwortete, das lasse sich schwer schätzen. Er ziehe nur mit ein paar Dutzend Leuten durchs Land. Der wichtigste Mann unter ihnen sei ein gewisser Hadschi Mastan aus Dschidda, einstmals wohlhabend und geachtet, bis er sein Geschäft verschenkt habe, um Abu Qadir zu folgen.

Doch an jedem Ort, den Abu Qadir besuche, scheine es eine lokale Anhängerschaft zu geben, die rasch die Kunde von seinem Kommen verbreite und dafür sorge, daß die Menschen in Scharen zusammenliefen, um seine Predigten zu hören.

Zweimal sei Abu Qadir von der Religionspolizei in die Zange genommen worden. Beim zweiten Mal habe sich auch ein hoher Mann vom Geheimdienst zum Verhör eingefunden. Es sei äußerst schwierig und frustrierend gewesen, denn Abu Qadir und Hadschi Mastan hätten kein Wort in den Mund genommen, das nicht im Koran enthalten sei. Offenbar kannten sie die hundertvierzehn Suren mit ihren etwa sechstausend Versen auswendig.

Dann wurde Mirza Farruki gefragt, was er zu tun gedenke, und er mußte sagen, daß sich seine Möglichkeiten leider nur aufs Beobachten, Abwarten und Lauschen beschränkten. Falls Abu Qadir mit Worten oder mit Taten den Anspruch erhebe, der Mahdi zu sein, werde man ihn sofort verhaften und ihm den Prozeß wegen schwerer Verstöße gegen die Religionsgesetze machen, worauf bekanntlich die Todesstrafe stehe.

Man wußte, daß er und viele seiner Anhänger nach Mekka pilgern würden. Man munkelte, sie hätten vor, sich in Taif zu versammeln, 70 km südöstlich von der heiligen Stadt, und wollten dann die Wüste durchqueren – zu Fuß und nicht auf der sechsspurigen Autobahn, die die Regierung hatte bauen lassen, damit die islamischen Staatsoberhäupter, die die letzte Islamische Konferenz besucht hatten, bequem über Land fahren konnten.

Mirza Farruki versicherte dem Gremium, daß sein Geheimdienst diese »persönliche« Wallfahrt von der ersten bis zur letzten Sekunde überwachen werde. Wenn in den fünf Tagen der Hadsch nichts Spektakuläres geschehe, werde sich Abu Qadirs Anhängerschaft rasch verlaufen. Und damit erledige sich das Problem von selbst.

Der Sicherheitsrat war mit Mirza Farrukis Bericht zufrieden und beschäftigte sich nun mit dem Ankauf weiterer F16-Kampfflugzeuge von den Vereinigten Staaten.

Alan Boyd war erstaunt. Er wußte, daß Gemmel urlaubsreif war, fand es aber, gelinde gesagt, doch etwas seltsam, daß er sich kurz vor dem Höhepunkt der Operation vierzehn Tage freinahm. Er traf, aus Dschidda kommend, in London ein – in Dschidda hatte er ein bißchen an den Fäden gezogen, an denen Hadschi Mastan hing – Fäden, die er gar nicht richtig in der Hand hatte. Sie führten an ihm vorbei, nach oben, zu irgendwelchen Leuten außer Sicht, irgendwo im dunkeln.

Bei der Ankunft in Petworth House hatte man Boyd gesagt, er möge sich nicht bei Gemmel, sondern bei Perryman melden. Das Gespräch hatte sein Erstaunen nicht gerade beseitigt. Perryman teilte ihm lediglich mit, Gemmel sei erschöpft und brauche etwas Ruhe, und das Geheimnis der guten Führung sei die Delegierung von Verantwortung, was ihm – als Gemmels Stellvertreter – ja eigentlich schmeicheln müßte. Dann lauschte Perryman dem, was Boyd zu berichten hatte, und sagte ihm anschließend, die Amerikaner arbeiteten genau nach Plan und der Lasersatellit werde demnächst von Palmdale nach Kap Canaveral gebracht, von wo ihn die Raumfähre *Atlantis* in den Weltraum befördern werde.

Erst später, in der Kantine und auf den Fluren von Petworth House, hörte Boyd von dem Klatsch über die schöne russische

Ballettänzerin, die sich in den Westen abgesetzt hatte. Sie sei direkt zu Gemmel gekommen und wohne nun bei ihm. Boyds Verwirrung nahm zu, denn er kannte Gemmel gut, und eine solche Geschichte paßte überhaupt nicht ins Bild.

Maja reckte den Hals und blickte in die hohe Kuppel der St. Paul's Cathedral.

»Schön«, sagte sie zu Gemmel, der neben ihr stand. »Aber Kuppeln haben wir in Rußland auch.«

Er lächelte, nahm sie beim Arm, führte sie aus der Kirche und die breite Treppe hinunter. Es war ein sonniger Vormittag, und Gemmel zeigte Maja die City, den Teil von London, der die Hochfinanz und viele historische Gebäude beherbergt.

»Eine Brutstätte des Kapitalismus«, sagte er zu ihr, als sie ein paar Minuten gelaufen waren und zur Bank of England mit ihrer imposanten Fassade kamen. Maja war fasziniert vom »Boten«, der am Haupteingang stand, einem Hünen mit Pelerine und Zylinder.

Arm in Arm gingen sie wieder zurück, an St. Paul's vorbei, und bogen in die Old Bailey Street ein. Vor dem Old Bailey blieben sie stehen, und Gemmel deutete auf die Justitia mit ihrer Augenbinde und der Waage der Gerechtigkeit.

»Da ist der Eieresser also freigesprochen worden?« Maja lächelte und zupfte an Gemmels Ärmel. »Können wir da mal reinschauen?«

Sie liefen durch gewölbte Korridore, und Maja drehte sich immer wieder um und gaffte die Barrister mit ihren Roben und Perücken an, die wichtigtuerisch durch die Gänge eilten, Akten und Schriftsätze in der Hand.

Gemmel erklärte, in diesem Gebäude gebe es dreiundzwanzig Kammern, die nicht nur große Strafsachen verhandelten, sondern auch Bagatelldelikte, die in der City anfielen. Sie blieben vor der offenen Tür der 17. Kammer stehen. Drinnen begann gerade eine Verhandlung, und er nahm Maja spontan beim Arm. Sie traten ein und setzten sich auf eine der für die Öffentlichkeit bestimmten Bänke. Maja beobachtete gespannt, wie der Protokollführer allen befahl, sich zu erheben. Und dann schlurfte ein alter Richter mit scharlachroter Robe und verschossener weißer Perücke in den Saal und nahm sehr würdevoll seinen Platz auf der Richterbank ein. Der Protokollführer verlas die Anklage. Gemmel flüsterte Maja die Übersetzung ins Ohr.

Der Fall war nicht besonders aufregend. Es ging um arglistige Täuschung von seiten des Inhabers eines kleinen Reisebüros. Maja betrachtete den Mann auf der Anklagebank und kam zu dem Schluß, daß er schuldig sei. Er trug einen auffälligen karierten Anzug, hatte lange, fettige Haare und Augen, in welchen die Raffgier nur so funkelte. Aber er hatte auch einen schlauen Verteidiger, der sich nicht im mindesten von der tyrannischen Art des Staatsanwalts beeindrucken ließ. Der Verteidiger hatte ein juristisches Hintertürchen gefunden, das er zum veritablen Portal ausbaute, bis sich schließlich der Richter einschaltete. Er warf dem Staatsanwalt vor, daß er einen miserabel vorbereiteten Fall vor Gericht gebracht habe und ihm damit die Zeit stehle. Und dann wies er die Klage ab.

»Aber der Mann war schuldig!« rief Maja, als sie mit Gemmel das Gerichtsgebäude verließ. »Das lag doch auf der Hand!«

Gemmel, dem das alles ein bißchen peinlich war, führte sie in einen Pub auf der anderen Straßenseite, *The Magpie and Stump*. Er ging mit ihr in die Bar im ersten Stock und erklärte, dieses Lokal sei als »10. Kammer« bekannt – der Name stamme noch aus der Zeit, zu der das Old Bailey nur neun Kammern gehabt habe.

Sie saßen an einem Ecktisch, und Gemmel holte ein Glas Wein für sie und einen Scotch für sich.

Maja war in einer merkwürdigen Stimmung. Sie blickte zerstreut um sich und schien weit fort zu sein. An der Wand hingen alte gerahmte Gedichte, und die ganze Bar sah ein wenig schäbig aus. Gemmel berichtete Maja von ihrer Geschichte. Im 19. Jahrhundert waren oft zum Tod Verurteilte aus dem Newgate Prison hierhergebracht worden und hatten in diesem Raum ihre Henkersmahlzeit eingenommen. Damals gab es einen Tunnel, der das Gefängnis mit dem Pub verband. Damals ließen sich die Leute auch Tische und Fensterplätze reservieren, damit sie die Hinrichtungen durch den Strang beobachten konnten, die vor dem Gefängnis stattfanden.

»Und vor Gericht – war es da genauso?« erkundigte sich Maja. »Ich meine, genauso wie heute? Waren der Richter und die Anwälte da auch so komisch angezogen?«

In Beantwortung ihrer Frage erzählte Gemmel nun vom britischen Gewohnheitsrecht und seiner Entwicklung aufgrund von Präzedenzfällen. Er spürte, daß irgend etwas Maja beunruhigte, und nahm an, das liege an der Verhandlung, der sie eben beigewohnt hatten. Er begann, das System zu verteidigen. Der Mann mochte schuldig gewesen sein, sagte er, aber hin und wieder sei die Justiz eben leider hilflos und das Recht dehnbar. Maja schüttelte den Kopf. Sie hatte Tränen in den Augen, und er war völlig verwirrt.

»Der Staatsanwalt konnte überhaupt nichts machen«, sagte sie. »Der Richter hat ihn praktisch als Trottel hingestellt.«

Gemmel schwieg. Er hatte keine Ahnung, worauf sie hinauswollte, und dann merkte sie, wie verwirrt er war, legte ihre Hand auf seine und erklärte ihm, wie betroffen sie dieses Erlebnis gemacht habe. Der Mann sei sicher ein Krimineller gewesen und in Rußland wäre er automatisch ins Gefängnis gewandert – trotz seines schlauen Anwalts. Das liege daran, daß Richter und Staatsanwalt dort gewissermaßen ein Team bildeten. In Rußland könne ein Richter niemals einen Staatsanwalt oder einen Polizisten kritisieren. Denn das wäre so, als würde er sich eigenhändig einen Dolch in den Rücken stoßen. Doch hier habe sie deutlich gesehen, daß der Arm des Gesetzes und der Schiedsmann des Gesetzes zweierlei seien. Für sie sei das nicht das Entscheidende, daß dieser kleine Ganove straflos ausgegangen sei. Es sei schön, daß er den Gerichtssaal als freier Mann habe verlassen können, und es sei schön, daß der Richter zum Statsanwalt gesagt habe, er stehle ihm die Zeit.

»Es geht nicht um das Gericht, Peter«, sagte sie, »oder um die altmodischen Kleider und die altmodische Sprache. Es geht nur um folgendes: Wenn dieser kleine Ganove einen Gerichtssaal betreten und ihn als freier Mann verlassen kann – dann müssen alle frei sein.«

Gemmel dachte über Majas Worte nach, sah die Logik dahinter und verstand, einen wie tiefen Eindruck eine solche Geschichte auf jemanden machen mußte, der an ein totalitäres System gewöhnt war, das nie einen Fehler zugeben konnte.

Sie aßen in einem Weinhaus zu Mittag, und dann zeigte er Maja den Tower, das Parlament und den Buckingham-Palast. Er hätte sich wie ein konventioneller Fremdenführer vorkommen können, aber sie war neugierig und stellte unkonventionelle Fragen. Wieviel verdiente ein Unterhausabgeordneter? Stimmte es, daß er neben seiner Arbeit als Parlamentarier noch einen anderen Beruf ausüben konnte? Hatte die Queen wirklich keine Macht? Wie reich war sie? Und wie konnte sie unparteiisch bleiben, wenn Linksregierungen an der Macht waren? Gemmel beantwortete Majas Fragen. Er war überrascht, aber ihr Interesse freute ihn auch. Schließlich eilten sie nach Hause zurück, weil Maja ein Gespräch mit ihrer Mutter angemeldet hatte und sie beide die Zeit fast vergessen hatten. Als sie in die Straße einbogen, sagte Maja, die Männer, die das Haus beobachtet hätten, seien nicht mehr da.

»Die kommen auch nicht wieder«, sagte Gemmel. »Du kannst jetzt davon ausgehen, daß deine Landsleute dich aufgegeben haben.«

Das Telefonat war kein Erfolg. Maja sprach zehn Minuten mit ihrer Mutter, und als sie ins Wohnzimmer zurückkam, merkte Gemmel gleich, daß sie ziemlich mitgenommen war.

Er erkundigte sich taktvoll nach dem Gespräch, und Maja sagte ihm, ihre Mutter sei traurig und vermisse sie sehr. Ihre Bekannten besuchten sie nicht mehr, weil sie Angst hätten, Schwierigkeiten mit den Behörden zu bekommen. Gemmel versuchte, Maja zu trösten: Das sei nur eine Übergangszeit, völlig normal und nicht anders zu erwarten. Doch sie war untröstlich und ging traurig in die Küche, um Abendessen zu machen, und er konnte nur die Achseln zucken, eine Platte auflegen und hoffen, daß diese düstere Stimmung nicht lange anhielt.

In Moskau lauschten Gordik, Tudin und Larissa wieder einem Mitschnitt des Gesprächs, und als es zu Ende war und Larissa das Tonband abgestellt hatte, nickte Gordik zufrieden und meinte: »Das war deutlich genug. Sie wird es wohl verstanden haben.«

»Glauben Sie nicht, daß Sie sie zu sehr drängen?« fragte Tudin. »Es sind erst zehn Tage.«

Gordik breitete mit hilfloser Gebärde die Arme aus.

»Kann ich nicht beurteilen. Aber ich habe das Gefühl, daß die Zeit knapp ist. Und wenn unsere ›Schwalbe‹ überhaupt etwas erfährt, dann am ehesten in der ersten Phase der Verliebtheit und des Überschwangs.«

Tudin war von diesem Argument nicht überzeugt. Er argwöhnte auch, daß sein Chef Maja zum Handeln drängte, weil er befürchtete, Gemmels Einfluß könne zu stark werden.

»Jedenfalls«, fuhr Gordik fort, »wird sein Haus nicht mehr observiert. Zumindest nicht sichtbar. Wir müssen es einfach riskieren.«

In Petworth House stellte Mr. Bennett das Tonband ab, blickte Mr. Grey an und sagte mit Nachdruck: »Pelzstiefel.«

Mr. Grey studierte gerade eine Abschrift des Gesprächs, das diesem vorangegangen war. Er nickte langsam.

»Ja. Unser Sommer ist zwar meistens nicht sehr sommerlich, aber *so* würde es auch eine sehr besorgte Mutter nicht übertreiben. Bitte spielen Sie die Stelle noch mal ab.«

Mr. Bennett stellte das Tonband wieder an, und sie hörten, wie Majas Mutter der Sorge Ausdruck verlieh, ihre Tochter könnte frieren – und ob sie schon Pelzstiefel gekauft habe? Nein, sagte Maja, sie sei anderweitig beschäftigt gewesen, aber sie werde bald welche kaufen. Außerdem sei es hier recht warm. Kein Grund zur Sorge also. Aber ihre Mutter ließ nicht locker. Sie sei erst dann beruhigt, wenn sie wisse, daß Maja eine ordentliche Garderobe habe, und zu der gehörten nun mal Pelzstiefel.

Mr. Bennett stellte das Tonband ab und sagte: »Die drängen sie. Es sind erst zehn Tage, und sie drängen sie.«

Mr. Grey war tief in Gedanken.

»Wenn Perryman uns nur vollständig ins Bild setzen wollte«, sagte er schließlich. »Ich meine, es wäre hilfreich, wenn wir wüßten, worauf es die Russen abgesehen haben und woran Peter arbeitet.«

»Wenn das KGB es so eilig hat, muß es jedenfalls etwas Großes sein.«

»Zweifellos«, sagte Mr. Grey erbittert. »Und die Leute scheinen sehr viel mehr zu wissen als wir.«

Er ging zum Telefon, nahm den Hörer ab und wählte Perrymans Nummer.

Maja schwieg beim ganzen Abendbrot und stocherte nur lustlos in ihrem Essen herum. Nach einer Weile versuchte Gemmel nicht mehr, sie aufzuheitern. Statt dessen legte er ein Beethoven-Konzert auf, damit es nicht gar so still war.

»Arbeitest du noch?« fragte sie, als sie die Teller abräumte.

Er schüttelte den Kopf. »Nein, ich bin pflastermüde, nachdem du mich durch ganz London gehetzt hast.« Er deutete auf die Stereoanlage. »Wenn die Platte zu Ende ist, gehe ich ins Bett.«

Maja trug die Teller in die Küche, machte Kaffee und goß ihn in zwei Tassen. Dann öffnete sie ihre Handtasche und holte eine Puderdose heraus. Mit einem kleinen Löffel kratzte sie ein paar Gramm von dem Pulver zusammen und verrührte es in einer der Tassen.

Das Konzert ging zu Ende. Gemmel trank seinen Kaffee aus und lächelte Maja über den Tisch hinweg an.

»Ich bin aber nicht zu müde, um noch mit dir zu schlafen.«

Sie lächelte matt zurück, und er stand auf, zog sie aus dem Sessel und küßte sie.

»Versuche, nicht daran zu denken, Maja. Es geht deiner Mutter sicher bald wieder gut. Ruf sie einfach in ein paar Tagen noch mal an. Du wirst ja sehen.«

Er schaltete die Stereoanlage und das Licht aus, brachte Maja ins Bett, begann, sie zu lieben. Sie war merkwürdig unempfänglich, und er sah, daß sie feuchte Augen hatte. Dann wurden ihm die Lider schwer. An den Rest der Nacht konnte er sich nicht mehr erinnern.

Maja bog um die Ecke und eilte die Straße entlang. Sie war leer bis auf einen Betrunkenen auf dem Bürgersteig gegenüber, der vor sich hin torkelte und nichts um sich wahrnahm. Trotzdem wartete Maja vor der roten Telefonzelle, bis er verschwunden war. Dann blickte sie nervös um sich und schlüpfte nach drinnen. Sie wußte, wie man das Telefon bediente. Sie hatte es an einem nachgebauten Apparat in Moskau geübt. Sie wählte die Nummer. Es klingelte einmal. Dann wurde abgehoben. Maja warf die Münze in den Schlitz, sprach zwei Sätze, hängte ein und eilte zum Haus zurück.

Zwanzig Minuten später kamen sie. Drei Mann. Als Maja sie ins Haus ließ, grüßten sie höflich, ja ehrerbietig. Sie waren dunkel gekleidet und schauten sich erwartungsvoll um, als sie ins Wohnzimmer traten. Maja hatte die Bücher schon weggeräumt. Die drei Männer versammelten sich vor dem Safe. Maja erklärte ihnen, was sie wissen mußten.

Die Treppe war schmal, und es machte ihnen Schwierigkeiten, Gemmel nach unten zu tragen, wie es Maja zuvor Schwierigkeiten gemacht hatte, ihm, dem Bewußtlosen, einen Schlafanzug anzuziehen . Einer der Männer rutschte aus und ließ beinah Gemmels Kopf gegen eine Stufe schlagen, und Maja zischte ihm eine Verwünschung zu. Erst drückten sie Gemmels linke Hand gegen die schwarze Platte. Nichts passierte. Dann wandten sie seinen schlaffen Körper um und versuchten es mit der Rechten. Das Summen ertönte, gefolgt von ein paar klickenden Geräuschen. Der Griff wurde gedreht, und der Safe ging auf.

Sie benötigten vierzig Minuten, um alle Unterlagen zu fotografieren, und während Maja in einem Sessel saß und sie beobachtete, fragte sie sich, warum sie nur eine Kamera mitgebracht hatten. Gemmel lag in sich zusammengesunken in dem Sessel gegenüber, aber sie vermied es, ihn anzublicken.

Einer der Männer hielt ein kleines starkes Licht mit einem Pack Batterien, ein anderer blätterte die Seiten um, und der dritte machte die Fotos – drei von jeder Seite. Er mußte oft einen neuen Film einlegen, und bei einer dieser Gelegenheiten ging der Seitenumblätterer zum Tisch mit den Drinks und wollte sich bedienen, was Maja ihm mit kalter Stimme verwies: »Fassen Sie nichts an. Tun Sie nur, was Sie tun müssen, und dann gehen Sie bitte.«

Er zuckte die Achseln, kehrte zu den anderen zurück, und die Kamera klickte wieder.

Maja stellte die Bücher an ihren Platz, während die Männer Gemmel nach oben trugen. Als sie wieder nach unten kamen, stand Maja bereits an der offenen Tür.

Einer von ihnen sagte feierlich: »Genossin Kaschwa, ich habe Weisung von Genosse Gordik, Ihnen mitzuteilen, daß Sie uns begleiten können, wenn Sie wollen. Morgen abend werden Sie wieder in Moskau sein.«

Die Männer blickten neugierig in ihr blasses, angespanntes Gesicht. Sie schüttelte wortlos den Kopf, und die beiden gingen.

Maja lief ins Wohnzimmer zurück, machte die Stereoanlage an und legte eine Platte auf. Dann goß sie sich einen großen Cognac ein, ringelte sich in ihrem Sessel zusammen und hörte *Paquita*. Ihre Miene blieb lange ausdruckslos, doch als die Musik ihren Höhepunkt erreichte, wurden ihre bleichen Wangen naß von Tränen. Als die Platte zu Ende war, goß sie sich noch einen Cognac ein und ließ die Platte noch einmal laufen, und als sie wieder zu Ende war, hatte sie soviel geweint, daß sie keine Tränen mehr hatte.

Sie hatte alles überdacht. Die Liebe zu Rußland, die Liebe zu ihrer Mutter, die Liebe zu Gemmel. Sie sah keinen Weg, all das miteinander zu versöhnen. Die Möglichkeit der Rückkehr nach Rußland hatte sie leichten Herzens verworfen. Sie war zu dem Schluß gekommen, daß sie nicht ohne Gemmel leben konnte und wollte. Es war, als habe sie seit ihrer Geburt nur diesen Mann gesucht. Und ihre schwermütige Seele sagte ihr, daß ein Leben ohne ihn keinen Sinn für sie hatte.

Maja holte sich einen Füller und ein Blatt Papier, setzte sich an den Tisch und schrieb ein paar Minuten lang. Der Cognac hatte sie beschwipst gemacht, und die Buchstaben waren etwas verwackelt. Sie trug das Papier zur Stereoanlage und legte es auf den schwarzen Plattenteller. Dann ging sie in die Küche und füllte ein Glas mit warmem Wasser. Langsam schüttete sie den ganzen Inhalt der Puderdose hinein und blickte ins Leere, während sie das Pulver verrührte, bis das Wasser klar war. Sie nahm das Glas mit ins Schlafzimmer und stellte es auf den Nachttisch. Dann zog sie Gemmel den Schlafanzug aus. Es machte ihr Mühe, weil er schlaff und schwer war und sie beschwipst. Außerdem kamen ihr wieder die Tränen, und sie konnte fast nichts sehen. Als die Tränen versiegt waren, saß sie lange Zeit reglos da und betrachtete seinen nackten Körper. Dann stand sie abrupt auf, entkleidete sich, griff nach dem Glas und trank es aus.

Sie legte sich zu ihm, schmiegte sich an ihn, schlang ihre Beine um seine Beine, schloß ihn in die Arme und barg ihr Gesicht in der Beuge seines Nackens.

Er wachte mit entsetzlichen Kopfschmerzen auf. Es war kurz vor Mittag, und er fror bis auf die Knochen. Mit großer Anstrengung löste er sich aus der kalten, starren Umarmung.

17

»Warum? Warum? Warum?«

Gordik schlug rhythmisch mit der Faust auf den Tisch, während Tudin, Larissa und die fünf Männer von der Abteilung für Forschung und Analyse ausdruckslos vor sich hin blickten.

Gordik funkelte den bebrillten Mann zu seiner Linken an.

»Warum, Malin?«

Malin zog ein Taschentuch aus der Jacke, nahm seine Brille ab und putzte sie verbissen.

»Nun?« fragte Gordik gereizt, und Malin tat etwas, das vollkommen aus dem Rahmen fiel. Vielleicht lag es daran, daß er müde war. Seit zwei Stunden saßen sie an diesem Konferenztisch, und der Rücken tat ihm höllisch weh – er litt schon seit geraumer Zeit an Ischias. Vielleicht fand er auch, daß er sich mit seinen sechzig Jahren getrost in den Ruhestand zurückziehen konnte. Wie dem auch sei, er verlor die Geduld und ließ eine lange Tirade gegen Gordik los.

Was der Genosse eigentlich wolle? begann er sarkastisch. Ob er denn nie zufrieden sei? Sie hätten ein paar magere Informationen erhalten und daraus eine wahre Datenbank gemacht. Vor zwei Monaten hätten sie nichts gehabt als das Gerücht, daß der Westen eine große Geheimdienstoperation plane. Und nun verfügten sie über sämtliche Einzelheiten dieser Operation. Eine begnadete sowjetische Künstlerin habe alles riskiert, um sie zu beschaffen. Es sei eine atemberaubend brillante Aktion gewesen, erfolgreicher, als man es sich je hätte träumen lassen. Und trotzdem sei Genosse Gordik unzufrieden. Er sei derart mißtrauisch, daß er das Augenfällige nicht akzeptieren könne, sondern partout das Haar in der Suppe finden müsse. Nun, er, Jurij Malin, sei für Forschung und Analyse zuständig und nicht für diese Art Korinthenkackerei!

Als er ausgeredet hatte, war sein Gesicht dem von Gordik sehr nahe. Seine Augen sprühten Feuer, seine Lippen bebten. Die anderen sahen zu. Sie waren starr vor Schreck.

Gordik beugte sich langsam vor, bis seine Nase nur noch ein paar Millimeter von Malins Nase entfernt war. Aus dem Mundwinkel sagte er: »Lew, gehen Sie bitte an die Bar und gießen Sie Genosse Malin einen großen Scotch ein.« Dann brach er in schallendes Gelächter aus und klopfte Malin krachend auf die Schulter. »Endlich!« rief er. »Endlich lassen Sie nicht nur Ihren Kopf sprechen, sondern auch Ihren Bauch.«

Malin blickte nervös um sich. Sein Zorn war verflogen, und er war nicht sicher, ob Gordik es ehrlich meinte oder ob er bloß Katz und Maus mit ihm spielen wollte, bevor er ihn vernichtete. Doch dann sah er, wie Larissa lächelte, und beruhigte sich.

Gordik rief Tudin an der Bar zu, er solle allen Drinks bringen, lehnte sich zurück und sagte: »Ja, es war eine brillante Aktion, und sie hat unsere Erwartungen weit übertroffen. Nur habe ich den Verdacht, Genossen, daß Gemmel schon darauf gewartet hat und voll darauf eingestellt war.«

»Aber das macht doch keinen Sinn«, sagte Tudin, während er die Gläser verteilte. »Wenn das bloß Falschinformation sein soll, macht es absolut keinen Sinn.«

Malin trank einen Schluck von seinem Scotch und meldete sich nun, stark ermutigt, noch einmal zu Wort.

»Vielleicht hat es doch einen Sinn. Vielleicht wollen sie uns auf diesem Weg mitteilen, daß die Amerikaner das Divergenzproblem tatsächlich in den Griff gekriegt haben. Ich meine, es ist witzlos, wenn man eine raffinierte neue Waffe hat und der Gegner nichts davon weiß. Zumindest ist es witzlos, wenn die Waffe als Abschreckungsmittel dienen soll.«

»Das ist ein gutes Argument«, sagte Gordik. »Unsere Laser-Experten halten es für äußerst unwahrscheinlich, daß die Amerikaner das Divergenzproblem gelöst haben, aber wenn es ihnen gelungen ist, dann ist das ein Durchbruch von ungeheurer Tragweite.«

Einer der anderen Männer schüttelte den Kopf. »Wenn die Briten unsere Schwalbe tatsächlich erwartet haben – und davon bin ich nicht überzeugt –, dann gewiß nicht aus diesem Grund. Angenommen, sie oder die Amerikaner wollten uns von einem so gewaltigen Durchbruch in der Waffentechnik unterrichten... Da könnten sie doch ohne weiteres eine überzeugende Demonstration veranstalten. Außerdem wird durch die Informationen aus dem Nahen und Mittleren Osten bestätigt, daß diese Operation tatsächlich im Gange ist, ja sogar auf Hochtouren läuft.«

»Auch ein gutes Argument«, sagte Gordik. Und nun schwang Bewunderung in seiner Stimme mit. »Was für ein Plan! Den Islam unterwandern! Wer hat sich das wohl ausgedacht? Und warum sollte man es in diesem Fall riskieren, auch nur Desinformationen weiterzuleiten?«

»Also haben die Engländer Maja vielleicht doch nicht erwartet«, sagte Larissa.

Schweigen. Alle dachten über Larissas Worte nach, und dann zuckte Gordik resigniert die Achseln und sagte zu ihr: »Sie könnten recht haben. Wir wollen die Briten nicht überschätzen. Ich wäre schon froh gewesen, wenn uns Maja nur ein paar Informationen zugespielt hätte. Daß sie alles rausgekriegt hat, muß nicht heißen, daß die Unterlagen getürkt waren.«

»Was machen wir also?« fragte Tudin.

Gordik trank nachdenklich einen Schluck von seinem Scotch und antwortete: »Das muß auf höherer Ebene entschieden werden. Aber es scheint nur zwei Möglichkeiten zu geben. Entweder lassen wir die Sache sofort auffliegen, oder wir warten ab, was in Mekka passiert, stellen fest, ob die Amerikaner das Divergenzproblem tatsächlich im Griff haben.«

Malin kam auf den springenden Punkt zu sprechen: »Und riskieren es, daß der Mahdi an die Öffentlichkeit tritt und anerkannt wird? Wenn zweieinhalb Millionen Menschen diesem Ereignis beiwohnen, wird es schwierig, das rückgängig zu machen.«

Gordik wollte etwas darauf erwidern, als eines der Telefone auf seinem Schreibisch klingelte. Es war das blaue, die direkte Verbindung zu seinem Vorgesetzten, dem Chef des KGB. Er ging zum Schreibtisch, hob ab und sagte: »Gordik.«

Zwei Minuten lang hörte er wortlos zu. In seinem Gesicht malte sich zunehmendes Erstaunen. Dann sagte er »Ja, Chef«, legte auf und starrte eine Weile das Telefon an. »Die Sitzung ist beendet«, gab er schließlich bekannt, ohne sich umzudrehen.

Die Leute am Konferenztisch blickten sich verwirrt an. Dann standen die fünf Männer von der Abteilung für Forschung und Analyse auf und gingen aus dem Raum. Als sich die Tür hinter ihnen geschlossen hatte, wandte sich Gordik Larissa und Tudin zu und sagte ernst: »Wir haben eine Mitteilung von MI6 erhalten. Maja Kaschwa ist tot. Sie hat Selbstmord begangen.«

Larissas und Tudiks Gesichter hätten aus Stein gemeißelt sein können.

»Außerdem«, fuhr Gordik fort, »bin ich zu einem Treffen in London eingeladen. Zu einem Treffen mit Perryman.«

»Wie war das noch mal?« fragte Hawke über seine Schulter hinweg, und Wisner antwortete: »Zweiundfünfzigkommasieben Millionen.«

Hawke schaute aus dem Fenster auf das parkähnliche Gelände, in dem die Zentrale der CIA lag, und murmelte: »Und alles in den Wind geschissen.«

»Hätte schlimmer kommen können«, bemerkte Wisner.

Hawke drehte sich um und musterte Wisner, der mit Falk und Meade am Tisch saß.

»Ich meine, wenn wir das Ding gestartet hätten, kämen noch mal hundertzwanzig Millionen dazu.«

Sie blickten alle drein wie Trauergäste bei einer Beerdigung, was sie in gewisser Hinsicht auch waren, denn die Besprechung diente dem Zweck, Operation Mirage möglichst rasch und unauffällig zu begraben. Der Direktor hatte das deutlich – und wütend – zum Ausdruck gebracht.

»Hinterlassen Sie gefälligst keine Spuren, ja? Es darf nicht mal nach 'nem Agentenfurz riechen.«

Es war bereits Weisung ergangen, daß das Team aus Dschidda abgezogen werden sollte, und der Geheimdienst eines von den Vereinigten Staaten abhängigen Landes hatte den Auftrag erhalten, Hadschi Mastan zu beseitigen, und war dafür bezahlt worden. Es ging nicht an, daß ein erboster Maulwurf durch die Gegend lief und seinem Herzen Luft machte. Hadschi Mastan stellte das einzige Bindeglied zur CIA dar, also würden alle amerikanischen Amtspersonen, wenn das KGB die Sache auffliegen ließ, würdig-erstaunte Unwissenheit vorschützen. Die Briten mußten sich natürlich selbst um ihre Probleme kümmern.

Hawke ging an seinen Platz zurück, und als er sich seufzend hinsetzte, klingelte eines der Telefone auf seinem Schreibtisch – das grüne, das ihn mit dem Direktor verband.

Es war ein recht einseitiges Gespräch. In Hawkes Miene spiegelte sich Erstaunen. Er nuschelte mehrmals: »Ja, Sir.« Als er auflegte, blickten ihn die drei am Tisch erwartungsvoll an.

Falk behauptete später, er habe Hawke noch nie so verdattert erlebt, aber er hatte ihn nicht am Abend zuvor gesehen, als die Nachricht aus London eingetroffen war.

Hawke riß sich mit einiger Mühe zusammen.

»Leo«, sagte er forsch, »erst mal das Vordringlichste. Hängen

Sie sich ans Telefon und blasen Sie das Attentat auf Hadschi Mastan ab. Und das Team in Dschidda soll bis auf weiteres bleiben, wo es ist.«

»Das Projekt ist also nicht gestorben?« fragte Wisner ungläubig.

»Sagen wir mal, es hängt in den nächsten achtundvierzig Stunden in der Schwebe. Der Nationale Sicherheitsrat ist zusammengetreten und hat ein paar Vorschläge gemacht. Ich soll sofort nach London fliegen und mich mit Perryman treffen – und mit Wassilij Gordik.«

Nur Wisner wußte nicht, wer Wassilij Gordik war. Er erkundigte sich danach.

Hawke lächelte grimmig. »Das ist mein Gegenspieler beim KGB.«

Diesmal hatte sich Perryman für den Regent's Park entschieden. Gemmel und er schlenderten mit typisch englischer Haltung dahin – Hände auf dem Rücken, Oberkörper leicht vorgebeugt und sich häufig im Gespräch einander zuwendend.

Eine halbe Stunde lang hatte Perryman seinen Untergebenen über die drei Treffen informiert, die am Vormittag stattgefunden hatten: das erste zwischen ihm und Gordik, das zweite mit Hawke und das dritte mit beiden zusammen.

»Wie fanden Sie Gordik?« fragte Gemmel.

»Bemerkenswert kultiviert.« Perryman machte einen etwas verwunderten Eindruck. »Und wirklich betroffen über den Tod von Miß Kaschwa. Er hat übrigens mein Angebot abgelehnt, daß jemand von ihnen bei der Autopsie dabeisein kann. Hat gemeint, das sei nicht nötig.«

Er betrachtete Gemmels trauriges Gesicht und wechselte rasch das Thema. »Hawke dagegen war ein bißchen schwierig.«

»Das kann ich mir vorstellen.«

»Nun, es ist ja auch kein Wunder. Unsere amerikanischen Freunde haben eine Menge Geld in das Projekt gesteckt, und ich nehme an, daß Hawke um Haaresbreite zum Abschuß freigegeben worden wäre.«

Gemmel lächelte flüchtig. »Aber Sie haben ihn beruhigen können?«

»Ja. Trotzdem war er empört und irgendwie gekränkt. Er hatte in Washington bereits definitive Anweisungen erhalten.«

Zuvor hatte Perryman erklärt, wie es zu den Gesprächen gekommen war, hatte von den Kontakten auf höchster Ebene berichtet, die in Washington und Moskau aufgenommen worden waren, und bemerkt, es sei wirklich verblüffend, wie rasch sich die Dinge regeln ließen, wenn man es mit Leuten zu tun habe, die in der Lage seien, schnelle Entscheidungen zu treffen – zumal wenn wesentliche nationale Interessen auf dem Spiel stünden.

Die Russen hatten sofort begriffen. Operation Mirage näherte sich dem Höhepunkt, und die Ziele dieser Operation waren mit den sowjetischen Interessen durchaus vereinbar. Es ging jetzt nur noch darum, handelseinig zu werden und eine gemeinsame Basis zu finden. »Die gemeinsame Basis war sehr, sehr breit«, sagte Perryman. In den südlichen und östlichen Teilen der UdSSR würden gegen Ende des Jahrhunderts fünfzig bis sechzig Millionen Mohammedaner leben. Gleichzeitig würde sie sich zu einem der bedeutendsten Einfuhrländer für Öl aus den islamischen Staaten entwickeln, und galoppierende Preise waren für die nicht besonders stabile Wirtschaft des Ostblocks schon jetzt eine Katastrophe. Kurzfristig gesehen, saßen die Sowjets in Afghanistan in der Klemme, und ein Aspekt der Verabredung mit den Amerikanern war der, daß die Vereinigten Staaten, wenn Operation Mirage glückte, es dem Mahdi gestatten würde, den Sowjets dort das Leben etwas leichter zu machen. Andererseits sollte er den Amerikanern helfen, wieder Fuß im Iran zu fassen. Die Russen würden sich hier – Gegenleistung für Afghanistan – in keiner Weise einmischen. Tatsächlich hatte man sich auf Einflußsphären im Nahen und Mittleren Osten geeinigt. Es war, so bemerkte Perryman, gewissermaßen die Neuinszenierung eines historischen Ereignisses aus dem 16. Jahrhundert. Damals hatte der Papst im Streit zwischen Spanien und Portugal vermittelt und die noch nicht eroberte Welt unter ihnen aufgeteilt.

Die Amerikaner hatten natürlich erkannt, welchen Nutzen sie

aus einem solchen Arrangement ziehen konnten. Wenn die Russen ihre Partner waren, schien es so gut wie ausgeschlossen, daß das Komplott aufgedeckt wurde. Perryman hatte etwas sarkastisch gesagt, es hätte ohnehin nicht mehr allzu lange gedauert, bis das KGB Hadschi Mastan angepeilt hätte, da sich in Dschidda ja die Agenten der CIA praktisch über die Füße stolperten. Die Amerikaner hatten auch gleich begriffen, wie vorteilhaft es war, den Russen eine spektakuläre Demonstration ihrer neuen Lasertechnologie zu bieten. Künftige Abrüstungsgespräche würden sich sehr viel einfacher gestalten, wenn die Amerikaner aus einer Position der bekannten Stärke heraus verhandeln konnten.

So war man zu einer Übereinkunft gelangt. Zum erstenmal in der Geschichte würden CIA und KGB Partner werden.

»Das kommt einem zunächst erschreckend vor«, sagte Perryman. »Aber in diesem Fall kann nicht viel passieren.«

»Und was wird aus uns?« fragte Gemmel. »Ich meine, im Hinblick auf die Operation?«

»Nun, wir treten in den Hintergrund. Die Amerikaner werden Hadschi Mastan wieder ›übernehmen‹« – er lächelte Gemmel freudlos an – »natürlich in Zusammenarbeit mit russischen Verbindungsleuten. Es ist außerdem beschlossen worden, daß die Russen ein Team nach Amman schicken, ins Hauptquartier, damit sie die Schlußphase der Operation mitverfolgen und überwachen können. Unsere Position wird die des ehrlichen Maklers sein, der zwischen den beiden Parteien vermittelt.«

Trotz seiner Niedergeschlagenheit mußte Gemmel über Perrymans Formulierung lächeln. Seit dem Zusammenbruch des Empires hatten zahllose britische Politiker versucht, Großbritannien in der Rolle des ehrlichen Maklers glänzen zu lassen.

»Und meine Position?« fragte Gemmel.

Sie waren bei einer Weggabelung angelangt. Der eine Weg führte zum Zoo, der andere zu einem Kinderspielplatz. Perryman deutete auf den Spielplatz. Sie gingen schweigend in diese Richtung, suchten sich eine Bank und setzten sich.

»Ihre Position«, sagte Perryman, »ist beim dritten Gespräch eindeutig definiert worden. Sie sind und bleiben unser Repräsentant bei dieser Operation.«

»Das muß Sie einige Mühe gekostet haben.«

Perryman schüttelte den Kopf. »Nein, das kann man nicht sagen. Gordik war durchaus kooperativ.«

»Und Hawke?«

»Der weniger. Er hat sich ziemlich rüde über MI6 und unsere Sicherheitsmaßnahmen geäußert. Seine Auslassungen waren stark persönlich gefärbt. Er hat offenbar das Gefühl, daß ihn ein ›Freund‹ hat hängenlassen, also ist er natürlich bitter enttäuscht. Es hat ihn sehr gewundert, daß Sie nicht auf der Stelle gefeuert worden sind.«

»Und Gordik hat das nicht gewundert?«

Perryman lächelte dünn. »Genosse Gordik ist ein kluger Mann. Bei unserem ersten Gespräch hat er angedeutet, daß wir über die ›Schwalbe‹ genau Bescheid gewußt und ihr sozusagen ein Nest gebaut haben.«

»Und?«

Perryman schmunzelte selbstzufrieden. »Ich habe ihm einen Blick zugeworfen, der rätselhaft und wissend zugleich sein sollte. Und das war er wohl auch, denn Gordik hat das Thema dann fallenlassen. Er glaubt offenbar, daß wir uns in unserer Rolle als ehrlicher Makler sonnen und das nutzen werden, um im Schatten der beiden Supermächte Einfluß zu gewinnen – und natürlich auch ein bißchen Profit aus der Operation zu schlagen.«

Gemmel lächelte. Dann fragte er: »Und was ist der nächste Schritt?«

»Ein weiteres Gespräch«, antwortete Perryman knapp. »Nur Sie drei. Heute abend im Savoy, in Gordiks Suite. Ich muß sagen, daß Gordik – zumindest für einen überzeugten Kommunisten – das gute Leben sehr liebt.« Er musterte Gemmel mit einem ironischen Seitenblick. »Aber das scheint heutzutage bei den meisten Geheimdienstagenten der Fall zu sein.«

Gemmel schien kaum zuzuhören. Der Spielplatz war leer bis auf einen Mann und seine beiden kleinen Söhne – der eine ungefähr drei Jahre alt, der andere fünf. Der Mann trug einen Anzug mit Nadelstreifen, hatte graue Haare und einen gequälten Gesichtsausdruck. Er lief wie ein Wiesel hin und her, setzte erst den einen Jungen auf eine Schaukel und fing dann den anderen auf, der gerade am Ende einer Rutschbahn angekommen war.

Bis auf die hellen Kinderstimmen war alles still. Dann fragte Perryman leise: »Haben Sie sie geliebt, Peter?«

Gemmel nickte langsam. Er wandte die Augen nicht von dem Spielplatz und den beiden Jungen ab.

»Es tut mir leid, wirklich leid.«

Gemmel drehte sich zur Seite und sah Perryman an. Dann schaute er wieder auf den Spielplatz. »Jetzt sagen Sie bloß nicht ›Wo gehobelt wird, fallen Späne‹ oder irgendwas in diesem Sinn.«

Perryman erwiderte nichts darauf, und ein paar Sekunden später fing Gemmel wieder an zu reden, leise und monoton, als führe er ein Selbstgespräch. »Ja, ja, sicher... ich hätte es wissen müssen. Von allem anderen ganz abgesehen... sie war zwanzig Jahre jünger als ich. Aber ich konnte es nicht ändern. Konnte nichts dagegen machen. Konnte mich nicht bremsen... wollte auch nicht. Ich wußte schon, was sie war. Hatte mich darauf vorbereitet. Aber ich habe mich an der hauchdünnen Chance festgeklammert, daß wir verkehrt liegen, daß die Attacke doch aus einer anderen Richtung kommt.« Er schüttelte den Kopf, wie um Klarheit in seine Gedanken zu bringen. »Es war so verdammt lange her... und sie war schön, es war schön... in jeder Hinsicht. Sie haben keine Ahnung, wie schön.«

»Vielleicht doch«, sagte Perryman freundlich. »Etwa ein Jahr, nachdem meine Frau starb – das ist jetzt acht Jahre her –, war ich zutiefst deprimiert. Ich nehme an, zu dieser Zeit ging mir endgültig auf, daß ich sie verloren hatte. Auch im Amt war es schwierig, sehr schwierig. Ich habe damals das gemacht, was Sie heute machen. Sie waren, glaube ich, gerade in Berlin – der Fall Becker, Sie erinnern sich vielleicht.«

Gemmel nickte. Er wunderte sich ein bißchen über den vertraulichen Ton, den Perryman anschlug. Das kam selten vor.

»Nun, eines Tages beschloß ich, Urlaub zu nehmen«, fuhr Perryman fort. »Ich habe es mit Henderson durchgesprochen, und er war einverstanden.« Er lächelte. »Es war Ende September. Scheußliches Wetter, kalt und naß. Ich lief die Oxford Street entlang, ging ins erstbeste Reisebüro und sagte, ich wollte Urlaub im sonnigen Süden machen. Egal wo, Hauptsache bald. Sie hatten noch was in Griechenland – Mykonos. Das Hotel war nicht besonders, aber es lag am Strand, wenn man das so nennen kann... war ziemlich felsig. Da die Saison zu Ende ging, war das Hotel halbleer. Meistenteils ältere Herrschaften, in erster Linie Skandinavier. Und ein einziges junges Mädchen um die Zwanzig. Eine Finnin. Sie war einen Tag vor mir angekommen.« Perryman blickte Gemmel an, sah, daß es ihn interessierte, und fuhr fort. »Ich hatte ein Zimmer mit Terrasse und Blick auf den Strand und verbrachte die erste Woche überwiegend damit, auf dieser Terrasse zu sitzen und zu lesen. Das Mädchen lag immer direkt unter der Terrasse in der Sonne. Sie trug nur ein winziges Bikinihöschen, kein Oberteil, und sie war atemberaubend schön. Seltsamerweise hat sie keiner von den Gockeln am Ort belästigt. Sie hatte etwas Kühles, Reserviertes, fast so, als trüge sie ein Schild mit der Aufschrift: ›Kommt mir bloß nicht zu nah‹ – verstehen Sie, was ich meine?«

»Ja, ich verstehe genau, was Sie meinen.«

»Nun, in dieser ersten Woche«, berichtete Perryman weiter, »beobachtete ich, wie ihrer Haut die Sonne allmählich ein tiefes Goldbraun verlieh. Sie hatte langes flachsblondes Haar, das im südlichen Licht noch heller wurde. Nach einer Weile konnte ich die Augen nicht mehr von ihr abwenden. Irgendwie war es schon peinlich. Ich kam mir vor wie ein Voyeur.« Er lächelte. »Da war ich nun fünfzig Jahre alt – und führte mich auf wie ein Teenager.«

»Und dann?« fragte Gemmel neugierig.

»Tja, am Samstagabend habe ich mich in Schale geworfen. Smokingjacke und so weiter. Das macht man heutzutage nicht mehr sehr oft, aber nach dem Essen sollte eine kleine Kapelle spielen, tanzen konnte man auch, und ich wußte nicht, was die Leute tragen würden.« Er lächelte wieder. »Ich kam mir reichlich albern vor, als ich in die Bar trat. Alle anderen waren ganz lässig angezogen. Das Mädchen saß allein am Tresen. Sie trug eine

Schlabberhose und eine weite Bluse. Ich bestellte einen Drink und merkte, daß sie mich ansah. Dann lächelte sie. Ich fühlte mich verdammt unsicher, das kann ich Ihnen sagen. Dann trank sie ihr Glas aus und sprach mich an. Sie sagte: ›Würden Sie mir bitte noch einen Drink bestellen? Ich bin gleich wieder da.‹ Und damit stand sie auf und ging. Ich bestellte also den Drink, aber von ›gleich wieder da‹ konnte keine Rede sein. Alle anderen waren schon beim Essen, und ich dachte, sie hätte mich versetzt. Dann kam sie in die Bar. Einen Moment lang erkannte ich sie nicht. Sie trug ein langes schwarzes Abendkleid und eine silberne Halskette. Sie hatte die Haare hochgesteckt und hielt ein sehr hübsches Täschchen in der Hand. Sie sah einfach exquisit aus. Den Drink rührte sie nicht an, sie hängte sich nur bei mir ein und fragte: ›Wollen wir jetzt zum Essen gehen?‹ Das taten wir, und es war herrlich.«

»Und dann?« fragte Gemmel.

»Dann haben wir vierzehn Tage miteinander verbracht, und auch das war herrlich.« Perryman holte tief Luft und seufzte. »Der entscheidende Punkt ist der, Peter, daß ich hin und weg war. Ich habe nie versucht, es mir rational zu erklären. Natürlich dachte ich an meine Position, erwog alle Möglichkeiten. Schließlich war sie Finnin, und ich war die Nummer Zwei von MI6 und – zumindest damals – emotional sehr verwundbar.«

»Haben Sie irgendwas überprüft?«

»Nein. Um ehrlich zu sein, es war mir alles egal außer ihr.« Er blickte Gemmel an. »Sie sehen also, Peter, es gibt Zeiten, da pfeifen wir alle auf die Wachsamkeit.«

»Haben Sie sie wiedergesehen?«

»Nein. Ich habe angenommen, daß es für sie nur ein Urlaubsflirt war, und habe nicht nachgehakt. Und sie auch nicht.« Perryman verzog das Gesicht. »Sie war also keine Schwalbe. Aber glauben Sie mir, Peter – ich verstehe schon ein bißchen, wie Sie empfinden.«

Er schaute auf seine Uhr und stand auf. »Und jetzt müssen wir los, sonst kommen Sie zu spät.«

Gemmel kam tatsächlich zu spät. Er blieb in einem Stau am Leicester Square stecken. Doch als er beim Savoy war, hatte er wenigstens keine Probleme mit dem Parken. Der Portier betrachtete den Lagonda voll Bewunderung und winkte Gemmel auf einen der wenigen Stellplätze vor dem Eingang. Als er mit dem Lift in den vierten Stock fuhr, überlegte er sich, wie er Gordik begrüßen sollte. Er war auf jeden Fall fest entschlossen, eiserne Selbstbeherrschung zu bewahren.

Er drückte auf den Klingelknopf neben der Tür zu Gordiks Suite. Nach ein paar Sekunden ging sie auf, und die beiden Männer blickten sich mißtrauisch an. Dann trat Gordik beiseite, und Gemmel ging in den kleinen Vorraum.

»Einander vorzustellen brauchen wir uns ja wohl nicht«, sagte Gordik mit einem vorsichtigen Lächeln. »Wir dürften uns schon auf Fotos gesehen haben.«

»Richtig«, bestätigte Gemmel steif. »Ist Hawke schon da?«

»Ja. Er sitzt im Wohnzimmer und zischt einen.« Gordik steuerte auf eine geschlossene Tür zu, aber Gemmel richtete schroff das Wort an ihn, und er blieb stehen.

»Bevor wir da reingehen, möchte ich Sie etwas fragen.«

Gordik drehte sich um. Die Luft war wie elektrisch geladen. »Bitte.«

»Haben Sie gewußt, daß sie noch Jungfrau war?«

»Ja.« Gordik sah Gemmel ins Gesicht, beobachtete, wie er die Antwort verarbeitete. Er nahm die tiefen Schatten unter den Augen des Engländers wahr und spürte, wie sehr er sich bemühen mußte, seine Selbstbeherrschung nicht zu verlieren.

»Mr. Gemmel«, begann er, »ich möchte Ihnen etwas sagen, bevor wir da hineingehen. Damit können wir die Sache zwar nicht aus der Welt schaffen, aber wir brauchen dann wenigstens nicht mehr darüber zu reden. Für mich war es undenkbar, daß Maja Kaschwa Selbstmord begehen würde. Ich kann nicht behaupten, daß ich sie nicht zu Ihnen geschickt hätte, wenn ich mir über diese Möglichkeit im klaren gewesen wäre. Wir müssen beide in unserem Beruf auch Pflichten erfüllen, die uns zuwider sind. Ich darf Ihnen sagen, daß Majas Tod meinen Mitarbeitern und mir sehr nahegegangen ist. Ich kannte sie nur kurz, aber in dieser kurzen Zeit habe ich eine Zuneigung zu ihr entwickelt, die größer war, als ich wußte. Ich darf Ihnen auch sagen, daß ich ihr versprochen habe, ihrer Mutter die Ausreise zu ermöglichen, wenn sie im Westen bleiben wollte. Glauben Sie es oder glauben Sie's nicht – dies Versprechen hätte ich gehalten.«

Gemmel holte tief Luft. »Sie haben also eine ›Schwalbe‹ zu mir geschickt, die noch Jungfrau war. So viel Raffinesse hätte ich Ihnen nicht zugetraut.«

Gordik lächelte. »Das war keine Raffinesse, Mr. Gemmel. Mir blieb keine andere Wahl. Ich habe Maja zunächst in unsere ›Schwalbenschule‹ geschickt, und dort hat sie dem Oberausbilder einen bösen Tritt in seine empfindlichsten Körperteile verpaßt. Einen so bösen Tritt, daß er sich jetzt nach einer anderen Arbeit umsehen muß.«

Gemmel versuchte zu lächeln, aber es gelang ihm nicht. Er deutete auf die Tür. Gordik öffnete sie und forderte ihn mit einladender Handbewegung auf, ins Zimmer zu treten.

Vor dem großen Fenster war eine Bar mit drei Barhockern aufgebaut worden. Hawke saß auf einem der Hocker und schaute auf die Themse hinaus. Als die beiden hereinkamen, drehte er sich um, musterte Gemmel mit kühlem Blick und wandte sich wieder der Aussicht zu.

Gordik ging hinter die Bar und sagte: »Auch Sie brauchen einander nicht vorgestellt zu werden. Wenn unsere Unterlagen korrekt sind, Mr. Gemmel, trinken Sie am liebsten Whisky Soda.« Er nahm eine Flasche Chivas Regal zur Hand und schenkte Gemmel einen Drink ein.

Gemmel machte es sich auf einem der Barhocker bequem und sagte: »Hallo, Morton.«

Hawke schaute immer noch aus dem Fenster und sagte kalt, ohne den Kopf zur Seite zu wenden: »Hallo, Pete. Ich hoffe, sie war gut zu vögeln.«

Gordik beobachtete Gemmel und sah, wie der Faden der Selbstbeherrschung riß. Er setzte sich in Bewegung, aber es war zu spät.

Gemmels Faust schoß vor, als Hawke sich gerade zu ihm drehte. Sie traf ihn am Kinn, auf der linken Seite, und er war bewußtlos, bevor er auf den Teppich plumpste.

Später kam der Hotelarzt aus dem Schlafzimmer und sagte zu Gordik: »Er hat sich jetzt erholt, Sir. In ein paar Minuten ist er wieder da.«

Gordik geleitete den Arzt zur Tür. Dann kehrte er an die Bar zurück und schenkte Gemmel noch einen Drink ein. Er schien sich königlich zu amüsieren.

»Das ist wirklich mal was Neues«, meinte er grinsend, »wenn ein Russe Frieden zwischen zwei westlichen Alliierten stiften muß.«

»Es war sehr dumm von mir«, sagte Gemmel. »Ich entschuldige mich hiermit in aller Form. Sieht so aus, als müßte ich jetzt von der Bühne abtreten.«

»Hoffentlich nicht. Ich habe mich schon so auf die Zusammenarbeit mit Ihnen gefreut. Und mit Hawke auch. Ich halte uns für ein verdammt fähiges Triumvirat. Wäre es Ihnen eine Hilfe, wenn ich Sie beide jetzt eine Weile allein lassen würde?«

»Ich glaube ja«, erwiderte Gemmel.

Gordik leerte sein Glas und stand auf. »Rufen Sie mich an, wenn Sie fertig sind«, sagte er. »Ich bin unten.« Er grinste sarkastisch. »In der American Bar.«

Als sich die Tür hinter ihm geschlossen hatte, nahm Gemmel ein Glas, goß drei Fingerbreit Canadian Club ein und tat zwei Eiswürfel und einen Schuß Soda dazu. Die Schlafzimmertür ging auf, und Hawke kam heraus. Seine linke Gesichtshälfte war geschwollen, und er hatte einen Bluterguß am Kinn, aber er ging mit sicherem, beinahe flottem Schritt zur Bar und setzte sich auf einen Hocker. Gemmel schob ihm das Glas zu. Hawke griff danach, nahm einen tiefen Schluck und drehte es nachdenklich zwischen den Fingern. Dann blickte er Gemmel in die Augen und sagte: »Die Geschichte mit dem Mädchen ist Ihnen wohl mehr als nur ein bißchen unter die Haut gegangen.«

»Ja. Trotzdem habe ich da einen furchtbaren Fehler gemacht –

und noch einen, als ich Ihnen diesen Schlag verpaßt habe.«

Hawke holte tief Luft. »Okay. Ich entschuldige mich nicht für das, was ich gesagt habe.« Er fuhr sich mit der Hand übers Kinn und brachte mit großer Mühe die Andeutung eines Lächelns zustande. »Aber ich hätte es vom anderen Ende des Zimmers aus sagen sollen.«

Gemmel war einen Moment lang sprachlos. Ein schwindelerregendes Gefühl der Dankbarkeit überkam ihn. Dankbarkeit für die Großzügigkeit des Amerikaners und für sein charakterliches Format. Er beschloß, ihm alles zu erklären, soweit er das konnte.

»Es tut mir wirklich leid, Morton. Ich war einfach weggetreten – Mattscheibe oder so was. Ich weiß, es ist schwer zu verstehen. Vielleicht verstehen Sie es eines Tages trotzdem. Aber ich werde Ihnen deswegen nicht unbedingt sympathischer sein. Die Sache ist die, daß ich verwundbar war. Und zwar total. Sie kennen mich ein bißchen, und unsere Freundschaft bedeutet mir sehr viel. Es ist mir nie leicht gefallen, mit jemandem Freundschaft zu schließen. Sie wissen ja, wie es ist in unserem Beruf. Man wird versessen auf Sicherheit, neigt zur Geheimniskrämerei, schottet sich ab, meint, in einer anderen Welt zu leben als die anderen und auch anders zu sein.«

Hawke lauschte aufmerksam. Es faszinierte ihn, von den Gefühlen eines Mannes zu hören, der ein solcher Einzelgänger war.

»Für Sie ist das alles ein bißchen leichter«, fuhr Gemmel fort. »Sie haben ein wunderbares Familienleben. Ich habe es ja gesehen. Wenn Sie am Abend nach Hause kommen, können Sie die Arbeit vergessen und ein ganz normaler Mensch sein. Sie sind ein bißchen böse auf Ihre Frau, weil sie eigenmächtig das Haus hat renovieren lassen, aber ich habe Sie zusammen erlebt und glaube, daß Sie Ihre Frau nach all den Jahren immer noch so lieben wie am ersten Tag. Sie haben Kinder großgezogen, Prachtjungen. Sie können stolz auf sie sein, Freude an ihrer Zukunft haben. Ich hatte das auch einmal. Die gleichen Hoffnungen und Erwartungen. Ich hatte den gleichen geradlinigen Weg vor mir. Und als er aufhörte, ging ein Teil meines Lebens zu Ende. Es war, als hätte jemand eine Hirnoperation an mir vorgenommen und die Teile weggeschnitten, die für Wohlbefinden und Zufriedenheit sorgen. So wurde ich verwundbar. Und plötzlich hatte ich wieder eine Zukunft – emotional, meine ich. Sah ich wieder einen geradlinigen Weg vor mir. Ich war mit meinen Gefühlen in einer Art Todeszelle eingesperrt. Und auf einmal kam die Begnadigung. Die Tür wurde aufgeschlossen. Ich habe viele Jahre in dieser Zelle gesessen, seit dem Tod meiner Frau. Ich saß im Geist auf einer Pritsche, verbrachte meine Tage damit, eine zugesperrte Tür anzustarren. Und als die Tür aufging, war ich schockiert – ich hatte Angst. Ich sah, wie sie aufging, sah das Licht draußen. Aber nach all den Jahren hatte ich Angst, aufzustehen und aus der Zelle zu treten. Angst vor der erneuten Konfrontation meiner Gefühle mit der Welt. Aber ich mußte aufstehen und aus dieser Zelle gehen, Morton, ich mußte einfach. Natürlich habe ich das Mädchen überprüfen lassen. Natürlich hatte ich mehr als nur einen Verdacht, aber ich habe das verdrängt, habe versucht, es zu ignorieren.« Er sah Hawke an und verstummte, mit einem Schlag verlegen, wie es nur ein Introvertierter sein kann, wenn er seine Gefühle einem anderen offenbart hat – und sei es auch ein guter Freund.

Hawke war erschüttert. Er sagte freundlich: »Sie haben alles riskiert. Sie haben die größte Chance aufs Spiel gesetzt, die ein Geheimdienstagent je hatte, Peter. Ich dachte, ich wüßte, was Liebe ist, aber wahrscheinlich habe ich mich geirrt. Ich kann mir nicht vorstellen, daß ich das täte.«

»Sie werden wohl auch nie in die Verlegenheit kommen«, erwiderte Gemmel, und in seiner Stimme schwang eine gewisse Bitterkeit mit. »Aber ich danke Ihnen, Morton, ich danke Ihnen dafür, daß Sie wenigstens versucht haben, mich zu verstehen. Die Frage ist jetzt nur, ob Sie noch Wert auf meine Mitarbeit an dem Projekt legen. Sie können natürlich auch Perryman anrufen und ihm sagen, daß ich gegen Sie tätlich geworden bin. Dann wird er mich sofort von meinem Posten abberufen.«

Hawke schüttelte den Kopf. »Sagen wir einfach, es ist nichts passiert, Peter. Aber die Lage hat sich inzwischen geändert. Sie haben in Washington davon gesprochen, daß Ihre Leute in den

Hintergrund treten würden, wenn Operation Mirage gelingt. Es ist Ihnen vermutlich klar, daß der Zeitpunkt dafür bereits jetzt gekommen ist. Ich habe unserem Team in Dschidda schon Weisung gegeben, Hadschi Mastan wieder zu übernehmen. Die Russen werden bald Agenten schicken, die mit uns zusammenarbeiten. Und Sie sind von nun an nur noch eine Art Beobachter.« Hawke warf einen Blick auf seine Uhr, und seine Stimme wurde härter. »Wo ist dieser Russe? Wir müssen uns jetzt schleunigst mit den näheren Einzelheiten befassen.«

Gemmel ging zum Telefon und sagte über seine Schulter hinweg: »Der sitzt unten in der American Bar und genehmigt sich einen Drink.«

Fünf Minuten später kehrte Gordik in die Suite zurück. Er schaute die beiden Männer an der Bar fragend an. Dann lächelte er.

»Wir sind wieder gute Freunde, ja?« Ohne die Antwort abzuwarten, trat er hinter die Bar, goß sich ein Glas Scotch ein und schenkte den anderen nach. Dann betrachtete er den Bluterguß an Hawkes Kinn. »Könnte schlimmer sein«, meinte er.

Hawke grinste. »Um Jack Dempsey zu zitieren: ›Ich habe vergessen, mich zu ducken.‹ So, können wir jetzt zur Sache kommen?«

Und nun sprachen die drei Männer über technische Details. Es war eine merkwürdige, aber anregende Diskussion – jeder wollte nicht zu schnell zu viel verraten, und gleichzeitig legten sie alle größten Wert darauf, die Tüchtigkeit ihres Geheimdiensts herauszustreichen.

Gordik erkundigte sich nach Hadschi Mastan und den anderen arabischen Agenten. Er nahm an, daß sie Christen waren, und als ihm dies bestätigt wurde, sagte er, mit seinen arabischen Agenten verhalte es sich auch nicht anders.

»Natürlich setzen Sie griechisch-orthodoxe Araber ein. Sie hassen den Islam, und Agenten anwerben können Sie in Hülle und Fülle im Libanon und in Teilen des Irans und des Iraks. Wir haben insofern Glück, als es in der UdSSR auch arabische Christen gibt.«

»Wie sind Sie denn in Saudiarabien vertreten?« fragte Hawke, und Gordik lächelte selbstgefällig.

»Recht gut, Mr. Hawke. Wir werden bei der Hadsch sicher genügend Leute haben und jederzeit Verbindung zu ihnen aufnehmen können.«

Dann unterhielten sie sich über das Hauptquartier in Amman. Es sollte in einer großen Villa mit ummauertem, von der Außenwelt hermetisch abgeriegeltem Grundstück in einem Vorort der jordanischen Hauptstadt aufgeschlagen werden. Die Vorbereitungen waren schon im Gange. Gordik kündigte an, er werde Lew Tudin und Larissa mitbringen, dazu ein halbes Dutzend Nachrichten- und Sicherheitsspezialisten. »Schließlich ist Jordanien nicht gerade ein Satellitenstaat von uns«, bemerkte er lächelnd.

Im Laufe des Gesprächs sah sich Gemmel allmählich in den Hintergrund gedrängt, und Hawkes Worte kamen ihm wieder in den Sinn. Er war jetzt nur noch ein stummer Beobachter der Operation.

Als alle Fragen geklärt waren, füllte Gordik die Gläser, und die drei Männer stießen auf ihre Zusammenarbeit und auf das Gelingen von Operation Mirage an.

Viertes Buch

18

Seit unvordenklichen Zeiten hatte man in der Ibn-Tulun-Moschee in Kairo keinen solchen Menschenauflauf gesehen. Tagelang war die Botschaft von Mund zu Mund gewandert: Abu Qadir sei von Dschidda übers Rote Meer gekommen und werde am Freitag am Abendgebet teilnehmen.

Viele waren skeptisch gewesen, aber ihre Neugier hatte sie doch hergelockt.

Eine Stunde vor Sonnenuntergang traf er mit einem Dutzend Anhängern ein, die ihm einen Weg durch die Menge bahnten. Stille senkte sich über die Moschee, als er mit seinem bedächtigen, mühsamen Gang zu den Waschstellen mit ihren plätschernden Fontänen schritt und seine Hände und Füße wusch. Beim Gebet schien er die Menge um sich vergessen zu haben, aber danach ging er zwischen den Gläubigen umher, und viele drängten heran, um ihn zu berühren oder ihm nahe zu sein. Als er schließlich zu den Menschen sprach, faßte er sich kurz, und nur die in seiner unmittelbaren Umgebung konnten seine Stimme hören, doch seine Worte wurden rasch weitergegeben und breiteten sich aus wie Wellen.

»Ich bin nichts anderes als nur ein Bote, der einem gläubigen Volk Strafen androht und Gutes verkündet.«

So begann er, mit einem Zitat aus der Siebten Sure des Korans. Was er zu sagen hatte, war schlicht: Veränderungen stünden bevor. Bald werde sich alles klären. Ein Zeichen sei fällig und nötig. Er werde nach Mekka pilgern und auf dieses Zeichen warten. Er werde seine Freunde in Taif um sich sammeln und mit ihnen durch die Wüste ziehen, nach der heiligen Stadt, und bei der Hadsch werde sich alles klären.

Dann hörte er auf zu reden. Die Menge teilte sich, und er verließ die Moschee. Viele Gläubige waren ergriffen von seinen Worten und gelobten, auch die Reise übers Meer und durch die Wüste zu machen.

Abu Qadir blieb noch zwei Tage in Kairo und betete und redete in etlichen Moscheen der Stadt. Hadschi Mastan war stets an seiner Seite – bis auf zwei Stunden. In diesen zwei Stunden besuchte er seinen Bruder. Dort wartete ein Mann auf ihn, der fließend Arabisch sprach, aber kein Araber war. Er gab ihm ein Kästchen aus Stahl. Es war nicht viel größer als eine Zigarrenkiste und hatte auf der Seite mehrere Schalter und Skalen.

Ein großes C5A-Galaxy-Transportflugzeug der US Air Force setzte auf der Landebahn 13 des Kennedy Space Center auf und rollte langsam zu dem Platz, an dem die Raumfähre *Atlantis* mit offenem Laderaum stand. Neben ihr ein riesiger Kran. Die C5A stoppte bei dem Kran. Sicherheitskräfte riegelten sofort das Gelände ab.

Eine Stunde später beobachteten Elliot Wisner und eine Reihe Männer von seinem Team, wie der Kran den massiven, kugelförmigen Satelliten behutsam in den Laderaum der *Atlantis* hievte. Dann wurde der Kenworth-Sattelauflieger an den Schlepper angehängt und rollte mit seinen neunzig Rädern und der Raumfähre langsam auf die Startrampe zu.

Hawke spielte den Hausherrn. Trotz des Blutergusses am Kinn war er eine dominante Figur. Er ging durch die ganze Villa und überprüfte alles von den Matratzen auf den zahlreichen Behelfsbetten bis zu den Anschlüssen für die Fernmeldetechnik.

Gordik dagegen glich dem ungeladenen Gast bei einer Party, der seinen Spaß hat und die übelwollenden Blicke der Gastgeber und der geladenen Gäste einfach übersieht.

Sie waren am frühen Nachmittag mit einem Herkules-Transporter der US Air Force in Amman eingetroffen, getarnt als Militärberater. Auch die Russen hatten amerikanische Uniformen getragen. Nach der Ankunft in der Villa hatten alle Zivil angezogen – bis auf Gordik, der nun im vollen Glanz einer Colonel-Uniform samt Orden und Ehrenzeichen an der provisorischen Bar stand.

Die Villa war ein weitläufiges dreigeschossiges Gebäude, das jetzt zweiunddreißig Personen beherbergte. Sie hatte einen großen Empfangs- und Speiseraum im Erdgeschoß. Hawke nannte das den »Freizeitbereich«. Meade war für die Einrichtung und Verproviantierung der Villa verantwortlich gewesen und hatte für reichliche Alkoholvorräte gesorgt. Neben dem »Freizeitbereich« lag die Nachrichtenzentrale, die mit einer ganzen Batterie von aufwendigen Funk- und Telexgeräten bestückt war. Die Russen hatten ihre eigenen Apparate mitgebracht, sie aber in den Packkisten gelassen, weil sie rasch entdeckten, daß sie mit der amerikanischen Technik auch zurechtkamen. Die Nachrichtenspezialisten der drei Teams hatten bald funktionierende Verbindungen hergestellt, und die Villa stand nun über Funk und Telex in Kontakt mit Moskau, London, Washington, dem Kennedy Space Center in Florida, dem Johnson Space Center in Houston und einer Reihe von Außenstellen und Agenten.

Das amerikanische Team war im Rest des Erdgeschosses und dem größten Teil des ersten Stocks untergebracht. Die Russen logierten im zweiten Stock, und die Briten verteilten sich auf ein paar Zimmer, in denen früher Dienstboten gewohnt hatten.

Alle drei Teams hatten sich nun im »Freizeitbereich« versammelt. Leo Falk stand hinter der Bar, teilte Drinks aus und flirtete mit Larissa, die hier die einzige Frau war. Sie trug eine Bluse und einen Rock von Dior, und die meisten Männer schielten begehrlich nach ihr. Gordik und Meade waren ebenfalls an der Bar und führten ein intensives Gespräch. Tudin saß in einer Ecke und spielte mit einem anderen Russen Schach. Gemmel und Boyd hatten in einer Nische Platz genommen.

»Ich wollte, ich wüßte, was hier vorgeht«, sagte Boyd mit leisem Groll.

»Das werden Sie bald erfahren, Alan.«

»Ich kapiere es einfach nicht«, fuhr Boyd fort. »Sie schicken mich mit einem versiegelten Paket und der Weisung nach Taif, es einem gewissen Maqbul Saddiqui zu übergeben, bei dem ich mich mit einem Kennwort ausweisen muß. Es stellt sich heraus, daß Maqbul Saddiqui ein kleiner Junge ist, knapp zwölf Jahre alt. Also – was geht hier vor, Peter?«

Gemmel murmelte etwas Beschwichtigendes und wurde dadurch vor weiteren Fragen bewahrt, daß Hawke in den Raum trat und laut in die Hände klatschte. Alle Gespräche verstummten.

»Ich bitte um Ihre Aufmerksamkeit«, sagte Hawke mit Trompetenstimme. Dann redete er etwas leiser weiter. »Nachdem wir uns jetzt alle häuslich eingerichtet haben, möchte ich auf ein paar grundsätzliche Dinge hinweisen.« Er deutete auf Gordik. »Ich habe das bereits mit dem Genossen Gordik diskutiert, und wir stimmen voll und ganz überein. Obwohl diese Villa von der Außenwelt abgeschirmt ist und von unseren Leuten rund um die Uhr bewacht wird, müssen wir uns umsichtig verhalten. Für die jordanischen Behörden sind wir Militärberater aus den Vereinigten Staaten, und einige von uns werden mit den Jordaniern zusammenarbeiten, um diese Fiktion aufrechtzuerhalten. Daß wir so viele sind, macht uns natürlich trotzdem verdächtig, und darum haben wir beschlossen, daß niemand diese Villa verläßt, bevor die Operation beendet ist – das wird in sechs Tagen der Fall sein. Die einzige Ausnahme bildet der Pendelverkehr zwischen uns und der amerikanischen und der sowjetischen Botschaft, der zweimal täglich mit Dienstwagen erfolgt.« Er deutete wieder auf Gordik. »Unsere russischen Freunde wollen natürlich ihre eigenen Kontakte zu Moskau halten – und wir die unseren zu Washington. Wir haben hier ein gemeinsames Nachrichtenteam, und das bedeutet praktisch, daß wir gegenseitig unsere Post lesen können.« Er grinste sarkastisch. »Natürlich haben wir im Grunde keine Geheimnisse voreinander.«

Dann wandte sich Hawke an Gemmel. »Peter, ich hoffe, es macht Ihnen nichts aus, unsere Einrichtungen in der Botschaft zu benutzen. Je weniger Verkehr zwischen der Villa und den Botschaften, desto besser.«

»Das ist kein Problem, Morton«, sagte Gemmel. »Ich glaube kaum, daß wir viel zu senden und zu empfangen haben.«

»Okay.« Hawke rieb sich zufrieden die Hände. »Und nun zu profaneren Dingen. Neben der Tür zur Nachrichtenzentrale hängt ein schwarzes Brett mit den Essenszeiten. Bitte erscheinen Sie pünktlich. Unsere Köche sind von der US Army. Sie werden sich bemühen, den Speisezettel möglichst abwechslungsreich zu gestalten und auch den Geschmack unserer russischen Freunde zu berücksichtigen.« Ein Lächeln kräuselte seine Lippen. »Soviel ich weiß, macht Genosse Corporal Brady einen recht passablen Borschtsch. Ich wäre sehr dankbar, wenn alle mit Ausnahme der Nachrichtentechniker nicht später als Mitternacht zu Bett gehen wollten. Alkohol wird nur hier im Freizeitbereich ausgeschenkt.« Hawke legte eine kurze Pause ein. Dann erkundigte er sich: »Hat jemand Fragen?«

»Ja«, sagte Gordik. »Laufen die Vorbereitungen zum Start der Raumfähre nach Wunsch?«

»Sicher«, antwortete Hawke. »Wie Sie wissen, ist das alles mittlerweile mehr oder weniger Routine. Probleme sind nicht zu erwarten. Ich werde Sie jedenfalls auf dem laufenden halten.«

»Was gibt's Neues aus Taif?« fragte Gemmel.

»Da geht es ziemlich hoch her. Abu Qadir und Hadschi Mastan sind gestern abend mit ihrer üblichen kleinen Gefolgschaft eingetroffen, und unsere Agenten berichten, daß sich heute vormittag bereits zwei- bis dreitausend Pilger am Stadtrand versammelt haben. Man rechnet damit, daß es in den nächsten drei Tagen noch sehr viel mehr werden. Zur Zeit findet auch der jährliche Kamelmarkt statt, und ein Großteil der Händler will sich Abu Qadirs Wallfahrt anschließen. Noch was?« Hawke ließ seinen Blick über den Raum schweifen, aber es gab keine Fragen mehr, und er drehte sich mit einem knappen Nicken um und verschwand in der Nachrichtenzentrale.

»Ich komme mir vor wie ein Schuljunge«, sagte Boyd. Gemmel lachte.

»Das ist eben seine Art – äußerlich zumindest. Aber ich kenne ihn ein bißchen und würde sagen, daß er im Grunde genommen sehr aufgeregt ist und es bloß nicht rausläßt. Wenn diese Operation gelingt, hat er in Washington eine unanfechtbare Position.«

»Wie schön für ihn«, erwiderte Boyd sarkastisch. »Aber wir sind jetzt weg vom Fenster. Ich habe das Gefühl, daß wir hier nur noch geduldet werden. Und das ist verdammt unfair, Peter – die Kärrnerarbeit haben schließlich wir gemacht.«

»Ließ sich alles leider nicht vermeiden«, sagte Gemmel. Er klopfte Boyd auf die Schulter. »Keine Sorge, Alan. Irgendwie springt schon was für uns dabei raus.«

»Hoffentlich«, sagte Boyd verdrossen und warf einen Blick auf seine Uhr. »Ich muß mir jedenfalls vor dem Abendessen noch ein paar Drinks reingießen.« Er steuerte auf die Bar zu.

Drei Gegenstände lagen auf dem Tisch und bildeten ein Dreieck: der Koran, ein Krummdolch mit silberner Scheide und ein Revolver. Der Revolver war ein russisches Modell, ein Tokarew, und der Mann, der am einen Ende des Tisches saß, hatte ihn einem KGB-Agenten abgenommen, den er vor zwei Jahren in Damaskus ermordet hatte. Der Mann hieß Sami Zahaby. Er war Leiter einer Zelle der Moslembruderschaft, eines Geheimbunds, der in den 30er Jahren von Hassan al-Banna in Ägypten gegründet worden war. Dieser Bund hatte sich geschworen, alle islamischen Regierungen von Abweichungen von der Sittenlehre des Korans abzubringen. Die Moslembrüder waren bereit, auch Staatsoberhäupter zu ermorden, wenn sie sich nicht an das strenge islamische Gesetz hielten. Zahabys Zelle hatte sich in einem großen Haus im *Souk* von Amman versammelt. Es gehörte einem reichen Kaufmann, der schon seit dreißig Jahren Moslembruder war.

Zahaby war gut aufgelegt, was bei ihm selten vorkam. In den letzten drei Jahren hatte er in Syrien operiert und bei den Demonstrationen und Morden mitgewirkt, die fast zum Sturz der syrischen Regierung geführt hätten. Nur durch brutale Vergeltungsmaßnahmen hatte der Aufstand niedergeschlagen werden können. Über tausend Moslembrüder waren verhaftet und in syrische Gefängnisse geworfen worden. Zweihundertvierzig wurden kurzerhand hingerichtet. Wegen der Spannungen zwischen Jordanien und Syrien hatte die jordanische Regierung die Bruderschaft unterstützt und ihren Mitgliedern Zuflucht gewährt. Zahaby war mit knapper Not der Verhaftung entronnen und hatte sich nach Jordanien abgesetzt – zu einer kurzen Ruhepause, wie er meinte. Inzwischen hatte er die Leitung dieser Zelle übernommen, und obwohl er nichts gegen die jordanische Regierung im Schild führte, hielt er stets nach Möglichkeiten Ausschau, den Syrern oder ihren Förderern, den Russen, zu schaden. Er haßte Tatenlosigkeit, und in den vergangenen Monaten war seine Ungeduld ständig gewachsen. Mehrere Male war er an der sowjetischen Botschaft im Stadtteil Jabal vorbeigefahren und hatte mindestens zwei Männer kommen und gehen sehen, von denen er wußte, daß sie KGB-Agenten waren. Einer von ihnen hatte zwei Jahre lang in Damaskus gearbeitet und war oberster Berater des syrischen Geheimdiensts gewesen – der Organisation, die die Reihen der Bruderschaft gelichtet hatte.

Zahaby plante, diesen Mann zu entführen. Wenn es sein mußte, würde er ihn auch ermorden. Er wirkte jetzt unter dem Namen Schukow und war offiziell stellvertretender Militärattaché der russischen Botschaft. In den letzten drei Wochen hatte Zahaby das Gebäude unauffällig observiert. Er wußte jetzt, welchen Wagen Schukow fuhr. Wenn er damit das nächstemal die Botschaft verließ, würde Zahaby zuschlagen. Dieses Treffen fand statt, um den Plan noch einmal durchzusprechen.

Zahaby war erst Anfang Dreißig, das jüngste Mitglied der Zelle, aber die anderen Männer am Tisch kuschten vor seinem Intellekt und seiner Aggressivität. Respektvoll hörten sie zu, wie er seinen Plan darlegte und ihnen ihre Aufgaben zuwies. Andere Moslembrüder hatten bereits zwei Autos gestohlen. Diese Autos würden in der Nähe der Botschaft bei einem Verkehrskreisel warten. Wenn Schukow mit seinem Wagen in diesen Kreisel einbog, würde er von den beiden Autos der Bruderschaft eingekeilt und entführt werden. Vier Fluchtwege boten sich an. Schukow sollte in das Haus geschafft werden, in dem die Zelle gerade tagte. Über hundert Sympathisanten und Aktivisten der Bruderschaft würden die Gegend abriegeln, während Zahaby den Russen verhörte. Sympathisanten beim jordanischen Geheimdienst würden dafür sorgen, daß die Suche nach Schukow nicht allzu eifrig betrieben wurde. Zahaby wollte von ihm erfahren, was die Syrer planten, um die Bruderschaft in ihrem Land in Schach zu halten. Schukow war gewiß an der Ausarbeitung dieser Pläne beteiligt gewesen.

Die Besprechung endete, und die vier Männer legten die Rechte auf den Koran.

»Im Namen Allahs«, sagte Zahaby heftig.

»Im Namen Allahs«, echoten die anderen.

Fünf Beduinen saßen vor einem Zelt am Feuer. Eine ganze Zeltstadt war an der Peripherie von Taif aus dem Boden gewachsen – teils die traditionellen Behausungen der Wüstennomaden, teils Behelfsunterkünfte, aufgeschlagen von den Leuten aus der Stadt, die gekommen waren, um sich Abu Qadirs Wallfahrt nach Mekka anzuschließen.

Die Beduinen hatten ein Lamm geschlachtet und zubereitet, und nach dem Mahl, als sie süßen schwarzen Kaffee aus kleinen Tassen tranken, erzählten sie sich Geschichten und Witze.

Einer von ihnen beugte sich vor, legte noch etwas getrockneten Kamelmist aufs Feuer und begann: »Als Aischa, die Tochter des Talha, dem Musab zur Ehe gegeben wurde, sagte Musab: ›Bei Allah, heute nacht werde ich dich töten vor Leidenschaft.‹ Er besaß sie einmal, und dann schlief er ein und erwachte erst bei Morgengrauen, als sie ihn schüttelte und sagte: ›Steh auf, du Mörder.‹«

Die Beduinen lachten schallend, und dann lieferte ein anderer seinen Beitrag:

»Ein Mann sagte zu einer Frau: ›Ich will dich kosten, um zu wissen, wer besser mundet, du oder meine Frau.‹ Sie antwortete: ›Frag meinen Mann, der hat uns beide gekostet.‹«

Wieder Gelächter, das jäh verstummte, als die Beduinen aufblickten und zwei Gestalten im Feuerschein stehen sahen: Abu Qadir und Hadschi Mastan. Mit betretener Miene begannen sie, sich hochzurappeln, doch Abu Qadir streckte die Hand aus und sagte: »Bleibt sitzen, Brüder.«

Er sah nach der Kaffeekanne, die auf einem Stein am Feuer stand, und einer der Beduinen fragte zögernd: »Möchtest du Kaffee mit uns trinken, Rasūl?«

Die anderen beobachteten voll Interesse Abu Qadirs Reaktion, denn Rasūl heißt Gesandter. Hadschi Mastan schaute sich ängstlich um, weil es in der Zeltstadt von Religionspolizisten wimmelte. Abu Qadir dagegen nickte nur lächelnd, und die Beduinen machten Platz am Feuer und schenkten zwei Tassen Kaffee ein.

Abu Qadir nahm einen kleinen Schluck und sagte: »Ihr macht guten Kaffee und erzählt gute Witze. Hört diesen: Ein Mann schrieb an seine Liebste: ›Schick mir ein Bild von dir in meine Träume.‹ Und sie schrieb ihm: ›Schick mir zehn Dinare, und ich komme selbst.‹«

Die Beduinen lachten vergnügt, und einer von ihnen gestattete sich die Frage: »Warst du je verheiratet, Rasūl?«

Hadschi Mastan schaute sich wieder ängstlich um. Abu Qadir schüttelte den Kopf.

»Nein, Bruder, aber die Hadsch steht bevor, und das ist die rechte Zeit, an dergleichen zu denken.«

»Und es zu sehen«, sagte ein anderer mit breitem Grinsen – eine Anspielung auf die Tatsache, daß die Frauen, die sonst verschleiert gehen, bei der Hadsch nicht verschleiert sein dürfen. Eine gute Zeit also zur Vereinbarung von Ehen. Es ist auch eine gute Zeit, um Geschäfte auf lokaler und internationaler Ebene zu machen, und während der fünf Tage der Hadsch werden in Mekka viele Verträge abgeschlossen. Die fünf Beduinen waren Kamelhändler und hatten den traditionellen Kamelmarkt in Taif besucht, bevor sie nach Mekka weiterpilgerten.

Und nun fragte der älteste von ihnen: »Ist es wahr, Rasūl, daß du morgen zu Fuß nach Mekka aufbrechen wirst?«

»Es ist wahr.«

»Du wirst nicht auf der großen Straße reisen, die der König –
Allah segne und behüte ihn! – in seiner Weisheit gebaut hat, um
es einigen Pilgern bequem zu machen?«

Erwartungsvolle Stille trat ein, denn der alte Beduine hatte mit
einer Spur von Sarkasmus gesprochen.

Abu Qadir blickte nach den Lichtern von Taif. Zwei Milliarden Dollar waren ausgegeben worden, um Dutzende von Palä-
sten für die islamischen Staatsoberhäupter zu errichten, die an
der panislamischen Konferenz teilgenommen hatten. Sie hatten
ganze drei Tage darin gewohnt. So lange hatte die Konferenz gedauert. Außerdem waren ein prächtiges Kongreßzentrum, vier
Hotels und die Autobahn nach Mekka gebaut worden.

»Ich werde neben der großen Straße herziehen«, antwortete
Abu Qadir und fügte dann hinzu, wie um eine unausgesprochene
Frage zu beantworten: »Alle Völker dieser Welt sind Allahs Kinder, doch in seinem Herzen ist ein besonderer Platz für die Araber, und er hat uns zwei Gaben gegeben. Durch seinen Gesandten Mohammed hat er uns den Koran geschenkt. Und er hat uns
dieses Land geschenkt. Einige waren undankbar dafür, denn es
war öde und trug keine Frucht. Doch er hat uns auch das geschenkt, was unter dem Boden dieses Landes liegt und Erbe aller
Araber ist.«

Die Beduinen lauschten ihm aufmerksam, ebenso Hadschi
Mastan. In seiner Miene spiegelte sich eine Mischung aus Verwirrung und Faszination.

»Ein solches Erbe«, fuhr Abu Qadir fort, »sollte nicht ver-
schleudert werden, auch sollte man es nicht zur Selbstverherr-
lichung der Menschheit verwenden. Allah, der Erbarmer, der
Barmherzige, lehrt uns im Koran: ›O ihr Gläubigen! Verbraucht
euer Eigentum nicht unter euch in Eitelkeit.‹«

Diese Worte wurden mit tiefem Schweigen aufgenommen.
Die Beduinen blickten sich wissend an, und dann fragte einer von
ihnen: »Wirst du in Mekka auch so sprechen, Rasūl?«

Abu Qadir legte ihm die Hand auf die Schulter.

»Nach dem Opferfest, Bruder, werde ich von manchem sprechen.«

Er blickte den ältesten der Beduinen an. »Ich bin gekommen, dich zu finden, denn man hat mir gesagt, daß du Ibn Sahl bist und Besitzer vieler Kamele – du und deine Brüder.«

»So ist es«, antwortete der alte Beduine. »Wirst du mir die Ehre erweisen, auf einem meiner Kamele nach Mekka zu reiten?«

»Nein, ich gehe zu Fuß«, erwiderte Abu Qadir. »Aber es sind einige unter uns, die alt sind, und andere, die krank sind.«

Ibn Sahl beugte sich vor und sagte schlicht: »Sie sind deine Anhänger, Rasūl, und unsere Brüder und Schwestern. Sie werden dir auf unseren Kamelen folgen, und obwohl ich hoch an Jahren bin, will ich mit dir nach Mekka gehen.«

»Allah segne und behüte dich, Ibn Sahl. Du wirst an meiner Seite gehen.«

Er zog seinen Burnus fest um sich und stand auf. Alle erhoben sich, sammelten sich um Abu Qadir und berührten seine Gewänder. Dann verschwand er mit Hadschi Mastan in der Dunkelheit.

Als der Morgen dämmerte, waren die Zelte abgebrochen, und eine lange Kolonne von Pilgern bewegte sich die Hügel hinunter, in die Ebene. An der Spitze des Zuges schritt Abu Qadir mit seinem zielbewußten Gang. Zu seiner Linken ging Ibn Sahl, zu seiner Rechten Hadschi Mastan. Das Ende des Zuges bildeten die Alten und Kranken auf Dutzenden von Kamelen. Unter den Alten war eine gebrechliche Frau in den Sechzigern. Man hatte ihr, mitsamt einem schweren Sack, der ihre ganze Habe enthielt, aufs Reittier geholfen. Neben dem Kamel ging ihr zwölfjähriger Enkel.

Die Kolonne war fast zwei Kilometer lang und zog neben der sechsspurigen Autobahn her, und so mancher Mercedes und Lincoln und Cadillac verlangsamte seine Fahrt auf dem Weg nach Mekka, damit die Reisenden im vollklimatisierten Wageninneren das Schauspiel genau betrachten konnten.

Mirza Farruki rollte mit einem Range Rover des saudiarabischen Geheimdiensts vorbei und spähte durch einen Feldstecher nach der Spitze der Kolonne und dem Mann, der ihm immer mehr schlaflose Nächte bereitet hatte.

19

»Der Countdown läuft. Noch neunundfünfzig Sekunden.«

Rufus Cabell, verantwortlich für den Start der Raumfähre, verließ sein Kontrollpult nicht. Der Vorgang war inzwischen fast Routine geworden. Immerhin erfolgte durchschnittlich ein Start pro Monat. So beobachtete er die *Atlantis* nur auf dem Monitor.

Doch was sie an Bord hatte, machte ihn neugierig. Erstens, weil der Start eingeschoben worden war, obwohl das Programm schon lange feststand und die Planung eigentlich zu starr war für eine solche Improvisation. Zweitens, weil für die Nutzlast der Raumfähre soviel Sicherheitsmaßnahmen für nötig erachtet wurden – weitaus mehr als üblich bei einem Aufklärungssatelliten, um den es sich hier angeblich handelte. Rufus Cabell wußte, daß er irgendwo über dem Nahen Osten in eine geostationäre Umlaufbahn gebracht werden sollte. Wo genau, wußte er allerdings nicht, denn die Kontrolle würde, was einen glatten Bruch mit der üblichen Prozedur darstellte, unmittelbar nach der Ablösung des äußeren Treibstofftanks von der Raumfähre auf das Johnson Space Center in Houston übergehen.

In Houston saß Elliot Wisner vor einem Monitor im Kontrollzentrum. Er hörte die Stimme: »Der Countdown läuft. Noch dreißig Sekunden.« Und während die Sekunden vergingen, nahm seine Erregung zu – eine Erregung, die nicht bloß durch den Start verursacht wurde. Er dachte daran, daß die wenigsten Wissenschaftler das Ergebnis ihrer Forschungsarbeit auf so spektakuläre Weise demonstriert sahen – und vor einem Massenpublikum wie dem, das sich gerade in Mekka versammelte.

»Der Countdown läuft. Noch zehn Sekunden.«

Ohne den Blick vom Monitor zu wenden, zog Wisner ein Taschentuch aus seiner Jacke, wischte sich die schweißnassen Hände und schickte ein Stoßgebet zum Himmel, daß es in dieser späten Phase keine Panne geben möge. Sein Gebet wurde erhört. Die Triebwerke wurden gezündet, und die Raumfähre stieg aus einem Meer von gelben Flammen auf.

Wisner beobachtete, wie die Raumfähre Höhe gewann, und erlaubte sich einen wohligen Seufzer.

In Amman standen Hawke, Gordik und Gemmel hinter einem Nachrichtentechniker und sahen zu, wie der Fernschreiber Sätze ausdruckte. Als endlich die Worte *Ablösung des äußeren Treibstofftanks komplett* erschienen, klopfte Gordik Hawke auf die Schulter, und der Amerikaner grinste breit.

»Glatt wie Öl!« rief er. »Zwanzig Tonnen einfach hochgejukkelt – wie 'n Quarterback, der ein TD schafft!«

»Touchdown. So was ähnliches wie ein Tor. American Football«, erklärte Gemmel dem verwirrten Russen, und dann begaben sie sich in den Freizeitbereich, und Hawke verkündete den versammelten Teams voll Stolz, daß der Start geglückt sei.

Anschließend gab er weitere Informationen. »Unsere Agenten vor Ort«, sagte er, »und zwar die Agenten beider Teams, haben gemeldet, daß inzwischen über zehntausend Pilger Abu Qadir auf seinem Marsch von Taif nach Mekka folgen.«

Erstauntes Gemurmel. Hawke lächelte.

»Man schätzt außerdem«, fuhr er fort, »daß sich in den nächsten achtundvierzig Stunden mehr als drei Millionen Pilger in Mekka versammelt haben werden.«

Wieder ein verwundertes Raunen, und dann meldete sich Falk zu Wort: »Das sind fünfundzwanzig Prozent mehr als voriges Jahr. Normalerweise liegen die Zuwachsraten unter zehn Prozent.«

»Und Sie führen das ausschließlich auf Operation Mirage zurück?« fragte Tudin.

»Nein«, antwortete Hawke. »Für die Mohammedaner beginnt jetzt das 14. Jahrhundert, und das dürfte auch eine Rolle spielen. Trotzdem ist dieser Zuwachs größtenteils auf unsere Propaganda zurückzuführen.« Er blickte zu Gemmel hinüber. »Die Briten haben auf diesem Gebiet erstklassige Arbeit geleistet.«

»Wie ist die Stimmung in Mekka?« erkundigte sich Tudin.

»Sehr erwartungsvoll«, erwiderte Hawke. »Aber unsere Agenten melden auch, daß Religionspolizei und Sicherheitskräfte stark vertreten sind – und verdammt nervös.«

Nun meldete sich Gordik zu Wort. »Ich hoffe, daß Abu Qadir nicht unvorsichtig ist. Wenn er das Wort ›Mahdi‹ auch nur flüstert, werden ihn die saudiarabischen Sicherheitskräfte schneller packen als eine ausgehungerte Katze eine fette Maus.«

Hawke schüttelte den Kopf. »Keine Sorge. Vor Donnerstag, sechzehn Uhr, sagt er nichts, aber auch gar nichts. Er steht total unter dem Einfluß und der Kontrolle von Hadschi Mastan.«

Hawke drehte sich um und kehrte in die Nachrichtenzentrale zurück. Die Gespräche setzten wieder ein. Gemmel ging an die Bar und ließ sich von Falk einen Drink geben. Gordik und Meade begannen ein Gespräch über tote Briefkästen.

Larissa beobachtete Gemmel von der Seite und sagte dann auf russisch: »Es freut mich sehr, daß Sie ihm einen Kinnhaken verpaßt haben.«

Gemmel wandte sich Larissa zu und lächelte dünn. »Ich hätte es lassen sollen. Es war sehr unprofessionell – und er hat es nicht verdient.«

»Ach«, sagte sie rätselhaft, »es gibt doch nichts Langweiligeres als einen absoluten Profi.« Sie leerte ihr Glas und stand auf. »Gute Nacht, Mr. Gemmel.« Mit einem flüchtigen Blick zu Gordik ging sie aus dem Raum, und Falk sah ihr wehmütig nach. Allmählich verschwanden auch die anderen. Zurück blieben nur Gordik, Meade, Gemmel und eine halbleere Flasche Scotch auf der Bar. Als Gemmel ging, drehte sich das Gespräch gerade um Anpaßschaltungen und die totale Nutzlosigkeit von Agentenführern, die von Botschaften aus operierten.

Es war nach Mitternacht. Hawke lag in seinem Bett. Er war todmüde, aber er konnte nicht schlafen. Immer wieder mußte er sich vorstellen, wie Abu Qadir seine Anhänger durch die Wüste nach Mekka führte. Unter ihnen befanden sich Hawkes Agenten und die der Russen und der Briten. In der Villa liefen nun Berichte in

Hülle und Fülle ein, und droben im Weltraum schwebte der Satellit mit dem raffiniertesten Laser, der je gebaut worden war. Hawke dachte eine Weile über die moralische Seite der Operation nach. Der Schluß, zu dem er kam, war unumgänglich. Es handelte sich um einen der massivsten Betrugsversuche, die die Menschheit je gesehen hatte. Für Hawkes Seelenfrieden war es gut, daß er weder besonders gefühlvoll noch besonders romantisch war. Seine Gedanken kreisten vor allem um seinen Beruf und um technische Dinge. Seine Phantasie orientierte sich am Machbaren, und sie eilte in die Zukunft voraus, zu den Möglichkeiten, die aus diesem gigantischen Betrugsversuch erwuchsen. Hawke war Patriot und glaubte aufrichtig, daß das, was er tat, zum Besten seines Landes und seiner Mitbürger geschah. Er war der Ansicht, die Handlungsweise der ölexportierenden Länder des Nahen und Mittleren Ostens sei von Grund auf egoistisch. Er sah nicht, daß sie sich nur so verhielten, um sich ihre nationale Identität zu bewahren und ihre rechtmäßigen Bestrebungen zu verwirklichen. Er betrachtete die Operation als Kampf für das, was er unter Kultur verstand. Er war ein praktischer Mensch, so praktisch, daß er die jesuitische Theorie vom Zweck, der die Mittel heiligt, mühelos zu der seinen machen konnte.

Wieder ging er die Ereignisse durch, die am kommenden Donnerstag in dem »Wunder« im Mina-Tal gipfeln würden, und wieder führte ihn die Erinnerung in den malaiischen Dschungel zurück – zu dem weißhaarigen alten Meisterspion, der mit seiner begnadeten Phantasie und seinem messerscharfen Verstand den Stein ins Rollen gebracht hatte. Er hakte im Geist ab, was alles schiefgehen konnte, und tröstete sich damit, daß die Operation bisher wie am Schnürchen gelaufen war. Mittlerweile akzeptierte er sogar die Präsenz der Russen. Perryman hatte recht gehabt. Es gab weite Bereiche, die sich zur Zusammenarbeit anboten. Wenn der Mahdi anerkannt und von CIA und KGB gemeinsam unter Kontrolle gehalten wurde, war das Ganze nur noch eine Art Kuhhandel zwischen den beiden Supermächten. Und was dabei herauskam, würde ein stabiler Naher und Mittlerer Osten sein, garantiert niedrige Ölpreise auf lange Sicht und die

Behebung von Spannungen in einem Krisenherd, der nur zu oft weltweite Konflikte auszulösen gedroht hatte. Hawkes Position innerhalb der CIA würde unanfechtbar sein. Der Posten des Direktors war eine rein politische Pfründe und wurde bei jedem Regierungswechsel neu besetzt. In Zukunft würde er, Morton Hawke, praktisch die Nummer Eins der CIA sein. Es war der Traum der Träume, der Lieblingstraum jedes Geheimdienstagenten. Im Moment noch ein Tagtraum. Doch das würde bald anders werden. Hawke drehte sich um, bettete den Kopf auf sein Kissen, schlief ein und träumte weiter von seiner Karriere.

Große Ereignisse in der Geschichte werden oft durch banale Dinge verursacht oder gestört. In diesem Fall handelte es sich um einen Thermostaten. Mehrere hundert Millionen Dollar waren bereits in die Operation Mirage gesteckt worden. Der Thermostat dagegen kostete nur ein paar Dollar. Er war in einer Wolga-Limousine der sowjetischen Botschaft in Amman installiert, und als der russische Fahrer Lew Tudin die letzten zwei Kilometer bis zur Botschaft chauffierte, wanderten seine Augen immer wieder zum Temperaturanzeiger. Der Wagen lief schon seit einem Monat ständig heiß, aber die bürokratischen Mühlen des diplomatischen Dienstes der Sowjetunion mahlten langsam, und darum war noch kein Ersatzthermostat eingetroffen. Sie schafften es kaum auf den Hof der Botschaft, und als Tudin die Treppe zum Gebäude hinaufstieg, klappte der Chauffeur die Motorhaube hoch und schraubte mit Hilfe eines dicken Lappens vorsichtig den Kühlerverschlußdeckel ab. Heißer Dampf zischte ihm entgegen.

Tudin pendelte jeden Tag zwischen der Villa und der Botschaft. Er übermittelte Nachrichten von Gordik an die Zentrale in Moskau und würde eine Stunde warten müssen, um die Chiffrierung zu überprüfen und Nachrichten, die aus der sowjetischen Hauptstadt einliefen, zu dechiffrieren. Tudin war dem Botschaftspersonal ein Rätsel, denn es kam selten vor, daß ein Russe frei in Amman herumlief. Selbst der Botschafter wußte nicht, welche Mission der Mann hatte. Moskau hatte ihm lediglich mitgeteilt, von Amman aus werde eine wichtige Operation zum Wohl des Vaterlandes gesteuert. Er solle Wassilij Gordik in jeder Weise behilflich sein.

Auch dem KGB-Chef der Botschaft, Oberst Schukow, hatte man nicht mehr verraten als seinem offiziellen Vorgesetzten. Er hatte jedoch Maßnahmen getroffen, um sich über den Aufenthaltsort von Gordik und seinem Team zu informieren, und zu seiner Verblüffung entdeckt, daß sich seine Landsleute gemeinsam mit hohen amerikanischen und britischen Geheimdienstlern in einer Villa häuslich niedergelassen hatten. Worauf er sich über seinen persönlichen Code mit dem Chef des KGB in Verbindung gesetzt, ihn über die Lage unterrichtet und um Weisungen gebeten hatte. Die Weisungen waren sehr kurz und ebenso deutlich ausgefallen: Kümmern Sie sich um Ihre eigenen Angelegenheiten.

Schukow verließ die Botschaft zufällig zur selben Zeit wie Lew Tudin. Er war ihm einmal in Moskau begegnet, und als sie zusammen die Treppe hinunterstiegen, tauschten sie Höflichkeiten aus. Dann verabschiedeten sie sich voneinander. Schukow wollte eben in seinen Wagen steigen, als er bemerkte, daß der Chauffeur der Botschaft in eine Diskussion mit Tudin verwickelt war. Der Oberst ging zu den beiden hinüber.

»Der Thermostat hat schon eine Weile gesponnen«, erklärte der Chauffeur. »Ich glaube, jetzt ist er endgültig hin, und wahrscheinlich kann ich Genosse Tudin nicht zurückfahren, ohne daß das Kühlwasser überkocht.«

»Überhaupt kein Problem«, sagte Schukow mit großer Gebärde. »Ich bin auf dem Weg nach Hause und werde Genosse Tudin zuerst absetzen.« Er sah Tudins skeptischen Blick und lächelte selbstgefällig.

»Keine Bange, Genosse«, sagte er. »Ich kenne das Ziel Ihrer Mission nicht, aber in meiner Eigenschaft als hiesiger KGB-Chef weiß ich natürlich, wo Sie untergebracht sind. Die Villa ist nicht weit von meiner Wohnung entfernt.« Er deutete auf seinen Wagen.

Tudin zuckte die Achseln, nahm auf dem Beifahrersitz Platz,

und sie fuhren los, an den Wachen vorbei und auf die Straße hinaus. Gegenüber, am Fenster eines Wohnhauses, setzte ein Araber seinen Feldstecher ab, hob ein Walkie-Talkie an die Lippen und drückte auf einen Knopf.

»Er kommt«, sagte er. »Es ist noch jemand bei ihm im Wagen.«

Vierhundert Meter weiter, in einer der Straßen, die zum Kreisel führten, nahm Sami Zahaby die Meldung entgegen und zog seine UZI-Maschinenpistole zwischen den Sitzen des alten Mercedes hervor.

»Er kommt«, sagte er zu dem Moslembruder hinterm Lenkrad und warf einen Blick auf seine Uhr. »Punkt sechs. Er ist mit der Arbeit fertig und fährt jetzt nach Hause. Er hat noch jemanden mit dabei.« Mit der linken Hand griff sich Zahaby sein Walkie-Talkie, drückte auf die Taste und instruierte die vier Moslembrüder, die in einer anderen Straße, die in den Kreisel mündete, in einem dunkelblauen Ford saßen und warteten.

Schukow berichtete Tudin von den Unannehmlichkeiten des Dienstes im Nahen Osten. Gleichzeitig versuchte er, ihn darüber auszuhorchen, was Gordik in dieser Villa machte. Er brannte vor Neugier, denn Gordik war sein direkter Vorgesetzter, und er begriff nicht, wie eine Operation von Jordanien aus gestartet werden konnte, ohne daß man ihn informierte. Tudin war nicht besonders gesprächig, und das ärgerte Schukow. Vielleicht lag es daran, daß er nicht so wachsam war wie gewöhnlich. Als sie in den Kreisel einbogen, wollte er Tudin gerade fragen, wie lange er in Amman bleibe. Plötzlich bemerkte er den schwarzen Mercedes, der ihm fast an der Stoßstange klebte. Im Rückspiegel sah er die zwei Araber. Beide im Burnus. Eine Alarmglocke gellte in seinem Kopf. Er trat aufs Gas. In diesem Moment schoß ein dunkelblauer Ford aus der nächsten Straße und fuhr ihm direkt vor den Kühler. Er bremste scharf. Sein Wagen geriet ins Schleudern und prallte gegen den Ford. Dann kamen die beiden Autos nebeneinander zum Stehen, die Motorhaube zur Mitte des Kreisels gerichtet. Schukow sah die vier Männer, die aus dem Ford stiegen, schob die rechte Hand ins Jackett, griff nach seiner Pistole.

Gleichzeitig schrie er Tudin eine Warnung zu.

Doch es war zu spät. Die Wagenfenster waren wegen der schwülen Hitze heruntergekurbelt, und ehe er seine Pistole in Anschlag bringen konnte, wurde ihm eine Maschinenpistole vor die Nase gehalten. Auf Tudins Seite standen zwei weitere Männer, die ihn ebenfalls mit der Waffe bedrohten.

Die Entführung ging reibungslos vonstatten. Beide Russen wurden binnen zwanzig Sekunden aus Schukows Wagen gezerrt und in den Mercedes verfrachtet. Der blaue Ford hatte Totalschaden und konnte nicht mehr fahren, und seine vier Insassen stiegen in den Fond des Mercedes und hielten Schukow und Tudin, die auf dem Boden lagen, mit ihren Füßen nieder. Ein paar Autos hatten des Spektakels wegen angehalten, doch bevor jemand etwas unternehmen konnte, war der Mercedes davongebraust.

Es dauerte siebzehn Minuten, bis Gordik den Anruf von der Botschaft erhielt, und sofort war die Atmosphäre in der Villa beklommen und spannungsgeladen. Gordik fühlte sich völlig hilflos. Er informierte Hawke und Gemmel, und sie setzten sofort eine Krisenbesprechung an. Es dauerte eine Stunde, bis sich ein Bild ergab, ein Bild, das Hawke in helle Wut versetzte. Er und Gemmel hatten sofort Verbindung zu ihren Leuten in Amman aufgenommen. Die verdatterten hiesigen Chefs vom CIA und MI6 wurden plötzlich mit der Tatsache konfrontiert, daß sich zwei ihrer ranghöchsten Kollegen in der jordanischen Hauptstadt aufhielten und an einer Operation in Zusammenarbeit mit dem KGB beteiligt waren. Sie wurden von der Entführung der beiden KGB-Agenten unterrichtet und erhielten Weisung, unverzüglich herauszufinden, wer die Entführer waren. Während sie Kontakt zu ihren Agenten vor Ort aufnahmen, gingen Gordik, Hawke und Gemmel alle Möglichkeiten durch. Normalerweise hätte jeder den Geheimdienst des anderen in Verdacht gehabt. Doch diese Möglichkeit schied natürlich aus. Auch der jordanische Geheimdienst konnte es nicht gewesen sein. Die Jordanier liebten die Sowjetunion nicht gerade, aber es war undenkbar, daß sie am hellichten Tag ein Mitglied der russischen Botschaft entführten. Gemmel äußerte schließlich eine Vermutung, die von John Masterson, dem MI6-Chef von Amman, bestätigt wurde.

»Es war tatsächlich die Moslembruderschaft«, sagte Gemmel, als er den Telefonhörer auf die Gabel legte. »Wir haben sie hier in Amman ein bißchen unterwandern können, und unser Agent meldet, daß die Entführung auf das Konto der Bruderschaft geht.« Er blickte Gordik in die Augen. »Die Frage ist nur, Wassilij: Hatten sie es auf Tudin oder auf den anderen Mann im Wagen abgesehen? Wer ist das, und was könnten sie von ihm wollen?«

Gordik lehnte sich zurück. Seine Gedanken rasten. Er wußte bereits, daß der Fahrer des Wagens Schukow war, und er wußte außerdem, daß Schukow eine maßgebliche Rolle beim harten Durchgreifen des syrischen Geheimdiensts gegen die Bruderschaft gespielt hatte. Die Nachricht war gut und schlecht zugleich. Tudin hatte rein zufällig den Wagen gewechselt, und das bedeutete vermutlich, daß die Moslembrüder keine Ahnung von ihm und seiner Mission hatten. Sie hatten es auf Schukow abgesehen. Tudin war nur eine Zugabe.

Gordik beschloß auszupacken. Er klärte Hawke und Gemmel über alle wichtigen Fakten auf. Hawke schob seinen Stuhl zurück und ging fluchend im Zimmer hin und her.

»Irgendein Scheißauto geht kaputt«, sagte er erbittert. »*Ein* Mistkarren, und das gefährdet die ganze Operation.« Er schüttelte frustriert den Kopf. »Und ausgerechnet diese verdammte Moslembruderschaft.« Er sah Gordik mit schmalen Augen an. »Wissen Sie, was das für Leute sind? Wissen Sie, wofür sie stehen?«

Gordik nickte finster. »Das weiß ich sehr genau. Ich habe mehrere Operationen gegen sie geleitet.«

»Na, bravo«, schnaubte Hawke. »Dann wissen Sie ja auch, daß diese Leute nicht die leisesten Skrupel haben. Und jetzt sagen Sie mir«, fuhr er grimmig fort, »wieviel Widerstandsfähigkeit hat Tudin? Wieviel Erfahrung im Außeneinsatz? Was für eine Ausbildung?« Er blickte auf den kleinen Kalender an seiner Rolex.

»Uns bleiben nur noch zweiundsiebzig Stunden. Abu Qadir dürfte ungefähr jetzt in Mekka einziehen. Wird Tudin durchhalten?«

Gordiks Miene verdüsterte sich noch mehr. »Ich glaube kaum. Er hat wenig Erfahrung im Außeneinsatz. Er ist ein Denker, kein Macher.« Gordik zuckte resigniert die Achseln. »Und was seine Widerstandsfähigkeit angeht – er hat natürlich die üblichen Kurse absolviert, aber ich möchte bezweifeln, daß es eine Ausbildung gibt, die jemanden auf das vorbereiten kann, was die Moslembruderschaft mit ihm veranstaltet.«

»Scheiße!« brüllte Hawke. Er ging immer noch hin und her.

Gemmel zog Hawkes Stuhl an den Tisch.

»Setzen Sie sich, Morton«, sagte er energisch. »Wir müssen jetzt nachdenken, kühl kalkulieren. Uns bleiben keine Tage, sondern nur Stunden. Wir müssen Tudin da rauspauken, und zwar schleunigst.«

Hawke blieb stehen und blickte den Engländer an. Sein Gesichtsausdruck war eine Mischung aus Frustration und Zorn. Dann kehrte er an den Tisch zurück, nahm Platz und funkelte Gordik an.

»Wir haben eine Chance«, meinte Gemmel beschwichtigend. »Wie ich Ihnen bereits gesagt habe, ist es uns gelungen, die Moslembruderschaft ein bißchen zu unterwandern. Das ist nicht weiter erstaunlich. Wir hatten erstmals in den dreißiger Jahren in Ägypten mit ihr zu tun. Ich kann Ihnen sogar verraten, daß wir sie stillschweigend unterstützt haben, als sie fünfundfünfzig versuchte, Nasser zu ermorden.«

Gordik und Hawke hörten ihm aufmerksam zu.

»Gewiß«, fuhr Gemmel fort, »unser Einfluß im Nahen Osten hat in den letzten zehn Jahren stark abgenommen, aber wir haben immer an unseren alten Agenten festgehalten. Masterson ist ein guter Mann. Er arbeitet hier seit mehr als vier Jahren für MI6 und kennt sich aus. Er wird versuchen herauszufinden, wo Tudin ist. Bis dahin können wir nichts weiter tun als warten. Sobald wir Bescheid wissen, werden wir planen, wie wir vorgehen wollen.«

Masterson brauchte anderthalb Stunden, um herauszufinden, wo die Moslembruderschaft Schukow und Tudin festhielt. Er traf mit einem großmaßstäblichen Stadtplan von Amman in der Villa ein. Seine Miene war besorgt. Es wurde sofort eine Sitzung anberaumt. An ihr nahmen Gordik, Gemmel, Falk, Masterson, der lokale CIA-Chef und der Stellvertreter des KGB-Chefs teil. Der Amerikaner hieß Johnson. Der Russe war jünger, klein und gedrungen. Er hieß Kalinin.

Der Stadtplan wurde an die Wand gehängt, und Masterson begann mit seinen Ausführungen. Er war ein hochgewachsener Mann in den frühen Sechzigern mit militärischem Auftreten und ging am Stock, weil er im Zweiten Weltkrieg als Panzerkommandant in der Wüste schwer am rechten Bein verwundet worden war. Er war ein wenig nervös angesichts eines so hochkarätigen Publikums, zumal Hawke und Gordik die Ungeduld ins Gesicht geschrieben stand. Er deutete mit seinem Stock auf den Stadtplan.

»Dies ist das Haus eines Kaufmanns namens Salah Khalaf. Er ist ein notorischer Sympathisant der Moslembruderschaft. Vielleicht gehört er auch dazu. Sein Haus ist weitläufig und hat einen großen Hof. Es hat außerdem einen geräumigen Keller, und ich nehme an, daß die Russen in diesem Keller festgehalten werden.«

Gordik warf, sichtlich entspannt, einen Blick auf seine Uhr. »Gut. Hervorragende Arbeit. In der Botschaft steht schon ein Einsatzkommando bereit. Ich schicke es sofort los.«

Masterson sah Gemmel an. Gemmel hob die Hand. »Einen Moment noch, Wassilij – lassen Sie ihn ausreden.«

»Das ist alles nicht so einfach, Sir«, sagte Masterson zu Gordik. Es erstaunte ihn selbst, daß er den Russen mit »Sir« ansprach, aber irgendwie hatte der Mann eine Position und eine Statur, die das rechtfertigten.

»Ich werde es Ihnen erklären«, fuhr Masterson fort. »Das Haus liegt genau in der Mitte des *Souk*. Dieses Viertel ist sehr dicht besiedelt, die Straßen sind extrem schmal, und im Haus und seiner Umgebung werden sich bestimmt zahlreiche Moslembrüder aufhalten. Ihr Einsatzkommando müßte zu Fuß vorrücken und käme nicht weiter als zweihundert Meter an das Haus heran, ohne daß Alarm gegeben würde. Die Gegend ist ein wahres Labyrinth, und die Moslembrüder könnten Schukow und Tudik innerhalb von wenigen Minuten wegschaffen und anderswo verstecken.«

Gordik zog ein langes Gesicht. »Aber wir müssen es versuchen«, sagte er. »Wir können nicht einfach hier rumsitzen und nichts tun.«

Hawke schaltete sich ein. »Was ist mit den jordanischen Behörden?«

Gemmel gab ihm die Antwort. »Die können Sie vergessen. Die Jordanier dürften bereits über die Entführung informiert sein. Offenbar warten sie darauf, daß die russische Botschaft Kontakt zu ihnen aufnimmt, aber auch dann werden sie sich nicht überschlagen.« Er sah Gordik an. »Sie wissen ja von der Antipathie der Jordanier gegen die Sowjetunion und von ihrer Unterstützung der Moslembruderschaft. Es würde Tage dauern, sie zum Handeln zu bewegen, und jede Aktion von ihrer Seite fiele bestenfalls halbherzig aus.«

»Also – was machen wir?« fragte Gordik ungeduldig.

»Ich bin sicher, daß Masterson ein paar gute Ideen hat«, sagte Gemmel, und sie schauten alle den nervösen Engländer an.

»Ich sehe nur eine Möglichkeit«, begann Masterson zögernd. Er deutete wieder mit seinem Stock auf den Stadtplan. »Nah ans Ziel heran kommt man nur von diesen drei Punkten aus.« Er zeigte sie. Sie bildeten ein Dreieck um den *Souk*. »Zunächst müßten zwei bis drei Mann, als Araber verkleidet, zum Haus vordringen und sich dort Eingang verschaffen.« Mastersons Stimme wurde allmählich forsch und nahm einen militärischen Ton an, als er seinen Plan erläuterte. »Sobald diese kleine Vorausabteilung im Haus ist und das Feuergefecht beginnt, rückt das Gros rasch aus drei verschiedenen Richtungen nach. Es wird sich den Weg durch den *Souk* freischießen müssen. Die Vorausabteilung versucht in der Zwischenzeit, den Russen das Leben zu retten und die Stellung zu halten, bis das Gros eintrifft. Um alle aus dem Haus und aus dem *Souk* zu kriegen, wird wieder ein Feuergefecht nötig sein.« Er deutete mit seinem Stock erneut auf die drei Punkte. »An jedem dieser Punkte wartet ein Transportfahrzeug.« Masterson ließ den Stock sinken und blickte Gordik fragend an. Der Russe seufzte.

»Es hängt also alles davon ab«, sagte er, »daß die Vorausabteilung die Verteidigungslinien überwindet und ins Haus kommt, bevor das eigentliche Gefecht beginnt.«

»Genau«, bestätigte Masterson.

»Was meinen Sie, Morton?« fragte Gordik.

Hawke zuckte die Achseln. »Das gibt auf jeden Fall ein Blutbad, aber wir müssen es versuchen.« Er musterte Gordik mit hartem Blick. »Und wenn die Vorausabteilung ins Haus kommt und es schwierig wird, Tudin rauszuholen, wird sie ihn töten müssen.«

Gordik nickte. »Akzeptiert.«

Nun meldete sich Johnson zum ersten Mal zu Wort. »Wer soll die Vorausabteilung bilden?«

»Wen haben Sie denn?« fragte Hawke.

Johnson zuckte die Achseln. Er war ebenfalls nervös wegen dieses plötzlichen Aufruhrs. »Ich habe zwei, drei wirklich gute Leute, aber offen gesagt – das ist ein Himmelfahrtskommando, Mr. Hawke. Und ich möchte diese Leute nicht unbedingt verheizen.«

»Sie werden, verdammt noch mal, gefälligst tun, was man Ihnen sagt«, knurrte Hawke, und Johnson schwieg verlegen.

Nun sprach Gordik ein paar russische Worte zu Kalinin, der mit zwei knappen Sätzen antwortete. Dann sagte Gordik auf Englisch: »Wir haben auch ein paar gute Leute, und wir sind für das Ganze verantwortlich und haben keine Bedenken, sie einzusetzen.« Er schaute wieder auf seine Uhr. »Je eher, desto besser. Die Sturmtrupps können wir allerdings nicht allein stellen.« Er blickte Masterson an. »Was meinen Sie, wieviel Mann werden wir brauchen?«

»Mindestens dreißig«, antwortete Masterson.

Hawke wollte etwas sagen, aber Gemmel hob die Hand, stand auf, ging zum Stadtplan und betrachtete ihn ein paar Sekunden.

Dann drehte er sich um und sah Alan Boyd an.

»Wie wär's mit einem bißchen Aktion, Alan?«

»Nur Sie und ich?«

Gemmel nickte.

»Warum nicht?« sagte Boyd grinsend.

»Gut.« Gemmel wandte sich Gordik zu. »Lassen Sie uns vernünftig sein, Wassilij. Niemand wird durch diesen *Souk* laufen und versuchen, sich dem Haus zu nähern, der nicht angezogen ist wie ein Araber, geht wie ein Araber, riecht wie ein Araber und spricht wie ein Araber. Wir haben hier nur zwei Leute, die das bringen können. Alan Boyd und ich. Wenn *wir* das machen, haben wir eine Chance. Natürlich keine hundertprozentige, das gebe ich zu.«

Schweigen senkte sich über den Raum. Alle dachten über Gemmels Worte nach.

Schließlich sagte Gordik: »Wir sind dafür verantwortlich, nicht Sie. Es war unser Fehler.«

»Wer dafür verantwortlich ist, spielt im Moment keine Rolle«, erwiderte Gemmel. »Unsere ganze Operation ist in Gefahr. Bisher ist alles nach Wunsch gelaufen. Wir können sie doch nicht einfach scheitern lassen! Wir müssen mit allen Mitteln versuchen, das zu verhindern. Boyd und ich sprechen fließend und akzentfrei Arabisch, wir sind beide dunkel, und man hat uns mehrmals für Araber gehalten. Wir haben auch schon zusammengearbeitet. Wenn wir zwei das machen, nur wir zwei, haben wir eine größere Chance, als wenn ein Haufen Leute Mist baut.« Er blickte Hawke an und bekam von ihm die Unterstützung, die er wollte.

»Ich glaube, Sie haben recht, Peter. Wir müssen nur dafür sorgen, daß die Sturmtrupps so schnell wie möglich zu Ihnen stoßen.« Er schob seinen Stuhl zurück, stand auf, betrachtete den Stadtplan und fuhr mit dem Finger vom Haus zu den drei Punkten, die Masterson gezeigt hatte. »Ich schätze, drei bis vier Minuten. Was meinen Sie?« fragte er Masterson.

»Müßte klappen«, sagte der Engländer. »Wenn drei Trupps an den Punkten stehen, könnte mindestens einer in dieser Zeit das

Haus erreichen. Wenn es sich einrichten läßt, würde ich vorschlagen: zehn Mann pro Trupp. Wir brauchen mindestens zwei, die bei den Transportfahrzeugen warten. Insgesamt also sechsunddreißig.« Er überlegte einen Moment. »Ich kann nicht mehr als sechs bis sieben Mann stellen, mich eingerechnet.«

Wieder führte Gordik mit seinem Kollegen von der Botschaft ein kurzes Gespräch auf russisch.

»Wir können zwanzig Mann bieten.« Er lächelte gequält. »Das bedeutet natürlich, daß wir Ihnen unsere sämtlichen Agenten ans Messer liefern.«

Hawke lächelte. »Die Hälfte kennen wir wahrscheinlich sowieso, und wir offerieren Ihnen auch eine Gegenleistung. Wir stellen die restlichen vierzehn. Und nun wollen wir uns mit den näheren Einzelheiten befassen.«

Wieder hob Gemmel die Hand. »In einer Stunde ist es dunkel, und die meisten Araber essen eine halbe Stunde später. Das Unternehmen muß militärisch durchgeführt werden. Wir dürfen nicht vergessen, daß unser Kontingent aus Russen, Amerikanern und Briten besteht. *Ein* Mann muß das Kommando haben.« Gemmel wies mit dem Daumen auf Masterson. »Masterson spricht Russisch und Arabisch. Er war Soldat und kennt das Gelände besser als jeder andere. Ich würde vorschlagen, daß er den Angriffsplan ausarbeitet und den Oberbefehl übernimmt. Ich würde außerdem vorschlagen, daß Sie, Wassilij, und Sie, Morton, in der Villa bleiben.«

Beide protestierten, aber Gemmel brachte Argumente vor, die logisch zwingend waren. Er wies darauf hin, daß Operation Mirage ihrem Höhepunkt entgegenstrebte. Gordik und Hawke würden in der Villa gebraucht. Sie müßten die Operation überwachen und Kontakt zu den Agenten in Mekka halten. Es helfe nicht viel, wenn sie bei dem Befreiungsversuch mitwirkten – in diesem Fall drohe sogar das Schreckgespenst eines Oberkommandos, das sich nicht einig sei. Boyd und er setzten hier ihr Leben ein, und sie würden sich sicherer fühlen, wenn Masterson das Unternehmen leitete.

Schließlich mußten Hawke und Gordik ihrem englischen Kollegen recht geben, doch nun ergriff zum erstenmal Leo Falk das Wort.

»Sie haben etwas vergessen, Peter«, sagte er mit angespanntem Gesichtsausdruck. »Ich spreche auch Arabisch. Ich würde Alan und Sie gern begleiten.«

Gemmel schüttelte den Kopf. »Danke, Leo, aber das geht nicht. Gewiß, Sie sprechen Arabisch, und das hervorragend, aber Sie haben einen leichten Akzent. Außerdem sind Sie blond und blauäugig und haben eine etwas rötliche Gesichtsfarbe. Wer genauer hinschaut, wird sofort merken, daß Sie Ausländer sind.«

»Das stimmt, Leo«, sagte Hawke. »Aber trotzdem auch vielen Dank von mir.«

»Dann möchte ich mich einem der Sturmtrupps anschließen«, erwiderte Falk.

»Das können Sie machen«, antwortete Hawke. »Wenn Wassilij und ich hierbleiben, wird man Sie dort brauchen.«

Masterson warf einen Blick auf seine Uhr. »Also«, sagte er forsch. Seine Nervosität war verschwunden. »Wenn ich das Kommando führen soll, müssen wir sofort anfangen. Ich würde vorschlagen, daß Sie mich jetzt mit Johnson und Kalinin den Angriffsplan ausarbeiten lassen.«

Allgemeines Stühlerücken. Die Männer erhoben sich.

Lew Tudin hatte den ganzen Kosmos der Furcht durchmessen und war nun an dem Punkt angelangt, an dem er von seiner eigenen Person zurücktreten und seine Angst analysieren konnte. Erst die nichts begreifende Panik bei der Entführung. Dann die Schläge und der Schmerz, als sie aus dem Mercedes gezerrt, durch die Gassen des *Souk* geschleift und in den Keller gestoßen worden waren. Körperliche Gewalt war ihm fremd, und sein Verstand konnte die Qual nicht fassen, als er, an Händen und Füßen gefesselt, auf dem Betonfußboden lag, während drei Männer ihn von allen Seiten traten. Er glaubte, nichts sei mit diesem Schmerz, dieser Demütigung und Hilflosigkeit vergleichbar.

Doch in den beiden letzten Stunden hatte er erkennen müssen, daß er sich geirrt hatte. Er hatte das Verhör von Schukow miterlebt. Die Prügel waren nur eine Einleitung gewesen, ein Vorspiel zu dem, was kommen sollte. Zahaby war zunächst natürlich an Schukow interessiert. Als die ersten Mißhandlungen überstanden waren, wurde Tudin an einen Stuhl gefesselt. Schukow hatten sie nackt ausgezogen. Dann hatte die Folter begonnen. Der Keller bestand aus einem großen Raum. Eine schwere Holztür führte zu einer Treppe, die im Hof endete. Dicke Decken waren um die Tür herumgenagelt worden. Sie sollten alle Geräusche dämpfen. Das war auch nötig, denn Schukow litt sehr lautstark.

Tudin hatte einmal einen Satz von Hemingway gelesen, in dem es hieß, wenn jemand bei der Folter nicht schreie, habe er auch keine Schmerzen. Schukow hatte große Schmerzen. Zahaby hatte ein behelfsmäßiges, aber sehr wirkungsvolles Folterinstrument konstruiert. Von einer Steckdose an der Wand schlängelten sich Kabel zu einer Holzkiste, die vor Schukows Füßen stand. Die Kiste enthielt einen Rheostaten. Elektrodrähte führten von der Kiste zu Klemmen an der Spitze von Schukows Penis und an seiner Unterlippe. Es hatte lange gedauert, bis Schukows Widerstand gebrochen war. Über zwei Stunden hatten Zahaby und seine beiden Helfer die Stromstärke erhöht, bis Schukow es nicht mehr aushielt. Gelegentlich hatten sie eimerweise kaltes Wasser über ihn gegossen, zum einen, damit er wieder zu sich kam, zum anderen, um die Wirkung der Stromschläge zu steigern. Zweimal hatte Zahaby dem Russen die Klemmen abgenommen und es mit anderen Bestialitäten versucht. Beim ersten Mal hatte er Schukow den linken Arm und das linke Bein mit einer Lötlampe bis auf die Knochen versengt. Beim zweiten Mal hatte er ihm die Finger der rechten Hand abgeschnitten, einen nach dem andern, und die Stümpfe in siedendes Pech getaucht. Tudin konnte es nicht fassen, daß jemand so stark und so stoisch war, doch die Stromschläge hatten schließlich Schukows Widerstand gebrochen, und seit fünf Minuten redete er.

Zahaby hatte keine Lust am Foltern. Er glaubte wie alle Moslembrüder, einen heiligen Krieg zu führen, einen Dschihad. Die Russen waren seine Feinde. Hunderte von Moslembrüdern waren in syrischen Gefängnissen von Sicherheitskräften gefoltert worden, die dieser Mann ausgebildet und beraten hatte. Zahaby hatte keine Lust am Foltern, aber er hatte auch kein Mitleid. Doch nun, als Schukow Namen und Orte zu nennen begann, trat ein freudiges Glitzern in seine Augen. Einer seiner Helfer schrieb die Namen in ein Notizbuch.

Schließlich blickte Zahaby zu Tudin hinüber und fragte: »Und der? Wer ist das? Was macht er?«

Schweigen. Schukow sah Tudin an, unsagbaren Schmerz in den Augen. Dann schüttelte er den Kopf.

»Keine Ahnung. Der Botschafter hat mir gesagt, ich soll ihn mit nach Hause zum Abendessen nehmen. Mehr weiß ich nicht.«

Tudins Blick wanderte von Schukow zu Zahaby. Ihm war, als habe sich sein Herz ausgedehnt, als erfülle sein Schlagen seinen ganzen Körper. Zahaby schüttelte langsam den Kopf. Dann langte er nach der Holzkiste und drehte den Griff. Schukow bäumte sich gegen die Stricke, die ihn festhielten, und wieder gellten seine Schreie durch den Keller.

Doch diesmal hatte sich Zahaby verrechnet. Der Körper des Gefolterten ertrug den Schmerz nicht mehr, und irgend etwas – sein Herz oder sein Hirn – versagte. Zahaby stellte den Strom ab. Einer seiner Helfer fühlte Schukow den Puls und schüttelte verzweifelt den Kopf.

»Egal«, sagte Zahaby. »Wir haben genug von ihm erfahren, um es den Syrern mit gleicher Münze heimzuzahlen.« Er drehte sich um, sah Tudin an und sagte auf englisch: »Dann werden Sie es uns selbst verraten müssen.«

Tudin hatte so getan, als verstehe er kein Englisch, doch seine Angst spiegelte sich in seinen Augen wider, und Zahaby lächelte.

»Ich möchte bezweifeln, daß Sie nur ein Essensgast sind.«

Der eine Helfer schnitt Schukows leblosen Körper vom Stuhl ab, der andere näherte sich Tudin. Tudin versuchte vergebens, sich in seinem Stuhl zu verkriechen. Er zitterte am ganzen Leib. Innerlich schrie er bereits.

Gemmel und Boyd saßen achtzig Meter von Salah Khalafs Haus entfernt und tranken starken schwarzen Kaffee aus winzigen

Tassen. Es war kühl geworden, und sie konnten mit gutem Grund die Kapuze an ihrem Burnus über dem Kopf tragen. Sie saßen am Tisch eines kleinen Kaffeehauses in einer belebten Gasse. Links und rechts von ihnen fliegende Händler, die ihre Ware anpriesen. Gegenüber vom Kaffeehaus arbeitete ein Silberschmied vor dem Eingang zu seinem Laden. Gemmel und Boyd waren seit zehn Minuten hier. Sie sprachen arabisch miteinander und bemerkten bald die scheinbar lässigen Wachtposten vor der Tür zu Salah Khalafs Haus am Ende der Gasse. Zwei weitere lehnten, zehn Meter von den Engländern entfernt, an einer Mauer.

Gemmel und Boyd hatten sich auf verschlungenen Wegen dem Kaffeehaus genähert, waren einmal auch in ein Geschäft gegangen, um einen Ballen Tuch zu kaufen. Der Ballen lag nun zwischen ihnen auf dem Tisch. Unter dem Burnus hatten sie schwere Ledergürtel umgeschnallt. Am Gürtel trugen sie beide je sechs Handgranaten, einen Colt 1911-Revolver und eine Skorpion-Maschinenpistole. Die Amerikaner hatten die Granaten und die Revolver gestellt, die Russen die Maschinenpistolen. Ideale Nahkampfwaffen, nur 27 cm lang, wenn der Griff nicht ausgeklappt war, 700 Schuß pro Minute. Als sie in der Villa ausgerüstet worden waren und Gemmel die Skorpion in der Hand gehalten und dem Russen zugehört hatte, der erklärte, wie sie funktionierte, war er auf einmal zuversichtlich gewesen. Wenn sie die Verteidigungslinien überwinden und ins Haus gelangen konnten, hatten sie eine echte Chance. Und es gab noch einen zusätzlichen Vorteil. Ein paar Minuten, bevor sie die Villa verließen, hatte Masterson einen Anruf von einem seiner Agenten bekommen. Der Agent teilte ihm mit, das gegenwärtige Kennwort der Moslembrüder laute *Der Dolch auf dem Koran*. Er könne nicht garantieren, daß dies genüge, um sich an den Wachtposten vorbeizuschmuggeln. Möglicherweise seien noch andere Kennworte nötig.

Gemmel trank seinen Kaffee aus, warf einen Blick auf seine Uhr und sagte auf arabisch zu Boyd: »Noch zwei Minuten. Dann sind unsere Leute da, wo sie sein sollen.«

»Wollen wir versuchen, uns an diesen beiden Typen vorbeizumogeln?« fragte Boyd mit der Andeutung eines Nickens in Richtung der zwei Wachtposten, die an der Mauer lehnten.

»Ja. Wenn es nicht klappt, verpassen Sie ihnen eine Skorpion-Salve, und ich renne zum Haus.«

Die Sekunden vergingen langsam, und die beiden Engländer saßen schweigend da. Gemmel schaute Boyd an und war wieder zuversichtlich. Die Miene seines Partners war völlig gelassen, die Hand, die die Kaffeetasse hielt, völlig ruhig. Gemmel konnte sich keinen anderen Menschen denken, mit dem er in diesem Moment lieber zusammengewesen wäre. Außerdem hatte er ein bißchen Schuldgefühle, weil Boyd im Begriff war, sein Leben für eine Sache aufs Spiel zu setzen, über die er – im Gegensatz zu Gemmel – nicht bis ins letzte informiert war. Dann verbot er sich diese Gedanken, warf wieder einen Blick auf seine Uhr und nickte Boyd zu. Sie standen auf. Gemmel nahm den Ballen Tuch an sich. Boyd hatte die Hand beiläufig unter seinen Burnus geschoben. Sie gingen die Gasse entlang. Die beiden Wachtposten lösten sich von der Mauer und stellten sich ihnen in den Weg. Gemmel sah dem einen in die Augen und sagte: »Der Dolch auf dem Koran.«

»Was wollt ihr?«

»Salah Khalaf besuchen«, antwortete Gemmel.

»Der ist nicht da.«

»Dann warten wir eben auf ihn«, sagte Gemmel und erhob die Stimme in gespielter Ungeduld.

»O nein«, erwiderte der Mann arrogant. »Hier kommt ihr nicht vorbei. Nicht ohne das Wort, das euch Zugang gibt.«

Ein kalter Schauder überlief Gemmel. Es mußte also noch ein Kennwort geben.

»Was wollt ihr?« wiederholte der Mann, und Gemmel sah, wie seine Hand unter den Burnus glitt.

Boyd wartete keine Sekunde zu lang. Aus den Augenwinkeln nahm Gemmel wahr, wie er sich ein kleines Stück umdrehte. Und dann kam das Stakkato der Maschinenpistole. Chaos brach los. Die beiden Wachtposten wurden von dem Feuerstoß umgefegt und waren tot, bevor sie aufs Pflaster fielen. Fliegende

Händler und Passanten gingen in Deckung. Schreie gellten. Gemmel und Boyd spurteten auf das Haus zu, Maschinenpistolen im Anschlag. Der Tuchballen flog beiseite. Boyd war mit beiden Händen gleich geschickt. Er hielt die Maschinenpistole in der Linken und eine Handgranate in der Rechten. Als er über einen der toten Wachtposten sprang, kamen seine beiden Hände kurz zusammen. Der Sicherungsstift der Granate landete auf dem Boden. Fünf weitere Wachtposten hatten sich im Halbkreis vor der Holztür des Hauses aufgebaut. Man sah jetzt ihre Pistolen und Gewehre. Boyd warf seine Granate. Gemmel und er ließen sich aufs Pflaster fallen und nahmen den Kopf zwischen die Arme. Boyd hatte perfekt gezielt. Die Granate prallte vom Türstock ab, landete zwischen den Wachtposten, rollte noch ein paar Zentimeter und explodierte. Gemmel war als erster wieder auf den Beinen. Er rannte geduckt auf das Haus zu, feuerte zwei Sekunden lang. Die Salve riß den einen Mann um, der noch stand. Der Zugang zur Tür war frei. Sie hatte ein großes Stahlschloß. Gemmel untersuchte es rasch. Boyd drehte sich um, ging in Stellung, überblickte die Gasse, die nun völlig leer war. Links von ihm lag einer der Wachtposten auf dem Pflaster und hielt sich stöhnend den Bauch.

»Zurück!« schrie Gemmel. Er schob Boyd beiseite, brachte die Maschinenpistole in Anschlag und feuerte den Rest des Magazins ins Schloß. Dann griff er in seinen Burnus und holte ein neues Magazin heraus. Er legte es ein, machte einen Schritt vorwärts und trat mit aller Kraft gegen die Tür. Sie sprang auf. Dahinter öffnete sich ein großer Hof. Zwei Männer rannten in Richtung Haus. Wieder eine Skorpion-Salve, und Gemmel und Boyd waren im Hof. Ihre Augen schossen blitzschnell hin und her. Boyd sah einen Mann auf dem Dach, sah ihn gerade noch rechtzeitig. Er gab Gemmel einen Stoß in den Rücken, schickte ihn zu Boden, und schon bellte eine Maschinenpistole, Kugeln regneten, Querschläger sirrten über den Hof. Dieser Stoß rettete Gemmel das Leben. Er ließ sich abrollen, drehte sich um, hielt die Skorpion in die Höhe, bestrich das Dach mit Feuer. Ein kurzer Schrei. Dann Stille. Gemmel schaute sich um und sah Boyd auf dem Bauch liegen. Er robbte auf ihn zu.

»Sind Sie verletzt, Alan?«

»Ja«, antwortete Boyd gedämpft. Er schien Schmerzen zu haben. »Beide Beine kaputt.«

Gemmel wollte Boyds Burnus hochziehen, um den Schaden zu besehen, aber Boyd sagte: »Nein. Ich behalte den Eingang im Auge. Und Sie suchen Tudin.«

Er stützte sich mühsam auf den rechten Ellenbogen, zog vier Handgranaten unter seinem Burnus hervor und legte sie auf die Steinplatten neben sich.

»Los, Peter. Ich gebe Ihnen Rückendeckung.«

Gemmel drehte sich um. Seine Augen suchten den Hof ab und kamen auf einer schweren Falltür in der Ecke zu ruhen. Sie hob sich gerade. Eine Hand tauchte auf, eine Hand, die eine Pistole hielt. Ein Schuß knallte. Gemmel versuchte auszuweichen. Er spürte das Brennen an der linken Schulter – Streifschuß. Dann erwiderte er das Feuer. Die Falltür schloß sich.

»Im Keller!« rief Boyd. »Sie sind im Keller. Los, Peter!«

Gemmel nahm eine Handgranate, entsicherte sie, hielt den Daumen am Abzug, ging langsam auf die Falltür zu. Als er dort war, hörte er Schüsse hinter sich. Dann die Explosion einer Granate. Er wandte sich um und sah, daß Boyd mit seiner Maschinenpistole auf den Eingang zum Hof zielte. Auf der Gasse lagen zwei weitere Leichen. Gemmel drehte sich wieder zur Falltür, griff nach dem schweren Eisenring, zog die Klappe zehn Zentimeter hoch und warf die Granate hinein.

Im Keller stand Zahaby vor der mit Decken umnagelten Tür, seine Tokarew-Pistole in der Hand. Schukows Leiche war in eine Ecke geworfen worden. Tudin saß nackt an seinen Stuhl gefesselt, kalkweiß im Gesicht, Klemmen an der Unterlippe und am Penis. Zahabys Helfer standen hinter ihm. Sie hatten Angst. Sie beobachteten Zahaby. Die Explosion riß die Tür aus den Angeln, und der Moslembruder, der vor ihr Wache gehalten hatte, stürzte mitsamt der Tür in den Raum. Sein Gesicht und sein Oberkörper waren zerfetzt, eine blutige Masse.

Zahaby stieß einen Befehl aus und duckte sich. Er richtete

seine Pistole auf die Treppe. Die beiden Helfer traten hinter Tudins Stuhl hervor und bewegten sich langsam in Richtung Eingang. Einer drehte sich um, und Zahaby zischte ihm etwas zu. Mit dem Ruf »*Inschallah!*« stürmten die zwei Männer der Treppe entgegen. Sie starben im Kugelhagel, bevor sie die erste Stufe erreichten.

Tudin war inzwischen jenseits des Schmerzes und jenseits der Angst. Er schämte sich nur zutiefst. Denn vor zwei Minuten, ehe die ersten Schüsse knallten, hatte er dem ungläubigen Zahaby von der Villa berichtet und von Operation Mirage. Schon nach zehn Minuten war sein Widerstand gebrochen, und er konnte nur daran denken, daß Schukow tot in der Ecke lag. Schukow, der über zwei Stunden durchgehalten hatte. Tudin wußte, so verwirrt und gequält er auch war, daß ein Befreiungsversuch unternommen wurde. Für Schukow kam er zu spät. Das war sein einziger Gedanke. Zahaby hatte sich aufgerichtet. Er entfernte sich von der Tür, bewegte sich rückwärts auf Tudins Stuhl zu. Er wollte den Russen als lebenden Schild zwischen sich und dem Eingang haben. Tudins Verstand begann wieder zu funktionieren. Mit entsetzlicher Mühe wand er sich auf seinem Stuhl, nahm alle Kraft zusammen, damit er ins Kippen geriet. Und dann stürzte er und prallte mit voller Wucht gegen Zahaby, der der Länge nach hinschlug. Zahaby fluchte. Er hob die Pistole, und Tudin wartete auf den Tod. Und dann war Gemmel mit einem Riesensprung im Raum, und Zahaby zögerte eine Sekunde, unschlüssig, auf wen er schießen sollte. In dieser Sekunde feuerte Gemmel. Die Wucht der Salve fegte Zahabys Körper durch den Raum, fegte ihn in die Ecke, neben die nackte Leiche von Schukow.

Gemmel sank immer wieder in flachen Schlaf und wachte immer wieder auf. Lew Tudins Rettung lag vier Stunden zurück. Seltsamerweise hatte Leo Falk als erster den Keller erreicht. Er hatte die vier toten Männer angeblickt und Tudin, der weinte, und Gemmel, der Tudins Fesseln aufschnitt, dann auf seine Uhr geschaut, und keuchend, aber zufrieden gesagt: »Zwei Minuten und fünfzig Sekunden. Hat er geredet?«

Gemmel schnitt den letzten Strick durch und half Tudin auf die Beine.

»Ja, er hat geredet. Aber das spielt keine Rolle.« Gemmel deutete auf Zahaby und die beiden anderen Araber. »Sie sind tot.« Auf dem Hof war er zwei Russen begegnet, die Boyd auf eine Bahre legten. Es wimmelte von Bewaffneten. Von der anderen Seite der Mauer hörte man gelegentlich das Rattern von Maschinenpistolen. Es dauerte nur ein paar Minuten, bis die Sturmtrupps den Rückzug antraten. Ihre Toten und Verwundeten nahmen sie mit. Sie benötigten acht Minuten bis zu den Transportfahrzeugen. Vier vom Kontingent waren auf dem Hinweg gefallen, zwei verwundet worden. Drei weitere fielen auf dem Rückweg. Die Verluste verteilten sich gleichmäßig auf die Russen und die Amerikaner. Die Verwundeten – Boyd eingeschlossen – wurden in die russische Botschaft gebracht. Gemmel hatte Boyd begleiten wollen, aber Masterson war militärisch-streng und bestand darauf, daß er unverzüglich in die Villa zurückkehrte, um Bericht zu erstatten. Er warf einen flüchtigen Blick auf Gemmels Verletzung und verkündete, daß es nichts Ernstes sei.

Gemmel kehrte also in die Villa zurück und erstattete Bericht. Hawke und Gordik fiel ein Stein vom Herzen. Sie gratulierten ihm überschwenglich. Hawke schenkte ihm einen Drink ein, Gordik inspizierte seine Schulter und gab Larissa unnötige Weisungen, wie die Wunde zu verarzten sei. Dann telefonierte der Russe mit seiner Botschaft und teilte Gemmel mit, daß Boyds Zustand zwar ernst, aber nicht lebensgefährlich sei. Binnen achtundvierzig Stunden würde er mit den anderen Verwundeten nach Moskau ausgeflogen werden. Er werde dort die bestmögliche Behandlung erhalten. Sobald es ihm besser gehe, werde man ihn nach London schicken.

Inzwischen versuchten der britische, der russische und der amerikanische Botschafter, die aufgebrachten jordanischen Behörden zu beschwichtigen.

»Für so etwas sind Botschafter ja da«, bemerkte Gordik gemütlich.

Schließlich hatten der Drink und die Erschöpfung das ihre getan, und Gemmel hatte sich ins Bett gelegt, während Gordik und Hawke in die Nachrichtenzentrale zurückgekehrt waren.

»Es läuft alles wie geschmiert«, hatte Hawke grinsend gesagt. »Abu Qadir ist in Mekka, und die Massen strömen ihm nach, wo er geht und steht. Jetzt kann nichts mehr passieren. Die Sache klappt hundertprozentig.«

Gemmel hatte sich in sein kleines Zimmer auf der Gartenseite der Villa zurückgezogen, aber er fand keinen tiefen Schlaf.

Er hörte das Klopfen an der Tür, hörte, wie sie sich öffnete, und schlug die Augen auf. Larissa stand mit einem Tablett vor ihm.

»Sie haben nichts gegessen«, sagte sie. »Ich dachte mir, mittlerweile würden sie wohl Hunger haben.«

Gemmel rappelte sich mühsam hoch. Die Schulter tat ihm weh. Larissa setzte das Tablett auf dem Nachttisch ab und schob Gemmel ein paar Kissen hinter den Rücken. Auf dem Tablett stand eine große dampfende Schüssel.

»Borschtsch«, sagte Larissa lächelnd. »Ich habe Corporal Brady auf die Finger geschaut – es ist also das Wahre.«

Gemmel hatte plötzlich einen Bärenhunger, und Larissa stellte ihm das Tablett auf die Knie und sah zu, wie er aß.

»Ich wollte mich bei Ihnen bedanken«, fuhr sie fort. »Lew Tudin ist ein besonderer Liebling von mir. Für eine Operation wie diese ist er eigentlich nicht der richtige Mann. Er ist ein Denker – aber ein feiner Kerl, und er hätte mir sehr gefehlt. Er hätte uns allen sehr gefehlt.«

»Lew hat ein paar böse Stunden hinter sich«, sagte Gemmel. »Ich hoffe, es hat ihn nicht zu sehr mitgenommen.«

Sie schüttelte den Kopf. »Er kommt schon drüber weg. Er ist im Grunde seines Herzens sehr stark.«

Gemmel aß eine Weile schweigend, und dann fragte Larissa sanft: »Und Sie – kommen Sie auch drüber hinweg?«

Er blickte auf. »Für mich ist das alles nichts Neues.«

»Das habe ich nicht gemeint«, antwortete sie. »Ich habe Maja gemeint.«

Schweigen. Dann sagte Gemmel unvermittelt: »Auch das war nur eine Operation. Aus russischer Sicht sogar eine äußerst erfolgreiche. In dieser Branche werden nun mal hin und wieder Leute in Mitleidenschaft gezogen.«

»Gewiß«, bestätigte Larissa und erhob sich. »Aber das heißt ja nicht, daß wir unsere Gefühle total unterdrücken müssen.«

Gemmel gab keine Antwort darauf, und Larissa stand einen Moment an der Tür und betrachtete ihn. Dann sagte sie: »Ich glaube, daß ich jetzt verstehe, was Maja in London geschehen ist – und warum sie so gehandelt hat.«

Wieder gab er keine Antwort, und Larissa ging aus dem Zimmer und machte leise die Tür hinter sich zu.

20

Mekka und die umliegenden Hügel versanken in einem Meer von Weiß. Über drei Millionen Menschen aus sämtlichen Weltteilen hatten ihre traditionelle Kleidung abgelegt, das vorgeschriebene Bad genommen und sich in die beiden schlichten weißen Leinentücher des islamischen Pilgers gehüllt. Alle waren sie nun in ihren Augen und vor Allah gleich. Fürsten und Arme, Männer und Frauen, Schwarze und Weiße, Braune und Gelbe – alle waren sie nun Brüder und Schwestern.

Tiefe Freude erfüllte sie. Drei Tage lang befolgten sie das althergebrachte Ritual der Hadsch. Sie zogen um die Kaaba und riefen: »*Labbaik, Allahuma labbaik* – hier bin ich, o Allah, hier bin ich.«

Dann betraten sie, einer nach dem andern, die Kaaba und küßten den schwarzen Stein und befanden sich von nun an im Stand der Weihe. Am Abend schmausten und feierten sie und waren guter Dinge. Ein gewaltiger, bewegter Ozean der Nationen: analphabetische Dörfler aus den Bergen von Pakistan, Küstenfischer aus Indonesien, hochgewachsene, anmutige Nigerianer vom Stamm der Ibo – ein breites Panorama der Menschheit, vereint in der inbrünstigsten und völkerumspannendsten Zeremonie, die es auf Erden gibt.

Doch trotz des Tumults und des scheinbaren Chaos hatte die Menge einen festen Kern, seit Abu Qadir und seine Anhänger durch das Mila-Tor in die Stadt eingezogen waren. Die Aufmerksamkeit der Pilgerscharen konzentrierte sich auf ihn.

Ebenso die von Mirza Farruki und seinen Agenten sowie die von sechs weiteren Agenten, die nicht Mirza Farruki unterstanden. Drei von ihnen hatten kleine Funkgeräte bei sich, in drei verschiedenen Ländern hergestellt, aber alle mit so hoher Sendeleistung, daß ihre Signale von hochsensiblen Empfängern in Dschidda aufgenommen und an noch raffiniertere Empfänger in der Nachrichtenzentrale der Villa in Amman übertragen werden konnten.

Und so war es, wie wenigen Ungläubigen vor ihnen, Hawke, Gordik und Gemmel möglich, den Fortgang der Hadsch bis zum Tag des Opferfests zu verfolgen.

Mirza Farruki hatte bereits einen Bericht nach Riad durchgegeben. In Mekka herrsche eine ungemein erwartungsvolle Stimmung. Pilger sprächen offen vom Kommen des Mahdi. Inzwischen gehe sogar das Gerücht, er werde am Tag des Opferfests vor die Gläubigen treten. Er, Mirza Farruki, habe einige von seinen Leuten in Abu Qadirs Gefolge eingeschleust, und obwohl ihn unter seinen Anhängern so mancher bereits Rasül nenne, gäben sich Abu Qadir und seine engsten Vertrauten nach wie vor als schlichte, demütige und fromme Pilger. Sie hätten bislang in keiner Weise gegen die religiösen Gesetze verstoßen.

Mirza Farruki schloß seinen Bericht mit der Feststellung, daß die Dinge nun unweigerlich ihren Lauf nehmen würden. Wenn am Tag des Opferfests im Mina-Tal die Erwartungen der Pilger nicht erfüllt würden – und zwar voll und ganz –, werde das Gerede vom Mahdi von selbst verstummen. Es sei sogar möglich, daß sie ihrer Enttäuschung und ihrem Zorn Luft machten, indem sie gegen Abu Qadir und seine Begleiter tätlich würden.

Der Tag des Opferfests kam, und den ganzen Morgen über strömten die Pilger aus Mekka hinaus ins Mina-Tal wie eine große Flutwelle. Einige trugen Lämmer, Schafe und Ziegen, andere führten Kamele mit. Die meisten der kleineren Tiere waren schon tot, rituell geschlachtet vor der Großen Moschee. Andere lebten noch und blökten und meckerten, als ahnten sie, was ihnen geschehen sollte.

Trotz der Menschenmassen und des Gedränges bewegte sich Abu Qadir in einer Art Freiraum, denn seine Anhänger hatten einen dichten, undurchdringlichen Kreis um ihn gebildet. Hadschi Mastan schritt hinter ihm, ein totes Lamm auf dem Arm, und neben ihm ging Ibn Sahl, ein junges, wertvolles Kamel am Zügel, das seine Opfergabe sein sollte, denn auf dem Zug von Taif nach Mekka und in den Tagen danach hatten die Gegenwart und Gesellschaft von Abu Qadir den alten Beduinen tief ergriffen.

Am frühen Nachmittag hatte sich die Menge verteilt und sich wie eine riesige Amöbe über das Tal und die Hügellehnen ausgebreitet. Die Pilger hatten symbolisch den Teufel gesteinigt, und dann wandten sie sich alle zum Hügel Arafat und verrichteten ihre Gebete. Mirza Farruki hatte nahe beim Kreis der Anhänger Aufstellung bezogen, die Abu Qadir, Hadschi Mastan und Ibn Sahl umringten. Er konnte die drei deutlich sehen. Sie lagen auf dem Boden und beteten. Und es gab auch noch andere Augen, die das Trio beobachteten, und andere Münder, die keine Gebete sprachen, sondern Meldungen in kleine, versteckte Mikrofone flüsterten.

In der Villa in Amman lauschten Hawke, Gordik und Gemmel fasziniert den einlaufenden Berichten. Die Luft war wie elektrisch geladen, als die Agenten die Szene beschrieben. Ihre Stimmen bebten mit zunehmender Dramatik. Und dazwischen der ruhige, gelassene Ton des Amerikaners am Fernschreiber, der die Meldungen aus Houston verlas.

Hawke schaute auf die Digitaluhr an der Wand und sagte: »In zirka drei Minuten wird Hadschi Mastan den Zeigefinger in einen Schlitz am Bauch des Lamms schieben und einen Schalter am Zielgerät umlegen. Der Satellit wird das Signal empfangen, und nach exakt fünf Minuten wird die Laserkanone feuern, und drei

Millionen Menschen werden sich bepissen!«

In diesem Moment erhob der Mann am Fernschreiber besorgt und aufgeregt die Stimme: »Mr. Hawke, Sir. Wir haben eine technische Störung. Wir haben eine technische Störung!«

In Houston schrie Elliot Wisner den Chef des Kontrollzentrums an. »Sie haben drei Minuten Zeit, hören Sie? Drei Minuten!«

Hektische Aktivität herrschte im Kontrollzentrum. Dutzende von Technikern, die an den Computern und an den telemetrischen Instrumenten saßen, suchten fieberhaft nach dem Fehler.

Der Chef des Kontrollzentrums blickte mal auf die riesige Wanduhr, mal auf die lange Reihe von Monitoren, die er vor sich hatte.

»Das ist noch nie passiert«, sagte er zu Wisner. »Wir haben keinen telemetrischen Kontakt. Absolut keinen.«

Ein Assistent näherte sich und gab Wisner einen Telexstreifen. Wisner las ihn und fauchte: »Ich weiß! Ich weiß! Sagen Sie ihm, wir tun, was wir können.«

Sechzig Sekunden später stand Gordik vor dem ratternden Fernschreiber, schnaubte verächtlich und fragte: »Wir tun, was wir können! Ist das die vielgepriesene amerikanische Technologie, Mr. Hawke? Oder ist es ein Trick?«

Hawke gab keine Antwort. Er lauschte den Meldungen aus dem Mina-Tal.

Die Gebete hatten geendet, und es war Zeit für die Opfergaben. Stille lag über dem Tal. Aller Augen wandten sich zu dem großen Kreis und den drei Männern darin. Ibn Sahl wollte sein Kamel zu Abu Qadir führen, aber Abu Qadir verwies es ihm mit energischer Gebärde. Hadschi Mastan hob sein Lamm empor, eine Hand unter dem Bauch des Tiers, ging langsam in die Mitte des Kreises und legte es auf den Boden. Es wurde noch stiller, totenstill, und dann sagte Ibn Sahl laut zu Abu Qadir: »Es ist nicht recht, o Rasūl, daß du ein so geringes Opfer darbringen mußt.« Er zerrte am Zügel seines Kamels, riß seinen Kopf vorwärts.

»Erweise mir die Ehre, o Rasūl, dies Kamel zu opfern, das der Stolz meines Stammes ist.«

Doch Abu Qadir schüttelte den Kopf und erwiderte mit klarer, schallender Stimme: »Mein Bruder, es zählt nicht der Wert eines Opfers, sondern die Demut und Hingabe, mit der es dargebracht wird. Denn sieht Allah nicht in das Herz aller Menschen und weiß, was darinnen ist, und achtet nicht der Eitelkeit?«

Seine Augen schweiften über den Kreis und über die Menge, die sich gegen den Kordon seiner Anhänger drängte. Dann trat er in die Mitte des Kreises, hob das Lamm vom Boden auf, hielt es empor und sagte mit schneidender Stimme: »Selbst dieses Lamm, das fett und saftig ist, ist ein Ausdruck der Eitelkeit.«

Mit gemessenem Schritt und suchendem Blick ging er auf die Menge zu. Und dann kamen seine Augen auf einer alten Frau und ihrem jungen Enkel zu ruhen und auf der armseligen, mageren toten Ziege, die sie als Opfer mitgebracht hatten. Seine Anhänger machten den Weg frei, und er legte der alten Frau das Lamm zu Füßen und sagte freundlich: »Mutter, nimm dies von mir an und gib mir dafür deine Gabe, auf daß Allah uns beide segnen möge.«

Und damit hob er die magere Ziege auf. Hadschi Mastan war an seiner Seite, das Gesicht in panischer Angst verzerrt. Er tuschelte Abu Qadir ins Ohr, packte ihn beschwörend beim Arm. Doch Abu Qadir schob ihn beiseite, ging zielstrebig in die Mitte des Kreises und legte die Ziege auf den Boden. Dann trat er ein Dutzend Schritte zurück und hob seine Augen zum Himmel empor.

In Amman vermittelten die Stimmen, die aus den Lautsprechern im Nachrichtenzentrum drangen, einen lebhaften Eindruck von der Szene. Morton Hawke ließ sich in einen Sessel sinken. Er schien den Mann am Fernschreiber kaum zu hören, der ihm mitteilte, Houston habe immer noch keinen Kontakt mit dem Lasersatelliten.

Gordik blickte zwischen Hawke und Gemmel hin und her – ähnlich wie ein Zuschauer, der den Ballwechsel bei einem Tennismatch beobachtet.

»Und was jetzt?« fragte er.

Gemmel gab ihm die Antwort.

»*Wenn* der Laser funktioniert – und das steht in den Sternen –, dann tut er das in etwa sechzig Sekunden. Der Strahl wird das Lamm zu Füßen der alten Frau treffen, das Lamm wird sich dank des Zerstörungsmechanismus in einer Wolke von grünem Rauch auflösen... tja, und die alte Frau wahrscheinlich auch.«

Gordik lächelte grimmig. »Das steht Allah, dem Erbarmer, dem Barmherzigen, aber verdammt schlecht zu Gesicht.«

Abu Qadir hob langsam die Arme empor und sagte laut: »Allah! Du hast mich gerufen durch deinen Engel Gabriel, und hier bin ich.«

Ein Raunen durchlief die Menge. Sie drängte sich noch näher heran, brandete gegen den Kordon, den Abu Qadirs Anhänger bildeten. Mirza Farruki setzte sich in Bewegung, bahnte sich entschlossen seinen Weg zum Kreis und winkte seinen Agenten. Endlich konnte er zur Tat schreiten.

»Laß die Gläubigen dein Zeichen sehen.«

Abu Qadirs Stimme hallte durch das Tal, und die Menge verharrte in unruhiger Erwartung.

»Nichts«, sagte der Mann am Fernschreiber mit zitternder Stimme. »Houston hat immer noch keinen Kontakt.«

Hawke war in seinem Sessel vornüber gesunken und hatte die Hände vors Gesicht geschlagen. Gordik beobachtete ihn fasziniert. Sein Gespür sagte ihm, daß dies kein Theater war. Also war es auch kein Trick.

Gemmel schaute auf die Wanduhr und sagte leise: »Wir sind schon eine ganze Weile über die Zeit. Also hat Allah die alte Frau verschont – er *ist* barmherzig.«

»Aber nicht zu Abu Qadir«, erwiderte Gordik. »Dank amerikanischer Technologie – oder vielmehr ihrer Unzulänglichkeit – und dank stümperhafter Agenten wird die Menge euren Mahdi gleich in Stücke reißen.«

Es kommt ein Moment, da will die bebende Erwartung erfüllt werden, und diese Forderung ging nun von drei Millionen Seelen aus, wallte auf wie eine schäumende Woge und flutete in den Kreis zu dem Mann, der reglos vor dem Opfertier stand.

Abu Qadir sank auf die Knie, hob wieder die Arme empor, schaute flehend zum Himmel auf und rief:

»Ein Zeichen, Allah!

Gib deinem Mahdi ein Zeichen!«

Drei Millionen Augenpaare blickten in den klaren, blauen Abendhimmel und sahen plötzlich eine vollkommene Lichtsäule von leuchtendem Grün, die das Tal in ihren Glanz tauchte und die armselige, magere Ziege in sich faßte und zwei Herzschläge lang strahlend erhellte. Dann löste sich das Tier in einer Wolke von grünem Rauch auf. Der Rauch breitete sich langsam aus und umwallte Abu Qadirs reglose Gestalt.

Nichts rührte sich im Tal. Kein Sandkorn, kein Fels, kein Strauch, kein einziger von den drei Millionen Pilgern.

Mirza Farruki war beim Kreis von Abu Qadirs Anhängern angelangt, doch nun erstarrte er zur Salzsäule und ebenso seine Agenten und die anderen Agenten in der Menge.

Hadschi Mastan war in seiner Panik aus dem Kreis geflohen, hatte sich mit Stößen und Tritten seinen Weg durch die dichtgedrängte Masse gebahnt, hatte gesehen, wer da lauerte, hatte sich entsetzt umgewandt und stand nun ebenfalls wie gelähmt, den Kopf verdreht und die Arme abwehrend gegen Mirza Farruki und seine Leute erhoben.

Abu Qadir war der erste, der sich rührte. Der grüne Rauch hatte sich aufgelöst. Eine flache schwarze Höhlung war im Wüstensand zurückgeblieben. Abu Qadir streckte die Hände aus und verneigte sich langsam, bis er flach auf dem Boden lag.

Wie ein Kornfeld im Wind taten es ihm die Pilger nach. Das Mina-Tal war von weißen Leibern übersät, die sich im Staub krümmten. Einem Seufzer gleich stieg ein leises Wort auf und drang zu der Gestalt im Kreis:

»Mahdi.«

Epilog

Ein malaiischer Diener trat mit der zweiten Flasche Chateau Margaux aus dem Schatten und füllte die drei Gläser.

»Es ist erstaunlich, wie gut er den Transport verträgt«, bemerkte Perryman, das Bukett des Weins genießend.

»Der Transport erfolgt im vollklimatisierten Laderaum von Jumbojets«, sagte Pritchard. »Eine der wenigen Segnungen der modernen Technik.« Er wandte sich seinem anderen Gast im Smoking zu. »Erzählen Sie es mir noch einmal, Peter – ich wollte, ich hätte dabeisein und Hawkes und Gordiks dummes Gesicht sehen können!«

Gemmel lehnte sich in seinem Sessel zurück und sagte: »Es war das totale Chaos. Meterweise Telexstreifen auf dem Boden, Hawke murmelte immer wieder ›Verdammt noch mal, wie ist das möglich?‹, und Gordik hing am Funkgerät und verständigte Moskau.«

Pritchards Augen waren halb geschlossen. Er stellte sich die Szene vor.

»Und als Hadschi Mastan mit der Zielvorrichtung in Dschidda auftauchte?«

Gemmel lächelte. »Ein noch totaleres Chaos. Besonders als er unseren amerikanischen Freunden sagte, daß er zum Islam übergetreten sei. Daß ihm der Mahdi sein Doppelspiel vergeben und ihm einen Platz im Paradies in Aussicht gestellt habe.«

»Und Gordik? Wie hat der es aufgenommen?«

Gemmel zuckte die Achseln. »Er hatte auch ein Team in Dschidda sitzen. Die Leute haben Hadschi Mastan ausgequetscht und sind zu der Überzeugung gelangt, daß er sie nicht angeschwindelt hat. Unsere amerikanischen Freunde und sie haben gemeinsam die Zielvorrichtung untersucht. Haben bestätigt, daß es sich um das Original handelt.«

Pritchard seufzte zufrieden, und Perryman sagte: »Der Lasersatellit hat sich natürlich, wie vorgesehen, selbst zerstört. Die Raumfähre war noch im Umlauf, flog zwanzig Minuten später an der Stelle vorbei und fand keine Spur vom Satelliten mehr.«

»Die Verwirrung ist also komplett«, sagte Pritchard lächelnd.

»Ja«, bestätigte Perryman. »Aber die Amerikaner werden bald entdecken, daß die telemetrische Schaltung so konstruiert war, daß ein Aussetzen plus Umschaltung möglich war. Sie werden das mit Rance und seinem Tod in Verbindung bringen, sich vergegenwärtigen, daß er auch die Zielvorrichtung konstruiert hat... und dann werden sie Lunte riechen.«

»Aber beweisen können sie nichts«, sagte Pritchard selbstgefällig. »Und machen können sie auch nichts, ohne sich zu kompromittieren. Und die Russen genausowenig.« Er trank einen Schluck Wein und fuhr fort: »Die perfekte Operation. Halten Sie sich bitte das Ergebnis vor Augen. Wir haben Großbritannien mit einem Streich wieder unter die Supermächte eingereiht. Gewiß, die Amerikaner werden herausfinden, wie wir das angestellt haben, und die Russen ebenfalls – aber sie stehen vor vollendeten Tatsachen und können nichts mehr daran ändern. Der Mahdi wird bereits von der gesamten islamischen Welt anerkannt. Und er ist hundertprozentig unser Mann. Die Russen und die Amerikaner werden bescheiden zu uns kommen müssen. Natürlich werden sie die Ölpreise drücken wollen, aber sie werden zu ihrer Verblüffung entdecken, daß die Ölpreise rasch steigen. Zumindest, bis unsere Vorräte erschöpft sind. Und dann werden sie ebenso rasch wieder fallen. Bis dahin ist Großbritannien dank seiner Einnahmen aus dem Nordseeöl wieder eine industrielle Großmacht. Weder die Russen noch die Amerikaner werden es wagen, den Mahdi zu ermorden. Stellen Sie sich den Aufruhr vor, den das zur Folge hätte. Unsere Freunde sind Gefangene der Situation. Wir werden ihnen nach Gutdünken helfen. Das hängt ganz von unseren Interessen ab. Was die Weltpolitik angeht, so werden wir wieder den Vorsitz an den Konferenztischen führen. Vor dem Zweiten Weltkrieg waren wir die einzige Großmacht am Golf, und unser Einfluß in dieser Region ist dreißig Jahre lang geschwunden, bis er praktisch gleich Null war. Aber jetzt haben wir wieder die Fäden in der Hand, und die anderen können nichts dagegen machen.«

Pritchard betrachtete seine beiden Gäste voll Genugtuung. »Es war von Anfang an, von der Einschleusung Abu Qadirs vor fünfzehn Jahren bis zum Höhepunkt jetzt, eine Operation, wie sie im Lehrbuch steht. Die größte aller Zeiten. Sorgfältige Planung und unendliche Geduld. Und das Ergebnis ist perfekt, schlichtweg perfekt.«

»Es hat Verluste gegeben«, sagte Gemmel, und der Ton seiner Stimme ließ die beiden anderen aufhorchen.

»Es gibt immer Verluste, Peter«, bemerkte Perryman freundlich.

»Natürlich«, bestätigte Pritchard. »Aber bei dieser Operation waren sie minimal. Ein Telemetrie-Experte und ein Toningenieur. Ach, übrigens, dieses erste kleine Wunder muß wirklich sehenswert gewesen sein.«

»Das kann man wohl sagen«, erwiderte Gemmel. »Abu Qadir hätte den Oscar dafür kriegen sollen – aber es gab auch noch andere Verluste.«

»Ach ja, Sie meinen die Ballettänzerin«, sagte Pritchard. »Ein Jammer, daß das passiert ist, da gibt es gar keinen Zweifel. Aber es war wichtig, daß die Russen in die Sache hineingezogen wurden. Sie mußten sich so tief in den Coup verstricken, daß sie nicht mehr herauskonnten. Und Sie wissen doch, wie die Russen sind, Peter. Sie mußten einfach glauben, daß sie sich mit Gewalt Zugang zu dem Unternehmen verschafften und nicht etwa freundlich dazu eingeladen wurden. Sie sind so mißtrauisch gegen freundliche Einladungen.« Er blickte Gemmel mit schmalen Augen an. »Haben Sie das Mädchen ein bißchen gemocht, ja?«

Gemmel gab keine Antwort, aber seine Miene war düster.

»Ein Geheimdienstagent«, sagte Pritchard spröde, »darf sich nicht von Gefühlen ablenken lassen. Hinter ein solches Ziel müssen alle persönlichen Emotionen zurücktreten.«

Gemmel seufzte.

»Sie sind das beste Beispiel, Pritchard. Sie haben Abu Qadir seit fünfzehn Jahren nicht mehr gesehen und werden ihn auch gewiß nie wiedersehen.«

»Das ist richtig«, bestätigte Pritchard ernst. »Aber ich habe ihm das größte Geschenk gemacht, das ein Vater seinem Sohn machen kann: die absolute Ergebenheit von sechshundert Millionen Menschen.«

Er drehte sich um und setzte zu einer ausladenden Gebärde an.

Ein paar Sekunden darauf dröhnten vom anderen Ufer des dunklen Flusses die ersten Takte von Wagners *Götterdämmerung* herüber.

OPERATION
COBRA

Aus dem Amerikanischen übertragen von Wilhelm Thaler

Titel der Originalausgabe: Siege of Silence
Originalverlag: Hodder and Stoughton, London

Für Roger,
den Patriarchen

Anmerkung des Autors:

Ich bin kein Amerikaner,
weder Nord noch Süd

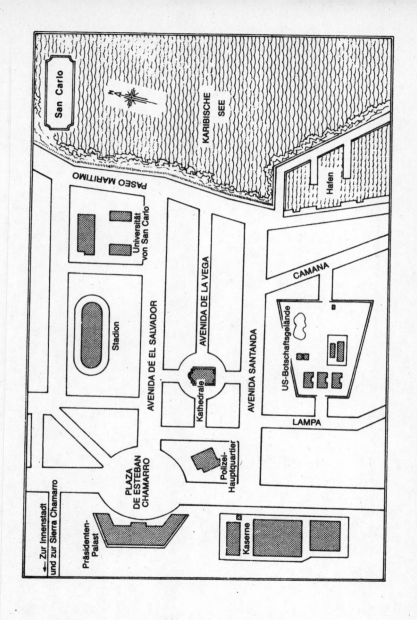

PROLOG

PEABODY

San Carlo

Als ich den Raum betrete, ist die Feindseligkeit greifbar. Sie strahlt mir entgegen, und meine Haut beginnt bei dem Gefühl zu kribbeln. Ich finde es angenehm.

Der von zwei überdimensionalen Kronleuchtern erhellte Raum ist voll von Menschen und ihren Gerüchen, Uniformen und Orden, langen Kleidern und Brillanten, dunklen Anzügen und geputzten Schuhen, Tabak, Parfum, Schweiß und der stets gegenwärtigen Atmosphäre von Begierde und Eifersucht. Alles Merkmale eines diplomatischen Empfangs; und nun dazu die Aura von Haß.

Der Botschafter von Venezuela tritt näher; sein dicker Körper wird von einer roten Schärpe diagonal geteilt, seine Hand ist ausgestreckt, auf seinem Gesicht klebt ein Lächeln wie ein sich lösendes Klebeband.

»Es ist überaus freundlich von Ihnen, daß Sie gekommen sind, Exzellenz – eine Ehre.«

Seine Hände sind feucht. Ich gebe die rituellen Worte von mir. »Danke, Exzellenz. Meine Glückwünsche zu diesem vielversprechenden Tag. Ich entschuldige mich für mein Zuspätkommen; Arbeit, Sie verstehen.«

Er nickt begeistert. Meine Unpünktlichkeit ist willkommen. »Das macht nichts. Ihre Botschaft ist sehr gut vertreten.«

Ich finde das kaum überraschend. Im Gegensatz zu den meisten Angehörigen des diplomatischen Dienstes würde mein Stab barfuß über eine Meile Glasscherben wandern,

9

wenn er die Aussicht hat, umsonst massenweise Champagner zu bekommen. Am Rand meines Gesichtsfeldes entdecke ich Dean Bowman und seine Frau, die mit Arnold Tessler, Martin Kerr und dem argentinischen Militärattaché eine Gruppe bilden. In einer Hand hält Bowman ein Glas Champagner und eine dünne, rauchende Zigarre, in der anderen einen mit Räucherlachs-Sandwiches beladenen Teller. Zweifellos wird er seine übliche Schau abziehen und gleichzeitig rauchen, trinken, essen und reden.

Ein Kellner bringt ein Silbertablett mit Gläsern. Ich nehme eines.

»Wir haben auf Sie gewartet«, stellt der Botschafter liebenswürdig fest. »Würden Sie so freundlich sein?«

»Selbstverständlich.«

Ich trete vor, und Stille senkt sich über den Raum. Ich stehe im Kreuzfeuer vorwurfsvoller Blicke. Einige sind neugierig. Wenn sie eine Rede erwarten, irren sie sich gewaltig. Ich hebe mein Glas und blicke zum Botschafter hinüber. Er hat sich zu seiner vollen Höhe aufgerichtet und streckt die Brust vor. Er sieht lächerlich aus. Ich nicke ihm zu. »Eure Exzellenz.« Ich nicke einer dürren Gestalt in der Ecke zu. »Herr Außenminister, meine Damen und Herren. Anläßlich des Nationalfeiertages von Venezuela möchte ich einen Toast auf Präsident Lusinchi ausbringen.« Ich hebe das Glas, murmle »Auf Präsident Lusinchi« und trinke einen Schluck, worauf die anderen meinem Beispiel folgen.

O Gott, ich hasse Champagner! Dann rieche ich den kolumbianischen Gesandten, der näher kommt, mehr, als ich ihn sehe. Er trägt die Last eines doppelten Fluchs: Dummheit und übler Mundgeruch. Ich gehe rasch zu den Verandatüren. Man macht mir Platz, als wäre ich vom Pestbazillus befallen.

Draußen in dem breiten Säulengang duftet die Luft süß nach Jasmin und Bougainvillea. Pflanzen haben niemals üblen Mundgeruch. Stimmt gar nicht. Was ist mit dieser stinkenden Frucht, die man in Malaysia ißt? Durian. Soll Potenzprobleme beheben. Nun ja, sie stinkt, aber sie redet wenigstens nicht.

Ich beneide den Venezolaner nur um seinen Garten. Von

Scheinwerfern auf der Mauer beleuchtete, mit Steinplatten belegte Wege winden sich zwischen Beeten mit Blattpflanzen, Blumen und hohen Palmen hindurch. Ein Schatten materialisiert zur Gestalt eines Wächters, der einen Weg entlangschlendert und eine Maschinenpistole über eine Schulter gehängt hat. Das ist typisch für die Situation in San Carlo – Gewalttätigkeit im Paradies –, als wäre die üppige Schönheit des Landes ein Treibhaus, in dem der Haß üppig wuchert.

Hinter mir höre ich das Gemurmel von Gesprächen, das Klirren von Gläsern und das brüllende Gelächter des britischen Botschafters, eines Mannes, der ständig über seine eigenen Witze lacht.

»Wie ich höre, Exzellenz, ziehen Sie Scotch vor.«

Ich drehe mich um und erblicke den venezolanischen Botschafter hinter mir. Er reicht mir ein Glas, und ich tausche es gegen den Champagner ein.

»Störe ich Sie?«

»Nein. Ich bin herausgegangen, um dem Trubel zu entgehen.«

Er lächelt verschwörerisch. »Sie meinen die Höflichkeitsbezeigungen unseres kolumbianischen Kollegen. Er kann äußerst langweilig sein... ebenso wie diese Empfänge.« Ein theatralischer Seufzer. »Aber schließlich sind wir schon lang genug im diplomatischen Dienst, um sie zu ertragen... unsere Ohren zu verschließen und nur in regelmäßigen Abständen zu nicken... und wenn nötig zu lächeln.«

Er wartet auf eine Antwort, aber ich bin nicht in Stimmung für belangloses Geplauder. Ich zucke die Schultern und hoffe, daß er weggeht. Ich werde enttäuscht.

»Ich wollte unter vier Augen mit Ihnen sprechen, Exzellenz. Ich habe heute abend ein beunruhigendes Gerücht gehört.«

»Ah ja?«

»Offenbar ziehen Sie in Erwägung, alle Angehörigen sowie das nicht unbedingt notwendige Personal heimzuschicken.«

Ich bin verärgert. Hol sie der Teufel! Und hol der Teufel ihre losen, nichtsnutzigen Mäuler! Er sieht besorgt aus, und mein Zorn nimmt zu, weil ich weiß, daß man es mir vom Gesicht ablesen kann. Er entschuldigt sich.

»Sie wissen, wie es ist, Exzellenz. Wir sitzen alle im Glashaus. Nahezu immer.«

Er hat recht. Nahezu immer. Ein vertrauliches Gespräch in der Botschaft am Nachmittag, und spätestens am frühen Abend weiß es jeder Diplomat in der Stadt und zweifellos auch die Regierung. Natürlich sind die geschwätzigen Ehefrauen schuld. Die Männer erzählen es ihren Frauen, und das ist genauso, als posaunten sie es hinaus.

Ich antworte ihm kühl und formell. »Verstehen Sie, Exzellenz, ich bin erst seit einer Woche hier als Botschafter akkreditiert. Natürlich hatte ich Besprechungen mit meinen leitenden Beamten, einschließlich der Militär- und Sicherheitsberater. Ich habe alle Aspekte der Situation geprüft und muß alle Möglichkeiten in Betracht ziehen. Bis jetzt habe ich keinen endgültigen Entschluß bezüglich einer Repatriierung gefaßt. Es ist daher, wie Sie sagen, nur ein Gerücht.«

»Ich verstehe. Darf ich einmal nicht als Diplomat zu Ihnen sprechen ... das heißt offen?«

»Natürlich.«

Neuerlich brüllendes Gelächter aus dem Raum hinter uns. Er ergreift meinen Arm.

»Wollen wir uns nicht in den Garten begeben?«

Er schiebt mich sanft die Stufen hinunter auf einen Weg. Ich hasse es, wenn mich jemand anfaßt. Ich entziehe ihm ziemlich unsanft meinen Arm, und wir gehen nebeneinander zwischen den schattigen Bäumen weiter.

»Sie sind sehr erfahren und klug, Señor Peabody. Sogar Ihr Spanisch ist von einer Perfektion, die mich in einem Land, in dem meine Sprache geradezu grausam verunstaltet wird, beruhigt und tröstet. Erlauben Sie mir die Bemerkung, daß das bei einem Amerikaner selten ist.«

»Ich dachte, Sie wollten *nicht* als Diplomat mit mir sprechen.«

Er läßt sich nicht erschüttern. Seine Zähne leuchten im Halbdunkel auf, weil er lächelt.

»Das ist meine Absicht, aber das Kompliment war aufrichtig gemeint. Nun zur Sache. Trotz Ihres langjährigen Dienstes und Ihrer Erfahrung stimmt es doch, daß Sie zum erstenmal als Missionschef tätig sind.«

»Richtig.«

»Ich hingegen bin seit über zwanzig Jahren Botschafter, obwohl ich jetzt in einem Provinznest wie San Carlo gelandet bin.« Er sieht mich an, vielleicht sucht er Mitgefühl? Da ich nicht reagiere, fährt er fort. »Als Doyen des Diplomatischen Korps besitze ich meiner Meinung nach das ungeschriebene Vorrecht, neuen Botschaftern Ratschläge zu erteilen ... besonders in Angelegenheiten, die das Diplomatische Korps betreffen.«

Meine Stimme drückt eine leise Warnung aus. »Und Sie werden mir ungebeten einen Rat erteilen?«

»Aber, aber, Mr. Peabody. Ich will Sie nur auf gewisse Folgen aufmerksam machen, zu denen es kommen kann, wenn Sie den Repatriierungsbefehl erteilen.«

Ich antworte schroff: »Ich habe Ihnen gesagt, daß ich es nur in Erwägung ziehe.«

»Richtig, und was ich Ihnen mitzuteilen habe, könnte Ihre Entscheidung beeinflussen. Ein solcher Befehl kann zu drei möglichen Folgen führen: erstens einen Dominoeffekt bei anderen Botschaften auslösen, besonders da Ihre Regierung mit ihrer Hilfe dieses Regime stützt ...« Er unterbricht sich. »Ah! Ist es das? Sie lassen nur einen Versuchsballon steigen? Um einige Ihrer Kongreßmänner davon zu überzeugen, daß die Situation hier so immens gefährlich ist, daß sie zwangsweise für das neue Unterstützungsprogramm stimmen müssen.«

Mein Gott! Dieser verschlagene kleine Zuhälter. Er beobachtet mich erwartungsvoll. Ich weiß, was ihm Sorge bereitet. Wenn ich den Befehl erteile und die Italiener nachziehen, wird die Frau des Ersten Sekretärs nach Rom zurückgeschickt, und das bedeutet das Ende ihrer Affäre mit diesem Dreckskerl. Ich mag erst eine Woche hier sein, aber wir sitzen alle im selben Glashaus. Ich weiß, was hier so passiert.

»Bestimmt nicht, Señor. Welche Entscheidung ich auch treffe, sie wird ausschließlich auf die persönliche Sicherheit des Botschaftspersonals Bedacht nehmen.«

Sichtlich enttäuscht schlendert er weiter.

»Die zweite Folge wäre eine Schwächung der Moral bei den Einheimischen ... der Regierung und der Zivilgarde ... auch der Geschäftswelt. Sie würde zu einer noch katastrophaleren Kapitalflucht führen. Drittens könnte eine solche Ankündigung die Chamarristas nur ermutigen.«

Wir biegen um eine Ecke und stehen vor einem patrouillierenden Wachposten in paramilitärischer Uniform. Er tritt zur Seite und läßt uns vorbeigehen.

»Keiner der anderen Missionschefs hat einen derartigen Schritt ernsthaft in Betracht gezogen«, fährt er fort. »Sie finden, daß Vargas die Sache unter Kontrolle hat ... natürlich mit Hilfe der Amerikaner.«

Ich zeige mit dem Daumen über die Schulter.

»Bewaffnete Wächter bei Tag und Nacht. Das kann man kaum als eine normale Situation bezeichnen. Außerdem vergessen Sie, daß wir Amerikaner die Hauptangriffspunkte sind. Mir sind die Folgen bewußt, wenn ich mich für die Repatriierung entscheide. Sie weisen darauf hin, daß dies mein erster Posten als Botschafter ist ... aber ich war im Jahre neunundfünfzig Angehöriger der Botschaft in Havanna.«

»Wirklich? Aber da gibt es doch sicherlich Unterschiede.«

»Gewiß, und es gibt beunruhigende Ähnlichkeiten mit Nicaragua.«

Der Weg wendet sich den Lichtern des Hauses und dem leisen Klang der Musik zu.

»Selbstverständlich, Señor, und natürlich verfügen Sie dank der großzügigen Hilfe der Amerikaner und ihrer starken geheimen Präsenz hier über mehr und genauere Informationen als wir übrigen.« In seiner Stimme liegt Herablassung.

Der Mann ist wirklich ein Narr. Sein Blick reicht nur bis zur Gartenmauer und ist sonst nur auf sein Wohlergehen und sein Vergnügen gerichtet. Mir reicht es.

»Das trifft genau zu, Herr Botschafter ... und ich werde

meine Entscheidung auf Grund dieser Informationen treffen. Dann werde ich Sie vor allen anderen darüber unterrichten. Das ist schließlich eine Form des Anstandes. Es wird keine Ankündigung geben ... nur das unauffällige, allmähliche Abziehen des absolut entbehrlichen Personals.«

Wir stehen einander auf dem Pfad gegenüber. Ich bin etwa einen Kopf größer als er. Da er bei mir nichts erreicht hat, zeigt sein leicht schwitzendes Gesicht einen verdrießlichen Ausdruck. Er öffnet den Mund, um zu widersprechen, aber ich hab' jetzt endgültig genug. Ich beuge mich vor und schneide ihm das Wort ab.

»Exzellenz, obwohl ich erst eine Woche hier und nicht der Doyen bin, gestatte ich mir, *Ihnen* einen Rat zu geben. Ihr Handelsattaché, Señor Borg, ist der Hauptlieferant von Marihuana und Kokain für das Diplomatische Korps. Wieder erfordert es der Anstand, vorauszusetzen, daß Sie davon nichts wissen. Seine Tätigkeit schadet Ihrem Ruf, dem Ihrer Botschaft und dem Ihres Landes. Ich schlage vor, daß Sie etwas dagegen unternehmen. Meinen besten Dank für einen angenehmen Abend ... gute Nacht.«

Ich gehe den Weg hinauf, während er stumm zurückbleibt. Ich habe ein gutes Gefühl. Ich habe zwar die Beziehungen zwischen den USA und Venezuela nicht gerade verbessert, aber das ist Sache unseres Botschafters in Caracas. Schließlich kann er für das viele Geld auch etwas leisten.

JORGE

Havanna

Mir sollte die Zeit gleichgültig sein. Ich bin Romane wie mein Vater und alle meine Vorväter. Es muß das schottische Blut meiner Mutter sein, das mich ungeduldig macht.

Ich werfe wieder einen Blick auf meine Uhr; in fünf Minuten sind es zwei Stunden. Die Frau beobachtet mich. Sie lächelt mitfühlend, dann macht sie sich wieder an ihre Arbeit.

Sie liest einen Stoß ausländischer Zeitungen und streicht gelegentlich eine Stelle mit einem dicken, schwarzen Stift an. Sie ist Linguistin, spricht die meisten europäischen Sprachen fließend. In der Nacht werden die angezeichneten Stellen übersetzt, und Fidel wird sie beim Frühstück lesen. Sie ist nicht attraktiv. Ihr Gesicht wird von der breiten Stirn und der Nase beherrscht. Ihr Hals ist kurz, und ihre Schultern sind so breit wie die eines Boxers. Aber sie ist sehr intelligent. Ich möchte wissen, ob sie ihre Intelligenz gegen Schönheit eintauschen würde. Aber natürlich. Dumme Leute erkennen die eigene Dummheit nie. Schöne Menschen genießen in jedem Augenblick ihre Anziehungskraft. Aber das Beste ist, schön und intelligent zu sein. Wir sind so wenige. Ich werfe einen Blick auf die andere Seite des Raums, wo Gomez vom Landwirtschaftsministerium ebenfalls wartet. Er liest geduldig eine Illustrierte.

Wieder blicke ich auf meine Uhr; genau zwei Stunden. Ich fasse unvermittelt einen Entschluß und stehe auf. Die Frau hebt fragend den Kopf.

»Sagen Sie ihm, daß ich in meinem Büro zu erreichen bin – ich habe eine Menge Arbeit.«

Als ich an der Tür angekommen bin, stammelt sie verwundert und bestürzt: »Aber –«

Draußen eile ich an den Sicherheitsposten vorbei und steige in den offenen Fahrstuhl. Sie sehen mich ausdruckslos an, während die Türen zugleiten.

Im Erdgeschoß bin ich fast am Ausgang, als das Telefon auf dem Sicherheitspult läutet. Ich bleibe stehen, während der Wachposten abhebt, und beobachte wie er zuhört und den Blick auf mich richtet. Er behält den Hörer in der Hand und zeigt mit dem Finger nach oben.

»Er wird Sie jetzt empfangen, Señor Calderon.«

Während ich zurückgehe, denke ich über meine Handlungsweise nach. Bin ich zu weit gegangen? Wird er explodieren? Aus dem Büro kommen einige Personen heraus: Moncada, Perez, Valdez und mehrere Beamte. Sie wirken geistesabwesend, grüßen mich aber alle ehrerbietig. Drinnen steht die Frau neben dem Schreibtisch. Sie zeigt auf die offene Tür. In ihren Augen liegt Mitgefühl. Ich gehe durch und weiß sofort, daß ich tatsächlich zu weit gegangen bin. Fidel sitzt hinter seinem riesigen Schreibtisch. Zigarrenrauch und Spannung füllen den Raum. Sein Gesicht, sein ganzes Verhalten drücken Ungeduld und Ärger aus. Er fährt mich sofort an: »Calderon! Ich befehle dir, dich bereit zu halten, und du haust einfach ab. Unverschämtheit! Du hast keine Achtung vor mir!«

Ich kenne den Mann, und ich kenne die einzige Methode.

»Nein, Genosse. Du hast keine Achtung vor mir.«

Er richtet sich auf. Beide Fäuste knallen auf die Tischplatte. Es wird eine Explosion geben. Ich habe bei anderen erlebt, wie sie in Grund und Boden geschmettert wurden. Das Risiko, das ich eingehe, erregt mich; es ist immer so. In diesem Augenblick äußerster Gefahr erinnere ich mich an meine juristischen Abschlußprüfungen an der Universität. Die Erinnerung dauert nur eine Millisekunde. In der Nacht vor der entscheidenden Prüfung war ein alter Schulfreund nach Havanna zurückgekehrt, der in Angola für die Revolution gekämpft hatte. Am Morgen sollte er nach Norden zu seiner Familie reisen. Wir gingen auf einen Drink aus, aber es wurde eine Sauftour daraus. Noch halb betrunken, ohne geschlafen zu haben, trat ich zur Prüfung an. Zweieinhalb Stunden lang starrte ich verständnislos auf die Fragen. Als mein Kopf endlich klar war und ich wieder denken konnte, hatte ich nur noch eine halbe Stunde zur Verfügung. Da ich keine Zeit mehr hatte, die Fragen zu beantworten, schrieb ich statt dessen einen Brief an den Vorsitzenden der Prüfungskommission. Ich erklärte ihm darin meinen Zustand und die Gründe dafür. Dann führte ich den Umstand ins Treffen, daß die geziemende Begrüßung für einen heimgekehrten Freund, der wiederholt sein Leben für sein Vaterland aufs Spiel gesetzt hatte, wesentlich wichtiger war als das egoistische Streben nach einem akademischen Grad. Es war ein brillanter Brief, und ich erhielt mein Diplom.

Jetzt muß ich ebenso brillant agieren, um die in Fidels

Gehirn brennende Zündschnur zu löschen. Ich erkläre ruhig: »Am 26. Juli 1969, als ich dreizehn Jahre alt war, habe ich zum erstenmal erlebt, daß du eine Rede gehalten hast. Es war bei einer Gedenkfeier an den Angriff auf die Moncada-Barrakken. Du hast vier Stunden lang gesprochen. Während dieser Stunden wurde ich zum Revolutionär. Dein Thema war die Kontinuität der Revolution. Ich erinnere mich an fast jedes Wort. Einige möchte ich hier zitieren. ›Wir müssen aus den Fehlern der anderen lernen, aus jeder sozialistischen Revolution der Vergangenheit; der französischen, der russischen, der chinesischen, aus allen. Der größte Fehler ist, die Verehrung der Bürokratie, die Vergötterung des Beamten und des Funktionärs zuzulassen. Die Menschen sind die Revolution. Sie sind die Herren.«

Die Zündschnur brennt langsamer. Hinter seinem Ärger spüre ich Interesse. Die Angst wirkt noch immer anregend, und ich fahre fort. »In einer anderen Rede, auf den Tag vier Jahre später, hast du erklärt: ›Jede Sekunde ist kostbar, jede Minute, jede Sekunde ist lebenswichtig. Wer auch nur eine Sekunde vergeudet, verrät unsere Sache.‹«

Er sieht mich an, als wäre ich eine Kröte in seinem Badewasser. Ich kann nur die Flucht nach vorn antreten.

»Mein Büro befindet sich zehn Minuten von hier. Wie du weißt, befasse ich mich mit dem Fall Cubelas. Ich wurde vor zwei Stunden hierher zitiert und habe seither siebentausendzweihundert Sekunden vergeudet.« Ich zeige auf die Papierstöße auf seinem Schreibtisch. »In den zehn Minuten, die es gedauert hätte, bis ich hier angelangt bin, hättest du sechshundert Sekunden lang arbeiten können.« Ich zeige auf die Tür hinter mir. »Gomez wartet seit über einer Stunde draußen. Auch er arbeitet für die Revolution.«

Fidel zieht lang an seiner Zigarre, dann bläst er eine dicke Rauchwolke in meine Richtung. Seine Stimme klingt wie rollender Donner. »Habe ich diese Worte tatsächlich gesagt?«

»Ich kann mich nicht erinnern, aber wenn es nicht der Fall war, hättest du sie sagen sollen.«

Er gibt ein Geräusch von sich wie eine alte Dampflokomo-

18

tive, die einen Bahnhof verläßt, und ich entspanne mich.

Er lacht. Er zeigt mit seiner Zigarre auf einen Stuhl, und ich setze mich. Er betrachtet mich lange und angewidert, mustert meine Kleidung und mein langes Haar, dann mein Gesicht. Ich starre zurück. Er wird bald sechzig, doch bis auf seinen langsam grau und struppig werdenden Bart sieht er kaum so alt aus. Nur die Augen sind müde, aber das sind sie immer, außer wenn er eine Rede hält. Ich weiß, was ihm Macht über andere Menschen verleiht. Ich weiß es genau, denn ich besitze die gleiche Macht. Er ist erstens ein Träumer, zweitens ein Aktivist, und drittens geht er Risiken ein. Für ihn ist Risiko alles. Wenn er den Traum, die Aktivität und das Risiko vereint, schafft er den Stoff für Leben und Macht. Den Magnet, mit dem er andere anzieht; Männer und Frauen – besonders Frauen. Andere nennen das Phänomen Persönlichkeit; ich nenne es *Essenz*. Sie ist wenigen gegeben.

Schließlich seufzt er, drückt die Zigarre aus und erklärt: »Jorge, du siehst wie alles Mögliche aus, nur nicht wie ein Revolutionär. Du siehst wie einer von jenen Typen aus, von denen Lenin sagte: ›Verbrennt die Blutsauger und Parasiten.‹«

Bevor ich antworten kann, drückt er auf einen Knopf auf seiner Sprechanlage und befiehlt: »Maria, der Genosse Gomez soll in sein Büro zurückkehren. Ich werde ihn rufen, wenn ich ihn brauche.« Er seufzt wieder. »Sag ihm, ich bedaure, daß er warten mußte.«

Er steht auf, geht um seinen Schreibtisch herum und beginnt hinter mir auf und ab zu gehen. Er wird erst damit aufhören, wenn das Gespräch zu Ende ist. Ich drehe meinen Stuhl um.

»Wir haben heute morgen via Managua aus San Carlo gehört ... hast du die Akte gelesen, die ich dir geschickt habe?«

»Selbstverständlich.«

»Was meinst du dazu?«

»Bermudez ist übergeschnappt.«

Er lacht. »Vielleicht, aber er ist sehr einfallsreich. Er ist übrigens in deinem Alter. Jünger als ich war, als wir Batista vertrieben.« Er denkt darüber nach, dann fährt er fort: »Wenn sie auf der ganzen Linie Erfolg haben, haben wir die Chance, Peabody zu verhören ... hast du diese Akte auch gelesen?«

»Selbstverständlich.«

Er hört auf, hin und her zu wandern und bleibt vor mir stehen. In seinen Augen leuchtet Erregung.

Ich sage vorsichtig: »Aber nur ein paar Tage lang ... vielleicht weniger.«

Er schüttelt den Kopf. »Du kennst die Amerikaner nicht. Du hast wenig Kontakt mit ihnen. Du bist klug und gerissen, wenn es um das menschliche Wesen geht – sogar listig; aber ich sage dir, sie werden nicht schnell reagieren. Ich habe viel Erfahrung. Wir haben vielleicht Wochen, sogar Monate zur Verfügung.«

Er kehrt zum Schreibtisch zurück und zündet die nächste Zigarre an. Er pafft zufrieden, geht wieder auf und ab und spricht weiter. »Von unserem Geheimdienst haben wir drei Dinge erfahren. Der Codename der Operation gegen uns lautet ›Cobra‹.« Er schnaubt verächtlich. »Nach so vielen Operationen und Codenamen streikt ihre Phantasie. Wir wissen, daß zwei unserer Spitzenleute darin verwickelt sind ... bis jetzt passiv. Es sind höchstwahrscheinlich Minister. Auch zwei oder drei Offiziere von der Armee und der Miliz. Wir wissen, daß Jason Peabody zu der Operation geraten hat, bevor er den Posten in San Carlo übernahm. Das ist ein Glücksfall ... das einzige Glück, das wir bisher hatten.«

»Verdächtigst du einen bestimmten Minister oder Beamten?« frage ich.

Er geht zum Fenster und blickt hinaus. Das nachmittägliche Sonnenlicht dringt durch den Zigarrenrauch, der sich über ihm kräuselt. Der Rauch scheint aus seiner Schädeldecke aufzusteigen. Er dreht sich um und antwortet mir ausweichend. »Jorge, ich habe über ein Vierteljahrhundert lang überlebt. Mindestens zwölf Attentate und halb so viele Putschversuche.« Er lächelt spöttisch, und seine Zähne blitzen in seinem Bart. »Wäre ich nicht so bescheiden, würde ich mich für unsterblich halten.« Er schreitet wieder auf und ab. »Es ist eine Frage der Bevölkerungswissenschaft geworden. Über die Hälfte unserer Landsleute ist nach Batistas Vertreibung zur Welt gekommen. Alles, was sie von den alten Zeiten wissen, sind Geschichten, die allmählich verblassen. Sie haben genug vom Kampf, denn sie wissen nicht, daß eine Revolution sich über den Zeitraum von Generationen erstreckt. Deshalb ist der jetzige Zustand sehr gefährlich. Die Verräter erkennen, daß sie Anhänger finden können... und das ist durchaus möglich. Wir müssen sie zermalmen. Wir müssen herausfinden, wer sie sind.« Er zeigt mit der Zigarre auf mich. »Ich vertraue Raul... aber das ist das Vertrauen des Blutes. Ich vertraue dir, Jorge Calderon... das ist das Vertrauen der Notwendigkeit. Nur du und Raul kennen meine Absichten. Angeblich werden die Chamarristas jeden Augenblick losschlagen. Sobald sie an der Macht sind, werden wir unsere Leute hinschicken – genau wie in Nicaragua. Ärzte, Lehrer, Ingenieure und so weiter. Du wirst im ersten Flugzeug sitzen. Du mußt noch heute abend nach Managua fliegen.«

»Was ist mit dem Fall Cubelas? Er ist wichtig.«

Er schüttelt den Kopf. »Neben diesem Problem verblaßt er zu nichts. Du bist der beste Vernehmungsexperte, den wir besitzen. Du hast Frias' und Guijanos und vor allem Pazos Widerstand gebrochen.« Er schüttelt wieder den Kopf. »Ich hätte es nie geglaubt. Du bist arrogant, also kann es nicht schlimmer werden, wenn ich zugebe, daß du ein brillanter Kopf bist. Jetzt brauche ich diese Brillanz. Wir brauchen nur einen Namen. Das genügt. Von ihm werden wir die anderen bekommen. Geh jetzt zu Raul. Er wird sich um die Einzelheiten und den Aufbau einer Verbindungsorganisation kümmern.«

Ich stehe auf. »Ich werde in Managua sitzen und nichts tun. Dieser Bermudez ist verrückt.«

Fidel antwortet sehr nachdenklich: »Das war ich auch. Ich habe mit achtzig Landsleuten eine Revolution durchgezogen. Bermudez hat viel mehr Leute um sich.«

Ich bin schon bei der Tür. »Hoffentlich behältst du recht.«

Er beobachtet mich mit leicht schiefgelegtem Kopf. Ich spüre, bevor er die Frage ausspricht, daß sie wichtig sein wird.

»Wer ist das Mädchen?«

Ich bin nicht überrascht und antworte sofort.

»Inez Cavallo ... das weißt du doch sicherlich.«

»Was tut sie?«

»Kümmert sich um mich und sonst nichts ... das weißt du doch auch.«

Er nickt. »Ich habe, was Frauen betrifft, nie Ratschläge angenommen, also erteile ich sie auch nicht gern. Aber diese Frau ist gefährlich. Sie ist amoralisch, kompliziert. Vollkommen ichbezogen ... und schön. Sie ist gefährlich, Jorge.«

»Ich weiß.«

Wir sehen einander lange an. Ich habe das Gefühl, daß sich Inez im Raum befindet. Er macht eine charakteristische Bewegung mit den Fingern der linken Hand und läßt das Thema fallen.

»Ich werde sie mitnehmen«, teile ich ihm mit. »Nichtstun langweilt mich.«

Bin ich zu weit gegangen? Ich spüre wieder das Kribbeln. Neuerlich schweigt er lange, dann folgt wieder die entlassende Fingerbewegung. »Besorg mir nur den Namen.«

Im Vorzimmer zeichnet die Frau Stellen in einem Artikel an. Ich beuge mich über ihre Schulter. Die Zeitung ist die *Washington Post*, der Artikel trägt die Überschrift: »Die Nationalgarde von San Carlo leitet entscheidenden Schlag gegen aufständische Chamarristas ein.«

PEABODY

San Carlo

Es ist luxuriös, aber ein Gefängnis. Vom Fenster meines Arbeitszimmers sehe ich über das Dach der Wohnungen meines Stabs zu der hohen Mauer. Scheinwerfer beleuchten die Stacheldrähte darüber und die Fernsehkameras an jeder Ecke.

Im Sicherheitsraum beschäftigt sich der diensthabende Offizier mit den Monitoren der elektronischen Geräte. Tut er das wirklich? Vielleicht schläft er oder ist zu einer Partie Poker weggegangen. Ich mache mir im Geist eine Notiz, es zu überprüfen; aber nicht heute abend. Ja, es ist ein Gefängnis. Wir sind zweiundfünfzig Seelen, die in diesem Lager eingesperrt sind. Sogar das Glas vor mir ist kugelsicher. Das Fenster läßt sich nicht öffnen. Wie wunderbar wäre es, aus dieser künstlichen Luft herauszukommen, über den baumbestandenen Paseo Maritimo zu schlendern und zu hören und zu riechen, wie die Wellen des dunklen Karibischen Meeres an den Strand branden. Doch es ist unmöglich, wenn mir dabei ein Dutzend Leibwächter und ein Lastwagen voller Nationalgarden folgen, dazu das vorwurfsvolle Gesicht Flemings vom Sicherheitsdienst – dem »Gefängnisdirektor«. Mir fehlen die langen Spaziergänge. Das ist jetzt mein Status. Ich bin der wichtigste Mann im Land, einschließlich des Präsidenten; und ich bin ein Exemplar in einem Zoo. Die Ironie der Macht. Die Stellung macht mich zur Zielscheibe für jeden verrückten Kommunisten – oder anderen Irren.

Ich werde es rasch hinter mich bringen. Mit dem neuen Hilfsprogramm, den neu ausgebildeten Kaderleuten und meiner Durchschlagskraft werden sie weggefegt werden. Dann wird diese fette Made von einem Präsidenten sich zu seiner Überraschung Wahlen stellen müssen, und eine anständige Rechtsregierung – oder ein anständiger, rechtsstehender General – wird mit genügend Geld und Einfluß das Land anständig regieren. Und anständige Menschen werden in der Lage sein, bei Tag oder bei Nacht über den Paseo Maritimo zu schlendern.

Ich höre durch das dicke Fensterglas die Uhr der Kathedrale leise einmal schlagen. Sie erinnert mich an meine Müdigkeit, genau wie meine linke große Zehe klopft und mich an die Gicht erinnert. Ich gehe mühsam durch das Schlafzimmer zum Badezimmer und nehme das Fläschchen Zylorictabletten vom Regal.

Endlich hat das Dienstmädchen daran gedacht, die Flasche

mit eisgekühltem Mineralwasser sowie ein Glas auf den Nachttisch zu stellen. Zehn Tage bin ich schon hier und habe unendlich viel Zeit damit vergeudet, dem hiesigen Personal die primitivsten Grundsätze von Hygiene und Komfort beizubringen. Calper muß wie ein Schwein gelebt haben. Aber das war zu erwarten. Er war in seiner Politik sowie in der persönlichen und allgemeinen Disziplin und in seinen Berichten äußerst nachlässig. Ich habe einen Schweinestall geerbt.

Mein Gott, das Wasserglas ist nicht sauber! Ich gehe ins Badezimmer zurück, spüle es aus, fülle es mit Wasser und nehme zwei Pillen. Dann putze ich mir die Zähne. Das empfinde ich als angenehme Pflicht. Ich benutze eine Munddusche und genieße das prickelnde Gefühl des feinen Wasserstrahls an meinem Zahnfleisch. Churchill hat eine verwendet. Ich habe es in seinen Memoiren gelesen.

Das Mädchen hat auch daran gedacht, das Bett aufzuschlagen und einen sauberen Pyjama herauszulegen. Sie war erstaunt, als ich »jeden Abend einen sauberen Pyjama – und frische Laken« anordnete. Gott weiß, wie Calper gehaust hat. Das ganze Haus hat nach Zigarrenrauch gestunken, bis ich alle Filter der Klimaanlage ausgetauscht und das Rauchen verboten habe.

Ich hänge die Sachen für morgen auf meinen stummen Diener. Er ist aus poliertem Mahagoniholz. Ich habe ihn aus Washington mitgebracht – ein Geschenk meiner Mutter vor nunmehr vierzig Jahren. Das einzige, an das ich mich erinnere.

Im Bett nehme ich eine Abhandlung über die sandinistische Revolution von Henri Weber zur Hand. Ich habe mir angewöhnt, ganz gleich, wie müde ich bin, vor dem Einschlafen eine halbe Stunde zu lesen. In dieser Zeit kann ich zwanzig Seiten bewältigen. Grob geschätzt bedeutet das dreißig Bücher im Jahr. Nur mit dieser halben Stunde täglich.

Heute abend deprimiert es mich, weil für eine so schlechte Sache so geschickt argumentiert wird. Es ist eine Erleichterung, als die halbe Stunde um ist. Ich lösche das Licht und schüttle die Kissen auf. Es sind Federkissen – ich habe sie aus Washington mitgebracht. Das ist etwas, das ich durch meine Reisen gelernt habe. Heutzutage sind die meisten Kissen mit synthetischem Schaumstoff gefüllt, und da kann man seinen Kopf ebensogut auf ein Trampolin legen. Irgendwo habe ich gelesen, daß die Königin von England mit ihren eigenen Kissen reist, aber ich habe es lang vor ihr getan.

Ich habe nur selten Schlafstörungen und versinke bereits in Tiefschlaf, als das Telefon auf dem Nachttisch klingelt. Es ist Gage, der Stationschef, seine Stimme klingt nervös. Vermutlich, weil ihm der Entschluß nicht leichtgefallen ist, mich zu dieser Zeit anzurufen. Er entschuldigt sich murmelnd, daß der stellvertretende CIA-Stationschef eine unbestätigte Meldung erhalten habe, wonach eine große Abteilung von Chamarristas in der vergangenen Nacht durch das Dorf Paras, zwanzig Meilen nordöstlich von der Stadt, gekommen ist. Gage bedauert, daß er mich wecken muß, aber seines Wissens haben sie noch nie so nahe der Hauptstadt operiert.

Ich stelle die naheliegende Frage.

»Haben Sie mit Fleming darüber gesprochen?«

Eine peinliche Pause, dann: »Nein, Sir. Er war auf einer Party in der brasilianischen Botschaft. Ich habe dort angerufen, aber er ist vor einer Stunde weggegangen – sie wissen nicht, wohin.«

Wieder ärgere ich mich über Calper. Seine Nachlässigkeit hat auf den ganzen Stab abgefärbt. Es gibt genaue Vorschriften: um ein Uhr früh Sperrstunde, und zwischen Sonnenuntergang und ein Uhr stündliche Angabe des Aufenthaltsortes. Wieder ertönt zaghaft Gages Stimme: »Ich habe beim Hauptquartier der Nationalgarde nachgefragt, Sir. Sie haben den Bericht als Unsinn bezeichnet. Sie haben eine Garnison in diesem Dorf... doch ich habe Sie lieber angerufen, Sir... Ihre Weisungen...«

»Sie haben richtig gehandelt, Gage. Bleiben Sie mit der CIA und der Nationalgarde in Verbindung. Rufen Sie mich an, wenn sich etwas entwickelt, und lassen Sie Fleming wissen, daß er sich punkt acht in meinem Büro melden soll.«

Ich lege den Hörer auf, klopfe die Kissen wieder zurecht

und versuche zu schlafen. Es gelingt mir nicht; daran ist nicht der Bericht schuld, sondern mein Ärger. Die Botschaft ist ein einziges schlampiges Durcheinander, und es wird Wochen dauern, bis ich sie in Ordnung gebracht habe. Man wird Veränderungen beim Personal vornehmen müssen, angefangen mit Fleming und Bowman, dem stellvertretenden Missionschef. Gage ist in Ordnung. Er ist genausolange hier wie ich, kam mit demselben Flugzeug. Es erforderte Mut, so spät auf einen fadenscheinigen Bericht hin anzurufen – und dabei zufällig seinen Boß anzuschwärzen.

In den nächsten Minuten stelle ich im Geist das gesamte Korps der leitenden Beamten um, und mein Ärger legt sich. Ich werde den Militärattaché Oberst Sumner auf jeden Fall behalten. Seine Lagebesprechung heute morgen war klar und knapp, und er ist ein schneidiger, gut ausgebildeter Offizier. Meine Gedanken bleiben bei dem Mann und seinem Vortrag hängen, und plötzlich trifft mich etwas wie ein elektrischer Schlag. Ich setze mich auf, rufe Gage an und ordne an, daß er Oberst Sumner wecken und ihn bitten soll, mich in fünfzehn Minuten im »Tank« zu treffen. Wenn Fleming inzwischen zurückkommt, soll er ebenfalls dorthin geschickt werden.

Sumner schafft es in zwölf Minuten. Er sieht verschlafen aus, aber ich stelle mit Befriedigung fest, daß er einen gut gebügelten Anzug und Krawatte trägt.

Ich stehe vor der großen Landkarte an der Wand. Ich habe eine rote Stecknadel in den Ort Paras gesteckt.

»Tut mir leid, daß ich Sie wecken mußte, Oberst. Ich habe Kaffee bestellt.«

Ich klopfe mit dem Finger auf die Karte. »Laut einer unbestätigten Meldung haben Chamarristas auf dem Weg zur Stadt dieses Dorf passiert.«

Er reibt sich die Augen mit den Handgelenken und nickt. »Gage hat es mir gemeldet. Auch daß die Nationalgarde es mit Vorbehalt aufnimmt. In diesem Dorf befindet sich eine starke Garnison, und es liegt am Fuß eines steilen Tales. Es ist unmöglich, daß ein großer Trupp Rebellen dort unbemerkt durchkommt.«

»Terroristen, nicht Rebellen, Sumner«, korrigiere ich ihn gereizt. »Und wenn sie entdeckt wurden, was dann?«

Nun sieht er sowohl verschlafen als auch verdutzt aus.

»Aber . . .«

Es klopft, und ein junger Mestize kommt mit zwei Tassen dampfendem Kaffees auf einem Tablett herein. Er stellt es auf den Tisch und geht wieder. Ich zeige darauf, und Sumner trinkt dankbar, dann sagt er vorsichtig: »Sie meinen, daß die Garnison mit ihnen gemeinsame Sache gemacht hat?«

»Es ist eine Möglichkeit. Gehören Sie zu Lacays Brigade?«

Sumner ist jetzt hellwach und nickt. Er studiert die Karte. Ich sage: »Bei Ihrer kurzen Lagebesprechung heute morgen erwähnten Sie die Generäle Cruz und Lacay. In letzter Zeit hat Vargas Cruz Lacay vorgezogen. Sie berichteten, daß letzterer über Vargas' Entscheidungen, alle in Fort Bragg Ausgebildeten in Cruz' Brigade einzureihen, verbittert war. Die CIA hat auch in einem Bericht letzten Monat angedeutet, daß sich bei einem eventuell gegen Vargas geplanten militärischen Schlag Lacay als umgänglicher erweisen könnte.«

Sumner sieht sehr skeptisch aus. Er trinkt noch etwas Kaffee und schlägt vor: »Herr Botschafter, lassen Sie uns etwas behutsamer vorgehen. Erst gibt es einen unbestätigten Bericht über Reb . . . Terroristenbewegungen. Jetzt sprechen wir von Kollaboration mit der Nationalgarde. Das ist kaum anzunehmen. Diese Burschen wissen, daß sie erledigt sind, falls die Chamarristas die Macht übernehmen. Sie sind tot. Es ist so, als würde man einen Fluß auf dem Rücken eines Alligators überqueren. Auf halbem Weg wird man gefressen.«

»Okay. Was ist mit dem Bericht?«

Er zuckt die Schultern. »Wir bekommen eine Unmenge wertloses Zeugs. Sogar bewußte Fehlinformationen. Ich bin zwei Jahre hier, Sir, und habe jede Menge Mist durchgeackkert.«

Er gibt sich sehr selbstsicher, und die Erwähnung seiner langen Dienstzeit hier soll den Gegensatz zu meiner kurzen

Amtsdauer deutlich machen. Wecken wir jemand anderen.

»Der Bericht kam von unseren Leuten.« Ich zeige auf das Telefon. »Holen Sie Tessler hierher, und finden Sie heraus, woher die Meldung genau kam.«

Er nimmt begeistert den Hörer ab und freut sich sichtlich, weil er auch andere aus dem Schlaf reißen kann.

Es dauert zwanzig Minuten, bis Tessler erscheint. Er sieht verschlafen aus und ist schlecht aufgelegt. Ist mir gleichgültig. Auch wenn er der Standortleiter ist und einen einflußreichen Vater hat, ich bin der Botschafter. Ich bestelle nicht erst Kaffee für ihn, sondern beauftrage ihn nur, den Bericht zu überprüfen.

Er hängt zehn Minuten mürrisch am Telefon. Dann legt er auf, seufzt dramatisch und erklärt: »Wir haben in den meisten Dörfern Informanten. Letztklassige Leute. Sie bekommen ein gewisses monatliches Fixum und eine kleine Erfolgsprämie, wenn sie etwas Wichtiges berichten. Der Kerl hat seit über einem Jahr keine Prämie bekommen und versucht es eben jetzt. Unser regionaler Agent holt diese sogenannten Gaunerberichte ab und legt sie normalerweise zu den Akten. Sie können diesen Bericht als wertlos betrachten. Wenn die Chamarristas versuchen sollten, sich der Stadt zu nähern, würden sie bestimmt nicht diese Straße benutzen – und sie würden nicht in einer großen Kolonne marschieren. Sie würden in Dreier- oder Vierergruppen einsickern ... das ist die normale Vorgehensweise.«

Er kann die Verachtung in seiner Stimme kaum verbergen. Er ist jung, übertrieben selbstsicher und zeigt nur ein Mindestmaß an Respekt. Ich werfe Sumner einen Blick zu. Er starrt unverwandt auf die Landkarte. Ich weiß, was die beiden denken. Ich bin seit zehn Tagen hier und gerate in Panik. Ich habe mich schon vollkommen unbeliebt gemacht, indem ich die Repatriierung der Angehörigen vorgeschlagen habe. Jetzt wecke ich mitten in der Nacht Leute auf, weil ich einen Bammel habe. Ich überlege mir einen taktischen Rückzug, als Tessler beschließt, mir eine kleine Vorlesung zu halten.

»Sehen Sie, Sir, das ist eine klassische Situation des Guerillakriegs. Die Chamarristas verfügen höchstens über sechstausend Mann. Sie können nur rasch zuschlagen und dann laufen, das ist alles. Vor vier Tagen haben sie San Pedro in der Provinz Higo besetzt. General Cruz setzt die ganze Marazon-Brigade in Marsch, verstärkt durch die Rekruten von Fort Bragg, und verjagt sie. Jetzt rennen sie auf die Berge zu, und Cruz ist ihnen auf den Fersen. Inzwischen hat Lacay achttausend Mann in und um die Stadt zusammengezogen. Die Garde des Präsidenten nicht eingerechnet – weitere tausend Mann... Elitetruppen.«

Er zieht lässig ein Päckchen Zigaretten hervor und zündet sich ein an. Er ist unverschämt, er kennt die neuen Vorschriften. Er beobachtet mich, genießt seine Freiheit. Ich will den beiden gerade kühl sagen, sie sollen schlafen gehen, da läutet das Telefon. Sumner hebt ab, hört eine Minute zu, dann befiehlt er: »Rufen Sie sofort an, wenn noch etwas geschieht.«

Er legt auf, wendet sich der Landkarte zu und erklärt: »Zwei Brücken über dem Tekax River und eine über dem Chetumal sind gesprengt worden.«

Tessler wirft ein: »Das passiert doch die ganze Zeit über.«

Sumner hebt die Hand, bittet um Ruhe. Tessler zieht an seiner Zigarette und bläst den Rauch zischend aus. Wir schauen alle auf die Karte. Sumner spricht zuerst langsam, sehr nachdenklich, doch bald klingt seine Stimme energischer, als sich der Soldat in ihm durchsetzt.

»Drei strategische Brücken... gut bewacht... drei größere Angriffe mit schweren Verlusten der Chamarristas... Regenzeit... angeschwollene Flüsse... für Fahrzeuge unpassierbar. Die Marazon-Brigade und die Hälfte der Nationalgarde säubern den Südwesten und sind abgeschnitten, bis die Brückenköpfe wieder genommen und die Brücken wiederhergestellt sind. Mindestens zwei Tage bis zu einer Woche. Beschränkte Möglichkeiten für Lufttransporte.«

Er wendet sich wieder dem Tisch zu, hebt den Hörer ab und sagt zu mir, während er eine Nummer wählt: »Dieser Anruf kam von Major Anderson, unserem obersten militärischen Berater. Ich muß etwas überprüfen.«

Daß er mir erklärt, wer Anderson ist, ärgert mich. Ich halte mich an Tessler schadlos.

»Drücken Sie freundlicherweise Ihre Zigarette aus.«

Ohne Sumner aus den Augen zu lassen, zerdrückt er sie im Aschenbecher. Morgen werde ich anordnen, daß die Aschenbecher in dem ganzen verdammten Haus eingesammelt werden.

Sumner fragt eindringlich: »Paul, was macht Vargas?« Er dreht sich zur Karte um. »Scheiße! Ich hätte es wissen müssen. Hören Sie, können Sie es ihm nicht ausreden...? Es könnte auch eine Falle sein... Nein, bin ich nicht. Sehen Sie sich die verdammte Karte an. Angenommen, die Besetzung von San Pedro war nur eine Finte, um die Marazon-Brigade herauszulocken. Die Chamarristas ziehen sich langsam zurück und halten den Kontakt aufrecht; locken Cruz in die Berge. Dann sprengen sie die Brücken. Cruz und seine Brigade sind erfolgreich von der Hauptstadt abgeschnitten. Vargas befiehlt Lacay, die Brückenköpfe zurückzuerobern. Lacay entsendet die Hälfte seiner Streitkräfte, viel zu viele für diese Aufgabe... was...? Okay, es ist nur eine Annahme, aber wir erhielten einen unbestätigten Bericht über Chamarristas, die gestern nacht durch Paras gekommen sind... ja, von Freunden... haben Sie nicht... wir werden sie ausquetschen, aber überreden Sie inzwischen Vargas dazu, diese Einheiten nach San Carlo zurückzubeordern. Cruz soll allein damit fertig werden... Ausgeschlossen, Paul... Setzen Sie Lacay nicht unter Druck, es könnte auch ein Zufall sein, sagen Sie Vargas nur, daß es die falsche Taktik ist. Rufen Sie mich wieder an.«

Er legt auf, und Tessler sagt ungläubig: »Mein Gott, Ross! Du bist reif für die Klapsmühle! Du meinst, Lacay ist übergelaufen?«

Sumner seufzt. »Nein, aber nehmen wir einmal das Schlimmste an. Er steht derzeit nicht hoch im Kurs. Irgendwo plagt ihn das Gewissen. Angeblich hat er sich sogar bei Vargas über die Massaker an den Mestizen in Higo letztes Jahr beschwert. Vargas hat alle Rekruten in Cruz' Brigade gesteckt.

In den letzten Monaten hat er Lacay immer im Auge behalten. – Vielleicht – nur vielleicht – hat sich Bermudez an ihn herangemacht.«

Ich will etwas sagen, doch Tessler lacht spöttisch. »Ross, Lacay ist genauso korrupt wie alle anderen. Verdammt, er steht auf unserer Lohnliste. Wir wissen alles über ihn, von der Größe seiner Unterwäsche bis zu den Ausmaßen der Vagina seiner neuesten Geliebten. Er kann unmöglich mit Bermudez oder jemand anderem Kontakt aufnehmen, ohne daß wir es sofort erfahren.«

Der Kerl ist widerlich. Ich unterbreche ihn.

»Halten Sie den Mund, Tessler!«

Er sieht mich erschrocken an, als hätte er vergessen, daß ich noch im Raum bin. Ich frage Sumner: »Oberst, wenn Sie die schlimmste Möglichkeit annehmen, was wäre der nächste Schritt?«

Er zeigt auf die Karte. »Lacay hat das Verteidigungspotential der Stadt bereits geschwächt, indem er ein zu großes Kommando nach Südwesten in Marsch gesetzt hat, um die Brückenköpfe zurückzuerobern. Er wird vermutlich jene Einheiten und Kommandeure geschickt haben, die ihm am wenigsten ergeben sind. Dann schickt er loyale Einheiten zum Flugplatz und an andere strategisch wichtige Positionen. Er setzt seine besten – und loyalsten – Offiziere und Einheiten gegen die Präsidentengarde ein, wenn die Rebellen ... Terroristen angreifen.«

Tessler schüttelt ungläubig den Kopf. Für mich ist der nächste Schritt vollkommen klar. Ich will ihn gerade bekanntgeben, als Sumner mir zuvorkommt. Es ist zu dumm.

»Wir müssen alle Truppenbewegungen in und um die Stadt überwachen.« Ich stimme gereizt zu.

Als Sumner nach dem Telefonhörer greift, läutet es. Gemäß der Relativitätstheorie klingt das Geräusch lauter und schriller als zuvor. Er hebt ab.

»Paul, ja ...« Er lauscht eine Minute, während der sein Körper zusammensinkt. »Bleiben Sie dran, er ist hier.«

Er legt die Hand auf die Sprechmuschel, befeuchtet seine

Oberlippe mit der Zunge und sagt nervös: »Herr Botschafter, wir haben eine Notstandssituation. Einheiten von Lacays Brigade sind zum Flugplatz, zum Präsidentenpalais, zum Rundfunkgebäude und der Polizeikaserne unterwegs. Einige Meilen nordwestlich der Hauptstadt, in Tandala, wo Vargas eine von Einheiten der Präsidentengarde bewachte Hazienda besitzt, ist Gewehrfeuer zu hören.«

In diesem Augenblick kann ich nur an die zum Himmel stinkende, widerliche, verachtungswürdige Unfähigkeit meiner engsten Umgebung und meiner Vorgänger denken. Übelkeit überkommt mich, und ich kämpfe gegen einen Brechreiz an. Tessler, dessen Gesicht aschfahl ist, steckt automatisch eine Zigarette zwischen die Lippen.

»Sie werden nicht rauchen!«

In die versteinerte Stille dringt das unregelmäßige Knattern von fernem Gewehrfeuer. Der Anfall von Übelkeit geht vorbei. Ich sage zu Sumner: »Oberst, drücken Sie alle Alarmknöpfe!«

Ich habe mich noch nie in einer solchen Situation befunden. 1958 in Havanna entwickelte sich das Geschehen langsam und folgerichtig bis zum Ende. Jetzt gibt es keine Folgerichtigkeit, und ich stelle sofort fest, wie Pläne, die im Lauf der Jahre zur Vollkommenheit entwickelt wurden, jäh schiefgehen können. Seit Teheran und Beirut wurden unsere besten Köpfe und eine verdammte Menge Geld für die Sicherheit der Botschaften eingesetzt. Bezeichnenderweise haben sie den gemeinsamen Nenner menschlicher Unzulänglichkeit nicht in Rechnung gestellt.

Es beginnt mit der Entdeckung, daß der DCM, der oberste Sicherheitsbeamte, der Wirtschaftsberater, ihre Frauen und mehrere andere mittlere Beamte sich nicht im Gebäude befinden. Sumner, der nicht mehr nervös ist, sondern sehr entschieden und militärisch auftritt, teilt mir mit, daß sie an einer großen Party im Strandhaus eines Industriellen zehn Meilen weiter oben an der Küste teilnehmen – im krassen Widerspruch zu den bestehenden Anweisungen.

Ich rüge mich selbst. Ich habe im Botschaftsgebäude bereits Disziplin und Ordnung durchgesetzt und hatte vor, mir am Morgen den Rest der Botschaft vorzuknöpfen. Ich hätte es umgekehrt machen sollen. Ich habe meine persönlichen Bedürfnisse und mein Wohlergehen an die erste Stelle gerückt. Ich muß peinlicherweise einen Fehler zugeben. Dabei ist unwichtig, daß ich erst wenige Tage hier bin; ich hatte eben angenommen, daß ich von diesen angeblich reifen und erfahrenen Menschen zumindest Selbstdisziplin erwarten konnte.

Es ist passiert, und meine Maßnahmen werde es bemänteln. Innerhalb von Minuten läuft das für solche Fälle vorgesehene Programm ab. Der Krisenstab tritt zusammen und beginnt zu arbeiten. In Abwesenheit von Fleming sind Gage und Artilleriesergeant Cowder von den Marines für die Sicherheit zuständig. Ich entwerfe das erste Telegramm an das Außenministerium. Es befriedigt mich, daß es in Washington eine Menge Leute aus ihren warmen Betten reißen und daß sehr bald eine ähnliche Krisensitzung im Lagezimmer des Weißen Hauses stattfinden wird. Ich war erst vor zehn Tagen dort und habe zugehört, wie der Präsident seine Mittelamerikapolitik erläuterte. Sie war ein wenig nebulös, bis auf das Hauptthema: Um keinen Preis darf, kann, wird sich der Kommunismus in unserem Hinterhof durchsetzen. Er hatte seiner Genugtuung darüber Ausdruck verliehen, daß meine Nominierung endlich von den verdammten Erzliberalen im Kongreß bestätigt worden war. Er würde besser schlafen, weil er wußte, daß ich denen dort unten schon »in den Hintern treten« würde. Werden sie ihn wecken? Ich bezweifle es. Sie werden auf weitere Informationen warten.

Wir sind jetzt acht Leute im »Tank«, und Informationen strömen herein. Einheiten der Chamarristas haben sich bereits mit Teilen von Lacays Brigade vereinigt und greifen den Präsidentenpalast und die Polizeikaserne an. Es ist gut ausgedacht und koordiniert. Sie haben die Rundfunkstation schon besetzt, und auf Band gesprochene Botschaften von Bermudez werden gesendet, in denen er die Revolution ausruft und die Aufgabe jeglichen Widerstands fordert. Dean Bowman

meldet sich telefonisch; es ist ihm gelungen, von der Strand-
party aus eine freie Leitung zu bekommen. Er spuckt große
Töne und behauptet, daß sie die Party nicht vorzeitig verlassen
konnten, weil sie den Gastgeber dadurch verärgert hätten –
einen Mann, der bei Präsident Vargas großen Einfluß besitzt.
Sie hätten jetzt keine andere Wahl, als dortzubleiben. Ich
begnüge mich damit, ihm mitzuteilen, daß seine Karriere
damit beendet ist, und lege auf. Dann kommt Major Anderson über Funk durch und meldet mir, daß zwei Mann von
seinem MAG-Team bereits getötet wurden und er den Rest
in das MAG-Lager zurückbeordert hat. Wir überlegen, ob
sie versuchen sollen, sich zur Botschaft durchzuschlagen, und
verwerfen den Gedanken. Offenbar sind in den meisten Straßen Sperren errichtet worden, und es wird auf alles geschossen, was sich bewegt. Meine Sorge gilt jetzt der Sicherheit
der Botschaft. Gott sei Dank habe ich diesen Punkt bei
meiner Ankunft vordringlich behandelt und alle Möglichkeiten überprüft.

Wir haben einen Trupp von fünfzehn Marines unter dem
Kommando von Cowder dem »Artilleristen«. Wir haben
MG-Stellungen mit Sandsäcken auf den Dächern des Verwal-
tungsgebäudes, eines Apartmentblocks und der Botschaft
selbst eingerichtet. Sie haben die drei breiten angrenzenden
Straßen im Schußfeld. Die Mauer um die Gebäude ist einen
Meter dick und mit Stahl verstärkt; auf der Mauerkrone
verlaufen Drähte, die jetzt unter Strom stehen. Zusätzlich zu
den Marines haben wir ein Team von zwölf Leibwächtern
aus Drittländern und Sicherheitsleute. Acht von ihnen sind
Flüchtlinge aus Nicaragua, die übrigen stammen aus Panama.
Sie werden kämpfen.

Das Haupttor besteht aus solidem Stahl, und in die obere
Mauer links von ihm ist eine MG-Stellung eingebaut. Innerhalb des Tores befindet sich eine mit Marines besetzte Wach-
stube und außerhalb des Tores eine zweite, die mit einem Zug
der San-Carlo-Nationalgarde bemannt ist. Soviel ich weiß,
befinden sie sich noch an Ort und Stelle.

Auf dem Grundstück befinden sich insgesamt zweiundvierzig Personen; siebenundzwanzig sind Amerikaner und acht davon Frauen. Ich bedaure nur, daß ich nicht gestern die Repatriierung angeordnet habe. Ich mache mir Sorgen wegen der Frauen. Seit Beirut hat der Kongreß sehr großzügig Geldmittel zur Sicherung der Botschaften in den sogenannten »Gefahrenzonen« bereitgestellt, aber das Geld ist nur zögernd verwendet worden, und die Arbeiten an einem Sicherheitsbunker neben der Botschaft haben erst vor kurzem begonnen. Wieder muß ich Calper kritisieren. Das Geld wurde vor Monaten angewiesen, aber er hat alles verzögert, indem er die Pläne und Baubeschreibungen dauernd umgestoßen hat. Der »Tank« ist jedenfalls sicher. Neben ihm befindet sich der »Verbrennungsraum«. Nach dem Fiasko von Teheran, als festgestellt wurde, daß es über vierundzwanzig Stunden gedauert hätte, alle geheimen Dokumente zu verbrennen, wurden drastische Verbesserungen eingeführt. Fleming hat mir versichert, daß unsere »Verbrennungszeit« unter dreißig Minuten liegt. Die Verbrennungsöfen sind bereit. Der »Tank« und der »Verbrennungsraum« befinden sich in der sogenannten Sicherheitszone, die von Stahlwänden und -türen umgeben ist; die Luft wird durch Spezialventilatoren gereinigt. Abgesehen vom Krisenteam hat sich der Rest des Botschaftspersonals und deren Angehörige in der Cafeteria versammelt. Ich ordne an, daß Matratzen und Decken hingebracht werden.

Befinden wir uns in unmittelbarer Gefahr? Ich glaube nicht. Obwohl das Fernsprechnetz jetzt zusammengebrochen ist, erhalten wir ständig über Funk Berichte. Die britische Botschaft, die in der Nähe der Polizeikaserne liegt, berichtet, daß der Widerstand dort nachläßt. Major Anderson funkt, daß die Kämpfe um das Präsidentenpalais mit großer Heftigkeit geführt werden und daß es zu großen Verlusten kommt, aber die Chamarristas offenbar die Oberhand gewinnen. Er erwartet, daß die Belagerung bei Morgengrauen zu Ende geht und die übrigen Widerstandsnester in der Stadt ein paar Stunden später beseitigt sein werden.

Ich überdenke die Möglichkeiten. General Cruz und seine

Brigade können noch einige Tage lang nicht in die Kämpfe eingreifen. Bis dahin wird die Stadt fest in den Händen der Rebellen sein, und er hätte gegen die vereinigten Streitkräfte von Lacays Brigade und den Chamarristas keine Chance.

Es ist sicher, daß die Stadt bei Sonnenaufgang in den Händen der Aufständischen sein wird. Vereinigt sind sie zu stark, um von General Cruz vertrieben zu werden – außer er bekäme aktive Unterstützung von amerikanischen Truppen. Mir stellt sich also jetzt zwei Probleme: Welchen Rat soll ich Washington bezüglich einer direkten amerikanischen Einmischung erteilen? Und was soll ich im Falle von Gewaltanwendung gegen das Botschaftsgebäude unternehmen?

Das zweite Problem ist vordringlich. Ich bespreche es mit Sumner, Gage und Cowder. Viel wird von der anfänglichen Machtteilung zwischen General Lacay und Bermudez – dem Führer der Chamarristas – abhängen. Sumner meint, daß zumindest im Anfangsstadium Lacay das Übergewicht haben wird. Nur mit dessen Unterstützung kann Bermudez Cruz und die Marazon-Brigade abwehren. Später könnte sich das Kräfteverhältnis ändern. Wir sind uns darüber einig, daß ein koordinierter Angriff auf das Botschaftsgebäude unwahrscheinlich ist. Die Chamarristas sind die extremsten von allen mittel- und südamerikanischen Terroristen, aber wenn sie einmal die Möglichkeit sehen, die Macht an sich zu reißen, werden sie es sich mit den *gringos* nicht vollkommen verderben wollen. Wie die Nicaraguaner werden sie den Eindruck erwecken, daß sie eine Entspannung herbeiführen wollen. Die einzige Gefahr stellen undisziplinierte Einheiten dar, die in der Hitze des Gefechtes und durch Jahre marxistischer Propaganda aufgestachelt unüberlegt handeln könnten.

Sowohl Gage als auch Cowder halten es nicht für schwierig, solche Einheiten mehrere Tage lang abzuwehren. Vor allem da sie nur über leichte Waffen verfügen. Sumner hält eine unmittelbare Bedrohung der Botschaft für unwahrscheinlich. Bermudez wird sich vor einer direkten amerikanischen Intervention hüten und nichts unternehmen, was sie auslösen könnte.

Ich neige zur gleichen Ansicht. Wir werden nur in Gefahr geraten, wenn der Präsident amerikanische Truppen entsendet. Das würde mehrere Tage dauern. Zuerst, um sie an Ort und Stelle zu bringen, und dann, um die diplomatische Offensive zu inszenieren. Natürlich wäre es besser, wenn man um diese Truppen »ersucht«, aber wer soll dieses Ersuchen stellen? Es ist fraglich, ob Vargas und seine Parteigänger die Nacht überleben werden. Seit über zwei Stunden gibt es keine Nachrichten aus dem Regierungspalast. Ich beschließe, unsere Verteidigungsanlagen zu überprüfen, und gehe sie mit Gage und Cowder ab. Ich bin beruhigt. Unsere Marines sind wachsam und selbstbewußt. Das Sicherheitskontingent aus den Drittländern ist nervös, doch sie versuchen, es nicht zu zeigen. Gage versichert mir, daß sie im Ernstfall kämpfen werden.

Ich werfe einen Blick in die Cafeteria, und sie erinnert mich an Fotos vom Bombenangriff auf London. An einem Ende des Raumes liegen Matratzen und Decken. Ehefrauen und Sekretärinnen überprüfen die Lebensmittelvorräte. Eine von ihnen, Julie Walsh, die Frau unseres PAO, bingt Kaffee und wirft mir einen ängstlichen Blick zu. Ich erinnere mich an dieselben Augen, wie sie mich beim Empfang des venezolanischen Botschafters beobachtet haben. Feindseligkeit lag da in ihnen. Das Geknatter des Gewehrfeuers gibt mir Genugtuung. Ich versammle die Frauen um mich und richte ein paar Worte an sie.

»Sie wissen, daß die Stadt mit Unterstützung einiger Einheiten der Nationalgarde von Terroristen überfallen wurde. Sie wissen, daß ich in Betracht gezogen hatte, die meisten von Ihnen in die Staaten zurückzuschicken, und ich bedaure jetzt, daß ich es nicht getan habe. Ich sehe aber keine unmittelbare Gefahr. Unser normales Leben wird für einige Zeit unterbrochen werden, bis sich die Lage klärt. Inzwischen möchte ich, daß Sie Ruhe bewahren und alles tun, was Sie können, um zu helfen.«

Zustimmendes Gemurmel, und eine Frau fragt: »Gibt es Nachrichten von der Gruppe auf der Party?«

Sie ist die Frau des politischen Beraters.

»In den letzten zwei Stunden nicht, Mrs. Levy. Warum sind Sie nicht dort?«

Sie ist den Tränen nahe, dann richtet sie sich auf und antwortet: »Weil ich nichts davon wußte. Das Schwein hat mir eingeredet, daß er wegen einer heiklen Angelegenheit Überstunden machen muß – ich kann mir denken, was es war.«

Ich habe etwas dagegen, wenn Frauen fluchen. Ich zucke die Schultern und sage leichthin zu Mrs. Walsh: »Ich kenne die Anweisungen des Außenministeriums. Ich kann den Frauen natürlich keine Befehle erteilen, irgend etwas zu tun, aber ich wäre wirklich sehr froh, wenn Sie alles hier in die Hand nehmen könnten. Frauen zum Küchendienst, zur Reinhaltung des Gebäudes und so weiter einteilen.«

Sie ist eine kleine Frau, die mich an einen Vogel erinnert, und sie nickt energisch. »Gern, Herr Botschafter.«

Ich verlasse die Cafeteria und gehe hinüber zum Botschaftsgebäude. Die Luft ist feucht und heiß. Man hört nur gelegentlich Gewehrfeuer. Ich schwitze ein wenig und entschließe mich, rasch zu duschen und das Hemd zu wechseln. Der Himmel im Osten wird heller. Über Kuba dämmert es schon. Voll Erbitterung stelle ich mir vor, wie sie dort drüben feiern.

Eine halbe Stunde später hören wir alle wieder im »Tank« Radio. Bermudez verkündet jetzt live den Sieg der Revolution. Er hat eine etwas hohe, kultivierte Stimme, spricht aber in gemäßigtem Ton. Ich habe Fotos von ihm gesehen. Er ist klein und mager, trägt einen schwarzen Schnurrbart und eine Brille mit dicken Gläsern. Er ist erst achtundzwanzig, wirkt aber älter. Ich höre aus seiner Stimme Fröhlichkeit und zugleich Erschöpfung heraus. Er gibt den Tod des Diktators Vargas und dessen Bruder sowie die Verhaftung von einigen Dutzend seiner Anhänger bekannt. Sie sollen von Volksgerichten abgeurteilt werden. Er fordert bei Androhung der Todesstrafe die sofortige Kapitulation aller anderen Funktionäre von Vargas. Er lobt General Lacay und alle »loyalen«

Elemente der Nationalgarde, die von nun an als Genossen und Brüder mit den Chamarristas in einer »Armee der Nationalen Befreiung« vereinigt werden, die alle reaktionären Elemente vernichten wird. O Gott! Das alles habe ich schon gehört. Er hat einfach Castros alte Reden aufgewärmt. Ich hasse diesen kurzsichtigen Zwerg.

Er lobt und dankt Kuba und Nicaragua. Seltsamerweise erwähnt er die Vereinigten Staaten mit keinem Wort. Keine Haßausbrüche. Vielleicht wird er sich zugänglich zeigen. Dann kommt Lacay an die Reihe und fordert alle Offiziere und Soldaten der Marazon-Brigade auf, die Waffen niederzulegen und jedes weitere Blutvergießen zu vermeiden. Schöne Aussichten.

Eine lange »Sofort-Nachricht« kommt vom Außenministerium herein, die offenbar von einem Idioten abgefaßt worden ist. Vielleicht vom Minister selbst, der meint, daß man jede Situation aufgrund von »praktischen und zulässigen Parametern« beurteilen kann. Der Präsident hat ihn nur ernannt, um seinen eigenen Verstand im Vergleich zu ihm heller leuchten zu lassen. Es gibt unzählige Fragen, auf die sofortige Antworten erwartet werden. Die meisten sind unsinnig, wie zum Beispiel: »Gebt Stimmungsbericht über Einstellung und Gefühle der Bevölkerung«. Was erwarten die von mir? Soll ich einen Schreibblock nehmen, durch die Stadt wandern und jeden fragen, wie er sich fühlt? Ich schicke ein Sechs-Worte-Telegramm als Antwort.

Ich drehe wieder meine Runden. Auf dem Botschaftsgebäude herrscht eine merkwürdige, hektische Fröhlichkeit. Anfängliche Ängste sind in erregte Erwartung umgeschlagen. Der Morgen ist angebrochen, und mit ihm kommt das Gefühl des »Dabeigewesenseins«. Die Menschen werden sich später daran erinnern und sagen: »Ich war dabei.« Für die Berufsoffiziere wird es eine neue Erfahrung sein. Für andere der Kitzel gemeinsamer Panik. Ich gehe in den »Tank« zurück, wo Kaffee und Sandwiches von einigen Frauen aus der Cafeteria herumgereicht werden. Die Stimmung ist aufgekratzt. Mrs. Walsh spielt wie besessen die Glucke. Ihr Mann ist damit beschäftigt, die Antwort auf die Botschaft des Außenministeriums zu entwerfen.

Plötzlich schlägt die Stimmung um. Die Beobachtungsposten melden, daß eine Kolonne von fünf Lastwagen auf der Avenida Santanda zur Botschaft unterwegs ist.

Sie halten vor dem Haupteingang an. Wir erhalten vom Artilleristen auf dem Dach des inneren Wachhauses laufend über Funk Berichte. Die Laster sind voller Männer von der Nationalgarde. Ein Oberst klettert aus der Kabine des vordersten Lasters. Im »Tank« gibt es Fernsehmonitoren. Sumner erkennt den Oberst. Er ist ein Adjudant von General Lacay. »Ein vernünftiger Kerl«, beschreibt ihn Sumner. Er nähert sich dem Eingang und verlangt über die Gegensprechanlage, hereingelassen zu werden. Die Soldaten bleiben auf dem Wagen. Sumner blickt mich fragend an. Ich nicke, und er weist den wachhabenden Marinesoldaten an, die kleine, ins Tor eingelassene Tür zu öffnen. Gemeinsam mit Gage gehen wir ihm entgegen.

Es ist gerade erst hell geworden, aber der Oberst trägt eine sehr dunkle Sonnenbrille. Er sieht damit irgendwie unglücklich aus. Sein Teint ist sehr dunkel, er verrät Mestizenblut, was bei höheren Offizieren der Nationalgarde selten ist. Er grüßt Sumner, dann wendet er sich an mich und sagt: »Exzellenz, der Revolutionsrat schickt mich, um Ihnen zu versichern, daß die Sicherheit der Amerikaner in San Carlo gewährleistet ist.«

Ich antworte kühl: »Zwei Mann unseres MAG-Personals wurden bereits ermordet.«

Er zuckt bedauernd die Schultern.

»Exzellenz, ich muß Ihnen leider mitteilen, daß zwei weitere Landsleute von Ihnen getötet wurden: Mr. Watson und Mr. Packaro – sie wurden von Arbeitern der Coca-Cola-Abfüllanlage gelyncht.«

Ich bin nicht überrascht. Beide waren Südtexaner und besaßen die Coke-Konzession für dieses Land. Zwei sehr rechtsstehende Kerle, die dauernd mit der hiesigen Gewerkschaft im Kriegszustand lagen, was mehrere Entführungs-

und Todesfälle zur Folge hatte. Ihre Ideologie war in Ordnung, aber ihre Methoden waren falsch. Ich kann kein Gefühl von Trauer aufbringen, mache mir aber große Sorgen wegen der Amerikaner in der Stadt.

»Teilen Sie General Lacay mit, daß ich ihn für dieses Verbrechen persönlich verantwortlich mache.«

Der Oberst nickt nachdrücklich. »Selbstverständlich, Exzellenz. Deshalb bin ich hier – von General Lacay persönlich geschickt. Die Situation ist im Augenblick – nun ja, instabil. Die Chamarristas sind etwas undiszipliniert und rachedurstig. General Lacay benötigt Zeit, um Ordnung zu schaffen. Inzwischen werden alle Amerikaner von unseren Einheiten zusammengeholt und zu Ihrem MAG-Gelände gebracht. Dort werden sie sich in Sicherheit befinden. Es wird von einem großen, disziplinierten Kontingent der Nationalgarde bewacht. Wir haben auch einige Leute Ihres Botschaftspersonals aufgelesen, die an einer Party an der Küste teilnahmen. Auch sie sind auf dem MAG-Gelände außer Gefahr.«

»Warum wurden sie nicht hierher gebracht?«

Er klopft mit seinem Offiziersstöckchen aus Ebenholz immerfort auf den Schaft seines blitzblanken Stiefels, sieht sich nervös um und erklärt: »Die Straße war gefährdet – und General Lacay macht sich über die Sicherheit hier Gedanken...«

Sumner unterbricht ihn. »Warum? Wir sind gut geschützt. Es wäre ein größerer Angriff erforderlich, um eine Bresche in die Mauer zu schlagen.«

Jetzt sieht der Oberst äußerst traurig aus. Er wendet sich direkt an Sumner. »Sie wissen, wie es ist. Bis wir die Chamarristas integriert haben, ist alles gefährlich. Jetzt befinden sich über fünftausend in der Stadt. Viele betrinken sich.«

Sumner macht eine verächtliche Handbewegung. »Aber sie besitzen nur leichte Waffen.«

Der Oberst klopft wieder nervös auf seinen Stiefel. »Nein. Sie haben das Arsenal der Präsidentengarde erobert. Sie verfügen über Granatwerfer, Feldgeschütze und Panzerabwehrraketen.«

Sumners Gesicht verfinstert sich. Er will etwas einwenden, als ich mich einmische. Mir behagt meine Rolle als unbeteiligter Zuhörer bei diesem Gespräch nicht.

»Kann Lacay sie nicht entwaffnen?«

»Noch nicht, Exzellenz. Da sind vorher noch viele Besprechungen mit Bermudez und den anderen Chamarrista-Führern erforderlich.«

Ich kann diesem Narren nicht glauben.

»Wollen Sie mir einreden, daß Lacay mit diesen Terroristen gemeinsame Sache gemacht hat, ohne ein festes Abkommen mit ihnen zu haben? Weiß er denn nicht, was sich jetzt abspielen wird?«

Er hebt sein Stöckchen, als wolle er meine Verachtung abwehren. »Exzellenz, General Lacay weiß genau, was er tut. Er und Bermudez stehen einander nahe wie Brüder. Zusammen haben sie San Carlo von dem verfluchten Vargas befreit. Jetzt wird es unserem Volk gutgehen.« Er macht eine umfassende Gebärde mit seinem Stöckchen. »Aber zumindest in den ersten Tagen besteht Gefahr für alle Amerikaner. Die Chamarristas hassen Sie, was durchaus verständlich ist. Sie machen Sie für die Dynastie Vargas verantwortlich. Viele von ihnen sind hitzköpfig und nur schwer unter Kontrolle zu halten, auch von ihren eigenen Führern. Der General ist besorgt. Er hat mich mit hundert Mann von der Garde hergeschickt, damit wir die Botschaft beschützen – bis Vorkehrungen für Ihre Repatriierung getroffen werden können.«

»Überaus freundlich von Ihnen«, meine ich sarkastisch. »Sie können sie außerhalb der Mauern postieren.«

Er schüttelt den Kopf. »Entschuldigen Sie, Exzellenz. Sie müssen innerhalb der Anlage aufgestellt werden. Nur dann können wir sicher sein, daß die Chamarristas Sie nicht belästigen werden. Sie werden es nie wagen, auf die Nationalgarde zu schießen. Sie brauchen uns unbedingt.«

Sumner schüttelt nachdrücklich den Kopf. »Ausgeschlossen, Oberst. Sie bleiben mit Ihren Leuten draußen.«

In diesem Augenblick hören wir einen fernen Knall. Sumner blickt in die Richtung, aus der er kam, und dann zum

Dach des Wachhauses. Kopf und Schultern von Cowder sind über den Sandsäcken sichtbar. Er hält einen Feldstecher an die Augen.

Sumner will ihn anrufen, als etwas laut explodiert. Ich spüre einen leichten Druck in den Ohren.

»Mörser!« schreit Cowder herunter. »Einschlag ungefähr dreihundert Meter entfernt auf der Santanda. Kam aus der Nähe des Stadions.«

Ich wende mich an Gage. »In den ›sicheren Hafen‹ – schnell. Sagen Sie ihnen, sie sollen sofort die Papiere verbrennen – und alle Frauen in den Keller schicken.«

Er rennt zum Amtsgebäude.

Der Oberst ist sehr aufgeregt. »Exzellenz! Wir müssen unbedingt das Botschaftsgelände betreten. Ich bitte Sie, Ihre Flagge herunterzuholen. Sie bringt sie in Wut. Wir müssen sie durch die unsere ersetzen.«

Der Gedanke ist absurd, und ich weise ihn mit einer zornigen Handbewegung zurück. Wieder ein Knall, und wir drehen uns alle um. Cowder ruft kurz: »Hundert Meter. Sie schießen sich ein. Gehen Sie lieber in Deckung.«

Wir verziehen uns rasch ins Wachhaus – an einem Marinesoldaten vorbei, der zwar ruhig, aber lächerlich jung aussieht.

Der Oberst packt mich jetzt am Arm. Ich rieche Knoblauch, als er drängt: »Denken Sie an die anderen. Die Frauen. Diese Fanatiker besitzen über ein Dutzend Granatwerfer – und Raketen, die Ihre Tore in die Luft jagen werden. Señor, wenn wir unsere Fahne hissen, werden sie das Feuer einstellen – und, Señor, wenn ich meinen Männern befehle, das Grundstück von außen zu verteidigen, bezweifle ich, daß sie es tun werden. Es tut mir leid, Señor, aber sie werden ihr Leben nicht für Amerikaner opfern.«

Sumner flucht leise, daß der Sicherheitsbunker nicht fertig ist. Das nützt uns auch nichts. Wieder eine Explosion, diesmal aus der entgegengesetzten Richtung. Sumner erklärt grimmig: »Sie haben uns in der Zange, kennen die Entfernung und können präzis in die Botschaft zielen.«

Ich versuche mir nichts anmerken zu lassen, während in

mir die Enttäuschung tobt. Der Oberst hält mich noch immer am Arm fest. Ich schüttle ihn heftig ab, dann zwinge ich mich nachzudenken. Es stimmt, wenn Bermudez Lacay gegen Cruz benötigt, kann er dessen Truppen nicht umbringen, ganz gleich, wie sehr er die Amerikaner haßt. Ich bin wütend, weil ich dazu gezwungen bin, entschließe ich mich aber zu einem Kompromiß. Sumner beobachtet mich scharf. Merkwürdig, die Erregung des Obersten ist abgeklungen. Er klopft wieder langsam mit dem Stöckchen auf seinen Stiefelschaft. Wenn ich nur durch diese Brille in seine Augen sehen könnte.

Ich erkläre förmlich: »Also gut, Oberst, Ihre Männer können das Gelände betreten. Ich werde das Sternenbanner einziehen, gestatte aber nicht, daß eine andere Fahne an seiner Stelle gehißt wird. Schicken Sie einen Offizier zu diesen Idioten, der ihnen befiehlt, das Schießen einzustellen, sonst müssen sie mit Maßnahmen meiner Regierung rechnen... Sumner, überwachen Sie die Verteilung seiner Leute!«

Sie verlassen rasch hintereinander das Wachhaus. Ich bleibe noch einen Augenblick allein und überdenke meine Entscheidung. Ich höre Befehle, dann das Knarren der riesigen Tore und das Anlassen von Motoren. Ich gehe zu dem Marinesoldaten neben der Tür und sehe zu, wie die Laster auf das Grundstück fahren. Durch die offenen Tore sehe ich einen khakifarbenen Stabswagen mit nur einem Fahrer am Lenkrad. Zwei unserer Sicherheitswachen beginnen die Tore zu schließen. Der Oberst spricht mit Sumner und Cowder. Sie sehen ihm erstaunt nach, als er kehrtmacht und rasch durch den sich schließenden Spalt zu dem Stabswagen marschiert. Verwirrt beobachte ich, wie Gardesoldaten vom Lastwagen springen; sie sind alle mit Maschinenpistolen bewaffnet. Die Explosionen haben aufgehört.

Plötzlich fügen sich die Züge wie am Ende einer verlorenen Schachpartie in meinem Kopf aneinander. Die Gardesoldaten verteilen sich in disziplinierten Gruppen mit erhobenen, schußbereiten Maschinenpistolen.

Es sind nur drei Mörsergranaten abgefeuert worden, nach

der dritten hat sich der Oberst entspannt. Er wußte, daß keine mehr nachkam. Sie haben seinen Argumenten nur Nachdruck verliehen. Cowder und Sumner sehen sich verwundert um. Neben mir flüstert der junge Marinesoldat: »Es stinkt, Sir! Sie haben PPD-Maschinenpistolen – russische. Die Nationalgarde ist mit unseren M3 ausgerüstet.«

Ich drehe mich um und blicke in die jungen, angsterfüllten Augen. Auch er hat eine Maschinenpistole. Einen vernünftigen, klaren und präzisen Augenblick lang möchte ich sie an mich nehmen und mir eine Kugel durch den Kopf jagen – durch mein unnützes, verkalktes, unfähiges Gehirn, das von einem halbgebildeten Halbblut ausgetrickst wurde. Ich empfinde weder Panik noch Zorn, sondern tiefe, brennende Demütigung.

Sumner und Cowder sind von Maschinenpistolen eingekreist. Sumner sieht mich bestürzt an. Die Gardesoldaten stehen schon auf den Dächern der Botschaft und der Kanzlei und haben unsere MG-Stellungen unter Kontrolle.

Plötzlich entsteht am Tor Lärm. Ein halbes Dutzend unserer Sicherheitswachen schieben es auf. Ein Befehl wird auf spanisch gegeben, und in meinen Ohren hallt der Klang der Kugeln wider, die von Stahl abprallen. Die Wächter brechen schreiend zusammen. Der Marinesoldat reißt mich neben sich zu Boden. Er hebt seine Waffe, doch ich halte sie fest. »Nein! Warten Sie!«

Sumner und Cowder haben sich zu Boden geworfen. Sie sind noch immer von Gewehren umgeben. Es herrscht Stille. Ich blicke wieder zum Tor. Sechs Leichen liegen verkrümmt auf dem Beton. Sie sind faszinierend. In meinem ganzen Leben habe ich noch nie Leichen gesehen. Jemand schreit. Ich wende den Blick ab. Es ist Cowder. Er liegt auf der Seite, die Hand auf dem Schaft seiner im Halfter steckenden Pistole, und auf seinem Gesicht zeigt sich eine Mischung aus Angst und noch etwas . . . ja, Entschlossenheit. Er blickt mich an, schreit wieder. »Sir! Kämpfen wir?«

Ich rufe sofort zurück: »Nein!«

Ich habe nicht einmal nachgedacht. Kein logischer Denkprozeß; in meinem Kopf herrscht Leere. Die Schachpartie ist verloren; warum die Figuren zerschlagen?

Ein Mann nähert sich dem Wachhaus. Er trägt auf den Schultern die Rangabzeichen eines Leutnants, ist sehr groß, kräftig und hat ein Boxergesicht. Er kommt mir irgendwie bekannt vor. Sein schwarzes Haar ist kurz geschnitten – sehr selten bei einem Mittelamerikaner. Er trägt eine Maschinenpistole lose in der linken Hand und grinst breit.

»Exzellenz« – er spricht den Titel überheblich aus – »befehlen Sie Ihren Marines und allen anderen, die Waffen niederzulegen, sonst werden Sie sterben.«

Meine Enttäuschung ist verschwunden. Ich empfinde nur eisigen Zorn.

»Sind Sie der Anführer dieser Killer?«

Er nickt gelassen.

»Dann protestiere ich im Namen meiner Regierung und der gesamten Menschheit und –«

»Halt das Maul, du Schwein!«

Der Marinesoldat neben mir erstarrt und beginnt sich zu erheben. Ich lege ihm die Hand auf die Schulter und drücke ihn hinunter. Dem Mann vor mir antworte ich: »Sie werden dafür büßen. Dafür wird meine Regierung sorgen!«

»Deine Faschistenregierung kann mich mal ...!« Sein Grinsen ist wie weggewischt. Er richtet die Waffe auf mich. Während ich in das kleine schwarze Loch starre, schreit er: »Gib den Befehl, du Schwein, oder ich schieße. Wie gern würde ich dich umlegen, ehrwürdige Exzellenz!«

Er wird nicht schießen, das weiß ich. Ich glaube es jedenfalls. Lebend bin ich eine Geisel. Tot bin ich eine Vergeltungsmaßnahme für diesen Abschaum und die übrigen. Aber er wird andere erschießen. Ich sehe Sumner an. Er sitzt auf dem Betonboden, hat die Arme um die Knie geschlungen und beobachtet mich. Ich nicke ihm zu.

»Oberst, nehmen Sie Cowder mit und sagen Sie ihnen, daß sie die Waffen niederlegen sollen.«

Er und Cowder rappeln sich auf und gehen, immer noch von Bewaffneten umringt, zur Kanzlei. Der junge Marinesoldat neben mir legt seine Waffe vorsichtig nieder und richtet sich auf. Er hat Tränen auf den Wangen. Ich bete, daß die Verbrennungsöfen funktioniert haben, daß alle Dokumente zu Asche geworden sind. Ich muß den Idioten vor mir weiter zum Sprechen bringen.

»Wer sind Sie?«

Er grinst wieder. Sein Gesicht ist mit Pockennarben bedeckt. Er verbeugt sich übertrieben. »Carlos Fombona.«

Ich erinnere mich an den Namen. Ich habe ihn in der letzten Woche und vor meiner Versetzung in Berichten oft gelesen. Er ist Leutnant bei Bermudez. Wegen seiner Grausamkeit bekannt.

»Ich weiß über Sie und Ihren schlechten Ruf Bescheid.«

Sein Lächeln wird breiter, er freut sich darüber, daß ich ihn kenne. Er legt die Waffe auf den Boden. Immer noch grinsend öffnet er seine Tarnjacke und zieht sie aus. Darunter trägt er ein weißes T-Shirt, das vorne ein roter, gezackter Blitz ziert. Darunter befindet sich ein Porträt von Lenin. Er öffnet den Reißverschluß seiner Tarnhose, steigt aus ihr heraus und steht in verschossenen Jeans da. Er ruft einen Befehl, und andere »Gardisten« legen ihre Uniformen ab. Sie tragen alle T-Shirts mit marxistischen Parolen.

Fombona hebt seine Maschinenpistole auf, tritt vor, stößt sie dem jungen Marinesoldaten gegen die Brust und befiehlt ihm, zu den Lastwagen zu gehen. Der Marinesoldat sieht mich an, und ich nicke. Als er an mir vorbeigeht, klopfe ich ihm auf die Schulter.

Fombona steht in meiner Nähe. Ich rieche das Kölnischwasser auf seiner Haut. Sogar Terroristen parfümieren sich mit dem verdammten Zeug. Er befördert die Waffe des Marinesoldaten mit einem Fußtritt ins Wachhaus, dann stößt er mir seine Waffe gegen die Brust. Mit freudig leuchtenden Augen erklärt er: »Ich habe weder mit Bermudez noch sonstwem etwas zu schaffen.« Wieder erscheint das grausame Grinsen auf seinem Gesicht. »Ich und meine Freunde handeln allein. Wir sind ...« – eine dramatische Pause – ...»militante Studenten.«

Er beugt sich vor, sein Gesicht ist nur ein paar Zentimeter von meinem entfernt.

Ich spüre Speichel auf meinem Gesicht, als er zischt: »Militante Studenten der Revolution.«

Ich lache spöttisch. »Klar. Vergessen Sie die Farce. Innerhalb von Stunden werden Sie und Ihre Truppen hinausgeworfen sein. Sind Sie wirklich so dumm? Sie glauben, daß meine Regierung diesen Gewaltakt ruhig hinnehmen wird? Sie glauben, daß wir nichts dazugelernt haben? Sie sind zweifellos verrückt.«

Er zuckt die Schultern. »Ich glaube nicht. Auch wir haben gelernt.«

Er dreht sich um, ruft einen Befehl, und einige »Studenten« springen auf einen Lastwagen. Sie kommen mit mehreren Paketen wieder. Einer von ihnen bringt Fombona ein Kleidungsstück, das aussieht wie eine schwere Flakjacke aus Segelleinen. Ein dünner schwarzer Draht, der aus der Jacke heraushängt, ist mit einer kleinen Plastikschachtel verbunden. Fombona nimmt das Kleidungsstück zufrieden entgegen. »Zieh das an.«

Ich schüttle den Kopf und sehe den grausamen Ausdruck in seinen Augen.

»Zieh es an, du Schwein, oder ich rufe ein paar Männer, damit sie dich dazu zwingen.«

Er wird die Drohung zweifellos wahrmachen, also drehe ich mich um, und er zieht mir die Jacke über die Arme und auf die Schultern hinauf. Sie ist schwer und riecht muffig. Vorne hängen mehrere Leinenbänder herunter. Er knüpft sie sorgfältig zusammen und zieht die Jacke um meinen Oberkörper fest.

»Keine Sorge, Exzellenz. Sie werden sich bald daran gewöhnen. Sie werden sie nämlich Tag und Nacht tragen.«

Er tritt zurück und reicht die an der schwarzen Schnur hängende kleine Schachtel dem »Studenten«. Der Draht ist etwa fünf Meter lang. Fombona zeigt auf die Jacke und erklärt: »Dieses Kleidungsstück ist mit drei Kilogramm plastischem Sprengstoff gefüllt. Der Draht ist mit einer Zündkapsel verbunden. Sie werden sie die ganze Zeit tragen. Wachend, schlafend – sogar wenn Sie scheißen. Jedes amerikanische Schwein auf diesem Gelände wird eine tragen.« Er zeigt auf den »Studenten«. »Pedro wird Ihnen nicht von der Seite weichen. Beim ersten Anzeichen eines faschistischen Befreiungsversuchs wird Pedro diesen Knopf drehen, und man wird keinen Quadratzentimeter von Ihnen oder einem anderen Amerikaner mehr vorfinden.«

Der Kerl ist verrückt! Wir sind siebenundzwanzig! Wenn sie uns in die Luft sprengen, gehen siebenundzwanzig »Studenten« mit ihnen hoch. Ich mache ihn scharf und mit Genugtuung darauf aufmerksam. Sein Gesicht ist sehr ernst. Er nickt feierlich. »Pedro ist bereit, für die Revolution zu sterben. Die sechsundzwanzig anderen ebenso. Sie haben sich freiwillig gemeldet. Wie Hunderte andere auch. Was sind siebenundzwanzig Mann, wenn Tausende bereits gestorben sind?«

Ich sehe Pedro an. Jung, mager ... fast ausgemergelt. Er hält die kleine Schachtel in der Hand, als wäre sie etwas Heiliges. Seine Augen glühen. Ich glaube es: Er wird sterben. Die Jacke fühlt sich schwer wie Blei an. Ich kann mir vorstellen, wie ich in diese glühenden Augen starren werde, während er den Knopf dreht, kann mir den Blitz vorstellen, der mich auslöscht.

Fombona studiert mein Gesicht. Er sieht darin, daß ich ihm glaube, und nickt befriedigt.

»Und nun, Exzellenz, müssen wir dafür sorgen, daß das Hauptschwein in seinem Schweinestall im Weißen Haus das ebenfalls begreift. Die Fotografen werden bald hier sein. Morgen werden Sie berühmt sein. Ihr Foto mit der schönen neuen Jacke, der Nabelschnur und Ihrem getreuen Begleiter wird in den Zeitungen der ganzen Welt zu sehen sein.«

Ich möchte ihn ankotzen. Wenn er grinst, werde ich mich nicht mehr zurückhalten. Er tut es nicht. Er sagt nachdenklich: »Sie werden das berühmteste Schwein auf der ganzen Welt sein.«

TAG EINS BIS NACHT ZWANZIG

JORGE

San Carlo – *1. Tag*

Ich beschließe, das Wachhaus zu benutzen. Es enthält einen Vorraum und ein Zimmer mit vier Schlafstellen, einer angrenzenden Toilette und einem Duschraum. Der Vorraum wurde bereits durchsucht, und der Fußboden ist mit Papieren übersät. Ich erteile Befehl, es zu säubern, und dann lasse ich ihn holen. Ich stelle zu beiden Seiten des Schreibtisches je einen Stuhl auf. Während ich warte, überdenke ich die beiden letzten Tage. Meine Erregung über die Ereignisse hat sich nicht gelegt. Im Lauf der Geschichte hat nichts das Gefühl oder den Verstand mehr erregen können als der gewaltsame Sturz eines Diktators. Es war, als würde man mitten in den ausgelassensten Karneval geraten. Als wir aus dem Flugzeug stiegen, herrschte auf dem Flughafen wilde Freude und Überschwang, Hände klammerten sich an uns, und unsere Gesichter waren von Hunderten von Küssen feucht. Die Leidenschaft übertrug sich auf mich, und sie ging später, im Hotel, in den Armen von Inez in Raserei über. Binnen Sekunden erlebte sie einen Orgasmus, und dann immer wieder. Sie hätte es die ganze Nacht getrieben, doch ich verließ sie, während sie enttäuscht Beschimpfungen gegen die ins Schloß fallende Tür schleuderte.

Ein Jeep und eine bewaffnete Begleitmannschaft warteten. Während wir durch die vor Menschen wimmelnden Straßen fuhren, liefen die Leute aus den Häusern, überschütteten uns mit Blumen und versuchten uns zu berühren. Die Revolutionäre hatten Blumen in die Läufe ihrer Gewehre gesteckt, aus fast jedem Fenster hingen rote Fahnen oder Stoffe. Frauen und Mädchen trugen rote Blumen im Haar. Als wir um eine Ecke bogen, wurde ein dickbäuchiger Mann aus einer Tür zu einem wartenden Lastwagen geschleppt. Die nackte Angst schrie aus seinem schweißnassen Gesicht.

»Wahrscheinlich von der ›Modelltruppe‹«, sagte mein Begleiter. »Vargas' bevorzugte Todesschwadron.«

»Was wird mit ihm geschehen?«

Er klopfte vielsagend auf seine Maschinenpistole. »Ein kurzer Prozeß vor dem Volksgericht, dann wird er an die Mauer gestellt. Wir werden ein paar hundert erschießen – so wie ihr es 59 gemacht habt.«

Das ist eine Ironie. Im Jahr 1959 war ich drei Jahre alt. Fidel hat später diese Hinrichtungen bedauert, aber damals waren sie gerechtfertigt; das Volk hat sie gefordert. Wir fuhren am Präsidentenpalais vorbei. Es war schwer beschädigt, die weiße Weihnachtskuchenfassade war mit den Pockennarben schwarzer Einschüsse übersät. Ich bemerkte zu meinem Begleiter: »Das mit Akne bedeckte Gesicht einer Nutte.«

Der Ausdruck gefiel ihm, er lachte und wiederholte ihn mehrmals. Dann erzählte er mir, daß er bei der Angriffstruppe gewesen sei. Über hundert Chamarristas waren gefallen. Sie hatten Vargas und seinen Bruder an den Kronleuchtern in seinem Büro aufgehängt. Kronleuchter, die aus Venedig importiert worden waren und Tausende von Dollars gekostet hatten! Es war vor zwei Nächten geschehen. Wahrscheinlich hingen sie noch dort. Ob ich sie sehen wollte?

»Was? Die Leichen oder die Kronleuchter?«

Er lachte erfreut und wiederholte dem Fahrer, was ich gesagt hatte. Ich war der Spaßvogel aus Kuba.

Aber ich war ungeduldig und trieb sie an. Bermudez hatte sein Hauptquartier in einem niedrigen Gebäude in der Nähe des Palastes aufgeschlagen. Es war von schwer bewaffneten Chamarristas umgeben. Ich bemerkte die Flakgeschütze auf dem Dach.

Ich wurde sofort in sein Büro geführt. Ein Dutzend Leute war bei ihm, und es folgten einige sehr ergreifende Minuten.

Er umarmte mich herzlich, und obwohl er schlank war, hatte ich das Gefühl, daß er meine Knochen zerdrückte. Dann küßte er mich innig auf beide Wangen. Ich bezweifle, daß Inez jemals so viel Leidenschaft entwickelt hat. Dann folgten alle seinem Beispiel, einschließlich einer stämmigen jungen Frau, die ich von Fotos als Maria Carranza, die rechte Hand von Bermudez, kannte. Sie hat ein rundes, einfaches Gesicht und auch runde, große Brüste. Aus ihrer Umarmung wechselte ich zu einem Mann, der beinahe eine Karikatur von Ché Guevara war. Ich schrak zusammen. War er vielleicht auferstanden? Doch dann erinnerte ich mich an ihn. Ein weiterer hoher Offizier von Bermudez, der in Kuba ausgebildet worden war. Er sprach sogar wie Ché.

Schließlich hielt Bermudez eine kurze, präzise berechnete Rede: Er wolle im Namen der Chamarristas, der Bevölkerung von San Carlo und aller freiheitsliebenden Menschen auf der Welt Fidel und dem kubanischen Volk für die kameradschaftliche Hilfe und Unterstützung der Revolution danken. Angesichts solch stählerner Solidarität zitterten alle Faschisten, Kapitalisten und Imperialisten vor Furcht. In unserer Hemisphäre seien Fidel und die große kubanische Revolution ein Fanal der Hoffnung, das Licht in der Dunkelheit, Glaube in der Verzweiflung, Angst in den Diktaturen verbreite. Wenn Juan Chamarrista der Vater dieser Revolution sei, dann sei Fidel ihr Onkel. Jeder Kubaner sei ein Bruder ... ein Blutsbruder. Sobald das Land befriedet sei, würde er selbst nach Kuba reisen und dies Fidel und dem kubanischen Volk mitteilen.

Das übliche Zeug, doch als ich mich in dem Raum umsah, bemerkte ich, daß sie ihn wie gebannt anstarrten. Er hat es. Kein Zweifel, er besitzt die *Essenz*. Dieser fast verwahrlost wirkende kleine Rebell ist ein Sänger, der seine Zuhörer zum Echo werden läßt. Ich bin dafür taub, aber die anderen hielt er in der Hand. Sie glaubten ihm, weil er sie glauben machte. Ich sah sogar, daß seine Augen hinter den dicken Brillengläsern feucht schimmerten.

Ich gab ein paar entsprechende Geräusche von mir, war

aber ungeduldig, und er erkannte es. Mit Ausnahme von Maria wies er die anderen hinaus, und wir kamen zur Sache.

Er hatte soeben über Managua einige internationale Zeitungen erhalten und breitete sie wie ein Zauberer auf dem Tisch aus. Auf den Titelseiten brachten alle Fotos von den Geiseln zusammen mit ihren »Selbstmord«-Begleitern und den Bewachern, den »militanten Studenten«. Es gab Schilderungen von der Besetzung der Botschaft und eine detaillierte Liste der Forderungen der »Studenten«. Ebenso eine schön formulierte Erklärung vom Revolutionsrat der Chamarristas, in der er jede Verantwortung ablehnt. Sie haben die Vorgänge nicht beeinflussen können. Sie tun alles, was in ihrer Macht steht, um die »Studenten« zur Vernunft zu bringen, aber ihre erste Sorge gelte der Sicherheit der Geiseln. Wenn jemand den Versuch unternehmen sollte, die Botschaft im Sturm zu nehmen, würden die Geisel sofort in die Luft gesprengt werden. Inzwischen würden während der Verhandlungen als humanitäre Geste täglich Medikamente und frische Lebensmittel zur Botschaft gebracht werden.

Als ich aufblickte, merkte ich, daß Bermudez mich mit erwartungsvollem Lächeln beobachtete, und sagte: »Ich habe Fidel erklärt, daß Sie verrückt sind. Ihnen erkläre ich das gleiche. Also gut, Sie haben sie. Aber die Stimmung in den USA ist jetzt anders. Sie werden nicht monatelang untätig auf dem Hintern sitzen, empört schreien und nichts unternehmen.«

Das Lächeln auf seinem Gesicht erstarb. »Das kümmert mich keinen Deut. Was immer wir tun, sie werden eingreifen. Sie können San Carlo nicht zum nächsten Dominostein werden lassen. Was tut eine Katze, wenn sie von einem großen Hund in die Enge getrieben wird? Sie geht auf seine Augen los! Kratzt ihm die Augen aus! Das habe ich getan. Der einzig mögliche Weg – angreifen!«

Er besitzt zweifellos die *Essenz*. Maria hat ihm bewundernd mit der Hand über den Ärmel gestrichen. Vielleicht hat er recht. Mir ist es wirklich egal.

Er sagte: »Jeden Morgen und Abend wird ein geschlossener

Lastwagen mit Vorräten hineingefahren. Sie werden ihn begleiten. Fombona hat den Befehl, hundertprozentig mit Ihnen zu kooperieren. Wenn Sie Schwierigkeiten haben, wenden Sie sich direkt an mich.«

Ich nickte. »Ich fange morgen an. Heute möchte ich alle befragen, die jemals in der Botschaft gearbeitet haben. Dienstboten – wen auch immer. Besonders wenn sie persönlichen Kontakt mit dem Botschafter hatten.«

Ich betrachtete die Fotos. Die hohe, schlanke aristokratische Gestalt von Jason Peabody. Auf seinem Gesicht lag ein Ausdruck der äußersten Verachtung, gepaart mit einem unglaublichen Hochmut. Jetzt drehe ich mich beim Geräusch der Tür um und blicke in genau das Gesicht mit demselben Ausdruck.

PEABODY

San Carlo – *1. Tag*

Im Raum befindet sich ein Hippie. Ich blicke mich um. Niemand sonst. Er sitzt lässig in einem Stuhl hinter dem Schreibtisch, hat ein Bein über die Armlehne gelegt und läßt es baumeln. Er trägt verschossene, ausgefranste Jeans und ein schwarzes T-Shirt. Sein rotblondes, leicht gewelltes Haar fällt fast bis auf seine Schultern herab. Vor ihm auf dem Tisch liegen eine Zeitung sowie ein Stoß Akten in schwarzen Mappen. Der Trottel Fombona stößt mich von hinten, und ich stolpere in den Raum. Ich spüre einen Ruck am Draht, und dann steht der kleine Selbstmord-Knilch neben mir. Der Hippie mustert mich, dann befiehlt er Fombona: »Nimm ihm die Jacke ab und schick den Jungen weg.«

Fombona geht mit seiner Maschinenpistole an mir vorbei. Ich habe ihn nie ohne Waffe gesehen. Er schüttelt nachdrücklich den Kopf.

»Nein. Er trägt sie jede Sekunde – wie die anderen.«

Der Hippie seufzt, schwingt sein Bein auf den Boden, steht auf und streckt sich träge, dann geht er um den Tisch herum.

Er trägt Cowboystiefel! Ich bin müde. Ich habe in den letzten drei Nächten kaum geschlafen. Ist das alles eine Halluzination?

Ich beobachte, wie die Stiefel näher kommen. Sie sind auf Hochglanz poliert und ihre Schäfte kunstvoll bestickt. Jetzt stehen sie vor mir, und ich hebe den Kopf. Mit den Stiefeln ist er fast so groß wie ich. Seine Augen sind blau. Es ist ein junges Gesicht – nein, ein altes ... jung und alt zugleich. Er beginnt die Bänder zu lösen, die die Jacke zusammenhalten. Ich blicke Fombona an. Er sieht erstaunt zu und knurrt: »Laß ihn in Ruhe. Du kannst mit ihm reden. Sonst nichts.«

Ohne Fombona zu beachten, knüpft der Hippie die Bänder weiter auf. Fombonas Gesicht verzieht sich vor Wut. Ich beobachte, wie er die Maschinenpistole hebt und sehr überlegt entsichert. Ich habe das Geräusch der Sicherungsflügel noch in den Ohren, die Mündung ist auf den Rücken des Hippies gerichtet.

Er lächelt, dann verblüfft er mich. In tadellosem Englisch mit britischem Akzent sagt er im Plauderton: »Wer die Rute spart, verzieht das Kind. Das Problem bei allen Studenten, ob militant oder nicht, ist der beruflich bedingte Mangel an Disziplin.«

Es muß eine Halluzination sein. Ich werfe dem Knilch einen Blick zu. Seine ängstlich aufgerissenen Augen fixieren abwechselnd den Hippie und Fombonas Waffe. Er hält die Schachtel mit der Zündkapsel krampfhaft in der schweißnassen rechten Hand. Der Hippie greift mit beiden Händen nach vorn. Sein Gesicht ist dem meinen sehr nahe. Irrationalerweise stelle ich fest, daß er kein Kölnischwasser benützt. Ich fühle, wie das Gewicht der Jacke von meinen Schultern genommen wird, strecke die Arme nach hinten aus, und sie gleitet herunter. Der Hippie reicht sie dem Jungen, klopft ihm auf die Schulter und sagt leise auf spanisch: »Da, Kleiner. Genieße noch einen Tag, einen Sonnenuntergang, ein Mädchen.«

Er dreht den Jungen um und schiebt ihn sanft zur Tür hinaus, dann geht er, ohne auch nur einen Blick auf Fombona oder seine Waffe zu werfen, rasch zum Schreibtisch zurück, und seine Stiefel klappern komisch über den Betonboden.

Fombonas Wut hat zugenommen. Er zittert. Er richtet die Mündung auf den Hippie und tritt zwei Schritte vor. Der Hippie scheint die Zeitung zu lesen. Dann blickt er mich direkt an. Er zeigt auf den Stuhl vor mir.

»Würden Sie bitte Platz nehmen, Exzellenz. Wir haben viel zu besprechen, und unsere Zeit ist vielleicht beschränkt.«

Es herrscht Stille – beinahe. Ich höre Fombona vor Wut heftig atmen. Ich spüre, wie sein Zorn den absoluten Höhepunkt erreicht. Ich bin sicher, daß er im nächsten Augenblick schießen wird. Ich blicke in die Augen des Hippies, versuche ein Anzeichen von Angst zu erkennen. Es gibt keines. Sie erwidern meinen Blick träge und gleichgültig. Plötzlich begreife ich, daß das Leben dieses Mannes in meinen Händen liegt. Ich gehe langsam, aber entschlossen an dem Gewehrlauf vorbei. Ich habe das Gefühl, mich auf Eis zu bewegen. Der Hippie lächelt und spricht über meine Schulter hinweg: »Genosse, während der unbequemen Fahrt in dem Lieferwagen habe ich einige Säcke Ihres wunderbaren San-Carlo-Kaffees bemerkt. Bitte lassen Sie zwei Tassen hierher schicken ... sehr stark. Und dann in einer Stunde wieder.«

Er kennt die Mentalität des Mannes nicht. Er ist zu weit gegangen. Gestern hat Fombona einen seiner Leute wegen eines geringen Vergehens halbtot geschlagen. Es bereitete ihm sichtlich Vergnügen. Ich kann mir vorstellen, wie sein Finger jetzt am Druckpunkt liegt. Mein Rücken schmerzt. Ich möchte mich nur ein wenig bewegen, aber ich bleibe steif sitzen. Es herrscht vollkommene Stille. Anscheinend hat Fombona aufgehört zu atmen.

Sekunden vergehen, oder Minuten. Meine Nerven vibrieren, als ein Stiefel scharrt, dann wieder, als rasche Schritte ertönen und eine Tür zufällt. Ich will mit einem großen Seufzer der Erleichterung ausatmen, verzichte aber darauf. Ich stoße die Luft sehr langsam und lautlos durch die Nasenlöcher aus. Ich will meine Erleichterung nicht zeigen. Ich schlage das rechte Bein über das linke und ziehe meine Bügelfalten zurecht. Der Hippie bemerkt es und lächelt.

»Ich habe gelernt, daß man mit solchen Leuten nie streiten soll. Eine Debatte gibt ihnen das falsche Gefühl, daß sie wichtig sind.«

Ich freue mich. Es ist mir gelungen, das Zittern meiner Finger zu beherrschen. Ich sage beiläufig: »Wenn ich mich nicht hingesetzt hätte, hätte er Sie erschossen.«

»Das ist sehr wahrscheinlich.«

Darauf weiß ich nichts zu sagen. Wieder habe ich das Gefühl, von Wahnvorstellungen umgeben zu sein. Er war dem Tode nahe und weiß es. Ich glaube, er genießt es sogar. Diese Art Gefühlsregung ist mir fremd.

Die Stille nimmt zu, während wir einander ansehen, und dann stellt er sich vor: »Ich heiße Jorge Calderon.«

Er sagt es so, als müßte ich den Namen kennen. Wie jemand sagen würde: »Ich heiße Winston Churchill oder George Washington oder Albert Einstein oder Karl Marx ...« In meinem Gehirn explodiert etwas, und mir wird klar, daß ich ihn tatsächlich kenne.

Hat mein Gesicht den Schock erkennen lassen? Hoffentlich nicht. Ich blicke ihn einfach an. Er wartet. Ich warte. Ich ziehe eine Braue hoch, freue mich über diese Fähigkeit. Er zuckt die Schultern und sagt: »Ich bin vom —«

Ich habe einen kleinen, aber äußerst befriedigenden Sieg davongetragen und unterbreche ihn. »Vom kubanischen Direktorium des Geheimdienstes. Jorge Calderon — der aufgehende Stern —, eines der Wunderkinder.«

Er lehnt sich lächelnd zurück. Ich bin immer noch erstaunt. Als Kenner von Kuba vor und nach Castro bin ich mit der Führungsschicht ihrer Regierung gut vertraut. Ich erinnere mich deutlich an ein Treffen vor wenigen Wochen. Jameson, der führende CIA-Mann für Kuba, sprach eingehend über Jorge Calderon. Unter Dreißig — er sieht viel älter aus, offenbar Folge seines ausschweifenden Lebens —, einer von der neuen Führungsgarnitur, die Castro herangeholt hat, um seiner verdammten Revolution eine Blutauffrischung zu verschaffen. Man sollte meinen, der Idiot hätte von Mao und seinen Roten Garden etwas gelernt. Aber ich weiß, daß der Mann vor mir sowohl brillant als auch gefährlich ist. Ein intellektueller Revolutionär; die schlimmste Sorte. Sein Vater war Spanier, ein reicher Maler. Seine Mutter eine Schottin. Der Vater verließ Kuba kurz nach der Revolution. Mutter und Kind blieben. Calderon studierte Jura, trat direkt in den Geheimdienst ein und wurde ein glänzender Analytiker und Vernehmungsexperte. Jameson beschrieb ihn als zynisch und unkonventionell – und als Marxist mit der ganzen Inbrunst eines Bekehrten. Er sieht verdammt nicht danach aus. Er hätte direkt von der Universität in L. A. kommen können. Was treibt er hier?

Er schiebt mir die Zeitung über den Tisch zu. Es ist die *Herald Tribune* von gestern. Ich erblicke mein Gesicht. Der Ausdruck gefällt mir. Ich lese den Artikel rasch durch. Ohne es zu wollen, rutschen mir die Worte heraus. »Die sind verrückt!«

»Da stimme ich Ihnen zu.«

Ich blicke auf. Sein Gesicht ist ernst.

»Aber Ihre Anwesenheit in San Carlo beweist, daß Ihre sich stets in alles einmischende Regierung dahintersteckt.«

»Falsch. Meine Anwesenheit hier hat mit der Chamarrista-Revolution oder mit Ihrer Botschaft nicht das geringste zu tun.«

»Womit denn?«

Er winkt ab. »Wir kommen noch darauf zurück.« Er zeigt auf die Zeitung. »Was glauben Sie, werden Ihre Landsleute unternehmen?«

Er ist unverschämt. Er erwartet tatsächlich von mir, daß ich meine professionelle Meinung äußere, damit er sie sofort an Bermudez weitergeben kann. »Sie haben verschiedene Möglichkeiten, die für Ihre Freunde hier alle insgesamt unangenehm sein werden –«, sage ich.

Er zuckt vage die Schultern und zieht die Zeitung wieder zu sich, liest einen Augenblick und meint dann: »Zweieinhalb Milliarden Dollar ist doch keine unbillige Forderung. Schließlich wird Ihr Haushaltsdefizit dieses Jahr hundertmal höher liegen.«

»Es ist Erpressung.«

»Stimmt.« Er lächelt leicht und fährt sich mit der Hand durchs Haar. Es ist eine Angewohnheit, die ich ein paarmal bei ihm beobachtet habe. »Aber nur was die Form der Bitte ... oder wenn Sie wollen, der Forderung betrifft. Sie ist begründet. Moralisch gesehen schuldet Ihre Regierung ihnen das Geld.«

»Unsinn.«

Er tippt auf den Artikel. »Drei US-Gesellschaften, Andana, General Metals und Universal Foods haben in den letzten fünfzig Jahren dieses Land mit der aktiven Beihilfe wechselnder US-Regierungen ausgeplündert, wie sie andere Länder in der Gegend ausgeplündert haben. Wenn Universal Foods einen anständigen Preis für ihre halbe Million Morgen erstklassiges Land bezahlt hätten, und wenn Andana und General Metals für ihre Erze gerechte Gewinnanteile bezahlt hätten, wären dem Staat San Carlo mindestens drei Milliarden Dollar zugeflossen. Bermudez ist großzügig – er gewährt eine halbe Milliarde Skonto. Schließlich sind die meisten dieser Erzvorkommen jetzt erschöpft ... und Bananen bringen nicht mehr so viel ein wie früher.«

Habe ich nicht erst vor drei Nächten gelesen, wie Henri Weber die gleichen unsinnigen Argumente vorbrachte? Ich entgegne kühl: »Ich brauche keine Lektion über die Geschichte Mittelamerikas. Jedenfalls wird Bermudez von meiner Regierung keinen Cent erhalten.«

»Er erwartet es auch nicht.«

»Was?«

Er grinst. »Zumindest nicht direkt, und er erwartet nicht zweieinhalb Milliarden Dollar. Er wird sich mit einer Milliarde zufriedengeben.«

Ich bin gegen meinen Willen interessiert. Zweifellos hat sich dieser Mann vor kurzem mit Bermudez beraten.

»Und?«

»Bermudez ist Realist – und Marxist. Selbst dann, wenn

er das Land in der Hand behält, steht er vor einer Katastrophe. Er ist bankrott. Seine Hauptaktiva, die Eisen- und Bauxitlager, sind beinahe erschöpft. Das Land ist überbevölkert, hat eines der niedrigsten Pro-Kopf-Einkommen der Welt. Woher wird er Geld bekommen? Von der Weltbank? Sie wird von Ihrer Regierung kontrolliert. Ebenso die meisten anderen internationalen Hilfsorganisationen. Er hat das Beispiel Kubas und Nicaraguas vor Augen. Wegen ihrer Ideologien haben sie in der Vergangenheit nichts bekommen und haben auch in Zukunft keine Aussichten.«

Er soll brillant sein – aber er redet Unsinn. Ich bin außerstande, den Hohn in meiner Stimme zu unterdrücken.

»Wenn er überlebt, hat er keinerlei Aussichten, jemals Finanzhilfe zu erhalten. Die westliche Welt gibt Entführern kein Geld.«

Er lacht gutmütig. »Es sei denn, es handle sich um Faschisten. Aber sehen Sie, Peabody, Bermudez erwartet, daß er Hilfe bekommt – mindestens eine Milliarde Dollar.«

»Von wo – aus Rußland? Er träumt wohl.«

»Nein, von der Weltbank. Der Europäischen Gemeinschaft. Japan und so weiter.«

»Er ist total übergeschnappt. Und Sie auch.«

»Ich bin nicht verrückt. Er vielleicht. Aber er hat einen Plan. Selbstverständlich sind die ›militanten Studenten‹ eine Farce. Jeder weiß das, aber manchmal sind Farcen notwendig. Die ›Studenten‹ verlangen zweieinhalb Milliarden Dollar Wiedergutmachung für die bisherige wirtschaftliche Ausplünderung ihres Landes durch die USA. Bermudez weiß, daß diese Summe nie bezahlt werden wird. Inzwischen ergibt sich eine Pattstellung. Die ›Studenten‹ haben anschaulich dargestellt, was mit Ihnen und den anderen Amerikanern in der Botschaft geschieht, falls eine Befreiungsaktion gestartet wird. Übrigens, einer Ihrer Flugzeugträger, die *Nimitz*, ist bereits am Horizont aufgetaucht. Aber es ist ein typischer Fall von Möchten und Nicht-Können.«

Diese Nachricht erfüllt mich mit Hoffnung, und ich sage: »Vielleicht sieht es unser Präsident anders.«

Wieder fährt er sich mit der Hand durch das Haar. »Ich hoffe für Sie, daß es der Fall ist. Nehmen Sie also eine Pattstellung als gegeben an. Die Nordamerikaner mögen kein Patt. Sie werden auf Aktion drängen. Ihr Präsident befindet sich in der Klemme.« Er lächelt. »Es ist ein schöner Zufall: Einer Ihrer sogenannten Botschaftsmitglieder ist Arnold Tessler. Wir wissen, daß er zur CIA gehört. Und sein Vater ist ausgerechnet Präsident der Andana Corporation. Er ist auch eine der Kräfte hinter Ihrem Präsidenten. Seine Millionen verhalfen dem Präsidenten dazu, gewählt zu werden.« Er zeigt auf die Fotos, auf die Reihe der Geiseln und lächelt zynisch. »Nun sieht Papa Tessler, daß sein lieber Junge in Sprengstoff verpackt ist und daß sich ein verrückter Fanatiker neben ihm danach sehnt, auf den Knopf zu drücken. Er wird seinen Freund, den Präsidenten, veranlassen, ein bißchen vorsichtig vorzugehen, und der Präsident wird auf ihn hören müssen. Ich glaube nicht, daß die Marines im Begriff stehen zu landen.«

Er beobachtet mich und wartet auf meine Reaktion. Was er sagt, ist nicht von der Hand zu weisen, aber ich werde ihm nicht die Genugtuung verschaffen, es zu bestätigen. Ich schweige weiterhin, und er zuckt die Schultern und fährt fort: »Bermudez wird also nach einiger Zeit über Dritte eine Lösung vorschlagen. Er wird durchsickern lassen, daß die ›Studenten‹ die Geiseln freigeben werden, falls ein internationales Hilfsprogramm in Höhe von einer Milliarde Dollar über, na sagen wir, fünf Jahre aufgestellt wird. Der Vorschlag könnte von überallher kommen, sogar vom Roten Kreuz. Es liegt auf der Hand, daß die USA, aus Stolz und politischen Erwägungen heraus, keinen einzigen Cent dazu beitragen können. Aber diese Transaktion läßt sich natürlich arrangieren. Sie werden alles oder den größten Teil davon einbringen.«

Wieder wartet er auf meine Äußerung. Ich bin versucht, aber entschlossen, ihm nicht zu verraten, was ich denke. Ich muß es nicht tun. Er sagt es mir genau.

»Sie kennen Ihren Präsidenten. Sie wissen, daß er dabei nicht mitmachen wird. Er wird es zuerst mit Drohungen versuchen und dann Druck von dritter Seite ausüben, und schließlich, eher nach Wochen als nach Monaten, wird er einen Befreiungsversuch und gleichzeitig die Invasion anordnen.«

Er hat vollkommen recht. Der Präsident wird verzweifelt ringen und versuchen, allem ein moralisches Mäntelchen umzuhängen, und seine Porzellanpuppe von Frau wird dabei seinen Arm streicheln, ihm bewundernd in die Augen blicken und flöten: »Liebster, was immer du unternimmst, du wirst wissen, daß es richtig ist. Das Land wird wissen, daß es richtig ist. Liebster, Gott selbst wird wissen, daß es richtig ist!« Er wird schweren Herzens den Befehl erteilen und sich dann ruhig schlafen legen. Was tut also dieser langhaarige Kommunist hier, wenn er die Antworten ohnehin schon kennt? Ich frage ihn.

»Wozu das lange Gerede? Sie haben doch nichts damit zu tun.«

»Habe ich auch nicht. Ich gestatte mir nur, neugierig zu sein. Ich wünsche Bermudez alles Gute, aber er hat den Fehler begangen, Sie und Ihre Leute als Geiseln zu nehmen. Doch der Fehler kommt Kuba zugute.«

Er schiebt die Zeitung weg und legt einen schwarzen Ordner vor sich hin. Er will ihn gerade aufschlagen, als es an die Tür klopft. Auf sein »Herein« geht die Tür auf, und ich rieche kräftiges Kaffee-Aroma. Ich erkenne den jungen Mann, der das Tablett trägt. Er ist ein Mestize, der in der Küche einfache Arbeiten verrichtet hat. Anscheinend sind die »Studenten« zu faul, um selbst für sich zu kochen, und haben einige Angehörige des hiesigen Personals behalten – oder, was wahrscheinlicher ist, ebenfalls gefangengesetzt. Der junge Mann ist nervös und sieht mich nicht an. Nachdem er gegangen ist, schenkt Calderon den Kaffee ein und macht eine kleine Zeremonie daraus. Ohne mich zu fragen, gibt er drei Stück Zucker und ein wenig Milch in meine Tasse.

»Soviel ich weiß, mögen Sie ihn so.«

»Wieso wissen Sie das?«

Er trinkt einen Schluck.

»Ich habe viel über Ihre persönlichen Gewohnheiten herausgefunden.«

»Warum?«

»Weil ich viel Zeit mit Ihnen verbringen werde.«

»Warum?«

Er klopft auf den Ordner und lächelt sehr freundlich. »Sie werden mir etwas über die ›Operation Cobra‹ erzählen, Exzellenz.«

JORGE

San Carlo – *1. Tag*

Es wird einige Zeit dauern. Ich hasse diesen Mann; was er ist, was er repräsentiert. Ein elegantes, eingebildetes Skalpell, das Millionen Menschen ins Fleisch schneidet, ganzen Nationen und Völkern unter Mißbrauch des Begriffs Demokratie das Blut aussaugt. Ich hasse ihn samt seinem modischen Anzug, der tadellos geknüpften Krawatte und dem gepflegten Haar. Er ist seit drei Tagen an den Jungen gefesselt, aber er sieht so aus, als käme er direkt aus einem Frisiersalon. Hier ist es heiß wie in einem Backofen, und er sitzt ohne einen Anflug von Schweiß in seinem Anzug mit Weste da. Ich verabscheue ihn, aber er wird schwierig sein. Er hatte während des Auftritts mit Fombona wahrscheinlich Angst, aber er hat es nicht gezeigt. Er hat sich an meinen Namen erinnert und was mit ihm zusammenhängt, doch auf seinem Gesicht hat sich keine Regung gezeigt, er hat nur arrogant eine Braue hochgezogen. Dieser Punkt geht an ihn. Wenn ich jetzt die »Operation Cobra« erwähne, sieht er mich nur höflich erstaunt an. Er ist sehr gut. Würde ich mit ihm eine Partie Poker um tausend Dollar spielen, würde ich gewinnen, aber es würde vielleicht eine Woche dauern. Ich muß behutsam und sehr vorsichtig vorgehen; ich denke daran, was ich zu Cruz gesagt habe, als er die Sache mit Cubelas verpfuschte. »Ein Verhör ist eine Verführung, und wie die Verführung eine Kunstform.« Der Verhörte muß mit großer Geduld vorbereitet und in den richtigen Zustand gebracht werden. Sein Gehirn muß desorientiert werden, die Sinne verwirrt, die Gefühle müssen ein Labyrinth durchlaufen. Erst dann kann das wirkliche Verhör beginnen. Ich erinnere mich an den russischen Instruktor Kubalow, ist es erst sechs Jahre her? Der ganze Unsinn mit den Drogen. Aus dem Verhörten wird ein brabbelnder Halbaffe, aus dem man nur Affengeschnatter herausbekommt. Es ist eine Entweihung der Kunst, als würde man einem Mädchen in einem Getränk K.O.-Tropfen verabreichen und dann ihren schlaffen Körper bumsen. Keine Befriedigung, keine Kunst. Ein Verhör ist ein langes Fechtduell. Eine Schwachstelle suchen. Sie erkennen, wenn sie da ist. Ein plötzlicher Ausfall, und der Gegner ist durchbohrt und flattert wie ein aufgespießter Schmetterling. Die Kunst besteht vor allem in der Osmose der Übertragung. Man erfaßt die Denkvorgänge des Verhörten, seine geistigen Stärken und Schwächen, seine Ängste, Begierden und Eitelkeiten. Du mußt ihn besser kennen als deine Mutter, dein Kind oder deine Geliebte. Dein Wissen ist seine Schwäche. Wenn du schließlich die Schwäche aufgedeckt hast, mußt du die Stärke sein, von der er sich angezogen fühlt. Wenn der Verhörte endlich spricht, muß er dabei vor Erleichterung weinen; und du weißt, du bist im Besitz der Wahrheit.

Ich brauche von diesem Peabody einen Namen. In einer Verschwörung führt ein Name zu allen anderen. Er kennt alle Namen, aber er wird schwierig sein. Die Akte vor mir enthält eine einzige echte Waffe. Es ist die Waffe, mit der man ihn brechen kann, aber sie muß im genau richtigen Moment eingesetzt werden. Zu früh, und die Wunde ist nicht schwer genug. Zu spät, und sie könnte tödlich sein. Er muß auf die Wunde vorbereitet werden, wie ein Patient auf eine Operation.

Während mir diese Gedanken durch den Kopf gehen, habe ich sein Gesicht beobachtet. Der Ausdruck leichter, sorgloser Verwunderung liegt darauf. Das Gesicht ist wie seine Kleidung – alles in Ordnung. Glatte Wangen, gepflegte Augenbrauen, braune Augen mit symmetrischen Fältchen an jedem äußeren Augenwinkel. Eine vollkommen gerade, lange Nase, die sicherlich nie gebrochen wurde. Schmale, jetzt leicht geöffnete Lippen, die blendend weiße, regelmäßige Zähne erkennen lassen. Ein breites Kinn mit einem Grübchen. Sein dunkles Haar ist kurz geschnitten, graumeliert und sorgfältig glatt nach hinten gekämmt. Er ist dreiundsechzig, sieht aber zehn Jahre jünger aus. Frauen finden ihn sicherlich anziehend. Sein normaler Gesichtsausdruck ist arrogant und herablassend, aber das Gesicht spiegelt seine Selbstsicherheit, Stärke und Intelligenz wider. Er besitzt den Hochmut der Intelligenz und die Würde der Position, zu der sie ihm im Leben verholfen hat. Ich muß die Würde untergraben, und der Hochmut wird mit ihr zusammenbrechen.

Wie jede Kunstform erfordert ein Verhör eine Eingebung. Plötzlich, unerwartet blitzt sie in mir auf. Ich sehe den Weg, der zu dem Punkt führt, an dem ich meine einzige Waffe einsetzen kann. Ich spüre die warme Durchflutung meiner Sinne, die im Augenblick der Eingebung einsetzt. Einen Moment lang genieße ich meine Intelligenz, dann ziehe ich das Element der Zeit in Betracht. Mir steht kein unbegrenzter Zeitraum zur Verfügung, aber bei diesem Mann wäre es verhängnisvoll, etwas zu überstürzen. Ich gebe mir im Geist zwanzig Tage. Mehr wäre mir lieber, und vielleicht bekomme ich diese Frist zugestanden. Vielleicht bekomme ich weniger, aber ich werde mich und Peabody auf zwanzig Tage einstellen.

Ich schlage den Ordner vor mir auf und beginne. »Wir sind beide intelligente Menschen. Ich weiß viel über Sie und nehme an, daß Sie über mich informiert sind. Ich bin im Vorteil. Ich studiere Ihre Akte seit vielen Tagen.«

Er zuckt mit gespielter Gleichgültigkeit die Schultern, greift nach seiner Tasse und trinkt einen kleinen Schluck. Meine Stimme wird härter. »›Operation Cobra‹ ist ein weiterer Versuch Ihrer Regierung, die meine zu destabilisieren. Die von der CIA gegen uns aufgezogenen Operationen zählen an die zwanzig. Sie sind alle fehlgeschlagen, und so wird es auch dieser ergehen.« Ich klopfe nachdrücklich auf den Ordner. »Sie waren der führende Experte des Außenministeriums für

Kuba. Diese CIA-Operation ist der größte Aggressionsakt gegen Kuba seit der Schweinebucht. Bestimmt hat man sich eingehend mit Ihnen darüber beraten.«

Er antwortet gelangweilt: »Ich bin ein Beamter des Außenministeriums. Ich habe mit der CIA nichts zu tun.«

Ich blättere zwei Seiten der Akte um und lese: »Am 28. November nahm er den Lunch mit Kirk Jameson im Metropolitan Club ein.«

Ich blicke auf. Sein Gesicht ist teilnahmslos. Mein Ton wird noch härter. »Erstes Faktum: Jameson leitet die Kuba-Abteilung der CIA. Zweites Faktum: In den sieben Monaten vor Ihrer Ernennung zum Botschafter waren Sie Berater dieser Abteilung für kubanische Angelegenheiten, besonders im Zusammenhang mit Regierungsstruktur und -persönlichkeiten.« Ich blättere weiter. »In den letzten drei Monaten haben Sie mindestens einem Dutzend Besprechungen in Langley beigewohnt. Sie haben dort mehr Zeit verbracht als in Ihrem Büro im Außenministerium.« Habe ich etwas in seinen Augen bemerkt? Ein unbewußtes Zucken. Ich setze nach. »Peabody, wir unterschätzen die CIA nie, obwohl wir nach ihren letzten Leistungen guten Grund dazu hätten. Aber Sie unterschätzen uns. Ich verrate Ihnen unumwunden, daß achtzig Prozent unseres Budgets in unsere USA-Abteilung fließen. Zusätzlich versorgt uns das KGB mit einer großen Menge an Informationen im Zusammenhang mit Kuba. Ich weiß über Ihre Rolle in den letzten Monaten, Ihre Verbindung mit der CIA und der ›Operation Cobra‹ genau Bescheid. Sie sind intelligent. Leugnen ist sinnlos.«

Gut. Er ist zornig. Er steht auf und beugt sich mit zusammengepreßten, schmalen Lippen über den Schreibtisch. Er zeigt mit dem Finger auf mein Gesicht und sagt scharf: »Leugnen? Warum sollte ich Ihnen gegenüber etwas leugnen oder bestätigen? Nach internationalem Recht ist die Botschaft souveränes Territorium der Vereinigten Staaten von Amerika. Sie haben ebensowenig das Recht, hier zu sein, wie dieser terroristische Abschaum. Sie haben sich genauso der Invasion von US-Territorium schuldig gemacht wie sie – eine Tatsache, über die meine Regierung, wenn sie davon Kenntnis erhält, empört sein wird und die unsere Beziehungen zu Ihrer größenwahnsinnigen kleinen Insel sehr verschlechtern wird.«

Ich lache laut und sehe an seinem Gesicht, daß er noch wütender wird. Einen Moment glaube ich, daß er mich schlagen wird. Ich hoffe, daß er es tut. Doch Sekunden später wirkt sein Gesicht wieder gleichgültig. Er setzt sich und sieht an mir vorbei auf einen Punkt an der Wand über meinem Kopf. Schade.

»Peabody, die Beziehungen zwischen unseren Ländern sind so schlecht, wie sie nur sein können. Die USA werden also empört sein, na und? Ihre Regierung ist die ganze Zeit über uns empört. Jedenfalls hat niemand gesehen, daß ich hereingekommen bin, und meine Regierung wird natürlich in Abrede stellen, daß sie davon Kenntnis hat. Kehren wir jetzt zu ›Operation Cobra‹ zurück.«

Er sagt verächtlich: »Wenn Sie unverschämterweise glauben, Calderon, daß Sie mich verhören können, irren Sie sich gründlich. Das einzige, was ich Ihnen als kubanischem Offiziellen mitzuteilen habe, ist, daß ich gegen Ihre Anwesenheit hier protestiere.«

Er blickt wieder über meinen Kopf hinweg. Sein Mund bildet eine gerade Linie, als wäre er mit durchsichtigem Klebeband verschlossen. Gut. Das Verhör hat gut begonnen. Er spricht mich mit meinem Namen an. Er ist auf die erste Sprosse der Leiter gestiegen und glaubt, daß er nicht weitergehen wird. Jetzt ist der Augenblick gekommen, ihn die nächste Sprosse hinaufzutreiben. Der Augenblick, meine frühere Eingebung in die Tat umzusetzen. Ich stehe auf, gehe zur Tür zum Nebenzimmer und öffne sie. Die beiden hohen Fenster sind vergittert. Es ist offenbar als Arrestzelle gedacht, falls eine gebraucht wird. Ich drehe mich um; er beobachtet mich aufmerksam.

»Sie werden die Sprengstoffjacke nicht mehr tragen müssen. Sie werden von den anderen abgesondert und hier untergebracht.« Ich zeige auf den leeren Raum. Habe ich Erleichterung in seinen Augen gesehen? Wenn ja, war es nicht wegen der Jacke. Die anderen Geiseln werden in zwei großen Räumen im Kanzleigebäude festgehalten; die Männer in dem einen, die Frauen in dem anderen. Peabody ist ein zurückhaltender Mensch. Der Gedanke, allein zu sein, gefällt ihm. Bald wird er ihm weniger gefallen.

»Ich werde in ein paar Tagen wiederkommen, Peabody. Inzwischen werde ich Fombona die entsprechenden Weisungen erteilen. Die Betten werden aus dem Raum entfernt und ein Strohsack auf den Boden gelegt. Die Türen zu der Toilette und der Dusche werden fest verschlossen. Sie bekommen einen Eimer, in den Sie pissen und scheißen können. Dazu einen zweiten Eimer mit Wasser zum Trinken und Waschen... aber keine Seife. Sie werden eine Mahlzeit am Tag erhalten... nicht die Speisen, an die Sie gewöhnt sind. Dünne Suppe, Reis, Bohnen, Kohl und so weiter. Gelegentlich etwas gekochtes Fleisch oder Fisch.« Sein Gesicht ist nicht mehr teilnahmslos, sondern ungläubig. Ich fahre fort: »Sie werden Ihre Kleidung ausziehen und sie auf dem Tisch liegenlassen. Sie können die Unterhose anbehalten. Es ist ohnehin zu heiß für so viel Kleidung. Ich schlage vor, daß Sie das alles durchführen, sobald ich Sie verlasse. Fombona wird Befehl erhalten, sie zwangsweise auszuziehen, falls Sie die Sachen noch tragen, wenn er kommt. Das wäre würdelos. Ihm würde es Freude bereiten.«

Er ist jetzt empört und wütend. Sein Mund öffnet und schließt sich, dann fragt er eisig: »Sie erwarten von mir, daß ich so lebe? Ich?«

»Ja, Peabody. Dank Leuten Ihres Schlages, die Menschen wie Vargas zur Macht verhelfen und sie dort halten, leben Millionen und Abermillionen von Campesinos in diesem Land und in anderen Staaten in Lateinamerika genauso. Sie schlafen auf Lehmfußböden, scheißen in Eimer, trinken nur Wasser und essen die Art von Nahrung, die Sie bekommen werden. Campesinos, die auf Vargas' Gütern wie Sklaven gearbeitet, Tausende Tonnen Kaffee gepflückt haben und es sich nicht leisten konnten, eine einzige Tasse von dem Zeug zu trinken... Denken Sie darüber nach. Wenn ich wiederkomme, werden wir über ›Operation Cobra‹ und die Verräter in meinem Land sprechen.«

Er schreit das Wort heraus. »Niemals!«

Ich gehe durch den Raum zur Außentür, öffne sie, drehe mich um und sage: »Sie werden es mir erzählen. Davon können Sie überzeugt sein. Auf die eine oder andere Weise.«

Er tritt einen Schritt zurück und stößt an den Schreibtisch ... Seine Stimme wird ungläubig lauter, als er fragt: »Sie würden mich foltern ...? Einen amerikanischen Botschafter?«

Ich schüttle den Kopf. »Nein, Peabody. Ich foltere nie. Es bewirkt für gewöhnlich das Gegenteil. Ich verwende auch keine Drogen. Trinken Sie Ihr Wasser und essen Sie Ihre Nahrung ohne Angst.«

Er zeigt zum inneren Raum, und sein Gesicht zuckt vor Empörung.

»Mich zwingen, so zu leben, ist eine Form der Folter ... geistiger Folter.«

Ich lache.

»Peabody, sogar verliebt sein ist geistige Folter – das wissen Sie ...«

PEABODY

San Carlo – 3. Tag

Mein Zorn hat sich gelegt. Es hat einen vollen Tag und eine Nacht gedauert. Er ist nur langsam und an der Oberfläche abgeklungen, aber soweit, daß ich vernünftig denken kann. Zugleich hat sich der Haß zu einem einzigen, brennenden, vibrierenden Punkt in meinem innersten Wesen konzentriert. Erstaunlicherweise gibt es mir eine Art von Gelassenheit. Endlich hat sich nach all den Jahren mein schemenhafter Feind zur Gestalt eines Mannes verdichtet. Es ist fünfundzwanzig Jahre her, seit ich ähnlichen Haß empfunden habe. Damals war es leidenschaftlicher Haß. Blind, verzehrend und letztlich steril. Jetzt ist er verfeinert, logisch und auf ein Ziel gerichtet. Er brennt in meinem Gehirn, der Zorn kann nicht dagegen ankämpfen, und daher läßt er nach. Zorn ist sinnlos. Haß ist wunderbar logisch. Es fällt mir leicht, ihn zu analysieren. Ich bin kein halbgebildeter Reaktionär, kein Agent, der dumm genug war, sich erwischen zu lassen. Ich sitze durch Umstände, die sich meinem Einfluß entziehen, in der Falle, aber ich kann meinen Geist kontrollieren, und Calderon wird ihn nicht beeinflussen. Er will mir meine Würde rauben. Er ist teuflisch in seinem Einfühlungsvermögen, denn es ist eine einsame Schwäche. Bei allen Menschen von Geschmack und Bildung in hohen Positionen ist die Würde ein Ansatzpunkt. Deshalb stürzt sich ein bankrotter Financier aus einem Fenster im zwanzigsten Stockwerk. Mit dem Verlust seiner Millionen verliert er auch seine Würde. Deshalb hat sich Hemingway eine Kugel in den Kopf gejagt. Für ihn bedeutete Würde physische Kraft. Als sie ihm durch die Senilität geraubt wurde, war sein Leben zu Ende. Deshalb hat mich der Zorn verzehrt. Nicht das Unbehagen, sondern der Verlust der Würde. Mager und fast nackt stand ich in meinen Shorts da, während diese Bestie Fombona höhnisch lachte. Ich war mir meiner dünnen Beine immer bewußt – allzu bewußt. Seit meiner Kindheit.

Es stimmt, daß ich nie leicht Freundschaften geschlossen habe. Eigentlich nie. Ich weiß nicht genau, warum es so ist. Es war immer so. Einsame Menschen finden oft in Stil und Ordnung Trost. Das hat er bereits erkannt. Natürlich wird er das Personal inzwischen verhört haben und wissen, daß mir eine perfekte Tasse Kaffee oder ein ordentlich gebügeltes Hemd Freude bereitet. Deshalb versucht er, mich von meiner Würde zu trennen. Er weiß, wie widerlich es mir ist, meine Notdurft in einen Eimer zu verrichten, mit den Fingern irgendwelches Zeug zu essen und stinkendes Wasser aus einem Eimer zu schöpfen. Aber er hat sich verrechnet. Ein Mensch kann viel ertragen, wenn ihn der Haß aufrecht hält.

Er weiß nicht, kann nicht wissen, wie sehr ich ihn und den Mann und das System hasse, das ihn hierhergeschickt hat. Ich werde nicht um Annehmlichkeiten bitten. Ich bete darum, daß dieser Alptraum ein Ende nimmt; aber das wird er nie erfahren.

Ich habe gerade gegessen, was sie als Nahrung bezeichnen. Der kleine Blecheimer stand stundenlang auf dem Boden. Als Fombona Wasser bringen ließ und sah, daß der Fraß unangerührt war, drohte er mir, es würde erst wieder etwas zu essen geben, wenn ich es aufgegessen hätte. Er genießt meine Erniedrigung, wahrscheinlich hat er in mein Essen gespuckt. Die Logik zwang mich zu essen, und ich würgte fast die ganze Zeit. Ich brauche körperliche Kraft. Während ich aß, dachte ich an Calderon. Sah seine zynischen Augen und seinen arroganten Mund. Der Haß half mir, es zu schlucken und im Magen zu behalten. Später spürte ich einen Krampf in den Eingeweiden. Durch die Nahrung oder das Wasser werde ich bestimmt Durchfall bekommen... das bedeutet weitere Demütigung durch den Eimer. Er hat an alles gedacht.

Was hat er mit »Verliebt sein ist geistige Folter – das wissen Sie« gemeint? Steht es in dieser Akte...? Nach so vielen Jahren? Ich bezweifle es. Ich habe nie darüber gesprochen. Noch jetzt schmerzt es mich, daran zu denken.

Ich sitze auf dem Strohsack und habe die Knie hochgezogen. Meine große Zehe ist infolge der Gicht angeschwollen und pocht. Es wird ein schlimmer Anfall werden. Als ich Fombona um meine Pillen bat, lachte er höhnisch. Ich wünsche ihm inbrünstig die Gicht mit allen ihren Schmerzen und der Unbeweglichkeit. Vielleicht wird Calderon mir die Pillen geben. Wird er heute kommen oder morgen? Was wird sein nächster Schritt sein? Ich denke an die »Operation Cobra«. Selbstverständlich weiß ich alles darüber. Ich war bei der Berichterstattung durch den Überläufer Llovio anwesend und erkannte sofort die Möglichkeiten. Ich habe praktisch das Ganze mit Jameson geplant. Calderon hat recht. Es ist das wichtigste Unternehmen gegen das Castro-Regime seit der »Schweinebucht«. Im Oktober wird Castro bestimmt zur großen Feier anläßlich des Jahrestags der Revolution nach Moskau fliegen, und der Schweinehund wird herausfinden, wie es ist, wenn man bei einem Staatsstreich am falschen Ende ist. Herausfinden, wie ihm seine eigene Medizin schmeckt. Der Gedanke macht mir ungeheuer große Freude. Er hat es gewagt, diesen verdammten Hippie hierherzuschicken, damit er mich zum Reden bringt. Mich so zu demütigen. Sie werden dafür bezahlen. Calderon wird leiden. Nach »Cobra« werde ich dafür sorgen, daß er leidet.

Ich werde wieder nach Kuba zurückkehren können. Ich kann nie an diese Insel denken, ohne daß mir im Geist ihr Bild erscheint. Merkwürdigerweise hat sich dieses Bild in den letzten Jahren geringfügig verändert. Gewisse Züge in ihm sind stärker hervorgetreten, besonders ihre Lippen und Augen. Manchmal ist das in der letzten Zeit alles, was ich im Traum sehe – Lippen und Augen. Ich möchte wissen, was es bedeutet. Ich hasse Menschen, die ständig Träume deuten – die gern über sie sprechen, als wären sie mehr als ein unzusammenhängendes Umherschweifen des Unterbewußtseins. Aber warum sehe ich manchmal nur ihre Augen und ihren Mund? Als wären alle anderen Züge nicht ausgelöscht, sondern von einem hellen Licht überzogen. Es waren die Augen, die mich beobachteten; immer voll einer merkwürdigen Trauer; die Lippen, die mich berührten, immer zärtlich, in der Leidenschaft. Meine Erinnerung geht zwei Jahrzehnte zurück. Der nie abnehmende Schmerz erfaßt mich wieder. Für mich ist die Gabe der Erinnerung nichts als ein Fluch.

JORGE

San Carlo – 3. Tag

Sie steht nackt am Fenster, und ich ändere meine Ansicht wieder. Es war kein Fehler, sie hierherzubringen. Wir haben das Ritual durchgespielt. Zuerst haben wir uns geliebt; wie immer lange hinausgezögert; wie immer hat sie mit den Fersen auf meine Hinterbacken getrommelt und meinen Namen geschrien, während sie den Orgasmus erreichte. Wie immer rühre ich mich zehn Minuten lang nicht und beobachte dann, wie sie sich auf dem Rücken liegend rasch zu einem zweiten Orgasmus masturbiert. Beim erstenmal war ich sehr beleidigt gewesen, hatte meine Männlichkeit in Zweifel gezogen gesehen. Aber sie hatte nur gelacht und mir erklärt, was für ein Vergnügen es ist, neben einem Liebhaber zu liegen und sich an die vergangenen Augenblicke zu erinnern. Sie nannte es den »Sofort-Wiederholungsorgasmus« und ließ es mich beim nächstenmal versuchen, wobei sie lüstern zusah. Sie versteht sich auf solche Dinge. Bei mir ging es nicht so rasch, aber es war überaus erotisch, und danach war ich zum erstenmal wirklich befriedigt.

Zieht mich diese Seite an ihr so manisch an? Nur das Körperliche? Zum Teil wäre es mir recht, wenn es so wäre, denn dann wäre ich imstande, es und damit auch sie zu beherrschen. Aber der andere, der dunklere Teil in mir, hat erkannt, daß die Schwierigkeit, die Kontrolle zu behalten, mich reizt und fasziniert und mich bis an den Rand zieht.

Sie dreht sich um und geht ins Badezimmer. Ihr Gang ist gespreizt, fast jungenhaft, aber der Körper ist unerhört weiblich; seine Kurven sind ein den Blick verzerrendes Miasma. Das habe ich ihr einmal gestanden, sie wollte wissen, was das Wort bedeutet, und lachte, als ich ihr sagte: »Eine aus einem Sumpf aufsteigende Ausdünstung, die die Luft oder den Geist verdirbt.« Aber ihr Gesicht wirkt in seiner dunklen Schönheit unschuldig. Sie trägt ihren auf dem langen Hals sitzenden Kopf immer stolz erhoben. Als Kind habe ich einen alten Film mit dem amerikanischen Filmstar Ava Gardner gesehen. Ich muß mir ihr Gesicht gut eingeprägt haben, denn als ich Inez kennenlernte, war die Ähnlichkeit, selbst bis zu dem sinnlichen Grübchen im Kinn hin, frappant.

Nach einer Minute kommt sie aus dem Badezimmer und trägt einen Spiegel wie ein Tablett. Sie setzt sich aufs Bett und legt den Spiegel zwischen uns. Darauf steht ein Fläschchen, daneben liegen ein Strohhalm und eine Rasierklinge. Sie schraubt das Fläschchen auf und schüttet etwas weißes Pulver auf das Tablett: Kokain.

»Wo hast du es bekommen?«

»Hier im Hotel. Es gehört Amerikanern. Hier haben viele Ausländer gewohnt. Das Personal hat ihnen alles vom Heroin bis zu zwölfjährigen Mädchen verkauft. Ich habe es vom Zimmerkellner bekommen.«

Während sie das Pulver mit der Rasierklinge vorsichtig in zwei Hälften teilt, frage ich: »Wieviel?«

»Nichts.«

»Nichts?«

Ihre Lippen verziehen sich zu einem verschwörerischen Lächeln.

»Nichts, Jorge. Ich habe ihm versprochen, daß er später, wenn du nicht hier bist, heraufkommen und zehn Minuten lang mit mir alles machen kann, was er will.«

»Alles?«

»Alles – aber nur zehn Minuten lang. Das hat ihn sehr erregt.«

Ich schlucke. Sie beobachtet mich, das Lächeln ist jetzt breiter. Ich weiß, daß mein Gesicht ausdruckslos ist. Würde sie es tun? Wahrscheinlich. Ich kann meine Gefühle nicht analysieren. Sie sind ein Gemisch aus Ohnmacht und Zorn. Einen Moment lang möchte ich meine Faust in ihr engelhaftes Gesicht knallen. Sie wünschte es sich, denn dann hätte ich jegliche Kontrolle über sie verloren. Sie fordert den Angriff heraus. Sie hat das schon früher getan. Einmal hat sie bei einer Party einem betrunkenen Mädchen, das mich vielsagend berührt hatte, ein Glas ins Gesicht geworfen. Als mich einmal eine alte Freundin in meiner Wohnung anrief und mich um einen Gefallen bat, und ich mit Zuneigung in der Stimme antwortete, hat Inez alle vorhandenen Gläser, Tassen und Teller zerschlagen, während ich Bob Marley auf volle Lautstärke drehte. Sie will mich in ihr Tollhaus voll Eifersucht und Gewalt ziehen. Sobald es ihr gelingt, bin ich verloren.

Sie bietet mir den Strohhalm an, den ich mit einem Kopfschütteln ablehne. Sie zuckt gleichgültig die Schultern und beugt sich über das Tablett. Ihre Brüste hängen herab, sie liebkosen ihre Bilder im Spiegel. Die linke Brustwarze ist in die Brust geschlüpft. Sie erscheint nur, wenn sie erregt ist.

Sie nennt sie ihren kleinen Penis. Schnell schnupft sie die beiden weißen Häufchen in ihr linkes Nasenloch. Sie hat sogar in Havanna Rauschgift aufgetrieben. Sie könnte in jedem Flughafen angestellt werden, um im Gepäck von Schmugglern nach Rauschgift zu schnüffeln; sie wäre sicherer als ein Hund.

Ich habe sie vor drei Monaten bei einem Verhör kennengelernt. Ihr Mann, mit dem sie seit zwei Monaten verheiratet war, war ein Reaktionär. Wir hatten ihn umgepolt, und einen Monat danach fand man ihn – aufgehängt an einem elektrischen Kabel, das von der Decke seiner Küche hing. Ich tippte auf Mord und verhörte als erstes Inez. Als sie in mein Büro gebracht wurde, trug sie einen bunten Zigeunerrock und eine weiße Bluse mit Rüschen. Sie war barfuß. Meine erste Frage war, ob sie sich vorstellen könne, warum er sich umgebracht habe. Ihre Antwort war direkt und verheerend.

»Natürlich. Ich habe ihn wegen seines Freundes verlassen. Er konnte ohne mich nicht leben. Er war langweilig.«

Sein Freund erwies sich ebenfalls als langweilig, doch er brachte sich nicht um, als sie wenig später zu mir zog.

Sie legt sich am Fußende des Bettes quer über meine Beine. Während sie auf die Wirkung des Kokains wartet, sehe ich unsere Situation sehr bildhaft vor mir. Sie ist ein gefährliches Tier in einem Zirkuskäfig – eine Löwin oder Leopardin – nein, eine Tigerin. Ich bin der Bändiger, der Dompteur, der es wagt, den Käfig ohne Peitsche oder Stuhl zu betreten. Ich habe das in alten Filmen gesehen. Das Publikum staunt darüber, daß der Dompteur nur mit der Ausstrahlung seiner Persönlichkeit das Tier beherrscht. Diese Beherrschung balanciert auf der Schneide der schärfsten geistigen Klinge. Ein Zeichen von Schwäche – selbst der leiseste Geruch von Angst, die Balance ist gestört und der Bändiger wird in Stücke gerissen. Warum läßt sich der Dompteur auf so etwas ein? Es ist bestimmt so ähnlich wie ein sexuelles Erlebnis. Das gleiche Gefühl, das einen Mann allein eine Felswand hinauftreibt oder dazu bringt, mit einem Stück Stoff aus einem Flugzeug zu springen.

Sie reibt sich an meinen Beinen. Bald wird sie sich bewegen; sich mit ihrer Zunge an meinem Körper heraufarbeiten.

Das Telefon am Bett klingelt. Es ist ein Adjutant von Bermudez. Er erzählt mir aufgeregt und unter wüstem Fluchen, daß die Amerikaner soeben die totale See- und Luftblokkade gegen San Carlo verkündet haben. Bei Sonnenuntergang soll sie in Kraft treten. Jedes Schiff, das in die Dreimeilenzone vor der Küste einzudringen versucht, wird versenkt; jedes Flugzeug, das sich dem Luftraum von San Carlo auf weniger als zehn Meilen nähert, wird von den Jagdflugzeugen der *Nimitz* abgeschossen. In einer Stunde geht eine Maschine nach Managua ab. Ob ich Plätze brauche? Ich lehne ab und lege auf. Wie ich erwartet habe, haben die Amerikaner rasch und wirkungsvoll reagiert. Sie haben das Beispiel von Nicaragua vor Augen. Sie werden in San Carlo keinen militärischen Aufbau von außen zulassen. Ich schaue auf meine Uhr: 19 Uhr 30. Der Lieferwagen für die Botschaft fährt in einer halben Stunde ab. Ich wollte Peabody noch einen Tag schmachten lassen, aber jetzt bekomme ich vielleicht meine zwanzig Tage nicht. Ich ziehe meine Füße unter Inez hervor, steige aus dem Bett und beginne mich anzuziehen.

Sie fragt verstimmt: »Wohin gehst du?«

»Zur Botschaft. Ich werde bis morgen dortbleiben müssen.«

»Und was wird aus mir?«

Ich zeige auf den Fernseher. »Es werden Videofilme gezeigt. Bestell dir beim Zimmerservice etwas zu essen.« Ich hatte den Kellner vergessen.

Sie richtet sich auf und sieht mich feindselig an. Dann zuckt sie mit den Schultern, was »darauf pfeife ich« bedeutet, und erklärt: »Vielleicht werde ich ausgehen, um irgendwo zu essen.«

»Nein. Die Straßen sind noch gefährlich. Iß im Hotel oder auf dem Zimmer – oder fahr zum Flugplatz. In einer Stunde geht ein Flugzeug nach Managua. Wenn du willst, lasse ich dir einen Platz reservieren. Es wird eine Zeitlang keine Flüge mehr geben.«

Sie schweigt. Zieht sie meinen Vorschlag in Betracht? Will ich, daß sie abreist?

Ich bin jetzt angekleidet und greife nach der Leinentasche mit den Akten. An der Tür drehe ich mich zu ihr um. Sie kniet jetzt und betrachtet ihr Gesicht im Spiegel.

Ich öffne die Tür, und sie sagt: »Laß mir etwas Geld hier.«

»Warum? Du brauchst nur die Rechnungen unterschreiben.«

Sie blickt zu mir auf. Wir sind im Käfig. Ihre Augen verraten mir, daß der Test bevorsteht. Sie sagt sehr ruhig: »Ich könnte mich entscheiden, den Kellner bar zu bezahlen ... nicht in natura.«

Sie sucht nach einem schwachen Punkt. Ich antworte gleichgültig: »Geld ist knapp – was sind schon zehn Minuten.«

Ich schließe die Tür hinter mir. Nach fünf Schritten höre ich ein splitterndes Geräusch, als ein Gegenstand die Tür trifft; vermutlich der Spiegel. Das Tier hat zugeschlagen und nicht getroffen – und ist noch im Käfig.

SLOCUM

Washington – 3. Tag

Ich, Silas Slocum, bin seit achtundzwanzig Jahren in der gottverdammten Armee dieses Mannes, und mir ist niemals etwas Derartiges widerfahren. Ich bin in Anacosta. Es regnet, und eine dicke, schwarze Limousine wartet am Fuß der Treppe zum Hubschrauber, während ein smarter Luftwaffenhauptmann daneben steht und naß wird. Als ich unten bin, salutiert er stramm und öffnet die hintere Wagentür. Ich bin erstaunt, fühle mich aber wie ein sehr hohes Tier: ganz anders als vor ein paar Stunden. Ich bücke mich, steige in die Limousine, die Tür wird zugeschlagen, und wir rauschen ab. Neben mir sitzt ein Mann – ein Zivilist – in einem dunklen Anzug. Er streckt die Hand aus und begrüßt mich: »Freut mich, Sie wiederzusehen, Oberst.«

Es ist sehr dunkel, und ich kann sein Gesicht nicht erkennen; dann passieren wir unter den Scheinwerfern das Sicherheitstor, und ein weiterer Schock trifft mich. Ich erkenne Mike Komlosy neben mir, den Sicherheitsberater des Präsidenten. Aber wovon spricht er? Er hat mich noch nie zuvor gesehen. Die Limousine fährt auf die Brücke.

»Mr. Komlosy, ich weiß, wer Sie sind. Ich habe Sie im Fernsehen und in den Zeitungen gesehen. Aber ich habe Sie nie kennengelernt.«

»Oh doch. Am 25. April 1980. Spät nachts in einer Bar in Raleigh, North Carolina.«

Er beobachtet mein Gesicht, freut sich über meine Verwirrung und kichert: »Es war die Nacht nach der mißlungenen Geiselbefreiung im Iran. Sie waren betrunken und haben viel geredet. Ich habe zugehört und war selbst ein wenig blau.«

Ich erinnere mich vage. Ich hatte mich aus Enttäuschung betrunken. Ein Mann hatte neben mir an der Bar gesessen, und ich war über die Eierköpfe hergezogen. Aber der Mann hatte einen Bart getragen.

»Sie hatten einen Bart?«

»Ja. Ich war in Raleigh mit den Vorbereitungen für die Wahl beschäftigt. Sie waren in die Bar gekommen mit dem festen Vorsatz, sich zu betrinken.«

»Stimmt genau.«

»Gewiß. Und Sie redeten etwa zwei Stunden lang – ununterbrochen – im Zorn. Vieles davon erschien mir sehr plausibel. Es blieb mir im Gedächtnis – ebenso Ihr Name. Als ich vergangenes Jahr Mitglied des Nationalen Sicherheitsrates wurde, erkundigte ich mich nach Ihnen. Sie waren noch Major, und ich begriff nicht, warum; ich nahm an, daß die andere Sache daran schuld war. Als ich Ihre Personalakte las, begriff ich es. Für einen Berufsoffizier der Armee äußern Sie Ihre Meinung zu deutlich.«

»Ja. Das habe ich immer getan. Ich habe immer angenommen, daß ich als Major – oder als unehrenhaft aus der Armee Entlassener sterben werde. Es ist noch immer möglich.«

Er nickt, aber mit einem seltsamen Lächeln. »Mußten Sie ihm denn eine runterhauen?«

»Ja ... und ich würde es wieder tun.«

Er zuckt mit den Achseln, während wir in die Independence Avenue einbiegen, und erklärt: »Ich habe jedenfalls vergangenes Jahr an einigen Fäden gezogen und Sie zum Oberst befördern lassen.«

»Danke, Freund. Das ist also die Erklärung – eine der weniger unerfreulichen Überraschungen in meinem Leben. Warum?«

Komlosy blickt aus dem Fenster. Ein Mädchen eilt den windigen Gehsteig entlang. Mit einem Arm hält sie einen Regenschirm hoch, der andere versucht vergeblich, den Rock festzuhalten. Phantastische Beine. Wir fahren an ihr vorbei, er dreht sich um und sagt: »Ich würde gern behaupten, daß ich diesen Tag vorausgeahnt habe, aber das stimmt nicht. Ich fand nur, daß Ihre Gedanken auf mehr Gehör stoßen würden, wenn sie von einem Mann mit einem höheren Rang vorgetragen werden. Vielleicht reizte es mich auch, von meinem neuen Einfluß Gebrauch zu machen. Das bereitet am Anfang Spaß. Jedenfalls habe ich Sie gleich wieder vergessen ... bis gestern gegen Mitternacht.«

»Wieso?«

»San Carlo.«

Bim Bam! Ich höre etwas läuten.

»Werden Sie sie rausholen?«

Er seufzt. »Es wäre eine größere Angelegenheit. Und es gibt Probleme, bei denen könnten einem Eisbären die Eier abfrieren.«

»Natürlich, die muß es ja geben. Die Burschen sind schließlich schlau. Sie haben es perfekt gemacht.« Ich bin wirklich aufgeregt. Sechs Tage und Nächte habe ich in meinem Quartier gesessen und darauf gewartet, daß das Damoklesschwert herabfällt. Ich habe die Nachrichten über San Carlo verfolgt und mir vorgestellt, wie sich unser großer Militärapparat in Bewegung setzt. Kurz bevor ich Fort Bragg verließ, hörte ich die Nachricht von dem Durchführungsbeschluß der Blokkade. Das war ein guter Schritt. Der richtige Schritt. Ich versuche die Erregung in meiner Stimme zu verbergen. »Sie wollen mich dabeihaben?«

Er schüttelt den Kopf. »Nein, Oberst. Seit Teheran haben wir dafür Sondereinheiten. Sie wissen natürlich davon.«

»Klar. Die *Joint Special Operations Agency.* Was tue ich also hier?«

Er zieht ein Päckchen Zigaretten aus der Tasche und bietet mir eine an. Ich schüttle den Kopf. Er zündet eine an und bläst den Rauch zum Hinterkopf des Fahrers. Der Rauch steigt an der gläsernen Trennwand in die Höhe. Komlosy seufzt, als wäre er enttäuscht.

»Vergangene Nacht hat die Leitung des Generalstabs dem Präsidenten und dem Nationalen Sicherheitsrat einen möglichen Plan zur Befreiung der Geiseln unterbreitet. Während ich zuhörte, dachte ich an Sie und Ihre betrunkenen Äußerungen vor so vielen Jahren. Ich bin von Beruf Anwalt und nicht dafür qualifiziert, den Plan zu beurteilen. Das gestehe ich Ihnen, aber sonst niemandem. Der Plan wirkt genial, aber ein wenig kompliziert.«

Ich kann mir nicht helfen, ich lache wider Willen. »Das glaube ich gern. Wenn ihn die JSOA ausgeheckt hat, war im Vergleich dazu die Landung in der Normandie ein Kinderspiel. Aber wozu bin ich hier?«

Komlosy bläst wieder Rauchkringel, dann drückt er die Zigarette ungeduldig aus.

»Ich stehe dem Präsidenten derzeit sehr nahe. Wer weiß, wie lange? Nach der Besprechung hat er seine militärischen Berater um ihre Meinung gefragt. Sie waren alle begeistert.«

»Das kann ich mir denken. Sie werden doch den Generalstab nicht kritisieren.«

»Genau. Ich habe dem Präsidenten eingeredet, daß wir eine weitere Meinung – die Meinung eines Außenseiters einholen sollten.«

»Aha. Slocum tritt auf.«

»Genau. Und in Ihrer jetzigen Lage haben Sie nichts zu verlieren, wenn Sie General Grant beleidigen.«

Der Gedanke gefällt mir.

»Werde ich den Präsidenten kennenlernen?«

»Das bezweifle ich. Die Besprechung wurde auf Band und Video aufgenommen. Sie werden sie sich ansehen, darüber nachdenken und mir dann Ihre Stellungnahme geben.«

Ich bin enttäuscht, und vielleicht hört man es aus meiner Stimme.

»Dann kehre ich nach Fort Bragg zu meinen Richtern zurück.«

»Das wird sich zeigen.«

Wir biegen zum Weißen Haus ein. Ich bin aufgeregt. Ich, der alte Slocum, im Weißen Haus.

Das Tor wird von gewöhnlichen Polizisten bewacht, aber ich nehme an, daß es Geheimdienstleute sind. Einer von ihnen mustert Komlosy durch das Fenster, nickt ehrerbietig und winkt den Fahrer weiter. Wir rollen langsam zu einem Eingang, der mit einem Baldachin überdeckt ist wie die Tür zu einem eleganten Restaurant. Drinnen, neben dem Eingang, sitzt ein weiterer Geheimdienstmann an einem Tisch. Er grüßt halb militärisch und sagt knapp: »Guten Abend, Sir.«

Komlosy deutet ein Nicken an und geht weiter. Ich folge ihm und wundere mich über den Mangel an Förmlichkeit. Er bleibt vor einer Tür auf der rechten Seite des Korridors stehen. Sie besitzt ein Ziffernschloß. Komlosy dreht die Nummernscheibe in die eine Richtung und dann in die andere. Es klickt, und er öffnet die Tür. Ich folge ihm in den Raum, der aussieht wie das Hauptbüro einer kleinen Firma. Ein paar Sekretärinnen an Schreibmaschinen, ein Mann spricht an einem Telefonhörer, einen zweiten hat er mit seiner Schulter festgeklemmt. Sie sehen mich ohne Interesse an. Wir gehen durch eine andere Tür – wieder ein Büro, diesmal mit Datenverarbeitungsgeräten und einem Mädchen, das an einer Xerox-Maschine arbeitet. Komlosy begrüßt sie: »Hi, Gail. Bitte Rogers, in den Sitzungsraum zu kommen.«

Dann gehen wir durch eine weitere Tür und befinden uns im Allerheiligsten. Ich bin enttäuscht. Das ist also das Nervenzentrum des Weißen Hauses, des ganzen verdammten Landes! Der Raum ist klein, eng, holzgetäfelt. Mit zwei Dutzend Leuten wäre er überfüllt. Er enthält einen polierten Holztisch, der von einem Dutzend Stühlen umgeben ist. Eine Wand ist von großen Fernsehschirmen bedeckt. Mehrere Telefonapparate und Landkartenstative stehen herum. An einer anderen Wand hängt eine Weltkarte. Sie sieht schmuddelig aus. Die Luft ist leicht parfümiert.

»Riecht wie in einem Friseurladen«, sage ich zu Komlosy.

Er lächelt. »Ja. Der Mann von der Verwaltung ist schwul.«

Es klopft, und ein kleiner Mann tritt ein. Er trägt eine randlose Brille mit dicken Gläsern und einen zerknitterten Anzug. Der Knoten seiner Krawatte ist herabgezogen. Er sieht müde und sehr intelligent aus. Komlosy winkt ihm.

»Ken Rogers, einer meiner Mitarbeiter. Er wird die Geräte bedienen. Ken, das ist Oberst Slocum.«

Wir schütteln einander die Hände. Seine ist feucht und weich. Er zuckt ein wenig zusammen, als ich sie drücke.

Komlosy blickt auf seine Uhr. »Die Besprechung, die Sie sich ansehen sollen, dauerte etwa vierzig Minuten. Danach erwarte ich Sie in meinem Büro.«

Er geht hinaus. Rogers zeigt auf einen Stuhl am Kopfende des Tisches. Dort erwarten mich ein Block mit liniertem gelbem Papier und einige Kugelschreiber in einem silbernen Behälter. Auch eine Flasche und ein Glas. Ich setze mich, während er zum Fernsehpult geht und auf einen Knopf drückt.

Auf dem Schirm erscheint General Mathew Grant. Links hinter ihm befindet sich ein Diagramm »Botschaftsgelände«. Rechts von ihm eine Landkarte von San Carlo in großem Maßstab. Er sieht gut aus. Kantiges Gesicht, ergrauendes, gepflegtes Haar, blendendweiße Zähne, vorspringendes Kinn. Seine Uniform sitzt wie angegossen, seine Stimme ist ein Gemisch aus Honig und geschliffenem Glas. Zehn Minuten lang fasziniert sie mich. Dann beginne ich die einzelnen Worte zu erfassen, und mir stehen die Haare zu Berge. Rogers sitzt links von mir und starrt auf den Schirm, als lausche er der Bergpredigt. Nach dreißig Minuten habe ich Bauch-schmerzen, nach vierzig Minuten Kopfschmerzen. Die Be-sprechung ist zu Ende, und ich bitte Rogers, mir sechs Aspirin zu bringen und mich zwanzig Minuten alleinzulassen.

Er bringt die Tabletten. Ich schenke Wasser ein und schlucke sie. Er sieht mir fasziniert zu, dann meint er steif: »Sechs sind zuviel.«

»Wie viele würden Sie nehmen?«

»Höchstens drei.«

»Wieviel wiegen Sie?«

»Hundertfünfzig Pfund.«

»Tabletten werden nach Körpergewicht verschrieben. Ich wiege an die dreihundert, also gehen Sie.«

Er verläßt den Raum, und ich starre auf den gelben Schreib-block. Ich habe mir keine einzige Notiz gemacht. Dann blicke ich auf die leeren Bildschirme und stelle mir vor, wie der Präsident und seine Ratgeber an diesem Tisch sitzen und sich anhören, was ich soeben gesehen und gehört habe. Der Schmerz läßt nach. Ich stehe auf und beginne auf und ab zu gehen. Ich versuche alles aus meinem Gehirn zu löschen, was ich soeben gehört und gesehen habe. Ich werfe einen Blick auf die Landkarte an der Wand. San Carlo ist so klein, daß sie den Namen in die Karibische See drucken mußten.

Mein Hirn beginnt zu funktionieren. Nicht logisch und ordentlich. Es taucht einfach etwas in meinem Kopf auf und beseitigt den letzten Rest von Schmerz. Aber wer wird es mir abnehmen? Bestimmt nicht Grant und seine Generäle. Viel-leicht Komlosy, aber er versteht nichts von der militärischen Seite. Der Präsident muß das wissen. Er muß auf seine Gene-räle hören – es sei denn ...

Rogers öffnet die Tür und klopft stumm auf seine Uhr. Ich folge ihm zu Komlosys Büro. Der hat sich in seinen Stuhl zurückgelehnt, die Füße auf den riesigen Schreibtisch gelegt, ein Telefon in einer Hand und eine Zigarette in der anderen. Er weist auf einen Stuhl und spricht ins Telefon.

»Ja, gewiß, Hal, aber vergessen Sie nicht den verdammten Tessler-Faktor ... Er denkt bestimmt ständig daran ... okay, aber nur weiter so ...«

Hinter mir schließt sich die Tür. Komlosy schwingt die Füße auf den Boden, legt den Hörer auf und zerdrückt die Zigarette in einem Aschenbecher voller Kippen.

»Kaffee?«

»Nein, danke.«

»Was ist Ihre Meinung?«

»Es ist ein Eimer voll Scheiße.«

Er fährt sich mit der Hand durchs Haar. Er sieht ziemlich erledigt aus.

»Warum?«

»Das ist unwesentlich.«

Er hebt den Kopf.

»Was?«

»Sie haben mich richtig verstanden. Ich nehme an, daß Sie seit der Botschaftsbesetzung wenig geschlafen haben. Sie sind ein kluger Mann mit einem logischen Verstand. Warum wollen Sie Zeit damit vergeuden, daß Sie sich etwas anhören, das das Ergebnis unmöglich beeinflussen kann? Gehen Sie lieber schlafen. Es ist produktiver.«

Er sieht stocksauer aus. Hinter seinem gleichgültigen Äußeren ist er autoritätsgläubig. Ich könnte rausgeschmissen werden, aber er hat keine andere Möglichkeit. Er zündet sehr bedächtig eine neue Zigarette an. Der Rauch kräuselt sich aus seinem Mund, dann kommt ein einziges Wort: »Erklärung.«

»Sicher. Dieser Plan besitzt eine unter dreißig Prozent liegende Chance auf Erfolg. Ich kann Ihnen dafür ein Dutzend detaillierte Gründe nennen. Wenn Sie sie verstehen, sie mir abnehmen und imstande sind, sie dem Präsident begreiflich zu machen, könnte er eine Überprüfung des Plans anordnen. Dann gehen die Generäle und ihre Wunderkinder wieder zu den Computern und manipulieren die Details – ein neuer Plan, das gleiche Ergebnis.«

Er sagt sehr kühl, mit einer Spur von Sarkasmus: »Und in den wenigen Minuten, seit Sie die Besprechung gesehen haben, ist Ihnen ein vollkommen neuer Plan eingefallen?«

»Sie sagen es.«

»Seien Sie nicht vorlaut, Oberst.«

Ich stehe auf. »Mr. Komlosy, Sir. Sie wissen, was mich in Fort Bragg erwartet. Wenn ich Ihnen das Blaue vom Himmel verspreche, werden Sie vielleicht wieder an einem Draht ziehen. Aber Schönfärberei bleibt mir im Hals stecken. Sie sollten es gleich richtig verstehen. Sie haben mich hierhergeholt, um Ihr Selbstgefühl aufzupolieren. Sie waren gestern abend bei der Einsatzbesprechung mit dem Präsidenten und all den hohen Tieren. Oberflächlich gesehen ist das, was die Militärs von sich gegeben haben, verdammt beeindruckend – für einen Zivilisten. Anschließend muß es eine Diskussion gegeben haben. Soweit es die militärischen Aspekte betraf, konnten Sie nicht viel dazu sagen. Ein Mann wie Sie – der dem Präsidenten nahe steht –, das muß Sie geschmerzt haben. Sie müssen sich überflüssig vorgekommen sein – Sicherheitsberater hin oder her. Sie müssen wieder in das Spielchen einbezogen werden. Also lassen Sie mich vor der nächsten Besprechung mit Düsenflugzeug und Hubschrauber hierherkommen, um die Sache zu überprüfen. Das könnte sich beim Präsidenten für Sie vorteilhaft auswirken, aber was ist der wahre Grund? Wollten Sie die Geiseln lebend oder in Leichensäcken herausholen?«

Er bläst den Rauch zu mir.

»Das ist eine widerliche Frage.«

»Sie sind Politiker.«

»Und das bedeutet, daß es mir gleichgültig ist?«

»Wenn es Ihnen nicht gleichgültig ist – bringen Sie mich zum Präsidenten.«

Ich erwarte Verachtung oder sogar Gelächter. Ich bekomme einen nachdenklichen Blick.

»Und dann?«

»Und dann erzähle ich ihm, was bei seinen Streitkräften nicht stimmt.« Ich hebe die Hand. »Okay, ich weiß. Er ist der Oberbefehlshaber. Er hat sich für Patriotismus entschieden. Er hat die Streitkräfte aufgebaut wie kein anderer Präsident in den letzten dreißig Jahren. Er glaubt, daß seine Generäle und Admiräle aus ihren Hintern reinen Sonnenschein ausstrahlen. Wenn er das weiterhin glaubt, besteht eine siebzigprozentige Chance, daß die Geiseln sterben werden. Sie selbst können ihm das natürlich nicht sagen. Geben Sie es zu!«

Ich bin zornig, und das merkt man. Es kümmert mich nicht. Ich denke an all die Jahre. An all den verdammten Blödsinn. An all die Vergeudung. Komlosy sieht mich an. Er klopft mit den Fingernägeln seiner rechten Hand auf die polierte Tischplatte und fragt: »Und Sie können es ihm beibringen?«

»Verdammt richtig. Ich bin Soldat. Er ist mein Oberbefehlshaber. Es ist meine Pflicht, es ihm mitzuteilen. Sie haben meinen Hintern hierher verfrachtet – der große Mann ist nur ein paar Meter von mir entfernt. Was haben Sie zu verlieren...? Ihren Einfluß? Sie haben behauptet, daß ich in Raleigh vernünftig geredet habe. Deshalb bin ich hier, also lassen Sie mich mit meinem Präsidenten sprechen!«

Er blickt jetzt an mir vorbei. Er überlegt. Überlegt es wirklich. Langsam, um seinen Gedankengang nicht zu unterbrechen, setze ich mich wieder hin. Trotz seiner Erschöpfung strahlt dieser Mann die Aura von Macht aus. Er ist knapp über fünfzig, sieht aber jünger aus; ein wenig jungenhaft mit dem glatten blonden Haar und dem ausdrucksvollen Gesicht. Solche Männer müssen mit mehr Energie auf die Welt gekommen sein als die meisten anderen. Wirkliche Erfolgsmenschen. Sie müssen einfach in der Schule und im College die Ersten sein. Und dann auch im Beruf, gleichgültig, welchen sie wählen. Wir haben Generäle, die sind wie dieser Mann. Sie erreichen ihre Position durch reine Anstrengung. Es ist gleich, ob es die Armee, eine Firma oder eine politische Partei ist. Aber dieser hier hört wenigstens zu und denkt manchmal sogar.

Die Chancen stehen vermutlich eins zu zehn, aber es war den Versuch wert.

Er zündet wieder eine Zigarette an und sagt: »Oberst, dieser Plan ist aus all den Gründen falsch, die Sie in Raleigh angeführt haben?«

»Und aus weiteren.«

Er seufzt. »Und Sie wollen sie mir einfach nicht darlegen?«

»Zeitvergeudung, außer Sie wollen nur Punkte sammeln.«

Er seufzt wieder. Aber er nickt langsam.

»Okay, Oberst, ich werde es versuchen. Vielleicht will er zuerst General Grant anrufen.«

»Wenn er es tut, fange ich erst gar nicht an.«

Er steht auf und streckt sich. »Ja, das weiß ich. Warten Sie hier. Machen Sie sich keine großen Hoffnungen.«

Als er an der Tür anlangt, sage ich: »Jetzt wäre ich allerdings für etwas Kaffee dankbar.«

Er nickt und geht hinaus. Ich stehe auf und sehe mich um. Es ist ein stinkvornehmes Büro mit Lederstühlen in einer Ecke, die um einen gläsernen Kaffeetisch stehen. An der Wand hängen Bilder. Sie sehen so verdammt scheußlich aus, daß sie sündteuer sein müssen. Auch eine Menge gerahmter, signierter Fotos. Komlosy mit ausländischen Staatschefs, Komlosy mit Kabinettsmitgliedern, sogar Komlosy mit dem Papst; ich bin beeindruckt. Das ist ein Spitzenmann. In eine Wand sind zwei Türen eingelassen. Ich öffne eine von ihnen. Sie führt in einen kleinen Raum, der einen Schrank und ein Feldbett enthält. Sogar die Decken sind von der Armee. Ich öffne eine andere Tür: ein gekacheltes Badezimmer. Ich gehe hinein und spritze mir kaltes Wasser ins Gesicht. Die Handtücher sind schneeweiß, flauschig und mit dem Siegel des Präsidenten verziert. Ich kehre ins Büro zurück und betrachte ein ledergerahmtes Foto auf seinem Schreibtisch. Eine lächelnde, hübsche Frau mit einem Jungen und einem jüngeren hübschen Mädchen. Dieses hohe Tier besitzt alles, sogar prächtige Kinder.

Die Tür geht auf, eine junge Frau kommt mit einem Tablett herein und lächelt mich bezaubernd an. Sie stellt das Tablett auf den Glastisch, ich gehe hinüber und setze mich. Sie nimmt die Kaffeekanne und schenkt ein. Ihre Bluse geht ein wenig auf. Die Kanne trägt das Siegel des Präsidenten; sie hat große Titten.

»Sahne? Zucker?«

»Nein, danke, genauso schwarz wie ich, Lady.«

Sie lacht nervös, und ich lächle zu ihr empor.

»Hier werden wohl viele Überstunden gemacht?«

»Und ob, Oberst. Der arme Mr. Komlosy ist seit der San-Carlo-Krise kaum mehr nach Hause gekommen.«

»Ich habe das Feldbett gesehen.« Ich zeige auf das Foto. »Muß für die Frau bitter sein.«

Sie zuckt die Schultern. »Zumeist haben sie Verständnis.«

Kein Zweifel. Die Betonung lag auf »zumeist«.

»Alle machen wohl Überstunden. Besitzt jeder ein eigenes Feldbett?«

Sie schüttelt den Kopf und geht zur Tür zurück. Sie errötet ein wenig.

Zweifellos kassiert der gute Komlosy die Nebeneinnahmen, die zur Macht gehören.

»Rufen Sie mich, wenn Sie noch etwas brauchen.«

»Bestimmt.«

Der Kaffee ist gut. Ich trinke die Tasse aus und schenke mir noch eine ein, dann lasse ich mein Gehirn arbeiten. Wenn sich die Chance bietet, muß ich vorbereitet sein.

Zwanzig Minuten später steht Rogers in der Tür und winkt mir. Die Chance ist da.

Er geht mit affektierten, federnden Schritten. Ich nehme den Weg und die Umgebung kaum wahr. Ein paar Stufen hinauf und durch einige Korridore. Wir kommen zu einer großen Holztür. Davor steht ein Typ vom Geheimdienst. Er öffnet die Tür. Rogers murmelt: »Viel Glück«, dreht sich um und geht federnd davon. Ich trete ein, Komlosy steht allein in einem kleinen Raum. Seine Stimme klingt in der gedämpften Atmosphäre auffallend laut.

»Oberst, wir werden jetzt den Präsidenten sehen. Er hat heute die seltene Gelegenheit, mit der First Lady allein zu Abend zu essen; versuchen Sie also, sich kurz zu fassen.«

Ich nicke, er wendet sich zu einer Tür und öffnet sie. Wir gehen durch. Es stimmt, der Raum ist oval. Groß, aber irgendwie intim.

Ich bemerke es kaum. Ich habe nur einen Eindruck von der Größe des Raumes, dem Mann, der vor dem hohen

Fenster mit einer dunkelblauen Fahne hinter sich am Schreib-
tisch sitzt. Er liest etwas. In der rechten Hand hält er einen
Füller. Komlosy hüstelt und meldet: »Oberst Slocum, Herr
Präsident.«

Der Präsident blickt auf. Ich salutiere knapp und sehe den
kurzen Schock auf seinem Gesicht. Eine Sekunde lang bin
ich verwirrt, besorgt, dann wird mir klar, daß Komlosy ihm
nicht erzählt hat, daß ich schwarz bin. Mehr als schwarz; ich
bin verdammt ebenholzschwarz. Der Oberbefehlshaber hat
soeben den größten, schwärzesten Soldaten in seiner ganzen
Armee erblickt – und war nicht darauf gefaßt. Ich wundere
mich über Komlosy. War es ein Versehen oder Absicht?

Der Präsident erholt sich rasch. Ein drohender Blick zu
Komlosy, dann steht er auf und kommt hinter dem Schreib-
tisch hervor. Er lächelt aufrichtig und streckt die Hand aus.
Sein Händedruck ist fest. Er legt die andere Hand auf meine
Schulter und führt mich zu einer Gruppe niedriger Stühle.
Wir setzen uns. Ich bin aufgeregt, aber nicht nervös. Der
Präsident wirft einen Blick auf den Haufen Lametta an meiner
Brust und sagt: »Oberst Slocum, Ihre vielen Auszeichnungen
verraten mir, daß Sie lange ein mutiger Verteidiger unseres
Landes waren. Aber ich frage mich, ob es richtig von mir ist,
einen Soldaten zu empfangen, der in Kürze vor einem Kriegs-
gericht stehen wird.«

Er lächelt andeutungsweise. Ich bin nicht sicher, was ich
antworten soll, höre nur meine Stimme.

»Wir ... ja, Sir, Herr Präsident ...«

»Schließlich ist es ein schweres Delikt, mein Sohn, einen
Offizier im Generalsrang zu ohrfeigen.«

Seine Worte verwirren mich. Sein Ton klingt streng, aber
ich kann mich nicht erinnern, wann mich zum letztenmal
jemand »mein Sohn« genannt hat. Ich denke einen Augenblick nach, dann antworte ich: »Sir ... Herr Präsident, ich
habe mir Mühe gegeben, Reue zu fühlen, aber es geht nicht.
Acht tapfere Männer sind gestorben – meine Männer.«

Er nickt ernst. »Es war eine schreckliche Tragödie, aber
gerade Sie wissen, daß diese Übungen wesentlich sind. Wir

haben oft Verluste.«

»Ja, Sir, aber diese waren vermeidbar. Die Bedingungen hatten die Grenzwerte überschritten. Bei einem wirklichen Gefecht hätte ich diese Jungs aus dem Flugzeug getreten und wäre dann selbst gesprungen. Er hat einfach versucht zu beweisen, wie zäh er geistig war. Er saß auf der Erde in einem netten, sicheren Befehlsstand. Ich habe einfach rot gesehen. Ich bedaure es, bereue es aber nicht ... Herr Präsident, ich werde es beim Kriegsgericht darauf ankommen lassen.«

»Selbstverständlich. Mike berichtet mir, daß Sie sich wegen einiger Aspekte des Befreiungsplans in San Carlo Sorgen machen – erzählen Sie mir darüber.«

Ich fühle mich unbehaglich. Der Stuhl ist niedrig und weich gefedert. Meine Knie reichen bis zu meinem Kinn. Ich kann nicht längere Zeit sitzen bleiben. Ich sage: »Äh ... Herr Präsident, stört es Sie, wenn ich aufstehe? Ich kann im Stehen besser denken.«

Er nickt zustimmend, und ich stemme mich in die Höhe. Es ist auch nicht besser. Jetzt muß er sich den Hals verrenken, um zu mir heraufzuschauen. Er steht lächelnd auf und geht zu seinem Schreibtisch. »Reden Sie nur. Ich sitze hier. Gehen Sie auf und ab, wenn Sie wollen. Und Oberst, Sie wissen nicht, ob Sie mich ›Sir‹ oder ›Herr Präsident‹ nennen sollen. Sagen Sie einfach ›Sir‹, es ist kürzer.«

»Danke, Sir.«

Komlosy hat sich links von mir hingesetzt. Ich beschließe, so zu beginnen, wie ich es vorhatte, und schaue dem Präsidenten in die Augen. »Sir, Mr. Komlosy hat mich aufgefordert, mich kurz zu fassen, da Sie bald zu Abend essen werden. Sir, entweder wird das Dinner kalt, oder Sie werden nur einen Teil von dem hören, was ich zu sagen habe.«

Ich werfe Komlosy einen Blick zu. Er sieht unglücklich drein. Der Präsident schaut auf seine Uhr und blickt mich lange an. Endlich sagt er: »Oberst Slocum, wenn ich glaube, daß das, was Sie mir zu sagen haben, von Bedeutung ist, dann kann mein Dinner warten.«

Erste Hürde genommen. Ich hole tief Luft und erkläre

rundweg: »Sir, es ist meine Pflicht, meinen Oberbefehlshaber darauf aufmerksam zu machen, daß das Militär der Vereinigten Staaten sich in den letzten fünfunddreißig Jahren grober fachlicher Unfähigkeit schuldig gemacht hat.«

Es herrscht vollkommene Stille, nur eine Sirene heult in der Ferne. Der Präsident sieht Komlosy an, als wäre er eine Katze, die eine stinkende, verfaulte Ratte angeschleppt hat. Er wendet sich wieder mir zu und sagt heiser: »Es ist nicht Ihre Pflicht, die Uniform und die Orden, die Sie tragen, und die Tausende Männer und Frauen in all diesen Jahren, die für die Freiheit und für ihr Land gekämpft haben und gefallen sind, zu verunglimpfen.«

»Nein, Sir. Ich achte sie. Ich bin seit achtundzwanzig Jahren Soldat. Der amerikanische Soldat, Flieger und Matrose ist genauso gut wie jeder andere Soldat auf der Welt und besser als die meisten. Ich kritisiere das Kommando. Seine Einstellung, seinen Aufbau und seine Denkweise. Mit einem Wort, Ihre Streitkräfte sind unfähig, ein wirksames Werkzeug Ihrer globalen Strategien zu sein.«

Wieder Schweigen. Sein Gesicht läßt auf eine Magenverstimmung schließen. Er sagt schließlich in drohendem Ton: »Erklären Sie das näher, Oberst.«

»Sir, in den letzten fünfunddreißig Jahren hat unser Land keinen einzigen militärischen Erfolg errungen.«

Er seufzt. »Was ist mit Grenada?«

»Grenada war Mist. Ich war dabei. Aber darauf möchte ich später zu sprechen kommen. Ich möchte mit Korea beginnen. Den Landungen in Inchon 1950 – ›Operation Kobalt‹.«

»Oh! Das war auch Mist?«

»Nein, Sir. Es war ein glänzender Erfolg. Unser letzter Erfolg!«

Ich beginne vor dem Schreibtisch auf und ab zu gehen. Meine Schritte verursachen auf dem dicken beigen Teppich kein Geräusch. Ich hebe einen Finger.

»Sir, darauf folgte der Vormarsch zum Yalu-Fluß. Mac Arthur nahm die Hinweise darauf, daß die Chinesen eingreifen würden, nicht zur Kenntnis. Er wartete nicht, bis sich die Einheiten gesammelt hatten, sondern stieß vor und zog die Truppen zu weit auseinander. Die Chinesen griffen an, schlugen unsere Streitkräfte in die Flucht und zwangen uns zu dem längsten Rückzug in unserer Geschichte. Ergebnis: Pattstellung, Teilung von Korea und unsere erste Niederlage in Übersee.«

Er unterbricht mich: »Manche Leute würden es anders sehen.«

Ich wende mich ihm zu.

»Sir, die Historiker tun es und werden es auch in Zukunft tun. Unsere Soldaten taten es. Ich kannte viele von ihnen.« Ich hebe den zweiten Finger. »1961 – Schweinebucht. Okay, es war ein Unternehmen der CIA, aber unser Militär war an der Planung maßgebend beteiligt. Wieder verpfuscht. Klassische Fehler bei einem amphibischen Angriff. Keine Luftunterstützung. Kein Nachschub der Munition, allerschlechteste Geheimdienstarbeit.« Ich hebe den dritten Finger. »Vietnam. Trotz massiver Überlegenheit in allen Bereichen militärischer Kampfkraft haben wir verloren, weil die Generäle im Pentagon beschlossen, unsere Jungen im sechsmonatigen Turnus von der Front abzulösen. Ich war sechs Jahre lang dabei, Sir, und sah zu, wie sie kamen und gingen. In den ersten drei Monaten lernten sie, in den letzten drei Monaten gingen sie möglichst wenig Risiken ein. In den Kampftruppen gab es kaum Zusammenhalt und Stolz. So ist die menschliche Natur. Die Briten haben einmal einen ähnlichen Krieg in Borneo gegen die Indonesier geführt. Sie haben ihre Truppen hingeschickt und ihnen gesagt, daß sie bleiben würden, bis sie gewonnen hätten. Sie schafften es in nicht einmal drei Jahren.«

Der Präsident sieht Komlosy fragend an, der nickt. Ich hebe den vierten Finger.

»1968. Die *Pueblo*. Die Marine schickte ein mangelhaft bewaffnetes Erkundungsschiff ohne Begleitschutz an die Grenze der koreanischen Hoheitsgewässer. Ein unsicheres, feindseliges Gebiet. Das Schiff wurde angegriffen. Als es Hilfe anforderte, erwies die Kommandokette ihre Unfähigkeit. Es war keine Hilfe verfügbar. Der Kommandant versenkte sein Schiff nicht, wie es seine Pflicht gewesen wäre. Es wurde kassiert – Mist.«

Jetzt beobachtet er mich aufmerksam. Ich sehe ihn ruhig an und hebe einen Finger meiner zweiten Hand. »1970. Das Son-Tay-Kommandounternehmen. Ein brillant geplanter Einsatz, um amerikanische Kriegsgefangene aus einem Gefängnis in Nord-Vietnam zu befreien. Als das Kommando hinkommt – keine Amerikaner da. Sie waren vor Monaten weggebracht worden – der Geheimdienst hat Mist gebaut.«

Ich hebe den nächsten Finger und gehe wieder auf und ab. »1975. Die *Mayaguez*. Ein amerikanisches Handelsschiff und seine Besatzung werden von den Kambodschanern gekapert: ein fehlgeschlagener Befreiungsversuch. Wieder ein Versagen des Geheimdienstes. Alle Waffengattungen versuchten sich daran zu beteiligen. Wir nahmen eine Insel ein und entdeckten, daß die Mannschaft bereits freigelassen worden war – es wäre komisch gewesen, wenn wir nicht einundvierzig Mann dabei verloren hätten.«

Ich höre auf, an den Fingern abzuzählen. Sie gehen mir aus. »1979. Der Versuch, die iranischen Geiseln zu befreien. Vielleicht der größte Reinfall überhaupt. Oberst Beckwith und seine Männer gehörten zu den besten Soldaten der Welt. Selbst nach fünfmonatiger Ausbildung hatte die Operation wegen der dilettantischen Planung nie eine Erfolgschance. Sie war so kompliziert angelegt, daß nur ein Schach-Großmeister sich ausgekannt hätte. Okay, weite Entfernungen, große Probleme, aber ... schlecht geprobt; unklare Befehlsverhältnisse. Niemand war in der Lage, Kompromisse einzugehen. Keine Reserven. Die Computer erklärten, daß der Plan perfekt war. Hat man ihnen Sandstürme einprogrammiert? Die Irrtümer der Piloten? Die Zivilisten, die sich dort herumtrieben, wo sie nichts zu suchen hatten? Die schlechte Hubschrauberwartung? Die Dinger brachen einfach auseinander. Mist.« Ich drehe mich um. Er starrt auf die Schreibtischplatte. Ich sehe Komlosy an, er starrt auf die gegenüberliegende Wand. Ich sage sehr ruhig: »Beirut, 1983.« Der Präsident blickt auf. Er tut mir ein wenig leid.»Beirut, Sir. Zweihunderteinundvierzig Marines getötet, hauptsächlich aufgrund professioneller militärischer Fahrlässigkeit. Sir, in zwei Tagen werde ich vor dem Kriegsgericht stehen, weil ich einen General geohrfeigt habe. Sein Kinn tut ihm weh. Wie viele Generäle kamen wegen Beirut vor das Kriegsgericht?«

Er seufzt und lehnt sich zurück. Langes Schweigen folgt. Ich habe wieder Kopfschmerzen. Schaffe ich es? Er blickt auf die Uhr, dann auf Komlosy. Wie entscheidet er sich? Er seufzt wieder, hebt den Hörer ab und drückt auf einen Knopf.

»Julie, geben Sie mir die First Lady.« Eine Pause. »Hi, Liebste. Werde jetzt nicht böse, ich werde um einiges später kommen als geplant... Ja, Liebste, die San-Carlo-Sache... Ich weiß, Liebste. Warte einen Augenblick.« Er sieht mich an. »Oberst, wie lang werden Sie brauchen?«

»Etwa eine halbe Stunde, Sir.«

Ins Telefon sagt er: »Eine halbe Stunde, Liebste... Sicherlich. Wirklich? Das ist wunderbar... ich bin sicher... Und ich, Liebste.« Er legt auf.

»Okay, Oberst, ich werde Sie zu Ende anhören. Glauben Sie nicht, daß ich mit allem einverstanden bin, was Sie sagen. Bei diesen Dingen gibt es den Faktor des Zufalls, des Schicksals, nennen Sie es, wie Sie wollen. Aber was war bei Grenada nicht in Ordnung?«

»Da haben wir gewonnen, Sir. Wir hatten ja keine Wahl. Wir verwendeten eine Dampfwalze, um eine Nuß zu zerquetschen. Und dabei wurde die Walze ein wenig beschädigt.«

»Wieso?«

»Wir erlitten unnötige Verluste. Wieder wollten alle Waffengattungen daran teilnehmen. Wir hätten es mit tausend Fallschirmjägern geschafft. So viele Truppen rannten herum, daß sie Gefahr liefen, einander in die Quere zu kommen. Angeblich griffen wir ein, um das Leben unserer Medizinstudenten zu beschützen. Wir brauchten achtundvierzig Stunden, um sie in Sicherheit zu bringen. Wir hätten zwei Stunden brauchen sollen. Wieder war unser Geheimdienst rotzerbärmlich. Den größten Schaden richteten wir in einer Nervenheilanstalt an. Die einzige vernünftige Idee der Generäle war, die Medien herauszuhalten. Sie ersparten sich dadurch einen Skandal.«

Der Präsident lächelt leicht und steht auf. Er geht zu einem Schrank und öffnet ihn. Er enthält Gläser und Flaschen. »Oberst«, sagt er über seine Schulter, »im allgemeinen mixe ich mir um diese Zeit abends einen Martini. Mike trinkt ihn auch gern. Wie steht es mit Ihnen?«

»Ja, Sir. Danke.«

Ein Bier wäre mir lieber, aber wie sagt man das einem Präsidenten? Er mixt die Drinks sorgfältig. Komlosy geht hin und holt sich seinen. Der Präsident reicht mir ein Glas und setzt sich auf den Rand seines Schreibtisches.

»Prost.« Ich nehme einen Schluck. Er ist so trocken, daß meine Zunge taub wird.

»Prächtiger Martini, Sir.«

Er lächelt. »Danke, mein Sohn. Erklären Sie mir jetzt kurz ... warum es zu diesen ganzen Reinfällen, denen Sie das Prädikat ›Mist‹ geben, gekommen ist.«

Ich nehme noch einen Schluck und ordne meine Gedanken.

»Sir, mit einem Wort ... Technologie.«

Er blickte auf sein Glas hinunter und wirbelt seinen Drink nachdenklich herum. Ich fahre fort.

»Wir verlassen uns zu sehr darauf, Sir. Es hat das Denken unserer obersten Führung durchdrungen und nachteilig beeinflußt. Sie haben die einfachste und grundlegendste Kriegsregel vernachlässigt: Schlachten werden von Soldaten auf der Erde gewonnen. In Vietnam wurden wir von einem Feind geschlagen, der nur aus Infanterie bestand. Trotz unserer totalen Luft- und Seeüberlegenheit. Von je zehn Millionen Kugeln, die wir in Vietnam abgefeuert haben, hat schätzungsweise nur eine einen Vietcong getroffen. Wir ließen uns von Computern, Sensoren, Elektronik und all den anderen Tricks aus dem Zauberkasten blenden. So ist es seit dem Zweiten Weltkrieg. Sie haben alles vergessen. Die erste Regel für einen Kommandanten besteht darin, seine Männer unter den bestmöglichen Bedingungen mit dem Feind in Berührung zu bringen. Das ist auch die letzte Regel. Sie versuchen ohne

Kontakt zu kämpfen. Das ist undurchführbar, außer man setzt Nuklearwaffen ein.«

Er nickt. »Okay. Wenn man diesem Gedankengang folgt, was ist dann an dem Befreiungsplan falsch?«

Ich leere mein Glas. »Sir, entschuldigen Sie die Ausdrucksweise. Wie ich Mr. Komlosy gesagt habe, es ist ein Eimer voll Scheiße . . .«

PEABODY

San Carlo – *3. Tag*

Ich höre leises Klappern und öffne die Augen. Der Raum wird von einer einzigen Lampe ohne Schirm beleuchtet, die von der Mitte der Decke hängt. Es gibt keine Schatten. Keine Bewegung. Aber ich habe ein Geräusch gehört. Ich halte den Atem an und horche. Leises Schlurfen. Ich sehe etwas. Es hängt über dem Rand des Speiseeimerchens; schwarz, dünn und schuppig. Es zuckt. Ich spüre Kupfer im Mund. Ich höre mein Herz. Ist es eine Schlange? Langsam, vorsichtig erhebe ich mich. Der Strohsack quietscht unter meinen Handflächen. Das schwarze Ding gleitet in den Eimer. Ich lehne mich mit dem Rücken an die Wand und versuche zu denken. Was immer in dem Eimer ist, hat es auf die Essensreste abgesehen. Ich sehe mich im Raum nach einer Waffe um. Es gibt nur den halbvollen, stinkenden Toiletteneimer. Meine Augen wandern zu dem kleinen Eimer zurück. Er fällt langsam auf die Seite und rollt ein Stück. Etwas gleitet heraus. Ich drücke mich wieder an die Wand. Ich sehe in zwei glitzernde Augen hinter einer spitzen Schnauze. Es ist eine Ratte – zwanzig Zentimeter lang. Sie bewegt sich, verschwindet hinter dem Eimer. Ich versuche zu überlegen. Ich spüre Schmerz und merke, daß ich meine Fäuste so fest zusammenpresse, daß sich die Nägel in meine Handflächen bohren. Der Schmerz hilft mir, die Panik zu unterdrücken. Ich lasse den Eimer nicht aus den Augen und schreie: »Wache!«

Es kommt kaum lauter heraus als ein Quieken. Der Eimer

bewegt sich, und der widerliche schwarze Körper gleitet hinter ihn. Ich schiebe mich in eine Ecke und schreie: »Wache! Wache!«

Ich höre das Geräusch der Außentür, dann Schritte. Es vergeht eine Ewigkeit, dann dreht sich der Schlüssel im Schloß, und die Tür geht auf. Der Wachposten ist jung, ein Teenager mit rundem Gesicht. Er hält seine Maschinenpistole schußbereit. Ich hocke in der Ecke und zeige auf den Eimer. Die Mündung seiner Pistole richtet sich darauf.

»Eine Ratte!«

»Eine was?«

Die Ratte bewegt sich. Sie rennt über den Fußboden auf mich zu. Ich werfe mich zur Seite, falle hin, spüre keinen Schmerz. Meine Hände bedecken mein Gesicht. Ich drehe mich herum und sehe durch die Finger, wie sich die Ratte in ein kleines Loch in der Ecke verdrückt, in der ich gestanden habe. Sie scheint steckenzubleiben, dann gleitet sie wie ein Stück erstarrtes, schwarzes Öl hindurch und zieht den Schwanz nach.

Jetzt spüre ich den Schmerz in meiner Schulter, die auf den Beton aufgeschlagen ist. Der Posten lacht schallend. Ich komme mühsam auf die Füße. Meine Hände sind vom Schweiß auf meinem Gesicht naß. Wut tritt an die Stelle der Angst. Ich schreie ihn an: »Halt den Mund!«

Er schaut mir ins Gesicht, und sein Gelächter bricht ab. Er richtet seine MP auf mich und tritt einen Schritt zurück. Dann sagt er höhnisch: »Angst vor einer kleinen Ratte? Keine Sorge, Exzellenz, Sie sind zu mager. Sie geben kein gutes Dinner für sie ab.«

Ich überlege mir eine Erwiderung, als Fombona in der Tür erscheint. Der Posten erzählt immer noch grinsend von der Ratte und ahmt nach, wie ich geflüchtet bin. Fombona amüsiert sich köstlich. Mit übertriebener Höflichkeit bietet er mir seine Maschinenpistole an.

»Da, du Schwein. Nimm das, um gegen das große Ungeheuer zu kämpfen, oder möchtest du lieber eine Kanone?«

Er ist nur einen Meter von mir entfernt. Ich bin versucht,

mich auf ihn zu stürzen und die Waffe zu packen. Er beobachtet mich, fordert mich heraus. Ich sage steif: »Ich protestiere gegen diese Ungeheuerlichkeiten. Sie werden etwas gegen dieses Ungeziefer unternehmen. Es sind auch Kakerlaken hier. Dutzende.« Ich zeige auf einen schmutzigen, braunen Haufen in der Ecke; tote Kakerlaken, die ich in den letzten beiden Tagen getötet habe. »Unter den Vorräten der Botschaft, die Sie zweifellos geplündert haben, gibt es Schädlingsbekämpfungsmittel und Rattengift ...«

Er schüttelt freundlich den Kopf. »Vergiß es, Schwein. Die Weisungen sind klar. Nur der Kubaner kann etwas für deine Bequemlichkeit oder Person anordnen.«

»Dann verlange ich, ihn zu sehen – unverzüglich.«

Er zuckt mit den Achseln. »Er ist nicht hier.«

»Wann kommt er?«

»Wer weiß es? Wen kümmert es? Er kommt, wenn er will.«

»Dann teilen Sie es ihm mit.«

Er sieht mich verächtlich an. »Hör zu, Schwein, ich bin nicht dein Laufbursche.«

Ich unterdrücke meine Wut und zeige auf das Eßgefäß. »Lassen Sie das desinfizieren.«

Er lacht und wendet sich zum Posten. »Er hat Angst davor, daß er eine Krankheit bekommt. Was ist, wenn die arme kleine Ratte sich bei ihm ansteckt?«

Sie gehen kichernd wie unreife Jugendliche hinaus, und der Schlüssel schabt im Schloß.

Ich fühle mich entsetzlich allein. So allein, daß ich sogar Fombonas Gesellschaft ertragen würde. Ich lausche, um zu hören, ob sie im Büro bleiben, aber ihre Schritte entfernen sich, und die Außentür wird abgeschlossen. Ich blicke rasch auf das Loch in der Ecke. Ist eine Schnauze dort? Augen? Nein, es ist nur meine überreizte Phantasie. Ich untersuche den Rest des Raumes. Es gibt noch zwei etwas kleinere Löcher, aber sie sehen verdächtig aus. Ich muß sie verstopfen, aber womit?

Eine weitere kurze Bestandsaufnahme. Außer meinen Shorts gibt es nichts, und mit denen kann man nicht alle drei

Löcher zustopfen. Außerdem sind sie der letzte Rest meiner Würde. Ich werfe einen Blick auf den Strohsack. Stroh und Sackleinen. Es ist alles, was ich habe. Ich spüre dumpfen Schmerz in meiner Schulter, als ich mich hinhocke und beginne, den Strohsack zu zerreißen. Ich denke nicht daran, wie ich in Zukunft schlafen werde; solange die drei Löcher offen sind, gibt es keinen Schlaf. Ich reiße drei Streifen Sackleinen ab und rolle sie eng um Strohbündel. Dann zupfe ich die grobe Naht auf und binde die Bündel fest zusammen. Ich habe sie zu groß gemacht. Ich kann sie nicht in die Löcher zwängen. Ich brauche eine halbe Stunde, um die richtige Größe zustande zu bringen und die Löcher fest zu verstopfen. Ich schwitze heftig, als ich den letzten Pfropfen hineindrücke, fühle mich aber erleichtert. Ich ekle mich vor Ratten.

Die Reste des Strohsacks stoße ich wieder an die Wand und setze mich. Während ich meine Schulter reibe, frage ich mich, wie lang es dauert, bis sich eine Ratte durch einen Propfen aus Stroh und Sackleinen durchfrißt. Einen Tag? Eine Woche? Eine Stunde?

Wann wird Calderon kommen?

JORGE

San Carlo – 4. Tag

Ich steige aus dem Lieferwagen. Fombona schlendert mit einem jungen Wachposten heran. Sie erzählen mir von Peabody und der Ratte. Fombona sagt mit boshaft leuchtenden Augen: »Er ist eingeschüchtert. Schalt das Licht ab und steck ein Dutzend große Ratten zu ihm hinein – er wird innerhalb von Minuten singen.«

Das ist eine interessante Entwicklung, und ich denke sorgfältig darüber nach. Es könnte für das nächste Stadium entscheidend sein. Schließlich erteile ich Fombona seine Weisungen. Einen Moment lang ist er verblüfft, dann spuckt er auf den Boden und sagt angewidert: »Du vergeudest deine Zeit.

Gib mir ein paar Stunden, und er singt.«

»Tu, was man dir sagt. Du kennst deine Befehle.«

Er zögert. Er ist ebenfalls ein Tier in einem Käfig. Das leiseste Zucken, und er wird zuschlagen. Ich blicke ihm ruhig in die Augen. Nach einer Minute senkt er den Blick und wendet sich mit einem Fluch ab.

Ich sehe mich auf dem Botschaftsgelände um. Die Aufmerksamkeit der Leute läßt bereits nach. Eine Gruppe sitzt mit den Rücken zum Zaun, der das Areal umgibt; ihre Waffen liegen zu ihren Füßen, und sie rauchen lange Zigarren. Die Gruppe am Tor bildet einen Kreis und spielt Karten. Fombona wird zu selbstsicher. Ich werde Bermudez berichten.

Ich gehe langsam zum Wachhaus. Eine Gruppe von Gefangenen wird aus der Kanzlei geführt. Sechs Frauen, alle mit ihren Selbstmordwachen verbunden – Mädchen, die aussehen, als wären sie noch Teenager. Mit dem kurzen Haar und der schmuddeligen Kleidung unterscheiden sie sich kaum von den männlichen Wächtern. Würden die sich wirklich selbst in die Luft sprengen? Sie sehen fröhlich aus und sprechen laut miteinander, während sie langsam im Kreis gehen. Ihre Gefangenen sind mürrisch und ungepflegt. Eine von ihnen, eine grauhaarige Frau, blickt mich verächtlich an. Ich wende mich ab und gehe zum Wachhaus.

Ich schließe die Zellentür nicht sofort auf, sondern lege meine Akten in eine Schublade, setze mich an den Schreibtisch und warte, um meine Strategie zu analysieren. Nach fünf Minuten treffen drei Wachen ein. Sie tragen Eimer und Besen und eine Schaufel. Sie brummen gutmütig. Ich sperre die Zellentür auf und öffne sie. Eine Sekunde später bin ich mit Exkrementen und Urin bedeckt. Peabody steht zwei Meter vor mir, hält den Eimer in der Hand, und auf seinem Gesicht liegt triumphierender Haß. Einen Sekundenbruchteil lang leuchtet sengend weißes Licht in meinem Gehirn, und ich will ihn töten. Ich beherrsche mich, wische mir das Gesicht mit dem Ärmel ab und sage gleichgültig: »Wie ich höre, gibt es hier ein Problem mit Ratten.« Ich zeige auf die Wachen. »Sie werden Rattengift in die Löcher streuen und sie zugipsen.« Ich zeige auf den unteren Rand der Tür. »Dort ist ein Spalt. Sie werden ein Brett dort befestigen, das bis zum Boden reicht. Sie werden den ganzen Raum desinfizieren und mit Insektiziden besprühen. Ihr Eßgefäß wird ebenfalls desinfiziert.« Ich bemerke den aufgerissenen Strohsack. »Sie werden Ihnen einen neuen Strohsack bringen und die Wände tünchen lassen.« Sein Gesichtsausdruck ist unverändert.

»Wenn Fombona die Tür geöffnet hätte, wären Sie jetzt tot«, sage ich.

Er wirft den Eimer quer durch den Raum und antwortet höhnisch: »Ich bin kein gewöhnlicher Verbrecher. Sie vergessen, wer ich bin.«

»Ich nicht. Fombona hätte es vergessen. Ich komme wieder.«

Ich mache kehrt. Die Wachen versuchen angestrengt, nicht zu lachen. Ich blicke sie an, und es vergeht ihnen. Ihre Gesichter sind ausdruckslos, während ich ihnen die Befehle erteile. Ich gehe hinaus und überquere den Hof. Die weiblichen Gefangenen und ihre Wachen gehen noch im Kreis. Sie sehen mich neugierig an. Es brodelt in mir. Er hat mich mit Scheiße beworfen! Seiner eigenen Scheiße! Es gibt keine größere Beleidigung auf Erden. Ich atme ein. Der Geruch verpestet meine Nase, dringt in mein Gehirn. Er hat Scheiße auf mich geworfen! Warte! Beherrsche dich! Ich bin nachsichtig mit mir. Wut ist zwecklos. Ich werde ihm die Beleidigung heimzahlen. Rache befriedigt mehr als Wut – nachhaltiger.

Am Eingang des Wohngebäudes steht ein Posten. Er blickt mich erstaunt an und will sich außer Reichweite begeben. Ich befehle kurz: »Bring mich in die Wohnung des Botschafters.«

Ich folge ihm durch die Tür. Der Vorraum ist ordentlich. Bermudez hat befohlen, daß die Gebäude durchsucht, aber nicht geplündert oder beschädigt werden sollen. Ich nehme die einzelnen Räume kaum wahr, möchte nur dringend den Dreck loswerden.

Der Posten öffnet eine Tür und tritt zurück. Ich komme in ein luxuriös eingerichtetes Wohnzimmer.

»Wo ist das Badezimmer?«

Er zeigt auf eine Tür. »Durch das Schlafzimmer, Genosse.« »Folge mir.«

Ich muß mich zurückhalten, um nicht zu laufen und zu würgen. Das Badezimmer sieht so aus wie das im Hotel, nur größer. Nur Kacheln und Spiegel. Ich streife meine Jeans und das Hemd ab und reiche sie dem Posten. Er ergreift sie mit Zeigefinger und Daumen, sein Gesicht zeigt Ekel.

»Lassen Sie sie waschen und trocknen... und finden Sie inzwischen etwas in ungefähr der gleichen Größe, das ich anziehen kann.«

Er geht rasch hinaus, und ich drehe die Hähne der Dusche auf. Nach ein paar Sekunden ein Wunder – das Wasser ist heiß. Wahrscheinlich wissen sie nicht, wie man den Heißwasserspeicher ausschaltet. Ich lasse es so heiß werden, daß es weh tut – und bin selig, während es mich reinwäscht. Seine Flaschen und Seifen sind ordentlich aufgereiht. Ich finde Shampoo und schwelge im Schaum. Dreimal seife ich meinen ganzen Körper ein. Endlich fühle ich mich sauber.

Neben dem Waschbecken liegt eine silberne Haarbürste mit Monogramm. Mir gefällt, daß sie schwer ist, und ich bürste mein Haar mit ihr. Bermudez' Befehle müssen die Posten sehr beeindruckt haben, weil sie nicht einmal hier geplündert haben. In ein Handtuch gehüllt gehe ich ins Schlafzimmer. Es ist merkwürdig neutral. Ein großes Bett, ein weicher blauer Teppich, moderne cremefarbene Möbel, aber fast ohne persönliche Note. Für gewöhnlich spiegeln Schlafzimmer den Charakter ihrer Inhaber wider, das tut auch dieses. Übertrieben ordentlich und unpersönlich. Keine Familienfotos, keine persönlichen Kleinigkeiten. Nur ein Ort zum Schlafen.

Der Posten kommt zurück. Er trägt ein Paar saubere Jeans, aber ein sehr schmutziges T-Shirt. Die Jeans sitzen lose. Ich werfe ihm das T-Shirt wieder zu und öffne mehrere Schubladen, bis ich einen Stoß Hemden finde. Ganz weiß oder ganz blau. Ich wähle ein blaues. Weiche Baumwolle. Es paßt tadellos. Ich rolle die Ärmel auf und blicke in den Spiegel. Die Kombination von elegantem Hemd und einfachen losen Jeans sieht großartig aus. Ich glätte mein nasses Haar. Die helleren Strähnen verblassen allmählich. Es braucht wieder Zitronensaft und Sonne. Aus dem Augenwinkel ertappe ich den Posten, wie er lächelt.

»Ich werde heute nacht hier schlafen.«

»Aber Genosse, unser Führer hat befohlen ...«

»Das gilt nicht für mich. Wenn meine Kleider trocken sind, bring sie her.«

Er macht ein besorgtes Gesicht, während ich mich umdrehe und hinausgehe.

Im Wachhaus sitzt Peabody vor dem Schreibtisch. Er dreht sich um, und sein Blick fällt auf das Hemd.

»Paßt großartig«, sage ich. »Meinen Glückwunsch zu Ihrem Schneider.«

Er antwortet nicht. Sein Gesicht ist teilnahmslos. Ich schaue in die Zelle. Sie ist schon gereinigt, und ich sehe den frischen Gips in den Ecken. Die Wachen tünchen die Wände. Ich schließe die Tür und gehe hinter den Schreibtisch. Peabody sieht schweigend zu, während ich die Schublade aufschließe und meine Ordner herausnehme. Ich lege sie auf den Tisch und sage ohne aufzublicken: »Peabody, Sie sind ein Kenner des romanischen Geistes und Temperaments. Sie wissen, daß das, was Sie taten, für einen Romanen die schlimmstmögliche Beleidigung darstellt, es sei denn, Sie vergewaltigen seine Frau, Mutter oder Tochter. Merken Sie sich: Wenn Sie jemals wieder so etwas versuchen, werden Sie mehr leiden, als Ihre Phantasie sich vorstellen kann. Fombona fleht mich fast an, ihm ein paar ungestörte Stunden mit Ihnen zu gewähren. Aber er wäre wie ein mitfühlender Priester im Vergleich zu dem, was ich tun würde.«

Ich blicke auf. Der Schuft hat ein leichtes, überlegenes Lächeln aufgesetzt.

»Ich dachte, Sie verwenden die Folter nicht.«

»Ich habe es nie getan, aber ich erinnere mich daran, was mir ein Chinese einmal gesagt hat. ›Beleidige mich einmal: Schande über dich. Beleidige mich zweimal: Schande über mich.‹ Ich werde von Ihnen keine Schande dulden.«

Er zeigt lässig auf die Tür der Zelle. »Calderon, ich weiß, was Sie vorhaben.«

»Was?«

»Zuckerbrot und Peitsche. Es wird nicht funktionieren. Sie halten sich für so verdammt klug, aber ich durchschaue Sie. Ich bin kein schwachsinniger Idiot. Ich durchschaue Sie. Sie sind durchsichtig wie Glas.«

»Ja?«

»Und ob. Zuerst kommen Sie mir hart, um mich weichzukriegen. Dann sind Sie freundlich. Wenn ich nicht reagiere, werden Sie wieder unangenehm. Dann weich, dann hart. Für Männer wie Sie ist es eine Standardtechnik, zu verwirren und zu beunruhigen. Es ist Ihnen verdammt gleichgültig, ob dort drinnen Ratten sind oder ob ich von Ungeziefer halbtot gebissen werde. Plötzlich spielen Sie den freundlichen Onkel und hoffen, daß Sie etwas dafür bekommen.«

»Sie irren sich.«

»Ah ja?«

Ich erzähle ihm doch tatsächlich die Wahrheit.

»Vor Jahren, Peabody, habe ich Zuckerrohr geschnitten. Alle Studenten helfen in der Erntezeit. Ich war bei einer Bauernfamilie untergebracht. Sie arbeiteten alle, bis auf einen sehr alten, schwachen Mann. Er war über neunzig. Eines Abends wurde in einem benachbarten Dorf ein Fest veranstaltet. Die ganze Familie ging hin, außer dem alten Mann und mir. Ich war zu erschöpft – ich war schwere körperliche Arbeit nicht gewohnt. In der Nacht stand ich auf, um zu pissen – natürlich draußen. Der Alte schlief auf einem Strohsack auf der Veranda. Er mußte vor einigen Stunden gestorben sein. Auf der Leiche saß ein halbes Dutzend Ratten und nagte an ihm. Ich mußte mit einem Stock auf sie losgehen, bevor sie ihre Mahlzeit im Stich ließen. Seit dieser Nacht habe ich krankhafte Furcht vor Ratten. Ich sehe die Szene in Alpträumen. Wenn mich jemand mit Ratten in einen Raum sperrte, wäre es für mich die Folter. Deshalb foltere ich Sie nicht so.« Ich zeige auf die Zelle. »Was ich denen da draußen aufgetragen habe, ist nicht das Zuckerbrot. Ich verwende diese Technik nicht.«

Ich betrachte sein Gesicht. Glaubt er mir? Ich spüre, daß das wichtig ist. Er reagiert nicht; kein Zucken.

»Welche Technik wenden Sie dann an?«

»Es gibt keine wirkliche Technik. Ich versuche zu überzeugen, sogar aufzuklären.«

Er schnaubt verächtlich.

»Und Sie werden mich aufklären?«

Ich schlage einen Ordner auf, wähle eine Seite und beginne zu lesen: »Ich habe dreiunddreißig Jahre und vier Monate im aktiven Dienst als Angehöriger der beweglichsten militärischen Einheit unseres Landes verbracht, dem Marinekorps. Während dieser Zeit arbeitete ich hauptsächlich als hochklassiger, rücksichtsloser Helfer für das Big Business, für die Wall Street und die Bankiers. Kurz, ich war ein ›Schieber‹, der für den Kapitalismus arbeitete ... So habe ich 1914 dazu beigetragen, Mexiko und vor allem Tampico für die amerikanischen Ölinteressen betriebssicher zu machen. Ich habe dazu beigetragen, daß in Haiti und Kuba Ruhe und Ordnung einkehrten, damit die National City Bank ihre Einkünfte kassieren konnte ... von 1909 bis 1912 war ich damit beschäftigt, Nicaragua im Auftrag des internationalen Bankhauses Brown Brothers zu säubern. Ich habe 1916 in der Dominikanischen Republik den amerikanischen Zuckerinteressen den Weg bereitet. 1903 war ich daran beteiligt, Honduras für die amerikanischen Fruchtkompanien zurechtzumachen.‹«

Ich blickte zu ihm auf.

»Herr Botschafter ... Exzellenz. Wissen Sie, wer das geschrieben hat?«

»Natürlich. General Smedley D. Butler.«

»Und?«

»Und was?«

»Haben Sie dazu nichts zu bemerken?«

Er zuckt gelangweilt die Schultern. »Er war wahrscheinlich mit seiner Pension unzufrieden.«

Ich unterdrücke meinen Ärger.

»Sie finden nicht, daß das eine verdammte Anklage ist?«

»Nein. Natürlich hat es kapitalistische Ausbeutung gegeben... Wir sind ein kapitalistisches Land, und es war die Politik unserer Regierungen, unsere Geschäftsleute international zu unterstützen. Wir haben es manchmal in der Vergangenheit übertrieben. Das gehört der Geschichte an. Im Lauf der Jahrzehnte ist der Kapitalismus aufgeklärter geworden.« Er beugt sich vor. »Während dieser gleichen Jahrzehnte ist der Kommunismus zur geistigen Unterdrückung entartet.«

Ich blättere in dem Ordner und zitiere ruhig: »Der Tag ist nicht sehr fern, an dem drei Sternenbanner an drei gleich entfernten Punkten ein Territorium bilden werden. Eines am Nordpol, ein zweites am Panama-Kanal und das dritte am Südpol. Die gesamte Halbkugel wird praktisch uns gehören, wie sie uns dank unserer rassischen Überlegenheit bereits moralisch gehört.«

Ich blicke auf. »Diese Worte stammen von keinem Geringeren als einem Präsidenten der Vereinigten Staaten von Amerika.«

Er nickt, und seine Lippen verziehen sich zu einem Lächeln. »Ja, Taft. Und es hat bestimmt die Kanadier verärgert. Aber das war 1912. Die Welt hat sich verändert.«

Ich will antworten, doch er unterbricht mich.

»Hören Sie, ich habe über diese Fragen tausendmal diskutiert, noch bevor Sie auf der Welt waren. Sie wollen ein Land aufgrund seiner historischen Verbrechen verurteilen? Wer entscheidet, wie weit Sie zurückgehen? Fünfzig Jahre? Hundert? Tausend? Sie wollen einen Spanier heute für die Konquistadoren verantwortlich machen? Oder mich für den Sklavenhandel?« Er zeigt mit dem Finger auf mich. »Oder Sie? Was haben Ihre Vorfahren gemacht?«

Wieder versuche ich zu sprechen, aber er ist jetzt wütend und stößt mit dem Finger nach mir.

»Hören Sie. Vor ein paar Jahren habe ich gehört, wie zwei Schwarze über die Fernsehserie *Roots* gesprochen haben. Einer von ihnen hat sich über die Ungeheuerlichkeit der Sklaverei empört, der andere hat gemeint: ›Verdammt, Mann, wenn sie meinen Urgroßvater nicht von dort herausgeholt hätten,

säße ich jetzt im Dschungel. Ich habe keinen Grund, mich
zu beklagen.‹«

»Und das rechtfertigt die Sklaverei? Die Geschichte verurteilt sie.«

»Nein. Die Geschichte erklärt sie. Als guter Kommunist
sollten Sie das wissen.«

Er lächelt spöttisch. Meine Wut wächst.

»Der Kommunist ist das Gegenteil von Sklaverei.«

»Ah ja? Predigen Sie das doch in den Gulags.«

Ich habe die falsche Straße eingeschlagen! Dieser Mann,
dieser Schmarotzer, ist für Logik unzugänglich. Er ist dreiundsechzig Jahre alt, und ich werde ihn nicht von etwas
abbringen, wozu er nie überredet wurde. Aber er ist raffiniert.
Ich muß zurückgehen und seine Verteidigung von Anfang an
aufreißen. Er spricht wieder und bestätigt meine Überlegungen.

»Calderon, Sie sind verrückt. Sie glauben, Sie werden mich
überzeugen? Mich zum Kommunismus bekehren, damit ich
ein paar Namen ausspucke, die ich ohnehin nicht kenne? Sie
sind nicht verrückt ... Sie sind dumm!«

Innerlich seufzend hole ich einen anderen Ordner hervor.
Es ist noch viel zu früh, um meine Waffe zu gebrauchen, aber
ich muß ihn darauf vorbereiten. Ich schlage den Ordner auf
und lese einen Namen vor.

»Amparo Flores.«

Ich blicke auf und sehe an seinen Augen, daß der Pfeil sitzt.
Der Hohn ist fort. Ich habe gepunktet. Er bemüht sich,
normal zu reagieren.

»Was?«

»Amparo Flores. Der Grund, weshalb Sie den Kommunismus hassen, und besonders den kubanischen Kommunismus.«

Nun herrscht Schweigen. Ich lasse es wachsen und warte,
daß er es bricht.

Er tut es nicht. Er schweigt. Eine fast nackte Statue. In
seinem Gesicht hat sich etwas verändert. Oder war es schon
vorher da? Eine Hagerkeit. Er hat einen fünf Tage alten,

graugesprenkelten Bart. Er ist ungekämmt. Sein schlanker Körper ist plötzlich mager. Er hat ein Pokergesicht aufgesetzt, aber ich bemerke etwas – es ist noch nicht greifbar. Dank einem einzigen Namen sind wir einander nicht mehr fremd. Es gibt eine Verbindung. Einen irrationalen, beunruhigenden Moment lang tut er mir leid. Es geht vorbei, und obwohl ich alle Einzelheiten deutlich im Kopf habe, blicke ich wieder in den Ordner, bevor ich beginne. »Zwischen Mai 1958 und März 1959 unterhielt die betreffende Person sexuelle Beziehungen zu Amparo, der Tochter von Juan und Nani Flores. Sie verlobten sich in der ersten Märzwoche. Amparo Flores wurde am 28. März 1959 wegen antirevolutionärer Aktivitäten verhaftet. Die betreffende Person wurde am 4. Mai 1959 nach Washington zurückberufen. Amparo Flores starb am 11. Mai 1959 an einem Gehirnschlag.«

»Das ist eine Lüge!«

Die Worte sind ein Schrei. Er ist aufgesprungen, stützt die Hände auf den Tisch, beugt sich vor, ich spüre eine Spur von Speichel auf meiner Wange.

Der Wortschwall geht minutenlang weiter; eine Litanei von Haß und Schmerz. Er endet mit dem auf mich zeigenden Finger und den Worten: »Sie haben sie ermordet! Kubanischer Dreck! Sie, Sie, Sie!« Er wendet sich ab, geht zitternd durch den Raum zu einem kleinen Fenster und bleibt mit dem Rücken zu mir stehen.

Ich hatte eine Reaktion erwartet, aber nicht mit dieser Heftigkeit. »Damals war ich noch ein Kind«, sage ich sanft.

Seine Schultern zucken noch infolge der Leidenschaftlichkeit seines Ausbruchs. Seine Stimme ist scharf.

»Sie ... die anderen. Ich sehe da keinen Unterschied. Sie züchten Abschaum wie Sie, um Abschaum wie sie selber zu ersetzen.«

Ist es jetzt soweit? Nein, es ist zu früh. Er ist nicht zerbrochen, er vertraut mir nicht. Ich schlage einen versöhnlichen Ton an und erkläre: »Es war eine Zeit der Leidenschaften ... der Rache ... der Exzesse. Sie wurde als Spionin denunziert ...«

Er dreht sich um. Jetzt sieht er so alt aus, wie er ist – älter. Er geht langsam zurück und setzt sich. Seine Stimme klingt wieder normal. »Sie haben ihren Vater getötet, weil er Batista nahe stand. Sie töteten sie, weil sie mir nahe stand. Sie war neunzehn Jahre alt.«

Ich muß jetzt näher an ihn herankommen und das Thema wechseln.

»Nach der Art, wie Sie auf ihren Namen reagiert haben, müssen Sie sie sehr geliebt haben.« Ich warte auf eine Reaktion, doch sein Gesicht ist ausdruckslos, während er an mir vorbeiblickt. »Meine Familie kannte die ihre. Ich habe gehört, daß sie eine große Schönheit war . . .«

Keine Reaktion. Es wird Zeit, weiterzumachen.

»Peabody, Batista unterhielt ein ausgedehntes Netz von Geheimpolizei. Wir haben die meisten der Unterlagen geerbt. Manche sind faszinierend. Sie wurden aus vielen Quellen gespeist. Dienstmädchen, Chauffeure, Bordelle, Barbesitzer, Freundinnen. Wußten Sie, daß einer Ihrer Botschafter sich vier Mätressen hielt?« Er zuckt unbeeindruckt die Schultern. Ich fahre fort. »Er hat sie alle befriedigt. Der Beamte, der den Bericht schrieb, war davon ungeheuer beeindruckt. Selbstverständlich gab es auch einen Bericht über Sie. Ich werde Ihnen den Gefallen tun, daraus zu zitieren.« Ich blättere ein paar Seiten um, schaue rasch auf und sehe den Funken von Interesse in seinen Augen. Natürlich, das liegt in der menschlichen Natur. Ich lese: »›10. November 1958. Beobachteter: Jason R. Peabody. Politischer Berater, US-Botschaft. Laut weiteren Berichten von Gewährsmännern (siehe Anlage) äußert sich Peabody bei gesellschaftlichen Anlässen weiterhin positiv über die Castro-Banditen. Aus anderen Quellen verlautet auch, daß er Botschafter Smith negative Ratschläge erteilt, der aber seinen Rat kaum beachtet.«

Ich schließe die Akte und blicke auf.

»Batista war ein Dummkopf und offensichtlich seine Geheimdienstleute ebenfalls«, sagt er.

Ich schüttle den Kopf. »Nein, Peabody. Manche von ihnen waren gut. Sie haben schon damals für Fidel gearbeitet. Es gab auch andere Quellen. Es ist psychologisch interessant. Sie kamen 1956 als junger, idealistischer Beamter des Außenministeriums nach Kuba und sprachen bereits fließend Spanisch. Ich würde nicht sagen, daß Sie links standen – eher genau in der Mitte. Sie verlieben sich in eine einheimische Schöne und wollen sie heiraten. Dann kommt die Revolution. Ihre Verlobte wird verhaftet. Damals versuchte Ihre Regierung, mit Castro zu einer Verständigung zu kommen – versuchte, Kuba unter ihrem Einfluß zu behalten. Sie waren über die Verhaftung empört, verloren jegliche Objektivität und wurden für Ihre Botschaft zu einem Ärgernis. Sie wurden zurückberufen und protestierten lautstark dagegen. Damals war Ihre Karriere so ziemlich am Ende. Dann kam die Tragödie Ihrer Verlobten, die Beziehungen zwischen den USA und Kuba verschlechterten sich; es folgte Fidels historisches Umschwenken zum Marxismus und Kubas Freundschaft mit der Sowjetunion. Ihre Karriere kam wieder in Schwung, aber diesmal unter anderen Vorzeichen. Ihre gesamte Existenz ist Rache an Kuba, an Castro und vor allem am Kommunismus. Was immer einmal an Idealismus in Ihnen vorhanden war, ist in Ihnen zu Wirkungslosigkeit implodiert.«

Sein Gesichtsausdruck wirkt nicht mehr gelangweilt, aber auch nicht fasziniert. Ich beschließe, seine Stimmung zu heben.

»Trinken wir einen Schluck Kaffee.«

Seine Oberlippe kräuselt sich buchstäblich.

»Zurück zum Zuckerbrot.«

Ich lächle und bestelle beim Posten Kaffee.

PEABODY

San Carlo – 5. *Tag*

Ich begreife in einem erschreckenden Augenblick. Ich hebe die Tasse. Der kräftige, volle Duft des Kaffees dringt in meine Nase. In meinem Mund sammelt sich Speichel. Das empfindet ein Süchtiger, wenn er eine Zeitlang ohne Droge leben mußte.

Nur fünf Tage, und meine Finger zittern, und die Tasse schlägt gegen meine Zähne. Einen Augenblick lang bedaure ich, daß ich jemals Kaffee gekostet habe und mich daher so danach sehne.

Er beobachtet mich. Diese schläfrigen Augen, die alles sehen. Ich fühle meine Nacktheit wie eine eiternde Hautkrankheit. Vorsichtig trinke ich zwei Schlucke und lasse die Tasse sinken. Sie sind mit der Reinigung meiner Zelle fertig und sind gegangen. Er hat die Zelle besichtigt, als wäre sie das Boudoir einer Königin. Ich bin am Schreibtisch sitzengeblieben. Als er zurückkam, protestierte ich wieder gegen meine Festnahme, die entsetzlichen Bedingungen und seine Anwesenheit auf dem Territorium der Vereinigten Staaten. Nachdem er aufmerksam zugehört hat, beteuert er leichthin, daß alle anderen Geiseln bei guter Gesundheit sind und nicht mißhandelt werden. Es ist so, als spucke man in einen Vulkankrater. Ich frage ihn, was draußen vorgeht, wie die allgemeine Lage ist. Er spreizt die Finger.

»Nichts. Pattsituation; keine Veränderung. Ihre Regierung stößt Drohungen aus und beklagt sich bei jedem, der ihr zuhört. Ihre Marionetten tanzen an ihren Drähten und plappern Proteste.«

Er lügt natürlich. Es müssen Entwicklungen stattgefunden haben. Ich habe heute mehrmals Düsenflugzeuge über uns gehört. Sie können nur von der *Nimitz* kommen. Ich wette, daß der Druck zunimmt. Er wird mich nicht informieren. Es ist eine genau berechnete Strategie, um mich aus dem Gleichgewicht zu bringen. Sogar die Kerle, die mein Essen bringen, haben Befehl, kein Wort zu sprechen.

Es funktioniert. Ich bin verunsichert. In meinem Leben hat es Zeiten gegeben, in denen ich mich nur nach Einsamkeit sehnte. Ich habe nie verstanden, daß sie anders aussieht, wenn sie aufgezwungen wird. Nach drei Tagen bekomme ich eine Ahnung von den Schrecken einer Kerkerhaft.

Und Amparo. Ich muß aus dem Gleichgewicht geraten sein. Ich habe den Verstand verloren, als ich diesen Namen von seinen Lippen vernahm. Die spanische Wortmelodie hörte. Es war grausam. Und die Ratte. Ich glaube ihm seine Phobie. Warum glaube ich es? Dieser Teufel könnte alles Mögliche erfinden. Aber ich glaube ihm. Jetzt erkenne ich die Gefahr. Dieser Mann vor mir, dieser Junge, ist mehr als schlau. Mehr als geistig brillant. Er besitzt eine merkwürdige Macht. Wenn mir jemand vor ein paar Stunden gesagt hätte, daß dieser Junge mir Informationen entlocken kann, hätte ich ihn für verrückt gehalten. Jetzt ist mir die Gefahr zum Glück bewußt geworden. Ich muß geistig und emotionell immer auf der Hut sein.

Ich trinke wieder Kaffee, diesmal stürze ich ihn hinunter. Er meint nachdenklich: »Sie widmen Ihre ganze Karriere, Ihr ganzes Leben einem antikommunistischen Kreuzzug, mit den Schwerpunkten auf Lateinamerika und insbesondere Kuba. Aber Ihre Karriere geht nicht weiter. Sie werden fast zum Einsiedler. Sie widmen sich Ihren Studien. Sie besitzen keine Freunde. Sie schreiben antikommunistische Bücher, die von Ihrer kapitalistischen Intelligenzija hochgejubelt werden, und Ihre Karriere kommt in Schwung, stagniert wieder, kommt neulich in Schwung, entsprechend den ideologischen Pendelschlägen in Ihren Administrationen. Schließlich werden Sie zum Botschafter bei einer Regierung ernannt, die eine Woche später gestürzt wird. Sagen Sie mir, Peabody, wann haben Sie das letztemal gebumst?«

Ich bin durch die zynische, aber genaue Biographie eingelullt worden und suche nach einer Erwiderung. Er lächelt leicht. »Warum färben Sie sich das Haar?« frage ich. »Wann haben Sie das letztemal in den Spiegel geschaut? Tragen Sie keinen bei sich?«

Er grinst freundlich. Würde ich ihn nicht kennen, wirkte er gewinnend.

»Ich färbe es nicht, Peabody. Ich drücke Zitronensaft darauf aus, und er erzeugt helle Streifen, wenn er in der Sonne trocknet.«

»Warum?«

»Ich weiß es nicht. Ich nehme an, daß in dem Saft eine Art Bleichmittel enthalten ist.«

»Sie wissen, worauf ich hinaus will?«

»Es gefällt mir.«

»Sie sehen verdammt lächerlich damit aus. Wie eine Frau.«

Er zuckt immer noch lächelnd die Schultern.

»Sie finden mich nicht attraktiv?«

Mich überläuft ein Schauer. Bezieht sich das auf die vorhergehende obszöne Frage? Glaubt er, daß ich durch den Schock über Amparo und meine selbst auferlegte Isolierung zu einem Homosexuellen geworden bin? Warum denke ich überhaupt darüber nach? Warum gestatte ich überhaupt diesen Dialog?

Ich erwidere kurz: »Ich finde Sie in jeder Hinsicht abstoßend. Jetzt ist es spät. Ich gehe schlafen.«

Er blickt auf die Uhr und nickt überrascht.

»Okay. Aber noch eine Frage: In den letzten drei oder vier Jahren sind Sie, wenn Sie sich in Washington aufhielten, häufig zum Dulles-Flughafen hinausgefahren, ohne jemals abzufliegen. Durchschnittlich etwa einmal die Woche. Sie kommen gegen sieben Uhr abends dort an und fahren eine Stunde später wieder zurück. Für gewöhnlich sitzen Sie in der Ankunftshalle. Manchmal nehmen Sie einen Kaffee oder einen Drink. Dann fahren Sie direkt nach Hause. Das gibt unseren Psychoanalytikern Rätsel auf. Warum, Peabody?«

Das wird für heute der letzte Schock sein. Ich fühle mich unsicher, als ich aufstehe. Auf dem Weg zur Zelle gelingt mir eine Erwiderung. »Ihre Fragen sind langweilig. Ich ziehe vor, allein zu sein.«

Ich betrete die Zelle und drehe mich an der Tür um. Er hat einen Ellbogen auf die Tischplatte und das Kinn in die Handfläche gestützt. Seine zusammengekniffenen Augen beobachten mich nachdenklich.

Ich versuche mir keine Hast anmerken zu lassen, schließe die Tür und gehe zur gegenüberliegenden Wand. Der scharfe Geruch der Tünche dringt in meine Nase. Hat er es erraten? Nicht einmal er kann es erraten. Kann er in meinen Kopf hineinsehen? Sein Stuhl scharrt. Ich bete, daß er nicht hereinkommt. Mich nicht wieder ansieht.

Erleichtert höre ich, wie sich der Schlüssel im Schloß dreht, dann ertönt seine Stimme.

»Ich komme in einem, zwei oder drei Tagen wieder.«

Meine Glieder sind kraftlos, als ich auf den Strohsack sinke. Wieviel weiß er? Wieso kann er es wissen? Es ist heiß in der Zelle, doch als ich meine Knie umfasse, fühlen sie sich kalt an. Mir wird klar, daß ich seit Jahren von ihnen überwacht worden bin. Selbstverständlich! Jahrelang war ich der führende Analytiker für Kuba in der Regierung; vier Jahre lang Schreibtischstrategie, politischer Berater der CIA. Die Sowjets haben bestimmt das ganze Material, das sie über mich besitzen, weitergeleitet. Warum mache ich mir Sorgen? Ich bin sauber. Weiß Gott sauber. Ich habe keine verdammten Leichen im Keller versteckt. Aber sie haben mich jahrelang überwacht. Ich betrachte meine mageren Beine. Ich bin schmutzig. Wie lange kann diese Hölle andauern? Abfälle essen, mich in einem Eimer waschen, in einen Eimer scheißen. Meine Stimmung hebt sich, wenn ich daran denke, wie Calderon mit Dreck und Pisse bedeckt in der Tür stand. Aber er hat recht. Fombona hätte mich wahrscheinlich umgelegt. Mit Schrecken merke ich, daß es mir vorhin gleichgültig war. Das kann eine einzige schwarze Ratte mir antun. Ich muß vernünftig bleiben. Heute habe ich körperliche und seelische Schocks durchgemacht, wie ich sie seit dreißig Jahren oder länger nicht mehr erlebt habe. Ich bin ausgelaugt und erschöpft, vielleicht leide ich sogar unter den Nachwirkungen des Schocks. Ich muß meine Gedanken auf etwas Greifbares richten.

Vor etwa zwei Wochen habe ich ein Buch über den Schach-Marathon Karpow-Kasparow gelesen. Die fünfunddreißigste Partie hat mich fasziniert. Kasparow kämpfte ums Überleben; Karpow war ein eiskalter Computer. Ich gehe die Züge von der Eröffnung an durch, versuche mich zu erinnern. Es hat keinen Sinn. Amparo hat Schach gespielt. Sehr gut, aber zu risikofreudig. Karpow verschwindet aus meiner Phantasie, Amparo sitzt mir gegenüber und runzelt die Nase. Sie hebt den Kopf, und ich sehe die goldolivenfarbene Kamee ihres von seidiger Schwärze umrahmten Gesichtes. Das Bild ist unverblaßt, das Gesicht nie verwelkt. Was kann Calderon wissen oder verstehen? Ich habe, bevor ich nach Kuba kam, nie »gebumst«. Was Amparo und ich taten und hatten, konnte nie mit einem unanständigen Wort umschrieben oder entweiht werden. Warum sollte ich danach außer der Erinnerung etwas brauchen?

Trotz der Hitze fröstelte ich bei einer anderen, kurz zurückliegenden Erinnerung. Der Schock, als Calderon seine Frage über den Dulles-Flughafen stellte. Die Beiläufigkeit im Ton, die sein prüfender Blick Lügen strafte. Ich schämte mich wie ein Jugendlicher, weil jemand, und schon gar er, meinen Gedankengängen so nahe gekommen war, daß er diese Frage stellen konnte. All die Jahre nach Amparos Tod, als ich das erstemal in meinem Leben meinen Feind klar erkannte und über meinen zielstrebigen Vorsatz jubelte. Der Vorsatz war so stark, daß ich niemanden, kein Gefühl, keinen geistigen Trost, keine Zuneigung brauchte, aber ein kleiner, versteckter Teil meines Gehirns weigerte sich, sich einschüchtern zu lassen; weigerte sich hartnäckig. Manchmal, gelegentlich, trieb mich diese Weigerung zum Dulles-Flughafen hinaus, wie einen Herumtreiber in der Nacht. Nachher, lange danach, war ich mir meiner Schwäche bewußt. Das Schuldbewußtsein eines Langstreckenläufers, der die Strecke allein zurücklegt und manchmal anhält, um Luft zu schöpfen. Manchmal heimlich eine Ecke abschneidet, ohne daß es jemand sieht, außer dem eigenen Gewissen. Ich bemühte mich wirklich, konnte aber diese Schwäche nie beherrschen. Jetzt regen sich wieder Zweifel in meinem Kopf. Hätte ich es je versuchen sollen? Bin ich umsonst allein gelaufen?

Fünf Tage in dieser Zelle. Das Wort »Zelle« erschreckt mich mit seiner lakonischen Präzision. Es klingt, wie es sich anfühlt, und reimt sich auf Hölle. Fünf einsame Tage, und die Einsamkeit schärft meine Sinne. Ich blicke auf meine Füße. Schmutz sammelt sich zwischen meinen Zehen ... Schmutz; das Wort gibt das Wesen wieder ... ein schmarotzender Schwamm auf meinem Körper. Mißt ein Mann, der daran gehindert wird, sich zu waschen, die Zeit nach der Dicke der

Schmutzschicht auf seiner Haut? Nein, ein Mann vergißt mit der Zeit die Verwahrlosung, den Dreck. Für mich ist das ein weiterer schwacher Punkt... Wie gut Calderon das erkannt hat. Ich kann nicht vergessen. Jeden Tag wächst der Schmutz und demütigt mich. Fünf Tage sind vorbei. Wie viele noch?

Ich versuche auf die fünfunddreißigste Partie zurückzukommen, aber ich habe die Zugfolge vergessen. Ob Calderon Schach spielt? Wird er in einem Tag oder in zwei oder drei Tagen kommen?

SLOCUM

Washington – 3. Tag

Ich genieße die Erinnerung. Viel mehr habe ich nicht zu tun. Mein Zimmer liegt im neunten Stock, aber die Aussicht beschränkt sich darauf, das Aufziehen eines heftigen Gewitters zu beobachten. Zwei Tage sitze ich schon auf meinem Hintern und habe im Fernsehen genügend Wiederholungen und rührselige Serien gesehen, um jeden Produzenten im Land zu erwürgen.

Die Erinnerung vermindert die Langeweile – die Erinnerung an das Gesicht des Präsidenten. Ich hatte ihm alles auseinandergesetzt, was bei seinem Befreiungsplan falsch ist. Ich hatte mich kurz gefaßt; er sah jede Minute hungriger aus. Ich hatte ihm die viel zu vielen Komplikationen erklärt. Der Plan sah fünf koordinierte Operationen vor: einen Bodenangriff durch eingeschleuste Sondereinheiten, einen simultanen Bombenangriff, um den Elektrizitätsgenerator der Stadt auszuschalten; einen simultanen Luftangriff auf die Hauptkaserne der Armee und schließlich den Schwerpunkt: einen simultanen Sturmangriff von Hubschraubern aus auf die Botschaft. Inzwischen würden Kampfflugzeuge und -hubschrauber das Gebiet um das Areal säubern, damit keine Verstärkungen herangeführt werden können.

Ich hatte vor allem das Wort »simultan« betont. Es ist im militärischen Jargon sehr beliebt. Was würde geschehen, wenn aus Berechnungsfehlern, Irrtümern oder Pech nur eine dieser Operationen nicht simultan erfolgte? Gemäß dem Plan sollten die Posten in der Botschaft erst sechzig Sekunden vorher merken, daß die Kommandos landeten. Aber wenn eine der fünf Operationen zur Unzeit erfolgte oder mißlang, würden sie vielleicht einige Minuten zur Verfügung haben. Ich hatte klargemacht, daß es verrückt war, den Im-Arsch-Faktor mit vier zu multiplizieren, wenn er an und für sich groß genug war, da sich ja alle Truppengattungen an dem Angriff beteiligen wollten. Komlosy hatte bei dem Kraftausdruck diskret gehustet, aber die Miene des Präsidenten blieb ungerührt. Dann kam der entscheidende Moment. Der Präsident erklärte: »Der Krisenstab hat betont, daß es sich hier um eine große militärische Operation handelt.«

Ich atmete tief durch. »Nein, Sir. Bei allem Respekt, der Zweite Weltkrieg war eine große militärische Operation. Das hier ist eine winzig kleine.«

Die Erinnerung an seinen Gesichtsausdruck, als ich das sagte! Ich fuhr rasch fort: »Es ist eine Operation, durch die eine kleine, am Meer liegende und nur zwölf Meilen von einer größeren Operationsbasis – der *Nimitz* – entfernte Botschaft eingenommen werden soll. Durch die siebenundzwanzig Menschen von einem halbausgebildeten Haufen Jugendlicher befreit und mit Hubschraubern zur Basis zurückgebracht werden sollen.«

»Bei Ihnen klingt es wie eine todsichere Sache.«

»Das ist es auch.«

Er blickte Komlosy an und meinte skeptisch: »Was ist mit den an unseren Leuten befestigten Sprengstoffen?«

Ich antwortete entschieden: »Es gibt keine.«

»Was?«

»Sir, das ist nur ein Bluff.«

»Wie können Sie das wissen?«

»Ich bin zu neunundneunzig Prozent sicher. Ich habe jahrelang mittel- und südamerikanische Truppen ausgebildet – Tausende. In Panama und Fort Bragg. Sie sind keine religiösen Fanatiker. Vielleicht finden Sie unter zehntausend einen oder zwei Verrückte, die sich in die Luft sprengen – aber nicht siebenundzwanzig. Sie glauben nicht daran, daß der religiöse Selbstmord automatisch das ewige Leben im Paradies garantiert. Außerdem sind diese Burschen nicht dumm. Wenn siebenundzwanzig Menschen an Drähte angeschlossen sind, sind die Möglichkeiten für eine zufällig ausgelöste Explosion ungeheuer groß. Sie wissen genau, daß eine einzige Explosion einen sofortigen Feuerüberfall der *Nimitz* auslösen würde. Warum sollten sie es riskieren? Diese Jacken sind nur wattiert.«

»Aber Sie können nicht sicher sein.«

»Nein, Sir, aber auf jeden Fall räumt ihnen der Plan, wie er sich jetzt präsentiert, etwa sechzig Sekunden Zeit ein, um einen Entschluß zu fassen, und selbst wenn es keine Sprengstoffe gibt, können sie unsere Leute erschießen. So wie ich vorgehen würde, hätten sie nur zehn Sekunden oder weniger zur Verfügung. Es würde um vier Uhr früh stattfinden. Die meisten von ihnen würden schlafen. Es würde ein paar Sekunden lang Lärm und Verwirrung geben, dann würden wir unsere Leute befreit und das Botschaftsareal eingenommen haben. Dann können unsere übrigen Truppen hineinkommen wie die Kavallerie.«

Komlosy fand, daß es an der Zeit war, sich bemerkbar zu machen. »Wie würden Sie hineinkommen, Oberst?« fragte er.

Ohne den Präsidenten aus den Augen zu lassen, antwortete ich: »Lautlos. Mit Ultraleichten.«

Der Präsident war verwirrt.

»Ultraleichten?«

»Ja, Sir. Motorisierte Hängegleiter. Wir starten von der *Nimitz* aus, gehen auf etwa zweieinhalbtausend Meter Höhe, nähern uns der Küste, stellen die Motoren ab und kommen im Gleitflug herunter.«

Der Präsident war noch immer verwirrt. »Aber diese Dinger bestehen doch nur aus Stoff und Metallgestänge. Ich habe sie im Fernsehen gesehen. Verdammt, es sind nur Fahrräder mit Flügeln und Nähmaschinenmotoren.«

»Ja, Sir.« Ich wußte, daß ich wirklich überzeugend wirken

mußte. »Aber um es in die richtige Perspektive zu rücken, Fallschirme bestehen *nur* aus Stoff – und sie spielen bei vielen modernen militärischen Operationen eine große Rolle. Ich habe in den letzten Monaten mit Ultraleichten experimentiert. Sie sind einfach, aber wirkungsvoll. Haben nicht viel an sich, was versagen kann.«

Er blickte nachdenklich drein. »Wie viele Leute würden Sie einsetzen?«

»Höchstens zwanzig.«

»Aber sie haben über hundert Mann in der Botschaft.«

»Sir, jeder meiner Burschen ist soviel wert wie zehn von ihnen oder mehr. In diesem Sinn wären wir ihnen im Verhältnis zwei zu eins überlegen. Ich könnte es auch mit zehn hinkriegen. Die anderen sind nur Reserve.«

Nach langem Schweigen meinte der Präsident: »Es klingt alles so verdammt einfach ... zwanzig Mann.«

»Sir, das Gegenteil von einfach ist kompliziert. Bei militärischen Einsätzen sollte das Wort kompliziert als unanständig gelten.«

Er blickte auf die Uhr und wandte sich an Komlosy. »Mike, ich werde es überschlafen. Wir werden morgen bei der NSC-Sitzung darüber sprechen. Behalten Sie Oberst Slocum in Reichweite, und zwar inkognito.«

»Ja, Herr Präsident«, antwortete Komlosy. »Was ist mit dem Kriegsgericht?«

Der Präsident wandte sich mir zu. Er lächelte flüchtig: »Das wird vorläufig aufgeschoben – auf meine ausdrückliche Anordnung.«

»Danke, Sir ... Herr Präsident.«

Ich werde also mit einem Plan des Botschaftsareals, einer Karte von San Carlo und einigen großen weißen Bogen Karton in dieses Hotelzimmer geschickt. Ich arbeite meinen Plan in zwanzig Minuten aus und drehe die nächsten zwei Tage Däumchen. Komlosy drohte mir, wenn ich den Raum verlasse oder telefoniere, würde er mir eine verdammte Anklage wegen Hochverrats anhängen. Er hat jeden Tag einmal angerufen. Vermutlich, um zu überprüfen, daß ich da bin. Auf meine Fragen antwortete er nur: »Warten Sie.«

Das ist eine Tätigkeit, die mir nicht behagt.

Ich kenne ein Mädchen in Washington. Kannte sie recht gut. Sehr lange Beine und Kurven und ein Gesicht, das den Männern den Kopf verdreht. Wurde von Fort Bragg ins Pentagon versetzt, um dort als Analytikerin zu arbeiten. Erstklassig und unkompliziert im Bett. Ich zog ernsthaft in Betracht, sie anzurufen. Sie würde mir bestimmt helfen, mir die Zeit zu vertreiben. Besser nicht. Wenn Komlosy es spitzkriegte, hätte ich keine Chance mehr.

Ich nehme die *Washington Post* und lese die Nachrichten zum drittenmal. Alles aktuell. UNO-Beschlüsse, Solidaritätserklärungen. Schweigen in Moskau. So interessant wie diese gottverdammten Fernsehwiederholungen. Nur der Ort ist ein anderer. Von Teheran nach San Carlo. Ich lege die Zeitung weg. Ich versuche mir klarzuwerden, ob ich jetzt Hamburger und Frites bestellen oder diese willkommene Abwechslung noch um eine Stunde verschieben soll, da klopft es scharf. Ich öffne und sehe Komlosy mit einer braunen Papiertüte vor mir.

»Hallo.«

Er fegt an mir vorbei, sieht sich im Zimmer um und geht ins Badezimmer. Er kommt mit zwei Gläsern zurück, stellt sie auf den Tisch, setzt sich aufs Bett, zeigt auf den einzigen Stuhl und holt eine Halbliterflasche Johnnie Walker Black Label aus der Tüte heraus.

Ich setze mich und sehe zu, wie er zwei kräftige Drinks einschenkt. Er reicht mir ein Glas und hebt das seine.

»Prost, Oberst. Ich trinke auf uns.«

»Prost.«

Ich trinke und versuche beiläufig zu fragen: »Wir haben es geschafft?«

Er verzieht das Gesicht, als er den puren Scotch schluckt. »Nicht ganz. Noch nicht. Die beiden Pläne sollen nebeneinander ausgearbeitet werden. Der Präsident wird in einem späteren Stadium entscheiden, welcher durchgeführt wird.«

»Aha. Und jetzt?«

Er schenkt sich noch ein Glas ein und bietet mir die Flasche an. Ich schüttle den Kopf. Er trinkt und sagt dann: »Sie fliegen heute abend nach Fort Bragg zurück. Versammeln Ihr Team und beginnen mit der Ausbildung. Sie sollen sich bei Brigadekommandeur Al Simmons melden. Okay?«

Ich bin erleichtert.

»In Ordnung! Der alte ›Keinen Blödsinn‹-Simmons. Wir vertragen uns ausgezeichnet.«

Er lächelt. »Das habe ich gehört. Er wird Sie abschirmen und technische Unterstützung bereitstellen; das Areal nachzubauen, wird allerdings ein Problem. Sie können niemanden von Delta Force einsetzen.«

»Verdammt! Dort kenne ich einige tüchtige Kerle.«

»Vergessen Sie es. Sie kommen nicht in Frage; sie sind alle mit dem anderen Plan befaßt. Die Entscheidung, welcher Plan angewendet wird, könnte erst spät fallen. Sie würden keine Möglichkeit haben, sie für den Ihren umzuschulen. Stellt das ein echtes Problem dar?«

Ich denke einen Augenblick nach, dann schüttle ich den Kopf.

»Nein. Ich brauche nicht viele Leute und weiß, wo ich sie finde.«

»Sie haben den grundlegenden Plan fertig?«

»Klar, stehen Sie auf.«

»Was?«

»Stehen Sie auf, Sir.«

Er stößt sich vom Bett ab, ich hebe die Matratze auf, ziehe einen Bogen Karton heraus und lege ihn aufs Bett. Darauf befindet sich ein Plan der Botschaftsgeländes und mehrere Kreuze und Pfeile. Er studiert ihn.

»Das ist es?«

»Genau.«

»Scheiße.«

»Was ist daran nicht in Ordnung?«

Er schüttelt bewundernd den Kopf.

»Sechs Kreuze! Sechs Pfeile!«

»Was verlangen Sie von mir? Einen Computerausdruck? Vorausgesetzt, daß der Geheimdienst nichts Neues berichtet. Wie steht es damit?«

Er schenkt sich wieder Scotch ein. »Wir haben vielleicht Glück. Wir werden es in ein oder zwei Tagen wissen. Aber vielleicht haben wir dort einen Agenten.«

»In der Botschaft?«

Er nickt, und ich stoße einen bewundernden Pfiff aus.

»Aber wir sind noch nicht sicher. In ein paar Tagen werde ich mir Ihre Fortschritte ansehen. Dann werde ich Ihnen mehr mitteilen können. Wie bald können Sie einsatzbereit sein?«

Ich habe diese Frage erwartet. »Ich möchte drei Wochen Zeit haben.«

»Okay. Gut. Der andere Plan erfordert mindestens fünf oder sechs Wochen.«

»Das dachte ich mir. Glauben Sie wirklich, daß unserer durchgeführt wird?«

Er blickt verzweifelt zur Decke. »Wer zum Teufel weiß das? Es gibt Komplikationen, an die ich gar nicht denken will.«

»Sollte ich nicht darüber informiert werden?«

»Nein, Oberst. Es handelt sich um keine militärischen Komplikationen. Aber ich kann Ihnen verraten, im Augenblick ist es wirklich wie in einem Sack voller Würmer. Jeder hat seine Bedenken. Außenministerium, CIA, Verteidigungsministerium. Übrigens, Grant ist wie ein Tanzbär auf glühenden Kohlen.«

»Ja?«

Er grinst zufrieden und schenkt sich wieder Scotch ein.

»Slocum, der Präsident wird in den nächsten Tagen von allen möglichen Seiten beeinflußt werden. Von den verschiedensten.«

Ich frage besorgt: »Glauben Sie, daß die Generäle sich bei ihm durchsetzen werden?«

Er nimmt einen riesigen Schluck und antwortet: »Vielleicht. Aber lassen Sie sich nicht durch die zurückhaltende Art des Präsidenten täuschen. Wenn er einen Entschluß faßt, hält er für gewöhnlich daran fest. Er kann knallhart sein.«

Er leert sein Glas, blickt auf die Uhr und steht auf. »Ich muß zurück in das Irrenhaus. Ich brauche Ihnen nicht zu sagen, daß Sie den Mund halten und Schwierigkeiten aus dem Weg gehen sollen. Um sechs wird Sie ein Wagen abholen und zu Andrews bringen. Die Beförderung nach Bragg ist organisiert.« Er übergibt mir eine geprägte Karte. »Simmons hat Sondervollmachten erhalten. Er müßte mit allem fertig werden können, was sich so ergibt. Wenn Probleme auftauchen, die er nicht in den Griff bekommt, rufen Sie diese Nummer an. Ich sehe Sie in einigen Tagen.«

»Okay, Sir. Nur noch eines.« Ich zeige ihm einen Bericht in der Zeitung, in dem geschildert wird, wie die *Nimitz* als unheilverkündende Mahnung an Amerikas ehrfurchtgebietende Macht auf der Lauer liegt. »Mr. Komlosy, die *Nimitz* erinnert auch die Wachen in San Carlo daran, auf Draht zu bleiben. Dazu kommt das ständige Überfliegen der Botschaft. Es ist taktisch unklug. Sie sollten auf das äußerste Minimum reduziert werden.«

Nach kurzem Nachdenken stimmt er zu. »Ich bin Ihrer Meinung. Ich werde versuchen, es dem Präsidenten klarzumachen.«

Ich begleite ihn zur Tür und blicke ihm nach. Am Fahrstuhl dreht er sich um und macht eine salutierende Handbewegung. Ich erwidere sie grinsend. Am liebsten wäre der Kerl ein Fünf-Sterne-General.

Im Zimmer werfe ich einen Blick auf die Uhr. Eine Stunde Zeit, bis der Wagen mich abholt. Ich trete ans Fenster. Der Regen läßt nach. Unter mir sieht das Geschäftsviertel von Washington naß und verlassen aus. Ich lasse mir Namen durch den Kopf gehen. Vier Kommandoführer werde ich benötigen. Die Namen fallen mir rasch ein. Ich werde mit ihnen sprechen, bevor ich den Rest des Teams zusammenstelle. Ich versuche mir die augenblickliche Situation in der Botschaft vorzustellen. Seit der Besetzung ist eine Woche vergangen. Wenn alles nach dem üblichen Schema abläuft, beginnen die Wachen jetzt nachlässig zu werden. In weiteren drei Wochen werden sie vor Langeweile verblödet sein. Bin ich vielleicht zu unbesorgt, erhebe die Einfachheit zur Religion?

Ich versuche mir die Gefühle der Geiseln vorzustellen. Zwanzig Männer, sieben Frauen. Sie werden zwischen ihren Gefühlen schwanken. Einerseits werden sie sich danach sehnen, aus der Botschaft herauszukommen. Andererseits werden sie befürchten, daß sie sterben, wenn wir einen Befreiungsversuch unternehmen.

Ich hoffe inbrünstig, daß die Jacken wirklich nur Attrappen sind.

JORGE

San Carlo – 6. Tag

Ich spiele das Tonband wieder ab. Es erzielt die gleiche Wirkung. Ich höre einen anderen Mann sprechen. Es verwirrt mich. War ich denn blind? Welcher Mann ist wer? Vor drei Tagen habe ich mit Peabody gesprochen, und ich versuche seine Persönlichkeit mit dem in Einklang zu bringen, was ich soeben vernommen habe. Es gelingt mir nicht. Ich schaue auf die Uhr. Der Lieferwagen wird in einer Stunde abfahren. Inez schläft noch, trotz der Stimmen vom Tonband. Sie verschläft alles, endlose Stunden lang. Es ist ein Glück, es hilft ihr, die Zeit zu vertreiben. Ich stehe auf und gehe zum Bett. Sie hat den Kopf auf einen Arm gelegt. Im Schlaf ist ihr Gesicht noch engelhafter als im Wachen. Sie hätte für Botticelli Modell sitzen oder schlafen können. Ich setze mich auf das Bett und streiche ihr die Haare aus der Stirn. Ich empfinde Zärtlichkeit – oder ist es Liebe? Mein Verstand ist zwar brillant, aber ich kann den Unterschied zwischen Liebe und Zärtlichkeit nicht definieren.

Sie bewegt sich und öffnet ein Auge.

»Inez, ich muß bald gehen.«

»Wann kommst du zurück?«

»Heute abend.«

Das Auge fällt zu. Ich beuge mich zu ihr und küsse es. Sie murmelt etwas Unverständliches.

Etwas Schlimmes ist geschehen. Gestern nacht war ich eifersüchtig. Es war das erste Mal in meinem Leben, und die Erfahrung war entsetzlich. Beim Abendessen widmete ihr Bermudez seine Aufmerksamkeit. Sie reagierte auf ihre übliche Art darauf, interessierte sich einen Augenblick lang für ihn und schien sich schon im nächsten zu langweilen. Aber nach dem Essen, während er uns durch die von Flutlicht angestrahlten Gärten von Vargas dekadentem Palast führte, änderte sie sich. Sie hielt sich ständig in seiner Nähe auf, berührte gelegentlich seinen Arm mit dem Handrücken. Ich war eifersüchtig. Zuerst verwirrte mich das Gefühl, dann erschreckte es mich. Meine Macht über Frauen – und manchmal Männer – entspringt zum Teil einer natürlichen Fähigkeit, über Neid oder Eifersucht erhaben zu sein, so daß sie nie als Waffe gegen mich eingesetzt werden können. Wenn ich jetzt eifersüchtig bin, bedeutet es, daß Zuneigung und Faszination zu Liebe verschmolzen sind. Der Gedanke ist niederschmetternd. Wenn es stimmt, dann muß es möglich sein, jemanden zu lieben, von dem man weiß, daß er einem großes Leid zufügen kann. Ich weiß, daß das naiv ist, aber ich habe noch nie zuvor Eifersucht oder ihre Folgen erlebt.

Vargas hielt sich sogar einen kleinen Privatzoo auf dem Grundstück. Bermudez führte uns voll Besitzerstolz herum. Er beginnt beunruhigende Symptome zu zeigen. Er ist bereits mit seinen engsten Vertrauten in den Palast eingezogen, und an seinem Äußeren und seinem Verhalten machen sich leichte Veränderungen bemerkbar. Seine Uniform ist eleganter, besser gebügelt, er spricht ein wenig arroganter. Seine Leute blicken ihn noch immer wie anbetende Spaniels an, und vielleicht verändert er nur seine Ausstrahlung, aber wie so viele vor ihm könnte er dem Narkotikum der Macht zum Opfer fallen. Er beharrt auch eigensinnig auf der Unfehlbarkeit seiner Ansichten.

Beim Abendessen hat er einige seiner Programme skizziert. Ich habe ihn an die vielen Fehler erinnert, die wir in den ersten Jahren der Revolution gemacht hatten, und wie Fidel immer der erste war, der es zugab, wenn wir Mist gebaut hatten. Er hat höflich, aber nicht mit allzu großem Interesse zugehört. Er hat auch die ersten Hinrichtungen angeordnet. Die Volksgerichte tagen in Permanenz. Er erklärte, daß die Masse sie fordert. Sie wollen ihre Rache. Ich wies darauf hin, daß Fidel die verhältnismäßig wenigen Hinrichtungen bedauert hatte, die auf seinen Sieg folgten. Er antwortete gleichmütig, daß die Situation hier anders liege. San Carlo sei von feindlichen Regimen umgeben. Wir hatten das Meer als Pufferzone. Er müsse alle radikalen Elemente ausmerzen.

Den USA gegenüber gibt er sich erhaben. Die *Nimitz* ist hinter dem Horizont verschwunden, zu Verletzungen des Luftraums von San Carlo kommt es nur noch selten. Ich sagte ihm offen, daß er sich Illusionen hingibt. Diese Schritte sollen ihn vermutlich in trügerische Sicherheit wiegen. Wenn die Amerikaner etwas vorhaben, wollen sie bestimmt nicht, daß die Verteidiger besonders wachsam sind. Ich habe ihm über die nachlassende Wachsamkeit in der Botschaft berichtet. Er sagte nur, daß er Fombona davon unterrichten würde. Er ist davon überzeugt, daß die Amerikaner bald in Verhandlungen eintreten werden. Das Rote Kreuz und der schwedische Botschafter haben bereits ihre Fühler ausgestreckt. Ich bemerkte, daß solche Schritte zu erwarten waren, und spürte seinen Ärger bei meinen Worten. Aber er blieb höflich. Er muß es sein. Er braucht uns.

Im Hotel lag Inez, nachdem wir uns geliebt hatten, auf dem Rücken und starrte zur Decke. Dann meinte sie nachdenklich: »Er hat die Macht über Tod und Leben.«

»Was?«

»Bermudez. Sie bringen ihm die Gerichtsurteile. Er kann sie ablehnen oder unterschreiben. Er hat mehr als hundert unterschrieben. Es wird noch Hunderte, vielleicht Tausende geben.«

Sie blickte mich an, und ich sah die Ehrfurcht in ihren Augen.

Wenn ich jetzt ihr Gesicht studiere, ein Bild der Reinheit

und Unschuld, weiß ich, daß sie diese Macht faszinierend finden wird. Ich stehe beunruhigt auf, verstaue den kleinen Kassettenrecorder in meiner Tasche und gehe hinaus. Die beiden Leibwächter sitzen einander gegenüber. Beide haben die Köpfe an die Wand gelehnt, beide schlafen. Sie waren mir vor zwei Tagen zugeteilt worden. In der Stadt wird viel von amerikanischen Spionen und Agenten geredet. Bermudez meint, daß sie versuchen könnten, mich zu töten, wenn sie von meiner Anwesenheit erfahren. Fidel wäre darüber böse. Die beiden stellen einen glänzenden Schutz dar. Ich wecke sie keineswegs freundlich mit ein paar Fußtritten und gehe den Korridor hinunter. Sie stolpern mir nach, entschuldigen sich und bitten mich beim Fahrstuhl, Bermudez nichts davon zu melden. Ich schweige, und beim Lieferwagen befehle ich ihnen, hier auf mich zu warten und sich nicht fortzurühren. Ich bin wütend. Wenn die Amerikaner erfahren, was ich vorhabe, werden sie wirklich versuchen mich zu töten.

Auf den Bohnensäcken sitzt noch ein Passagier: der junge Mestize, der in der Küche arbeitet. Er nickt mir nervös zu. Als wir losfahren, frage ich: »Sie haben dich hinausgelassen?«

»Ja, Sir ... meine Mutter ... sie ist krank.«

Wir rumpeln die Straße entlang. Er ist klein und schlank. Es ist schwierig, sein Alter zu schätzen, aber ich halte ihn für unter Zwanzig. Er hat langes, glattes, schwarzes Haar, das ungleichmäßig geschnitten ist. Es liegt wie Blätter auf seinem Kopf. Er sieht aus wie eine dunkle Chrysantheme. Er vermeidet es, mich anzusehen.

»Du arbeitest nicht gern dort?«

Er blickt mich unsicher an und rasch wieder weg.

»Warum bist du nicht weggelaufen?«

Er befeuchtet seine Lippen. »Meine Familie, Sir.«

»Ah. Du bist also auch eine Geisel?«

Er nickt zögernd und fragt: »Wird es lang dauern, Sir?«

»Ich weiß nicht, ich glaube nicht.«

Der Lieferwagen bleibt stehen, und die Türen werden geöffnet. Er greift nach meiner Tasche, aber ich schüttle den Kopf

Im Wachhaus lasse ich meine Akten in der Tasche, nehme

aber den Kassettenrecorder heraus und stelle ihn in die Mitte des Tisches. Dann schließe ich die Zellentür auf, gehe, ohne hineinzuschauen, zu meinem Stuhl und setze mich.

Er erscheint in der Tür. Sein Bart ist sichtbar länger.

»Guten Morgen, Exzellenz.«

Er blickt auf den Recorder.

»Ich fluche nicht oft, Calderon, aber wenn Sie das Ding in Gang setzen, werden Sie von mir nur Obszönitäten hören.«

PEABODY

San Carlo – 6. *Tag*

Er zeigt auf den Stuhl. »Ich will nichts aufnehmen. Ich will, daß Sie sich etwas anhören.«

Während ich mich mühsam zum Stuhl schleppe, sagt er: »Sie haben ein sehr bequemes Bett.«

»Sie wohnen in der Botschaft? Ihre Unverschämtheit kennt keine Grenzen!«

Er lächelt. »Es war nur für eine Nacht.«

»Dann haben Sie meine Tabletten gesehen? Ich habe einen schlimmen Gichtanfall.«

Er schüttelt bedauernd den Kopf. »Die Wachen müssen sie mitgenommen haben. Der auf Lebenszeit gewählte Präsident Fernando Vargas hat von Ihrem Präsidenten Nixon einen Trick übernommen. Er ließ seinen Palast verkabeln und hat alle Gespräche aufgenommen. Die Revolutionäre haben die Kassettenbibliothek unversehrt in Besitz nehmen können. Sie spielen sie jetzt durch. Glauben Sie mir, sie enthält sehr interessantes Material. Gestern haben sie mir diese Kassette gegeben. Wir werden sie uns jetzt anhören und dann darüber sprechen.«

Er beugt sich vor und drückt auf einen Knopf. Nach einer Pause ertönt aus dem kleinen Lautsprecher ein einziges heiseres Wort: »*Sebagos.*«

Es versetzt mich um sechzehn Tage zurück. Können seither

wirklich nur etwas mehr als zwei Wochen vergangen sein? Seit damals habe ich eine Ewigkeit durchgemacht. Es war mein zweiter Tag in San Carlo. Ich hatte eine Privataudienz bei Vargas verlangt. Als ich meine Stimme höre, erinnere ich mich ganz deutlich.

Ich wurde von einem Adjutanten in einen großen Raum geführt. Er zeigte auf einen Stuhl vor einem eingelegten Nußholztisch und ließ mich allein. Ich musterte den Stuhl und setzte mich. Er war echter Louis-quartorze. Er und die anderen im Raum verteilten Stühle müssen so viel Geld gekostet haben, daß ein ganzes Mestizendorf sich fünf Jahre lang davon hätte ernähren oder ein Bataillon der Nationalgarde mit M 16 hätte ausgerüstet werden können.

Man ließ mich fünf Minuten warten, dann kam er durch eine Seitentür herein. Ich stand auf, und er sagte triumphierend: »*Sebagos.*«

Ich war einen Augenblick lang verwirrt, dann verstand ich und blickte auf meine Schuhe hinunter.

»Ja, Herr Präsident, ich trage nur diese Marke.«

Er hatte gestrahlt. »Ich auch. Natürlich nur, wenn ich nicht in Uniform bin. Die besten Schuhe der Welt. Welche Größe haben Sie?«

»Zehneinhalb.«

»Gut. Meine Botschaft in Washington versorgt mich regelmäßig damit. Ich werde sie beauftragen, Schuhe Ihrer Größe mitzuschicken.«

Ich wollte etwas über die Vorschriften für den diplomatischen Dienst sagen, doch er winkte ab und kam mit ausgestreckter Hand auf mich zu. Wir schüttelten einander die Hände, dann setzte er sich an seinen Schreibtisch und ich auf den Stuhl.

Vargas hätte direkt aus einem McNelly-Cartoon stammen können: kurzer Körper, kurzer Hals, kurze Beine. Enge, blau-goldene Uniform voller Orden, Goldringe auf den kurzen Fingern; dickes Gesicht, kleine, schmale Augen, die hinter den obligaten dunklen Gläsern kaum wahrnehmbar waren. Ihm fehlte nur der große Schnurrbart, um das Bild des

Diktators einer Bananenrepublik vollständig zu machen. Ich fragte mich, warum die meisten Diktatoren klein sind. Zweierlei bereitet mir im Leben heftige Schmerzen: die verdammte Gicht und die Tatsache, daß nur zu oft die ersten, die gegen den Kommunismus in Lateinamerika auftreten, vom Schlag eines Vargas sind.

Er schmeichelte mir. »Ich habe Ihr Buch über die zeitgenössische lateinamerikanische Literatur mit Vergnügen gelesen.«

Der Gedanke, daß Vargas überhaupt ein Buch las, und noch dazu meines, erschütterte mich geradezu.

»Aber ich war überrascht über Ihre Einstellung zu Marquez. Besonders da es sich um den Autor von ›Die Übel des Kommunismus‹ handelt. Liegt es daran, daß er Nobelpreisträger ist?«

»Nein. Wie ich in meinem Buch anführe: Die Schönheit seiner Sprache stellt seine Philosophie in den Schatten.«

Er zuckte mit den Achseln, als ob Schönheit etwas Banales wäre. »Er ist ein gefährlicher Umstürzler. Ich möchte Ihnen verraten, daß ich mich sehr über Ihre Ankunft freue. Aufrichtig gesagt hat Ihr Vorgänger unsere exponierte Stellung hier nicht richtig verstanden und Ihrer Regierung unsere Ansichten nicht richtig dargelegt. Ich habe über Sie viel Gutes gehört, und selbstverständlich ist mir Ihre Ablehnung des Kommunismus aus Ihren Schriften wohlbekannt.«

Er stand auf und ging vor mir auf und ab. Seine hohen, schwarzen Stiefel warfen das Licht der Kristallüster wie winzige Pfeilspitzen zurück. Seine Stimme wurde betont förmlich, als er langsam ausführte: »Es ist von ausschlaggebender Bedeutung, daß wir das volle, von Ihrer Regierung – und Ihrem Präsidenten – zugesagte militärische und zivile Hilfsprogramm erhalten. Die subversiven Kräfte erstarken. Sie terrorisieren das Volk, zerrütten die Wirtschaft, verbreiten das Krebsgeschwür des Kommunismus und stellen auf die Dauer eine ebenso große Bedrohung für Ihr Land dar wie für das meine.«

Er legte eine Pause ein, beugte sich vor und sah mir ernst in die Augen. »Und, Mr. Peabody, sie werden von Ihrem größten Feind, der Sowjetunion, durch ihre Lakaien Kuba, Nicaragua und die anderen bewaffnet, versorgt und indoktriniert. Während Ihr Kongreß debattiert, zögert und sich allerlei Lügen anhört, saugen uns die Vampire des Marxismus das Herzblut aus.«

»Exzellenz, unsere Regierung tut alles nur Mögliche, um das Hilfsprogramm durchzubringen. Wie Sie wissen, gestaltet das Gleichgewicht, besonders im Senat, die Lage sehr schwierig. Der Präsident verbringt eine Unmenge Zeit in persönlichen Gesprächen mit den Senatoren. Es ist das Problem der Menschenrechte.«

»Menschenrechte!« Er spie die Worte aus wie eingeschlagene Zähne. »Ihr Präsident selbst hat versichert, daß sich eine Besserung abzeichnet.«

»Stimmt, aber manche Senatoren glauben ihm nicht. Andere finden, daß es damit nicht getan ist.«

»Was wissen die schon?« Zornig begann er wieder auf und ab zu gehen. »Sie sind bereit, ultralinken Verrätern und Huren wie Lopez zu glauben!«

Ich antwortete gleichgültig: »Er war Ihr Botschafter in Washington, Exzellenz, und ist Ihr Schwager.«

Er schluckte, um seinen Zorn zu beherrschen. »Er wollte sich mein Amt aneignen. Er hat mit anderen intrigiert ... Erst als ich ihn zurückrief, ist er abgefallen. Aber sie laden ihn in Ihren Kongreß ein und hören ihm zu!«

»Seine Aussage ist belastend«, gab ich zu. »Aber nicht so sehr wie die ständigen Morde und Verschleppungen.«

»Es ist eine deutliche Besserung eingetreten«, erwiderte er scharf.

»Nur unwesentlich. Von 152 Fällen im letzten Monat auf 131 in diesem Monat, und der ist erst in vier Tagen zu Ende.«

Vargas hatte abschätzig die Schultern gezuckt. »Es braucht alles seine Zeit. Es ist viel Leidenschaft im Spiel. Meine Leute hassen die Umstürzler. Es ist nicht immer leicht, sie unter Kontrolle zu halten.«

»Aber Exzellenz, in zwölf Monaten hat es über tausendfünfhundert Morde und Verschleppungen gegeben. Kein einziger dieser Menschen wurde verurteilt oder auch nur vor Gericht gestellt.«

Er breitete die Hände aus. »Gerichte brauchen Beweise. Sie sind schwer zu bekommen.«

»Sicherlich, aber der Kongreß stimmt in zwei Wochen ab, und nicht einmal die persönliche Intervention des Präsidenten könnte das Hilfsprogramm retten.«

Er strich sich mit der Hand über das Gesicht. Seine Ringe blitzten. »Nur drei Tage vor Ihrer Ankunft war Bowman, Ihr Stellvertreter, bei einem Empfang hier. Er beglückwünschte mich zu dem Fortschritt, den wir erzielen. Versprach mir, Ihnen einen Bericht zur Unterschrift vorzulegen, in dem das betont wird.«

»Das stimmt. Er liegt auf meinem Schreibtisch.«

»Sie werden ihn absenden?«

Ich schüttelte langsam den Kopf. »Ich werde einen eigenen Bericht absenden. Aber erst in zehn Tagen. Und sein Inhalt wird von drei Bedingungen abhängen.«

»Bedingungen?« Sein Gesicht bekam einen verwunderten Ausdruck.

»Ja, Bedingungen.« Ich hatte meine vorherige konziliante Haltung aufgegeben. »Damit ich einen Bericht und eine Empfehlung in der gleichen Tonart wie Bowman abschicke, müssen wirkliche Fortschritte erzielt werden, und das innerhalb von zehn Tagen, bevor es zu spät ist. Sonst wird meine Stellungnahme negativ ausfallen.«

Vargas' Mund öffnete sich vor Verwunderung. Ich sah die Goldplomben in seinen Backenzähnen. Weder sein Gehirn noch sein Ich konnten glauben, daß er diese Worte vernommen hatte. Ich fuhr fort: »Die erste Bedingung: Schluß mit den Morden und Entführungen. Erklären Sie mir nicht, daß das unmöglich ist. Wir wissen, daß sie Ihr Bruder, Oberst Jaime Vargas, aus einem Büro im Nordflügel dieses Gebäudes leitet. Ich nehme an, daß Sie die Namen der Opfer zuvor erfahren und das Vorgehen billigen. Zweitens: Die Universität wird wieder geöffnet, die vier gefangengehaltenen Dozenten werden freigelassen und nehmen entweder ihre Tätigkeit wieder auf oder dürfen das Land verlassen. Drittens: Die Offiziere der Kompanie der Marazon-Brigade, die für das Massaker in der Provinz Higo im vergangenen April verantwortlich ist, werden sofort vor Gericht gestellt.«

Vargas stand wie ein kleiner dicker Vulkan vor mir. Es tat mir leid, daß ich nicht die Augen hinter der Brille erkennen konnte. Er wandte sich jäh ab und ging zu einem der hohen Fenster. Über seine Schulter hinweg konnte ich die Aussicht sehen. Die weite Fläche der Plaza de Esteban Chamarro, dann das nationale Fußballstadion und dahinter die ockerfarbenen Mauern der Universität.

Er drehte sich um und begann zu sprechen. Zuerst über die Universität. Sie war der Schoß der Revolution, der die Keime der Vernichtung hervorbrachte. Er war in seinem Zorn beredt, erinnerte sich genau an Details. Die Namen sprudelten aus ihm heraus: Roberto Bermudez, Carlos Fombona, die »Hure« Maria Carranza und andere. Sie alle waren von der Universität in die Berge gegangen, sie waren alle Kommunisten und besaßen die Arroganz, ihre Bewegung nach dem Gründer von San Carlo zu benennen: Esteban Chamarro – der im Augenblick in seinem Grab in der Kathedrale rotierte. Die Erinnerung an jenen Mann, der sich im Blut der Spanier gewaschen hatte, war jetzt mit der roten Farbe von Karl Marx besudelt, sein Name zur Propaganda für Analphabeten herabgewürdigt.

Bermudez entstammte einer armen Familie und hatte durch die Großzügigkeit der Familie Vargas ein Stipendium für die Universität erhalten. Sein Dank bestand darin, die fütternde Hand zu beißen und seine Zeitgenossen aufzuwiegeln.

Fombona, Sohn eines Obersten, war bestimmt rauschgiftsüchtig. Er haßte seinen Vater, war von Bermudez, dessen rechter Arm er wurde, hypnotisiert. Er war noch bösartiger als sein Vorbild – war ebenfalls an der Universität ausgebildet.

Die Hexe Carranza. Die Hure! Ihre Möse bildete einen Strudel, der die Ungebildeten ansaugte. Sie im Samenerguß willenlos machte! Alle hatten sie an der Universität studiert. An der von der Dynastie Vargas finanzierten Universität.

Sollte er sie wieder öffnen wie eine alte Wunde, damit sie ihn zu Tode bluten ließ?

Meine Antwort war kurz und bündig. Man kann den Kommunismus nicht mit Unwissenheit bekämpfen. Die Universität muß wieder geöffnet werden.

Wir starrten einander an. Dann sprach Vargas von den Todesschwadronen. Argentinien hatte die Kommunisten unterdrückt, indem es deren Methoden gegen sie verwendete: Terror. Uruguay und Chile hatten das gleiche getan. Es funktionierte. Die einzige Methode, mit ihnen fertig zu werden. Sie waren alle nur Geschmeiß.

Ich sagte darauf: »Die Morde müssen aufhören. Für jeden wirklichen Kommunisten, den Sie töten, morden Sie vielleicht fünf Unschuldige. Durch jeden Tod eines Unschuldigen schaffen Sie fünf neue Kommunisten. Das ist ein Aufschaukeln bis zur Katastrophe.«

Vargas wechselte das Thema. Wie konnte er Offiziere anklagen, weil sie Befehle ausführten? Die Mestizen von Higo hatten den Kommunisten Obdach gewährt – sie unterstützt. Sie waren Komplizen von Mördern und verdienten das gleiche Schicksal.

Ich erinnerte ihn kalt: »Fünfundachtzig Kinder unter zehn Jahren. Sie vergeudeten nicht einmal Kugeln für sie! Sie schlugen ihnen mit Steinen die Schädel ein. Ein Kind, das so jung ist, kann keine Ideologie haben – kann kein Kommunist sein. Es war Mord – kaltblütiger Mord!«

Vargas gab die Erklärungen auf. Sein Zorn schlug in kalte Förmlichkeit um.

»Morgen wird mein Botschafter in Washington dem Außenministerium unser Mißfallen über Ihre Ernennung zum Ausdruck bringen – daß es uns unmöglich ist, mit Ihnen zusammenzuarbeiten. Sie werden mit Sicherheit zurückberufen werden.« Er lächelte, in sein Ich versponnen, und ich erwiderte: »Es ist auch sicher, daß ich bei meiner Rückkehr in Washington vor dem Senatskomitee für Auslandshilfe aussagen werde. Exzellenz, hier bin ich eine tickende Bombe. Dort explodiere ich.«

»Ihre Karriere wäre dann allerdings zu Ende.«

»Sie ist ohnehin fast vorbei. In zwei Jahren trete ich in den Ruhestand.«

»Sie könnten sich als reicher Mann zurückziehen – reicher, als Sie es sich träumen lassen.«

Ich stand auf. »Ich habe Geld genug – und ich träume selten. Verstehen Sie mich richtig. Ich vertrete das Land, das Sie unterstützt. Ich verabscheue Sie und Ihre Prinzipien, aber ich verabscheue den Kommunismus noch mehr. Ich werde Sie an der Regierung erhalten, aber nur zu meinen Bedingungen.«

Ich blicke auf das kleine Aufnahmegerät hinunter und höre meine Abschiedsworte.

Ich war zur Tür gegangen und hatte mich umgedreht. Er stand vollkommen still auf dem roten Teppich, ein von den Kronleuchtern angestrahlter Diktator.

»Die Welt der Extreme ist nicht flach, Vargas. Sie krümmt sich und mündet in sich selbst – Sie stehen an der Nahtstelle.«

Aus dem Lautsprecher höre ich das Klicken der Tür, als ich hinausgehe. Das Band läuft weiter, bis Calderon sich aufrafft und auf den Knopf drückt.

Er sinkt in seinen Stuhl zurück. Stille. Ich hebe den Kopf und sehe ihn an. Er erwidert meinen Blick. Heute trägt er ein weißes Hemd mit einem Spitzenkragen, das bis zur halben Brust offensteht. Er sieht aus, als würde er sofort Bälle hervorzaubern und jonglieren. Das erkläre ich ihm verächtlich. Er starrt mich nur weiter an, dann sagt er: »Wer würde glauben, daß dies die Worte von Jason R. Peabody sind, dem Botschafter der Vereinigten Staaten von Amerika in San Carlo? Eines Mannes, der politisch gesehen ein wenig rechts von Dschingis Khan steht?«

»Was ist so schwer zu glauben?«

Er steht auf und streckt sich träge. Meine verkrampften Muskeln sind mir bewußt. Ich habe seit über einer Woche keine Bewegung gehabt oder frische Luft geatmet; aber ich werde ihn um keine Vergünstigungen bitten. Er setzt sich wieder.

»Peabody, Sie sind mir ein Rätsel. Ihr Land unterhält Botschafter in der ganzen Welt, die Lippenbekenntnisse für die Menschenrechte ablegen. Ihnen würde man am wenigsten abnehmen, daß Sie wirklich daran glauben. Dieses Tonband beweist, daß Sie es tun.«

»Warum sollte das so schwer zu glauben sein?«

Er lächelt. »Vielleicht verstehen Sie sich selbst nicht. Sagen Sie mir: Wenn Vargas nicht gestürzt worden wäre, was wäre das Ergebnis Ihrer kleinen Standpauke gewesen?«

»Nicht viel. Es hätte die Übergriffe eine Weile reduziert.«

»Genau. Nachdem Sie gegangen waren, ließ er seinen Bruder kommen. Es ist auch auf Band festgehalten. Er befahl ihm, die Morde ein paar Wochen lang einzustellen, die Universität wieder zu öffnen, aber die Dozenten zu überwachen und ein paar junge Offiziere als Sündenböcke für die Massaker an den Mestizen ausfindig zu machen.«

Ich glaube ihm. Es klingt durchaus logisch.

Fasziniert bohrt er weiter. »Aber Sie haben ihn wirklich verabscheut. Wenn er nichts unternommen hätte, hätten Sie Ihrer Regierung dennoch nahegelegt, ihm Wirtschaftshilfe zu gewähren. Warum?«

Ich zeige auf den Recorder. »Sie haben mich gehört. Ich verabscheue ihn. Aber den Kommunismus verabscheue ich noch mehr.«

Er schüttelt verwundert den Kopf und zeigt mit dem Finger auf mich.

»Peabody, wir werden uns darüber unterhalten. Jetzt. Vielleicht stundenlang. Lenken Sie mich nicht ab. Gönnen Sie sich nicht den Genuß, auf Ihrer Würde zu bestehen. Sie sind froh, daß ich hier bin. Sie haben das Bedürfnis zu sprechen. Nach drei einsamen Tagen waren Sie froh, mich zu sehen. Leugnen Sie es nicht. Ich brauche einen Namen, und Sie werden ihn mir geben, weil Sie es wollen werden.«

»Wie immer geben Sie sich einer Selbsttäuschung hin, Calderon.«

»Nein, Peabody. Zuerst müssen Sie folgendes verstehen. Der Name, den Sie mir nennen werden, wird zu anderen führen. Bedauern Sie sie nicht. Sie werden nicht sterben. Sie werden umerzogen werden.«

Ich lache, wirklich belustigt. »Davon bin ich überzeugt. Wie Ihr Namensvetter. Jorge Arrango.«

Er wird sofort böse. »Er war ein *plantado*. Er brachte nichts hervor. Er konnte unter Fidel keinen Fortschritt feststellen. Sogar seine Gedichte waren schlecht.«

Auch ich bin böse.

»Schlechte Gedichte können also zu zwanzig Jahren Kerker und körperlicher sowie geistiger Folter führen?«

Er beugt sich vor und sagt sehr ernst: »Sie müssen mir zuhören, Peabody. Jede Revolution hat ihre Opfer. Um ein Heilmittel für Meningitis zu finden, mußten vielleicht eine halbe Million Affen sterben. Der Fortschritt erfordert Opfer. Nach der Revolution wurden Tausende verhaftet. Die meisten von ihnen zeigten sich für Logik und Überredung zugänglich. Die meisten von ihnen sind jetzt in die Gesellschaft integriert.«

»Und die, die nicht zugänglich sind?«

»Das sind nicht einmal zweihundert.«

»Und für die ist das Leben nicht großartig.«

Er zuckt gleichgültig die Schultern, und ich stelle sarkastisch fest: »Wenn ich Ihnen einen Namen nenne, den ich ohnehin nicht kenne, bekommt er einen Klaps auf die Finger. Man wird ihm einen ernsten Vortrag halten und ihn mit Logik überreden, all seine bösen Ideen aufzugeben. Calderon, Sie beleidigen meine Intelligenz und die Ihre.«

Er denkt einen Augenblick nach, dann nickt er zustimmend. »Aber sie werden nicht mißhandelt werden. Ich werde die Verhöre selbst durchführen. Kein Problem. Jetzt werden wir zu den Wurzeln Ihrer Ideologie vordringen. Aber zuerst, Peabody, warum sind Sie immer wieder zum Flughafen gefahren?«

Ich fühle inneres Unbehagen wie ein bei etwas Verbotenem ertapptes Kind. Ich antworte schnell: »Wechseln Sie lieber das Thema, sonst ist das Gespräch zu Ende.«

Fort Bragg – *10. Tag*

Ich arbeite. Sitze in einem Jeep am Rand einer stillgelegten Landebahn. Komlosy sitzt neben mir. Wir blicken beide in die klare Luft hinauf und die kreisenden Ultraleichten. In fünftausend Fuß Höhe sind sie kleine Flecken, wie ein Schwarm kreisender Geier.

»Es sind mehr als zwanzig«, schätzt Komlosy.

»Vierundzwanzig, Sir. Ich habe fünf Ersatzleute für den Fall einer Verletzung während der Ausbildung oder einer Erkrankung. Geben Sie jetzt acht, sie haben die Motoren abgestellt und kommen herunter.«

Der Schwarm löst sich auf und bildet vier Gruppen. Sie trennen sich und beginnen in Spiralen niederzusegeln. Auf die Betonlandebahn sind in je dreißig Meter Abstand ein Dutzend weiße Kreuze gemalt worden. Auf einer Seite stehen zwei Männer, die die Funksprechgeräte bedienen, die sie in der Hand halten. Sie tragen Jeans, Windjacken und Baseball-mützen.

»Was tun diese Burschen?« fragte Komlosy. »Sind es Zivilisten?

»Mhmm. Sie helfen mir. Ich habe es mit Brigadekommander Simmons abgesprochen.«

»Wer sind sie?«

»Der Kleinere ist Larry Newman. Der Große ist sein Partner Bryan Allen. Zwei der innovativsten und abenteuerlustigsten Burschen im Flugwesen.«

Komlosy ist skeptisch. »Sie sehen verdammt jung aus.«

Ich lache. »Sir, Newman ist Ende Dreißig. Er ist zum erstenmal mit zwölf Jahren geflogen. Mit einundzwanzig hat er sich für Lear Jets qualifiziert. Seither hat er F 16, F 18, 1011 und sogar die Concorde geflogen. Außerdem ist er Hub-schrauberpilot, ein hervorragender Fluglehrer, Fallschirm-springer und Ballonflieger. Er war einer der drei Jungs, die mit dem Ballon über den Atlantik geflogen sind.«

»Ich habe davon gehört.«

»Allen ist etwa dreißig. Er ist ein Pilot von Weltklasseformat und Radfahrer. Er hat den Preis für den ersten Menschen gewonnen, der nur mit menschlicher Muskelkraft den Ärmelkanal überflogen hat.«

»Von ihm habe ich auch gehört«, sagt Komlosy leise. »Wie Sie sagen würden, ein paar hochtalentierte Kerle. Was müssen Sie solchen Leuten bezahlen?«

»Sir, für einen solchen Job müssen Sie solchen Leuten nichts bezahlen. Sie sind wahrscheinlich die beiden besten Ultraleicht-Lehrer der Welt. Einige Leute meiner Truppe haben die Dinger schon früher einmal geflogen, andere nicht. Glauben Sie mir, sie lernen rasch. Schauen Sie einfach mal zu.«

Die ersten beiden Gruppen kommen herein. Der Gegenwind beträgt etwa zehn Knoten. Sie machen eine elegante Wende. Die Entenflügel heben sich, und sie scheinen sich kaum zu bewegen, während sie näher kommen. Lautlos gleiten sie hintereinander auf den Beton. Die meisten landen genau auf den Kreuzen, einige um einen oder zwei Meter daneben. Einer landet ein wenig zu früh. Sie kommen nach etwa dreißig Metern zum Stehen. Die Piloten steigen rasch aus, ziehen ihre Maschinen aus dem Weg und stellen sich in einer Reihe auf. Eine Minute später kommen die beiden anderen Gruppen mit ähnlicher Genauigkeit herein.

»Nicht übel. Gar nicht übel«, sage ich zufrieden.

Die Piloten sammeln sich um Newman und Allen, und Komlosy fragt mich, ob wir hingehen sollen.

»Nein, Sir. Sie halten nach dem Flug eine Einsatzbesprechung ab. Wir warten.«

Er zündet eine Zigarette an. »Oberst, wenn wir allein sind, müssen Sie mich nicht mit ›Sir‹ anreden.«

»Danke, Mr. Komlosy.«

»Mike.«

»Okay. Ich heiße Silas.«

Wir schweigen einige Minuten lang, dann sagt er: »Die Dinger sehen aus, als wären sie leicht zu fliegen, aber ich nehme an, daß es in der Nacht schwierig ist – und bei

Kampfbedingungen . . .«

»Natürlich ist es komplizierter. Sie werden es heute abend bei der Übung sehen.«

Die Gruppe löst sich auf. Zwei Männer gehen zu ihren Maschinen zurück, starten die Motoren, rollen davon und steigen auf. Allen und Newman schlendern zu uns herüber, und ich stelle ihnen Komlosy vor. Allen ist in Gegenwart eines Mitglieds des Führungsstabs des Weißen Hauses schüchtern und respektvoll. Newman ist übereifrig und respektvoll. Komlosy ist dankbar und respektvoll. Milde gegenseitige Heldenverehrung liegt in der Luft.

Komlosy sagt überschwenglich: »Ich möchte euch Jungs für euren Einsatz danken. Es ist eine großartige Leistung. Einfach hervorragend.«

Sie wehren bescheiden ab, aber ich bestätige: »Die Jungs machen es wirklich gut.«

Newman grinst. »Silas, du hast einen Verein von Naturtalenten ausgesucht. Noch eine Woche, und sie sind imstande, auf dem Arsch einer Mücke zu fliegen.«

Allen zeigt auf die beiden kreisenden Ultras. »Ich habe Brand und Kerr hinaufgeschickt, um ein paar riskante Sachen zu üben. Danach sollen sich alle für heute abend ausruhen.«

»Okay, wir sehen euch beim Abendessen. Larry, bitte die Staffelführer herüberzukommen.«

»Wird gemacht.«

Sie drehen sich um und kehren zu der Gruppe zurück, und ich frage: »Mike, können Sie mich auf den neuesten Stand der Informationen bringen?«

»Gewiß. Es gibt einiges Neues zu berichten. Aber ich möchte es nach der Schau heute abend tun. Eines kann ich Ihnen jedoch schon verraten: Ich habe Ihre Meinung über die *Nimitz* unterstützt. Sie haben den Präsidenten ziemlich beeindruckt. Er hat nicht gerade einen Befehl erteilt, aber einen sehr gewichtigen Vorschlag gemacht. Die *Nimitz* hat sich aus der Sichtweite zurückgezogen, und die Überfliegungen sind auf das Notwendige beschränkt worden. Wir haben einen zweiten Überwachungssatelliten zur Verfügung, so daß wir recht gut abgesichert sind.«

»Gut. Heute abend werden Sie alle Männer kennenlernen, aber ich möchte Sie jetzt schon mit den Gruppenführern bekannt machen.«

Wir drehen uns beide zu einem riesigen C5-Transporter um, der von einer entfernteren Startbahn abhebt. Er sieht aus wie ein Warenhaus, das sich auf seinem Hintern aufbäumt. Während er gen Himmel dröhnt, frage ich: »Haben Sie übrigens dem Präsidenten, bevor er mich kennenlernte, gesagt, daß ich schwarz bin?«

Er lächelt. »Nein. Es ist mir erst kurz bevor wir hineingingen eingefallen. Dann dachte ich mir: ›Verdammt, ist ja scheißegal.‹«

»Hat er Sie zurechtgestaucht?«

»Nein, das würde er niemals tun. Er hat nur bemerkt, daß Sie verdammt furchterregend ausgesehen hätten, aber das betraf nicht Ihre Hautfarbe. Ich meine, Sie sehen nicht gerade verweichlicht aus.«

Die C5 ist jetzt ein kleiner Punkt. Wir drehen uns wieder um. Fünf Meter vor uns haben vier Mann Haltung angenommen. Ich werfe Komlosy heimlich einen Blick zu. Er sollte beim Präsidenten lernen, wie man ein Pokergesicht beibehält. Er sieht aus, als hätte er soeben Wesen aus dem Weltraum zu Gesicht bekommen. Ich genieße den Moment, während er sich erholt, dann stelle ich vor: »Mr. Komlosy, Sir. Das ist Leutnant Sacasa, Hauptmann Moncada, Sergeant Castaneda, Hauptmann Gomez.«

Was ihn am Boden zerstört, ist nicht der Umstand, daß sie alle Latinos sind. Ich sehe vielleicht furchterregend aus, aber der Anblick dieser Kerle würde eine Panzerdivision in Angst und Schrecken versetzen.

Sacasa ist klein und schmächtig. Er sieht aus, als würde er bei kräftigem Wind Schwierigkeiten haben, auf dem Boden zu bleiben. Aber sein Gesicht würde Öl erstarren lassen. Es muß von Anfang an schlimm genug gewesen sein, aber nach weiß Gott wie vielen Boxkämpfen sowie der gründlichen Bekanntschaft mit einigen irregeleiteten Napalmbomben hätte er mit Horrorfilmen ein Vermögen machen können. Moncada ist ebenfalls klein, aber praktisch durch die überdimensionalen Schultern und Arme eines berufsmäßigen Gewichthebers deformiert. Eine breite Narbe beginnt neben seinem linken Auge und verschwindet unter seinem Kinn. Er hat eine niedrige Stirn und die Art Augen, die Picasso dann und wann gemalt hat. Castaneda ist groß und schlank. Er trägt ein bleistiftdünnes, schwarzes Schnurrbärtchen und sieht aus, als würde er beständig grausam lächeln. Es ist eine durch eine Schrapnellwunde hervorgerufene unheimliche Illusion. Gomez' Gesicht weist keine Anomalie auf. Er sollte eigentlich gut aussehen, aber die Mischung seiner Gesichtszüge hat irgendwie dazugeführt, daß Fremde, die ihm begegnen, auf die andere Straßenseite überwechseln.

»Männer, ihr wißt, wer Mr. Komlosy ist. Heute abend wird er die Übung beobachten. Ich erwarte von euch und all euren Männern, daß alles wie am Schnürchen klappt.«

Vier Stimmen antworten unisono: »Ja, Sir.«

Komlosy beschränkt sich auf ein lahmes: »Arbeitet weiter so erstklassig, Männer. Wir verlassen uns auf euch.«

Ich entlasse sie, und wir steigen wieder in den Jeep. Während wir zu meinem Quartier fahren, murmelt Komlosy: »Mein Gott, Oberst, wo haben Sie die Kerle aufgetrieben? In Fort Levenworth?«

»Sie sind alle seit langem Berufssoldaten. Sacasa und Gomez sind Chicanos. Moncada und Castaneda haben kubanisches Blut in den Adern ... sie sprechen alle Spanisch.«

»Ich verstehe. Deshalb haben Sie sie ausgewählt.«

»Nur zum Teil. Sie sind hart, sie sind erprobt und sie verstehen es, ein Kommando zu führen.«

»Ist der Rest der Abteilung so wie sie?«

»Mehr oder minder.«

»Alle Latinos?«

»Verdammt, nein.« Ich drehe mich um und grinse ihn an. »Ich habe ein paar Schwarze, einen Vollblutindianer und zwei Puertorikaner.«

Er schüttelt den Kopf. »Hören Sie, wird das ein Einsatzkommando, das nur aus ethnischen Minderheiten besteht?«

Ich lache. »Nein, Mike, etwa die Hälfte der Truppe sind Weiße. Nicht gerade der durchschnittliche weiße, angelsächsische Protestant, aber ethnisch stellen sie ungefähr das Gleichgewicht wieder her.«

»Diese vier sehen ganz schön gefährlich aus. Wo haben Sie sie gefunden?«

»Bei verschiedenen Sondereinheiten. Ich habe mit ihnen schon früher gearbeitet und mit den meisten anderen auch. Wenn diese Einheiten Freiwillige überprüfen, wollen sie keine Phantasten. Sie suchen bestimmte Charakterzüge und Anlagen.«

»Sie meinen Killerinstinkt?«

»Nicht exakt. Sie suchen Einzelkämpfer mit Phantasie. Sie würden sich wundern. Gomez zum Beispiel schwärmt für klassische Musik. Besonders für Sibelius. Er kann stundenlang über ihn sprechen, wenn Sie ihm Gelegenheit dazu geben. Sacasa unterrichtet in einem Jugendklub. Sie sind nicht alle das, was sie scheinen.«

Wir rumpeln eine Weile schweigend dahin, dann fragt er: »Silas, es macht Ihnen doch nichts aus, wenn ich heute abend bei Ihnen schlafe? Ich habe nun wirklich von den ewigen Hotels die Nase voll.«

»Kein Problem, Mike. Ich werde die Gesellschaft genießen.«

Es ist kurz nach zehn. Wir stehen auf einer Plattform hoch oben auf einem Gerüstturm. Hinter uns sprechen Newman und Allen über die Windverhältnisse. Komlosy blickt auf das Modell hinunter.

»Das alles haben sie in vier Tagen gebaut?«

»In vierundzwanzig Stunden. Es besteht nur aus Sperrholz und Segeltuch, aber alle Maße und Entfernungen stimmen. Diese Genies bringen alles zustande. Verlangen Sie von ihnen, daß sie das Rote Meer für ein paar Stunden teilen, und sie werden sich gleich an die Arbeit machen. Jetzt werde ich Sie aufklären.« Ich zeige hinunter. »Moncadas Abteilung landet dort hinter der Kanzlei, Sacasas hinter dem Apartmentblock; Castanedas Truppe dort drüben neben dem Hauptgebäude. Inzwischen ist Gomez' Verein auf dreihundert Meter Höhe heruntergekommen. Sie gleiten langsam nach unten. Beim ersten Schuß schalten sie ihre Motoren ein, gehen in Sturzflug über, kreisen über dem Areal und werfen Handgranaten und andere Aufmerksamkeiten auf alle Dächer, auf denen die Wachen Stellungen haben. Ihre Ultras sind mit kleinen, aber starken Scheinwerfern ausgerüstet. Sobald diese Stellungen genommen sind, landen sie und sichern hier eine Landezone für die Hubschrauber ab.«

»Wie lange werden die Hubschrauber bis zum Eintreffen brauchen?«

»Sie werden aufsteigen, während wir zum Landeanflug übergehen – etwa vier bis fünf Minuten. Gleichzeitig werden Kampfflugzeuge und -hubschrauber das ganze Gebiet absichern.«

»Wie lange wird es von der Landung bis zur Evakuierung dauern?«

»Acht bis zehn Minuten.«

Er dreht sich langsam um und betrachtet sorgfältig das Modell des Botschaftsgeländes.

»Es ist ziemlich dunkel, Oberst.«

»Unsere Jungs tragen Nachtsichtbrillen, Sir. Sie erreichen nicht ganz die Intensität von Tageslicht, sind aber verdammt gut und ein Riesenvorteil.«

»Welche Waffen werden sie bei sich haben?«

»Messer. Ingram-Maschinenpistolen mit Schalldämpfer und verschiedene Handgranaten; einige gute altmodische und einige neue, etwas ausgefallene. Und ob Sie es glauben oder nicht, bei jedem Trupp wird ein Mann eine abgesägte Schrotflinte tragen. Das ist eine Waffe, die in manchen Situationen unerreicht ist.« Ich sehe auf die Uhr, und er sagt: »Sie müßten jetzt kommen.«

»Ja, Sir, jeden Augenblick. Achten Sie darauf, auf welche Entfernung Sie sie sehen können.«

Zwei Minuten lang strengt er seine Augen in der Dunkelheit an, blickt zuerst in die eine Richtung, dann in die andere. Schließlich meint er: »Ich fürchte, sie haben Verspätung.«

Sehr ruhig entgegne ich: »Nein, Sir. Sie sind hier.«

Ich zeige auf eine Ecke des Kanzleigebäudes. Zwei schwarze Gestalten gleiten über den Boden zum Eingang. Ich zeige auf eine andere Stelle: Schwarze Gestalten laufen zum Hauptgebäude, andere zu dem Apartmentblock.

»Wie, zum Teufel ...«

Er unterbricht sich, weil zwei dunkle Gestalten zwanzig Meter vor unseren Gesichtern vorbeigleiten.

»Wie ...?«

Der erste Schuß fällt. Weitere folgen. Über unseren Köpfen erscheinen bleistiftförmige Strahlenbündel, die die Dächer beleuchten. Dann scharfe Explosionen und Blitze. Komlosy duckt sich.

»Nur Kracher – die simulieren Granateinschläge.«

Nach wenigen Sekunden gehen die Lichter aus. Ich zeige auf den letzten Trupp, der vor einem dunklen, ovalen Fleck landet, dem Swimmingpool des Botschafters. Auf dem gesamten Gelände ertönen Explosionen und Feuerstöße. Zwei Minuten später beleuchten Scheinwerfer einen Kreis von hundert Metern Durchmesser. Über unseren Köpfen rattert es. Ein einzelner Hubschrauber taucht aus dem dunklen Himmel auf und scheint eine Bruchlandung zu machen. Im letzten Moment wird er plötzlich langsamer und setzt auf. Von allen Seiten kommen zwanzig schwarzgekleidete Gestalten langsam heran und bilden einen Kreis um ihn. Der Rotor des Hubschraubers wird langsamer und bleibt stehen. Es herrscht vollkommene Stille, dann halten zwanzig ausgestreckte Arme zwanzig Maschinenpistolen hoch, und ein markerschütternder Schrei dringt zu uns herauf.

»Vampire!«

»O Gott!« Komlosy starrt fasziniert hinunter. Ich drehe mich um. Hinter mir grinsen Newman und Allen über das ganze Gesicht. Sie wissen, daß ich diesen Teil inszeniert habe.

»Was hat das zu bedeuten?« fragt Komlosy flüsternd.

»So nennen wir uns, Sir. Die ›Vampire‹. Schwarze Vampire,

die nachts fliegen, auf der Suche nach Blut – es ist gut für die Kampfmoral.«

Er schüttelt den Kopf. »Nicht, wenn man versucht, friedlich zu schlafen . . . O Gott!«

Eine Stunde später lümmeln wir an der Theke in meinem Quartier. Ich trinke nicht gerade viel, aber wenn ich es tue, stehe ich dabei gern. Ich habe die Bar selbst aus Fichtenholz gezimmert. Sie hat gerade die richtige Höhe und eine Fußstütze. Es ist ein zivilisiertes Wasserloch. Newman und Allen sind auf einen Drink geblieben und dann in die Stadt gefahren – wahrscheinlich auf Hasenjagd. Wenn wir den Job bekommen, wollen sie mit uns auf die *Nimitz* kommen und sich um uns und die Ultras kümmern; die Maschinen und jedes kleinste Detail an ihnen feinstabstimmen. Ohne Komlosy anzusehen, bemerkte ich, daß es schwierig sein könnte. Es machte die Offiziere nervös, wenn sich Zivilisten in ihrer Nähe aufhielten. Komlosy beruhigte sie jedoch. »Keine Sorge, Jungs, wenn es losgeht, werdet ihr dort sein.«

Wir sind bei unserem dritten Scotch angelangt. Komlosy ist in einer merkwürdigen Stimmung: gerade noch in sich gekehrt und anscheinend traurig, dann wieder aufgekratzt und begeistert. Er ist von dem, was er gesehen hat, sehr beeindruckt. Ich freue mich über die Übung, verrate ihm aber nicht, was er *nicht* gesehen hat. Ein Mann von Sacasas Abteilung ist zu weit geflogen und hat fast mit der Seitenmauer der Kanzlei Bekanntschaft gemacht. Moncadas Abteilung hat über eine Minute Verspätung gehabt. Auch die von Gomez. Die waren noch zu hoch, als sie ihre Scheinwerfer einschalteten. Die ganze Operation hatte etwa vier Minuten zu lang gedauert. Aber für einen zweiten Versuch war es gut gewesen. In zehn Tagen würden sie perfekt sein. Ich sage es ihm nicht, weil ich will, daß er zum Präsidenten zurückkehrt und ihm berichtet, daß wir schon ausgezeichnet sind. Ich brauche diesen Auftrag so dringend, daß es weh tut. Ich will einmal gewinnen. Nur einmal. Eben jetzt ist Komlosy in einer Phase der Hochstimmung.

»Eines verstehe ich nicht, Silas.«

»Und was, Mike?«

»Es war dunkel. Aber verdammt, es war nicht gar so finster. Die Sicht war ganz gut, und ich wußte, daß sie kamen. Ich habe überall nach ihnen Ausschau gehalten. Aber ich habe sie erst gesehen, als zwei von ihnen direkt vor meiner Nase vorbeiflogen. Silas, meine Augen sind hundertprozentig!«

Ich schenke ihm wieder drei Fingerhoch Scotch ein.

»Ich werde es Ihnen erklären, Mike. Es sind Tests angestellt worden – praktische Versuche –, die bewiesen haben, daß jemand, der ein Flugzeug am Himmel sucht, höchstens in einem Winkel von fünfundvierzig Grad hinaufschaut. Sie schauen nie senkrecht empor. Deshalb schweben meine Jungs sehr hoch herein, bis sie sich direkt über dem Ziel befinden. Dann gleiten sie in Spiralen direkt über Ihrem Kopf herunter. Mit einem Ultra ist das besonders wirkungsvoll, weil es kein Geräusch macht.«

Er trinkt nachdenklich. »Ja, das verstehe ich jetzt. Aber ich möchte noch etwas fragen. Können Sie nicht mehr Männer einsetzen? Es würde doch die Sicherheit erhöhen.«

»Keineswegs! Es erhöht das Risiko, früher entdeckt zu werden. Es kann eher zu Irrtümern, zu Komplikationen kommen. Mehr sind nicht besser, Mike.«

Er nickt. »Nach der Demonstration heute abend werde ich nicht mit Ihnen streiten.«

»Wie stehen also die Chancen, Mr. NSC? Wie stehen die Chancen, daß wir den Job bekommen?«

Seine Stimmung bessert sich sichtlich. Er wirbelt die bernsteinfarbene Flüssigkeit in seinem Glas herum, holt tief Luft und atmet langsam aus.

»Der Präsident ist bereits von Ihnen beeindruckt. Ihre Aufzählung der Katastrophen hat ihn umgehauen. Er hat den Militärs einige unangenehme Fragen gestellt. Er wird noch beeindruckter sein, wenn ich ihm morgen berichte, was ich heute abend gesehen habe. Wenn die Operation durchgeführt wird, haben Sie mehr als eine siebzigprozentige Chance, sie zu bekommen ... falls sie durchgeführt wird.«

Er spricht den letzten Satz mit düsterem Gesicht. Sein Glas ist leer. Ich gieße Scotch nach.

»Warum sollte das nicht der Fall sein? Es ist die naheliegendste Entscheidung.«

Er schnauft. »Ja, aber die Möglichkeiten sind eher bescheiden.«

Ich spüre, daß er mitteilsam wird. Ich muß vorsichtig sein und ihn nicht drängen. Ich gehe zum Stereo und lege eine Kassette auf – Thelonius Monk auf intellektuell.

Ich kehre zur Bar zurück, verdrehe die Augen und spreche mit meiner besten Onkel-Tom-Stimme. »Ein Jammer, ich bin nur ein Soldat. Aber das Leben ist einfach: Ich kriege meine Befehle und befolge sie ... zumeist.«

Er blickt auf und grinst. Er ist beinahe blau.

»Ja. Wissen Sie, Silas, jetzt beneide ich Sie. Während ich Sie tagsüber und am Abend beobachtet habe, habe ich Sie wirklich beneidet. Sie sind ein Profi, der genau das tut, was ihm gefällt – was er glänzend beherrscht.«

»Sie sind selbst ein Profi, Mike.«

Er seufzt. »Ja, und ich habe einen Job, der verdammt kompliziert ist, aber logisch sein sollte. Silas, Sie kennen die verdammte Politik nicht – sie ist ein Haufen Scheiße, auf dem man leicht ausrutscht.«

»Das kann ich mir denken, aber mit unserer Aktion hat die Politik doch nichts zu tun?«

Sein Lächeln verzieht sich zu einer Grimasse. »Kennen Sie einen Mann namens Conrad Tessler?«

»Klar. Großes Tier in der Industrie. Die Macht hinter dem Präsidenten. Hat ihn von seinen Anfängen an finanziert. Hat ihn zuerst zum Gouverneur und dann zum Präsidenten gemacht.«

»Ja, und der hat drei Söhne. Der älteste arbeitet bei ihm in der Firma. Den zweiten hat er in die Politik gesteckt, und den jüngsten, Arnold, in die CIA. Er weiß, daß Wissen Macht ist. Arnold ist eine der Geiseln.«

»Aha, ich hatte den Namen gelesen, ohne den Zusammenhang zu erkennen.«

»Die Medien kooperieren mit uns und halten sich zurück.«

»Papa Tessler hat also Angst, daß ein Befreiungsversuch das Leben seines kleinen Jungen gefährdet – und er übt Druck auf den Präsidenten aus.«

Ohne auf mich zu warten, schenkt er sich selbst Scotch ein. Seine Hand ist ein wenig unsicher.

»Silas, Druck ist eine Untertreibung. Er muß mindestens hundertmal darauf hingewiesen haben, daß es in Teheran zwar vierzehn Monate gedauert hat, daß aber die Geiseln unversehrt heimgekommen sind. Er ist unerhört hartnäckig und liebt seinen kleinen Jungen abgöttisch.«

Mein Zorn wächst. »Und der Präsident beugt sich diesem Druck? Meinen Sie das? Trotz seiner Überzeugungen – das ist pervers.«

Er schüttelt den Kopf. »Es ist die über Generationen ausgeübte Macht der Politik; aber lassen Sie sich dadurch nicht entmutigen, Silas. Es gibt noch eine Komplikation – ein Prachtstück –, und die zieht den Präsidenten in die andere Richtung. Wirklich ein Prachtstück!«

Ich schweige, damit er nicht aufhört. Er zündet eine Zigarette an und bläst den Rauch in sein Glas.

»Unser dortiger Botschafter, Peabody. Er ist der Experte für Kuba – berät die CIA. In nächster Zeit soll eine große Operation gegen Castro stattfinden, an der auch Leute beteiligt sind, die hoch oben in der Administration sitzen. Peabody war der Berater. Er kennt die Namen.«

»Okay. Aber es ist kaum wahrscheinlich, daß er sie den Chamarristas gegenüber ausspucken wird. Und sie werden nicht wagen, ihn zu foltern.«

Jetzt lümmelt er mit beiden Ellbogen auf der Bar. Er nickt. »Stimmt, aber da taucht eine weitere Komplikation auf. Sie schulden Kuba eine ganze Menge. Sie haben Castro Zugang zu ihm verschafft.«

»Wie?«

»Wir beschäftigen in San Carlo ein Dutzend Agenten, einschließlich des einen in der Botschaft, mit dem wir endlich Kontakt aufnehmen konnten. Wir haben auch einen Mann auf dem Flugplatz sitzen. Es gelang ihm, Fotos von Passagieren zu machen, die aus einigen der Flugzeuge ausstiegen, die nach der Machtübernahme gelandet sind – bevor wir die Blockade verhängten. Es dauerte einige Tage, bis sie uns erreichten. Eines dieser Fotos zeigt das Gesicht eines Mannes namens Jorge Calderon ...« Er legt den Kopf in den Nacken, streckt sich, dann blickt er mir in die Augen. »Top-Vernehmungsexperte des kubanischen Geheimdienstes. Offenbar ein sehr fähiger Mann.«

Allmählich bin ich froh, daß ich nur Soldat bin; aber ich bin auch ziemlich erstaunt. »Und dieser Calderon hält sich in der Botschaft auf?«

»Er betritt und verläßt die Anlage alle zwei oder drei Tage auf der Ladefläche eines Lieferwagens.«

»Können unsere Leute ihn nicht erledigen?«

»Er wird Tag und Nacht bewacht. Außerdem würde Castro wahrscheinlich jemand anderen schicken.«

»Okay, aber nicht einmal er wird einen amerikanischen Botschafter foltern ... oder doch?«

Er schüttelt den Kopf. »Nein, er verläßt sich auf die Psychologie. Sie ist seine Stärke. Er demütigt Peabody. Er hält ihn im Wachhaus in Einzelhaft. Peabody ist fast nackt. Es gibt keine sanitären Einrichtungen, und sie geben ihm nur einmal am Tag Abfälle zu essen.«

»Diese Schweinehunde ...! Aber Mike, ein Botschafter muß widerstandsfähig sein. Das wird ihn nicht zerbrechen.«

Er seufzt wieder und zündet die nächste Zigarette an.

»Ein Team von Psychologen und Psychiatern hat eine tiefenpsychologische Studie über Peabody erhalten. Jede Einzelheit, die wir über ihn wissen. Sie haben gestern Bericht erstattet, und seither schrillen in Washington die Alarmglokken.«

»So schlimm?«

»Hören Sie, Kumpel, dieser Mann hat vor Jahrzehnten eine Tragödie erlebt, durch die er introvertiert wurde. Er hat nie geheiratet ... hat keine Freunde ... wenig Bekannte. Er ist ein brillanter Kopf und hat sich in Bücher und in seine Arbeit vergraben. Er hat sogar selbst Bücher geschrieben. Sein Anti-kommunismus ist zur fixen Idee ... und in seinen persönlichen Gewohnheiten ist er krankhaft pingelig geworden. Unsere Experten glauben, daß er für einen Mann wie Calderon ein gefundenes Fressen ist. Der Bericht gelangt zu dem Schluß: ›Wenn Peabody längere Zeit solchen Haftbedingungen sowie intensivem psychologischem Druck ausgesetzt ist, könnte es seinen Geisteszustand nachteilig beeinflussen.‹«

Langes Schweigen, dann das Klirren von Glas, als Komlosy wieder einschenkt. »Dem Präsidenten muß die Wahl nicht leichtfallen. Hat er schlaflose Nächte?« frage ich schließlich.

Er lächelt. »Ich bezweifle es. Er hat das ›Abschalten‹ zu einer Kunst entwickelt. Aber eines ist sicher, er will diese Operation nicht gefährden. Manchmal glaube ich, er würde lieber Kuba erledigen als Rußland. Für ihn ist Castros Lumpenpack an unserer Tür eine ständige Beleidigung.«

»Was wird er beschließen, Mike?«

»Nichts.«

»Nichts?«

Sein Lächeln ist überhaupt nicht fröhlich. »Erst in fünf oder sechs Tagen. Während dieser Zeit hat die CIA eine andere Operation laufen. Eine reizende kleine Operation.« Er blickt verdrossen in sein Glas. »Ich sage Ihnen, Silas, wenn ich nicht bald die Abschalttechnik des Präsidenten beherrsche, könnte es einen nachteiligen Einfluß auf *meinen* Geisteszustand haben.«

»Was werden Sie tun?«

Plötzlich reißt er sich zusammen.

»Verdammt! Was ist mit mir los? Ich gelte als verschlossener Mensch. Und jetzt weine ich mich aus wie ein Kind bei seinem Lieblingsonkel.«

»Machen Sie sich wegen meiner Verschwiegenheit Sorgen?«

Er stützt das Kinn in die Hände. Seine hundertprozentige Sehkraft scheint etwas nachzulassen.

»Keineswegs, Silas. Aber ich dürfte Ihnen nichts von alldem erzählen.«

Ich atme langsam aus. »Richtig. Wenn aber der Präsident

der Befreiungsaktion zustimmt, bin ich wahrscheinlich der erste, der dort hinuntersegelt. Vielleicht der erste, der stirbt.«

Wieder lange Stille, noch eine Zigarette wird angezündet. Er hat den Punkt erreicht, an dem er das Geheimnis mit mir teilen will – hoffe ich.

»Also gut ... Sie werden versuchen, ihn zu vergiften, indem sie den Agenten in der Botschaft einsetzen.«

»Den Kubaner?«

»Peabody.«

Einen Moment lang glaube ich, nicht richtig gehört zu haben. Ich schaue in sein Gesicht, in seine Augen. Ich glaube ihm und bekomme Brechreiz. Er richtet sich auf. »Ich muß mal pieseln.«

Die widerliche Geschichte schwirrt in meinem Schädel herum. Als er zurückkommt, geht er ein wenig unsicher, und ich sage zornig: »Wollen Sie mir einreden, daß der Präsident meines Landes die Ermordung eines seiner eigenen Botschafter genehmigt hat?«

Er tut so, als wäre er schockiert und schüttelt heftig den Kopf.

»Nein, nein, nein. Um Himmels willen, nein.«

»Dann handelt die CIA auf eigene Faust?«

Wieder das Kopfschütteln und die Vortäuschung eines Schocks.

»Nein, nein, nein.«

»Mike, das ergibt keinen Sinn.«

»Doch, doch.« Er beugt sich über die Bar. »Silas, haben Sie jemals von einem Mann namens Thomas Becket gehört?«

Ich verberge meinen Sarkasmus nicht.

»Sicherlich, hat der Kerl nicht für die ›Dallas Cowboys‹ Schlußmann gespielt?«

Plötzlich ist seine Sehkraft wiederhergestellt. Er richtet sich auf und erklärt steif: »Entschuldigen Sie den herablassenden Ton ... Er war jedenfalls überaus lästig. Der König rief vor seinen Rittern verzweifelt aus: ›Will mich niemand von diesem verfluchten Priester befreien?‹ oder etwas Ähnliches. Die Ritter blicken einander vielsagend an und erschlagen

Becket. Der König ist entsetzt... oder gibt vor, es zu sein. Deshalb existiert in der CIA ein entsprechender Ausdruck, nämlich die ›Becket-Zustimmung‹. In diesem Fall wurde eine Sitzung abgehalten. Sie warteten auf ein Stichwort. Sie zählten die schmerzlichen Alternativen auf. Es wurde viel Gewissensforschung betrieben und auf die geopolitischen Fakten hingewiesen. Schließlich vernahmen sie das Stichwort. Etwas wie: ›Opfer für Freiheit und unseren Way of Life‹ – Becket-Zustimmung.«

»Das stinkt gen Himmel.«

»Zugegeben.«

»Sie waren bei der Sitzung?«

»Selbstverständlich. Ich führte Gegenargumente an – auf jede mir mögliche Weise.«

Wieder sehe ich ihm tief in die Augen und wieder glaube ich ihm. »Haben Sie nachher mit ihm gesprochen? Versucht, ihn umzustimmen?«

»Natürlich.«

»Und?«

»Er hat abgeschaltet.«

Während ich darüber nachdenke, sagt er: »Um Präsident zu werden, muß man Härte zeigen – und wenn man das Ziel erreicht hat, wird man noch viel härter.«

»Ja... Wann geschieht es?«

»Sie müssen ein besonderes Gift hinunterschaffen. In etwa fünf bis sechs Tagen. Ob Sie es glauben oder nicht, sie verwenden Nikotin... chemisch rein und konzentriert. Ein Tropfen, und man ist in fünf Minuten tot.«

»Ich hoffe, daß die Schweine es nicht schaffen.«

»Ich auch.« Er blickt auf die Uhr. »Mein Gott! Ich brauche meinen Schönheitsschlaf.« Er leert sein Glas und schaut auf seine Zigarette. »Scheiß-Nikotin!«

Er drückt sie aus.

San Carlo – 9. *Tag*

Der Wind weht landeinwärts, und aus Nordwesten, aus Kuba rollen große Wellen heran und brechen sich unten am Strand. Es ist nur fünfhundert Meilen entfernt. Es ruft mich. Zwei Tage lang hatte ich von Kuba gesprochen, war zwei Tage in der Botschaft geblieben und hatte argumentiert, gut zugeredet, gedroht. Ich habe nichts erreicht. Es war eine Einbahnstraße, die ich entlanggehen mußte. Nachdem ich dieses Tonband gehört hatte, mußte ich diese Möglichkeit ausschöpfen.

Ich stehe auf dem Balkon des Hotelzimmers. Es ist früh am Abend. Das Licht ist sanft. Hier sind die Sonnenuntergänge wie in Kuba. Plötzlich, dramatisch, farbenprächtig. Dann fällt die Dunkelheit herab wie ein warmes, schwarzes Tuch. Ich fühle mich unglücklich. Nicht traurig, das ist nicht das Gegenteil von glücklich. Trauer ist Melancholie, Unglücklichsein bedeutet geistiges Unbehagen. Einige Minuten lang gebe ich mich der Semantik hin; dann denke ich unweigerlich an Peabody – zum Teil, weil ich unglücklich bin. Ich kann weder seinen Willen brechen noch ihm logisch beikommen. Er ist mir nicht überlegen, aber er ist mir gewachsen. Nach dem Tonband haben wir stundenlang miteinander gesprochen. Wenn ich es mir überlege, habe ich mehr geredet als er. Das ist ein Beweis seiner Geschicklichkeit. Ich habe mehr geredet, als ich von mir erwartet habe, aber es lag auch in meiner Absicht. Ein Versuch, ihn zu mir zu ziehen. So nahe zu mir, daß er verwundbar wird. Er gab meine Fragen an mich zurück. Plötzlich sprach ich von meinem Vater. Wie ich ihn zu hassen begann. Wie er seinen Stolz und seinen Egoismus wie einen gutsitzenden Anzug trug. Wie er auf den Verlust unverdienter Vorrechte wie ein Kind reagierte. Wie er seinen Groll in eine Waffe gegen meine Mutter umwandelte. Selbstverständlich verwendete ich die Parallele des Kapitalismus.

Mein Vater trank die Milch des Kapitalismus und jammerte dann wie ein Kind, als der Milchstrom versiegte. Aber während ich sprach, empfand ich persönliche Gefühle. Als ich von der Freude sprach, als ich endlich nach Spanien fuhr, wurde diese Freude wieder in mir lebendig. Als ich erzählte, daß mich kürzlich die Nachricht von seinem Tod bei einem Autounfall infolge Trunkenheit in Madrid erreicht hatte, war es mir wieder gleichgültig.

Peabody wollte meinem Gedächtnis nachhelfen. Er zeigte auf den goldenen Siegelring an meinem Finger und fragte: »Ist das nicht der Ring Ihres Vaters?«

Ich antwortete ihm, nein, von meinem Großvater; und dann sprach ich von ihm. Auch ein Kapitalist, Besitzer großer Ländereien. Aber ein Mann, der nicht jammerte, wenn nicht alles nach seinem Willen ging. Ein guter Mann, dessen Weisheit ihm ermöglicht hätte, wenn er es erlebt hätte, die unvermeidliche Veränderung zu akzeptieren.

Als ich ihn nach seinen Eltern fragte, sprach er kurz über sie, als wären sie leblose Bilder an einer Wand. Es war kein Gefühl in ihm. Keine Leidenschaft. Sie waren nur eine Mutter und ein Vater; wie ein linker und ein rechter Fuß.

Doch zumeist sprachen wir über Ideologie. Ich erinnerte ihn an seine letzten Worte zu Vargas.

»Die Welt der Extreme ist nicht flach. Sie krümmt sich und mündet in sich selbst.«

Das benutzte ich als Thema. Ich erklärte, daß wir in Kuba weder Nordkoreaner noch Albaner und schon gar nicht Russen wären. Wir erstrebten den Sozialismus Hand in Hand mit dem Humanismus. Ich erzählte von meinem Leben und meinen Erfahrungen, um meine These zu erläutern. Ich wies auf unsere Errungenschaften hin und stellte unsere neue Gesellschaft der alten gegenüber. Ich suchte in seinen Augen nach einem Funken Mitgefühl – oder auch nur Verständnis. Es gab keinen Funken. Ich rief mir ins Gedächtnis, daß dies der Mann war, der einmal leidenschaftlich geliebt hatte. Der vor kurzem Vargas' Exzesse verdammt hatte, ihn praktisch als unmenschlich bezeichnet hatte. Ich spielte das Tonband wieder vor ihm ab. Lauschte seinen Worten von Kindern, die aus Lust am Blutvergießen getötet worden waren. Daß ein als Kommunist getöteter Unschuldiger fünf neue Kommunisten hervorbringe. Dann wurde mir mit einem Schauer klar, daß die von diesem Band kommenden Worte bar jeden Gefühles waren. Er stellte nur Bedingungen auf, mit denen er einen Diktator dazu zwingen wollte, als Darlehensempfänger akzeptabler zu werden.

Jetzt bin ich einen Moment lang der Verzweiflung nahe. Ich besitze eine phantastische Waffe. Wenn ich sie falsch einsetze, ist sie für immer verloren. Aber um sie zu gebrauchen, muß ich ihn nahe an mich heranziehen; er muß von mir abhängig sein. Es muß eine Möglichkeit geben. Ich denke wieder über seine zahllosen Fahrten zum Flughafen nach. Er hatte bestimmt einen wichtigen Grund dafür. Er verbrachte Stunden dort. Gestern nacht studierte ich eifrig ein Fluglinien-ABC und versuchte ein Muster zu finden. Versuchte einen Hinweis darauf zu finden, auf wen er gewartet – oder wen er beobachtet hat.

Die Tür hinter mir gleitet auf, und ich spüre die Kühle der Klimaanlage auf meinem Rücken.

Sie tritt neben mich und legt die Ellbogen auf das Geländer. Der Himmel rötet sich – und färbt das Meer. Es spiegelt sich auf ihrem Gesicht. Sie ist der andere Teil meines Unglücklichseins. Ich glaube, daß ich sie liebe, und die Erkenntnis erschreckt mich so, daß sie es spürt. Ich schäme mich, weil es so absurd ist. Ich weiß, wie sie ist. Ich sehe, wie sie ihre Krallen langsam herausstreckt. Gestern nacht hat sie mich die Spitzen spüren lassen.

Bermudez hat sich Arbeitssessen zu später Abendstunde angewöhnt. Er versammelt seine Mitarbeiter um sich wie einen Hofstaat, sie essen und reden – oder hören ihm zumeist zu. Roberto Bermudez, der der neue Fidel sein wollte. Gestern waren wir eingeladen – auch heute abend. Er genießt seine Macht und genießt es, damit zu protzen. Er kämpft auch mit mir um Inez. Es ist zugleich raffiniert und direkt. Er benimmt sich mir gegenüber so respektvoll, daß es fast ein Witz ist. Er nennt Inez »Genossin«, und seine Stimme ist voll Sinnlichkeit. Sie reagiert mit einem lasziven Zucken ihrer Lippen und einem raschen Seitenblick in meine Richtung. Und mich schmerzt es. Mich! Und die Schwäche, daß ich Schmerz empfinde, quält mich. Fidel hatte recht. Ich hätte auf ihn hören sollen.

»Meinst du nicht, daß es aufregend ist, Jorge?«

»Was?«

»Was wir erleben. Woran wir teilnehmen. Die Verwandlung eines Landes. Im Zentrum stehen. Wissen, was geschieht – was geplant wird. Hier wird Geschichte gemacht.«

Ich entgegne gereizt: »Geschichte wird in Kuba gemacht. Dort hat es dich nie besonders interessiert.«

»Ach, das ist anders. Das hier ist ein junges Land. Es ist Gegenwart.«

»Es könnte auch nur von kurzer Dauer sein. Bermudez verliert den Sinn für Proportionen.«

Sie legt mir die Hand auf den Arm.

»Jorge, du bist wegen des Amerikaners gereizt. Weil er es dir nicht leicht macht. Du mußt dich mehr anstrengen. Roberto hat gestern abend geäußert, wie sehr er hofft, daß du Erfolg haben wirst. Wir müssen bald gehen, sonst kommen wir zu spät.«

»Ich muß noch eine Weile überlegen, Inez«, antworte ich sanft. »Geh hinein und warte auf mich. Ich komme bald.«

Sie drückt meinen Arm und küßt mich aufs Ohr. Sie verwendet nie Parfum, aber der Duft ihrer Haut erfüllt meine Nase. Und das Gefühl der Scham bohrt in mir. Ich reiße meine Gedanken los, kehre zurück zu Peabody. Ich muß von der Hexe im Raum hinter mir loskommen. Ich versuche, mich wieder auf die Fahrten zum Flughafen zu konzentrieren. Sie sind sehr wichtig geworden. Ich versuche angestrengt, mich zu konzentrieren, aber ihr Gesicht drängt sich in meine Gedanken. Wie sie Bermudez angesehen hat! Ihr Mund, der ihm zulächelt. Verdammt! Die nackte Einsamkeit der Eifersucht.

Warte! Etwas hat sich im hinteren Winkel meines Gehirns

ereignet. Die Einsamkeit der Eifersucht? Die Einsamkeit des Neides?

Sie ist aus meinem Geist gelöscht.

Ich weiß!

Erregung überflutet mich. Die Türen meines Geistes springen auf. Ich bin wieder Jorge Calderon! Ich mache kehrt und öffne die Tür. Sie ist nicht im Zimmer. »Inez!«

Sie erscheint in der Badezimmertür.

»Ich fahre in die Botschaft.«

Ihre Augen funkeln.

»Jetzt? Wir müssen in einer halben Stunde im Palast sein.«

»Zum Teufel mit dem Palast. Ich fahre in die Botschaft. Ich muß.«

Sie kommt auf mich zu.

»Ich bleibe nicht allein hier. Ich fahre in den Palast.«

»Mach, was du willst.« Ich nehme meine Tasche.

Als ich die Tür erreiche, sagt sie herausfordernd: »Du wirst es bedauern, Jorge Calderon.«

Sie steht mit gespreizten Beinen vor mir und zeigt alle Krallen. In ihren Augen liegt eine einzige, einfache Botschaft. Ich bin nicht unglücklich. Ich bin unglaublich traurig.

»Ja, Inez. Bestimmt.«

Peabody ist überrascht, mich zu sehen, aber es ist ihm nicht unangenehm. Er kommt vorsichtig aus seiner Zelle. Sein grauer Bart wächst nach unten, statt dicht zu werden. Sein Gesicht wirkt dadurch viel schmaler. Seine Shorts sind naß, und ich mache eine Bemerkung darüber. Er reagiert sofort feindselig.

»Ich habe sie in dem jämmerlichen Rest Wasser gewaschen, der übrigbleibt, nachdem ich getrunken und mich gewaschen habe!«

Wieder folgt die Litanei von Beschwerden und Protesten in seinem Namen und in dem seiner Regierung. Aber ich spüre, daß die Worte diesmal mehr formhalber als aus Überzeugung gesprochen werden. Ich habe Kaffee bestellt, und während wir warten, versichere ich ihm wie üblich, daß sich die anderen Geiseln bei guter Gesundheit befinden. Auf seine Fragen über die äußere Lage antworte ich nur vage. Natürlich hat seine Regierung Sanktionen verhängt und Guthaben eingefroren. Ich erwähne weder die Blockade noch die plötzlich eingeschränkte Aktivität der *Nimitz* und ihrer Flugzeuge.

Der junge Mestize bringt den Kaffee. Während Peabody den ersten Schluck trinkt, kann er die Erwartung nicht aus seinen Augen verbannen. Ich studiere ihn. Habe ich recht? War meine momentane Eingebung richtig? Wenn ja, wird das Gehirn des alten Mannes vor mir einer Art Lobotomie unterzogen. Werde ich imstande sein, ihn für die entscheidende Phase bereitzumachen? Wenn ich mich irre, wird er mich für einen wirklichkeitsfremden Idioten halten, und meine Aufgabe wird tausendmal schwieriger werden. Es ist ein Risiko, das mir aufgedrängt wurde. Aber zuerst muß ich ihn in den richtigen geistigen Zustand versetzen. Er soll selbstsicher sein und sich wohl fühlen. Ich weiß, wie ich es erreiche. Ich werde seine Stärke ausnützen.

Ich beginne wieder als Ideologe und nehme den Faden dort auf, wo wir aufgehört haben. Doch diesmal diskutiere ich von den Standpunkten mehrerer lateinamerikanischer Schriftsteller aus.

Wir debattieren eine Stunde lang. Meine Stimme bleibt gedämpft und meine Haltung entspannt – nichts von der Heftigkeit früherer Gespräche. Er befindet sich auf sicherem Boden, zumindest seiner Ansicht nach, und beginnt, sich sichtlich wohl zu fühlen. Ich werfe ihm Márquez an den Kopf. Er erwidert mit Borges. Dann komme ich mit Galeano, und er pariert mit unserem Cabrera Infante. Nach einer Stunde ist er im Vorteil und weiß es. Er beginnt, Márquez und sogar Llosa gegen mich einzusetzen. Er ist ein Meister auf diesem Gebiet, imstande, ganze Seiten aus dem Gedächtnis zu zitieren und natürlich bemerkenswert geschickt in der Interpretation einer These zugunsten seiner Philosophie. Er lächelt sogar zwei- oder dreimal, wenn er einen wirkungsvollen Punkt erzielt. Ich finde, daß der richtige Moment gekommen ist. Er sieht aus wie ein Professor, der soeben eine gelungene Vorlesung gehalten hat.

Ich bestelle wieder Kaffee. Während wir warten und während der Mestize sich im Raum aufhält, schweige ich absichtlich und tue so, als würde ich etwas in einer meiner Unterlagen nachlesen. Ich bin gespannt und mir deutlich der Bedeutung des Augenblicks bewußt. Als er seinen Becher hebt, erwähnte ich ganz nebenbei, ohne den Blick aus dem Ordner zu heben: »Peabody, ich weiß, warum Sie so oft zum Flughafen gefahren sind.«

Ich blicke auf. Die Hand mit dem Becher hält mitten in der Bewegung inne. In seine Augen tritt ein erschrockener Ausdruck. Auch die Zeit steht still. Dann senkt er den Blick auf die Papiere auf meinem Tisch und wirkt nicht mehr erschrocken. Er entspannt sich sichtlich. Er hebt den Becher und trinkt. Er glaubt, daß mein Wissen aus dem Ordner stammt und weiß, daß es in keiner Akte stehen kann. Er trinkt wieder, stellt den Becher hin und wartet geduldig darauf, daß ich mich lächerlich mache. Ich klappe den Ordner zu und sage mit ernster Stimme: »Ich hätte nie geglaubt, daß ein so intelligenter, so belesener, so weltgewandter Mann ... so einsam sein kann.«

Er legt den Kopf zurück. Sein Körper weicht vor mir zurück. Seine Augen verengen sich, als hätte er Schmerzen, und ich weiß, daß ich mich nicht geirrt habe. Ich empfinde ein Gemisch aus Stolz und Mitleid. Als ich ihn ansehe, verschwindet der Stolz.

»Peabody, Sie sind nicht zum Flughafen gefahren, um eine bestimmte Person zu treffen oder zu beobachten. Ihre Besuche fielen mit der Ankunft von Flügen aus Madrid und Rom zusammen. Die Südländer sind Gefühlsmenschen ... Sie kamen hin, um zuzusehen, wie die Passagiere begrüßt wurden ... wie Eltern ihre Kinder begrüßten ... und Kinder ihre Eltern ... Großeltern ... Frauen ... Ehemänner ... und Liebhaber. Peabody, jede Woche erlebten sie Gefühle und Liebe für kurze Zeit aus zweiter Hand. Sie sahen zu, wie sich diese Menschen umarmten, küßten und manchmal vor Freude weinten. Sie gingen nie zur Abfahrtshalle. Sie wollten nie

Tränen des Trennungsschmerzes sehen.«

Er starrt zwischen seinen mageren Knien auf den Boden. Kein Künstler oder Bildhauer könnte Melancholie in so konzentrierter Form wiedergeben.

»Peabody ...«

Er hebt den Kopf. Seine Augen sind Wunden in seinem Gesicht.

»Peabody. Sie, der alles kennt, der genau weiß, wie das Leben der Menschen verlaufen sollte, Sie, der Sie so stark sind, daß Sie niemanden brauchen. Sie mußten in die Nähe der Aura von Liebe zwischen Ihnen Fremden kriechen, wie ein Tier nachts im Schutz der Dunkelheit zu einem Lagerfeuer schleicht. Es hat Angst vor dem Feuer, aber nimmt aus einiger Entfernung eine Spur von Wärme auf.«

Sein Kopf sinkt wieder herab. Ich schiebe meinen Stuhl zurück und stehe auf; langsam gehe ich um den Tisch und trete zu ihm. Er verharrt völlig regungslos. Ich kann seine Augen nicht sehen. Ich gehe in die Knie und hocke mich neben seinen Stuhl.

Er dreht den Kopf, und seine Augen flehen. Es kann ein Flehen darum sein, daß ich mich in Luft auflöse. Für immer verdunste. Es könnte ein Flehen auch um etwas anderes sein.

Seine Hände ruhen auf seinen Knien. Ich bedecke eine von ihnen mit der meinen. Ich spüre die zarten Knochen unter der trockenen Haut. Viele Sekunden vergehen. Er rührt sich nicht. Dann flüstert er erstickt: »Wie konnten Sie das wissen? Wie konnten Sie es erraten?«

Ich habe keine einfache Antwort. Ich gelangte nicht durch Logik zu der Erkenntnis. Wie konnte ich es erraten? Mir wird klar, daß ich imstande sein muß, genauso zu fühlen wie er. Es muß etwas in mir geben, daß sich auch in ihm findet. Ich erriet es, weil wir, trotz diametraler Gegensätze, einander in unserem Innersten erstaunlich ähnlich sind. Ich sage es ihm.

»Ich habe es nur erraten, weil ich die gleiche Fähigkeit besitze, meinen Intellekt von meinen Gefühlen zu trennen. Die Feuer des einen zu schüren und des anderen zu ersticken.

Sie haben diese Fähigkeit bis an die äußerste Grenze entwikkelt. Aber Sie sind mehr als doppelt so alt wie ich, haben einen längeren Weg hinter sich, haben die Gefühle erstickt, bis kaum mehr ein Funke übrig war. Wenn Ihnen dies zustoßen kann, kann es auch mir zustoßen.«

Ich hätte nie geglaubt, daß ich diese Worte aussprechen kann, und schon gar nicht, daß sie meine Gefühle genau ausdrücken. Das verwirrt mich. So sehr, daß ich es zuerst nicht merke. Dann wird mein Blick wieder scharf, und in meine Haut kommt wieder Gefühl. Er hat seine zweite Hand bewegt und die meine mit ihr bedeckt.

Ich bin starr vor Rührung. Ich erinnere mich an den Tod meines Großvaters. Ich war ein Kind und unglücklich. Stundenlang saß ich an seinem Bett und versuchte, ihm Trost zu spenden. Meine Hand lag, wie jetzt, zwischen den seinen. Ich empfand mehr Trost, als ich ihm spendete.

Ich blicke in Peabodys Gesicht. Sein Ausdruck ist unverändert. Aber er weiß, was geschehen ist, und ich auch. Von Beginn an war ich darauf aus gewesen, diese Situation herbeizuführen. Die Schale zu durchbrechen und ihm zu zeigen, wie es in seinem Inneren aussieht. Es ist mir gelungen; aber nicht so, wie ich es mir vorgestellt hatte. Indem ich sein Inneres bloßlegte, legte ich auch mich bloß. Hat Inez etwas damit zu tun? Ich muß von hier weg und nachdenken.

Ich ziehe meine Hand zurück und richte mich auf.

»Peabody, in zwei Tagen werde ich Sie wieder besuchen. Bis dahin versuchen Sie, über etwas nachzudenken. Wenn ein Mann seine wahren Instinkte jahrelang unterdrückt und der Welt einen falschen Eindruck seiner selbst bietet, dann muß die gesamte Lebensanschauung dieses Mannes ebenfalls verdreht und falsch sein. Versuchen Sie darüber nachzudenken, und wir wollen uns das nächstemal darüber unterhalten.«

Wir blicken einander an. Er lächelt leicht und steht auf. An der Zellentür dreht er sich um: »Calderon, mich zu verstehen, ist eine Sache. Diese Erfahrung zu verwenden, um mir Informationen zu entlocken, eine andere. Gute Nacht.«

Er tritt in seine Zelle und schließt die Tür.

Während ich das Botschaftsgelände überquere, versuche ich mir darüber schlüssig zu werden, wann ich die entscheidende Waffe einsetzen soll. Sie wird sich verheerend auswirken. Ich weiß, daß er beinahe reif dafür ist. Vielleicht beim nächsten oder übernächsten Gespräch. Ich werde ihn zwei Tage lang in Ruhe lassen. Ich hatte auf diesen Augenblick gewartet, mich auf ihn gefreut. Jetzt schiebe ich ihn hinaus; die Vorfreude ist verschwunden.

Fombona spricht mit dem Wächter am Eingang zur Botschaft. »Ich fahre morgen früh weg«, teile ich ihm mit.

Er schüttelt den Kopf. »Morgen gibt es keine Lieferungen. Sie müssen einen Tag später fahren.«

»Wovon reden Sie?«

Er grinst. »Die morgigen Lieferungen wurden abbestellt.«

»Von wem?«

Er zuckt überheblich die Schultern. »Jemand von außerhalb. Keine Sorge, Sie werden nicht hungern müssen, wir haben genügend Lebensmittelvorräte.«

Mir wird klar, daß mich Bermudez hier festgenagelt hat. Er ist zu schlau, Inez heute abend zu erobern. Es wäre primitiv. Er weiß, daß Primitivität sie abstoßen würde. Er weiß auch, daß die Tatsache, daß er mich hier isoliert, daß er klüger ist als ich, sie anzieht. Er versteht ihren Charakter.

Ärger und Enttäuschung überwältigen mich beinahe. Der Affe Fombona muß wissen, was dahintersteckt. Ich kann diesen Ort nicht verlassen, außer auf der Ladefläche dieses Lieferwagens. Ich weiß, daß es eine Funkverbindung mit Bermudez gibt, aber weil die NSA mithört, darf sie nur in Notfällen benützt werden. Das ist mir gleichgültig.

»Fombona, ich werde das Funkgerät benützen.«

Sein dreckiges Grinsen wird breiter. Er schüttelt den Kopf. »Ausgeschlossen. Die Befehle sind eindeutig ... und sie kommen von unserem Führer.«

Wieder ohnmächtiger Zorn ... Und Eifersucht. Es ist ein demütigendes Gefühl. Ich kämpfe es nieder. Als ich durch die Tür gehe, wende ich mich an Fombona. »Wenn dein Führer anruft, teile ihm mit, daß er es bedauern wird.«

San Carlo – *10. Tag*

Ich kenne das »Stockholm-Syndrom« – daß Gefangene sich zu ihren Kerkermeistern, Gefolterte sich zu ihren Peinigern hingezogen fühlen. Ich denke lang darüber nach und versuche meine Gefühle objektiv zu analysieren. Es ist schwierig, beängstigend und manchmal schmerzhaft, seine eigenen Gefühle zu ergründen, Schwächen gegenüberzustehen, deren Vorhandensein ich mir nie eingestanden habe. Wenn ich über vier Jahrzehnte zurückblicke, sehe ich nur die reizlose Eintönigkeit einer emotionellen Leere. Aber da ich sie mir geschaffen habe, wollte ich sie doch sicherlich? Und da ich sie wollte, wie konnte es eine so verheerende Wirkung haben, wenn man sie mir vor Augen führt? Jetzt erkenne ich die Wahrheit. Ich habe sie nie gewollt. Ich habe sie aus Verbitterung geschaffen und sie mit falschem Stolz untermauert. Ich komme zu dem Schluß, daß das, was ich durchmache, nichts mit dem »Stockholm-Syndrom« zu tun hat. Natürlich bin ich Calderon nähergekommen, aber in Wirklichkeit hat er mich von Anfang an stark beeindruckt.

Bei den anfänglichen Gesprächen mit ihm war mein Haß immer von Faszination überlagert gewesen. Ich zähle die Striche an der Wand.

Erst vor zehn Tagen hat er auf diesem Stuhl gesessen und dem Tod im Lauf von Fombonas Maschinenpistole ins Auge geblickt, als untersuche er eine seltene exotische Blume. Als ich ihn mit Scheiße bewarf, wollte er mich umbringen, doch sein Gesichtsausdruck ließ es nicht erkennen, und als er sprach, klang seine Stimme ganz natürlich. Er besitzt einen Verstand und die Gabe, ihn zu gebrauchen, wie ich es noch nie erlebt habe.

Wieder analysiere ich mich und versuche festzustellen, ob es Bewunderung ist, die mich zu ihm hinzieht.

Nein. Ich habe viele Männer und Frauen sowohl wegen ihrer angeborenen als auch ihrer erworbenen Fähigkeiten

bewundert, wurde aber nie gefühlsmäßig von ihnen angezogen. Es geschah, weil er mich versteht wie kein anderer.
Plötzlich erkenne ich erschrocken, daß ich väterliche Gefühle
für ihn empfinde. Er versteht mich so, wie ein Sohn manchmal seinen Vater versteht. Meine Verwirrung nimmt zu, als
ich zu begreifen versuche, wie es dazu kam. Doch dann
beschließe ich, mich nicht darum zu kümmern. Genug analysiert.

Es ist kurz nach Sonnenaufgang. Das natürliche Licht tritt
an die Stelle des künstlichen. Wieder frage ich mich, was in
der Außenwelt vorgeht. Er drückt sich absichtlich vage aus.
Vielleicht wird sich das jetzt ändern. Ein Befreiungsplan muß
bereits anlaufen. Die Sonderkommandos werden vermutlich
schon ausgebildet. Selbst nur auf Grund der Satellitenüberwachung müssen sie die Verteilung der Geiseln und Wachen
kennen. Die Erfolgschancen müssen gut sein. Sie werden
bestimmt aus dem Versuch in Teheran gelernt haben; und die
Nimitz liegt nur ein paar Meilen von hier. Für einen Augenblick sehne ich mich nach der Bequemlichkeit und Annehm-
lichkeit meiner Wohnung. Dann denke ich über den Faktor
Tessler nach und stelle mir vor, wie der Wirtschaftsboß Druck
ausübt. Wird der Präsident ihm widerstehen? Meine Gedanken wechseln wieder zu Calderon. Falls er sich in der Botschaft befindet, wenn die Befreiungsaktion eingeleitet wird,
wird er getötet oder gefangengenommen werden. Ich stelle
mir sein Gesicht in diesem Moment vor. Es wird ruhig sein,
sogar sardonisch lächeln.

Eine solche Fähigkeit hat tiefreichenden Einfluß auf andere.
Ich erinnere mich an meinen einzigen Versuch vor etwa zehn
Jahren, aus meinen Ketten der Einsamkeit auszubrechen.
Wie wäre mir damals eine solche Fähigkeit zustatten gekom-
men!

Emma Grayson, eine Witwe Anfang der Vierzig, die in einem
Büro im selben Korridor wie ich arbeitete, eine schlanke Frau
mit glänzend schwarzem Haar und einem nicht schönen, aber
ausgeprägten, feinen Gesicht, war immer unauffällig, aber

elegant gekleidet. Sie war Analytikerin für lateinamerikanische Angelegenheiten und sprach ausgezeichnet Spanisch. Über ein Jahr lang nickten wir einander nur zu, wenn wir aneinander vorbeigingen. Dann klopfte sie eines Morgens zögernd an meine Bürotür. Sie hatte ein Exemplar meines neuesten Buches mitgebracht und ersuchte mich schüchtern, es zu signieren. Während ich ihrem Wunsch nachkam, war mir deutlich bewußt, daß sie neben meinem Stuhl stand. Die Aura von zartem Parfum. Ich sah aus den Augenwinkeln die sanfte Rundung ihrer Brüste unter einem hellblauen Kaschmirpullover. Plötzlich empfand ich eine körperliche Erregung, die lang geschlafen hatte. In den nächsten Wochen schaute sie oft in meinem Büro vorbei, für gewöhnlich bat sie mich um Hilfe bei einer schwierigen Übersetzung. Nach einer Weile wurde mir klar, daß es nur Vorwände waren. Sie zeigte Interesse an mir und wartete auf meine Reaktion. Ich befand mich in einem Dilemma. Der kleine Teil meines Gehirns, der im Lauf der Jahre Gefühle und Zuneigung aufgestaut hatte, meldete sich und forderte mich auf, diese seltene Gelegenheit zu nutzen. Wir hatten vieles gemeinsam. Unsere Arbeit lag auf einer Linie. Sie hatte einen treffsicheren, trokkenen Humor, ohne irgendwelches Gekünstel. Sie stammte aus einer guten Familie, war intelligent und von gepflegtem Äußeren. Außerdem empfand ich eine seltene, starke körperliche Anziehung zu ihr. Langsam, sehr langsam gelangte ich zu der Überzeugung, daß es auch einen anderen Weg gab als den, an den ich mich so streng hielt. Wochen vergingen, während sich in mir ein Entschluß festigte, und dann begab ich mich eines Morgens in ihr Büro, um sie zum Dinner einzuladen. Ich blieb vor der Tür stehen, fühlte mich seltsam unerfahren, holte tief Luft und klopfte. Sie unterhielt sich sehr angeregt auf spanisch am Telefon. Sie winkte mich zu einem Stuhl, und während ich mich setzte, hörte ich, was sie sagte – mein Körper erstarrte. »Ja, Liebster, ich werde versuchen, es bis acht Uhr zu schaffen.« Dann bemerkte ich den neuen Ring an ihrem Finger. Die alten waren alle fort, der dünne, abgenutzte goldene und der andere mit dem kleinen

Diamanten. An dem neuen funkelten ein großer Diamant und mehrere Smaragde. Sie hatte ihr Gespräch beendet, aufgelegt und sah mich fragend an. Mir gelang es zu stammeln: »Ich glaube, daß Glückwünsche angebracht sind ... ich meine, beste Wünsche ...« Sie lächelte. »Danke, es kam ganz plötzlich, Sie kennen ihn übrigens – Jaime Cortez.« Ja, ich kannte ihn, er war der Sekretär der Spanischen Botschaft, seidenglatt, weltmännisch und sehr reich. Wie hatte ich so dumm und eingebildet sein können? Wieder sah sie mich fragend an, und ich merkte, daß ich einen plausiblen Grund für meine Anwesenheit finden mußte. Nach einem Moment der Panik bemerkte ich eine Illustrierte auf ihrem Schreibtisch. »Ich habe mich nur gefragt, ob Sie den Artikel über San Salvador von Montez gelesen haben, er ist sehr gut ...« Sie schüttelte lächelnd den Kopf. »Ich war zu sehr beschäftigt. Ich werde natürlich meine Stellung aufgeben müssen. Jaime wird nächsten Monat zum Botschafter in Uruguay ernannt. Bis dahin habe ich viel zu tun.« Ich war aufgestanden, ging zur Tür, murmelte Glückwünsche für ihre Zukunft und wunderte mich wieder über meine Anmaßung, aber mein letzter Blick auf ihr Gesicht gab mir zu denken. In ihren Augen las ich eine deutliche Botschaft. »Sie waren zu langsam, Mr. Peabody. Zu langsam und zu schüchtern.« An diesem Abend fuhr ich zum Flughafen und zwei Tage danach wieder. Ich fand dort Ablenkung, aber ich bewegte mich wieder auf ausgetretenen Pfaden.

Calderon, du wärst nicht langsam und nie schüchtern gewesen.

Ich höre das Geräusch der Außentür und das Stampfen von Stiefeln. Seine Stiefel. Er geht mit einem wiegenden Gang, den ich komisch finde. Ich stehe auf, als sich der Schlüssel im Schloß dreht. Er sagte zwei Tage. Was will er hier, und warum kommt er so früh? Die Tür wird aufgestoßen. Er stapft zu seinem Stuhl.

Im Eimer ist ein wenig Wasser. Ich spritze mir etwas davon ins Gesicht und gehe hinaus.

Sein Gesicht hat sich verändert. Etwas fehlt. Seine Augen sind nicht so wachsam wie früher. Er richtet den Blick eher nach innen als nach außen.

»Sie haben gesagt, daß Sie erst in zwei Tagen kommen.«
Er zuckt die Schultern und sieht mich weiterhin stumm an.
»Und warum so früh? Es ist kaum Morgen.«
»Ich konnte nicht schlafen. Ihr Bett ist zu weich.«
»Sie haben zuerst behauptet, daß es bequem ist. Sie können es gegen meinen Strohsack eintauschen, wenn Sie wollen.«
Er lächelt nicht. Seine Finger trommeln auf den Tisch. Er blickt auf einen Brandfleck hinunter. Er hat sichtlich Probleme, und einen Moment lang glaube ich, daß die Ereignisse in Gang geraten sind. Vielleicht steht die Befreiung unmittelbar bevor. Doch dann fragt er: »Peabody, waren Sie jemals eifersüchtig?«

»Eifersüchtig?«
Er blickt auf, und sein Blick ist jetzt herausfordernd. »Ja. Eifersüchtig.«
»Sie meinen, wegen einer Frau?«
»Natürlich.«
»Gewiß.«
»Oft?«
Darüber muß ich nachdenken. Mein Gott, es ist so lange her.
»Ein paarmal.«
»Warum?«
Ich muß unwillkürlich lachen. Bei jedem anderen käme mir die Frage lächerlich vor, doch er verleiht ihr Gewicht, weil er ernst ist. Ich antworte: »Eifersucht ist ein Teil der menschlichen Natur. Bei manchen ist es eine Krankheit. Andere leiden weniger darunter. Es gibt nur ganz wenige, die sie nie empfunden haben. Worum geht es eigentlich? Sind Sie auf jemanden eifersüchtig?«
Er überhört die Frage. Seine Finger trommeln rascher. »Wann waren Sie das erstemal eifersüchtig?«
»Hören Sie, Calderon, das ist doch albern.«
Er blickt auf. »Sagen Sie es mir ... bitte.«

Er spricht das letzte Wort leise, fast gequält aus. Es ist das erstemal, daß er es mir gegenüber gebraucht. Er hat ganz sicher Probleme. Erschreckt verspüre ich wieder väterliche Gefühle. Da versucht dieser fast geniale Mann, der an sich vollkommen wirkt, herauszufinden, was Eifersucht ist oder nicht ist. Ich krame angestrengt in meiner Erinnerung und finde zu meiner Verwunderung ein kristallklares Bild ihres Gesichts.

»Ich war fünfzehn. Sie ebenfalls. Ich bin ein paarmal mit ihr ausgegangen. Wir besuchten zusammen das Gymnasium. Sie begann mit einem Fußballer auszugehen, der siebzehn war, und ließ mich stehen.«

»Sie haben sie geliebt?«

»Natürlich nicht. Aber damals glaubte ich es.«

»Sie glaubten!« Er ist wirklich erstaunt. »Das ergibt keinen Sinn. Entweder haben Sie sie geliebt oder nicht.«

»Keineswegs. Ich habe dreimal geglaubt, daß ich liebe, bevor es schließlich wirklich soweit war und ich den vollen Sinn des Wortes erfaßte.«

»Als Sie Amparo kennenlernten?«

»Ja.«

Er hört auf zu trommeln und fährt sich mit der Hand durchs Haar, das nicht mehr gewollt zerrauft ist. Jetzt ist es nur ungekämmt.

»Ich verstehe Sie nicht, Peabody. Sie waren in dieses erste Mädchen nicht wirklich verliebt, waren aber auf sie eifersüchtig. Das ist nicht logisch.«

Ich lächle. »Logik, Liebe, Eifersucht. Die drei passen nicht gut zusammen.«

»Stimmt, aber wirkliche Eifersucht wegen einer Frau kann nur durch wirkliche Liebe hervorgerufen werden. Wenn Sie aber nur glaubten, daß Sie in dieses Mädchen verliebt waren, glaubten. Sie vielleicht auch nur, daß Sie eifersüchtig waren. Wie war es mit den anderen?«

»Welchen anderen?«

»Die beiden anderen, die Sie zu lieben glaubten. Waren Sie jemals ihretwegen eifersüchtig?«

Wieder denke ich über einen Zeitraum von Jahren zurück und wundere mich wieder, wie deutlich die Erinnerung ist.

»Wegen der einen ja. Wir gingen fünf Monate miteinander, dann erfuhr ich, daß sie sich seit mindestens zwei Monaten mit einem anderen Burschen traf. Ich war sehr wütend ... ja, und ich war eifersüchtig.«

»Und die andere?«

»Nein. Nach zwei Monaten habe ich mit ihr Schluß gemacht.«

»Warum?«

»Warum? Weshalb erzähle ich Ihnen das alles?«

»Bitte.«

Wieder dieses Wort.

»Sie hatte schlechte Gewohnheiten.«

»Ach so.«

»Nicht, was Sie denken ... sie war nicht allzu sauber ... Intimhygiene und so.«

Zum erstenmal lächelt er leicht. »Sie hat sich genau den falschen Typ ausgesucht, wenn sie schmutzig war. Aber Sie meinen doch, Peabody, daß es möglich ist, richtig eifersüchtig zu sein, ohne richtig zu lieben. Das ist das gleiche, als würde ein Zen-Mönch nach Jahren der Askese Tee aus einer leeren Tasse trinken und wirklich auf diese Weise seinen Durst stillen.«

Ich denke darüber nach. Es besteht eine gewisse Ähnlichkeit.

»Ja, natürlich. In diesem Zusammenhang kann das Gefühl von Eifersucht fälschlich stimuliert worden sein. Aber das kann man erst rückblickend erkennen.«

Ich habe das Gefühl, daß ich einem Kind helfe, die Teile eines Puzzles zusammenzusetzen, obwohl ich Gott weiß kaum ein qualifizierter Fachmann dafür bin.

»Haben Sie die Fünfzehnjährige gebumst?« fragt er seufzend.

»Nein. Damals waren die Moralbegriffe ein wenig strenger.«

»Aber die anderen schon?«

»Ja. Aber glauben Sie nicht, Calderon, daß Eifersucht aus Liebe sexuell bedingt sein muß. Bestimmt ist auch ein gewisser Besitzanspruch im Spiel. Verwechseln Sie es aber nicht mit Neid.«

Er schüttelt den Kopf. Sein Blick kehrt sich wieder nach innen. Er kratzt sich nachdenklich an der Nase. »Ich weiß, Sie sprechen nicht gern darüber, aber wie lang hatten Sie Amparo gekannt, bevor Sie wußten, daß es sich um wirkliche Liebe handelt...? Ich meine es nicht sarkastisch.«

Seltsamerweise stelle ich fest, daß es mir nichts ausmacht, von ihr zu sprechen oder an sie zu denken.

»Nach ungefähr einem Monat. Zuerst haben mich ihre Schönheit und ihr Benehmen angezogen. Nachdem wir ein paarmal miteinander ausgegangen waren, bekam ich eine Vorstellung von ihrem Charakter. Dann geschah es eben.«

»Plötzlich?«

Meine Gedanken wandern zu dem Tag zurück. 19. Juni 1958. Ich schildere, was damals geschah. »Wir saßen in einer kleinen Bar in einer Seitenstraße von der El Prado. In einer Ecke spielte leise ein Gitarrist, die Beleuchtung war gedämpft. Amparo trug eine blauweiße Bluse mit Stehkragen. Es war wie eine Szene aus den kitschigen Filmen, die sie damals drehten. Der Gitarrist hatte ein Lied beendet. Es war etwa ein Dutzend Gäste im Raum. Niemand spendete Beifall. Sie begann herausfordernd zu klatschen. Die anderen schlossen sich ihr an. Der Gitarrist lächelte ihr dankbar zu. Sie wandte den Kopf und lächelte mir zu – und in diesem Augenblick liebte ich sie.«

Als ich mit der Geschichte fertig bin, sieht er mich mürrisch an.

»So plötzlich?«

»Ja.«

»Hatten Sie schon mit ihr geschlafen?«

Es ist lächerlich, aber ich bin ihm dankbar, weil er das obszöne Wort nicht gebrauchte.

»Nein. Wir haben eine Stunde später zum erstenmal miteinander geschlafen.«

Er seufzt, als hätte die Information seine Probleme vergrößert. Meine Neugierde ist nicht zu zügeln.

»Worum geht es, Calderon? Sie sind keine zwei Wochen hier. Haben Sie sich schon in ein hiesiges Mädchen verliebt?«

»Nein.« Er schüttelt traurig den Kopf. »Ich habe mein Problem aus Havanna mitgebracht.«

»Sie haben eine Frau mitgebracht? Hat Castro das erlaubt?«

Sein Lächeln würde zu einem Totenschädel passen.

»Fidel hat mich vor ihr gewarnt.«

Ich bin wider Willen interessiert.

»Castro kennt sie?«

»Er weiß über sie Bescheid. Er ließ mir meinen Willen, warnte mich aber.«

»Ist sie so schlimm?«

»Sie ist nicht wie die Mädchen, mit denen Sie im Mittelalter ausgingen.«

»Was hat sie getan?«

Er blickt auf die Uhr und seufzt. »Es ist möglich, daß sie gerade jetzt aus Bermudez' Bett steigt. Wenn nicht, klettert sie bestimmt heute abend hinein.«

Es ist, als hörte ich die Kurzfassung einer ungeschriebenen Tragödie von Shakespeare. Die Figuren geben jedenfalls genug her. Der Mann vor mit ist aus einem Traum in die rauhe Wirklichkeit herabgeholt worden. Von einer Frau ins Herz getroffen! Aber im Handlungsgerüst gibt es eine Schwachstelle. Ich weise darauf hin.

»Sie haben gesagt, daß sie vielleicht mit Bermudez zusammen ist. Wenn es nicht sicher ist, warum versuchen Sie nicht, es zu verhindern?«

Sein Gesichtsausdruck ändert sich sofort. Trauer schlägt in Haß um.

»Weil dieser Schweinehund, dieser dreckige Schwanz im Taschenformat heute den Lieferwagen gestrichen hat! Ich kann bis morgen weder von hier heraus noch auch nur Verbindung mit ihr aufnehmen.«

Eine nette Wendung. Der Barde kommt in Fahrt. Calderon atmet schneller. Bei diesem Gespräch ist sein Pokergesicht verschwunden. Wenn Bermudez in diesem Augenblick sein Gesicht sehen könnte, würde es seine Leidenschaft bestimmt zügeln.

»Diese Frau ist sehr schön?«

»Sehr.«

»Und sehr schlecht?«

»Eine Hexe.«

»Und doch sind Sie eifersüchtig, was nach Ihrer vertrackten Logik bedeuten würde, daß Sie sie wirklich lieben.«

»Das versuche ich herauszufinden.«

»Verdammt, Mann. Wenn Sie nicht sicher sind, dann lieben Sie sie nicht wirklich. Glauben Sie mir. Und Ihre Eifersucht ist nur Neid oder Wut, weil ein anderer Mann Ihren Besitz benützt oder ihn Ihnen wegnimmt. Besonders ein Mann wie Bermudez. Er ist charismatisch.«

»Das bin ich auch.«

»Er besitzt Macht ... wenn auch nur vorübergehend. Ist sie Kommunistin?«

Er lacht bitter. »Kommunistin? Ich sagte Ihnen ja, sie ist eine Hexe – ein Tier.«

»Warum haben Sie sich mit ihr eingelassen?«

Er blickt mir direkt in die Augen. »Peabody. Ich kenne Sie, und Sie kennen mich. Sie können es sich denken.«

Das kann ich natürlich. Das ist der Mann, dessen einzige Reaktion auf seinen möglichen Tod aus Faszination besteht. Er genießt es, bis zum Äußersten zu gehen. Die Frau muß etwas ganz Besonderes sein, wenn sie ihn so weit treibt. Aber ich wundere mich noch immer.

»Haben Sie schon vorher geliebt?«

»Nein.«

»Waren Sie schon früher eifersüchtig?«

»Nein.«

»Sind Sie sich gegenüber ehrlich?«

»Ja.« Er seufzt angewidert. »Ich gefalle den Frauen. Ich besitze Macht über sie. Ich habe viele gekannt. Sie haben in Ihrem ganzen Leben mit drei Frauen geschlafen. Ich kann sie nicht mehr zählen. Manchmal ... gelegentlich ... nun, sehr gelegentlich hat mich eine Frau wegen eines anderen Mannes verlassen. Ich habe nie eine Spur von Eifersucht verspürt... auch keinen Neid.«

Ich glaube ihm und wundere mich sehr, daß es schließlich doch so gekommen ist. Ich frage mich, ob er sie wirklich liebt, als er tonlos gesteht: »Ich bin mir gegenüber nachsichtig. Ich glaube nicht nur, daß ich sie liebe. Ich weiß es. Peabody, wie konnte ich mich in ein Tier verlieben?«

»Da kann ich Ihnen nicht helfen. Ich bin kein Fachmann für Animalisches... was werden Sie also tun? Ich meine, Sie wissen nicht einmal mit Sicherheit, ob sie es getan hat... oder tun wird.«

»Ich weiß es. Sie weiß es. Er weiß es.«

»Und?«

Sein Gesicht nimmt wieder den gewohnten Calderon-Ausdruck an. Wahrscheinlich hat er ein niedriges Paar im Blatt, aber es können auch vier Asse sein. »Ich werde damit fertig werden. Jedenfalls bin ich nicht hier, um über die verdammten Weiber zu sprechen.«

»Calderon, ich werde Ihnen die ideale Methode verraten, wie Sie damit fertig werden können. Wenn Sie hier herauskommen, bringen Sie sie geradewegs zum Flughafen und fliegen mit ihr nach Hause; inzwischen erteilen Sie den Befehl, daß ich aus diesem Dreckloch herausgeholt und zu den anderen Amerikanern gebracht werde.«

»Das kann ich nicht. Es gibt keine Flüge.«

Ah! Die Macht einer Frau. Er ist so durcheinander, daß er vergessen hat zu bluffen und sein niedriges Paar verraten hat. »Keine Flüge.« Es ist also eine Blockade verhängt worden – wie ich angenommen hatte. Er möchte sich jetzt bestimmt die Zunge abbeißen. Er versucht, sich zu fassen.

»Hören Sie mir zu, Peabody. Ich weiß etwas Besseres, als Sie mit den anderen zusammenzubringen. Nennen Sie mir einen Namen, und innerhalb der nächsten halben Stunde sind Sie frisch gebadet und rasiert, tragen Ihren besten Anzug, sitzen an Ihrem Eßzimmertisch und verspeisen ein Lendensteak aus Ihrer eigenen Küche mit gebratenen Zwiebelringen und einem Berg Frites. Denken Sie darüber nach, Mann. Einen einzigen Namen!«

Ich muß meine Sinne im Zaum halten, um mir nicht den Anblick und den Duft des Gerichtes vorzustellen. Kalt erwidere ich: »Wenn ich diesen Raum verlasse, gehe ich in die Freiheit oder zu den Amerikanern, für die ich verantwortlich bin. Glauben Sie wirklich, ich würde mein Vaterland für ein Stück Fleisch verraten?«

Er schüttelt lächelnd den Kopf. »Nein. Aber wenn Sie über meine letzten Worte gestern abend nachdenken, nennen Sie mir den Namen. Sie wissen, daß es moralisch richtig ist.«

Ich zucke ablehnend die Schultern. Er beugt sich vor und sagt mit großer Eindringlichkeit: »Es ist moralisch das Richtige! Sie brauchen nicht zu sprechen. Ich werde die Namen aufzählen. Wenn ich zu einem richtigen Namen komme, klopfen Sie nur mit dem Finger, Peabody – nur mit dem Finger.«

»Judas bewies mehr Erfindungsgabe, Calderon – und Sie sind der Mann, der gewohnt ist, mit dem Finger zu klopfen.«

SLOCUM

Fort Bragg – 14. Tag

Das Telefon klingelt. Ich sitze in der Badewanne. Das passiert mir immer. Es hat mich schon früher so genervt, daß ich an der Wand neben den Hähnen einen Nebenanschluß installiert habe. Jetzt ist er nutzlos. Gestern waren die Techniker hier und haben eine kleine schwarze Tafel angebracht. Wenn man angerufen wird, legt man einen Schalter um, und niemand versteht das Gespräch außer dem rechtmäßigen Anrufer und dem Angerufenen. Aber bei der verdammten Nebenstelle gibt es keine kleine Schachtel mit Hebel.

Ich stemme mich aus der Wanne hoch, schlinge mein Halstuch um die Hüften und gehe tropfend ins Arbeitszimmer. Es ist Komlosy. »Sie haben mich aus der gottverdammten Badewanne herausgeholt«, sage ich unfreundlich.

»So ein Pech. Haben Sie das Dingsbums eingeschaltet?«

»Klar.«

»Okay. Die Entscheidung ist gefallen. Wenn die Nikotin-Operation mißlingt, läuft die Befreiungsaktion an – baldigst. Die Wahl ist auf Sie und Ihre Heinzelmännchen gefallen.«

Erleichterung – und Besorgnis.

»Wann werden wir es wissen?«

»Es spielt sich innerhalb der nächsten achtundvierzig Stunden ab. Wir werden es einen Tag später wissen.«

»Schweinehunde.«

»Ja. Wann werden Sie bereit sein?«

»Vor drei Stunden.«

»Aber es waren nur zwölf Tage. Sie haben behauptet, daß Sie drei Wochen brauchen.«

»Das war eine pessimistische Einschätzung. Meine Heinzelmännchen haben alle Stempel beisammen. Sie haben sogar gelernt, wie man ohne Pistole Feuer macht.«

»Pistole? Silas, Sie leben ja hinter dem Mond.«

»Gott sei Dank. Wie sieht der nächste Zug aus?«

»Sind Sie wirklich bereit?«

»Hören Sie, Mike. Sie waren vor fünf Tagen hier. Seither sind wir fünfzehnmal in die Botschaft eingedrungen. Der Krieg ist wie ein Footballmatch. Sie trainieren Ihre Burschen, bis sie perfekt sind. Dann hören sie auf, oder es geht wieder bergab. Meine Vampire haben vor drei Stunden das Stoßtruppunternehmen fehlerlos ausgeführt.«

»Okay. Sobald wir es erfahren, wird General Simmons Sie zur *Nimitz* bringen.«

»General Simmons?«

Er lacht. »Ja, General. Es hat eine Menge Messerstöße in den Rücken gegeben. Die hohen Tiere waren zutiefst beleidigt, weil Sie und Ihre Jungs ausgewählt wurden. Der Präsident fand, daß Simmons mehr Sterne brauchte, um mit den Attacken fertig zu werden.«

»Wie viele Sterne?«

»Drei.«

»Heiliger Strohsack!«

Ich bin erstaunt. So eine Beförderung hat es noch nie gegeben. Ich höre blechernes Lachen. Die Dingsbums-Schachtel verzerrt die Stimmen ganz komisch. »Haben Sie viel Kontakt mit Simmons gehabt?« fragt er.

»Sehr wenig. Wenn ich etwas brauche, rufe ich ihn kurz an, und er besorgt es.«

»Man hat es ihm nicht leicht gemacht. Simmons hat jedes bürokratische Hindernis aus dem Weg räumen müssen, das erfunden wurde, seit Hannibal Elefanten angefordert hat. Sie wissen über ihn Bescheid?«

»Ja, er hat bei den ›Dolphins‹ *Quarterback* gespielt.«

Er gluckst. Er ist garantiert *high*. »Silas, wenn Simmons auf ein Hindernis stieß, rief er mich an. Ich mußte mich an die hohen Offiziere wenden, und sie reichten mich von einem zum anderen weiter. Vor zwei Tagen explodierte ich vor dem Präsidenten. Er gab Befehl, daß Simmons in Zukunft ihn anrufen solle. Simmons tut es jetzt. Der Präsident mag ihn. Heute morgen rief Simmons an, nachdem ein gewisser Zwei-Sterne-General versucht hatte, ihn zu verarschen. Es war im Ovalen Büro. Ein historischer Augenblick. Ich habe den Präsidenten noch nie so erlebt. Er wurde so wütend, daß er purpurrot anlief. Silas, Sie wären neidisch geworden. Dann hebt er den Hörer ab und ruft Grant an. Sehr kurzes Gespräch – einseitig. Ich zitiere: ›Brigadekommandeur Al Simmons ist zum Drei-Sterne-General befördert. Sie sollten lieber mal einen Blick nach hinten werfen.‹ Ende des Zitats.«

»Das ist wunderbar. Was ist mit dem Tessler-Faktor?«

Trotz Verzerrung höre ich das Vergnügen in seiner Stimme. »Ach Tessler! Angeblich hat er zum Präsidenten gesagt: ›Ihr Pfund Fleisch haben Sie bekommen. Den ganzen Kadaver kriegen Sie nicht!‹«

Ich frage vorsichtig: »Besteht keine Möglichkeit, daß die Nikotin-Sache abgeblasen wird?«

Seine Stimme klang nüchtern. »Nein, der Präsident gibt sich zwar *macho*, aber er hält sich an die Spielregeln. Halten Sie sich jedenfalls einsatzbereit. Und Silas, wenn Sie eingreifen, muß es klappen, sonst wird Simmons weniger als ein gewöhnlicher Soldat sein, und Sie putzen Latrinen.«

»Was werden *Sie* dann tun, Mike?«

»Von Ihnen geputzt werden ... Verstanden?«

»Verstanden.«

»Ich werde mich melden.«

Die Leitung ist tot. Ich lege auf, schalte das Dingsbums aus und latsche ins Badezimmer zurück. Das Wasser ist abgekühlt. Ich drehe den Heißwasserhahn auf und steige wieder in die Wanne. Im Bad kann ich besser nachdenken. Einmal habe ich zwischen der Kopfwäsche und dem Schrubben meiner Eier einen ganzen Schlachtplan zur Unterwerfung des Warschauer Paktes ausgearbeitet.

Ich rufe mich in die Wirklichkeit zurück. Wenn sie Peabody umbringen, ist die Chance vorbei. Ich will, daß der Kerl nicht getötet wird. Das Wasser reicht mir bis an das Kinn, ich betrachte die Zwillingsinseln meiner Knie und verhexe die Schweinehunde, die ihn töten wollen. Das »Verhexen« ist ein geistiger Zauber. Es sorgt dafür, daß etwas schiefgeht. Eva hat den Apfel »verhext«. Ich habe es von meinem Großpapa gelernt, und er hat mich immer damit aufgezogen, daß sein Großpapa ihn von der Goldküste mitgebracht hat. Mein Großpapa hat einmal einem Chevy verkauft, einem Kerl, der eine legale Möglichkeit fand, ihm nicht den vollen Betrag zahlen zu müssen. Er »verhexte« diesen Chevy. Innerhalb eines Monats war die Benzinpumpe verstopft, die Kupplung fraß sich fest, die Zylinderköpfe waren im Eimer und eine Tür brach ab. Der Kerl verkaufte den Wagen als Schrott. Als es verschrottet wurde, wurde die hydraulische Presse undicht und funktionierte einen Monat lang nicht. Einen Chevy zu verhexen ist schwierig, aber einen Menschen zu verhexen ist leicht. Man stellt ihn sich vor, und dann läßt man ihm Haare wachsen. Überall. Steife, glatte Haare – wie ein Haufen kleiner Stacheln. Selbst auf seinen Zehen müssen Haare wachsen. Nach einiger Zeit ist er ein behaarter Ball. Er sieht aus wie ein Stachelschwein am falschen Ende des Evolutionszyklus. Jemandem, der so aussieht, kann nichts gelingen. Ich habe in der Zeitung Fotos von Douglas Baker, dem Direktor der

CIA, gesehen. Ich stelle ihn mir vor. Er hat eine große Nase und abstehende Ohren. Ich beginne ihm Haare wachsen zu lassen. Es dauert eine Weile. Inzwischen denke ich über den Job nach. Ich möchte ihn unbedingt bekommen. Ich gehe mein Leben durch. Es ist, als würde man bei Flut einen Strand entlanggehen. Jedesmal wenn man sich umdreht, sind die Fußspuren weggewaschen worden – man war nie dort.

Dem CIA-Direktor sind massenhaft Haare gewachsen. Man sieht nur noch die Spitzen seiner Ohren und seiner Nase. Das Haar ist rötlichgelb. Er sieht grotesk aus. Ein Kerl, der so aussieht, muß Mist bauen.

Ich habe auch Fotos von Peabody gesehen. Ich stelle ihn mir vor: ein großer, eleganter Mann. Mach dir keine Sorgen, Peabody, das behaarte Arschloch Baker wird es bestimmt vergeigen.

JORGE

San Carlo – *15. Tag*

Ich betrachte das Foto und versuche mir vorzustellen, wie es war. Wie sie war. Es ist nicht schwierig. Wieder überdenke ich meine Strategie. Sie muß stimmen. Er ist soweit, und unter normalen Umständen wäre ich sicher, daß ich Erfolg habe. Aber jetzt ist nichts mehr normal. Ich befinde mich in einem seltsamen Fieberwahn. Ich muß ihn verletzen. So tief verletzen, daß er bei mir Trost sucht. Aber ich habe kein Verlangen danach. Außerdem muß ich bei dieser Strategie ein bißchen lügen. Das sollte kein Problem darstellen, ist es aber. Wenn ich ihm bei früheren Gesprächen die Wahrheit gesagt habe, hat er mir geglaubt. Ich habe es gespürt. Trifft das Gegenteil zu? Es ist eine beängstigende Möglichkeit. Ich muß in meiner Stimme und meinem Verhalten perfekt sein, wirklich hervorragend. Besser als damals, als ich Cubelas fertigmachte. Aber ich haßte Cubelas. Der Haß war das Adrenalin für meine Anstrengungen. Peabody wirkt auf meine Energie wie ein Schlafmittel.

Ich höre den Schlüssel in der Tür und schiebe das Foto in die Mappe zurück. Sie kommt herein wie ein Kind, das eine unbewachte Schokoladenfabrik betritt. Ein Gesicht, das körperliche Befriedigung atmet und sein geistiges Gegenstück sucht. Sie beugt sich vor und küßt mich auf den Mundwinkel. Die Hexe hat sich nicht einmal die Mühe gemacht, danach zu baden. Ich rieche sein Eau de Cologne.

»Du hättest mitkommen sollen, Jorge. Es ist eine schöne *Finca*. Die Einrichtung kommt aus Spanien ... antik. Sogar die Türgriffe.«

Ich platze heraus, bevor ich überlegen kann. »Und das Bett war vermutlich ein kastilianisches Himmelbett.«

Sie lächelt. Schöne weiße, ebenmäßige Zähne, Lippen, die sich zu einem spöttischen Bogen wölben.

»Du bist so klug, Jorge. Neunzehntes Jahrhundert. Königin Isabella soll darin geschlafen haben.«

Wieder verursacht mir die Eifersucht Übelkeit. Ich darf es nicht zeigen. Sie versucht es mir zu entlocken und zu meiner Demütigung. zur Schau zu stellen. Als ich gestern aus der Botschaft zurückkam, tat sie, als schliefe sie, aber ihre Augenlider zuckten wie Schmetterlingsflügel. Ich verhielt mich gleichgültig. Ich tobte innerlich, erwähnte aber meinen erzwungenen Aufenthalt in der Anlage nicht. Es verwirrte sie. Sie war so sicher, daß ich einmal die Beherrschung verlieren würde. Ich hielt mich mit großer Mühe unter Kontrolle. Das muß ich weiterhin tun, sonst bin ich verloren.

»Fünftausend Hektar, Jorge. Alles Kaffee. Er bedeckt Hügel und Täler.«

Meine Stimme bleibt gleichgültig, als ich darauf erwidere: »Und zweifellos wird Bermudez es jetzt in eine Kommune für die Arbeiter umwandeln, die dort geschuftet haben.«

Ihr schwarzes Haar wirbelt, als sie den Kopf schüttelt. »Roberto hat beschlossen, daß die *Finca* ein staatliches Gästehaus wird.«

Ich lache bitter. »Vermutlich zum ausschließlichen Nutzen der heldenhaften Führer der Revolution.«

Sie stolziert zum Fenster und spricht über die Schulter.

»Verdienen sie das etwa nicht? Roberto hat jahrelang dafür gekämpft. Große Leiden auf sich genommen. Glaubst du, daß ihm das Volk *eine Finca* von Tausenden mißgönnen wird? Er hat ihnen die Freiheit geschenkt.«

Ich möchte unbedingt, daß sie versteht. Vielleicht wird sie sich danach von ihm abwenden. Ich weiß, daß es nicht endgültig ist. Sie ist heute zu mir zurückgekommen. Sie benutzt mich gegen ihn und umgekehrt.

»Inez«, versuche ich es wieder, »Freiheit bedeutet Gleichheit. Es kann keine Unterdrückung geben, wenn es Gleichheit gibt. Dieses Land hat eine Geschichte, die von Unterdrückung gezeichnet ist, ebenso wie die unsere. Bermudez hat den Umsturz herbeigeführt, aber er wird die Unterdrückung unter einem anderen Namen wieder einführen. Es ist schon so oft geschehen. Die Helden werden die neuen Diktatoren. Ich war in Rußland. Sie haben zwei Klassen von Menschen. Jene, die zum Apparat gehören, und jene, die außerhalb stehen. Es gibt keine Gleichheit. Die Insider haben Autos, Farbfernseher, das Recht, in Spezialgeschäften einzukaufen. Sie sind stolz darauf – auf diese Korruption. Die Außenseiter verbringen ihr halbes Leben damit, sich für ein Stück Fleisch anzustellen. Bermudez wird genau diesen Weg beschreiten. Ich kann es ihm jetzt schon ansehen. Überleg doch einmal: Vor einem Vierteljahrhundert hat Fidel seine Revolution siegreich beendet. Wohnt er in einem Palast? Nein, er lebt in einer kleinen Wohnung. Er besitzt keine großen Güter ... keine *Fincas* mit antiken Möbeln. Nach all diesen Jahren arbeitet er jeden Tag, manchmal bis zu sechzehn Stunden ... für die Revolution ... für Kuba. Bermudez hat nach kaum zwanzig Tagen seinen Blick wie ein Geier auf das Land gerichtet. Er will eine Milliarde Dollar von den Amerikanern erpressen. Wieviel wird das Volk davon zu sehen bekommen?«

Sie dreht sich um, steigt auf das Bett und setzt sich mit untergeschlagenen Beinen hin. In ihren Augen liegt Feindseligkeit. »Du bist eifersüchtig auf ihn. Du hältst dich für so klug, aber er ist klüger. Ihr seid gleich alt, aber er hat schon ein Land erobert, ist schon der Führer seines Volkes. Er ist klug, Jorge. Hast du gewußt, daß er General Lacay hinter Cruz und seine Brigade hergeschickt hat? Aber er hat ihn als nominellen Führer einer Kolonne von Chamarristas ausgesandt. Und er versprach ihm, daß er bei seiner Rückkehr als Kandidat für die kommenden Präsidentschaftswahlen aufgestellt wird. Der alte Narr hat ihm geglaubt. Hier in der Stadt hat er seine treuen Anhänger zu Leutnants der alten Nationalgarde gemacht. Bald werden die alten Offiziere die Kontrolle verloren haben. Lacay wird bei einem unglücklichen Unfall ums Leben kommen, und Roberto wird alles in die Hand nehmen.«

»Hat er dir das erzählt?«

»Selbstverständlich.«

»Er ist ein Narr.«

Ihre Augen blitzen zornig. »Ein Narr! Und was bist du? Du sprichst davon, was er in nicht einmal zwanzig Tagen getan hat. Was hast du getan? Hat dein Amerikaner gesprochen? Nein? Hast du einen einzigen Namen erfahren? Nein! Roberto sagt, wenn du nach zwanzig Tagen gescheitert bist, dann wird er es übernehmen. Er sei es Fidel schuldig.«

»Wovon zum Teufel sprichst du?«

Sie erkennt meinen Zorn. Sie beugt sich vor, um sich besser daran weiden zu können.

»Genau davon. Roberto findet, daß du zu weich bist. Warum zwanzig Tage vergeuden?«

»Du hast es ihm erzählt? Von den zwanzig Tagen?«

»Natürlich. Warum nicht? Sollte ich es ihm verschweigen? Er will dasselbe, was du willst. Er weiß genau, was du tust. Er bekommt laufend Berichte.«

»Und er hat das gesagt? Nach zwanzig Tagen wird er es übernehmen? Wie denn?«

Sie blickt auf ihre roten Fingernägel und genießt ihr Wissen. »Wie?«

»Er ist klug. Er erwartet, daß Amerikas Verbündete bald das große Hilfspaket schnüren werden. Es wird viel davon geredet, daß die Krise bald zu Ende sein wird. Wenn er

Peabody foltert, wird es eine schlimmere Krise geben. Sie werden einmarschieren. Roberto weiß, daß er die Information nur bekommt, wenn er Peabody foltert. Also werden sie es tun ... Fombona wird es tun. Ohne Spuren zu hinterlassen. Dann werden sie Peabody eine Spritze verpassen. Er wird sterben. Sie haben entsprechende Mittel. Vargas hat sie verwendet. Vielleicht haben die Amerikaner sie ihm gegeben. Es wird aussehen wie ein Herzanfall. Nicht einmal die besten Ärzte können es erkennen. Man wird es zutiefst bedauern und sein Beileid ausdrücken. Die Leiche mit allen Ehren überstellen. Roberto weiß, daß Fidel sehr dankbar sein wird.«

Der Plan erschüttert mich. Ich überlege mir die möglichen Konsequenzen. Wie wird Fidel darauf reagieren? Er wird seinen Vorteil wahrnehmen. Er braucht diesen Namen wirklich dringend. Die Amerikaner haben ein dutzendmal versucht, ihn umzubringen. Er wird kein Mitleid empfinden. Er wird die Gefahr abwägen. Schließlich sind die Chamarristas für die Ausführung verantwortlich, nicht er. Für ihn ist es ein unverhoffter Glücksfall. Ich könnte ihn zwar zu einer anderen Lösung überreden, bin aber machtlos. Es gibt noch meine Funkverbindung von hier aus, aber selbst wenn Bermudez mir einen Sender zur Verfügung stellt, würden die NSA-Computer alles entschlüsseln. Es gibt auch noch keine freundlich gesinnte Botschaft, die über ein sicheres Kommunikationssystem verfügt. Ich bin auf mich selbst gestellt. Peabody ebenso. Er muß innerhalb von vier Tagen sprechen. Ich glaube ihr. Bermudez würde es tun. Er befindet sich durch seinen Triumph in einem Rauschzustand. Er schwebt über dem Boden. Er bumst sogar meine Geliebte. Alles liegt ihm zu Füßen. Ich kenne diese Erfahrung. Ich bewundere und verabscheue ihn. Sein Selbstvertrauen wird sein Tod sein.

»Peabody wird unter der Folter nicht sprechen«, versichere ich ihr.

»Fombona ist anderer Ansicht.«

»Fombona ist ein Narr. Ebenso wie Bermudez.«

»Er bekommt, was er will!«

Sie trägt eine dünne Baumwollbluse. Eine Brustwarze

bauscht den Stoff auf. Sie sieht, daß ich sie betrachte, hebt die rechte Hand, und ihr Finger kreist um die Mitte der anderen Brust. Die zweite Brustwarze tritt hervor.

»Er muß mich nur ansehen, und mein kleiner Penis tritt heraus. Das hast du nie fertiggebracht. Er ist ein wunderbarer Liebhaber ... besser als du.«

Ich bin ohne Waffe im Käfig. Sie riecht es. Ich versuche die Kontrolle über mich zu behalten.

»Warum bist du dann hier?«

Sie schwingt die Füße auf den Boden – stolziert herüber und bleibt vor mir stehen.

»Jorge Calderon, du bist erledigt ... ein Versager. Ich mag Stärke. Ich wechsle von der Schwäche zur Stärke. Bei dir ist etwas schiefgegangen. In den letzten Tagen. Ich weiß nicht, was. Vielleicht hat es mit dem Amerikaner zu tun. Roberto behauptet, daß der Amerikaner stärker ist als du. Ich wollte nur meine Kleider holen. Ein Wagen wartet. Jorge, du bist – langweilig.«

Sie spuckt mir ins Gesicht.

Ich verliere die Beherrschung. Einige Sekunden vergehen. Ich höre kaum ihre Schreie. Ich höre nicht, daß die Tür aufgeht. Ich spüre nur die Kehle unter meinen Daumen. Ich höre weder ihre Schreie, noch spüre ich die Hände, die mich wegziehen. Ich sehe nur, wie ihre Augen in ihrem immer stärker geröteten Gesicht triumphierend glühen. Ich löse eine Hand von ihr, schlage sie ins Gesicht und spüre, wie ein Knochen bricht. Dann betäubt mich ein Schlag auf den Kopf, und sie reißt sich los. Ich liege auf dem Teppich – meine Wange liegt darauf. Sie lacht. Meine Leibwächter helfen mir auf die Beine. Sie murmeln Entschuldigungen, erklären, sie konnten nicht zulassen, daß ich sie umbringe. Sie sitzt auf dem Fußboden, lehnt am Fußende des Bettes. Sie ist nicht mehr schön. Ihre Nase ist krumm. Aus ihr tropft das Blut ungehindert über das Kinn auf die Bluse. Sie schluchzt triumphierend. Mein Kopf schmerzt furchtbar. Ich stolpere, als ich zum Tisch wanke und die Ordner an mich nehme. Eine Ewigkeit vergeht, während ich sie in der Tasche verstaue. Ein

Leibwächter versucht mir dabei zu helfen, und ich schlage nach ihm. Als ich vorsichtig durch die Tür gehe, treten beide zurück. Ich sehe sie nicht an, aber als ich das Zimmer verlasse, martert ihr Lachen mein Trommelfell.

Der Mestize sitzt wieder im Lieferwagen. Er wirft einen Blick auf mein Gesicht und wendet sich ab. Meine Hände zittern noch – auch mein Gehirn. Ich fühle das Bleigewicht der Scham in meinem Bauch. Ich bin so schwach geworden, daß ich mich nicht mehr beherrschen kann. Peabody wird mich ansehen und alles erraten; er wird wissen, daß ich von dieser Frau besiegt worden bin. Er wird von mir nicht mehr beeindruckt sein. Nicht nach diesem Vorfall. Wie kann ich erreichen, daß er auch nur eine kleine Lüge glaubt, wenn ich das »Wesentliche« verloren habe?

Als wir die Botschaft erreichen, bin ich gefaßter, aber nicht genug, um ihm gegenüberzutreten. Ich gehe direkt zu seiner Privatwohnung. Zuerst dusche ich und denke über die Ironie des Schicksals nach. Er hat mich mit Scheiße beworfen, und ich habe die Beherrschung bewahrt. Sie hat mich mit Worten beworfen, und ich bin ausgeflippt.

Nach dem Duschen gehe ich ins Wohnzimmer. Dort steht eine Cocktailbar an der Wand. Ich finde eine Flasche »Royal Salute«. Typisch für ihn. Er trinkt wenig, aber wenn er es tut, muß es das Beste sein. Ich koste den Whisky und denke einen Augenblick daran, mich zu betrinken. Nein ... keine Schwäche mehr. Ich muß mein »Wesentliches« wiederfinden. Die einzige Möglichkeit dazu ist Peabody. Er muß mir einen Namen nennen. Bermudez wird schon darauf warten. Die Hexe wird darauf warten. Selbstverständlich wird auch Fidel warten. Wenn ich versage und Bermudez Erfolg hat, dann bin ich in ihrer aller Augen – und in meinen eigenen – erledigt.

Ich trinke den Rest des Whiskys und beschließe, Erfolg zu haben. Ich werde nie wieder die Beherrschung verlieren. Rasch nehme ich meine Tasche und gehe zum Wachhaus. Ich schicke den schläfrigen Wächter fort, hole die Unterlagen hervor und schließe die Tür auf. Ich sitze hinter dem Schreibtisch und blicke in die Akten, als er herauskommt und vor mir stehenbleibt. Ich sehe auf, und mein Entschluß ist wie weggewischt. Er beobachtet mich mit geneigtem Kopf. Sein Blick ist besorgt. Besorgt um mich. Plötzlich weiß ich, was ich für diesen Mann empfinde. Das Gefühl geht weit über Zuneigung hinaus. Es geht über alles hinaus, was ich für meinen Großvater empfunden habe. Dieser Mann, dieser kapitalistische Puritaner, steht mir näher als jeder Mensch, den ich je gekannt habe, außer meiner Mutter. Es ist nicht Liebe. Ich kann keinen Ausdruck dafür finden. Ich will es nicht.

»Was ist Ihnen zugestoßen, Jorge?«

Mein Name »Jorge« klingt so natürlich, er verwendet ihn zum erstenmal. Es ist unglaublich! Ich bin wieder nahe daran, die Kontrolle zu verlieren. Ich muß krampfhaft schlucken.

»Ich habe versucht, sie zu töten.«

Ohne den Blick von mir abzuwenden, setzt er sich vorsichtig.

»Was hat sie getan?«

»Nichts Unerwartetes. Sie hat mich wegen Bermudez verlassen. Ihr Abgang paßte zu ihrem Charakter. Sie ist bösartig. Es traf mich – wie sie es gewünscht hat. Man hat mich daran gehindert, sie umzubringen. Sie hat es genossen.«

Nach einem nachdenklichen Schweigen sagt er: »Genauso wie Sie die Gefahr genossen haben, als Fombona Sie an jenem ersten Tag beinahe erschossen hätte.«

Er bleibt scharfsinnig. Seltsam, daß ein solcher Mann Menschen wie mich – und Inez – versteht. Ich anerkenne es. »So ähnlich.«

»Und wenn zwei solche Menschen beisammen sind, verliert immer einer, und einer gewinnt.«

»Ja.«

»Sie haben sich verliebt ... also haben Sie verloren.«

Mit einem Dutzend Wörter hat er ein genaues Bild der Situation skizziert. Er bringt noch ein paar Pinselstriche an. »Und es ist Ihr erster Verlust. Verheerend. Sie haben es nie für möglich gehalten. Sie haben geglaubt, daß Sie anders sind als die übrigen Sterblichen.«

Ich bin festgenagelt und winde mich. Er hat mich abgeschält wie eine überreife Banane.

Der Ton seiner Stimme ändert sich. Ich fühle mich wie ein Junge, als er sanft feststellt: »Jorge, danken Sie Ihrem Schicksal. Hätten Sie diesen Weg weiter verfolgt, wäre Ihr Wesen versteinert... wie das meine. Wenn diese Hexe Ihnen den Hochmut geraubt... oder ihn Ihnen bewußt gemacht hat, dann hat sie Ihnen einen unvorstellbaren Dienst erwiesen. Sie hat Sie vielleicht in ein menschliches Wesen verwandelt.«

Alles läuft verkehrt. Ich weiß, was ich zu tun habe, und ich höre zu... und glaube ihm. Ich möchte stundenlang zuhören und reden; und vielleicht Wege finden, die ich nie beschritten habe. Vielleicht lernen, jemand anderen zu lieben als ein Tier. Vielleicht verstehen, daß es nicht immer das beste ist, der Beste zu sein. Ich kann es nicht jetzt tun, zu diesem Zeitpunkt, ich muß meinen Beichtvater retten und ihm, indem ich ihn rette, seiner eigenen Tragödie ausliefern. Ich reiße mich zusammen, und meine Stimme klingt kalt. »Peabody, meine Situation ist unwesentlich. Wir verlieren uns in Gefühlen. Jetzt haben sich die Umstände geändert. Es ist für mich und für Sie lebenswichtig, daß Sie mir den Namen nennen, den ich hören will.«

Er stellt sehr ruhig und sehr entschieden fest: »Was immer geschehen ist und was immer noch geschehen wird – das werde ich nie tun!«

Es fällt mir schwer, ihn anzusehen. Ich lege die Akten genau vor mich hin – bringe die Waffe zwischen uns in Stellung.

»Peabody, Sie kennen diesen Namen... und die anderen, weil Sie die CIA beraten haben. Sie haben sie beraten, weil Sie jahrelang den Haß auf mein Land... und meinen Führer aufgestaut haben. Einen Haß, der auf einem tragischen Vorfall beruht. Dieser Vorfall hat nie stattgefunden.«

Jetzt sehe ich ihn voll an. Er ist verblüfft.

»Nie stattgefunden?«

»Nein. Amparo Flores ist nicht vor fünfundzwanzig Jahren

in einem kubanischen Gefängnis gestorben. Sie starb vor zwei Jahren in dem besten kubanischen Krankenhaus ... welche Ironie des Schicksals, an einem Gehirnschlag.«

Sofort ist der Raum mit Spannung erfüllt. Die Verbindung zwischen uns ist zerbrochen. Alles Gefühl ist aus seiner Stimme verschwunden.

»Die Behauptung ist eine gemeine Lüge.«

Jetzt ist meine kleine Lüge fällig. Er wird sie noch nicht glauben. Seine Erinnerung wird »Lüge« schreien, aber dann gehe ich zum nächsten Stadium über – und das muß ihn überzeugen. Ich beteure mit echtem Kummer in der Stimme: »Einen Monat, nachdem sie sich an der Universität von Havanna eingeschrieben hatte, wurde Amparo Flores Fidel Castros Agentin. Sie glaubte glühend an die Revolution ...« Ich klopfe auf die Unterlagen. »Ihre erste Aufgabe bestand darin, einen Oberst in Batistas Nationalgarde zu verführen, und so die Verteilung der Truppen zur Verteidigung der Stadt herauszufinden. Sie führte den Auftrag glänzend aus. Ihre zweite Aufgabe bestand darin, den politischen Berater der amerikanischen Botschaft zu verführen und ihn für die gute Sache zu gewinnen.«

Er schüttelt den Kopf. Seine Augen blicken noch immer verwundert. Meine Worte sind an der Verwunderung schuld. Die Lüge, die ich ausgesprochen habe. Wir sind jetzt so nahe. Er muß sich fragen, wieso ich einen so billigen, unwürdigen Trick anwende. Ich zwinge mich weiterzusprechen.

»Sie hat auch diesen Auftrag zur vollen Zufriedenheit ausgeführt.« Ich klopfe energisch auf den Ordner. »Sie wurden fast ein Verfechter der guten Sache. Sie verliebten sich in sie.« Wieder klopfe ich auf den Ordner. »Sie haben ihr viel über die amerikanische Politik verraten, indem Sie für sie eintraten. Um Sie bei der Stange zu halten, erklärte sie sich zu einer Verlobung bereit. Peabody, als Havanna plötzlich Castro in die Hände fiel, war ihre Erleichterung grenzenlos. Ihre Aufgabe war beendet. Aber damals wollte Castro weder Sie noch andere Amerikaner vor den Kopf stoßen. Er überredete sie dazu, die Aufgabe weiterzuführen. Drängte sie sogar, Sie zu heiraten, weitere Informationen zu liefern und Kontakte herzustellen. Sie versuchte es noch einen Monat lang. Aber dann wurde es ihr zuviel. Sie hatte Raul Gomez kennengelernt, der den Kampf auf der Seite Castros mitgemacht hatte. Sie verliebten sich ineinander. Sie werden seinen Namen kennen. Er ist im Augenblick stellvertretender Landwirtschaftsminister. Man arrangierte ihre Verhaftung als »subversives Element«, und zu gegebener Zeit wurde ihr Tod bekanntgegeben. In Wirklichkeit wurden ihr Name und ihre Identität geändert! Sie heiratete heimlich Gomez. Inzwischen spielten Sie, wie vorherzusehen war, verrückt und mußten schließlich abberufen werden.«

Er ist eine bärtige Statue, die in den Stuhl gemeißelt ist. Ich lege jetzt eine Pause ein und warte darauf, daß er reagiert. Ich brauche seine Reaktion, damit ich meinen nächsten Ausfall anbringen kann. Er spricht, und seine Stimme klingt noch immer verwundert.

»Das können Sie mir nicht erzählen. Nicht Sie. Hören Sie auf.«

Ein kleiner Teil meines Gehirns freut sich über meine Geschicklichkeit. Der Rest schmerzt. Ich klopfe nochmals auf den Ordner. Jetzt ist es leichter. Ich kann die Wahrheit sagen.

»Sie hat als Lehrerin gearbeitet. Im Jahr 63 bekam sie einen Sohn – Luis. Er wurde später Arzt. Ich kenne ihn. Im Jahr 66 bekam sie eine Tochter – Pilar. Sie ist ebenfalls Lehrerin ... ich kenne sie ebenfalls.«

Sein Mund öffnet sich und schließt sich wieder. Er atmet schwer, dann schüttelt er wieder den Kopf.

»Jorge, erzählen Sie mir nicht diese Lügen. Sie werden damit nichts ändern. Warum versuchen Sie ihr Andenken zu besudeln? Sie hat es nicht verdient. Ich verdiene es nicht.«

Endlich ist der Augenblick gekommen, schwarz gekleidete Leichenschänder begleiten ihn.

Ich schlage den Ordner auf und nehme die Fotos heraus. Vergrößerungen zwanzig mal fünfundzwanzig Zentimeter. Ich schiebe das erste zu ihm hinüber. Amparo Flores, siebenundzwanzig Jahre alt, sitzt in einem Stuhl und lächelt in die Kamera. Sie hält ein Baby in den Armen. Neben dem Stuhl steht ein dreijähriger Junge und hält sich an ihrem Arm fest.

Ich beobachte, wie er darauf blickt. Ich warte den richtigen Moment ab, dann strecke ich den Arm aus und lege das zweite Foto hin. Amparo Flores, neununddreißig Jahre alt. Sie lächelt ihren hochgewachsenen Sohn im Teenageralter an, der stolz einen kleinen Pokal in der Hand hält, den er bei einem Leichtathletikwettbewerb in der Schule gewonnen hat.

Peabody ist erstarrt, aber eine Aura von Schmerz geht von ihm aus. Sehr langsam, ungern strecke ich die Hand aus und vervollständige den Stoß mit dem letzten Foto: Amparo im Alter von fünfundvierzig. Sie sitzt in einem weißen Kleid an einem Restauranttisch, ihr Haar ist aufgesteckt. Sie ist noch immer bemerkenswert schön. Ihr Mann, Raul Gomez, sitzt zu ihrer Linken. Zu ihrer Rechten sitzt Fidel Castro und blickt anerkennend auf sie hinunter.

Noch immer bewegt er sich nicht, noch gibt er einen Laut von sich. Das muß der richtige Augenblick sein. Irrationalerweise ist mir bewußt, daß er, wenn er diesen Moment überhaupt überlebt, ein toter Mann ist. Um zu leben, muß er sprechen. Aus diesem Grund konzentriere ich alle meine Fähigkeiten, ohne an mich zu denken. Ich muß sein Schweigen durchbrechen, ihn über den Rand und zu mir herunterziehen. Als würde ich zu einem Opfer sprechen, sage ich leise: »Sie wissen, daß diese Fotos echt sind. Keine wissenschaftliche Technik kann ihr Gesicht oder ihren Ausdruck simulieren ... Jason, wir haben sie nicht getötet ... Sie haben Ihre Lebensphilosophie auf einer Lüge aufgebaut ...«

Er zuckt noch immer nicht. Sein Blick ist auf das Foto geheftet. Auf die einzige Frau, die er je geliebt hat. Auf die einzige Person, um die er je getrauert hat. Auf sie, auf ihren Mann und auf Castro.

Im Moment ist alles in Schwebe. Ich wage kein weiteres Wort. Zweifel kommen in mir auf, als ich ein Geräusch vernehme. Er schluchzt. Noch einmal. Langsam bewegt er sich; seine Schultern beben. Tropfen benetzen das Foto. Sein

Kopf sinkt herab. Erschüttert sehe ich, wie er auf dem Schreibtisch zusammensinkt, während sein Schluchzen nach einer Erklärung schreit. Ich habe gewonnen. Er glaubt alles. Dieser Mann, der seit einer Ewigkeit nicht mehr geweint hat, der seine Gefühle jahrzehntelang hermetisch verschlossen hielt, ist zerbrochen. Ich empfinde keinen Stolz, sondern seltsame, tiefe Erleichterung. Ich möchte die Hand ausstrekken und ihm helfen. Wenigstens einen Teil seines Schmerzes in mich auf- und von ihm abnehmen. Ich kann nicht. Ich muß mit ihm jetzt zu Ende kommen. Das Schluchzen hat aufgehört. Seine Wange liegt auf den Fotos, er hat die Arme um den Kopf gelegt. Ich wiederhole meine Worte.

»Jason, Sie haben Ihre Lebensphilosophie auf einer Lüge aufgebaut. Ihre Logik war durch Haß verzerrt. Das ist jetzt vorbei. Sie wissen es. Ich bin darüber entsetzt, was Sie durchgemacht haben. Nicht nur jetzt, sondern all diese Jahre. Sie waren gezwungen, in einer Lüge zu leben. Das ist jetzt vorbei.«

Ich fasse ihn am Ellbogen. »Jason, nach diesem Schmerz können Sie wieder Sie selbst sein. Sie können die Ideale und Gefühle wiederfinden, die Sie unterdrückt haben... Jason, nennen Sie mir einen Namen. Lassen Sie ihn aus sich heraus.«

Er hebt den Kopf. Ich sehe ein bärtiges Skelett. Cubelas hat so ausgesehen, als er endlich sprach. Ich warte auf seine zitternde Stimme. Ich warte auf die Worte.

Sie kommen im Flüsterton, aber ohne zu zittern. »Jorge, was immer ich durch diese Lüge geworden bin, was immer ich getan habe, was immer mir angetan wird, ich werde Ihnen niemals einen Namen nennen. Ich kenne die Namen: alle. Ich werde sie nicht verraten. Ich werde mein Land nicht verraten. Was immer diese Lüge in mir bewirkt hat. Ganz gleich, welchen Weg ich einschlug. Ich weiß, daß mein Land trotz all seiner Fehler und Irrtümer ein Garant für das Gute in dieser Welt ist... ich werde es nicht verraten.«

Die Worte, die ruhige Überzeugung, die Verblüffung, daß ich sie von einem gebrochenen Mann vernehme, erschüttern meine Selbstbeherrschung. Ich schreie in sein hageres Gesicht. »Sie sind borniert, stumpfsinnig! Ein dummer, idiotischer Amerikaner!«

Durch den Dunstschleier meiner Wut dringen seine geflüsterten Worte: »Im Lexikon wird dumm als sprachlos definiert. Wenn es sich darum handelt, mein Land zu verraten, bin ich stolz darauf, dumm zu sein.«

PEABODY

San Carlo – *16. Nacht*

Ich habe kein Zeitgefühl. Ist es zehn Minuten oder eine Stunde her, daß er aufstand und hinausging? Er hat seine Akten auf dem Tisch liegengelassen. Ich habe nicht den Wunsch, darin zu lesen. Ich sitze auf seinem Stuhl und starre die Wand an. Ich saß eine Zeitlang dort, bis ein Posten kam, die Akten mitnahm und die Bürotür abschloß. Ich bin nicht auf die Idee gekommen hinauszugehen. Mir ist nichts geblieben. Nicht einmal die Erinnerung.

Das stimmt nicht. Ich kenne die Namen und muß mich an sie klammern. Sie sind das einzige, was mich vor dem Wahnsinn schützt. Ich denke an meine Zurechnungsfähigkeit. Mir ist klar, wie nah am Rand ich mich befinde. Vielleicht habe ich ihn sogar überschritten. Was für eine jämmerliche Verschwendung war es doch, daß ich auf dieser Erde herumgeschlurft bin, ein halbes Leben lang ein idealistischer Narr, die andere Hälfte ein puritanischer Geck. Weil eine Frau mich eines Abends in einer Bar ansah.

Scham und Enttäuschung steigen in mir hoch, als ich mich daran erinnere, wie ich ihm meine kleine Liebesgeschichte erzählt habe, ihm meine Moralpredigt über Eifersucht gehalten habe. Aber er hat nicht innerlich gelacht. Wie war das möglich? Er wußte schon damals alles. O Gott, ich bin so durcheinander!

Ich höre, wie der Schlüssel umgedreht wird. Er kommt rasch herein, aber seine Haltung ist mehr resigniert als selbstsicher. Ich bin in den letzten Tagen mit dem Holzhammer psychisch verändert worden. Er auch.

Er setzt sich. Es klingt irgendwie abschließend, als er sagt: »Jason, Sie müssen sich endlich der Lage stellen. Ihre Lage ist schlecht. Ich werde Ihnen die Situation erläutern. Sie werden darüber nachdenken und dann einen Entschluß fassen. Wir haben keine Zeit mehr für Wortgefechte. Ich werde mit Ihnen reden, und Sie müssen mir um Ihretwillen glauben.«

Mein Kopf ist leer wie eine Wüste. Plötzlich wirkt der Strohsack einladend. Aber Jorge verfügt jetzt über Stärke. Ich versuche mich zu konzentrieren.

»Warum muß ich Ihnen glauben?«

»Weil es um Ihr Leben geht. Hören Sie, ich akzeptiere, daß ich vermutlich keinen Namen von Ihnen bekomme, was immer ich anstelle. Was ich jetzt tue, ist kein Trick. Kein Teil eines Verhörs. Was ich tue, tue ich für Sie.«

»Warum tun Sie es dann?«

Er ist genauso benommen wie ich. Man sieht es seinen Augen an. Er sagt: »Ich will nicht, daß Sie sterben.«

»Warum?«

Er dreht den Kopf und blickt zur Wand, faßt einen Entschluß und gesteht: »Weil ich den Gedanken nicht ertragen kann ... bitte, fragen Sie mich nichts mehr.«

Ich frage nicht. Ich weiß, warum. Er empfindet wie ich. Ich stelle fest, daß ich mühsam zur Zurechnungsfähigkeit zurückfinde.

»Warum sollte ich sterben?«

Er erklärt es mir genau.

»Ich habe Inez gesagt, daß ich mir zwanzig Tage Zeit gebe, um Sie zu brechen. Sie hat es Bermudez mitgeteilt.«

»Inez?«

»Die Hexe. Bermudez leidet an Größenwahn. Die Macht hat ihm nicht gutgetan. Er hat beschlossen, daß er, falls ich Ihnen nach zwanzig Tagen keinen Namen entlockt habe, Fombona auf Sie ansetzt, der ihn Ihnen ... durch die Folter ... entreißen wird.«

Seine Worte klingen unglaublich, doch er spricht sie überzeugend aus. Bevor ich reagieren kann, fährt er fort: »Hören Sie zuerst zu. Draußen ändert sich die Situation rasch. Bermudez ist von sich selbst überwältigt... glauben Sie nicht, daß Eifersucht aus mir spricht. Er braucht diesen Namen als Geschenk für Fidel. Er braucht ihn auch, um mich kleiner zu machen. Ich kann nicht unbehindert mit Fidel in Kontakt treten. Ich verfüge nur über einen Funk-Code, um ihm einen oder mehrere Namen durchzugeben.«

Ich sollte mißtrauisch sein, bin es aber nicht.

»Falls Sie mit ihm in Verbindung treten könnten, was würde er dann unternehmen?«

»Er würde es zulassen. Jason, in den letzten zwanzig Jahren haben Ihre Leute immer wieder versucht, ihn zu töten. Kennedy hat nachgewiesenermaßen den Auftrag erteilt. Auch Johnson und Nixon, und ich würde es bei den folgenden Präsidenten nicht bezweifeln. Das wissen Sie besser als ich. Fidel weiß, was die ›Operation Cobra‹ bedeutet. Er wird jede Information, die er bekommen kann, benützen... und sich nicht darum kümmern, wie er sie bekommt.«

Die Erkenntnis dringt allmählich durch, aber etwas stimmt nicht. Ich konzentriere mich wieder, dann frage ich: »Wie können Sie annehmen, daß Bermudez zulassen würde, daß ich, ein Botschafter, gefoltert werde? Er kennt die Folgen, wenn meine Regierung davon erfährt, was sicherlich der Fall sein wird.«

Düster vollendet er das Bild. »Ich sagte Ihnen ja, er ist größenwahnsinnig. Warum wären Sie sonst hier? Ich habe Fidel gesagt, daß Bermudez verrückt ist. Er wird Sie von Fombona foltern lassen, ohne Spuren zu hinterlassen. Fombona wird wissen, wie er das anstellen muß. Nachher wird er Ihnen eine Droge injizieren. Es wird so aussehen, als hätten Sie einen Herzanfall erlitten. Das läßt sich machen, Jason. Ich weiß von der Droge. Sie existiert. Nachher werden es die ›militanten Studenten‹ bedauernd bekanntgeben und Ihre Leiche den ›Behörden‹ übergeben, die tiefe Trauer mimen und sie Ihren Leuten übergeben werden.«

Es überläuft mich kalt, als mir klar wird, daß er die Wahrheit spricht, doch das Drehbuch ist absurd. Meine Zurechnungsfähigkeit steht außer Zweifel.

»Jorge, meine Leute werden es durchschauen. Ist sich Bermudez nicht über die Folgen im klaren?«

Er seufzt. »Ich sagte Ihnen schon, daß er größenwahnsinnig ist. Als Marxist sollte er nicht an Gott glauben, aber er tut es. Er verehrt seinen Schöpfer ... sich selbst.«

Ich denke über die Folter nach. Wie würde ich reagieren? Ich versuche mir Schmerzen vorzustellen. Als ich einmal in Maine eine Wanderung unternahm, bin ich auf einem losen Stein ausgeglitten, den Abhang eines Hügels hinabgestürzt und habe mir das Bein gebrochen. Ich war allein und mußte mich hüpfend zur nächsten Straße schleppen, die über eine Meile entfernt war. Die Erinnerung an die Schmerzen überkommt mich. Kann es schlimmer sein? Dann erstarre ich, denn mir wird klar, daß der Schmerz allein nicht die Folter ausmacht. Sie ist so wirksam, weil einem der Schmerz absichtlich von einem anderen Menschen zugefügt wird; von einem Menschen, der Vergnügen daran findet.

Er beobachtet mich. Seine Augen sehen in mein Inneres, dringen in meine Gedanken ein.

»Jason, das ist kein Trick. Sie müssen mir glauben. Sie müssen mir einen Namen nennen. Ich werde das verschlüsselte Signal senden, und Sie werden sich in Sicherheit befinden. Ich kann Sie nicht beschützen, wenn ich diesen Namen nicht habe.«

Ich kann mir Fombonas Gesicht vorstellen, während er meine Schreie hört. Einen Augenblick wilder Verzweiflung lang drängen sich ein Name, dann mehrere aus meinem Gehirn auf meine Lippen. Im nächsten Augenblick schaltet sich mein Gewissen ein. Ich schüttle den Kopf. »Ich kann es nicht tun, Jorge.« Ich bin überrascht von der Überzeugung, die in meiner Stimme liegt. Er anscheinend nicht. Er nickt nur nachdenklich. Lange Stille tritt ein, während ich meine nähere Zukunft überdenke und wie ich mich ihr stellen werde, dann erklärt er entschieden: »Sie werden Sie nicht foltern.«

Erleichterung vermischt mit Zorn überkommt mich. Es war alles doch ein Trick, auf den ich fast hereingefallen wäre. Ich platze heraus: »Das war ein fauler Trick.«

Sein Lächeln ist müde. »Sie werden Sie nicht foltern, weil ich morgen früh die Botschaft verlassen und Fidel zwei verschlüsselte Namen senden werde. Die Männer, die ich am meisten verdächtige: Pineda und Samarriba.«

Seine Augen beobachten mich scharf, während er die Namen ausspricht. Während ich meinen unbeteiligten Ausdruck beibehalte, bewundere ich seine Intuition. Einer von ihnen ist richtig. Ich zucke verneinend die Schultern. Er fährt resignierend fort: »Nach den Namen werde ich die Mitteilung senden, bis zu meinem Eintreffen zu warten. Fidel wird sich daran halten. Er wird die beiden von niemandem anderen verhören lassen als von mir. Ich werde auf dem Landweg nach Managua reisen und dann nach Havanna fliegen. Natürlich ist es möglich, daß ich richtig geraten habe. Dann ist es um so besser. Wenn nicht, werde ich die Verhöre in Havanna in die Länge ziehen. Sobald Sie frei sind – und das wird nicht allzu lange dauern – werde ich die beiden laufenlassen, Fidel die Wahrheit gestehen und die Konsequenzen auf mich nehmen.«

Fombonas Bild verschwindet aus meinem Kopf. Ich bin beinahe gelähmt vor Dankbarkeit. Es gelingt mir zu fragen: »Was werden die Konsequenzen sein?«

Er lächelt, es erhellt den Raum. »Ich weiß es nicht, Jason. Ich kenne Fidel gut, kann mir aber nicht vorstellen, was er tun wird. Es wird mir in den nächsten Tagen viel zu denken geben. Ich werde ein glänzender Anwalt sein und mich selbst verteidigen müssen.«

Mich überkommt ein Gefühl der Hilflosigkeit. Er zerstört sein Leben, um meines zu retten, und erzählt es mir lächelnd. Ich durchstöbere mein Gehirn.

»Jorge, wenn Sie recht haben und ich bald herauskomme, gibt es eine Möglichkeit, wie ich Ihnen helfen kann. Bis jetzt ist es uns nicht gelungen, Castro zu töten oder zu stürzen. Ich kann Ihnen versichern, daß wir nicht länger versuchen, ihn zu töten. Wir haben unsere Politik geändert. Aber die CIA ist in Havanna noch immer stark vertreten. Es besteht die Möglichkeit, daß die Sie außer Landes bringen können. Sie könnten in den Staaten ein neues Leben beginnen.«

Er lächelt wieder. »Danke, aber meine Antwort lautet nein. Mein Versagen in Ihrem Fall hat meine Überzeugung nicht beeinflußt. Ich werde mein altes Leben weiterführen, wohin immer es mich führt. Vergessen Sie es. Die Dinge werden sich bald ändern. Ich fühle es. Wie man in Ihren alten Westernfilmen zu sagen pflegte: ›Es ist dort draußen zu verdammt ruhig.‹ Es wird bald etwas in Bewegung kommen. Sie werden Ihr Leben führen – und ich das meine.«

JORGE

San Carlo – *16. Nacht*

Er wirkt unsicher – sogar deprimiert. Keine Sekunde lang habe ich sein Angebot in Betracht gezogen. Was immer auch geschehen ist oder wird, ich, Jorge Calderon, werde nicht davonlaufen.

Es klopft, und ich rufe: »Herein«.

Ich weiß, daß es der junge Mestize ist, und ich weiß, was er bringt. Ich hatte es vor einer halben Stunde in der Botschaftsküche bestellt.

Der Junge kommt nervös näher, stellt das Tablett auf den Tisch zwischen uns und läuft dann hinaus. Ich beobachte Peabody genau. Seine Augen sind auf das Tablett und das, was darauf ist, gerichtet. Auf seinem Gesicht liegt ungläubiges Staunen. Sein Gehirn scheint seinen Augen nicht zu trauen. Als würde er eine Fata Morgana betrachten. Dann zuckt seine Nase buchstäblich. Seine Zweifel werden weggewischt. Keine Fata Morgana könnte einen solchen Duft ausströmen.

Auf dem Tablett steht ein großer ovaler Teller aus der Botschaft. In seiner Mitte liegt ein saftiges, nicht ganz durchgebratenes Lendensteak. Daneben befinden sich zwei Portionen Frites und geröstete Zwiebelringe. Neben dem Teller stehen ein Weinglas, eine Flasche eines hervorragenden Weins von Robert Mondavi und ein Korkenzieher mit Silbergriff.

Er fährt sich mit der Zunge über die Lippen. Er kann den Blick nicht vom Teller abwenden. Ich sage: »Wenn Sie es gegessen haben, können Sie in die Botschaft zurückkehren. Das Wasser in Ihrem Badezimmer ist heiß. Alle Ihre Seifen und Shampoos sind noch da.«

Er hebt mit sichtlicher Anstrengung den Kopf, sieht mich an und nickt. Dann greift er nach der Weinflasche und dem Korkenzieher.

Ich betrachte das Steak wie gebannt. Perverserweise wird mir klar, daß es ein Symbol meines Versagens ist. Es glänzt saftig – ein fleischfressender Hohn für meine Unfähigkeit. In mir staut sich Wut auf. Er entfernt sehr sorgfältig die Folie vom Flaschenhals. Er hält sie ruhig, um den Wein nicht zu schütteln.

Zorn steigt in mir hoch, als er den Korken vorsichtig aus der Flasche zieht und ihn an die Nase hebt. Zufrieden legt er ihn auf das Tablett, nimmt die Flasche und füllt sein Glas halbvoll. Er schwenkt den Wein ein wenig, dann hält er ihn an die Nase. Ich spüre beinahe, wie das Bouquet bis zu seinen Zehen hinunter dringt. Mein Zorn ist mir zu Kopf gestiegen. Er nimmt einen Schluck, nickt anerkennend und entschuldigt sich: »Jorge, ich vergesse mich. Wollen Sie sich mir nicht anschließen? Lassen Sie sich ein zweites Glas bringen.«

Mein Zorn übermannt mich. Ich höre, wie ich ihn anschreie:

»Verdammt noch mal! Sie sitzen hier, als wären Sie in einem verdammten Scheißklub in Washington! Sie können es nicht erwarten, in das Steak hineinzubeißen, aber fummeln an der Flasche herum, öffnen sie und schnuppern an ihrem Inhalt, als wäre er flüssiges Gold. Bereiten sich zum Essen vor wie eine verzogene Katze, die nach einer Küchenschabe schlägt! Hol Sie der Teufel!«

Ich beuge mich vor und ziehe das Tablett über den Tisch. Etwas Wein spritzt aus dem Glas. Ich höre noch immer meine

Stimme – Worte, die meiner Enttäuschung entspringen.

»Verdammt! Ich bin es, der leiden wird. Ich bekomme keinen Namen – Sie bekommen kein verdammtes Steak!«

Ich packe Messer und Gabel, schneide ein Stück Fleisch ab und hebe es langsam zum Mund. Es ist rot, nicht ganz durchgebraten und tropft vor Saft. Er starrt es fasziniert an. Beim ersten Bissen ist mein Zorn wie weggewaschen, auch meine Selbstbemitleidung. Was ist aus mir geworden? Ich kaue mechanisch, schlucke und sage ihm ruhig: »Seien Sie unbesorgt. Ich lasse mich nur etwas gehen. Ich habe meiner schlechten Laune zum letztenmal nachgegeben.«

Ich schiebe das Tablett zurück.

Er beobachtet mich mißtrauisch. Ich zeige besänftigend auf den Teller. Er nimmt rasch Messer und Gabel, schneidet ein Stück ab und steckt es in den Mund.

Doch halt! Es schmeckt nicht köstlich! Ich spüre einen bitteren Nachgeschmack im Mund, und mein Gaumen wird taub. Plötzlich spüre ich den Schmerz wie ein weißglühendes Messer in meinen Eingeweiden. Sofort ist mir klar: Gift! Der junge Mestize! Er hat mich in der Küche zweimal gefragt: »Ist es für den Botschafter? Den Amerikaner?«

Und als er das Tablett hingestellt hat, haben seine Hände gezittert. Er hat das Botschaftsgebäude verlassen können. Jemand hat zu ihm Kontakt aufgenommen. Wieder ein brennender Krampf, dann wird mir klar, daß Peabody kaut. Ich schreie.

»Nein! Halt! Nicht essen!«

Er zieht sich auf seinem Stuhl zusammen, sieht mich mißtrauisch und verblüfft an. Er kaut rasch. Ich werfe mich über den Tisch, schleudere den Teller und den Wein zur Seite und stoße Peabody mit dem Unterarm weg. Er fällt nach hinten, und ich auf ihn. Ich höre und spüre, wie sein Hinterkopf auf den Boden aufschlägt. Er bleibt betäubt liegen, während ich meine Finger zwischen seine Zähne schiebe und bete, daß das Fleisch noch da ist. Er hat es noch nicht ganz heruntergeschluckt. Ich ziehe es heraus und werfe es durch den Raum. Die Weinflasche ist an den Rand der Tischplatte gerollt, und ihr Inhalt rinnt aus. Ich packe sie. Seine Augen sind jetzt offen, und er sieht erschrocken zu mir herauf. Ich halte den Flaschenhals an seine Lippen und zische: »Das Fleisch war vergiftet! Spülen Sie Ihren Mund aus. Nicht schlucken! Spülen und ausspucken!«

Er saugt den Wein ein. Ich wälze mich von ihm weg, während krampfartige Schmerzen von meiner Körpermitte ausgehen. Ich ziehe die Knie zum Kinn herauf. Noch nie habe ich solche Schmerzen erlebt. Mir wird eisig klar, daß es das Vorspiel zum Tod ist. Ich stecke mir einen Finger in die Kehle und versuche zu erbrechen, aber es ist zu spät.

Er ist neben mir, mein Kopf liegt in seinem Arm, seine Stimme drängt.

»Ich werde jemanden rufen. Man wird Sie ins Krankenhaus bringen.«

Ich schüttle den Kopf. »Ich bin erledigt, Jason. Es war für Sie bestimmt. Der junge Mestize. Ihre Leute haben versucht, Sie umzubringen.«

Ich spüre, wie der Tod kommt. Er marschiert im gleichen Takt wie die Krämpfe. Er sieht es auch. Seine Augen sind naß. Ich muß es ihm sagen.

»Jason, ich habe gelogen ... hören Sie mich an. Sie müssen es erfahren. Amparo hat Sie geliebt. Es stimmt, daß sie nicht 1958 starb. Es stimmt, daß sie Gomez geheiratet hat ... es stimmt, daß sie vor zwei Jahren starb ... aber sie hat Sie geliebt, Jason. Sie hätte Sie geheiratet ... wollte es. Fidel wollte, daß sie, daß ... sie ihn weiter informiert ... er hatte sie in der Hand ... aber sie schämte sich, weil sie Sie schon verraten hatte ... konnte nicht weitermachen ... deshalb entschloß sie sich für den anderen Weg ... aber sie liebte Sie, Jason ... das ist die Wahrheit ... glauben Sie mir ... ich log, mußte lügen ... aber bitte glauben Sie mir jetzt.«

Trotz der rasenden Schmerzen spüre ich, wie er mir den Arm um die Schultern legt. Er hält mich fest und sagt: »Ich glaube Ihnen, Jorge.«

Ich sehe sein Gesicht durch den Nebel und erkenne, daß er mir glaubt. Der Schmerz ist weggewaschen wie die Schuld nach einer Beichte. Ich weiß, daß ich meine Glieder bewege, kann sie aber nicht fühlen. Ich kann nur seine Arme spüren, die mich halten ...

PEABODY

San Carlo – *16. Nacht*

Sein Körper zuckt krampfhaft. Ich ziehe ihn näher. Sein Gesicht liegt an meiner Brust, meine Arme halten ihn. Wieder Krämpfe. Ich lege meine Lippen an sein Ohr. Ich kann kaum sprechen, zwinge aber die Worte hinaus. »Du bist wie ein Sohn für mich, Jorge ... du bist mein Sohn.«

Seine Finger packen mich wie ein Schraubstock. Ich schluchze zugleich mit seinen Zuckungen. Plötzlich, jäh, liegt er still.

Ich halte ihn, während die Zeit vergeht. Ich weiß, daß er tot ist. Ich denke über die natürliche Gerechtigkeit nach. Gibt es Geschworene? Welcher Richter spricht das Urteil? Welche Finger manipulieren unsere Leben? Nur zweimal in über sechzig Jahren fühlte ich mich einem anderen menschlichen Wesen verbunden. Immer so kurz, dann wurde es mir genommen. Ich fahre mit den Fingern durch sein Haar, glätte es. Ja, es braucht wieder Zitronensaft. Es ist feucht. Von meinen Tränen.

An der Tür ertönt ein Geräusch ... als ich aufblicke, sehe ich ein Gesicht. Es verschwindet. Ich höre draußen Geschrei. Eine Minute später stürzt Fombona mit schußbereiter Maschinenpistole herein. Andere drängen sich hinter ihm in den Raum.

»Was ist geschehen?«

In diesem Moment beschließe ich, kein weiteres Wort zu sprechen. Auch wenn ich bis an mein Lebensende stumm bleiben muß.

Sie müssen ihn aus meinen Armen reißen. Einer der Wächter schlägt mich ins Gesicht, und Fombona schleudert ihn wütend durch den Raum.

»Ihr sollt ihn nicht schlagen. Ich will nicht, daß er Spuren davonträgt.«

Sie bringen Jorge weg und lassen mich auf dem Fußboden liegen. Die Zeit vergeht. Ich höre in der Ferne einen Schuß. Es vergeht noch mehr Zeit, dann kommt Fombona zurück. Er geht an mir vorbei und öffnet die Zellentür.

»Geh dort hinein!«

Ich beschließe, mich nicht zu rühren. Es entsteht eine Pause, dann höre ich, wie er sich bewegt. Ich spüre seine Finger an meinen Haaren und schreie bei dem plötzlichen Schmerz auf, als er mich über den Fußboden in die Zelle zieht. Ich blicke auf, und er steht in der Tür. Sein Gesicht strahlt vor freudiger Erwartung.

»Du wirst noch mehr schreien, du Schwein. Morgen bekomme ich ein paar Geräte, und du wirst schreien und schreien ... und du wirst reden.«

Die Tür geht zu. Ich werde nicht reden.

SLOCUM

Fort Bragg – 17. Tag

Ich warte neben der *Grumman Trader*. Meine Heinzelmännchen Newman, Allen und die gesamte Ausrüstung sind vor drei Stunden abgeflogen, kurz bevor man mir telefonisch befahl zu warten, damit Komlosy mir persönlich Anweisungen erteilen kann. Ich bin kühl erregt. Ich bin seit acht Stunden so, seit Komlosys blecherne Stimme mir über das Dingsbums mitteilte, daß die andere Operation mißlungen ist und wir in Aktion treten. Der alte Zauber hat funktioniert. Ich habe im Geist dem Allmächtigen gedankt und meinem alten Opa, der sicherlich bei Ihm oben ist. Ich bin aufgeregt, aber auch verärgert über Mutter Natur und eine Dame namens Olga. Sie ist ein Hurrikan, der normalerweise zu dieser Jahreszeit nichts zwischen Venezuela und Haiti zu suchen hat. Die Jungs von der Meteorologie haben verwundert die

Köpfe geschüttelt und mir tröstend mitgeteilt, daß es seit dreißig Jahren der erste Hurrikan ist, der sich so spät in dieser Gegend herumtreibt. Olga ist launenhaft. Zwölf Stunden lang bewegte sie sich eigenwillig nach Nordosten. Wir atmeten erleichtert auf. Dann blieb sie stehen, beschrieb einen kleinen Kreis und wandte sich nach Nordwesten. Nicht gut, aber keine Katastrophe. Sie hätte Ost-Jamaika und dann Kuba getroffen, und den Schweinen wäre recht geschehen; aber nach sechs Stunden wurde sie langsamer und zieht jetzt zu einem Punkt südöstlich von der *Nimitz*. Wenn sie dabei bleibt, wird Olga zu einem verdammten Problem. Grant und die hohen Tiere müssen sich vor Freude bepinkeln. Sie wissen, daß unsere Ultras nicht operieren können, wenn der Wind über fünfundvierzig Knoten beträgt. Im Augenblick ist er über der *Nimitz* um dreißig, und wenn Olga weitermacht, wird es noch schlimmer.

Ich verhexe Olga, aber es ist nicht leicht, einem verdammten Hurrikan Haare wachsen zu lassen. Ich bin eifrig damit beschäftigt, als ich den Hubschrauber höre. Er landet ungefähr hundert Meter entfernt von mir. Komlosy und Al Simmons steigen aus. Simmons hält seine Mütze mit der neuen Borte fest, Komlosy sein Haar. Als der Rotor des Hubschraubers verstummt, gehe ich ihnen entgegen. Ich schüttle Komlosy die Hand und grinse Simmons an. Er hat seine Sterne und ist ein wenig befangen. »Muß ich dir jetzt den Hintern küssen, Al?« frage ich ihn.

Er grinst. »Hör zu, du schwarzer Scheißkerl – wenn du jemals in die Nähe meines Hintern kommst, schicke ich dich mit nur einem Suspensorium bekleidet nach Alaska!«

Komlosy ist sehr nervös. »Was ist mit diesem verdammten Hurrikan, Silas?«

Ich versuche ihn zu beruhigen. »Die Jungs von der Meteorologie sagen, daß er bald in Bewegung geraten muß, vermutlich nach Nordwesten, das wäre gerade richtig. Wenn er zur *Nimitz* zieht, erwartet uns eine drei- bis viertägige Pause, in der wir nicht arbeiten können.«

»Verdammt!«

»Sir, die meiste Zeit über könnten nicht einmal Hubschrauber unter solchen Bedingungen operieren. Grant hat Ihnen bestimmt schon sein übliches ›Ich habe es Ihnen ja gesagt‹ vorgehalten, aber verdammt, nach seinen Plänen würden sie noch weitere zwei Wochen brauchen. Darauf sollten Sie ihn aufmerksam machen.«

Er lächelt. »Das mußte ich nicht. Das hat der Präsident schon getan. Ich bin wahrscheinlich so nervös, weil es so dicht bevorsteht. Jedenfalls sind drei oder vier Tage nicht mehr lebenswichtig. Übrigens hat Al eine persönliche Nachricht für Sie.«

Simmons ist ein hochgewachsener, schlaksiger Kerl, der sich den Sechzig nähert. Er hat strohfarbenes Haar und ein Gesicht, das aussieht, als wäre er im Begriff, einen Witz zu erzählen. Im Augenblick ist er sehr ernst. Seine Stimme auch.

»Oberst, der Oberstkommandierende hat mich ersucht, Ihnen und Ihren Leuten sein vollkommenes Vertrauen auszusprechen. Er ist sicher, daß unsere Landsleute dank der bevorstehenden Aktion heil und gesund zurückkehren werden und die Ehre unseres Landes erhalten bleibt. Er freut sich schon darauf, Sie und Ihr Team im Weißen Haus zu empfangen.«

Ich habe einen verdammten Klumpen in der Kehle! Ich versuche mir eine passende, feierliche Antwort einfallen zu lassen, als ein Jeep hält.

»Ich werde meine Sachen holen. In zehn Minuten bin ich wieder da«, sagt Simmons und klettert in den Jeep.

Während er wegfährt, frage ich Komlosy: »Was ist aus der anderen Operation geworden?«

Er grinst. »Anscheinend haben sie den falschen Mann vergiftet. Unsere Agenten berichten, daß der Kubaner ins Leichenschauhaus eingeliefert wurde ... mausetot.«

»Und was ist mit unserem Agenten in der Botschaft?«

Sein Grinsen vergeht. »Silas, wir müssen annehmen, daß er tot ist. Er war ein junger Mestize, der in der Küche gearbeitet hat.«

Ich bin verwirrt. »Warum ist er dieses Risiko eingegangen? Er muß gewußt haben, was geschehen würde.«

Komlosy nickt feierlich. »Er hat es gewußt. Er war eines von zwölf Kindern. Eine sehr arme Familie. Wir haben ihm versprochen, daß wir seine ganze Familie von der Stadt aufs Land ... und später dann in die Staaten bringen werden ... er hat sich geopfert.«

Diese Nachricht stimmt mich nachdenklich. Komlosy liest meine Gedanken und meint: »Sie denken über die Jacken mit dem Sprengstoff nach. Wenn dieser Junge für seine Familie starb, dann hat Bermudez vielleicht siebenundzwanzig Fanatiker gefunden, die für die Revolution sterben würden.«

Ich antworte ihm energisch, zum Teil, um mich selbst zu beruhigen. »Ausgeschlossen, Mike. Diese Jacken sind Attrappen. Ob sie es nun sind oder nicht, es ändert den Plan nicht. Wir landen unter der Annahme, daß sie explosiv sind. Wir werden zuerst die Fanatiker ausschalten.«

Er nickt nachdenklich, dann meint er: »Wenn Sie es schaffen, Silas, gibt es für Ihre Karriere keine Grenzen mehr. Das wissen Sie.«

Ich spreche einige Gedanken aus, die mir in den letzten paar Tagen durch den Kopf gegangen sind.

»Wir ziehen es durch, Mike. Sie können es Selbstgefühl nennen, aber es ist die erste Operation, die ich vollkommen allein geplant habe und die ich selbst führen werde. Aber wenn es vorbei ist, denke ich daran, vorzeitig in den Ruhestand zu treten.«

Sein Gesicht zeigt Überraschung.

»Warum wollen Sie das tun? Verdammt, Sie sind erst sechsundvierzig. Sie wollen nicht General werden?«

»Nein, Mike. Ich bin seit meinem achtzehnten Lebensjahr in dieser Armee. Es hat gute und schlechte Zeiten gegeben. Ich bedaure nichts. Ich bin aus dem Nichts gekommen, und die Armee hat mir ein gutes Leben verschafft, aber diese Operation ist mein Schwanengesang. Ich will etwas anderes tun.«

»Was?«

»Lachen Sie nicht. Ich will Rancher werden. Ich habe nie viel Geld ausgegeben – den größten Teil gespart. Vor ein paar

Jahren habe ich ein kleines Grundstück in Wyoming gekauft. Nicht groß, aber für mich reicht es. Es liegt direkt an den Rockies. Auf dem Grund steht eine Hütte aus Fichtenholz – nichts Besonderes, aber gemütlich. Ich werde mir ein Paar Vorstehhunde kaufen, mit denen ich abends spazierengehen werden.«

Ein Lächeln hellt sein Gesicht auf.

»Was ist so verdammt komisch?«

Das Lächeln wird breiter. »Ich stelle Sie mir als Cowboy vor. Wo wollen Sie ein Pferd finden, das groß genug ist, um Sie zu tragen?«

Mir fällt keine rasche Antwort ein, und er wird wieder ernst. »Sie sind mir ein Rätsel, Silas. Haben Sie richtige Freunde?«

»Was würden Sie als Freund bezeichnen?«

Auf seiner Stirn erscheinen nachdenkliche Falten, und ich spüre, daß ich eine tiefsinnige Antwort erhalten werde. Er beginnt langsam.

»Silas ... ein Freund ist, nun ja ... der seltene Mensch, der sich die Probleme des anderen anhören kann, ohne darüber befriedigt zu sein, daß der andere und nicht er sie hat. Jemand, der sich schweigend beim anderen wohl fühlt ... ein wirklicher Freund macht dem anderen nie Konkurrenz ... jemand, der weiß, wie und wann man nimmt ... nicht nur gibt.«

»Das ist wirklich poetisch, Mike.«

»Ja. Haben Sie solche Freunde?«

»Nein.«

»Niemals? Ich hätte gedacht, das Leben in der Armee fördert solche Freundschaften.«

Die Situation ist irgendwie absurd. Ich bin im Begriff, in ein Flugzeug zu steigen und mein Leben aufs Spiel zu setzen, und er kommt mir philosophisch. Ich mag den Kerl, aber er beunruhigt mich ein wenig.

»Mike, das Leben in der Armee hat bei den meisten Leuten diese Wirkung, aber ich bin ein Einzelgänger.«

Er sieht verwirrt, beinahe verletzt aus.

»Kein einziger Freund? Das ist unnatürlich.«

Ich seufze. »Es hat einmal einen Burschen gegeben. Wir kamen einander irgendwie nahe ... wirklich nahe. Er war ein wenig wie mein jüngerer Bruder.«

»Was ist geschehen?«

»Es war in Vietnam. Er wurde bei einem unserer eigenen Luftangriffe erwischt. Der Pilot hat Mist verzapft und seine Koordinaten durcheinandergebracht.«

»Waren Sie sehr betroffen?«

»Klar. Ich hatte den Luftangriff veranlaßt.«

Er blickt nachdenklich auf das Flugfeld hinaus, zwei F 16 starten gleichzeitig; ihre Nachbrenner glühen rot. Ich erinnere mich an andere Fälle, als Leute philosophisch wurden, wenn sie sich von jemandem verabschiedeten, der in den Kampf ging. Jemanden, der vielleicht nicht zurückkommen würde. Sie empfinden den merkwürdigen Drang, eine Bindung einzugehen, sich der Angst oder der Gefahr anzuschließen ... oder dem Nervenkitzel. Die F 16 hinterlassen zunehmende Stille und eine Art Vakuum um uns. Er fragt leise: »Schwarz oder weiß?«

»Was?«

»Der einzige Freund.«

»Schwarz.«

Wieder Stille, dann: »Glauben Sie, daß wirkliche Freundschaft dieses Hindernis überbrücken kann?«

Die Antwort fällt mir leicht. Sie ist das Ergebnis der Denkprozesse eines ganzen Lebens.

»Nein.«

Er lächelt, aber es liegt kein Humor darin. »Das ist zynisch, Silas, Sie wollen damit doch nicht sagen, daß es zwischen Menschen verschiedener Farben keine echte Freundschaft gibt.«

»Es gibt Ausnahmen, die die Regel bestätigen.«

»Warum gibt es Regeln?«

Wieder fühle ich mich unbehaglich, ich möchte, daß Simmons zurückkommt und dieses Zwiegespräch beendet. Aber Komlosys Gesichtsausdruck ist ernst. Ich versuche es ihm zu erklären.

»Warum gibt es Farben? Warum muß ich schwarz und Sie weiß sein? Es ist Gott oder die Natur... oder was immer. Vielleicht wird es sich in ein paar Millionen Jahren oder früher, wenn sich die verdammten Genetiker durchsetzen, ändern, und wir werden alle schlammfarben sein – oder irgendwas. Inzwischen denken wir anders, weil wir anders sind. Nicht besser oder schlechter – nur anders. Das, wovon Sie sprechen, diese Art von Bindung suchen die Leute unter ihresgleichen. Es ist natürlich.«

Er zuckt resigniert die Schultern, und ich spüre, daß er enttäuscht ist.

»Aber wie gesagt, Mike, es gibt Ausnahmen.«

Er lächelt schief. »Klar.«

Erleichtert höre ich den Jeep kommen. Er wendet vor uns, und Simmons klettert heraus. Der Fahrer läuft um den Wagen herum, um die Tasche mit der Ausrüstung zu nehmen, aber Simmons winkt ab und hebt sie selbst heraus. Drei Sterne werden diesen Mann nicht verändern. Er geht zur *Trader*, hievt seine Tasche hinein und kommt herüber.

»Sind Sie soweit, Silas?«

»*Yessir*, General.«

Er wirft mir einen Blick zu, der besagt, »Kommen Sie mir nicht mit ›Yes, Sir‹, nur weil ich ein paar Sterne bekommen habe.« Es wird mir Spaß machen, ihn aufzuziehen. Er schüttelt Komlosy herzlich die Hand.

»Danke für alles, Mike. Schlafen Sie gut. Wir werden bald mit ihnen zurück sein.«

Komlosy schlägt ihm auf die Schulter. »Viel Glück, Al. Sie haben diese Sache großartig aufgezogen... Einfach hervorragende Arbeit.«

Simmons blickt von mir zu Komlosy, dann wendet er sich ab und sagt: »Ich warte im Flugzeug auf Sie, Silas.«

Komlosy streckt die Hand aus. Ich ergreife sie. »Danke, Mike, daß Sie mir diese Chance gegeben haben. Ich werde Sie nicht enttäuschen.«

Er lächelt. »Es ist irgendwie merkwürdig, daß sich jemand bedankt, weil man ihm die Chance gibt, getötet zu werden.«

Sein Lächeln schwindet. »Ich bedaure nur, daß ich die Gefahr nicht mit Ihnen teilen kann. Ich werde mich verdammt hilflos fühlen, wenn ich hinter meinem Schreibtisch sitze.« Seine Ergriffenheit ist spürbar und teilt sich mir mit. Sein Adamsapfel geht auf und ab, als er schluckt.

Ich empfinde Zuneigung für ihn und sage leichthin: »Erinnern Sie sich an den alten Milton? Er war Verteidiger bei den ›Packers‹, bevor er mit dem Dichten begann. Er hat nämlich einmal geschrieben: ›... sie dienen auch jenen, die nur stehen und warten‹, oder so ähnlich.«

Er lächelt, und plötzlich umarmen wir uns. Seine Finger bohren sich wild in meine Schultern. Dicht an meinem Ohr sagt er leise: »Sie sollen etwas wissen, Silas. Wenn ich jemals in so einem Loch stecke wie diese Geiseln, gibt es niemanden in der Welt, von dem ich mich lieber retten ließe, als von Ihnen.« Ich klopfe ihm auf den Rücken und drehe mich zum Flugzeug um. Ich muß verdammt weich geworden sein, denn ich kann nichts sagen, weil ich befürchte, daß meine Stimme zittern wird!

Al und ich sind die einzigen Passagiere. Wir schweigen einträchtig, während die *Trader* auf Reiseflughöhe klettert. Wahrscheinlich denkt er über den Einsatz nach. Ich nicht. Mein Kopf ist voll von dem letzten Gespräch mit Komlosy. Ich rede manchmal wirklich Scheiße. Solche Scheiße, daß ich verdammt nahe daran bin, sie selbst zu glauben. Warum muß ich immer das Bild vom großen, schwarzen Schläger vermitteln? Der einsame, alte Elefantenbulle, der majestätisch durch den verdammten Dschungel zieht. Majestätisch – Scheiße! Nach zwanzig Jahren fallen mir wieder Mays Worte ein, die sich wie mit einem Brandeisen in mein Gehirn gebrannt haben: »Silas, ich verstehe es auch nicht. Ich weiß, daß du mich liebst, und ich liebe dich ganz bestimmt. Aber ich brauche dich, Silas, und du brauchst mich nicht. Ich habe zwei Jahre benötigt, um mich damit abzufinden. Du brauchst weder mich noch jemanden anderen. Ich will nicht mein Leben lang eine abhängige Frau sein. Wenn wir Kinder haben, werden sie zu dir aufblicken und dich brauchen. Aber dieses Bedürfnis wird nie erwidert werden. Ich muß einen Mann finden, der mich braucht... ebenso sehr, wie ich ihn brauche.«

Ich sehe ihr Gesicht vor mir, als sie diese Worte sprach. Ernst, traurig, intelligent und schön. Ich steckte es ein, wie es sich für einen großen, harten Bullen gehört, und marschierte weiter durch den Dschungel. Es dauerte fünf Jahre, bis ich eines Nachts aufwachte und mir klar wurde, daß mir May lieber war als ein superhartes Image. Fünf verdammte Jahre! Ich spürte sie in einem Vorort von Fort Lauderdale auf. Sie hatte sechs Monate, nachdem unsere Scheidung ausgesprochen worden war, einen Ingenieur geheiratet. Ich mußte es ganz genau wissen, deshalb nahm ich Urlaub, flog hinüber und mietete einen Wagen. Ich fand ihr Haus und fuhr mehrmals daran vorbei. Es war ein nettes Haus. Einstökkig, gemauert, mit einem großen, gepflegten Garten. Der Mann mußte bei der Arbeit sein, deshalb parkte ich an der Ecke und sagte mir, ich sollte sie besuchen. Verdammt, warum nicht? Nur um ihr guten Tag zu sagen und zu fragen, wie es ihr ginge. Ist doch ganz in Ordnung. Ich blieb ewig sitzen und redete mir ein, daß nichts dabei war, konnte mich aber nicht entschließen auszusteigen. Dann kam sie um die Hinterseite des Hauses herum und schob einen Kinderwagen vor sich her. Sie ging die Auffahrt hinunter und überquerte die Straße direkt vor mir. Sie bemerkte mich nicht. Ihre ganze Aufmerksamkeit war auf das Kind im Kinderwagen gerichtet. Sie war so schön, daß einem das Herz stehenblieb – und offenkundig glücklich.

Also kroch ich unter das Image des harten Bullen zurück und ließ all diese Gedanken verwelken, bis mein Geist wie eine Ulme im Winter war.

Freundschaft. Was zum Teufel weiß ich darüber? Harte Kerle wie ich haben keine Freunde. Diese Gefühlsduselei ist etwas für Weichlinge. Und was war mit Luther? Klar war er ein Freund und wußte es, aber der harte, alte Major Silas Slocum ließ sich nie etwas anmerken. Als der verdammte

Pilot Luther mit der Rakete getötet hatte, nahm ich einen Leichensack und stopfte alle blutigen Teile und Stücke hinein, die ich finden konnte. Der alte Bulle ließ sich nichts anmerken. Ich hörte die geflüsterten Bemerkungen eines meiner Männer, als wir im Hubschrauber zurückflogen. »Scheiße! Slocum hätte genausogut in einem Restaurant die Reste in eine Hundetüte stopfen können!«

Aber meine Männer waren nicht dabei, als der harte, alte Bulle in dieser Nacht in der Falle lag und nicht begriff, wieso Tränen sein Gesicht benetzten, und daß Schmerz sein Herz zerriß. Und die vielen Nächte, die folgten, und schließlich der Entschluß, daß ein Freund für einen Kerl wie mich eine emotionelle Belastung war, die ich nicht brauchte.

»Silas, Sie sehen bedrückt aus. Beunruhigt Sie etwas?«

Die Worte reißen mich aus meiner Träumerei.

»Nein, Sir, General! Es ist nur der Glanz, der von all diesen Sternen zurückgeworfen wird, es blendet meine Augen.«

»Schluß mit dem Unsinn, Silas. Sie sind dafür verantwortlich, daß ich sie bekommen habe. Bringen Sie diese Geiseln heraus, dann bekommen Sie auch einen. Lassen Sie mir meinen Frieden, okay?«

»Okay, Al. Schluß damit. Ich bin froh, daß Sie sie bekommen haben; Sie verdienen sie ganz bestimmt.«

Ich erzähle ihm nicht, daß ich an den Ruhestand denke, auch nicht von der Ranch. Ich bin nicht in der Stimmung für weitere Erklärungen. Tatsache ist, daß die Vorstellung erschreckend ist. Wenn ich einen Entschluß fasse, dann muß ich ihn ausführen. Harte Burschen nehmen ihre Entschlüsse nicht zurück. Ich erinnere mich, wie ich die Ranch gekauft habe. Ein Soldat, der aus der Gegend kam, hatte sie erwähnt. Der ehemalige Besitzer war gestorben, und die Bank hatte die Ranch übernommen. Der Bankmanager war einer von den Typen, die über zerbrochenes Glas gehen, um zu beweisen, wie liberal sie sind. Ich suchte ihn in voller Uniform samt Lametta auf. Er war ungeheuer beeindruckt, und ich bekam die Ranch zu einem guten Preis. Ich hatte keine genaue Vorstellung davon, wann ich aus der Armee ausscheiden würde, beschloß aber, daß es vor meinem fünfzigsten Geburtstag sein würde. Die Ranch liegt in einem hauptsächlich von Weißen bewohnten Gebiet. Ich fand einen alten Schwarzen, der seit einigen Jahren arbeitslos war und sich um die Farm kümmern wollte. Er erzählte mir, daß die weiße Gemeinde – die Viehzüchter und Farmer – sehr besorgt waren, weil ich den Grund gekauft hatte. Er erklärte mir entschuldigend, daß sie im Grund anständige Leute wären, aber Farmer und dergleichen seien von Natur aus konservativ, und ein schwarzer Rancher mitten unter ihnen wäre eben schwer zu ertragen. Es würde keine Schwierigkeiten geben, aber ich würde wahrscheinlich gesellschaftlich geächtet werden.

Ich hatte gegrinst und ihm gesagt, daß es mich nicht einmal einen Furz kümmern würde. Aber seither haben sich meine Ansichten geändert. Ich habe mir eine Menge Bücher über Viehzucht gekauft und mehrere Magazine über das Thema abonniert. Es wurde mir bald klar, daß zum Viehzüchten mehr gehört, als auf der Veranda meines Heims zu sitzen und mit einem Strohhalm im Mund und einer Dose kaltem Bier in der Hand zuzuschauen, wie meine zufriedenen Kühe das verdammte Futter wiederkauen. Wie überall hat sich die Technologie eingemischt und einfache, ehrliche Kerle wie mich verwirrt. Heutzutage muß ein Rancher eine Mischung aus Biologe, Veterinär, Ernährungswissenschaftler und Computerprogrammierer sein. Der Cowboy ist nicht mehr in. Ich werde bestimmt freundschaftliche Hilfe von Leuten brauchen, die ihr Leben in diesem Beruf verbracht haben. Und da ist noch etwas: Vielleicht habe ich keine Freunde in der Armee, die Komlosys Parametern entsprechen, aber ich sitze gern abends in der Messe und quatsche mit ein paar Jungs über die Tagesereignisse und fachsimple ein bißchen. Das werde ich in meinem neuen Job bestimmt auch gern tun, aber wie? Wenn diese Kerle nicht mit mir sprechen wollen, wird es ein einsames Leben werden. Der Gedanke, daß ich eine Art Held bin, wenn ich die Geiseln unversehrt herausbringe, tröstet mich ein wenig. Mich kümmert es zwar einen Dreck, aber es könnte die intoleranten Kerle ein wenig weicher stimmen. Diese Überlegung bringt mich auf den Einsatz zurück. Von nun an gibt es keine abschweifenden Gedanken mehr. Vergiß alles andere, Slocum. Du bist jetzt Soldat – nur Soldat.

PEABODY

San Carlo – *18. Tag*

Ich versuche mir vorzustellen, wie ich es jemandem beschreibe. Wie ich die körperliche Pein und die seelische Erniedrigung ausdrücken soll. Das Entsetzen des Geists, der auf jeden geschundenen Nerv qualvoll reagiert. Fombona ist ein Meister der widerlichen Technik. Die Folter dehnt die Verderbtheit unserer Spezies über jeden möglichen Vergleich aus. Keiner anderen Kreatur auf der Erde käme sie in den Sinn. Das Böse, das Sadistische ist auf die Menschheit beschränkt, und wenn es wie ein stinkender Pilz durch die Furniere der Kultur dringt, spricht es allen Ansprüchen an moralischer Überlegenheit anderen Geschöpfen gegenüber Hohn.

Es beginnt im Gehirn. Angst, die sich zur Panik steigert, kann meine Gefühle kaum beschreiben, als ich darauf wartete, daß er mit seiner »Ausrüstung« zurückkam. Schlaf war unmöglich. Ich lehnte den Rücken an die harte Wand und versuchte mich vorzubereiten. Solschenizyn hat einmal über das Thema geschrieben. Seine These war verhältnismäßig einfach; zuerst stellt man sich vor, daß man schon tot ist. Einem toten Mann kann niemand etwas tun. Nimm an, daß dein Leben vorbei und zu Ende ist, und erwarte daher nichts. Du wirst ein lebloses Objekt, das taub für den Willen anderer ist. Einfach. Solschenizyn, ich habe eine Neuigkeit für Sie. Ihre These hat mir in der Nacht des Wartens ein bißchen Trost gebracht, aber einen Sekundenbruchteil, nachdem Fombona begonnen hatte, war Ihre Theorie Staub unter dem krampfhaften Zucken der Qual. Vielleicht konnten Sie es schaffen. Vielleicht ist Ihr Geist so überwältigend stark, daß Sie Ihren Körper davon überzeugen konnten, daß der Schmerz trügerisch ist; daß die Nervenenden sich täuschen. Ich bin nur ein gewöhnlicher Sterblicher. Ich werde wissen, daß ich tot bin, wenn der Schmerz aufhört. Dann werde ich überzeugt sein.

Die Nacht verging entsetzlich schnell. Kurz nach Morgengrauen hörte ich das Quietschen des Tores, den Motor des Lieferwagens und Fombonas Stimme, die Befehle schrie. Minuten beschleunigten sich zu Sekunden. Ich spürte mein Herz und den Kupfergeschmack der Angst auf Zunge und Zahnfleisch. Dann wurde der Schlüssel gedreht, und Fombona erschien mit lächelndem Gesicht und erwartungsvollem Blick in der Tür.

Er überwachte das Aufstellen der »Ausrüstung« wie ein Hausbesitzer, der die Aufstellung neuer Möbel beobachtet. »Dort hinüber«, befahl er, während zwei Wachen sich abmühten, einen schweren, in Sackleinen gehüllten Gegenstand durch die Tür zu bringen. Vor Anstrengung stöhnend schoben sie ihn zur Wand am anderen Ende. Fombona sah kritisch zu.

»Schiebt es etwas mehr hinaus ... noch etwas mehr. Vorsicht, ihr Dummköpfe! Beschädigt mein gutes Stück nicht!«

Es folgten ein hoher Tisch mit kleiner Platte, ein Leinensack, mehrere Rollen dicken schwarzen Stoffs und zwei große Eimer Wasser. Er ließ den Tisch neben eine Steckdose stellen und den Sack, die Eimer und den Stoff danebenlegen. Die Wachen wurden entlassen, und die Tür geschlossen. Der Schlüssel wurde nicht umgedreht. Einen irrationalen Moment lang dachte ich daran, zur Tür zu rennen. Dann gewann die eisige Wirklichkeit meiner Situation die Oberhand.

Fombona stand mitten im Raum und beobachtete mich mit leicht seitlich geneigtem Kopf. Hoffnungsvolle Erwartung ging von ihm aus.

»Okay, du Schwein. Jetzt geschieht folgendes: Du gibst mir einen Namen an oder du beginnst in wenigen Minuten Schmerzen zu spüren, von denen du nie gewußt hast, daß es sie gibt.«

Ich schluckte lange und langsam und schüttelte den Kopf, und stellte sofort Erleichterung in seinem Lächeln fest.

»Gut! Dann wirst du mir alle Namen angeben. Jeden einzelnen von ihnen. Glaub mir, du Schwein.«

Ich hob die Hand und sah erleichtert, daß sie nicht zitterte. Auch meine Stimme bebte keineswegs.

»Hör zu, Dreckskerl. Ich weiß, was herauskommt. Wenn ich spreche, sterbe ich sofort. Calderon hat es mir gesagt. Eine Spritze – ein vorgetäuschter Herzanfall. Kein Anzeichen von Gewaltanwendung an mir. Deine Versprechungen, daß ich freigelassen werde, überzeugen mich nicht.«

Er geriet keineswegs aus der Fassung.

»Rede jetzt, du Schwein, und du mußt nichts durchmachen: keinen Schmerz – nichts. Du kannst zu den anderen Schweinen zurückgehen.«

»Lügen. Wenn ich dir die Namen gebe, werde ich trotzdem sterben. Die Kretins, Bermudez und Castro, wollen nicht, daß jemand erfährt, daß ich geredet habe. Sie wollen, daß die Operation weitergeht, damit sie weitere Dissidenten ausschalten können. Wenn ich jetzt rede, sterbe ich trotzdem.«

Er kicherte. »Du bist ein schlaues Schwein. Macht nichts, du wirst reden, und zwar bald.« Er verfiel in einen leichten Plauderton. »Vor ein paar Wochen haben wir einen Hauptmann der Nationalgarde gefaßt. Ich und mein Freund Umberto haben ihn verhört. Nach zwei Tagen brachte ich einen Revolver in die Zelle. Ich sagte ihm, es sei nur eine Kugel in der Kammer, dann gab ich ihm den Revolver. Umberto und ich standen zwei Meter vor ihm. Er wußte, daß er einen von uns töten konnte. Er wußte auch, daß der andere die Folter fortsetzen würde ... deshalb setzte er sich den Revolver an den Kopf und drückte auf den Abzug.«

Mein Gesicht muß eine Reaktion gezeigt haben. Das Schwein lachte.

»Natürlich war keine Kugel drin.« Er lachte wieder. »Er starb nach sechs Tagen, und während all dieser Tage bettelte er um den Tod ... du wirst um diese Nadel betteln, und glaube mir, es wird keine sechs Tage dauern ... nicht einmal zwei. Diese Namen werden dein Paß aus der Hölle sein. Du wirst sie mir mit Freude in der Stimme nennen.«

Er wandte sich händereibend ab. »Bereiten wir uns vor. Ich werde dich *El Abrazo* vorstellen – dem ›Umarmer‹.«

Er zog theatralisch die Baumwollhülle ab. Ich starrte mit morbider Faszination darauf. Es ähnelte einem großen Holzfaß, das der Länge nach aufgeschlitzt und auf ein Gestell montiert war. Seine dunkle Oberfläche war von glänzenden Metallstiften in jeweils acht Zentimetern Abstand unterbrochen. Von den Ecken hingen Lederriemen herab. Er strich liebevoll mit der Hand darüber.

»Das ist nicht die natürliche Farbe des Holzes. Es wurde vom Blut Hunderter befleckt. Männer, Frauen, sogar Kinder. Vargas pflegte zuzuschauen ... manchmal beteiligte er sich aktiv. Aber er war nicht gut. Zu ungeduldig. Ich bin nicht ungeduldig, Schwein.«

Er holte die schwarzen Stoffrollen, legte sie über die Stifte und überlegte: »Wie schade, daß dein Blut nicht zu der Tönung beitragen darf ... Wie gern würde ich dein Blut fließen sehen. Wenn ich Spuren an deinem Körper hinterlassen dürfte, würde ich einen Käfig mit hungrigen Ratten an deinen Arsch binden. Sie würden sich durch dein Rektum und deinen Hintern in die Gedärme durchnagen und dich von innen auffressen. Du wirst jetzt nicht bluten, aber ich verspreche dir, es wird nicht bequem sein, auf *El Abrazo* zu reiten. Ihr beide werdet euch gut kennenlernen.«

Meine Glieder erstarrten vor Angst. Selbstverständlich hatte die geistige Folter bereits begonnen. Er steigerte die Angst zum Entsetzen. Er ging zur Tür, öffnete sie und winkte. Es folgte eine kurze, geflüsterte Unterhaltung. Dann wandte er sich grinsend um. Er entnahm dem Leinensack eine schwarze Metallschachtel, aus der drei Drähte heraushingen. Einer endete in einem Stecker. Die beiden anderen waren länger und dicker und jeder war an einer silberfarbenen Krokodilklemme befestigt.

Immer noch grinsend hob er den Apparat hoch, damit ich ihn sah. Seltsam klar erkannte ich den einzigen Schalter und die Skala mit den abgestuften Farben; die Sektoren waren gelb, blau, grün und rot.

»Exzellenz, ich stelle Ihnen *El Rompecabezas* vor – den *Kitzler*.« Er wies mit dem Kinn auf das Faß. »*El Abrazo* und *El Rompecabezas* sind Partner. Der eine umarmt liebevoll –, der andere kitzelt.« Er legte die Schachtel vorsichtig auf den Tisch und deutete darauf. »Der Schalter schaltet den Strom ein. Die Skala ist ein Regelwiderstand. Der gelbe Bereich gibt mäßigen Strom ab. Er wird über blau zu grün stärker. Rot ist für gewöhnlich tödlich.« Er lächelte. »Diesmal werden wir vom gelben Sektor bis zum blauen hinaufgehen. Das nächste Mal gehen wir höher – viel höher.«

Ich war inzwischen geistig wie betäubt. Ich hoffte schmerzlich, daß das Ganze nur ein sich langsam steigernder Bluff war, der mich zum Sprechen bringen sollte; aber die Hoffnung schwand rasch. Das alles gehörte zur Folter.

Er schloß die Schachtel gerade an, als es an der Tür klopfte. Ein Wächter kam mit einer großen, getigerten Katze herein. Ich erkannte sie, sie gehörte Mrs. Walsh. Sie hatte sie aus den Staaten mitgebracht. Ihre Vorder- und Hinterbeine waren mit Stoff gefesselt. Der Wächter reichte sie Fombona, blieb dann an der Tür stehen und sah interessiert zu. Fombona hielt sie sanft fest, kitzelte sie hinter dem Ohr und murmelte leise. Sie entspannte sich sichtlich. In dem kleinen Raum hörte ich, wie sie schnurrte.

»Eine kleine Demonstration.« Fombona beobachtete mich genau.

Als Jorge tot in meinen Armen lag, hatte ich beschlossen, kein einziges Wort zu äußern. Ich wußte, was kam, doch er würde nicht die Genugtuung haben, auch nur einen einzigen Laut von mir zu hören.

Mit der Katze in einer Hand und den beiden dicken grauen Drähten in der anderen trat er zum Faß. Er legte die Katze vorsichtig auf die gekrümmte schwarze Oberfläche und kitzelte sie wieder hinter dem Ohr. Sie blieb ruhig liegen, während er vorsichtig die Krokodilklemmen befestigte. Eine an der Spitze ihres Ohres, die andere an ihrem Schwanz. Er ging zur Schachtel zurück und stellte den Zeiger auf den Beginn des gelben Sektors ein. Seine Finger bewegten sich zum Schalter.

»Schau zu, du Schwein!«

Ich wollte die Augen schließen, konnte aber nicht. Ich hörte das scharfe Klicken des Schalters. Die Katze fuhr mit einem Ruck hoch, ihre Haare waren gesträubt wie ein Igel, und sie stieß einen schauerlichen Schrei aus. Sie rollte über die Seite des Fasses hinunter, als Fombona schnell den Zeiger in die rote Zone brachte. Sie war so steif, daß sie vom Boden abprallte, dann blieb sie regungslos liegen. Fombona schüttelte den Kopf.

»Solche Geräusche kann ich mir nicht erlauben. Die anderen Geiseln könnten einen falschen Eindruck bekommen.«

Er klopfte zufrieden auf die Schachtel. »Aber *El Rompecabezas* funktioniert gut und wartet geduldig darauf, deine Bekanntschaft zu machen.«

Er sah den Wächter an und machte eine Handbewegung. Der Mann ging um das Faß herum, löste die Katze von der Klemme und packte sie am Schwanz. Sie baumelte grotesk herunter, als er sie hinaustrug. Der Geruch von versengten Haaren blieb zurück.

Fombona griff in den Sack und nahm mehrere Rollen Bandagen heraus, die er auf den Tisch legte. Dann zog er ein weißes Bündel heraus und rollte es auf. In meinem Geisteszustand verstand ich zuerst nicht, was es war. Dann schlüpfte er hinein – es war ein Arztkittel. Er lächelte mir zu und griff erneut in den Sack. Diesmal war es ein Stethoskop, das er sich grinsend um den Hals hängte.

»Doktor Carlos Fombona, zu Ihren Diensten, Exzellenz. Ich war tatsächlich ein Jahr lang Medizinstudent. Kein guter, aber ich habe etliches gelernt. Für einen Dreiundsechzigjährigen befinden Sie sich bei guter Gesundheit, aber manchmal kann *El Rompecabezas* das Herz durcheinanderbringen. Es wird Sie sicherlich freuen, daß ich das Ihre ständig überwachen werde.«

Er wies auf das Faß. Ich zwang meine Beine, sich zu

bewegen, und schob mich in eine Ecke. Ich hatte plötzlich eine Eingebung. Sie mußten mich zwingen. Ich würde mich wehren wie ein Wilder, und sie würden Male auf mir hinterlassen – Quetschungen, Prellungen. Es würden Beweise sein. Die Vergeltung würde die Schweine treffen. Ich ballte die Fäuste und duckte mich voller Wut und Angst. Fombona zuckte die Schultern und schrie einen Befehl.

Vier Mann drängten sich in die Zelle, und Fombona befahl scharf: »Wer eine Spur an ihm hinterläßt, folgt ihm auf den *El Abrazo.*«

Sie näherten sich vorsichtig. Einer von ihnen trug eine graue Decke lose über einem Arm. Sie waren sehr geübt. Ich nicht. Einer tat, als würde er nach meinem linken Handgelenk treten. Ich schlug nach ihm, traf aber nur Luft und verlor das Gleichgewicht. Dann herrschte Dunkelheit, als die Decke meinen Kopf einhüllte und Arme mich packten. Ich stieß mit den Füßen, traf jemanden, der vor Schmerz knurrte, dann umfaßten Hände meine Taille und die Knöchel, ich war hilflos, und die Angst wuchs.

Ich wurde hochgehoben und auf den Rücken gelegt. Ich spürte die Metallstifte unter den Stoffschichten und konnte mir den Schmerz vorstellen, wenn sie nicht gepolstert waren. Die Decke wurde weggezogen, es wurde hell, und Fombonas Gesicht hing grinsend über mir.

»Zuerst die Fußknöchel. Haltet ihn fest.«

Etwas wurde um meinen linken gewickelt.

»Bandagen«, bemerkte Fombona. »Sie werden verhindern, daß das Leder deine zarte Haut wundreibt.«

Etwas Belangloses fiel mir auf. Fombona, der normalerweise brummte und einsilbige Worte benützte, drückte sich jetzt klar aus. Seine Freude an den Vorgängen war daran schuld.

Ich rührte mich nicht, während sie meine Fußgelenke bandagierten. Es wiegte sie in Sicherheit, und als sie sich an meinem rechten Handgelenk zu schaffen machten, riß ich es plötzlich zu meinem Gesicht hoch, drehte den Kopf und biß tief in den Arm des Wächters, der mich festhielt. Er brüllte schrill, riß sich los und ließ Haut auf meinen Zähnen zurück. Er hob die andere Hand, und dann knirschte es, als Fombona ihm die Handkante ins Gesicht schlug. Der Mann schlug dumpf auf dem Boden auf. Fombona knurrte einen Befehl, und ich hörte ein schleifendes Geräusch, als sie ihn hinauszogen. Sie waren nicht mehr unbekümmert und beeilten sich mit dem Bandagieren. Ich keuchte vor Schmerz, als meine Arme über die Rundungen des Fasses nach hinten und unten gezwungen wurden, und Fombona murmelte: »Warte, du Schwein, warte nur!«

Dann wurden die Lederriemen an mir befestigt, und ich war gestreckt wie auf einer Folterbank. Nach wenigen Sekunden setzte der Schmerz ein, der sich von den Armen in die Schultern und über meine Brust und den Rücken ausbreitete. Fombona entließ die Wachen. Füße trampelten, und die Tür wurde geschlossen. Stille. Nun würde es geschehen. Der Schmerz in meinen Armen und Schultern war fast unerträglich. Verzweifelt versuchte ich meinen Geist auf das Kommende vorzubereiten. Ich hörte und spürte meine kurzen Atemzüge, die Stille verstärkte jeden Laut. Plötzlich war sein Gesicht über mir, und ich hatte nicht gehört, daß er näher gekommen war. Er mußte sich wie eine Katze bewegt haben. Die dadurch verursachte Assoziation beschleunigte meinen Atem. Ich dachte wieder an Solschenizyns These. Ich war schon tot. Ich hatte aufgehört zu existieren. Nichts spielte eine Rolle.

Das Ende des Stethoskops pendelte Zentimeter über meiner Nase hin und her. Es hypnotisierte mich. Dann bewegte Fombona sich, drückte das runde, flache Ende des Stethoskops mit seinen Fingern auf meine Brust. Eine schreckliche Parodie; er lauschte aufmerksam, bewegte es ein wenig und horchte wieder. Die Lippen in seinem breiten, dunklen Gesicht waren zusammengepreßt; die grausamen Augen konzentriert zusammengekniffen. Auf seiner Stirn standen kleine Schweißperlen unter dem Haaransatz. Er nickte bedächtig.

»Gut. Es schlägt rasch, aber kräftig. Ein gutes Herz. Es wird viel aushalten.«

Er verschwand aus meiner Sicht. Ich lauschte auf Geräusche, hörte aber nichts. Dann ein leises Schaben, und plötzlich wurde mein Kinn grob zurückgerissen, Finger bohrten sich auf beiden Seiten oberhalb des Kiefers in mein Fleisch und zwangen meinen Mund auf. Etwas Hartes wurde mir zwischen die Zähne und unter die Zunge geschoben. Ich würgte, als ich Gummi schmeckte.

»Ein Knochen für den Hund.« Seine Stimme war sehr leise, aber sehr deutlich. »Damit du dich nicht in die Zunge beißt – und um deine Schreie zu dämpfen. Jetzt beginnen wir.«

Er zog meinen Kopf an den Haaren hoch. Ich spürte, wie die Stoffstreifen unter meinen Ohren straffgezogen wurden und Finger an meinem Nacken herumfummelten, bis ein Knoten gebunden war. Der Gummi schmeckte widerlich. Ich konnte meinen Mund kaum bewegen und mußte durch die Nase atmen.

Eine weitere nervenzermürbende Pause. Ich schloß die Augen, kniff die Lider zusammen und betete um Kraft. Ich spürte etwas auf meinem Bauch, und meine Augen öffneten sich widerstrebend.

Er stand rechts von mir: weißer Mantel, das Stethoskop baumelte noch an seiner Brust. In der linken Hand hielt er die beiden dicken grauen Drähte. Ich zwang meinen Kopf nach oben. Er schwang die beiden Drähte langsam hin und her. Die Krokodilklemmen glitten über meinen Bauch. Ich blickte zu seinem Gesicht empor. Es war entsetzlich heiter.

Er bewegte sich, legte einen Draht quer über meine Brust und zog den anderen weiter nach unten. Ich ließ den Kopf zurücksinken und versuchte das Zittern meiner Glieder zu beherrschen. Ich spürte seine Hand auf meinem rechten Fuß und Metall an meiner großen Zehe. Ich stemmte mich gegen das Leder, und unerträgliche Schmerzen durchzuckten meine Arme und Schultern. Ich war festgehalten wie ein durchbohrter Schmetterling, ich war tot. Nichts war von Bedeutung.

Er stand neben meinem linken Arm. Die Metallklemme wurde an meinem Daumen befestigt. Ich rührte mich nicht. Wieder war er neben mir und sprach mit leiser, vertraulicher

Stimme. »Wir werden beginnen. Nur der gelbe Bereich. Bei späteren Sitzungen werden wir höher gehen. Vergiß das nicht. Die Klemmen sitzen an erträglichen Stellen. Später wird es anders sein. Sie werden an deinem Penis, deinen Lippen, deiner Zunge befestigt werden. Sogar in deinem After. Nach diesen Sitzungen wirst du wissen, daß diese erste nichts war.«

Seine Finger lagen auf meinem Körper; nur die Spitzen bewegten sich leicht über meinen Bauch und meine Brust, während er sprach; wie Schlangen, die über meine Haut glitten.

»Ich will jetzt keine Namen. Versuche nicht mir Namen zu nennen. Das soll dich nur mit *El Abrazo* und *El Rompecabezas* bekannt machen. Verdirb es nicht, indem du versuchst mir Namen zu nennen; warte auf das Klicken.«

Die Finger waren fort. Das Scharren eines Schuhs und dann Stille. Ich holte Luft und hielt sie an, hielt sie an, hielt sie an. Dann mußte sie wieder hinaus. Sie pfiff laut durch meine Nase – doch ich hörte das Klicken dennoch.

Nachdem der Schmerz vorbei war, war er eine Erinnerung an eine Millisekunde. Eine in einen Schrei eingeschlossene Erinnerung. Eine glühende, kalte Erinnerung. In Brasilien sah ich einmal, wie Gold geschmolzen wurde. Ein riesiger Bottich voll gelber, zähflüssiger Hitze. Jemand, der in einen solchen Bottich fiel, würde die gleiche letzte Erinnerung haben und Glück haben, wenn es die letzte war. Der Schrei endete. Ich spürte, wie er in meiner rauhen Kehle starb. Die ungeheure Erleichterung, daß der Schmerz aufgehört hatte, verstärkte die Erinnerung. Ich schluchzte in der Kehle. Ich spürte, wie meine Zähne sich in den Gummi gruben. Jeder Quadratmillimeter meines Fleisches schrie vor Entsetzen. Der geringere Schmerz, der folgte – die durch die Krämpfe gezerrten Muskeln – war eine Erleichterung, im Vergleich angenehm.

Dann beugte er sich über mich und legte mir die flache Seite des Stethoskops auf die Brust. Ich konnte nichts sehen. Der Schweiß brannte in meinen Augen. Ich drehte den Kopf und schüttelte ihn, versuchte mit dem Schluchzen aufzuhören. Er horchte mich lange ab, dann richtete er sich auf. Meine Augen wurden klar. Er lächelte, als wäre ich ein genesender Patient.

»Gut. Eure Exzellenz hat ein ausgezeichnetes Herz. Stark genug, um bis zum Grund der Hölle durchzuhalten ...«

Meine Haut kribbelte unwillkürlich unter seinen streichelnden Fingern.

»Diesmal hat es nur zwei Sekunden gedauert ... eine kleine Einführung. Das nächstemal wird es länger sein. Vielleicht fünf Sekunden, vielleicht zehn ... vielleicht länger ... Achte auf das Klicken.«

Ich versuchte meine Ohren zu verschließen. Ich wartete und wartete und wartete, mein Körper zitterte. Es kam laut wie ein Gewehrschuß. Dann wieder. Ein glühender Krampf – ein Schrei, der sich aufbaut, und dann Erleichterung. Ich hörte ihn kichern. Er war jenseits von Gut und Böse. Er wollte keinen Namen. Nur das Vergnügen.

Eine halbe Stunde lang folterte und quälte er. Der Schmerz entsprach der Erniedrigung. Einmal bespritzte er mich mit einem Wasser aus einem Eimer und erklärte mit seiner widerlichen, vertraulichen Stimme, wie es den Kontakt und die allgemeine Wirkung verbesserte. Er hätte den Charme eines neuen Parfums beschreiben können.

Als es vorbei war und sie meinen schlaffen Körper von dem Faß hoben, fiel er in sein vorheriges Verhalten zurück. Ich war wieder ein Schwein. Er sah zu, während sie mir Hände und Füße mit Stoff fesselten, und teilte mir mit, daß er mir eine nahrhafte Mahlzeit bringen lassen würde. Sie würden mich mit dem Löffel füttern. Wenn ich mich weigerte, würden sie mir einen Schlauch in die Speiseröhre stecken und mich zwangsernähren. Ich sollte bei Kräften bleiben. Er teilte mir höhnisch mit, daß der nächste Tag der zwanzigste war – der zwanzigste Tag des Kubaners. Wo der Kubaner versagt hatte, würde er Erfolg haben. An diesem Tag würde ich zu *El Abrazo* gebracht werden und dort bleiben. Ich würde ihn tot verlassen – nachdem ich gesprochen hatte. Er nahm eine

Plastikschachtel aus dem Leinensack und zeigte mir den Inhalt – eine Injektionsnadel glitzerte auf einer Watteschicht.

»Das ist deine Erlösung, du Schwein. Das ist deine Fahrkarte aus der Hölle. Morgen um diese Zeit wirst du darum bitten.«

Ich nahm die Nahrung zu mir. Eine nahrhafte Gemüsesuppe mit Fleisch. Die Wachen hatten Befehl, kein Wort mit mir zu sprechen. Es war eine Erleichterung. Keine Worte von ihnen. Keine Worte von mir.

Ein Wächter saß auf einem Stuhl an der Tür. Sie ließen mich nicht aus den Augen. Ungefähr alle zwei Stunden war Ablösung. Fombona läßt es nicht darauf ankommen, daß ich mich selbst verletze.

Ich erwachte vor etwa einer Stunde und war erstaunt, daß ich eingeschlafen war. Jetzt bedaure ich, daß ich nicht länger geschlafen habe. Ich liege auf dem Strohsack in der Mitte des Raumes, der schweigende Wächter sitzt zweieinhalb Meter von mir entfernt. Mein Körper schmerzt – pocht. Jeder rhythmische Pulsschlag sendet die Botschaft ins Gehirn: »Nicht noch einmal! Nicht das noch einmal!«

Durch das vergitterte Fenster fällt schwaches Licht. Er wird bald wiederkommen. Aussichtslos versuche ich an etwas anderes zu denken, doch immer verdrängen das Faß, die Schachtel und die Drähte andere Gedanken. Ich durchlebe Momente rasender Verbitterung. Zuerst versuchen sie mich zu töten – dann lassen sie mich hier einfach allein. Um Himmels willen, wir haben über drei Millionen Männer in unseren Streitkräften. Warum können nicht wenigsten ein paar von ihnen hierherkommen? Was zum Teufel treiben sie?

Die Momente der Verbitterung kommen und gehen. Auch Momente tiefsten Selbstmitleids. Und wenn ich die Gedanken an die bevorstehende Folter verdrängen kann, blicke ich voll Verbitterung und Selbstmitleid auf mein Leben zurück. Was für eine Farce von Leben! Fast ganz vergeudet. Für mich war ein tadellos gebügelter Anzug wichtiger als ein liebevoller Gedanke; eine Tasse ausgezeichneten Kaffees schätzte ich mehr als menschliche Gefühle, einen hervorragenden Wein mehr als Liebe. Zu spät. Der zwanzigste Tag ist angebrochen.

Mein Herz erbebt beim Geräusch der aufgehenden Außentür. Aber die Schritte im Büro sind nicht die seinen. Ich kenne seine Schritte gut. Die Tür geht auf, und ein Wächter kommt mit einer Schale und einem Löffel herein. Der andere Wächter schiebt mich zum Sitzen hoch, sie hocken sich neben mich und füttern mich mit dem Löffel wie ein Kind. Ich schlucke unter Schmerzen, aber geistesabwesend. Meine Kehle ist noch rauh vom Schreien. Das Schreien ist automatisch ... psychosomatisch ... gedankenlos. Ich versuche, mich mit der bevorstehenden Qual abzufinden, den Tod zu akzeptieren. Ich ordne geistige Bausteine in meinem Gehirn, um eine Festung zu schaffen, in der ich mich dem Tod stelle. Die Bausteine sind ein Puzzle. Kenne ich jemanden, der tatsächlich dem Tod ins Auge geblickt hat? Mit dem letzten Löffel voll ordnen sich die Bausteine ein – das Puzzle ist fertig – Jorge. Ich werde dem Tod gegenübertreten wie Jorge!

»Fombona hat gesagt, daß er bald kommen wird. Hab nur Geduld.«

Der hockende Wärter grinst mich an. Er wird keine Worte von mir zu hören bekommen. Ich werde so sein wie Jorge. Ich räuspere mich und spucke ihm den Speichel direkt in das Affengesicht.

Er springt mit einem Fluch auf und holt mit seinem schwarzen Stiefel aus. Ich rühre mich nicht, während der andere Wächter schreit: »Nein! Fombona!«

Langsam senkt sich der Stiefel. Er blickt auf das Faß und dann auf mich, streicht sich mit der Hand über das Gesicht, und in seiner Stimme liegt blanker Haß.

»Ich bete um deinen Schmerz – möge der Tod ein langsamer Bote sein!«

Was hätte Jorge getan? Ich lächle ihm zu und nicke wie zum Dank. Er wendet sich ab, hält die Schüssel fest, und seine Augen sind verwirrt. Ich spüre die Macht und begreife sie. Das Geheimnis ist, besser zu sein – dem, der dich bedroht oder peinigt, überlegen zu sein. Das war Jorges Geheimnis.

Er glaubte daran, bis ihn die Hexe vernichtete. Ich werde jetzt daran glauben. Keine Hexe wird es vernichten – und kein Ungeheuer in Gestalt von Fombona. Wenn ich sterben muß, dann werde ich so sterben wie Jorge: mit Verachtung für die Unterlegenen, die mich foltern.

Er läßt mich mehrere Stunden allein – ich kann sie nicht zählen. Die Wächter wechseln häufig. Er glaubt, daß er meinen Geist foltert. Er irrt sich. Meine Festung ist fertig. Ich bin nicht mit mir ins reine gekommen, aber ich habe keine Angst mehr. Seine geistige Macht ist geschwunden. Als ich schließlich Schritte höre, schiebe ich mich in sitzende Stellung und blicke zur Tür. Sie geht auf, und als unsere Blicke einander begegnen, sende ich ihm eine stumme Botschaft. »Kein einziges Wort, du Haufen Dreck.« Er bleibt stehen, als empfange er meine Botschaft, dann geht er weiter, gefolgt von seinen Kumpanen. Ich wehre mich nicht, als sie mich aufheben, doch es gelingt mir, meine Knie hochzuziehen. Während sie mich zum Faß transportieren, schnelle ich die Füße vor. Einer der Halunken war nachlässig. Meine Fersen bohren sich in seine Hoden, und er bricht mit einem Schrei zusammen. Fombona lacht, und ich lächle ihm zu. Sein Lachen schwindet, und er wirkt ratlos. Ich bin überlegen. Jetzt hüten sie sich vor meinen Füßen und Zähnen. Sie bereiten mich auf den Tod vor, aber sie hüten sich vor mir. Selbst als ich auf das Faß gefesselt bin, passen sie auf. Wenn du mich sehen könntest, Jorge, würdest du vor Stolz lachen.
Wir sind allein. Der Gummi steckt zwischen meinen Zähnen. Er zeigt mir ein Messer und tritt zurück. Ich hebe den Kopf an und sehe zu, wie er meine Shorts zerschneidet. Ich bin nackt. Er schaut mich an, und ich erwidere seinen Blick ruhig. Einen Moment lang verschwindet er aus meinem Gesichtsfeld, dann erscheint er mit den Krokodilklemmen wieder, an denen die dicken grauen Drähte hängen. Ich spüre seine Finger auf meinem Penis, dann das Metall. Er lacht. »Kümmerlich, sehr kümmerlich. Wir werden ihn munter machen.«

Keine Worte. Ich sehe ihn nur an.

Er befestigt die zweite Klemme an meiner Unterlippe. Wieder verschwindet er aus meiner Sicht. Ich höre das Scharren des Eimers, und gleich darauf kommt der Schock, als sich das Wasser über mich ergießt.

Ich zwinkere es aus den Augen und schnaube es aus der Nase. Jetzt steht er über mir. Wieder die Chamäleonverwandlung. Seine Stimme ist sanft, fast verführerisch. »Exzellenz, es ist der Mittag des zwanzigsten Tags. Jetzt geht es weiter, bis Sie die Nadel verlangen. Ohne Pause. Wir beginnen beim blauen Sektor. Ich werde immer wieder den Gummi herausnehmen. Sie haben fünf Sekunden Zeit, um die Nadel zu verlangen – dann geht es weiter. Wir werden später in die grüne Zone übergehen. Ich verspreche Ihnen, Exzellenz, daß Sie gegen Mitternacht die Nadel verlangen werden.«

Noch einmal streicheln seine Finger meinen Körper, aber meine Haut zuckt nicht zusammen; ich bin überlegen. Er entfernt sich und sagt: »Horchen Sie auf das Klicken, Exzellenz.«

Ich mache mit bereit. Ich lausche auf nichts. Ich versuche mir Jorge vorzustellen, wie er mich von der Ecke aus beobachtet. Du hättest mich davor bewahrt, Jorge. Sieh zu, wie ich es ertrage.

Das Klicken explodiert in meinem Gehirn: Agonie, Agonie, Agonie! Ein Leben in einem Schmelzbottich. Ein nie endender Schrei!

Vorbei. Mein Körper zittert unbeherrscht, mein Geist schreit. Tausendmal schlimmer. Millionenmal. Was kann stärker sein als diese Qual? Durch den Nebel sehe ich Fombona, der über mir kauert und durch seine Schläuche mein wild pochendes Herz abhorcht. Er richtet sich auf. Der Nebel verdunstet. Er nickt zufrieden. »Ausgezeichnet. Es wird dich mit Leichtigkeit durchs Grüne bringen. Vielleicht sogar etwas ins Rot. Horche auf das Klicken.« Er entfernt sich.

O Gott, Jorge, was würdest du jetzt denken?

Ich weiß es. »Hol dich der Teufel, Solschenizyn!«

USS Nimitz – *20. Nacht*

Man erzählte von Mae West, sie habe, als sie in New York an Bord der *Queen Mary* ging, den Kapitän gefragt: »Wann erreicht dieser Ort Europa?«

Ich bekomme das gleiche Gefühl, wenn ich mich auf einem der großen Flugzeugträger befinde. Ich stehe auf einer Stadt mit über sechstausend Einwohnern. Beim Dinner fragte ich einen Marineoffizier, wie er Laien einen Begriff von der Größe des Flugzeugträgers vermittelt. Er antwortete ernsthaft: »Ich sage ihnen einfach, daß unsere Bäckerei dreitausend Laib Brot am Tag herstellt. Dann bekommen sie eine gewisse Vorstellung.«

Ich stehe neben dem zusammengeklappten Flügel einer *Tomcat*. Es ist eine dunkle Nacht, kurz nach elf Uhr. Auf den Flugdecks herrscht kaum Aktivität. Ich bin heraufgekommen, um eine Weile allein zu sein und meine Enttäuschung unter Kontrolle zu bringen. Sie hämmert in mir wie ein verdammter Specht. San Carlo und die Botschaft sind zwölf Meilen entfernt. Ich blicke hinüber und schwanke ein wenig in den von Olga verursachten Böen. Sie schleicht nach Süden. Ich unterdrücke den Wunsch, wieder die meteorologische Station aufzusuchen. Diesen Burschen gehe ich allmählich auf die Nerven. Aber das Alleinsein hilft mir in meiner Frustration auch nicht. Sie laden eine *Tomcat* in den Backbordfahrstuhl, also gehe ich hinüber und fahre zum Hangar hinunter.

Die große Höhle ist von Lärm und Bewegung erfüllt. Dort arbeiten Mechaniker an einigen A 6 und andere an einer Sikorsky *Sea King*. Die Ultraleichten stehen in drei Gruppen am anderen Ende. Sie sehen aus wie ein Schwarm schwarzer Krähen, die sich zwischen Adlern und Falken zusammendrängen, um Schutz zu suchen. Meine Stiefel klappern auf dem Stahlboden, die Mechaniker blicken auf und beobachten, wie ich vorbeimarschiere. Auf die Ultraleichten werden zusätzliche Schallschlucker montiert, und ich bin froh, als ich einen großen Teil meiner Jungs, einschließlich der vier Staffelführer, entdecke. Newman und Allen sind auch da, sie tragen Ölzeug und amüsieren sich königlich. Ich nicke Greg Bobson zu, dem Chefingenieur des Schiffes, und bemerke: »Ein wenig anders als das, was Sie gewohnt sind.«

Er grinst. »Und ob, Oberst. Ich habe noch nie zuvor so ein Ding gesehen, aber ich muß sagen, daß sie technisch wirklich gut sind.«

Newman nimmt einen schweren runden Gegenstand von einer Bank, wiegt ihn in der Hand und sagt: »Nur Ablenkplatten und eine Expansionskammer, aber es funktioniert traumhaft und wiegt weniger als zwei Kilo. Niemand wird euch hören. Greg und seine Jungs haben wunderbar gearbeitet. Wenn Sie jemals wieder ins Zivilleben zurückkehren, arbeiten Sie für uns – hören Sie.«

Dobson antwortet bescheiden: »Wir haben Zugang zu einigen wirklich leichten Legierungen – kommt, wir wollen die letzten fertig machen.«

Während er sich umdreht, brüllt es aus dem Lautsprecher: »Alle herhören, alle herhören, Oberst Slocum soll sich in der Kabine des Admirals melden.«

Die Nachricht wird wiederholt, während ich zum Fahrstuhl laufe. Ich gehe durch ein Labyrinth von Korridoren und bin etwas besorgt. Admiral George J. Barnet könnte ein geklonter General Matthew Grant sein und hat bei unserer ersten Besprechung den Eindruck gemacht, daß meine Anwesenheit und die meiner Männer und unserer Flugmaschinen ihm heftige Schmerzen verursacht. Was will der Kerl jetzt von mir?

Der leitende meteorologische Offizier sitzt auf einem Stuhl vor der Kabine und hält den Diagrammkasten zwischen den Knien.

»Was ist los?«

Sein Ausdruck besagt: »Keine Ahnung.« Ich klopfe an die Tür, jemand bellt »Herein«, und ich trete ein.

Der Admiral sitzt am Kopfende des Tisches. Der Kapitän der *Nimitz* befindet sich links von ihm, und neben ihm der stellvertretende Kommandant. Al Simmons sitzt rechts vom Admiral. Sie haben äußerst ernste Gesichter. Der Admiral zeigt auf einen Stuhl am Tisch. Ich setze mich und werfe Al einen besorgten Blick zu. Der seufzt und sagt zum Admiral: »Gestatten Sie, daß ich es erkläre.«

Der Admiral sieht nicht gerade glücklich aus, nickt aber. Ich bin plötzlich erleichtert, weil Al durch seine drei Sterne ranghöher als der Admiral ist. Vor ihm liegt ein Stoß von Meldungen. Er sieht sie einen Moment lang durch und seufzt wieder. »Silas, es hat eine Entwicklung gegeben ... eine bedrohliche Entwicklung. Wie Sie wissen, verfügt die CIA in San Carlo über starke Präsenz. Die Berichte strömen jetzt wieder zahlreicher nach Langley. Wir beobachten einen großen Teil der offiziellen Gebäude in der Stadt. Vorgestern morgen wurde ein offener Lieferwagen registriert, der in das Polizeigebäude an der Avenida de Santanda fuhr. Er wurde mit einem großen und mehreren kleinen Gegenständen beladen. Zum Glück wurde der große Gegenstand fotografiert, bevor er mit einer Plane abgedeckt wurde. Er wurde vor wenigen Stunden als Folterinstrument identifiziert, das in dieser Gegend als *El Abrazo* – der Umarmer – bekannt ist. Die Opfer werden auf sehr schmerzvolle Art darauf gefesselt und dann gefoltert.«

Er macht eine Pause und nimmt einen Schluck Wasser. Mich überläuft es kalt.

»Wir überwachen auch die Kaserne, von der der Lieferwagen zur Botschaft fährt. Der Wagen mit *El Abrazo* fuhr direkt zur Kaserne, wurde an die Hinterseite des Lieferwagens manövriert, und die Gegenstände wurden umgeladen.« Er trinkt wieder einen Schluck Wasser, greift nach einer Meldung, liest einen Moment und fährt fort. »Wir haben die Botschaft unter umfassender Satellitenüberwachung. Analytiker der CIA haben heute morgen die Fotos durchgesehen. Der Lieferwagen fährt normal ohne Stop zum Kanzleigebäude und lädt dort ab. An diesem Morgen wurde er fotografiert, als er rückwärts an die Wachhaustür heranfuhr. Mehrere Männer wurden aufgenommen, während sie einen großen Gegenstand darauf entluden. Er entspricht in der Größe *El Abrazo*.«

Stille herrscht, während ich versuche die Information zu verdauen. Dann fährt Al bedrückt fort.

»Unsere Analytiker schließen daraus, daß es zu neunzig Prozent wahrscheinlich ist, daß unser Botschafter in San Carlo zur Zeit gefoltert wird. In diesem Fall steht es hundertprozentig fest, daß der Folterer der Führer der sogenannten militanten Studenten, ein gewisser Carlos Fombona, ist. Er ist ein Experte und als Sadist bekannt. Der Nationale Sicherheitsrat hält eine Sitzung ab und wartet auf unsere Empfehlungen.«

Einen Augenblick lang denke ich an Komlosy in dem grauen Raum, und dann übermannt mich beinahe die Wut. Wie können die Schweinehunde das meinem Mann antun? Mein Mann! Klar denke ich auch an die anderen, aber dieser Peabody ist etwas verdammt Besseres. Zuerst beschimpfen und demütigen sie ihn. Dann stellen unsere gottverdammten Nervenärzte fest, daß er der geborene Verlierer ist. Dann versuchen unsere eigenen Idioten den armen Teufel zu vergiften. Jetzt wird er gefoltert, verdammt noch mal! Er ist nur ein Dutzend Meilen von uns entfernt. Niedergeschlagenheit will sich breitmachen, doch sie vergeht, als mir klar wird, was ich zu tun habe. Jetzt ergreift der Kapitän das Wort.

»Ich verstehe einfach nicht, warum sie das tun? Warum sie das Risiko eingehen? Sie müssen sich doch über die Folgen klar sein.«

Simmons antwortet kurz: »Sie haben zwingende Gründe dafür, aber die kennen wir nicht. Unsere Analytiker nehmen an, daß sie einen natürlichen Tod des Botschafters vortäuschen werden. Es ist –«

Ich unterbreche ihn entschieden: »Wir holen ihn also raus – sofort!«

Der Admiral verzieht das Gesicht. »Sie vergessen den Hurrikan Olga und die damit verbundenen Wetterbedingungen dort draußen, denen Ihre komischen Apparate kaum gewachsen sein dürften.«

»Wir machen es auf jeden Fall. Es werden genügend Leute

durchkommen, um den Job durchzuführen.«

Er zuckt zynisch die Schultern. »Das hoffen Sie.«

Ich beuge mich vor, um einige passende Worte anzubringen, doch Simmons unterbricht mich scharf.

»Oberst! Zuerst prüfen wir rasch alle Aspekte... dann schicken wir dem NSC eine Empfehlung, der sie an den Präsidenten weiterleitet, damit er eine entsprechende Verfügung erläßt.« Er wendet sich dem Admiral zu. »Wir brauchen von Ihrem Meteorologen einen Bericht über den neuesten Stand.«

Der Admiral nickt, und während sein Stellvertreter den Meteorologen holt, sage ich: »Ich möchte Newman und Allen dabeihaben.«

»Zivilisten?« kläfft der Admiral ungläubig.

Der gute alte »Das-ist-mir-scheißegal«-Simmons antwortet an meiner Stelle.

»Sie sind die besten Fachleute der Welt für diese Apparate, Admiral Barnet. Sie sind mit allen Aspekten der ›Operation Vampir‹ vertraut – und sie befinden sich auf Anordnung des Präsidenten auf diesem Schiff.«

Sein normalerweise fröhliches Gesicht ist so hart wie seine Stimme. Barnet starrt ihn an, zuckt dann die Schultern und nickt. Während der Meteorologe Platz nimmt und seine Tabellen herausholt, hebt der Stellvertretende den Telefonhörer ab und erteilt einen Befehl.

Sie treffen nach etwa drei Minuten ein. Ich bin erleichtert, weil sie die öligen Overalls ausgezogen haben, sie sehen aber in den Jeans und den zerknitterten Hemden immer noch schmuddelig aus. In dieser Kabine wirken sie so fehl am Platz wie Ersatzbräutigame bei einer Hochzeit. Sie setzen sich erwartungsvoll hin. Newman sagt »Hi« zum Admiral, der das Gesicht schmerzlich verzieht. Der Kapitän, ein großer Kerl, versucht nicht zu lächeln. Während ich sie rasch in die Situation einweihe, werden ihre Gesichter ernst. Dann kommt der Meteorologe mit seinen Wetterkarten an die Reihe.

»Olga ist rund, dick und wütend. Obwohl sie etwa hundert-

233

achtzig Meilen südlich von uns auf der Lauer liegt, verlaufen die Linien ihrer äußeren, kreisenden Winde über unsere Position. Sie schwanken zwischen vierzig Knoten bis zu Böen mit beinahe sechzig Knoten.«

Allen und Newmann beginnen ihm Fragen zu stellen. Er gerät durcheinander. »Nun ja, durch das Hoch über Nordbrasilien könnte sie nach Süden driften... aber vielleicht auch nicht. Die Wetterverhältnisse über dem östlichen Atlantik könnten sie beeinflussen.«

Sie beugen sich beide über die Karte. Newmann fährt mit dem Finger über unsere Position und dann die Küstenlinie von San Carlo entlang. Er wirft Allen einen Blick zu, der nickt und murmelt: »Ja, aber verdammt knapp.«

Sie setzen sich wieder, und der Admiral fragt: »Also?«

Newman holt tief Atem und beginnt. »Unsere Ultraleichten würden normalerweise bei konstanten Windgeschwindigkeiten über vierzig Knoten nicht eingesetzt werden. Hier beträgt die Windgeschwindigkeit bis zu sechzig Knoten. Ich nehme an, daß Olga nach Südwesten zum brasilianischen Hoch treiben wird... aber langsam. Es könnte zwei, sogar drei Tage dauern, bevor der Wind schwächer und regelmäßiger wird. Doch es gibt einen Faktor, der für uns spricht. Der Wind weht gelegentlich zum Land.« Er blickt den Kapitän an. »Stimmt es, daß Sie diesen Eimer auf sechsunddreißig Knoten bringen können?« Der Kapitän nickt lächelnd. Newman erwidert das Lächeln. »Okay, dann fahren Sie unter dem Wind; aber selbst wenn wir den richtigen Augenblick für den Start erwischen, wird es sehr gefährlich sein.« Er schaut mich an. »Dann sieht der Plan wegen des russischen Spionageschiffs, das da draußen liegt, vor, daß die Männer die ersten fünf Meilen dicht über den Wellen fliegen und daß die *Nimitz* zwischen ihnen und dem Russen liegt, um deren Radar abzublocken.« Er schüttelt den Kopf. »Die Wellen draußen werden alle möglichen Turbulenzen verursachen. Wenn die Konzentration auf diesen fünf Meilen einen Sekundenbruchteil lang nachläßt, schwimmt ihr... falls ihr den Aufprall überlebt. Dann steigt ihr. Mit diesem Wind im Rücken erreicht ihr eine

Oberflächengeschwindigkeit von etwa fünfundsiebzig Meilen pro Stunde. Das verbessert das Gleitverhältnis. Es wird etwa bei fünfzehn zu eins liegen. Ihr müßt also nur auf – sagen wir – tausendvierhundert Meter, aber selbst bei dieser Höhe fahrt ihr auf einer Berg- und Talbahn.« Er verzieht das Gesicht. »Und dann die Landung – umzäuntes Gelände. Ihr müßt gegen den Wind landen. Wenn ihr im falschen Moment eine Böe erwischt, werdet ihr herumgewirbelt wie eine Feder. Ihr könnt vom Start bis zur Landung Leute verlieren.«

Der Admiral mischt sich ein. »Würden Sie es wagen, Newman?«

Allen beginnt zu lachen. »Sie kennen diesen Idioten nicht, Sir. Wenn ihn jemand herausfordert, würde er durch Olgas Zentrum fliegen und dabei Saxophon spielen.«

Simmons übernimmt das Wort. »Mit welchen Verlusten würden Sie rechnen, Larry? Nennen Sie mir einen Prozentsatz.«

»Das ist unfair, Al.«

Simmons schüttelt den Kopf. »Wir müssen Entschlüsse fassen ... Die Situation ist sowohl für den Vampir-Trupp als auch für unseren Botschafter unfair. Nennen Sie mir einen Prozentsatz.«

Newman und Allen schauen sich an. Quälendes, langes Schweigen folgt. Dann sagt Newman, ohne Allen aus den Augen zu lassen: »Sie sind gut. Verdammt gut, die meisten von ihnen ...«

Der ruhige, zurückhaltende Allen fügt sachlich hinzu: »Zwischen vierzig und fünfzig Prozent.«

Newman dreht sich traurig zu mir um und nickt.

Allen fährt fort: »Und ich würde weder Brand noch Kerr fliegen lassen ... auf keinen Fall. Die anderen sind Naturtalente. Die beiden sind nur durch intensives Training Könner geworden.«

Jetzt wird Simmons energisch. »Sie müssen also damit rechnen«, sagt er zu mir, »daß Sie die Hälfte Ihrer Leute verlieren, bevor Sie die Anlage erreichen. Dann bleiben Ihnen zehn Mann.«

»Nein, Al. Ich habe fünf Reservisten, und ich werde sie mitnehmen. Wenn ich Brand und Kerr hierlasse, habe ich beim Start dreiundzwanzig und mindestens elf oder zwölf in der Botschaft. Das genügt. Wir haben es einkalkuliert. Es geübt.«

»Verlassen Sie sich nicht darauf, Silas. Wenn die Starterlaubnis gegeben wird, dürfen es nur Freiwillige sein.«

»Verdammt, nein, Al.« Ich muß aufstehen – und meine Stimme erheben. »Wenn ich ihnen befehle zu fliegen, werden sie fliegen, verdammt noch mal!«

Er ist ebenfalls aufgesprungen, seine Augen und die Sterne auf seinen Epauletten glitzern. »Setzen Sie sich, Oberst.«

Es ist still, während wir uns anstarren. Der Admiral entläßt plötzlich den Meteorologen. Während er seine Tabellen einsammelt und zur Tür geht, sinke ich auf den Stuhl zurück. Simmons bleibt stehen. »Larry, Bryan, ich wäre euch dankbar, wenn ihr eine Weile draußen warten würdet.«

»Sicherlich, sicherlich.«

Als sich die Tür hinter ihnen schließt, fällt er über mich her. Der Kerl ist wirklich wütend.

»Hören Sie zu, Sie übergeschnappter Scheißkerl. Für wen halten Sie sich? Ihr Kopf wird langsam schon so groß wie Ihr Arsch. Sie verwechseln mich wohl mit einem Scheißunteroffizier. Vergessen die verdammten Sterne! Vergessen das Kriegsgericht! Reden Sie noch ein einziges Mal so, und ich trete Ihnen Ihre Eier in Ihren verdammten Schädel – wo sie hingehören! Verstanden, Oberst Slocum?«

Ich habe verstanden. »*Yessir!*«

Die hohen Marineoffiziere sehen sich verblüfft und verwirrt an. Annapolis ist das nicht! Ohne den wütenden Blick von mir abzuwenden, setzt sich Simmons langsam wieder hin. Der Admiral hüstelt diskret, und Simmons starrt ihn an. Der Kapitän studiert seine Fingernägel. Der Stellvertretende betrachtet ein Fleckchen auf dem Tisch. Simmons atmet ruhiger. Er wendet sich dem Admiral zu.

»Okay. Ich werde das Weiße Haus anrufen und die Situation dem NSC darlegen. Bei den voraussichtlichen Verlusten kann es sich ausschließlich um eine freiwillige Operation handeln.« Ohne mich anzusehen, knurrt er: »Ich nehme an, der Affe dort drüben meldet sich freiwillig.«

»*Yessir.*«

Liegt die Andeutung eines Lächelns auf dem langen Gesicht? Wenn ja, ist es schon verschwunden. Er fragt mich scharf: »Und wenn Sie, bevor Sie das Botschaftsgelände erreichen, Verluste von sechzig oder siebzig Prozent erleiden, was dann? Dann verfügen Sie nicht mehr über die erforderliche Mindestanzahl. Wenn Sie dann trotzdem weiteroperieren, könnten Sie jeglichen weiteren Versuch unmöglich machen.«

Meine Gedanken rasen.

»Kein Problem, Sir. Eine Minute, bevor wir die Botschaft erreichen, unterbrechen wir die Funkstille. Selbst wenn sie unsere Funksprüche abfangen, werden sie die Leute auf dem Gelände nicht warnen können, bevor wir drinnen sind. Wir werden zählen. Wenn wir weniger als zehn sind, drehen wir um und versuchen den Flugzeugträger zu erreichen... oder wir landen im Meer.«

Er wirft mir einen sehr scharfen Blick zu. Ich erwidere ihn.

»General Simmons. Wenn wir weniger als zehn sind, machen wir kehrt.«

Noch ein langer Blick, dann wendet er sich wieder dem Admiral zu. »Okay. Dann schlage ich vor, daß wir, falls wir grünes Licht bekommen – und falls wir genügend Freiwillige auftreiben, so früh wie möglich heute nacht aufbrechen.«

Er wartet auf eine Antwort. Der Admiral ist ein wenig verwirrt. Er blinzelt ein paarmal. »Hm, ja. Sie glauben nicht, daß sie etwas anderes versuchen sollten?«

Simmons schüttelt den Kopf. »Nein, sie werden bestimmt die ›Delta‹-Leute alarmieren und sie vielleicht sogar morgen zur Unterstützung einfliegen. Aber wegen der besonderen Umstände und der nationalen Sicherheit werden sie es mit der Operation ›Vampir‹ riskieren. Könnte ich jetzt mit dem Weißen Haus verbunden werden?«

Der Admiral winkt dem Kapitän, der ein blaues Telefon, das vor ihm steht, abhebt. Nach weniger als einer Minute spricht Simmons mit Komlosy. Er legt die Situation wunderbar knapp dar. Dann beantwortet er ein paar Fragen.

»Ja, Mike.« Er verdreht die Augen. »Ja, man kann sagen, daß Slocum den Einsatz unbedingt durchführen will ... Ich weiß nicht, wir werden es in wenigen Minuten herausfinden ... ja, sobald sie sich fertig gemacht haben ... wie ich sagte, vierzig bis fünfzig Prozent ... gewiß ... muß ein freiwilliger Einsatz sein ... Ich bleibe dran ...« Er deckt die Sprechmuschel ab und wendet sich an alle Anwesenden: »Der Präsident befindet sich im Lageraum. Wir werden die Entscheidung demnächst bekommten. Oberst, er will wissen, wie bald Sie aufbrechen können.«

Ich frage den Kapitän. »Steuern Sie noch die Achterschlingen?«

»Ja.«

»Wann werden wir wieder direkt unter dem Wind sein?«

»Jimmy?«

Der stellvertretende Kommandant hebt den Hörer ab, drückt auf einen Knopf und wiederholt die Frage. Er wartet kurz, dann legt er auf und sagt: »Um null Uhr zehn.« Er blickt auf seine Uhr. »Das ist in dreiundvierzig Minuten.«

Energisch sage ich: »Genau dann werden wir starten, Al.«

Er hebt eine Hand und spricht wieder ins Telefon: »Hallo, Mike, alles okay. Habe ich, ... ja, sicher. Hören Sie, wenn alles planmäßig läuft, heben sie in etwa vierzig Minuten ab ... bestimmt, sollte reichen ... Ich rufe Sie dann sofort wieder an.«

Er hängt auf, schaut mich an und seufzt: »Slocum, wenn eine ausreichend große Zahl Ihrer Männer lebensüberdrüssig ist, dann haben Sie den Auftrag des Präsidenten, die Operation zu starten und unsere Leute herauszuholen.«

Erleichterung befällt mich, doch sofort auch ängstliche Bedenken. Ich hatte einen Haufen völlig unterschiedlicher Burschen ausgesucht. Einige würden sicher mitmachen. Aber werden es genug sein? Selbst wenn nur ein halbes Dutzend ausfällt, käme der Start nicht zustande. Ich schiebe den Gedanken weg.

»Die meisten von ihnen sind im Hangar, Sir. Ich lasse auch die anderen dorthinkommen; wir werden es gleich wissen.«

Der Admiral beschließt, in seiner Kabine zu bleiben. Er macht den Eindruck eines Mannes, der von den Ereignissen überrumpelt wurde. Doch der Kapitän und der Stellvertretende sind emsig und nützlich. Simmons und ich folgen ihnen durch das Labyrinth.

Newman und Allen haben vor der Kabine des Admirals herumgelungert und wahrscheinlich jedes Wort mitgehört; jetzt trotten sie hinter uns her. Ich drehe mich um und gebe ihnen mit der Hand das Zeichen: Der aufgestellte Daumen signalisiert ihnen: Es geht los. Sie nicken. Ihre Gesichter bleiben ernst. Besser als irgendwersonst wissen sie über die Gefahren Bescheid, die das Fliegen mit Ultraleichten unter diesen extremen Bedingungen in sich birgt. Aus dem Mundwinkel heraus murmelt Al: »Du hast ja da drinnen darum gebeten, Silas.«

»Ich weiß. Tut mir leid, Al.«

»Ist schon in Ordnung. Ich weiß, wie sehr dir diese Sache nahegeht. Es ist für dich zu einer persönlichen Angelegenheit geworden. Aber hör auf mich, Silas, wenn wir zum Hangar kommen, sagst du kein Wort! Verstanden?«

»*Yessir.*«

Als wir den Hangar betreten, brüllt der stellvertretende Kommandant einen Befehl, worauf alle Arbeit ruht und augenblicklich Stille eintritt; nur unsere Schritte dröhnen. Meine Männer sind vor den Ultraleichten angetreten, die vier Staffelführer stehen vor ihnen. Hauptmann Moncada brüllt: »Haaabt acht!«

Klappernd stampfen vierundzwanzig Paar Stiefel auf den Stahlboden. Ich zucke zusammen; dieser Haufen entspricht nicht gerade dem Traumbild, das sich ein Ausbilder vom Exerzieren macht. Wir stellen uns gegenüber von ihnen auf, mit Simmons – der einen Schritt vorgetreten ist – in unserer Mitte. Laut kommandiert er: »Rührt euch!«

Wieder lärmendes Geklapper. Er betrachtet die Reihe von Gesichtern vor ihm: die verschiedenen Hautfarben, ihren unterschiedlichen Ausdruck; dann überbringt er ihnen mit ruhiger Stimme die Nachricht, ohne jegliche Gefühlsregung. Er appelliert nicht an ihren Patriotismus; er betont nicht die nationale Sicherheit. Nur die Folterung des Botschafters, die Schätzung ihres Ausbilders auf eine voraussichtliche Ausfallquote von fünfzig Prozent; eine Operation auf rein freiwilliger Basis. Wer sich entscheidet, nicht mitzumachen, soll sich in keiner Weise degradiert fühlen. Es ist kein Selbstmordkommando, kommt einem solchen aber sehr nahe.

Ich denke mir: Scheiße! Er redet es ihnen ja praktisch aus. Einige starren mich an. Ich schaue unbeweglich geradeaus. Mit seiner seltsam hohen Stimme fragt Moncada: »Sir, kann Oberst Slocum ein paar Worte an uns richten?«

»Nein.«

Jetzt schauen sie alle auf mich. Nach einer Pause fährt Simmons fort: »Ich kann Ihnen nur sagen, daß Oberst Slocum sich bereits gemeldet hat.« Nach abermaliger Pause kommandiert er scharf: »Haabt acht!«

Wieder das laute Krachen ihrer Stiefel. Ich bin so aufgeregt, daß ich es kaum zur Kenntnis nehme. Jedes Wort betonend, kommandiert Simmons: »Freiwillige, einen Schritt vor ...!«

Kein Ausbilder hätte selbst nach einem Monat täglichen Exerzierens von zehn Stunden einen präziseren Gleichklang erreichen können: Vierundzwanzig linke Stiefel treten vor, vierundzwanzig rechte Stiefel schließen mit einem einzigen ohrenbetäubenden Krachen auf. Vierundzwanzig Augenpaare blicken geradeaus. Ein Paar droht wässerig zu werden. Ich schlucke und habe mich wieder unter Kontrolle. Zähe alte Bullen zeigen nicht, wie aufgewühlt sie innerlich vor Erleichterung, Stolz und Zuneigung sind.

Ich blinzle kurz zu Simmons hinüber. Er nickt langsam und nachdenklich; hinter ihm schüttelt der Kapitän des Schiffes voll bewunderndem Staunen den Kopf.

Es gelingt Simmons nicht ganz, seine Erregung zu verbergen. »Ich bin sicher, Ihr kommandierender Offizier ist stolz auf Sie. Ich bin es auch – und Ihr Vaterland wird es auch sein. Viel Glück! Vorwärts Oberst!«

Ich blicke auf die Uhr und trete vor.

»Gut. Wir haben fünfunddreißig Minuten bis zum Start. Bis dahin ist viel zu tun. Der Einsatzplan muß abgeändert werden. Unter diesen Bedingungen werden wir alle Männer der Reserve mitnehmen –, alle außer Brand und Kerr.«

»Warum?« Brand stellt die Frage barsch und aggressiv. Er ist ein vierschrötiger Weißer, dem es sogar in der Armee geglückt ist, sein glattes, schwarzes Haar so lang zu tragen, daß es Ohren und Stirn bedeckt.

Ich versuche, es ihm leichtzumachen. »Ihre Ausbilder haben das fliegerische Können jedes einzelnen von Ihnen beurteilt. Wir haben beschlossen, daß jeder, der einen Risikofaktor von mehr als fünfzig Prozent aufweist, nicht am Unternehmen teilnehmen darf.«

»Warum?«

Ich seufze und vergesse alle Diplomatie. »Seien Sie kein Trottel, Brand. Sie und Kerr, Sie sind als Piloten keine Naturtalente. Sie haben verdammt hart gearbeitet und sind recht tüchtig geworden. Aber unter den augenblicklichen Bedingungen braucht es mehr als das! Sie kommen nicht mit!«

Er beugt sich vor und schaut Kerr am unteren Ende der Reihe an. Kerr ist jung, schlank, blond. Er ist zäh wie altes Schuhleder, aber er schaut aus wie ein Bauernjunge, der gerade vom Hof weggelaufen ist. Er ist kein Mann vieler Worte. Jetzt nickt er nur, und Brand besteht dickköpfig: »Wir kommen mit, Herr Oberst.«

Ich werde zornig: »Brand, Sie kommen nicht mit. Sie wissen verdammt gut: Befehl ist Befehl!«

»Scheiß-Befehle. Wir kommen mit.«

Ich schreie ihn an: »Sie bleiben auf diesem Schiff, und wenn ich Sie zusammenschlagen muß!«

Er tritt einen Schritt vor: »Nur zu, Herr Oberst. Ich weiß, wie hart Sie sind, aber das sind schon viele vor Ihnen ohne Erfolg gewesen.«

Aus dem Augenwinkel heraus bemerke ich, daß auch Kerr vorgetreten ist. Verärgert schaue ich zu Simmons. Er zuckt nur die Schultern. Es bleibt also mir überlassen.

»Okay, ihr Idioten. Wenn ihr euch umbringen wollt, dann ist es euer Problem.« Ich schaue auf die Uhr. »Wir verschwenden Zeit. In zehn Minuten treffen wir uns im Kommandoraum zur Einsatzbesprechung.«

PEABODY

San Carlo – *19. Nacht*

Er macht sich jetzt nicht mehr die Mühe, meinen Herzschlag zu prüfen. Er streichelt mich auch nicht mehr mit seinen Fingern und hat aufgehört, verführerisch auf mich einzureden. All das endete, nachdem er das blaue Feld auf seiner Skala errreicht hatte. Ich habe ihn besiegt, aber sterben werde ich trotzdem. Einer der Wächter hilft ihm jetzt. Er kauert neben meinem Kopf. Nach jedem Schock, sobald sich der Krampf gelöst hat, zieht er den Gummi aus meinem Mund, nähert sein Ohr, schüttelt dann den Kopf, zwingt mir den Gummi wieder hinein und es beginnt von neuem. Immer wieder gleite ich für wenige glückliche Augenblicke in Bewußtlosigkeit, erwache aber sofort wieder voll Angst. Einmal, als ich gerade wieder ins Bewußtsein zurückdämmere, höre ich die aufgeregte Stimme des Wächters: »Er hat etwas gemurmelt! Einen Namen!«

Sofort ist Fombona über mir, sein Gesicht verschwitzt und voll Eifer. »Welchen Namen?«

»Jorge, Genosse. Zweimal.«

Einen Augenblick lang war er verwirrt, doch dann überzog Ärger sein Gesicht und er drehte sich weg. »Der verfluchte Kubaner!« murmelte er dabei.

Der Zeiger wanderte die Skala weiter hinauf, und die Qual wurde größer.

Zweimal brachte er die Plastikschachtel und zeigte mir schweigend die Injektionsnadel. Zweimal gelang es mir, Jorge von meinem Körper und Geist Besitz ergreifen zu lassen, und lächelnd schloß ich die Augen.

Vielleicht hatte er doch recht, dieser Solschenizyn. Es kommt der Zeitpunkt, an dem die Qualen einzig den Körper treffen; der Geist ist tot und kann nicht beeinflußt werden.

Mein Körper bäumt sich auf und krümmt sich unter den neuerlichen Schockwellen. Meine Nerven kreischen. Der Schrei kommt, aber es ist der Hals, der schreit, es sind die Muskeln, die den Schrei ausstoßen, nicht der Geist. Mein Geist wehrt sich, und ich werde ohnmächtig.

Langsam komme ich zu mir. Stimmengemurmel. Fombona spricht mit dem Wachposten; er spricht mit gereizter, knurrender Stimme.

»Geh jetzt schlafen. Ich bin am Rande des roten Bereichs. Ich werde ihm eine halbe Stunde Pause gönnen. Um Mitternacht fange ich wieder an. Spricht er nach einer halben Stunde noch immer nicht, gebe ich ihm trotzdem die Spritze.«

Eine halbe Stunde Ruhe; eine halbe Stunde Folter; dann der Tod. Ein Fahrplan in den Frieden. Jorge, ich gehe mit dir.

SLOCUM

USS Nimitz – 20. Nacht, Mitternacht

Die Instruktionen waren kurz, die Abänderung dem ursprünglichen Plan gegenüber minimal. Demnach werde ich hinter dem westlichsten Punkt des Hauptgebäudes landen. Mit mir kommt der beste Flieger, ein Puertoricaner namens Rodriquez. Brand und Kerr werden folgen, falls sie es überhaupt so weit schaffen. Sie weden dann direkt zur Vorderfront der Kanzlei vordringen, während Moncadas Männer von hinten und von den Seiten kommen. Rodriquez folgt mir zum Wachhaus. Sobald ich den Botschafter in Sicherheit gebracht habe, wird er ihn bewachen, während ich mich dem Hauptangriff anschließe. Castanedas Leute werden den Appartementblock angreifen, wo vermutlich die Mehrzahl der Wachen schläft. Sacasa und seine Leute sind für die Deckung des Hauptgebäudes zuständig und kommen im Notfall überall zum Einsatz. Ich bin »Vampir Eins«, Rodriquez »Vampir Zwei« und Brand und Kerr »Drei« und »Vier«. Moncada ist »Grün Eins«, sein zweiter Mann »Zwei« und so weiter. Castaneda, Sacasa und Gomez sind mit ihren Männern »Blau«, »Gelb« und »Rot« mit den jeweiligen Ziffern. Diese Decknamen hätten normalerweise wie eine Pfadfindersprache geklungen, doch unter den augenblicklichen Bedingungen erinnerten sie uns eher an Grabsteininschriften. Als ich fertig war, erhob sich der Admiral und sagte mit fester, klarer Stimme: »Sie sind tapfere Männer und echte Amerikaner. Ich bin stolz auf Sie. Dieses Schiff und alle Schiffe in diesem Kampfverband werden Sie voll unterstützen. Viel Glück!«

Er meinte es ehrlich. Die gewährte Unterstützung war hervorragend. Nachdem die Männer gegangen waren, um sich fertig zu machen, überflog ich zusammen mit den Führern der drei Gruppen noch kurz den Einsatzplan: die *A6E Intruder* und die Kampfhubschrauber, die das Gebiet um den Botschaftskomplex abriegeln sollten; die Hubschrauber zur Evakuierung; der Nachrichtenoffizier; der Offizier, der für die Rettung meiner eventuell abgestürzten Männer verantwortlich war, und schließlich Simmons, der Koordinator der ganzen Operation. Damit war genug geredet worden.

Wir versammeln uns auf der Lee-Seite des Schiffes. Dunkel türmt sich hinter uns die Kommandobrücke auf. Die Ultraleichten stehen in Position, jeweils an den Flügelspitzen von einem Matrosen gehalten. Die Segeltuchtragflächen flattern und zittern im böigen Wind. Sie sehen nicht viel stabiler aus als Schmetterlinge.

Wir arbeiten paarweise: Immer zwei Männer überprüfen gegenseitig ihre Ausrüstung. Diese Vorgehensweise ist gut durchgeübt, und es geht Schlag auf Schlag:

»Messer.« – »Messer.«

»Blendgranaten, vier.« – »Vier Blendgranaten.«

»Leuchtgranaten, vier.« – »Vier Leuchtgranaten.«

»Splittergranaten, vier.« – »Vier Splittergranaten.«

»MP, umgeschnallt.« – »MP, umgeschnallt.«

»Sperrgerät.« – »Sperrgerät.«

»Magazine, sechs.« – »Sechs Magazine.«

»Helm, Sender ausgeschaltet.« – »Helm, Sender ausgeschaltet.«

»Hand- und Fußfesseln fünf mal fünf.« – »Hand- und Fußfesseln, fünf mal fünf.«

»Schlauchboot.« – »Schlauchboot.«

Das Aufrufen der einzelnen Ausrüstungsgegenstände und die Kontrollantwort kommen in rascher Folge. Ich bin ohne Partner geblieben und muß meine Kontrolle allein durchführen. Ich spüre die Einsamkeit, die Last des Befehlens. Plötzlich wird mir bewußt, in welch fragwürdiges Abenteuer ich die Burschen verwickle. Rasch rufe ich mir ins Gedächtnis, was da drüben in der Botschaft passiert, und die Verbitterung darüber gibt mir rasch wieder Zuversicht. Ich schaue auf die Uhr. Fünf Minuten nach Mitternacht. Alle sind fertig. Die Schwarzen gehen von einem Weißen zum andern und beschmieren deren Gesichter mit schwarzer Salbe; sie versuchen dabei nicht überheblich zu wirken. Meine vier Gruppenführer stehen vor mir. Wellingtons Worte anläßlich einer Truppeninspektion kommen mir in den Sinn: *Ich habe keine Ahnung, was sie ihren Feinden antun werden, aber mir jagen sie mächtig Angst ein.*

Zweifellos erwecken sie den Eindruck eines recht mordlustigen Quartetts: An den Gurten hängen Granaten und Reservemagazine, über die Schultern haben sie die abgesägten Gewehre geschlungen, die Gesichter schwarz und in ihren Stiefeln stecken Messer, die MPs baumeln jeweils von einer Hand, in der anderen tragen sie die Helme mit der Funkeinrichtung und dem schwarzen Visier. Sie warten auf die letzten Befehle. Es gibt keine mehr. Ich fühle, daß sie – hart und wild wie sie sind – doch noch ein paar zuversichtliche Worte hören wollen. Am liebsten hätte ich alle vier umarmt und ihnen gesagt, daß alles bestens ablaufen wird. Aber ich bleibe der zähe, alte Bulle.

»Wenn ihr Penner fertig seid, dann packt euch und eure

Jungs in die Drachen, und auf geht's!«

In der Dunkelheit sehe ich nur ihre weißen Zähne blitzen, als sie sich umdrehen, und ich weiß, daß ich sie richtig eingeschätzt habe. Der junge Flugdeck-Offizier steht neben mir.

»Herr Oberst, vier Minuten.«

Ich nicke, hebe meine MP, das Schlauchboot und den Helm auf und rufe laut: »Es geht los!«

Wir marschieren hinaus auf das Flugdeck, hinaus in den Wind. Die Ultras stehen in fünf Reihen über die ganze Breite des riesigen Decks, die Nasen zum Bug gerichtet, meines an der Spitze. Newman und Allen bewegen sich zwischen den Maschinen wie Gluckhennen, die ihre Kücken zusammenhalten. Sie kommen zu mir und wünschen mir mit einem kräftigen Schlag auf die Schulter Glück. Ich nicke ihnen zu und setze mich in Bewegung. Schnell überprüfe ich noch einmal meinen Ultraleichten, die Tragflächen, Verstrebungen, Drähte. Alles in Ordnung. Ich werfe den Helm auf den Sitz, hänge mir meine MP über die Schulter und befestige das Schlauchboot. Dann stülpe ich den Helm über den Kopf und überprüfe noch einmal, ob das Funkgerät auch wirklich ausgeschaltet ist. Das Mikrofon ist zwei Zentimeter von meinen Lippen entfernt. Ich setze die Infrarotbrille auf, und alles um mich erscheint plötzlich in strahlendem Rosa. Jetzt ziehe ich das dunkle Visier herunter; alles wird schwarz; doch so wird es mir möglich sein, die Augen offen zu halten und den Überblick zu behalten, sobald die Leuchtgranaten gezündet sind, die den Feind blenden sollen. Ich schiebe das Visier wieder hoch und drehe mich um. Rodriquez – direkt hinter mir – sitzt bereits. Links und rechts von ihm Brand und Kerr. Newman erteilt Brand letzte Anweisungen, und Allen beugt sich über Kerr. Sie machen sich große Sorgen um die beiden. Moncadas Staffel von sieben Ultraleichten befindet sich dahinter. Ihm habe ich zusätzlich Männer zugeteilt. Denn sobald ich mich auf das Wachhaus konzentriere, ist seine Rolle bei der Befreiung der übrigen Geiseln von höchster Wichtigkeit. Hinter ihm steht Sacasas Gruppe, die aus fünf Männern besteht, dann die fünf von Castaneda und ganz hinten die Viererstaffel von Gomez.

Plötzlich überkommen mich Zweifel. Hätte ich Gomez mehr Männer zuteilen sollen? Er muß die MG-Nester auf den Dächern der Botschaftsgebäude ausschalten. Diese Aufgabe ist ebenfalls sehr wichtig. Verdammt! Alles ist sehr wichtig! Außerdem: Er und seine drei Männer sind als Piloten wahre Genies; sie müßten es ziemlich sicher schaffen.

Alle sind fertig. Ich strecke beide Daumen hoch – das Zeichen, die Motoren anzuwerfen. Neben den beiden Matrosen, die die Tragflächen abstützen, steht vor jeder Maschine noch ein dritter. Diese Männer werden signalisieren, sobald der Motor ruhig und gleichmäßig läuft. Kaum ein Geräusch ist zu vernehmen, und einer nach dem anderen hebt den rechten Arm. Ich zähle: vierundzwanzig – alle startbereit. Ich bücke mich und springe in meinen Sitz, wo ich mich – soweit es mein Körperumfang erlaubt – bequem zurechtrücke. Ich schalte die Zündung ein und spüre mehr als ich es höre, wie der Motor zum Leben erwacht. Langsam gebe ich etwas Gas, und während mich die Matrosen noch zurückhalten, prüfe ich rasch einige Instrumente: Tachometer, Windmesser, Kompaß, Temperaturanzeige, Gleitindikator – alles okay. Ein Blick auf die Uhr: zehn Minuten nach Mitternacht, Zeit loszufliegen.

Rechts von mir sehe ich unter einer Plexiglaskuppel Kopf und Schulter eines Offiziers. Soweit wie möglich werden auch wir die normalerweise hier praktizierten Startregeln einhalten. Sobald ich fertig bin, hebe ich die Hand zum Gruß. Er drückt einen Knopf. Würde ich mich jetzt in einer *Tomcat* befinden, hätte er damit den Katapultstarter ausgelöst, und ich wäre innerhalb einer halben Sekunde in der Luft und zwei Sekunden später bereits mit hundertsechzig Knoten unterwegs. Diesmal ist es aber nur ein Knopf, der eine rote Ampel auf Grün schaltet. Ich starte; die Staffel hinter mir folgt auf die gleiche Weise. Ich schaue auf die Matrosen, die mich links und rechts festhalten: Sie sind fast noch Jungen, achtzehn, bestenfalls neunzehn Jahre alt. Von ihren Lippen lese ich die

Worte »Viel Glück!« ab. Ich nicke zurück.

Jetzt konzentriere ich mich auf den Wind, und urplötzlich habe ich Angst. Angst um mich oder Angst vor dem Versagen? Zornig denke ich an den Mann dort drüben, und sofort verschwindet die Angst. Ich lege eine Hand auf den Gashebel, konzentriere mich wieder voll auf den Wind: eine starke Bö, noch eine, dann eine Pause. Meine rechte Hand beginnt sich bereits zu bewegen und hält dann doch wieder still: neuerlich eine Bö. Vier, fünf, sechs Sekunden, wieder eine Pause. Ab geht die Post!

Ich hebe die Hand zum Gruß. Das grüne Licht leuchtet. Ich gebe Gas, und die Maschine hebt ab. Ich bin in der Luft! Fast in Panik kämpfe ich mit der Steuerung, um meinen Linksdrift abzustoppen. Der Bug der *Nimitz* gleitet unter mir hinweg, und ich blicke auf die tobende, mit Gischt und Schaumkronen bedeckte See. Die Maschine bäumt sich auf und sinkt dann sofort wieder ab, so daß mir fast übel wird. Ich spüre den feinen Sprühregen auf meinen Händen und starre auf die Schaumkrone einer Welle genau vor mir. Ich ziehe den Steuerknüppel zurück und steige wieder. Bei einem Rodeo würde es mir schlecht ergehen! Ich bringe die Maschine noch etwas höher, und für eine Weile beruhigt sich alles. Wie es wohl den Jungs hinter mir geht? Ich drehe den Oberkörper und verenke mir fast den Hals – und schon kippe ich wieder seitwärts über die rechte Tragfläche steil nach unten. Vorsichtig korrigiere ich. Verdammt, Newman hatte recht: Das ist beschissen wie eine Achterbahn! Warum ließ ich mich nur von den beiden Arschlöchern Brand und Kerr überreden, sie mitzunehmen! Ich hätte die Bastarde zusammenschlagen sollen! Aber ich werde nicht noch einen Blick zurück riskieren. Ich brauche auch das letzte bißchen Konzentration, um dieses Ding und mich in der Luft zu halten.

Aber ich muß an anderes denken. Laut Plan sollten wir die ersten fünf Meilen in dreißig Meter Höhe bleiben, doch das wäre Selbstmord. Ich beschließe, mich auf hundertfünfzig Meter hinaufzuarbeiten. Hier ist es zwar genauso turbulent, aber ein plötzlicher Sturzflug nicht gleich lebensgefährlich.

Wenn einer hinter mir überlebt hat, so folgt er mir sicher auf diese Höhe. Zum Teufel mit dem feindlichen Radar!

Es wird jetzt etwas einfacher. Auch gewöhne ich mich schon an die Wetterbedingungen und reiße nicht mehr so ruckartig am Steuerknüppel, vielmehr versuche ich Bewegungen vorherzusehen, anstatt nur darauf zu reagieren. Ich schaue auf die Uhr und kontrolliere gleichzeitig meine Geschwindigkeit: Sie variiert zwischen siebzig und achtzig Knoten. Ich rechne. Verdammt, in drei Minuten müssen wir höher gehen. Wie wird es dort oben sein? Der Meteorologe und Newman und Allen sagten geringere Turbulenzen voraus, und wir hatten uns auf eine Maximalhöhe von tausendzweihundert Metern geeinigt. Ich beschließe, von jetzt an langsam höher zu klettern. Der Höhenmesser steigt. Auf dreihundert Meter sind die Bedingungen eindeutig besser; die Achterbahn ist nicht mehr ganz so wild.

In einer Höhe von sechshundert Metern entdecke ich eine dunklere Linie am violetten Horizont: San Carlo. Ich werde das Ziel erreichen und bete, daß zumindest neun andere mir nachkommen. Tausendzweihundert Meter – ich höre auf, weiter zu steigen und setze den Flug in dieser Höhe fort. Bei unseren Überlegungen waren wir auch zu dem Ergebnis gekommen, daß es unter den gegebenen Umständen und durch die Zuhilfenahme der Schalldämpfer möglich sein sollte, mit Motorkraft ganz nahe an die Küste heranzufliegen. Die Küste kommt rasch näher. Ich entdecke ein paar Lichter. Da das Öl infolge der Blockade knapp ist, herrscht unten fast völlige Dunkelheit. Doch ich weiß, daß die Scheinwerfer an der äußeren Umzäunung des Botschaftsgeländes in Betrieb sind. Ich suche sie, denn jetzt müßten sie für mich bereits sichtbar sein. Nichts. Da, ganz rechts, fast am Ende meines Gesichtskreises, entdecke ich sie. Der Wind hat mich also weiter als erwartet nach Süden abgetrieben. Ich wende, und unendlich langsam fliege ich zurück in nördliche Richtung, mühevoll dem Gegendruck der Steuerung standhaltend. Meine Erregung steigt, als die Lichtquelle die Form eines Quadrates annimmt. Ich kann die einzelnen Gebäude inner-

halb der Mauer als dunkle Schemen ausnehmen. Da ist es –
das Wachhaus! Meine Gedanken sind so darauf fixiert, daß
ich nahezu alles andere vergesse. Unter mir sehe ich jetzt die
Brandung an der Küste. Es ist Zeit. Meine Eingeweide fühlen
sich an wie ein Eisblock, als ich an den Helm greife und den
Funk einschalte.

»Vampir Eins an Grün Eins. Bitte kommen.«

Ich zähle die Sekunden. Drei – vier – fünf. Ich könnte
schreien; doch dann endlich: »Grün Eins an Vampir Eins.
Wir sind drei.«

Zusammen mit mir gibt das vier. Meine Nerven sind zum
Zerreißen gespannt. Ich rufe: »Vampir Eins an Blau Eins.
Bitte kommen.«

Sofort die Antwort: »Blau Eins. Wir sind zwei.«

Verdammt! Das gibt nur sechs!

»Vampir Eins an Gelb Eins.«

Krachend kommt Sacasas Stimme. »Gelb Eins. Wir sind
drei.«

Um Himmels willen, einer fehlt noch!

»Vampir Eins an Rot Eins.«

Gomez mit seinem Akzent wird leicht zu erkennen sein.
Ich sehne mich danach, seine Stimme zu hören! Stille. Doch
da, eine andere Stimme.

»Rot Zwei. Wir sind zwei.«

Die Stimme von Hal Lewis, Gomez' Nummer zwei. Gomez muß es demnach erwischt haben. Aber egal, wir sind
elf, und das Wagnis kann beginnen. Ich habe nicht viel Hoffnung für Brand und Kerr, doch mein Ass Rodriquez muß es
geschafft haben.

»Vampir Eins an Vampir Zwei.«

Sekunden vergehen. Nichts. Ich wiederhole: »Vampir Eins
an Vampir Zwei. Bitte kommen.«

Eine scharfe Stimme knistert in meinen Ohren. »Hier Vampir Drei. Er hat es nicht geschafft; auch Vampir Vier nicht.«

So ist nun einmal der Krieg. Mein »Ass« ist ausgefallen,
und der alte Stümper Brand hat überlebt. Nun gut, wir sind
zwölf Mann, und die Sache kann losgehen. Unsere Zivilisten

hatten recht gehabt: Fünfzig Prozent plus ein Mann sind ausgefallen. Simmons auf der *Nimitz* wird unsere Funksprüche gehört haben und mittlerweile mit Komlosy oder vielleicht sogar mit dem Präsdidenten selbst im Weißen Haus sprechen. Als wir die Küste überfliegen, überlege ich kurz, ob ich meine verbliebenen Männer umgruppieren soll, doch entscheide mich dagegen. Das größte Problem stellt die rote Einheit dar. Durch den Ausfall von Gomez und einem weiteren Mann werden sie alle Hände voll zu tun haben, die Maschinengewehre auf den Dächern zum Schweigen zu bringen. Aber Lewis ist ein guter Mann, ebenso Spooner, der zweite Überlebende des Teams.

Das Gelände liegt zu meiner Linken unter mir. Ich greife nach dem Knopf, der den Motor abschaltet. »Vampir Eins, Motor aus.«

Ich brauche ein paar Sekunden, um mich an das Gleitverhalten des Gleiters zu gewöhnen; dann kurve ich steil nach unten, kämpfe mit der Steuerung und hoffe innigst, daß wir alle heil landen. Jetzt überstürzt sich alles. Eine Bö hebt mich hoch, und ich kämpfe dagegen an. Sowie ich die Südwestecke der Mauer überfliege, sind meine Augen auf die rückwärtige Front des Hauptgebäudes fixiert. Einen Augenblick lang bewundere ich die Geschicklichkeit unserer Marinepioniere. Ich habe die simulierte Situation ein dutzendmal in Bragg am Modell durchexerziert – und hier sieht es genauso aus. Verdammt, konzentriere dich! Ich bin zu schnell und niedrig. Ich ziehe den Knüppel zurück. Die Ente hebt sich. Das Tempo verringert sich, und ich gleite seitwärts. Vor mir taucht das Hauptgebäude auf. Eine kurze Korrektur, und ich bin unten und rolle aus, ich schiebe meinen rechten Fuß auf die Radstange vorne am Bug und steure in den Mauerschatten. Einen Augenblick lang bin ich erleichtert und beglückwünsche mich, dann klettere ich heraus, lasse die Ingram-MP von der Schulter gleiten und entsichere sie. Ich spitze die Ohren. Nicht ein Laut, kein Ton ... doch, ein leises Geräusch. Ein dunkler, rosa Schatten gleitet an mir vorbei. Brand. Seine Position ist nicht richtig: Die linke Tragfläche ist gefährlich gekippt und nur einen halben Meter vom Boden entfernt. Ich halte den Atem an, als er korrigiert und die Maschine mit einem Quietschen zu Boden plumpst. Zwei Meter von der rückwärtigen Hauswand des Hauptgebäudes kommt er zum Stehen. Während ich gespannt nach einem eventuellen Alarmsignal lausche, springt er geduckt heraus und zieht die Maschine näher an die Mauer. Dann kommt er gebückt auf mich zu gelaufen.

Ich boxe ihm leicht auf die Schulter, und er grinst. Sein Haar fällt ihm über den Rand der Infrarotbrille. Einen unsinnigen Augenblick lang denke ich, daß er aussieht wie Ringo Starr. Wir kriechen auf die Ecke des Gebäudes zu. Das Wachhaus liegt rechts von uns, etwa fünfzig Meter entfernt; dahinter befindet sich das Haupttor. Ich kann zwei Gestalten ausnehmen, die an der Mauer neben dem Tor lehnen. Ich tippe Brand auf die Schulter und mache ihn auf die Männer aufmerksam. Er nickt bestätigend. Rechts von uns, weit hinten, liegen die Apartmentblocks der Angestellten. Auf dem Dach des ersten kann ich die Umrisse der MG-Stellung erkennen, genau dort, wo wir sie vermutet haben. Ich hoffe, daß Lewis und Spooner langsam kreisend herunterkommen und sie unschädlich machen. Zweihundert Meter vor uns befindet sich das Bürogebäude, die Kanzlei. Während ich hinüberschaue, gleiten zwei rhombenförmige Schatten dahinter zu Boden. Gut. Links von uns ist jetzt ein scharrendes Geräusch zu vernehmen, zwei dumpfe Schläge. Es ist nichts zu sehen. Wahrscheinlich Sacasas Einheit an der Rückseite der Wohngebäude. Es ist Zeit zu gehen. Anstatt den Umweg entlang der Mauer zu nehmen, beschließe ich, das Risiko auf mich zu nehmen und wähle den direkten Weg. Jeden Augenblick kann jetzt die Hölle los sein, und dann möchte ich das Wachhaus mit meinem Mann erreicht haben. Geduckt, watschelnd wie Enten machen wir uns rasch auf den Weg. Wir sind auf halber Strecke, als ein verdammter Ultraleichter über die Mauer segelt und mitten auf dem Areal landet; am Rande des Schwimmbeckens des Botschafters kommt er zum Stehen. Wer um Himmels willen ist denn das! Egal. Er ist unten –

und es gibt keinen Alarm. Als wir die Rückseite des Wachhauses erreicht haben, drehe ich mich um und sehe eine Gestalt aus dem Gleiter klettern und auf die Apartmentblocks zueilen. Wir kriechen um die Ecke und die Längsseite des rechteckigen Gebäudes entlang zur nächsten. Vorsichtig schiebe ich meinen Kopf vor: Neben der Türe sitzt jemand bequem und entspannt auf einem Stuhl, sein Kinn ist auf die Brust gesunken. Ich ziehe mich zurück, und mein Absatz tritt auf Brands Fuß. Er stöhnt leise auf. Ich tippe ihm auf die Brust und zeige gleichzeitig um die Ecke. Dann halte ich einen Finger hoch und ahme einen sitzenden Mann mit dem Kinn auf der Brust nach. Brand nickt und greift nach unten; hellrosa schimmert die Schneide seines Bowie-Messers. Ich mache ihm Platz, und er gleitet – einer gedrungenen Eidechse gleich – um die Ecke. Ich bin direkt hinter ihm, als er einen Arm hinter den Nacken des Wachpostens schiebt, die Hand auf seinen Mund preßt und den Kopf gleichzeitig hoch und nach hinten zieht. Völlig lautlos durchstößt das Messer die Schlagader. Er hebt den zuckenden, sich windenden Körper an. Ein leises Grunzen und leichtes Husten, dann entspannen sich die Glieder. Leise legt Brand den Mann auf den Betonboden. Ich bedeute ihm, mir Rückendeckung zu geben, und öffne vorsichtig die Tür, zuerst nur einen Spalt. Ich schiebe den Lauf der MP durch und vergrößere langsam den Spalt.

Eine einzige Glühbirne beleuchtet das Zimmer. Bis auf einen Tisch und zwei Stühle ist es völlig leer. An der gegenüberliegenden Wand befindet sich noch eine Türe; ein Schlüssel steckt im Schloß. Dort drinnen ist mein Mann.

Plötzlich vernehme ich aus dem hinter dieser Tür liegenden Raum einen unterdrückten, aber völlig unirdischen Laut. Ein Laut, der aus der Hölle zu kommen scheint. Die Haare stehen mir zu Berge. Ich reagiere schnell. Mit meinen Gummistiefeln bewege ich mich nahezu geräuschlos durch den Raum. Ich presse das Ohr an die Tür. Die Stimme ist gedämpft, aber dennoch verstehe ich jedes Wort.

»Sprich, du Schwein! Sag es mir! Nenne mir einen Namen!«
Ich stoße die Türe auf und hebe die MP in Anschlag. Ein

Gruppenbild: ein faßförmiges Gebilde, ein magerer, nackter Mann darauf festgeschnallt, sein Gesicht eine gequälte Maske. Über ihn beugt sich ein großer, bulliger Kerl mit kurzem, schwarzem Haar. Er trägt einen weißen Kittel und ein verdammtes Stethoskop um den Hals. Er hält dem gepeinigten Gesicht eine Injektionsspritze vor die Nase. Mit dem Daumen stelle ich die MP auf Einzelfeuer. Ich höre mich sagen: »Du möchtest dich unterhalten? Dann rede mit mir, du Bastard!«

Er öffnet den Mund, und meine Kugel trifft genau hinein; Kopf und Körper werden zurückgeschleudert. Ich sehe alles durch einen roten Schleier; nur ist jetzt nicht die Brille daran schuld, die habe ich auf den Helm hinaufgeschoben. Sein Kopf liegt auf der Seite, am Hinterkopf ein blutiges Loch, wo die Kugel austrat. Der Körper zuckt noch. Ich lege den Lauf mit dem Schalldämpfer an: pfff, eine Kugel in den Bauch; pfff, eine Kugel in die Eier. Jetzt zuckt er nicht mehr. Wieder vernehme ich meine Stimme.

»Jetzt hast du deine letzten Worte gehört – von einer Ingram zehn Halbautomatik. Fahr zur Hölle!«

Ich drehe mich um. Der rote Schleier vor meinen Augen ist wieder verschwunden. Eile ist geboten! Peabody beobachtet mich aus schmalen Augen, aber er scheint weit weg zu sein. An seinen Lippen ist eine Krokodilklemme mit einem Draht befestigt, eine zweite sitzt an einer Hautfalte in der Kniekehle. Vorsichtig entferne ich beide. Ich ziehe mein Messer und durchschneide die Lederfesseln. Er wimmert erbärmlich, als der Druck nachläßt. Ich beuge mich über ihn.

»Es ist vorbei, Botschafter. Ich bringe Sie nach Hause. Ich muß mich zwar noch um die anderen Geiseln kümmern, muß Sie zwei Minuten alleinlassen, aber einer meiner Leute hält an der Tür Wache. In zwei Minuten bin ich zurück!« Seine Augen werden glasig. »Sir, die anderen Geiseln! Ich muß gehen!«

Seine Augenlider zucken, und er bewegt leicht den Kopf. Ich drücke seine Schulter, und er windet sich stöhnend. Ich könnte mich ohrfeigen!

»Entschuldigung, Sir, es tut mir leid. Ich bin gleich zurück.«

Ich renne durch den Vorraum und stelle dabei die Ingram wieder auf Automatik. Brand kauert am Tor und beobachtet aufmerksam das Gelände. Ich setze meine Infrarotbrille wieder auf.

»Irgend etwas?«

»Drüben bei den Apartments hat sich was getan. Ich nehme an, die Blauen.«

»Okay. Ich gehe zuerst zur Kanzlei hinüber. Der Botschafter ist in Sicherheit, doch sein Zustand ist schlecht. Halten Sie hier Wache und rühren Sie sich nicht weg, egal was geschehen mag!« Ich zeige auf die beiden schlafenden Gestalten am Tor der Einfahrt. »Beseitigen Sie die zwei, sobald es losgeht.«

Ich klopfe ihm leicht auf die Schulter und eile gebückt davon; alles scheint ziemlich gut zu laufen.

Natürlich gerät genau in diesem Moment alles in Bewegung: Aus der Nähe der Kanzlei kommt ein Schrei, dann das knatternde Husten einer Ingram-Automatik; wieder ein schriller Schrei. Ich schalte das Funkgerät ein.

»Vampir Eins an Basis. Durchkämmen, wiederhole: Durchkämmen. Botschafter in Sicherheit. Bestätige Folter. Gehe jetzt zur Kanzlei. Ende.«

Simmons' Stimme kommt sofort.

»Basis an Vampir Eins. Gelände wird durchgekämmt.«

Jetzt bricht die Hölle los: Glas klirrt, lautes Geschrei auf spanisch, Explosionen im Bürogebäude. Plötzlich Licht am Himmel! Die Lichtkegel wandern zitternd über das Areal hinweg. Verdammt! Bei diesem Wind ist es unmöglich, die Position zu halten.

Auf dem Dach der Kanzlei kann ich gerade noch das lange Rohr erkennen, das steil emporragt. Ich brülle in das Mikrofon: »Lew, Spooner, Licht aus!« Eines verlöscht sofort. Das andere zögert. Das MG auf dem Dach rattert los. Das Licht beginnt zu tanzen und verlöscht. Drei Sekunden später kracht es durchdringend hinter mir. Ich drehe mich um und sehe den Ultraleichten: ein ramponierter Haufen mit einem dunklen Kern.

Zwanzig Meter noch bis zur Kanzlei. Eine Reihe dumpfer Knalle, dann blendendweißes Licht hinter den Fenstern und der Tür! Blitzartig ziehe ich das dunkle Visier herunter und kann wieder sehen. Die wenigen Stufen hinauf zur Tür nehme ich in einem Satz. Moncada brüllt: »Amerikaner hinlegen! Alle Amerikaner hinlegen! Keine Bewegung!« Ich stürze nach rechts in die Empfangshalle, wo sich alles abspielt. Etwa vierzig Menschen befinden sich hier. Mit Ausnahme von Moncada und seinem zweiten Mann neben ihm bedecken alle die Augen mit den Händen. Ein junger Bursche in Jeans hat sein T-Shirt über den Kopf gezogen. In einer Hand hält er ein kleines Kästchen, mit der anderen dreht er wie wild an einem Knopf. Enorme Erleichterung befällt mich: Die »Sprengstoff-Westen« sind nichts als verfluchte Attrappen. Moncada schießt, und der Junge wirbelt schreiend herum. Ein Wachposten tastet – eine Hand schützend vor den Augen – suchend an den Gürtel. Ich bringe die Ingramm in Anschlag und stelle auf Einzelfeuer. Pfff! Die Hand gleitet von den Augen und vekrallt sich in der Brust, während er nach hinten kippt. Polternd fällt seine Pistole zu Boden. Moncada schreit auf spanisch: »Hände hoch, oder ihr seid tot! Hände hoch!«

Meine Augen überfliegen rasch den Raum. Alles Männer. Die Geiseln liegen alle am Boden. Die Leuchtgranaten verglühen langsam. Ich drehe mich um und rase zurück durch die Tür. Auf der Treppe stehen zwei Wachen mit Pistolen; beide schießen. Brummend wie eine zornige Hornisse saust etwas über meinen Kopf hinweg. Ich wechsle auf Automatik, werfe mich nach vorn, rolle und feuere. Erst werden sie die Stufen hinaufgeschleudert, dann kugeln sie schlaff herunter.

Die Tür vor mir steht offen. Im Laufen ersetze ich das leere Magazin durch ein volles. Den Grundriß des Gebäudes habe ich mir ganz genau eingeprägt. Noch eine Tür, dann den Korridor hinunter. Jetzt sehe ich das Licht der Leuchtgranaten vor mir, und zwei Sekunden später stürze ich in den Raum. Moncadas dritter Mann steht mit dem Rücken zu mir.

Auf den Rücken seines Kampfanzuges ist eine große Zehn gestickt: Sam Shaw, Moncadas Nummer zwei. Er hat die Situation vollkommen unter Kontrolle. Die sieben Frauen liegen auf dem Boden, die Hände schützend vor den Gesichtern. Zwei wimmern vor Angst, eine schluchzt. Die sieben weiblichen Wächter liegen ebenfalls auf dem Boden. Sie schützen ihre Augen nicht vor dem blendenden Licht. Es hat sich erübrigt; sie sind alle tot.

Shaw wirbelt herum, als er mich neben sich hört. Mit dem heruntergezogenen Visier gleicht er einem außerirdischen Wesen. Wahrscheinlich sehe ich genauso aus. Das Licht verglüht, und wir schieben die Visiere hoch. Sein schmales, gebräuntes Gesicht wirkt verstört.

»Ich war allein, Sir, und konnte daher kein Risiko eingehen. Ich habe sie alle weggeblasen.«

»Völlig richtig reagiert, Shaw! Laut Plan waren drei Mann vorgesehen. Sie hatten vollkommen recht.«

Vom Dach über uns höre ich den Lärm schwerer Maschinengewehre. Die Stellungen da oben sind also immer noch aktiv. Außerdem ist das etwas schnellere Staccato ungedämpfter Ingrams zu vernehmen. Stille ist jetzt nicht mehr vonnöten, und die Schalldämpfer wurden bereits weggeworfen. Im Hintergrund das tiefe Donnern von Kanonenfeuer und das pausenlose Grollen von Explosionen. Die A6 und die Kampfhubschrauber von der *Nimitz* sorgen dafür, daß sich nicht einmal eine Mücke dem Botschaftskomplex nähert. Das ist beruhigend, doch ich habe hier trotzdem ein gewaltiges Problem. Die Lichtverhältnisse im Raum sind jetzt normal – einfache elektrische Beleuchtung. Ich wende mich an die Frauen. »Meine Damen, Sie können jetzt die Hände von den Augen nehmen. Stehen Sie auf!« Langsam und zögernd lassen sie die Hände sinken und kommen stolpernd auf die Beine. Entsetzt blicken sie auf die Toten. Eindringlich fahre ich fort: »Meine Damen, ich bin Oberst Slocum von der US-Armee. Wir sind gekommen, um Sie von hier wegzubringen. Alle Männer sind okay, doch es ist immer noch recht gefährlich. Ich möchte, daß Sie jetzt diese Jacken ausziehen und mir folgen. Bleiben Sie gebückt.« Sie schauen mich immer noch wie betäubt an. »Kommen Sie, meine Damen! Bewegung! Schnell!«

Ein kleines Frauchen – wie ein Vögelchen sieht sie aus mit ihrem zerzausten grauen Haar – zieht als erste die Jacke aus und übernimmt auch gleichzeitig das Kommando über die anderen. »Los, meine Damen! Irene, Julie, macht weiter!«

Ich wende mich an Shaw. »Gehen Sie jetzt! Kundschaften Sie den Weg zum Haupteingang aus, und halten Sie dort Wache.«

Er setzt sich in Bewegung; wenige Sekunden später folge ich ihm nach. Hinter mir drängen sich die Frauen. Wir laufen an ihm vorbei, als er schon an der Tür liegt. Durch die Infrarotbrille starrt er über seine MP hinweg hinaus in die Dunkelheit. Als wir die Empfangshalle betreten, stürzen fünf der Frauen an mir vorbei und rufen irgendwelche Namen. Ich nehme an, die beiden restlichen anderen sind Sekretärinnen. Moncadas laute Befehle beenden die kurzen, von Gefühlsausbrüchen dominierten Augenblicke der Begrüßung zwischen den Ehegatten.

»Nieder! Alle nieder! Bleibt am Boden!«

Immer noch einander umklammernd sinken sie zu Boden. Alle auf einmal richten eine Unzahl von Fragen an mich. Ich hebe eine Hand hoch.

»Alle herhören. Sie sind jetzt in Sicherheit. In Kürze werden Hubschrauber hier sein, um Sie auszufliegen, doch zur Zeit wird noch gekämpft. Sie müssen liegenblieben, bis wir alles gesäubert haben. Hauptmann Moncada und seine Leute werden sich um Sie kümmern und Sie später zu den Hubschraubern begleiten. Folgen Sie genau ihren Anweisungen.«

Jemand ruft: »Was ist mit dem Botschafter?«

»Er ist krank, aber in Sicherheit.«

Verhaltener Jubel bricht aus. Zu meiner Linken legt einer von Moncadas Männern den bewegungslosen Wachen Handschellen an. Er ruft mir zur: »Herr Oberst, werfen Sie mir doch Ihre Handschellen herüber!«

Ich löse sie vom Gürtel und schleudere sie ihm zu. Draußen

ist immer noch die Hölle los, und der Lärm kommt nicht nur von den Hubschraubern außerhalb des Geländes. Zumindest zwei schwere MG im Botschaftsareal operieren immer noch. Ich schalte mein Funkgerät ein.

»Vampir Eins an Basis. Bitte kommen.«

»Basis an Vampir Eins. Kommen.«

»Alle Geiseln in Sicherheit hier im Bürogebäude. Botschafter lebt, ist aber in schlechter Verfassung; befindet sich im Wachhaus. Feind immer noch aktiv. Schweres MG-Feuer von den Geschützen am Dach. Ende.«

Erleichtert und aufgeregt kommt Simmons Stimme.

»Gute Arbeit, Vampir Eins. Wollen Sie einen Luftangriff auf die Dächer?«

»Verdammt, nein, Al. Keinen Luftangriff.«

»Sind Sie sicher, Silas?«

»Verdammt sicher. Wir erledigen das selbst. Halten Sie in der Zwischenzeit die Hubschrauber vor der Küste zur Evakuierung in Bereitschaft.«

»Okay. Viel Glück.«

Ich muß mir unbedingt einen Überblick über die Lage verschaffen. Die blöden Codenamen lasse ich jetzt weg. Zu allererst möchte ich wissen, wer mitten im Areal abgestürzt ist.

»Slocum an Lewis. Bitte kommen.«

»Sir, hier Spooner. Lewis hat es erwischt.«

»Okay, berichten Sie, Spooner.«

»Sir, ich erledigte die MG auf dem Dach des Bürogebäudes und auf den Apartmentblocks, doch dann kam Beschuß vom Hauptgebäude, und ich baute die Bruchlandung am Schwimmbecken.«

»Sind Sie in Ordnung?«

»Mein rechtes Bein ist gebrochen. Aber ich liege an einer Ecke des Botschafterhauses und habe freies Schußfeld vor mir bis an die Westfront der Kanzlei. Keiner kommt mir von dort vorbei!«

»Gut, Mann. Wir holen Sie bald. Castaneda, bitte kommen.«

»Castaneda. Apartmentblock eins gesäubert. Fünfzehn Feinde tot, zwölf Gefangene gefesselt. Keine Verluste auf unserer Seite. Kann nicht hinüber zur Kanzlei; mit den zwei MG auf dem Dach des Hauptgebäudes sitzen wir hier fest.«

»Okay. Gut gemacht. Bleiben Sie, wo Sie sind. Sacasa, bitte kommen.«

»Hier Sacasa. Wohnblock zwei und drei gesichert. Zweiundzwanzig Feinde tot, drei gefangen. Legrand wurde von Splittern seiner eigenen Granate getroffen, Brust und Schulter, aber er kann gehen. Auch wir sitzen wegen dieser MG hier fest.«

»Okay, bleiben Sie.«

Die Lage ist prekär. Wäre es nicht doch angebracht, jetzt einen Luftangriff zu starten? Wir haben niemanden drüben im Haus des Botschafters; aber verdammt will ich sein, wenn ich jetzt um Hilfe rufe. Spooner liegt genau an der Ecke, und das Bürogebäude ist nur zweihundert Meter entfernt. Ich werde das selbst erledigen. Eine Stimme ruft: »Herr Oberst, Herr Oberst!«

Ein wild ausschauender Bursche mit kurzem Militärhaarschnitt blickt mich an. »Sergeant Cowder, Artillerie, Sir. Vom Marine-Corps. Ich habe fünfzehn Leute hier, Sir. Wir würden gerne helfen.«

Ich wüßte nicht, was sie tun könnten, aber er schaut mich so entschlossen an: Er möchte wirklich gerne helfen. Er war auch vernünftig genug, bis jetzt im Hintergrund zu bleiben.

»Gut, Sergeant. Wir haben zwar Waffen in Reserve, aber sammeln Sie ein, was immer Sie finden können. Sie stehen unter dem Befehl von Hauptmann Moncada.«

Ich sage Moncada, er soll die Männer zur Verstärkung der Sicherheit des Bürogebäudes und als Wachen einsetzen.

Jetzt nichts wie auf das Dach des Hauptgebäudes. Während die Marines aufspringen, frage ich: »Wer ist der Verwaltungschef der Botschaft?«

»Hier, Herr Oberst, Georg Walsh.«

Er ist ein Mann mittleren Alters mit rundem Gesicht. Ich frage ihn: »Gibt es außer der Dachluke noch einen anderen

Zugang zum Dach des Hauptgebäudes?«

Als Walsh den Kopf schüttelt, sagt Moncada: »Das wäre Selbstmord, Herr Oberst. Die ist bestimmt bewacht oder sogar mit einer Minenfalle versehen.«

Plötzlich erhellt sich Walshs Gesicht.

»Augenblick. Es gibt noch einen Weg! An der Rückseite befindet sich eine Dachrinne, fünfundzwanzig Zentimeter im Durchmesser.«

»Ist auf unserem Plan nicht eingezeichnet.«

Er schüttelt den Kopf. »Glaube ich. Am ersten Tag nach der Ankunft von Botschafter Peabody hatten wir einen tropischen Platzregen, dem das Abfluß-System nicht gewachsen war, und es lief über. Im Salon des Botschafters gab es eine kleine Überschwemmung. Er befahl sofort, ein zusätzliches Abflußrohr anzubringen. Daher ist es nicht im Plan vermerkt.«

»Prima, mein Freund!«

Moncada gibt mir Ersatz-Magazine für meine Ingram sowie drei seiner Splittergranaten, so daß ich jetzt insgesamt sieben habe. Ich schalte das Mikrofon ein: »An alle Einheiten. Ich brauche vollen Beschuß auf das Dach des Hauptgebäudes, auf die Residenz. Beginnen Sie in genau sechzig Sekunden, dreißig Sekunden lang. Das sollte reichen.«

Ich schalte das Mikro wieder aus und wende mich an Moncada. »Sollte es mich erwischen, fordern Sie am besten den Luftangriff an.«

»Jawohl, Sir. Viel Glück!«

Am Tor warte ich neben Shaw. Ganz plötzlich bricht das Sperrfeuer los. Ich springe die Stufen hinunter und renne. Ich schaue nicht links und nicht rechts. Meine Augen sind auf die Ecke des Gebäudes fixiert, das sich in der Dunkelheit vor mir erhebt. Vor dreißig Jahren lief ich in der Schule die hundert Meter unter elf Sekunden; ich glaube fast, daß ich jetzt noch schneller bin. Rechts von mir höre ich das Geräusch von Einschlägen, die immer näher kommen. Die Hunde da oben haben also auf mich geschwenkt! Ich hole das Letzte aus mir heraus und laufe noch schneller, werfe mich dann sofort hin und mache eine Rolle. Ich falle auf etwas Weiches, und das Etwas schreit auf.

»Wer da?«

»Spooner, Sir. Tut mir leid, aber mein Bein.«

»Zum Teufel, tut mir leid. Hören Sie, an der Rückseite gibt es eine Regenrinne. Die werde ich hochklettern. Können Sie mir Rückendeckung geben?«

»Natürlich, Herr Oberst. Sie müssen mich zur Ecke hinüberschleifen.«

So vorsichtig wie nur möglich ziehe ich ihn die zehn Meter zur Ecke, aber trotz allem höre ich, wie er vor Schmerz mit zusammengebissenen Zähnen flucht. Der Bursche wird eine Auszeichnung bekommen, und was für eine!

Das Sperrfeuer wird schwächer und hört dann ganz auf. Ich gehe am Gebäude entlang und entdecke die Regenrinne. Perfekt! In Abständen von jeweils eineinhalb Metern ist das Rohr in der Wand verankert. Ich habe somit ausgezeichnete Griffe für die Hände und Tritte für die Füße. Außerhalb der Umzäunung werden von den Flugzeugen Leuchtkörper abgeworfen; die Lichtverhältnisse sind dadurch für meinen Geschmack zu gut. Ich schalte mein Funkgerät ein.

»Al, bitte kommen.«

»Ja, Silas.«

»Ich gehe jetzt aufs Dach, aber es ist zu hell. Können Sie die Burschen in den A6 und den Hubschraubern bitten, mit der Beleuchtung eine Zeitlang auszusetzen?«

»Natürlich. Geben Sie auf sich acht!«

Innerhalb von Sekunden wird es dunkler, doch durch die Brille kann ich immer noch alles ganz genau sehen, als ich mich Zentimeter um Zentimeter hocharbeite. Sobald ich das Dach erreiche, überlege ich, ob ich noch einmal Feuerdeckung verlangen sollte, doch entscheide mich dagegen. Eine verirrte Kugel könnte ebenso mich treffen. Als ich nach der Dachrinne greife, quietscht sie; aber es ist ja rundherum noch jede Menge Lärm. Ich ziehe mich hoch und verschaffe mir blitzartig einen Überblick über das Dach: An jedem Ende steht ein Geschütz. Links kann ich einen Kopf ausnehmen, der sich eben über die Sandsäcke beugt, um das Areal unten besser zu übersehen. Der Kopf wendet sich in meine Richtung, und ich ziehe mich rasch wieder zurück. Ich überdenke meine Situation: Die beiden Stellungen sind etwa hundert Meter voneinander entfernt. Wenn ich eine aufs Korn nehme, setze ich mich gleichzeitig dem Feuer der anderen aus. Ganz einfach also: Ich muß sie unmittelbar nacheinander unschädlich machen. Slocum, du Arsch, es wäre einfacher gewesen, du hättest einen zweiten Mann herausgenommen. Aber nein, mußtest ja unbedingt den zähen alten Bullen spielen. Dann aber nichts wie los!

Ich warte eine Reihe von Explosionen ab und ziehe mich dann über die Dachkante. Wieder quietscht die Regenrinne. Ich wälze mich hinüber und bin sofort auf den Beinen. Ein kurzer Blick links und rechts genügt, und ich greife nach einer Granate. Granate in der rechten Hand, entsichern, in die linke Hand damit, die nächste gezogen. Während ich diese entsichere, höre ich von rechts jemanden rufen. Ich werfe die Granate und lasse mich gleichzeitig fallen. Die Explosion dröhnt in den Ohren. Ich nehme mir gar nicht die Mühe zu schauen. Der Lauf der zweiten Stellung schwingt in meine Richtung. Immer noch liegend, werfe ich die nächste Granate. Scheiße! Sie prallt an einem Sandsack ab und fällt über das Dach hinunter. Sie explodiert, während ich mich schon wieder hochschnelle und nach der Ingram greife. Der Lauf des MG ist jetzt auf mich gerichtet. Ich laufe mit hochgehaltener Ingram darauf zu und drücke ab. Wie aus einem Gartenschlauch schießen die Kugeln heraus. Ein Schrei, und dann das schwere Hämmern des MG. Es liegt zu hoch. Ich spüre die Kugeln über meinen Kopf hinwegsausen und bin noch fünf Meter entfernt; sie haben noch Zeit zu korrigieren. Diesmal wird es mich wohl erwischen. Noch drei Meter. In der Seite spüre ich etwas wie ein Brandeisen. Dann springe ich mit einer leeren Ingram Kopf voran über die Sandsäcke. Es sind zwei. Einer ist mit blutüberströmtem Gesicht zusammengebrochen, der andere schnellt eben vom MG zurück und greift an den Gürtel nach der Pistole. Mit der Schulter pralle ich gegen ihn, und wir liegen beide ausgestreckt am Boden. Er hat die Pistole fast erreicht. Ich stoße ihm den kurzen Lauf der Ingram ins Gesicht. Und noch einmal. Wut erfüllt mich. Ich hebe den Bastard hoch und schleudere ihn vom Dach. Ein Schuß, eine Kugel landet im Sandsack neben mir. Geduckt wirble ich herum. Die zweite Stellung ist weggepustet worden, aber neben einem zerrissenen Sandsack liegt noch ein Kerl. Er hat eine Pistole auf dem Sandsack aufgelegt und zielt auf mich. Ich prüfe das MG neben mir. Es ist gen Himmel gerichtet. Ein voller Munitionsgürtel hängt glänzend herunter. Ich kauere mich dahinter, schiebe die Hände in die Griffe und hebe sie hoch; der Lauf senkt sich. Noch eine Kugel bohrt sich in den Sandsack. Jetzt kann ich ihn sehen! Mein Daumen drückt auf den Abzug und bleibt dort. Es zerreißt den Sandsack – und auch den Bastard daneben. Was übrig ist, schieße ich einfach von diesem verdammten Dach.

Geschafft! Ich warte einen Augenblick, bis ich wieder zumindest annähernd ruhig atme. Dann schalte ich das Funkgerät ein.

»Vampir Eins an Basis. Gelände vollständig unter Kontrolle. Evakuierungshubschrauber losschicken!«

Als triumphierende Stimme vibriert in meinen Ohren.

»Sie sind schon auf dem Weg, Silas. Gute Arbeit! Bis bald!«

Aus der Richtung des Bürogebäudes höre ich Jubelrufe. Ich spreche über das Mikrofon: »An alle Einheiten: Leuchtsignale an für die Landung. Moncada, halten Sie sich mit unseren Leuten bereit. Sobald die Hubschrauber gelandet sind, kommen Sie mit ihnen heraus. Zuerst die Frauen, dann die Männer. Zuletzt die Marines. Die übrigen ›Vampire‹ halten die Stellung und geben wenn notwendig Rückendeckung. Den Botschafter hole ich selbst. Bleibt auf der Hut; wir sind erst aus dem Dreck, wenn wir auf der *Nimitz* sind!«

Ich schalte das Mikro aus und hole Luft, ganz tief. Ach ja, es wird wohl Zeit, mich auf den Weg zu machen und meinen Mann zu holen!

San Carlo – *20. Nacht*

Wieder beugt sich das schwarze Gesicht über mich. Ein Gesicht so tiefschwarz und glänzend, als wäre es naß. Ist es ein neuer Traum? Ist es Wirklichkeit? Wachsein und Bewußtlosigkeit wechseln immer noch in rascher Folge. Ich fühle mich wie nach einem Schlaf während eines heftigen Gewitters. Jetzt spricht er.

»Es tut mir leid, Sir. Es hat ein wenig länger gedauert, als ich ursprünglich dachte. Die anderen Geiseln sind alle wohlauf. Ich bringe Sie jetzt von hier weg.«

Er ist schwarz. Warum ist er schwarz? Alles an ihm ist schwarz: sein Helm, die seltsamen Brillen am Helm; schwarze Kleidung. Ich höre eine andere Stimme.

»Sir, die Hubschrauber sind gelandet. Die Frauen kommen bereits.«

Frauen? Geschieht das alles wirklich?

»Sir, ich werde Sie tragen. Es wird zwar etwas weh tun, aber schon in wenigen Minuten werden Sie in der Krankenstation an Bord der *Nimitz* sein.«

Ah – die *Nimitz*. Die gute alte *Nimitz*. Ich spüre jetzt seine Arme unter mir. Er hebt mich hoch. Sicher, es schmerzt, aber was für ein süßer Schmerz! Ich weiß so viel über Schmerzen. Ich liege in seinen Armen wie ein Kind. Ich bewege meinen Kopf und lasse ihn an seiner Schulter ruhen. Ich versuche zu sprechen. Irgendeinen Ton muß ich wohl herausgebracht haben, denn er bringt sein schwarzes Ohr ganz nahe an mein Gesicht.

»Wie ... wie ... heißen Sie?«

»Slocum, Sir. Oberst Silas Slocum. Streitkräfte der Vereinigten Staaten.«

Jetzt setzen wir uns in Bewegung. Er ist so sanft, so überaus sanft. Ich muß noch etwas sagen. Mein Hals schmerzt, aber ich muß es sagen.

»Oberst ...«

Wieder das Ohr vor mir, sogar jetzt, während er geht.

»Lassen... lassen Sie mich nicht... nicht allein, Oberst. Bleiben Sie bei mir...«

Plötzlich ein lautes Geräusch. Etwas wirbelt über mir empor. Stimmen. Gesichter schauen mich an. Ich schmiege mich noch enger an ihn und höre seine Stimme... sehr heiser.

»Ich lasse Sie nicht allein, Sir. Sie gehören zu mir. Ich gehe nicht weg.«

Alles ist jetzt in Ordnung. Ich lasse mich in friedvolle Bewußtlosigkeit fallen.

Ich bin wieder bei Bewußtsein. Vor mir sehe ich einen weißen Kittel, ein Stethoskop, eine Injektionsnadel. Der Schrei zerreißt mir fast den Hals, hallt mir in den Ohren. Ein erschrockenes Gesicht zieht sich zurück; ich höre eine wütende Stimme.

»Blöder Hund! Warte!«

Der schwarze Slocum beugt sich wieder über mich, hält meine Hände, seine Augen leuchten voll Fürsorge.

»Keine Angst, Sir. Das ist nicht der andere. Der ist tot, Sir. Tot. Ich selbst habe ihn getötet. Der da ist ein Arzt. Er wird Ihnen jetzt eine Spritze geben. Danach werden Sie sich besser fühlen.«

Er murmelt etwas mit abgewandtem Kopf. Ich höre es nur ganz leise.

»Zieht die weißen Mäntel aus! Alle! Informiert die Leute im Walter-Reed-Hospital. Keiner kommt in einem weißen Kittel in seine Nähe! Ich bringe jeden eigenhändig um, der es wagt, sagt ihnen das!«

Er wendet sich wieder mir zu und lächelt. »Wir fliegen Sie jetzt in die Staaten, Sir. Nach Washington, Walter-Reed-Armee-Hospital. Sie werden bald wieder in Ordnung sein, völlig in Ordnung. Aber zuerst müssen wir Ihnen diese kleine Injektion verpassen.«

Ich nicke, und er tritt ein wenig zurück; immer noch hält er meine Hände. Eine andere Gestalt taucht neben mir auf.

Dunkle Bekleidung, weiche Stimme. »Dauert gar nicht lange, Sir.« Ich spüre etwas Kühles auf meinem Arm, dann einen leichten Stich. Einen Augenblick später ist er verschwunden. Slocum lächelt.

»Es wird Sie richtig müde und schläfrig machen. Dann verladen wir Sie, und ab geht's, nach Hause.«

»Sie kommen auch mit?«

»Natürlich komme ich mit. Ich bin die ganze Zeit bei Ihnen.«

Sein Gesicht verschwimmt, und ich schlafe ein.

Das Zimmer ist hell und luftig. Sonnenstrahlen strömen durch die Gardinen. Ich bin aus einem langen Schlaf erwacht. Wie lange habe ich geschlafen? Tage? Nein, eher Jahre. Meine Gedanken sind wunderbar klar, voll Entschlußkraft. Ich fühle mich sehr gut. Über mir sehe ich auf eine sehr weiße Decke. Ich drehe den Kopf und blicke auf den sehr schwarzen Slocum. Das überrascht mich überhaupt nicht. Er sitzt mit zurückgeneigtem Kopf und offenem Mund in einem großen Sessel; er schnarcht leise. Ich drehe den Kopf auf die andere Seite. Ein Schlauch windet sich von oben herab zu einem Verband an meinem rechten Handgelenk. Kaum je in meinem Leben bin ich krank gewesen; das muß wohl eine Salzlösung sein, oder etwas Ähnliches. Ich bin hungrig und durstig. Ich schlucke; mein Hals fühlt sich immer noch ein bißchen wund an. Ich verrenke mir den Kopf auf der Suche nach Wasser. Nichts. Leise rufe ich: »Slocum!«

Er schnellt hoch, seine Augen werden groß und rund, und sein Mund öffnet sich zu einem breiten Grinsen. Gemächlich steht er auf und kommt zu mir herüber.

»Herrgott noch einmal, Sir. Ich dachte schon, Sie würden ewig weiterschlafen.«

»Wie lange habe ich geschlafen?«

»Vor sechs Tagen haben wir die *Nimitz* verlassen.«

Es wundert mich nicht. Ich fühle mich, als hätte ich ein Leben lang geschlafen.

»Könnten Sie mir Wasser bringen?«

»Natürlich, Sir. Aber zuallererst muß ich nach der Oberschwester läuten.«

Er langt nach der Glocke neben meinem Bett.

»Hat das nicht noch etwas Zeit?«

Er grinst und schüttelt den Kopf.

»Nein, Sir. Sie befahl mir, sie sofort zu rufen, sobald Sie
aufwachen. Die Ärzte hier sind eine Sache für sich, doch
Oberschwester Clay ist gefährlicher als ein rasender Büffel.«

Er drückt auf den Knopf. Völlig ernst sage ich: »Sie haben
das Recht, mich beim Vornamen zu nennen und mich zu
duzen.«

Er lächelt. »Okay, Jason. Ich heiße Silas.«

»Silas, wenn du an meiner Stelle wärst, wie würdest du
einem Mann für das danken, was du für mich getan hast?«

Er schüttelt den Kopf. »Ich würde keinen Atemzug darauf
verschwenden. Ich bin Soldat und tat meine Pflicht. Ich wäre
froh, wenn du das bedenken würdest und mich nicht in
Verlegenheit brächtest. Das ist völlig meine ehrliche Meinung.«

Ich versuche noch darauf eine Antwort zu finden, als die
Türe aufgeht. Eine kleine, rundliche Frau mittleren Alters mit
blondem Haar kommt hereingeschossen.

»Weg da, Oberst!«

Er zieht sich an das Fußende des Bettes zurück. Sie beugt
sich über mich und schaut mich kritisch prüfend an.

»Wie geht es Ihnen?«

»Sehr gut. Vielleicht noch etwas schwach. Ich hätte gerne
Wasser.«

Blitzschnell wandern ihre Augen zum Metall-Nachttisch
neben dem Bett, und sie verzieht den Mund ärgerlich. Sie
läutet zweimal heftig.

»Major Calper kommt sofort.«

»Major Calper?«

»Ja, Ihr Arzt.«

Ich hatte vergessen, daß ich mich in einem Militärkranken-
haus befinde. Sie wendet sich Slocum zu und sagt bissig: »Sie
dürfen jetzt gehen, Oberst.«

»Ooooch, Mam, …«

»Oberst Slocum, Sie haben mir feierlich versprochen zu gehen, sobald der Botschafter aufwacht und sich wohl fühlt. Sie haben es selbst gehört, er sagte ›sehr gut‹. Außerdem – Sie haben doch etwas zu erledigen, etwas sehr Wichtiges.«

Zögernd nickt er: »Schon gut, Mam. Jason, abends bin ich wieder zurück. Brauchst du etwas?«

Ich schüttle den Kopf. Was um Himmels willen kann ich diesem Mann sagen? Ich murmle: »Danke, Silas, . . . für alles.«

Eine hübsche, junge Krankenschwester öffnet die Türe.

»Wasser«, verlangt Schwester Clay kurz.

Es dauert keine Minute, und die junge Schwester kommt mit einer Flasche und einem Glas zurück. Sie erhält dafür nur einen vielsagenden Blick von der Oberschwester, der bedeuten mag: Wir sprechen uns später noch.

Der Ausdruck, mit dem mich die junge Schwester jetzt ansieht, bringt mich in Verlegenheit. Noch bin ich das Objekt heldenhafter Verehrung, und das finde ich höchst beunruhigend. Slocum verläßt hinter der jungen Schwester das Zimmer, und während Schwester Clay gewissenhaft die Bettlaken zurechtzieht, frage ich sie: »War er die ganze Zeit über hier?«

Sie seufzt: »Ja. Oberst Slocum kam mit Ihnen im Ambulanzwagen und weigerte sich, wegzugehen. Dreißig Jahre bin ich jetzt schon in diesem Beruf, aber so etwas habe ich noch nie erlebt.«

Die strengen Linien in ihrem Gesicht lösen sich plötzlich in einem Lächeln auf.

»Er hat die Ärzte darauf aufmerksam gemacht, daß er das Krankenhaus mit einer Maschinenpistole stürmen würde, falls Sie sterben sollten. Ich fürchte, einige von ihnen haben das sogar geglaubt. Anfangs ging es Ihnen gar nicht gut. Ihr Zustand verschlimmerte sich noch durch eine schwere Lungenentzündung. Slocum wollte Sie sogar in die Intensivstation begleiten. Major Calper konnte ihn davon nur abbringen, indem er ihm erklärte, daß er Sie anstecken könne. Als Sie dann vor zwei Tagen hierherkamen, schlief er entweder dort drüben auf der Couch oder hier im Sessel. General Mallory, der Chef des Hospitals, tobte. Doch der Oberst wäre nur der Gewalt gewichen. Es geht sogar das Gerücht, der General hätte den Präsidenten persönlich gebeten, sich einzuschalten; doch der hätte geantwortet: ›Es fällt mir nicht ein, Oberst Slocum Befehle zu erteilen.‹«

Ich bin überrascht. »Oberst Slocum ist jetzt offensichtlich ein großer Held.«

»Sie beide sind Helden, Herr Botschafter.«

Während ich noch überlege, wie ich mich in dieser Situation verhalten soll, geht die Türe auf, und ein Mann tritt ein, hellblond, mit einem fröhlichen Gesicht. Er trägt Armee-Uniform. Schwester Clay stellt ihn vor: »Major Calper, Herr Botschafter.«

Er schüttelt mir die Hand und sagt herzlich: »Der schlafende Botschafter ist also endlich aufgewacht. Hat eine Prinzessin Sie wachgeküßt?«

»Nein, Major. Nicht einmal ein Frosch.«

»Und wie geht es Ihnen?«

»Wirklich gut. Etwas schwach noch, aber ich fühle mich überraschend wohl.«

Er nickt. »Sie haben uns alle überrascht. Vier Tage verbrachten Sie auf der Intensivstation. Die ersten beiden Tage waren Sie aufs Höchste erregt, Ihr Unterbewußtsein befand sich in Aufruhr. Dann fielen Sie ganz plötzlich in einen tiefen, festen Schlaf. Die Lungenentzündung klang ab, und alle Organe funktionierten wieder nahezu normal. So erstaunlich es auch klingen mag, aber Sie haben weitere vier Tage geschlafen. Langsam begann ich mir schon Sorgen zu machen.«

Während unseres Gespräches untersucht er mich rasch, aber sorgfältig. Dann tritt er einen Schritt zurück. »Herr Botschafter, ich möchte jetzt Ihr Herz abhören. Dazu benötige ich ein Stethoskop.«

Ich denke an Slocums wütend geflüsterte Worte auf der *Nimitz* und muß lächeln.

»Schon in Ordnung, Major. Weiße Kittel stören mich nicht mehr.«

Er erwidert mein Lächeln. »Das ist eine große Erleichterung. Gestern kam einer unserer jungen Ärzte im weißen

Kittel herein; der Oberst riß ihn ihm förmlich herunter.«
Er horcht meine Herztöne ab und nickt zufrieden.

»Wissen Sie, wie lange die Mißhandlungen gedauert haben?«

»Wann wurde ich gerettet?«

»Kurz nach Mitternacht.«

»Dann etwa durchgehend zwölf Stunden.«

Sein Gesicht verfinstert sich. »Bestien«, murmelt er. Seine Züge hellen sich wieder auf. »Sie haben sich wunderbar erholt, vom medizinischen Standpunkt gesehen ist das gar nicht leicht zu begreifen. Nichtsdestoweniger haben solche Behandlungen oft Beeinträchtigungen der geistigen Verfassung zur Folge, manchmal auch als verzögerte Reaktion. Ich werde Oberst Elliot bitten, morgen bei Ihnen vorbeizuschauen; er ist unser Psychiater.«

Ich schüttle den Kopf. »Nein, danke, Major. Vor langer Zeit hätte ich ihn gebraucht, aber jetzt nicht. Wie immer sich die Folter auch auf meinen Geisteszustand ausgewirkt haben mag, glauben Sie mir, es war zum Besseren.« Ich schaue ihn zuversichtlich an. »Auf psychiatrischen Kliniken wendet man doch auch Schockbehandlung an und versucht so, Kranke zu heilen. Ich glaube, etwas Ähnliches muß mit mir geschehen sein.«

Verwirrt blickt er mich an und zuckt die Schultern.

»In Ordnung, Sir. Wenn Sie bei Ihrer Entscheidung bleiben wollen! Aber sollten Sie irgendwann in der Zukunft Schwierigkeiten haben, zögern Sie nicht, zu uns zu kommen. Sofort!«

»Das werde ich machen, danke. Kann ich jetzt etwas essen, Doktor?«

»Selbstverständlich.« Zu Schwester Clay gewandt gibt er Anweisungen. »Die Infusion kann abgenommen werden. Geben Sie ihm Schonkost; und keine Besucher vor morgen nachmittag – frühestens!«

»Jawohl, Doktor. Aber Oberst Slocum wollte heute abend bereits wieder da sein.«

Resigniert zuckt er die Schultern. »Na ja, der Oberst ist

eher als Inventar denn als Besucher zu betrachten.«

»Wie lange muß ich hier bleiben, Major?« frage ich ihn.

Er schürzt die Lippen und überlegt einen Augenblick. »Ich möchte Sie gern noch eine Woche zur Beobachtung hier behalten. Sie brauchen außerdem Zeit, um wieder zu Kräften zu kommen; hier bei uns haben Sie Ruhe, und niemand kann Sie stören, vor allem nicht die Presse. Wir sehen uns dann heute abend.«

Er geht, und die Oberschwester verspricht: »Ich lasse Ihnen frische Hühnerbrühe, gehacktes Rindfleisch und Gemüse bringen. Möchten Sie sonst noch etwas?«

Die Bemerkung des Majors über die Presse löst meine Antwort aus. »Hätten Sie vielleicht Zeitungen? Ich würde gerne den Anschluß an die Tagesneuigkeiten finden.«

»Natürlich. Ich habe die *Washington Post* der vergangenen sechs Tage für Sie aufbewahrt.«

Ich lese die Zeitungen der Reihe nach.

Die erste ist voll mit Berichten über die Rettung und Empörung über meine Behandlung. Als ich über die Toten und Verletzten der Rettungsmannschaft lese, empfinde ich schmerzhaft Schuldgefühle. Ich erfahre auch, daß Slocum verwundet worden ist: Ein Geschoß hat eine Fleischwunde an seiner rechten Seite verursacht. Mein Zustand wird als kritisch bezeichnet. Im Leitartikel wird die sofortige Invasion von San Carlo gefordert.

Auch am zweiten Tag ist mein Zustand noch kritisch. Ungeduldig verlangt man ein Interview mit Slocum, doch in einer Stellungnahme gibt das Walter-Reed-Hospital bekannt, daß er sich erst von seiner Verletzung erholen müsse. Wieder wird im Leitartikel auf der Invasion von San Carlo bestanden.

Die Schlagzeilen am dritten Tag verkünden die Invasion von San Carlo. Nach einer kurzen, blutigen Schlacht ist die Hauptstadt eingenommen worden, die Chamarristas haben sich in die Berge zurückgezogen. Eine provisorische Regierung soll gebildet, und freie und gerechte Wahlen sollen in einer Verfassung verankert werden. Mein Zustand hat sich stabilisiert. Slocums Wunde bedurfte immer noch der Behandlung; inzwischen hatte der Präsident verkündet, daß meinem Retter die Ehrenmedaille des Kongresses verliehen werden soll; alle seine Leute sollen ebenfalls hohe Auszeichnungen erhalten. Das Außenministerium hat währenddessen Kuba eine scharfe Protestnote vorgelegt, die meine Mißhandlung und mein Verhör durch ein führendes Mitglied des kubanischen Geheimdienstes zum Inhalt hat. Zu diesem Zeitpunkt bessert sich mein Zustand zusehends.

Ich schiebe die restlichen Zeitungen zur Seite. Meine Augenlider werden schwer; Schlaf ist ein so angenehmer Gefährte für mich geworden.

Das Geräusch der Tür weckt mich. Slocum steht mit Paketen im Arm vor mir. Er zwinkert mir zu, und es gelingt ihm, einen Finger auf die Lippen zu legen. Er stellt seine Tüten auf der Couch ab, geht zur Tür zurück und späht hinaus auf den Korridor, erst nach links, dann auch nach rechts. Vorsichtig schließt er die Tür wieder und grinst mich verschwörerisch an.

»Ich bin durch den Lieferanteneingang gekommen; so entging ich den Spionen von Schwester Clay.«

Aus seinen Tüten bringt er wahre Köstlichkeiten zum Vorschein: zwei Big Macs, Pommes frites, Kekse, eine Flasche Black Label Scotch sowie eine Sprühdose Lufterfrischer. Noch nie habe ich einen Big Mac gegessen; das betrachtete ich bisher immer als Schnellkost für Plebejer. Jetzt beiße ich hinein wie ein ausgehungerter Schuljunge. Er gießt zwei Whiskies ein und fügt ein wenig Wasser hinzu. Mein erster Drink seit über drei Wochen! Es schmeckt wie Nektar. Da fällt mir etwas ein. Ich hebe mein Glas zu einem feierlichen Toast: »Silas, wir wollen auf deine Ehrenmedaille des Kongresses trinken, du hast sie dir redlich verdient.«

Er sitzt am Fußende des Bettes, nimmt einen Schluck Whisky und erwidert: »Ich habe sie bekommen, weil ich den Oberbefehl hatte; jammerschade, daß sie nicht allen meinen Leuten verliehen wird.«

Plötzlich fallen mir die Opfer wieder ein. Noch vor einem

Augenblick fühlte ich mich glücklich und entspannt; jetzt drückt mich die Schuld. Als ich ihm das sage, schüttelt er heftig den Kopf.

»Jason, unter den gegebenen Bedingungen hatten wir verdammtes Glück. Nur ein einziger Mann wurde im Botschaftsareal getötet. Die Verwundeten erholen sich gut, und keiner wird einen bleibenden Schaden davontragen. Sie sind alle hier im Krankenhaus, und ich würde mich freuen, wenn du sie besuchen könntest, sobald du wieder auf den Beinen bist. Es würde ihnen gewaltigen Auftrieb geben. Zwei Männer bauten gleich beim Start Bruch: Einer von ihnen blieb unverletzt, der andere brach sich den Knöchel. Elf Leute fielen ins Wasser; von ihnen wurden dank der hervorragenden Leistungen der Navy acht gerettet. Drei ertranken. Alles in allem gab es also vier Tote, eine ganze Menge weniger, als ursprünglich befürchtet.«

Leise erinnere ich ihn: »Vier Menschenleben um meinetwillen geopfert – ich hasse den Gedanken.«

Er erhebt sich und sieht mir fest in die Augen.

»Ich kannte diese Burschen sehr gut. Laß dir eines sagen. Sie alle gingen zur Armee, um zu kämpfen. Sie waren Veteranen, hatten viele Kämpfe hinter sich und wußten genau, worum es ging und wie hoch das Risiko war. Für diesen Einsatz meldeten sich alle freiwillig. Diese vier wärmen sich jetzt vielleicht ihre Hintern in der Hölle oder sie liebäugeln mit den Englein im Himmel. Aber wo immer sie jetzt auch sein mögen, eines ist sicher: Keiner von ihnen legt dir etwas zur Last. Glaube mir, sie sterben lieber auf diese Weise als an Senilität.«

Ich glaube ihm. Er sagte es einfach und aufrichtig. Er schenkt Whisky nach, und ich frage: »Wann bekommst du die Medaille überreicht?«

Er schneidet ein Gesicht. »Morgen im Weißen Haus. Alle meine Leute werden dort sein. Große Zeremonie, Fernsehen, Kongreßabgeordnete und Vorsitzende, der ganze verdammte Verein!«

Das ist keine falsche Bescheidenheit. Er sieht der Sache

wirklich nicht mit Begeisterung entgegen.

»Ja, Silas, es sieht so aus, als solltest du der ranghöchste schwarze Offizier in der gesamten Geschichte der Armee der Vereinigten Staaten werden.«

Er nimmt einen Schluck Whisky und entgegnet grimmig: »Es ist mir egal, ob ich der höchste schwarze ›Was-weiß-ich‹ werde oder nicht; ich habe vor, mich zur Ruhe zu setzen.«

»Zur Ruhe setzen?«

»Sicher, ich habe eine Ranch in Wyoming ... und Jason, wenn du mich jetzt fragst, wo ich ein Pferd finde, das groß genug für mich ist, dann flippe ich aus!«

»Eine Ranch?«

Er grinst. »Jaa. Und ich brauche auch kein passendes Pferd. Ich werde nämlich der erste Cowboy im Westen sein, der sein Vieh von einem Ultraleichten aus zusammentreibt.«

»Dann erzähl mir darüber!«

Und er erzählt. Aber vorher gießt er noch Whisky nach. »Die Ärzte warnen uns zwar davor, Alkohol zu trinken, solange man Antibiotika nimmt. Doch ich habe mein eigenes kleines Geheimnis. Es ist nicht gefährlich, sondern verringert nur die Wirkung der Medikamente. Das Geheimnis, mein Freund, besteht also darin, nicht den Alkohol zu meiden, sondern vielmehr die Dosierung der Medikamente zu verdoppeln. Erzähle nur ja der Amsel da draußen nicht, was ich dir gesagt habe. Sie überlegt ohnehin schon, auf welche Weise sie mich am besten kastrieren könnte. Sie hat nur bis jetzt kein Messer gefunden, das stumpf genug wäre.«

Er füllt aufs neue unsere Gläser, versteckt die Flasche hinter meinem Kissen, versprüht Lufterfrischer im Zimmer und wirft die leeren Papiertüten in den Mülleimer im Badezimmer. Dann hockt er sich wieder auf das Ende meines Bettes und erzählt mir alles über seine Pläne. Seine Begeisterung kommt durch und auch seine Angst und Unruhe. Er fängt ein neues Leben an, und mir kommt in den Sinn, daß es mir ebenso geht. Ich stelle ein paar Fragen, persönliche Fragen, die ganz natürlich kommen. Während er so aus seinem Leben erzählt, wächst zwischen uns eine intime Verbundenheit. Seine früh zerbrochene Ehe, seine Hingabe an sein Image vom »zähen alten Bullen«. Ich wundere mich, daß ich, mit all meinen versteckten Vorurteilen, mich diesem Mann so nahe fühle. Ich sehe Parallelen in unserer beider Leben. Dann beugt er sich fragend zu mir: »Jason, warum kommst du nicht zu mir nach Wyoming? Zum Kuckuck, du wirst schon noch ganz schön lange zur Erholung brauchen. Die Luft da draußen ist gut...« Seine Begeisterung verebbt ganz plötzlich. »Verdammt, es ist nichts Großartiges, was ich dort besitze. Nur ein Holzhaus mit einem Schuppen und so weiter... Wahrscheinlich nicht gerade ein Ort, den du –«

Schnell und leidenschaftlich schneide ich ihm das Wort ab. »Silas, du hast mich eingeladen, und ich werde kommen. Du hast mir gerade erzählt, welche neue Richtung du deinem Leben geben wirst. Ich bin in einer ganz ähnlichen Situation. Dinge, die früher für mich wichtig waren, wurden plötzlich zu Nebensächlichkeiten. Es macht mir durchaus nichts aus, einmal das Leben von seiner rauhen, harten Seite kennenzulernen. Es könnte mir sogar Spaß machen.«

Er grinst. »Ich werde dir beibringen, einen Ultraleichten zu fliegen. Dann treiben wir zusammen das Vieh zusammen!«

»In meinem Alter?«

»Verdammt, warum nicht? Du bist in guter Verfassung, und es ist verflixt einfach... und ich verspreche dir eines: Bei mehr als zehn Knoten Wind werden wir nicht fliegen.«

Meine Augen sind müde, und in der nun folgenden Stille schlafe ich ein.

Ich weiß nicht, wie lange ich geschlafen habe. Ein paar Minuten, vielleicht eine Stunde. Als ich die Augen öffne, sitzt er immer noch am anderen Ende des Bettes, das Glas in der Hand, den Blick über die Enge der Zimmerwände hinaus in weite Ferne gerichtet.

»Woran denkst du, Silas?«

Sein Kopf fährt überrascht herum, dann entspannt er sich wieder.

»Ich dachte eben an ein Gespräch, das ich vor wenigen

Tagen mit jemandem geführt habe. Es ging darum, wie es manchmal möglich ist, sich ohne Worte zu verständigen ... über Ausnahmen, die die Regel bestätigen ...«

Seine Worte ergeben nicht sehr viel Sinn, doch auf seltsame Weise wirken sie beruhigend auf mich. Ich schlafe wieder ein.

Es ist später Vormittag, und das Verhängnis nimmt seinen Lauf: Schwester Clay kommt zur Tür herein und schnuppert: »Zitronenduft in der Luft, nicht aus unseren Beständen, Herr Botschafter.«

Sekunden später hat sie die leeren Papiertüten im Mülleimer des Badezimmers gefunden; sie versenkt ihre Nase darin und verkündet unheilvoll: »Zwiebeln – Ketchup! Sie haben Hamburger gegessen!« Dann schnüffelt sie an den leeren Gläsern. Wie konnte ich nur so dumm sein!

»Whisky!«

Jetzt bricht der Wortschwall über mich herein. Silas, wo hast du mich da hineingeritten? Ich fühle mich wie ein Schuljunge, der auf frischer Tat ertappt wird. Zum Glück richtet sie jetzt ihre Attacke auf ein anderes Ziel.

»Dieser verdammte Oberst Slocum! Das hier ist das bestgeführte Krankenhaus der Welt, und innerhalb einer Woche verwandelt er es in eine Taverne!«

Sie stolziert durch das Zimmer, klein, wohlgeformt, zitternd vor Empörung. Ihre Worte gelten wieder mir.

»Sie überraschen mich. Ein Mann in Ihrer Position! Muß ich General Mallory ersuchen, eine Wache an Ihrer Türe zu postieren?«

Ich bemerke den Ring an ihrem Finger und beschließe, zum Angriff überzugehen. Streng frage ich: »Sprechen Sie auch so mit Ihrem Mann?«

»Mein Mann ist vor fünf Jahren gestorben.«

»Das tut mir leid«, murmle ich zerknirscht.

»Hat mir auch leid getan, damals. Er war ein wundervoller Mann ... aber die Zeit vergeht, und das Leben geht weiter.«

Sie holt tief Luft. Da ich weitere Vorwürfe erwarte, weise ich auf das Fernsehgerät in der Ecke.

»Er wird jetzt im Weißen Haus sein. Ich würde gerne zusehen.«

Sie schnaubt: »Zweifellos wird er einen Flachmann bei sich haben.« Dennoch schaltet sie das Fernsehgerät ein und schiebt sich einen Stuhl zurecht.

Es ist eine bewegende Zeremonie. Der natürliche Charme des Präsidenten verbindet sich mit offen zur Schau getragenen Gefühlen. Zuerst überreicht er Slocums Männern die Medaillen. Mein Gott, ein furchterregender Haufen! Dann ist Slocum an der Reihe. Er senkt den Kopf, und der Präsident legt ihm vorsichtig das blaue Band um den Nacken. Hell glänzt das Metall im Licht der Scheinwerfer: die höchste Tapferkeitsauszeichnung der Nation. Das Band hebt sich deutlich von seinem ebenholzschwarzen Hals ab. Die Kamera geht auf Großaufnahme. Sein Kopf und seine Schultern füllen den Bildschirm; er schwitzt vor Unbehagen. Ich bin ganz sicher, daß er viel lieber in Wyoming wäre. Der Präsident hält eine kurze, aber gefühlsbetonte Rede. Er spricht von Demokratie und den Opfern für die Freiheit. Mit heiserer Stimme spricht er schließlich von mir und meinen Leiden. Er appelliert an die Nation, für meine rasche Genesung zu beten. Schwester Clay schenkt mir einen bewundernden Blick, und es ist lächerlich, doch plötzlich wird mir die halbvolle Whiskyflasche unter meinem Kissen wieder bewußt. Die Verleihung wird live gesendet, und gegen Ende kommt es noch zu einer kleinen Panne. Offensichtlich erwartet man von Slocum, kurz das Wort zu ergreifen. Doch er tut es nicht. Das Mikrofon, das man ihm entgegenhält, wirkt verloren, hilflos. Schnitt zurück ins Studio, wo ein gewandter Sprecher in abgenützten Worten über männliche Bescheidenheit plappert. Schwester Clay schaltet das Gerät ab und bestimmt: »Er ist ein einsamer Mann.«

»Wer?«

»Oberst Slocum.«

»Glauben Sie?«

»Ja.«

Sie wird wieder geschäftig, zieht und klopft das Bettzeug

zurecht. Ich drücke meinen Kopf fest in mein Kissen.

»Ich habe schon so manchen wie ihn hier im Krankenhaus gesehen. Zäh wie Schuhleder nach außen, doch darunter unendlich einsam. Ich kann sie herumkommandieren, denn sie wollen so behandelt werden. Ja, sie bitten mich förmlich darum, denn manchmal ist es ihnen richtig über, den rauhen Burschen zu spielen. Sie geben vor, sich vor mir zu fürchten, denn dieser Anschein schenkt ihnen Trost in ihrer Einsamkeit. Oberst Slocum ist einer von ihnen.«

Sie steht am Fußende des Bettes, die Hände umklammern das Bettgestänge, ihr Gesicht ist unsagbar traurig, introvertiert. Ich bin verwundert und will sie gerade etwas fragen, als sie fast trotzig hinzufügt: »Ich bin froh, daß er es war, der Sie und die anderen gerettet hat. Es ist gut, daß es ein Mann wie er war. Es ist auch gut, daß er jetzt nichts gesagt hat. Andere hätten sich mit Ruhm überschütten lassen. Es war gut so.«

Es ist schon spät am Nachmittag, als General Mallory zu mir ins Zimmer kommt. Er ist klein und untersetzt und hat ein dickliches, sorgenvolles Gesicht. Wir tauschen Höflichkeiten aus, und dann berichet er mir: »Heute erhielt ich einen Anruf aus dem Weißen Haus. Der Präsident würde Sie gerne heute abend um sieben Uhr besuchen.«

Sofort werde ich nervös. Ich weiß, die Begegnung muß stattfinden, und ich habe versucht, sie im Geist durchzuproben. Das Drehbuch erschreckt mich. »Das geht in Ordnung, General. Aber ohne Medien. Ich möchte den Besuch privat halten«, sage ich zögernd.

Er nickt heftig. »Das ist auch der Wunsch des Präsidenten. Wir werden Kaffee servieren.«

Mir bleibt noch eine Stunde zum Nachdenken. Ich versuche, die richtigen Worte zu finden und zu ordnen, bemühe mich, klare Gedanken zu fassen. Doch als es dann tatsächlich an der Tür klopft, ist mein Verstand immer noch in Aufruhr.

Der Beginn ist melodramatisch. General Mallory tritt ein,

macht gleichzeitig einen Schritt zur Seite und verkündet bedeutungsvoll: »Herr Botschafter – der Präsident der Vereinigten Staaten von Amerika.«

Das macht mich noch nervöser, als ich es schon bin, doch dann spaziert der Präsident herein und grinst: »Hallo, Jason. Wie geht es Ihnen?«

Ich weiß, was ich sagen werde; jetzt bin ich nicht mehr nervös. Ich lehne in meinen aufgetürmten Kissen. Ich ergreife die Hand, die er mir entgegenstreckt, und drücke sie fest. Der General schiebt einen Stuhl ans Bett, doch der Präsident winkt ab und läßt sich am Fußende des Bettes nieder. Als sich die Türe hinter dem General geschlossen hat, fragt er: »Kümmert man sich gut um Sie?«

Es sollte oberflächlich klingen, doch seine Augen drücken echte Besorgnis aus. Ich nicke.

»Ausgezeichnet, Herr Präsident, danke.«

Er hat eine Papiertüte mitgebracht, die er jetzt auf den Tisch neben meinem Bett stellt.

»Trauben. Ich weiß nicht warum, aber Tatsache ist, daß Krankenbesucher immer Trauben bringen. Als ich hier im Krankenhaus war, bekam ich so viele, daß ich Wein hätte pressen können.«

Wir lächeln beide. Der Ärger, den ich so lange in mir herumgetragen habe, verebbt langsam; trotzdem muß ich ihn loswerden. Ich hole tief Luft, werde jedoch durch ein Klopfen an der Türe unterbrochen. Schwester Clay kommt geschäftig herein; auf einem Tablett stehen eine Kaffeekanne und Tassen. Sie gibt sich völlig ungezwungen. Während sie den Kaffee eingießt, wirft sie einen prüfenden Blick auf meinen Besucher und rügt: »Sie übernehmen sich. Sie sehen verdammt müde aus und sollten mindestens eine Woche in Camp David oder auf der Ranch verbringen.«

Er lächelte freundlich. »Mary, es dauert nicht mehr lange.«

Sie gibt zwei Löffel Zucker in seinen Kaffee und reicht ihm die Tasse. »Eine halbe Stunde, nicht länger; und regen Sie meinen Patienten nicht auf!«

Mit einem Blinzeln in den Augen nickt er ernsthaft.

Sie geht und wir trinken unseren Kaffee.

»Eine wunderbare Frau«, sagt er schließlich.

»Das stimmt.«

Die Spannung verstärkt sich. Ich frage mich, ob er das Thema als erster anschneiden wird. Und er tut es.

»Jason, Sie werden wissen, daß unsere Agenten in San Carlo versucht haben, Sie zu töten.«

»Ja.«

Er starrt in seine Tasse, als wolle er im schwarzen Kaffee eine Erklärung dafür finden. Schroff fährt er fort. »Ich entschuldige mich nicht dafür. Ich habe einfach weggesehen. Im Laufe der vergangenen Jahre war ich mehrmals dazu gezwungen wegzusehen. Es ist unmoralisch, aber manchmal muß sich die Moral der Realität fügen. Sie befanden sich in einer Lage, die die Sicherheit des Staates gefährdete.«

Mit dieser Feststellung macht er die Sache einfacher. Ich hatte gefürchtet, er werde es entweder leugnen oder sich dafür entschuldigen. Früher habe ich diesen Mann respektiert; jetzt bewundere ich ihn. Mein Ärger ist verschwunden, dennoch will ich meine Überzeugung zum Ausdruck bringen.

»Herr Präsident, ich bin der Ansicht, daß kein Vertreter unserer Regierung, auch nicht der Geheimdienst auf irgendeine Weise in Mord verwickelt sein sollte. Niemals darf die Moral der Realität zum Opfer fallen.«

Ich verliere ein wenig die Fassung. In meinem Kopf hatte ich die Worte gut gefunden, laut ausgesprochen klingen sie jedoch hochtrabend.

Er nickt ernst. »Natürlich haben Sie recht, Jason. Ihr Fall hatte eine allgemeine Überprüfung des Geheimdienstes zur Folge.«

Ich kann nicht anders, ich muß es sagen.

»Weil das Unternehmen mißglückte?«

Er lächelte schwach.

»Nein. Die Psychiater waren der Ansicht, Sie würden zusammenbrechen. Wir treffen zu viele Entscheidungen, die auf reiner Theorie beruhen. Sie sind *nicht* zusammengebrochen. Das Ergebnis davon ist, daß wir die Demokratie nach San

Carlo bringen – vielleicht später einmal auch nach Kuba. Ich bin aber nicht gekommen, um mich zu entschuldigen, sondern um Wiedergutmachung zu versuchen. Ich beabsichtige, den Kongreß um die Verleihung einer einmaligen, einzigartigen Auszeichnung zu ersuchen, die Ihrem Mut entsprechen soll.«

Langsam schüttle ich den Kopf. Ich blicke in seine Augen und sehe Verständnis. Er murmelt: »Sie werden sie nicht annehmen? Ich glaube, ich weiß warum. Was kann ich dann für Sie tun?«

»Genehmigen Sie meinen vorzeitigen Ruhestand!«

Er seufzt und sieht dabei wirklich müde aus. Er stellt seine Tasse weg, steht auf und streckt sich, dann geht er hinüber zum Fenster und schaut hinaus auf die Stadt. Lange Zeit herrscht Stille. Als er sich mir wieder zuwendet, ist sein Gesicht völlig verändert; sein Ausdruck ist sehr bestimmt, nicht das leiseste Anzeichen von Müdigkeit. Mit langen Schritten erreicht er die Tür, öffnet sie und ruft streng hinaus: »Rufen Sie Oberst Slocum herein, blitzartig!«

Er geht zum Fenster zurück und wartet hoch aufgerichtet. Ohne sich umzudrehen, spricht er weiter. »Ich weiß um die Freundschaft, die sich zwischen Ihnen und Slocum entwickelt hat. Während der vergangenen Tage haben Sie beide nicht nur auf mich, sondern auf das ganze Land Eindruck gemacht. Sie können ebenso hören, was ich gleich zu sagen haben werde. Der Oberst wartet darauf, mich bei meinem Besuch seiner verwundeten Männer zu begleiten. Er wird gleich hier sein.«

Während der neuerlich eintretenden Stille frage ich mich, was wohl jetzt kommt. Mein Besucher ist gereizt und kann es kaum verbergen. Als es klopft, dreht er sich um.

»Herein!«

Slocum – in Gala-Uniform – tritt ein. Er schlägt die Hacken zusammen und grüßt.

Der Präsident weist auf einen Stuhl.

»Setzen Sie sich, Oberst! Vergangenen Monat rannten Sie in meinem Büro auf und ab, und ich saß da und lauschte Ihrem Vortrag. Jetzt sind Sie an der Reihe zu lauschen.«

Slocum streift mich mit einem unsicheren Blick und setzt sich zaghaft.

Der Präsident geht auf und ab, während er spricht.

»Oberst Slocum, heute vormittag im Weißen Haus baten Sie mich um die Erlaubnis, frühzeitig in den Ruhestand gehen zu dürfen. Sie wollen auf Ihrer Ranch in Wyoming leben. Ich versprach Ihnen, es zu überdenken. Nun gut, ich habe nachgedacht, und meine Antwort ist nein. Ihr Vortrag und Ihre Aktionen in der jüngsten Vergangenheit haben mich veranlaßt, eine umfangreichere Überprüfung unserer Streitkräfte in die Wege zu leiten. Sie werden sich daran beteiligen. Ihr Befehl lautet folgendermaßen: Sie nehmen einen Monat Urlaub. Sobald Sie den Dienst wieder antreten, werden Sie zum General befördert. Ihnen wird das Kommando unserer Sondereinsatzkräfte übertragen. Wie Sie wissen, ist das eine der wichtigsten Einheiten in unserer Armee. Als Ausbilder und durch Ihr Beispiel werden Sie ihre militärische Philosophie und Ihre Methode einprägsam weitergeben. Das ist Ihre Aufgabe für vier Jahre; dann können Sie sich auf Ihrer Ranch zur Ruhe setzen. Bis dahin werde auch ich im Ruhestand sein und eine Einladung nach Wyoming annehmen. Dann bringe ich Ihnen etwas über Kühe bei. Alles klar, Oberst?«

»Jawohl, Sir!«

Der Präsident unterbricht seine Wanderung durch das Zimmer. Er wirft einen Blick auf Slocum, der sogar Stahl durchbohrt hätte. Slocum nickt kräftig mit dem Kopf.

Jetzt wendet sich der Präsident an mich, sein Blick bleibt an mir hängen. »Herr Botschafter, Sie sind Beamter des Außenministeriums mit ungeheurer Erfahrung. Meine Experten versicherten mir, Sie würden einer psychischen Folter nicht standhalten; sie irrten sich. Auch unter entsetzlichen physischen Foltern brachen Sie nicht zusammen. Das macht Sie zu einem ganz besonderen Menschen. Sie baten mich, Ihren frühzeitigen Ruhestand zu bewilligen. Folgendes ist nun Ihr Befehl: Nehmen Sie einen Monat Urlaub zur Erholung und Genesung. Danach begeben Sie sich an die Georgetown Universität, und zwar als residierender Botschafter mit einem Lehrauftrag. Wie Sie wissen, gilt diese Ernennung im Außenministerium als besondere Auszeichnung des Präsidenten für hervorragende Leistungen als Botschafter. Sie haben sich entschlosen, keine Auszeichnung in Form eines Ordens anzunehmen, doch diese werden Sie akzeptieren! Gleichzeitig fungieren Sie als Sonderberater des Präsidenten für lateinamerikanische Angelegenheiten, und das bis zum Ende meiner Amtszeit. Danach können Sie in den Ruhestand treten. Das sind meine Befehle für Sie!«

Die Antwort kommt wie aus der Pistole geschossen.

»Sehr wohl, Herr Präsident!«

Er nickt zufrieden und wendet sich wieder an Slocum.

»Nun, Oberst, kommen Sie, wir wollen Ihre Männer besuchen.«

Schon an der Tür, wendet er sich nochmals mir zu, grinst und meint: »Mir scheint, die einzige Möglichkeit, mit Helden fertig zu werden, ist, ihnen einen Tritt in den Hintern zu versetzen!«

Ich esse ein paar Trauben und komme zu dem Schluß, daß mir diese Aussichten gefallen. Die Berufung nach Georgetown stellt eine ehrenvolle, angenehme Aufgabe dar. Ich kann mir die Themen meiner Vorlesungen selbst aussuchen. Es wird mir guttun, von jungen Menschen umgeben zu sein. Etwas geht mir auf: Von allen Menschen, die unser Leben irgendwie beeinflussen, nehmen wir ein Stück an. Ich eignete mir ein Stück von Amparo an, eine ganze Menge von Jorge und zuletzt auch von Slocum. Ich bin jetzt dreiundsechzig Jahre alt und fühle mich endlich als Ganzes. Ich werde Lehrer sein, und ich habe auch etwas zu lehren und mitzuteilen. Die Idee gefällt mir. Außerdem beschließe ich, sobald ich das Krankenhaus verlassen habe, die Oberschwester zum Essen einzuladen. Es ist höchste Zeit, mich wieder einmal mit einer Frau zu verabreden. Zufrieden schlafe ich ein.

Als ich aufwache, fallen bereits die schrägen Schatten des Abends ins Zimmer. Die Tür geht auf, und Slocum kommt herein, ganz wie der Bruder, den ich nie hatte. Er legt einen dicken Umschlag auf das Tischchen neben dem Bett, setzt sich ans Bettende und fragt: »Was hältst du von unseren Befehlen?«

»Mir gefallen sie. Und dir, General?«

Er grinst. »Mir auch. Es ist eine echte Chance, etwas Positives zu tun. Die Kühe können warten. Jetzt fahre ich zwei Tage nach Bragg und dann für den Rest meines Urlaubes nach Wyoming.«

»Prima. Was ist in dem Umschlag?«

Er grinst noch immer. »Meine Adresse in Wyoming samt Telefonnummer, ein Flugplan der United Airlines und – etwas für dich, etwas, von dem ich möchte, daß du es hast.«

Er steht auf und reicht mir die Hand, die ich herzlich festhalte. Ich weiß nicht, was ich sagen soll. Ich kann keine Worte finden, und er gibt mir Geschenke. Er sieht mich ernsthaft an: »Wenn ich innerhalb von zehn Tagen keine Nachricht von dir habe, so rufe ich in Bragg an; ein paar meiner alten Kameraden werden gerne hierherkommen, um einen Eskortbefehl auszuführen. Ich richte in der Zwischenzeit das Gästezimmer.«

Ich lächle. »Du kannst darauf wetten, Silas! Du hörst von mir.«

Als sich die Tür hinter ihm schließt, wiederhole ich im Geist die Worte. »Du kannst darauf wetten!«

Ich bin eben wieder eingeschlafen, als die Schwester mit dem Abendessen kommt, gefolgt von Schwester Clay. Geschäftig glättet sie die Serviette und richtet das Besteck gerade aus. Mir fällt der Umschlag ein, und ich nehme ihn zur Hand. Er ist erstaunlich schwer.

Ich schütte den Inhalt aufs Bett: ein Stück Papier, der Flugplan – und eine flache, samtüberzogene Schachtel. Schwester Clay sieht mir neugierig beim Öffnen zu. Beim Anblick des blauen Bandes und des runden, glänzenden Metalls halte ich den Atem an.

Leise flüstert sie: »Die Ehrenmedaille vom Kongreß! Er hat sie Ihnen gegeben?«

Eine kleine Karte liegt dabei; ich lese die in schräger Schrift geschriebenen Zeilen. »Ich habe genug. Du hast sie um eine verdammte Ecke mehr verdient als ich. Silas.«

Einen Augenblick lang bin ich sprachlos. Dann stammle ich die einzig möglichen Worte: »Natürlich muß ich sie zurückschicken.«

Sie nickt langsam.

»Ich nehme an, Sie werden es tun; aber die Ehre, die er Ihnen damit erwies – ein Soldat wie er ...«

Ich schließe die Schachtel und lächle sie an.

»Ich werde sie nicht zurücksenden.«

»Nein?«

»Ganz sicher nicht, ich werde sie zurückbringen, sehr bald.«

GOLDMANN

Bestseller

Tom Clancy und Sidney Sheldon, Utta Danella
und Danielle Steel, Heinz G. Konsalik und
Marie Louise Fischer, Colleen McCullough und Gillian Bradshaw,
Charlotte Link und Irina Korschunow –
internationale Weltbestseller garantieren Spannung und
Unterhaltung auf höchstem Niveau.

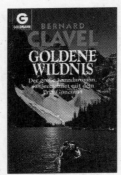

Bernard Clavel,
Goldene Wildnis   41008

Clive Cussler,
Das Alexandria-Komplott   41059

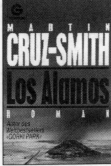

Martin Cruz-Smith,
Los Alamos   9606

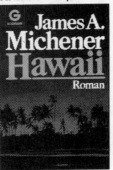

James A. Michener,
Hawaii   6821

Goldmann · Der Bestseller-Verlag

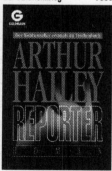